STOL'N LOVE

INTÉGRALE

MOLLY REAGAN

ÉDITIONS
Élixyria

STOL'N LOVE

INTÉGRALE

MOLLY REAGAN

Mentions légales
Éditions Élixyria
http://www.editionselixyria.com
https://www.facebook.com/Editions.Elixyria/
ISBN : 978-2-37961-291-491-0
Photo de couverture : ArtOfPhoto

STOL'N LOVE

LIVRE 1

Des mots arrangés, des faits romancés,
des personnages magnifiés…
Je ne suis pas elle, elle n'est pas moi,
pourtant, j'ai réussi à sonder son cœur.
Et voilà ce que j'y ai trouvé…

Qu'importe ce que le futur nous réserve,
Elle restera à jamais ce dessin sur ma poitrine…

C.Z.Evans

1
CAMERON

Mardi 31 décembre

La porte s'ouvre sans que je n'aie besoin d'exercer une réelle pression dessus. À croire que ces gens ont encore foi en l'humanité. *Réveillez-vous les Rice, l'époque où nous pouvions encore faire confiance à nos voisins est révolue depuis un bail !*

D'un signe de main, je préviens Ty que la voie est libre. Sans aucune précaution, ce gros débile avance dans la baraque déserte en s'imaginant déjà chez lui.

De ses doigts gantés, il touche les photos de famille qui trônent fièrement sur le meuble du salon.

— Regarde-moi ça ! lance-t-il en me jetant un cadre que je rattrape de justesse. La gamine est plutôt bonne, mais moi, je me farcirais bien sa daronne ! C'est pas une première main, mais je te parie mille billets qu'elle doit sucer comme une déesse !

Après un bon coup de poing dans l'épaule pour lui rappeler ce que l'on est en train de faire, Tyler râle en se mettant au travail. Je ne connais pas l'origine de son obsession pour les « mères » ou les gonzesses qui ont passé la quarantaine, mais ce connard ne s'arrête jamais de balancer des saloperies sur les femmes que l'on visite quand on part en commando.

— J'aime pas bosser avec toi, Black ! me prévient-il en dissimulant le doigt d'honneur qu'il me tend pour que je ne le voie pas faire.

— C'est réciproque, gros naze !

— Admets que tu es beaucoup trop sérieux ! D'ailleurs, je ne comprends toujours pas pourquoi le boss t'a recruté ! T'es pas dans le même délire que nous.

— Peut-être parce qu'il sait que sans moi, tu ne lui rapporterais pas une livre[1] !

— C'est moi qui t'ai tout appris, looser !

---

[1] Livre sterling : monnaie anglo-saxonne.

— Green, ferme ta gueule et mets-toi au boulot ! nous prévient la voix de Red dans nos oreillettes. Il ne vous reste plus que quinze minutes avant que l'alarme ne se déclenche !

— OK ! déclarons-nous en chœur avant de préciser à mon acolyte la direction que je compte emprunter.

Pendant que Tyler fouille minutieusement les pièces du bas, je grimpe à l'étage pour découvrir les secrets des Rice.

Dans le bureau, je ne mets pas longtemps à débusquer ce qui m'intéresse : un coffre camouflé derrière une vieille croûte en aquarelle qui ne va pas avec le reste de la déco… *Monsieur Rice, vous auriez pu faire un effort, cette planque est d'une banalité !*

De mon oreille experte, il ne me faut pas longtemps pour percer le code du coffre. Les chiffres n'ont que peu d'importance, ce sont les cliquetis qui comptent.

Tyler a beau être un connard machiste et prétentieux, il n'en reste pas moins le meilleur en ce qui concerne les coffres-forts. C'est lui qui m'a tout appris, il m'a donné toutes les ficelles, toutes les astuces pour tout faire péter.

Bien qu'il prenne un profond plaisir à me vanner dès qu'il en a l'occasion, il s'est comporté comme un ami pour moi depuis que je suis revenu à Brighton[2].

Abracadabra, petit coffre, montre-moi ce que tu caches… Quand la porte s'ouvre sur un butin non négligeable, je réalise, en comptant rapidement les billets, que même après le partage avec les quatre autres, j'aurai de quoi me payer une année supplémentaire à la fac de droit. Ma première pensée n'est pas pour le doyen de l'université qui va être ravi d'encaisser le chèque, elle est pour ces gens qui travaillent dur pour gagner un peu d'argent.

La villa a beau être située près de South Avenue dans Hanover, l'un des quartiers les plus prisés de la ville, il n'en reste pas moins que ce père de famille a dû passer de nombreuses heures au boulot pour pouvoir mettre cette somme de côté.

Me sentant coupable d'être ce que je suis une fois de plus, j'ajoute le nom de cet homme sur ma liste des gens à rembourser.

Bien que ce soit Red qui décide des maisons à visiter, et que je ne sois qu'un exécutant, j'ai toujours eu beaucoup de mal à digérer d'entrer chez les gens par effraction. Le cambriolage, je ne fais pas ça pour le plaisir. Au contraire, c'est devenu une nécessité vitale pour que je puisse subvenir à mes besoins, mais aussi à ceux de ma grand-mère.

---

[2] Brighton : ville balnéaire du sud de l'Angleterre, à une heure de train de Londres.

Si j'avais le choix, je n'irais pas voler les gens chez eux. C'est dégradant, tant pour les familles victimes, que pour moi. Malheureusement, c'est un boulot qui rapporte vite et gros. Rien de comparable à tout ce que j'ai pu faire avant.

Je ne sais pas si je dois haïr ou remercier Zach de m'avoir embarqué dans cette galère, mais ce qui est certain, c'est qu'aujourd'hui, grâce aux cambriolages, je réussis à payer mon école, de quoi manger correctement, et je peux offrir un toit à Nana. Il n'en reste pas moins qu'à cause de lui, je suis aussi devenu un véritable hors-la-loi.

Je me souviendrai toujours de mon état quand je suis rentré chez moi le soir de mon premier cambriolage, j'étais tellement mal que j'en ai vomi toute la nuit.

Ce soir-là, je me suis promis que quand j'aurais enfin sorti la tête de l'eau, que j'aurais mis Nana à l'abri du besoin et que j'aurais un travail digne de ce nom après mes études, j'allais essayer de rembourser ces gens.

Par acquit de conscience, j'ai commencé à lister les noms de mes victimes ainsi que la somme qu'ils m'avaient rapportée. Visite après visite, nom après nom, je les ai tous notés.

Mais à voir cette liste qui s'allongeait de plus en plus, j'ai compris qu'il y avait bien trop de personnes pour que je puisse tenir ma promesse.

Aujourd'hui, je note toujours les noms, mais j'ai arrêté de noter les sommes. Je tenterai de rembourser une partie de ma dette, j'y tiens toujours autant. En tout cas, je ferai de mon mieux.

En plus des billets, je découvre une vie entière à l'intérieur du coffre : papiers d'identité, livret de famille, acte de propriété… Tout y est, mais je ne prends rien.

Les autres ne le savent pas, je pense même qu'ils me cogneraient s'ils l'apprenaient, mais je me suis tout de même fixé une ligne de conduite : je ne prends que l'argent, le reste, je n'y touche pas. Enfin, tout dépend des familles… Comme Red nous donne les noms à l'avance afin que nous puissions analyser le terrain avant le jour J, j'aime me renseigner sur mes victimes. Je n'ai pas la prétention de me prendre pour un Robin des bois, mais j'avoue avoir moins de scrupules à braquer des gens qui s'exposent, qui se gargarisent de leur pognon, à une famille simple sans prétention.

La fois où on a visité Monsieur Smith, un politicard haut placé à la langue bien pendue, je n'ai eu aucun mal à taper dans les bijoux de sa bourgeoise. Ce couple de m'as-tu-vu qui pète plus haut que son cul ne méritait que ça. Entre son gros bide, engraissé sur le dos de ses salariés, et les atouts siliconés de sa gonzesse, j'ai même pris plaisir à lui voler ses biens.

Avec les Rice, c'est différent. Petite vie tranquille, famille modèle, gens honorables, je n'ai pas envie de les destituer de leur vie.

Peut-être que je suis un cambrioleur prétentieux, ou faux-cul, qui se sert en fonction de la vie de ses victimes, en attendant, ça m'aide à mieux dormir. Enfin, parfois.

Au milieu des papiers, un album photo s'échappe de ma main pour finir sa course sur le sol. Bien que le temps me soit compté, je m'octroie une seconde pour l'observer.

Un jeune couple amoureux, la naissance d'un premier enfant, une fille, puis d'un second, un garçon cette fois, pour finir par une photo de famille plus récente.

Pour le coup, Ty a tort. La mère a beau être jolie, elle n'a rien de comparable avec sa fille. Petite, aux cheveux noir ébène et aux yeux de la même couleur, elle doit à peine avoir seize ans sur ce cliché. Bien qu'elle soit trop jeune pour moi, je la trouve vraiment mignonne.

En général, je ne m'intéresse pas beaucoup aux meufs. Si l'occasion se présente, qu'importe qu'elles me plaisent ou non, je prends ce que j'ai à prendre sans m'attacher, mais je n'irais pas les chercher. Je n'ai pas le temps pour ça. Je ne me donne surtout pas le droit de le faire. Comment pourrais-je garder ma deuxième vie secrète si je m'entichais d'une femme ? Mais surtout, à quoi bon s'investir dans une relation, si les bases reposent sur un mensonge ? J'ai déjà du mal à vivre avec ce que je suis, je ne vois pas comment je pourrais le partager avec quelqu'un d'autre.

Par chance, jamais aucune fille n'a réussi à me donner envie d'en tomber amoureux. Il y en a bien eu quelques-unes qui ont insisté, mais au bout d'inlassables efforts, elles ont fini par abdiquer.

Malgré mon cœur de pierre, ces quatre-là me touchent. Ils ressembleraient presque à l'idée que je me fais de la petite famille parfaite. L'image de ma famille si elle existait encore. Sur un coup de tête que je ne cherche pas à comprendre, je récupère la photo de l'album où ils sont tous ensemble pour l'enfouir dans mon sac avant de reprendre mes investigations au premier étage.

Remplie de trophées et de posters de boxe, je tombe d'abord sur la chambre de Rice Junior. Après une recherche rapide, je ne trouve rien d'autre qu'un sachet d'herbe à moitié vide.

Quel âge a ce gosse pour fumer ce genre de merde ? Il mériterait que je laisse ça traîner sur le bureau de son vieux pour se prendre un bon sermon. D'ailleurs, je ne vais pas me gêner pour le faire !

Dans notre bande, je suis le seul à ne pas toucher à la fumette. Après un plan, on a pour habitude de se retrouver chez Red afin de mettre en commun nos trouvailles. Quand les comptes sont faits et que le partage est effectué, ils ont pour coutume de se faire tourner un joint. Ce ne sont pas de gros consommateurs, mais c'est une manière de se féliciter d'être rentré sans encombre. Moi, je n'ai pas envie de me féliciter. Il n'y a rien de glorifiant dans ce qu'on fait…

La seconde chambre est une suite parentale douillette. Un bon lit King size, une coiffeuse avec quelques bijoux sans grande valeur, un dressing sans trésors cachés au milieu des piles de fringues. Rien qui ne mérite mon attention.

Pour ne pas perdre de temps, je file vers la dernière pièce de l'étage : le domaine de Miss Rice.

Face à moi, les volets ne sont pas fermés. Par précaution, je m'approche de cette terrasse qui donne sur la rue sans allumer ma frontale.

Juste éclairé par la lumière de lune, l'univers de cette fille me semble enivrant. Quelques photos d'elle et de ses copines sur un mur, les cahiers d'une élève de dernière année de A-level[3] sur un bureau, une multitude de fringues dans une penderie, il n'y a rien de particulier ici, pourtant tout m'attire, me donnant l'envie d'en apprendre plus sur elle.

Cette demoiselle a dix-huit ans ou presque. Pas l'ombre d'un petit copain qu'elle regarderait avec la bouche en cœur sur les clichés qui entourent le miroir de sa coiffeuse ; elle pose, toujours souriante, les yeux pétillants de malice.

Son goût immodéré pour les vestes en jean et les robes à fleurs déborde de ses placards, tout comme le nombre de ses livres sur les étagères qui ornent les murs en face de son lit. Lectrice de romance à l'eau de rose compulsive, ses bouquins m'ont l'air tous plus gnangnans les uns que les autres, pourtant, elle les collectionne précieusement en décorant sa bibliothèque improvisée avec soin. Mais surtout, posé en vrac sur son bureau, son nom est noté sur la page de garde du premier bouquin que j'ouvre.

Zia Rice…

Enchantée jolie beauté que je ne connaîtrai jamais.

— Green, Black, plus que cinq minutes pour sortir, les gars ! nous informe la voix de Red dans l'oreillette.

— C'est bon pour moi, j'ai passé au crible le rez-de-chaussée, répond Ty. T'en es où, Black ?

— Je viens de finir, je te rejoins en bas dans une seconde !

---

[3] A-level = équivalent du Baccalauréat en France.

Attrapant le premier livre que je trouve sur le haut de la pile, je le glisse dans mon sac près de la photo avant de prendre la direction de la sortie.

Tandis que je rejoins mon complice dans le jardin, l'orage gronde au loin et le froid de cette fin décembre remplace la chaleur du foyer des Rice. En grelottant, je lui montre l'intérieur de mon sac rempli de billets en prenant soin de dissimuler les deux effets personnels que j'ai récupérés pour moi.

Les yeux ronds, il me fait un geste du pouce pour me féliciter avant de mimer le froid qui s'abat sur ses épaules. Sans nous parler, nous comprenons qu'il est temps de décamper si on ne veut pas geler sur place.

Tandis qu'il se met à courir au fond de la propriété pour reprendre le chemin que l'on a emprunté pour entrer, je le suis en murmurant dans le micro :

— On est sortis, on retourne à la voiture !

— OK, les mecs ! Blue et Brown sont avec moi, on attend plus que vous pour fêter la nouvelle année !

Heureux de me retrouver dans la bagnole, sain et sauf, je démarre la caisse de la même manière que nous sommes arrivés ici : en toute discrétion.

Plutôt fiers de notre récolte, nous sortons du quartier pour nous insérer dans la circulation fluide de ce soir de fête, en imaginant les perspectives qui s'offrent à nous. Prenant la direction de Gardner Road, dans le quartier de Fishersgate, je nous emmène vers notre destination finale, notre point de rendez-vous habituel.

Malgré la thune qu'il a amassée en deux ans, Red n'a jamais voulu partir du quartier de notre enfance. Pour lui, impossible de mettre les voiles ou de tracer un trait sur tous nos souvenirs de gosses.

Comme il le dit à chaque fois que l'on aborde le sujet : *c'est ici qu'on s'est rencontrés, c'est ici que tout doit continuer*. Même s'il y a une part de vrai, je crois qu'à un moment de nos vies, on doit aller de l'avant.

Quand m'occuper de Nana est devenu une tâche trop lourde à accomplir, j'ai dû faire les choix qui s'imposaient à moi. Elle avait besoin d'une aide médicale à temps plein, mais moi, je n'étais pas capable de lui prodiguer les soins nécessaires. Devoir la mettre dans une maison de retraite a été une décision difficile à prendre, mais elle était nécessaire.

Pour supporter les frais mensuels très élevés de la demeure de Preston Park, j'ai été obligé de vendre sa maison, seul endroit au monde où je me suis toujours senti heureux.

Après la transaction, partir de Fishersgate, c'était un peu comme renier mes racines, mais avec ce qui me restait en poche, impossible de rester là-bas.

Aujourd'hui, je me contente de peu. Avec le coût exorbitant de mon école, je ne peux me permettre de jouer les flambeurs.

Devant la maison de Red, je me sens enfin en sécurité. Pas de problème sur la route pour arriver, pas de voiture de flics au cul, pas de prison pour ce soir.

Bien que l'on excelle dans notre domaine, que l'on soit suréquipés et que l'on prenne toutes les précautions nécessaires, je suis toujours sur le qui-vive quand nous prenons le chemin du retour. Il n'y a que lorsque nous coupons le contact pour sortir de la bagnole, que je recommence à souffler.

Avant de me lancer dans cette carrière de cambrioleur hors pair, je n'étais pas du genre anxieux. Malgré la perte de mes parents, malgré ma vie avec Michelle Evans, cette femme géniale qui a pour rôle compliqué d'être ma grand-mère, j'étais plutôt du genre cool qui ne se prend pas la tête. Je faisais les pires conneries avec Zach, mon meilleur pote, sans jamais me soucier des conséquences. Même aux prémices de mon job de voleur, je prenais les choses comme elles venaient.

Tout a changé il y a un peu plus d'un an, quand Nana a commencé à perdre la tête. C'était un jour comme les autres. J'étais en cours quand mon portable n'a pas arrêté de sonner. Je me souviendrai toujours de la peur que j'ai eue quand mon interlocuteur m'a prévenu qu'il était flic. Sur le coup, je pensais m'être fait avoir à la suite d'un cambriolage, mais ça n'avait rien à voir avec ça. Il venait de retrouver ma grand-mère en pyjama sur la jetée près de la fête foraine, en train de déblatérer des conneries sur son adolescence dans le Yorkshire, au nord de l'Angleterre.

J'avais remarqué qu'elle perdait un peu la boule depuis quelque temps. Elle répétait souvent les mêmes phrases, elle zappait les divers rendez-vous que je lui prenais, elle confondait les moments de la journée. Je pensais qu'à soixante-dix ans, c'était normal. Mais après cette première fugue, ses absences sont devenues de plus en plus fréquentes, ses trous de mémoire étaient de plus en plus béants, et surtout, ses escapades non préméditées étaient de plus en plus dangereuses.

Un après-midi, en rentrant de cours, je l'ai cherchée près de cinq heures dans tout Brighton. Quand j'ai fini par la retrouver, assise sur un banc à la gare, je n'avais jamais eu aussi peur de toute ma vie. Heureuse de me revoir, elle attendait patiemment que son père vienne la récupérer pour l'emmener au cirque. Elle pouvait l'attendre longtemps !

Ce jour-là, j'ai compris que, quoi que je puisse faire pour elle, ce ne serait jamais assez pour prendre soin d'elle comme je le lui devais. En rentrant chez nous, j'ai commencé à me renseigner pour la mettre dans un centre adapté. Peu importe ce que ça allait me coûter, je n'avais pas le choix si je voulais qu'elle soit en sécurité.

Les démarches ont été longues et laborieuses, mais j'ai fini par la faire admettre dans une maison de retraite spécialisée pour les patients atteints d'Alzheimer. Voilà maintenant cinq mois qu'elle est là-bas, et que mon quotidien a complètement changé.

Fini la petite vie tranquille dans la petite maison de mon enfance, j'ai dû passer de gamin égoïste et écervelé à homme avec la tête sur les épaules en l'espace d'un an.

Maintenant, je crèche seul dans une auberge de jeunesse sur le front de mer où j'ai réussi à avoir une chambre pour moi tout seul moyennant quelques billets supplémentaires. Je jongle entre école et maison de retraite à un rythme soutenu, au point d'avoir presque oublié ce que le verbe « s'amuser » signifie vraiment.

Heureusement qu'il me reste encore la team pour me rappeler que je n'ai que vingt-et-un ans, et que parfois j'ai le droit de relâcher la pression.

— Messieurs ! annonce Ruben en levant son verre. Ce soir, je tiens à féliciter Cam pour le petit pactole qu'il nous a rapporté. Portons un toast à Cameron ! Grâce à toi, mon pote, on a de quoi mettre deux ou trois biftons de côté, et ça, ça n'a pas de prix !

— Les autres aussi ont bossé ! grogne Ty comme à son habitude. Il n'y a pas que Black !

— Tyler, t'es plus en mission ! déclare Noah en lui envoyant une cacahuète en pleine face.

Après chaque cambriolage, c'est toujours le même délire avec ce mec. Tyler n'arrive jamais à faire la différence entre nos vraies identités et celles que l'on utilise pour nos excursions.

Comme pour le reste, c'est Red, ou devrais-je dire Ruben, qui a mis ce système en place. Pour minimiser la possibilité de nous faire prendre, il a décidé de nous attribuer une couleur à chacun.

C'est comme ça que Noah est devenu Brown, que Lenny a insisté pour être Blue, et que moi, je n'ai pas eu besoin de choisir. En effet, ils n'ont pas cherché bien loin pour moi, ils ont juste fait référence à ma couleur de peau.

Bien que je ne sois pas vraiment foncé, je suis tout de même issu d'un métissage entre l'Angleterre et le Sénégal.

Pour Tyler, c'est un peu comme pour moi. Cet abruti n'est pas vert, mais il ne cesse de dire que c'est parce qu'il est vegan et qu'il consomme bio qu'on l'a surnommé Green. Mais on sait tous que ce surnom lui va comme un gant à cause de toute l'herbe qu'il fume !

— Ouais, bah quand même ! grogne-t-il en se levant pour protester. On a rapporté deux ou trois trucs qui valent le coup, nous aussi !

— J'ai pas dit le contraire, Ty ! tente de le calmer Ruben. Je dis juste que ce soir, Cam nous a rapporté 70 000 £[4]. Tu réalises que c'est notre plus grosse prise en cash depuis nos débuts ! Ça se fête, tu ne crois pas ?

— OK, j'avoue que c'est pas mal ! lance-t-il en me prenant dans ses bras pour se faire pardonner. Mais ne te repose pas trop sur tes lauriers, gamin ! La prochaine fois, c'est moi qui vais te faire verdir de jalousie !

— Je te le souhaite, Ty ! Je nous le souhaite ! dis-je en lui rendant son étreinte amicale avant de le repousser violemment pour qu'il s'écrase sur le canapé en riant.

— Si on trinquait, les mecs ? annonce Noah en levant son verre. Dans une heure, on passera dans la nouvelle année… Et qui dit nouvelle année, dit nouvelles aventures !

Dans un bruit fracassant, cinq verres s'entrechoquent au-dessus de la table basse, faisant gicler de nombreuses gouttes de vodka autour de nous. D'une traite, j'avale le liquide qui me brûle la trachée en tapant mon verre sur la table dans un bruit sourd.

Bien que je ne sois pas très porté sur l'alcool, ce soir, je fais l'effort pour marquer le dernier jour de l'année.

J'aime autant boire un verre ou deux maintenant plutôt que de devoir abdiquer face à l'acharnement de Zach. Comme il ne devrait plus tarder à arriver, je préfère prendre un peu d'avance pour qu'il voie que je n'ai pas besoin de ses pilules de merde pour lâcher prise.

[4] 79 554 € selon le cours du change du moment.

2
CAMERON

Dans la bonne humeur, les shots s'enchaînent jusqu'à ce que la porte s'ouvre sur mon meilleur pote.

Toujours aussi bien accompagné, Zach fait une entrée magistrale avec deux déesses, l'une brune, l'autre blonde.

Bien que ces trois-là y mettent tout leur cœur, je ne comprends pas un traître mot de ce qu'ils chantent. Me délectant tout de même du spectacle sexy qui se déroule sous mes yeux, je regarde la brune s'avancer vers moi en ondulant du bassin.

Habitué à subir ce phénomène depuis notre plus jeune âge, Zach la laisse partir en se concentrant sur la blonde. Il sait qu'elle finira par revenir vers lui.

Avec ses trois mois de plus que moi, je l'ai toujours admiré. Intelligent, drôle, rusé, doté d'une facilité de parole exemplaire, il a ce qui me fait tant défaut : de l'assurance.

J'avais beau être le plus mignon des deux, les belles vacancières étaient toujours pour lui au final. Aujourd'hui encore, je vois bien comment les femmes me regardent, elles me dévorent des yeux, mais quand elles réalisent que rien ne peut briser ma carapace, ou plutôt le blockhaus que j'ai créé autour de moi, elles finissent par retourner le voir.

Lui comme moi savons ce qu'il en est. On fait avec. Et puis, je dois dire que grâce à Zach, j'ai rencontré la jeunesse dorée de Brighton. Je me suis fait inviter à des soirées plus hypes et plus chicos les unes que les autres, j'ai profité de la richesse des autres sans jamais avoir à débourser un centime. Il est le roi du système D, le pro des bons tuyaux… Enfin, sauf quand il vous entraîne dans des mauvais plans qui finissent par vous coller à la peau.

Assise sur mes genoux, je la laisse goûter mes lèvres en écoutant Ty grogner. Souriant à ma nouvelle amie dont je ne connais pas le prénom, je l'embrasse à mon tour pendant qu'il s'offusque de toujours passer après moi.

Autant Zach a toujours pris ça avec amusement, autant Tyler ne digère pas d'être constamment la dernière roue du carrosse.

On ne peut pas dire que cet abruti ne soit pas beau gosse, au contraire, il est même plutôt pas mal dans le genre gros muscles sans cerveau. Sauf qu'avec cet air dur qu'il arbore au quotidien, il fait flipper les gonzesses, qui l'évitent comme la peste. Sans parler de cette crinière décolorée qu'il se trimballe depuis quelques jours. Une coupe à gerber !

— Les filles, pourriez-vous aller dans la cuisine pour nous préparer des sandwichs ? Je dois parler à mes potes cinq minutes.

— Zach, tu nous avais dit qu'on passait juste les chercher. On va louper le décompte à cause de toi ! râle la blonde en faisant la moue.

— J'en ai pour cinq minutes ! lance-t-il en se penchant pour lui croquer le sein par-dessus son tee-shirt à paillettes. C'est promis !

Résignée en comprenant qu'elle n'aura pas le dernier mot, la blonde obéit en entraînant sa copine au passage.

La brune la foudroie du regard en me promettant, à son tour, de revenir au plus vite.

Sans lui répondre, je la laisse quitter mes genoux pour se rendre à la cuisine. Qu'elle revienne ou pas, en réalité, je m'en balance. Par contre, je ne serais pas contre un sandwich !

— N'oubliez pas les cornichons, les filles ! braille Zach en refermant la porte pour qu'elles n'entendent pas la suite de la conversation avant de venir se rasseoir avec nous. Les mecs, il faut qu'on parle ! J'ai un plan d'enfer pour vous… Enfin, pour nous !

— Lâche-nous avec tes plans d'enfer, Davis. On t'a déjà dit qu'on ne revendrait rien pour toi ! s'énerve Ruben en finissant son verre sans le quitter des yeux.

— Rien à voir ! Cette fois, c'est un truc réglo. Une vraie bonne affaire ! Je vous jure !

Sûr de lui, Zach sort une plaquette publicitaire de sa poche avant de la jeter au milieu des verres vides.

Bien que je lui fasse confiance, je suis toujours chétif en ce qui concerne « les plans d'enfer » de Zach. Depuis qu'il m'a avoué qu'il dealait, l'été de nos seize ans, je suis toujours sur la réserve. Même si je sais qu'il s'est lancé là-dedans à cause de Mona et qu'aujourd'hui son business est devenu plutôt lucratif, j'en suis toujours à me dire qu'il se fait de la thune sur des gamins accros à l'héro ou à la coke. Enfin, qui suis-je pour le juger ? Moi qui m'enrichis en volant les biens des autres !

— Je vous assure que c'est un bon plan ! répète-t-il face à nos mines dubitatives. Laissez-moi vous présenter le biz[5], je suis certain que vous ne pourrez pas refuser !

— Tu nous as préparé une petite présentation ? se moque Lenny en tirant sur son joint avant de le faire tourner.

— Fous-toi de ma gueule, Len ! Tu seras le premier à vouloir y mettre des pions quand tu sauras que ça allie tes deux plus grandes passions : les gonzesses et l'alcool…

— Ah… Mon ami…, s'exclame Lenny en lui tapant dans le dos. Tu as effectivement toute mon attention !

— Et vous ? nous demande-t-il en lançant un regard à la ronde pour avoir notre approbation. OK ! Puisque vous êtes tout ouïe, voilà le dossier, les mecs !

Pendant qu'il nous passe à chacun un exemplaire de la plaquette qu'il a balancée sur la table, je déplie le flyer pour en découvrir son contenu.

Un bar. Voilà son plan. Un bar situé sur King's Road, en plein milieu du quartier branché de Brighton, face à la mer, là où la vie nocturne bat son plein dans la ville de plaisance.

— Les gars, je vous présente le *King's Bar*.

— On le connaît ce bar, Zach ! lance Noah en grimaçant. T'as oublié qu'on y passe tous nos vendredis soirs ?

— Justement ! C'est là où je veux en venir ! Je suis passé voir Neil cet après-midi, il m'a informé que le bar était à vendre à partir de demain. Le patron se trouve trop vieux pour continuer, il veut pouvoir enfin couler des jours heureux avec sa grosse dans le nord du pays.

— Pourquoi Neil ne rachète pas ? demande Ruben, intrigué. Il est barman là-bas depuis quoi ? Cinq ans ?

— C'est ça, Rub ! Depuis cinq ans, soit depuis qu'il a quitté l'école après son A-level. Vu son niveau d'étude, les banques ne veulent pas le suivre. Il n'aurait pas eu besoin de faire un emprunt de dingue m'a-t-il dit, pourtant, les banques sont réticentes à laisser un mec qui n'a aucune notion de comptabilité ou de droit gérer un commerce d'alcool. Et c'est là qu'on rentre en jeu !

— Tu veux qu'on s'associe à lui ? demandé-je en essayant de comprendre son plan.

— Non, pas du tout ! Neil est bien sympa, mais il n'est qu'un barman. Je voulais plutôt qu'on s'associe tous les six pour faire péter la baraque. On

[5] Biz = business.

pourrait faire du *King's Bar*, le haut lieu de la fête à Brighton. Alors, vous en pensez quoi ?

— Si je comprends bien, reprend Ruben en dévisageant Zach. Tu voudrais que cinq voleurs et un dealer s'associent pour gérer un débit de boisson ? C'est quoi le plan ? Tu veux nous exposer aux yeux du monde pour qu'on se fasse chopper plus vite ?

— Avec tout le respect que je te dois, Ô grande tête pensante de notre organisation ! lance Zach en mimant une prière. Tu sauras que plus on sera sur le devant de la scène, plus nos méfaits passeront au second plan ! Quel genre de patron fournirait son bar en vendant sa propre dope ? Et quel genre de boîte tournerait grâce à de l'argent volé ?

— Justement ! Blanchiment d'argent, ça te parle ? s'inquiète Noah en se resservant un verre, l'air grave.

— Réfléchissez, les gars ! On a tout ce qu'il faut pour blanchir en toute discrétion. Noah, toi, t'es flic, Ruben est banquier, on aura bientôt un avocat d'enfer avec Cam, et Lenny est comptable.

— Et moi ? lance Ty en se sentant mis à l'écart.

— Toi..., réfléchit Zach en se frottant le menton. Toi... tu feras un excellent videur ! Avec toutes tes connaissances d'agent de sécurité, on ne craindra plus rien !

— C'est pas faux ! répond-il, fier de lui. Moi, je marche, Zach. Tu peux compter sur moi !

— Merci, Ty ! lance-t-il en lui serrant la main.

— Franchement, je sais pas ! les coupe Ruben en serrant les dents. C'est vraiment risqué comme plan !

— Faut voir, dis-je en réfléchissant à voix haute. On laisse Neil à son poste, il est bon dans ce qu'il fait. Ensuite, comme on est six, on peut travailler chacun un jour par semaine, ça nous laisse du temps pour continuer à se faire un cambriolage hebdomadaire. L'argent qu'on choppe, on le réinjecte dans la société pour qu'on puisse se sortir de plus gros salaires, et comme ça, on devient des hommes presque respectables. Si, à terme, ça nous permet d'arrêter de voler, je suis pour.

— OK, reprend Ruben. Et comment on justifie l'argent qui rentre ?

— Ça, c'est mon problème ! Je peux faire dire ce que je veux aux chiffres, se félicite Lenny. Et puis, avec Noah, on aura un pied dans la police. C'est comme aujourd'hui, on aura toujours une longueur d'avance sur les flics. Je crois que c'est jouable, mais il y a quand même une question qui se pose...

— Combien ? demande Ruben qui n'a toujours pas desserré les mâchoires. Combien on doit mettre pour que le bar soit à nous ?

— Je savais que vous alliez me poser la question ! J'ai vu avec Neil, le vieux en demande une bouchée de pain ! 350 000 £[6]. J'ai déjà fait les calculs, ça veut dire qu'on mettrait…

— 59 000 £[7] chacun, répond Ruben avant Zach. Cinquante-neuf mille, c'est faisable. C'est pas une somme astronomique, on peut envisager de tenter le coup. On peut le trouver où le vieux ?

— Encore une fois, tonton Zach est là, les mecs ! Il était au bar cet après-midi quand Neil m'en a parlé. Je lui ai dit que mes associés et moi serions intéressés, et… roulement de tambour, lance-t-il en tapant sur la table. Il veut bien nous recevoir le 2 janvier pour en discuter !

— Waouh… C'est rapide ! s'exclame Ty, en haussant les yeux. Ça veut dire qu'on a deux jours pour se mettre d'accord sur la suite. Tu nous prends un peu de court, Zach !

— Écoutez, si je vous parle de ce projet, c'est parce qu'on est potes depuis notre plus jeune âge. Je pourrais tenter tout seul, j'en ai les moyens, lance-t-il en se frottant les doigts pour mimer le signe de l'argent. Sauf que concrètement, je ne me vois pas me lancer dans cette aventure sans vous. Un bar, les gars ! Souvenez-vous, on en parle depuis qu'on est ados ! On s'était promis d'ouvrir un bar pour faire la fête jusqu'à la fin de notre vie !

Il a raison, c'est une promesse que l'on s'est faite, il y a longtemps. Il faut dire que cinq d'entre nous se connaissent depuis leur plus jeune âge.

Les trois frères Chang avec Ruben, l'aîné, Lenny et Noah, le dernier de la fratrie, étaient les voisins de Zach à l'époque où il habitait encore avec ses parents dans le quartier de Fishersgate, près du port.

C'est là que je les ai connus. Ma grand-mère avait un petit appart dans lequel je passais souvent mes vacances quand j'étais gamin.

J'adorais venir la voir pour retrouver mes potes, et faire les quatre cents coups avec eux. Rentrer à Londres était un crève-cœur à chaque fois, je n'y étais pas aussi bien intégré qu'à Brighton.

Bien que j'adorais les Chang, Zach était vraiment devenu comme un frère pour moi. L'été de nos quinze ans, quand mes parents sont morts dans un accident de voiture, j'ai dû poser mes valises chez Nana. Malgré la présence de

6 421 000 € selon le cours du change du moment.

7 71 000 € selon le cours du change du moment.

mes potes, j'ai mis du temps à refaire surface, Zach ne m'a jamais laissé tomber, il était le seul que je continuais à voir régulièrement.

Il n'y a qu'à mes dix-sept ans que j'ai recommencé à les voir tous. Les Chang étaient devenus différents. Toujours aussi excellents dans les études, ils avaient changé dans leur comportement. Issus d'une famille modeste et respectable, ils s'étaient mis à s'habiller plus classe, avec des fringues de marques, ils vivaient au-dessus de leurs moyens, c'était étrange.

À l'époque, ils traînaient avec deux autres types que je ne connaissais pas, mais aucune importance, je m'en foutais un peu. Et puis, Nana a commencé à perdre un peu la tête.

À force d'enchaîner les rendez-vous médicaux pour savoir ce qui clochait, j'ai eu besoin de fric pour l'aider. C'est là que Zach m'a tout expliqué sur nos potes d'enfance. C'est comme ça que je me suis laissé embarquer dans l'histoire et que j'ai fait la connaissance de Tyler. L'autre type était parti sans laisser d'adresse après leur avoir fait un coup tordu, il leur manquait quelqu'un pour combler les binômes.

Ça fait déjà quatre ans qu'on partage notre galère, avoir un bar ensemble, ce n'est pas une si mauvaise affaire, au final.

— Ce que je vous propose, reprend Zach, c'est qu'on y aille maintenant pour étudier le projet directement dans son cœur. J'ai pas mal d'idées à vous soumettre en matière de com' ! Et ça, vous savez que c'est mon taffe !

— Moi, je suis d'accord, mais seulement si c'est toi qui rinces !

— Aucun problème, Ty ! Les consos sont pour moi cette nuit ! Alors… On y va ?

3
CAMERON

Lundi Ier juin

— Alors, mon fils, combien de temps tu comptes rester cette fois ?

— Nana, pour la troisième fois, je suis ton petit-fils, Cameron ! Je passais juste te faire un bisou avant d'aller en cours, lui dis-je en embrassant ses cheveux bouclés presque devenus violets à cause des teintures qu'elle fait sur sa tignasse blanche.

— Admettons que tu sois bien mon petit-fils, et non pas un brigand venu pour me voler mon or, lance-t-elle en me scrutant de son œil inquisiteur alors que je me retiens de rire face à ses accusions presque véridiques. Peux-tu me dire, jeune homme, où se trouve mon fils ?

Et voilà que ça recommence ! Comme d'habitude, je vais devoir lui expliquer que mon père est décédé depuis six ans dans un accident de voiture, comme d'habitude elle va se mettre à pleurer, elle va me retenir en me serrant fort dans ses bras jusqu'à ce qu'elle finisse par s'endormir, et comme d'habitude, je vais arriver en retard en cours.

Aujourd'hui, il n'y a pas moyen que je me pointe à la bourre, j'ai un examen important pour la suite de mes études. Si je réussis à avoir la meilleure note, j'aurai l'embarras du choix pour mon stage de l'année prochaine. Par contre, si je me plante, je devrai me contenter des miettes laissées par les autres, ce qui n'est même pas envisageable !

— Il passera te voir plus tard dans la journée, Nana.

Mon mensonge me rend mal à l'aise. Bien qu'elle aura oublié ce que je viens de lui dire dans une dizaine de minutes, je n'aime pas jouer avec sa maladie.

Pourtant, parfois cela s'avère nécessaire autant pour moi que pour elle.

Voir le sourire radieux qui s'affiche sur son visage me fait de la peine. Elle va faire le pied de grue devant la porte pendant de longues minutes, heureuse de pouvoir le retrouver et le serrer dans ses bras, jusqu'à ce qu'elle en vienne à oublier ce qu'elle était en train d'attendre.

Triste pour cette bonne femme au caractère bien trempé élimé par la maladie. Je la serre dans mes bras très fort avant de déposer un baiser sur sa joue.

— Je repasse te voir demain, Nana. D'accord ?

— Vous pouvez repasser, Monsieur ! Sachez tout de même que demain, je n'aurai toujours pas d'argent à vous donner.

Pouffant de rire en relâchant cette vieille bique qui ne m'a même pas rendu mon étreinte, je lui fais signe avant de sortir de la chambre.

En longeant le couloir qui mène à l'ascenseur, je ne peux m'empêcher de ressasser ce que ce fichu Alzheimer a fait de ma grand-mère. À chaque fois que je la quitte, c'est-à-dire tous les matins, je constate que la maladie gagne chaque jour un peu plus de terrain.

Ce n'est pas facile de la voir sombrer minute après minute sans ne rien pouvoir faire pour l'aider. Même si la maison de retraite est spécialisée dans ce genre de cas, je vois bien qu'il n'existe aucun miracle qui me rendra ma Nana.

Aujourd'hui, elle est tout ce qu'il me reste sur cette Terre. Elle est ma seule famille, et je ne peux plus me voiler la face, bientôt, elle ne sera plus là. Je serai seul.

Face à cette deadline qui nous nargue sans vergogne, j'ai du mal à contenir la colère qui monte en moi. Que puis-je faire de plus que venir lui apporter mon soutien au quotidien ? Rien. Ça me donne la sensation d'être tellement minable…

En sortant de la résidence, je jette un coup d'œil à sa fenêtre. Elle est là, comme toujours, à contempler le ciel ou les fleurs, mais moi, elle ne me regarde pas. Pour elle, je redeviens un étranger quasiment un jour sur deux, aujourd'hui n'échappera pas à l'exception. Même si ça me brise le cœur, je ne peux me satisfaire que de ça.

Au volant de ma nouvelle *Audi*®, je prends la direction du campus pour aller passer ce fichu examen.

Il n'y a pas que pour décrocher un bon stage pour l'année prochaine que je dois le réussir. Hier soir, on avait un plan du tonnerre pour un cambriolage à Newhaven, à une vingtaine de minutes de chez nous, et j'ai planté tout le monde pour pouvoir réviser.

Les gars étaient énervés que je décline l'invitation au dernier moment. Ils m'ont même prévenu que si je ne décrochais pas la meilleure note, ils me feraient trimer au bar tout l'été. J'avoue que je préférerais ne pas y passer toutes mes journées, mais si ça peut aider, alors je le ferai. Surtout que Neil a vraiment besoin de renfort.

Avec la fin d'année scolaire qui approche, il a de plus en plus de mal à tenir son service comme il faut. Il faut dire qu'en cinq mois, nous avons fait de ce bar, le lieu incontournable de la fête à Brighton. Que ce soit en journée ou en soirée, en semaine ou le week-end, il y a toujours un monde fou à servir. Avec tout le travail que ça implique aujourd'hui, on va devoir vite trouver une solution pour ne pas perdre notre meilleur, surtout le seul, barman de notre pub.

Pour le moment, il ne pète pas encore un plomb parce qu'on réussit à le tenir avec la thune. En effet, grâce au chiffre d'affaires que l'on a engrangé depuis janvier, on a pu lui doubler son salaire. Il sait très bien que pour un boulot équivalent ailleurs, il ne sera jamais aussi bien payé que chez nous. Alors même s'il fait profil bas pour le moment, il nous a tout de même fait une liste de doléances longue comme le bras pour améliorer ses conditions de travail. Liste que nous n'avons pas encore pris le temps d'étudier et sur laquelle il nous faut absolument jeter un œil avant le lancement de la saison d'été.

L'horloge tourne, les secondes défilent, il ne me reste plus que quelques minutes pour poser mon cul sur une chaise dans la salle d'examen.

Par chance, je réussis à trouver une place sur le parking blindé de la fac avant de me mettre à courir comme un dératé dans le campus.

Comme moi, les derniers retardataires passent la porte de la salle juste avant qu'elle ne se referme sur nous. Le regard désapprobateur du surveillant m'oblige à faire profil bas pour m'installer en silence.

Soulagé d'être arrivé à temps, je sors mes affaires en toute sérénité. C'est comme pour les cambriolages, si on trouve une place où se garer pas trop éloignée et si on réussit à entrer sans trop se faire repérer, alors ce ne sera qu'une simple formalité.

***

— Posez les stylos ! C'est fini ! braille le surveillant de salle avec un sourire sadique.

Après cinq heures à gratter du papier non-stop, je délasse enfin mes doigts en soufflant.

Les trois quarts des candidats ont déjà déserté depuis un bail. Je les ai vus partir au bout de deux ou trois heures sans vraiment savoir quoi en penser. Est-ce que si je suis encore là, c'est parce que je n'ai pas bien compris mon sujet ? Ou est-ce que ce sont les autres qui n'ont pas bien réussi ?

C'est toujours la même merde avec les exams. Je doute de moi au point que même quand j'ai fini une épreuve, je cogite encore pendant de longues heures.

Basta, ras-le-bol de se prendre la tête !

D'un geste vif, je referme les pages noircies d'encre avant de rendre ma copie au prof à moitié endormi sur sa chaise. Je n'ai pas eu le temps de me relire, mais comme on dit, ce qui est fait est fait. De toute façon, le temps est écoulé alors aucun regret, je ne pourrai plus rien améliorer.

Après avoir récupéré mon sac à dos pour y ranger mes stylos en vrac, je constate que je suis le dernier à sortir de la salle. Avec un léger pincement au cœur, je regarde cette pièce déjà vide. Et voilà, une année de travail acharné, une année de nuits blanches pour réviser, une nouvelle année de droit qui s'achève et qui me rapproche de mon but. Il ne me reste qu'un an à tirer pour obtenir mon diplôme. Ça me paraît encore loin, pourtant, le temps passe si vite.

Pour une fois, je sors d'un examen en me sentant plus léger. Qu'importe le résultat, je sais que j'aurai mon année. Mes propos ont été cohérents, j'ai résolu le cas et je pense avoir rendu une copie plutôt bonne. Je ne serai pas le premier, j'en suis certain, mais je ne serai pas le dernier non plus. Avec un peu de chance, je pourrai tomber sur un cabinet pas trop pourri où j'effectuerai mon stage avec brio en montrant de quoi je suis capable.

L'air déjà chaud de cette fin de printemps me redonne le sourire. Comme un con, j'arpente les allées du campus en prenant le temps de profiter du soleil.

Avec cette vie bien remplie et mes multiples casquettes de cambrioleur/avocat/étudiant/chef d'entreprise/serveur, rares sont les occasions de profiter de la vie.

Je n'ai rendez-vous au bar qu'à dix-sept heures, ce qui me laisse quelques minutes pour me poser sur un banc et me prendre l'un de ces sandwichs immangeables qui sont vendus sur le campus.

Quand j'arrive au kiosque, il y a une file de dingue. Je crois même n'avoir jamais vu autant de monde faire la queue pour avoir l'honneur de goûter l'un des mets si précieux du vieux Willy. Avec mon estomac grondant pour m'ordonner d'attendre mon tour, je me glisse à la dernière place sans rechigner face au temps d'attente.

Devant moi, je repère les jeunes visages qui semblent tous plus excités les uns que les autres. J'avais complètement oublié qu'en cette fin d'année scolaire, les visites du campus par les écoles de la ville s'enchaînaient.

Je me souviens quand j'étais moi-même à la place de ces gamins. Venir ici, c'était avoir de nouvelles perspectives qui s'offraient à moi. Tout un monde de possible, une vie entière à préparer. C'était à la fois impressionnant, excitant et effrayant.

Maintenant que je suis à un an de finir mes études, je réalise à quel point ces années sont passées à vitesse grand V. Malgré nous, nous sommes lancés dans un train à grande vitesse sans savoir quelle sera notre destination. Même si le chemin est plein de turbulences, il me tarde d'atteindre mon point d'arrivée. Quand j'y serai enfin, je pourrai mettre mon boulot de cambrioleur loin derrière moi, je pourrai enfin envisager d'avoir une vie normale.

— Je ne sais même pas pourquoi je suis venue ici ! déclare la fille devant moi. T'as vu les frais de scolarité ? Mes parents ne pourront pas payer après ce qui s'est passé. Tu peux faire une croix sur nos projets ici, Sofia !

Bien que cette conversation ne me soit pas destinée, comme je n'ai rien d'autre à faire, je ne peux m'empêcher de tendre l'oreille.

Cette gamine a raison, les parents sont obligés de se saigner pour payer des études à leurs gosses. Une année sur le campus, c'est l'équivalent de cinq mois d'un salaire moyen anglais, tout le monde ne peut pas se le permettre.

— T'as pas encore trouvé de job d'été ? lui demande sa copine en avançant d'un pas dans la file.

— Mon père s'entête à dire que je n'ai pas besoin de travailler, qu'il va trouver une solution pour payer la première année. Je sais que ça l'obsède, il n'est plus comme avant, ajoute la petite brune qui me tourne le dos. Il est toujours sur le qui-vive, plongé dans ses pensées et soucieux. Ces connards de cambrioleurs n'ont pas juste piqué toutes nos économies, ils nous ont aussi pris une partie de nous en rentrant dans notre maison.

Je ne peux m'empêcher de m'étrangler avec ma salive en écoutant les mots qu'elle vient de prononcer.

Surprises, les deux jeunes filles se retournent en même temps pour voir ce qui se passe derrière elles.

Quand j'aperçois le visage de la brune, je reste bouche bée. Le cambriolage du 31 décembre me revient en pleine face comme si on venait de me gifler la joue. La photo de famille, sa chambre, ses fringues, son livre… Elle se tient devant moi, me demande si je vais bien, mais je n'arrive plus à avoir de pensée rationnelle.

Sa petite robe à fleurs, sa veste en jean, sa coupe au carré, la couleur de ses cheveux, ses yeux noisette magnifiques… J'aurais dû m'en rendre compte avant…

— Tu vas bien ? me demande sa copine blonde en me tapant sur l'épaule pour me faire réagir. Il y a quelqu'un ? ajoute-t-elle en claquant des doigts tout près de mon nez pour que j'arrête de fixer sa copine.

— Merde…, dis-je en reprenant mes esprits. Désolé, j'ai avalé ma… mon chewing-gum de travers. Encore un truc con inscrit sur ma liste des trucs à faire avant de mourir !

Ma vanne ne fait sourire ni l'une ni l'autre. Au contraire, elles me regardent d'un œil encore plus mauvais.

— Fais gaffe alors ! reprend la brune qui me scrute avec attention. Tu nous as foutu la trouille !

— Ça va aller ? s'inquiète la blonde en laissant traîner sa main sur mon avant-bras.

— Oui, merci. La vérité, c'est que je sors tout juste d'un exam. Je suis sûrement encore un peu à l'ouest, répliqué-je pour me trouver une excuse plus vraisemblable. C'est à vous…

Tandis qu'elles me regardent sans comprendre où je veux en venir, je leur montre la place qui s'est libérée au comptoir.

Après un bref remerciement, les demoiselles se retournent pour passer leur commande alors que je suis encore sous le choc de cette rencontre hasardeuse. De bon ou de mauvais augure, j'ai cette sensation étrange qui me parcourt l'échine et qui m'implore de ne pas laisser filer cette fille.

En gloussant, la blonde se penche vers celle dont je ne me souviens plus du nom pour lui glisser un mot à l'oreille. Je n'ai pas entendu ce qu'elle lui a dit, mais la réponse de miss robe à fleurs est sans appel : *bof, pas mal, mais franchement sans plus.*

Pas mal ? *Sans plus* ? Si c'est de moi qu'elles parlent, pour qui elle se prend cette gamine ?

— Ce sont des qualificatifs à mon attention ou je me trompe ? demandé-je dans un regain de confiance qui me ressemble peu en me penchant par-dessus son épaule.

Alors qu'elle tend la main pour récupérer son sandwich, elle fait volte-face, rouge de honte, le visage figé.

— C'est très malpoli d'écouter les conversations des autres. Tu te prends pour qui ? s'emporte-t-elle en me poussant pour quitter la file. Ce n'est pas parce qu'on t'a presque sauvé la vie que t'es devenu notre pote. MON POTE !

— Presque sauvé la vie ? T'es quoi, toi ? Une super-héroïne de comics ? T'as sauvé la vie à personne, redescends sur Terre ! lui dis-je plus amusé qu'énervé par sa façon de me répondre.

— Ne fais pas ton vexé par ce que j'ai dit que tu étais bof ou juste passable. T'es juste pas mon style de mec, c'est pas contre toi, lance-t-elle en s'emparant de la main de sa copine pour l'attirer contre elle.

Sans que je sois prêt à assister à ce genre de scène, Miss robe à fleurs colle sa bouche sur celle de son amie pour lui donner un baiser bien trop passionné pour être naturel.

Fière d'elle, elle s'arrête, la tête haute, pour me snober, avant d'ouvrir cette bouche rougie par l'excitation.

Sous mes yeux ébahis par tant d'audace, je ne peux m'empêcher de la détailler. Elle est plus belle que dans mes souvenirs, plus vieille aussi. Elle n'a rien à voir avec l'idée que je me faisais d'elle. Moi qui l'imaginais prude et délicate, romantique et naïve, je me retrouve face à une petite pétasse à peine majeure qui veut me faire croire qu'elle est lesbienne.

Elle peut être tous les rôles qu'elle souhaite face au monde extérieur, mais moi, j'ai vu sa chambre, j'ai même lu son livre… Je suis prêt à parier qu'elle n'aime pas les femmes, et qu'il ne s'agit que d'un mécanisme de défense.

— Tu vois ! grogne-t-elle en s'essuyant la bouche comme si de rien n'était. C'est ce que je disais, t'es juste pas mon genre… Au plaisir, mon pote ! Et fais gaffe avec les chewing-gums. Je ne serai pas toujours là pour te sauver.

Toujours aussi arrogante, elle me tourne le dos en levant sa main pour me dire au revoir avant de tracer sa route sans un regard pour nous.

Sofia, la jolie blonde qui l'accompagne, s'approche de moi en riant avant de s'emparer de ma main. Un stylo entre les doigts, elle griffonne son numéro de portable au creux de ma paume avant de resserrer mes doigts dans les siens.

Son contact ne me fait aucun effet, pour autant, je lui laisse penser qu'elle a une chance en caressant son pouce du bout du mien. Si c'est elle mon ticket d'entrée vers sa copine, alors OK ! Je saisis ma chance.

— Ne fais pas attention à Zia, c'est une vraie tête brûlée ! me prévient-elle alors que le doux nom de cette petite impertinente me revient enfin en mémoire. N'hésite pas à m'appeler, je ne t'ai pas trouvé « bof », moi !

Sans prévenir, la demoiselle se hisse sur la pointe des pieds pour déposer un baiser sur ma joue avant de se mettre à courir pour rattraper sa copine.

Planté devant l'allée qu'elles ont empruntée, je les regarde s'éloigner avec un pincement au cœur.

Si Zia risque de ne pas poursuivre ses études, c'est à cause de moi. La boule au creux de ma gorge m'empêche presque de respirer. C'est à cause de moi, je me répète en boucle tandis qu'elle repousse sa copine en riant. C'est à cause de ce que je suis, à cause de ce que j'ai fait. C'est ma faute.

Comme si j'avais débranché mon cerveau pour le mettre en mode automatique, je compose le numéro de cette Sofia sans me soucier des conséquences que ce coup de téléphone pourrait avoir sur ma vie.

Pendant que son téléphone sonne dans sa main, elle interroge Zia pour savoir si elle doit répondre. Quand elle le fait, au bout de la troisième sonnerie, les mots sont coincés dans ma bouche.

— Allô, c'est qui ? Allô ? lance-t-elle en traînant sur les lettres.

Il est trop tard pour faire machine arrière. Je m'étais promis de rembourser ma dette d'une manière ou d'une autre, et c'est ce que je vais faire.

Même si je ne sais pas encore ce que je vais dire aux autres pour me justifier, cette Zia, j'en fais ma BA[8].

— Retournez-vous et mets le haut-parleur, lui dis-je alors qu'elle s'exécute.

Surprise par cet appel, Zia me fait un signe de la main pour savoir ce que je leur veux.

— Si t'es un de ces pervers qui veut faire un plan à trois, laisse tomber ! me balance-t-elle comme une insulte alors que Sofia lui intime de se taire.

— D'une part, je ne suis pas un pervers, et d'autre part, tu n'es franchement pas mon genre. Les petites pucelles pseudo-lesbiennes qui se la pètent, c'est pas du tout mon délire !

Toujours face à elles, avec cette trentaine de mètres qui nous séparent, je distingue son sourire avant même qu'elle ne lève les yeux dans ma direction. Comme si elle me voyait pour la première fois, son regard me détaille de loin, me mettant presque mal à l'aise alors que je ne risque rien.

— OK, passons sur les amabilités inutiles. Puisque tout est parfait, que je ne suis pas ton genre et que tu n'es pas le mien, pourquoi tu appelles ? Sofia n'est pas intéressée non plus !

— Hey ! Parle pour toi ! la sermonne-t-elle en me faisant un geste d'excuse de la main. Oublie cette folle, il lui manque vraiment une case !

— Je vais passer sur sa façon de répondre à son futur patron, par contre, j'ai besoin d'une fille comme ça dans mon bar ! lâché-je pour piquer la curiosité de Miss robe à fleurs.

— Dans ton bar ? s'exclame-t-elle. Tu m'as prise pour une escort ? C'est ce que je disais, t'es un putain de pervers !

Sans même connaître la suite, elle me raccroche au nez.

---

[8] BA = Bonne Action.

Tandis que Sofia se met à l'engueuler au milieu de l'allée, je profite de leur échange mouvementé pour piquer un sprint et parcourir les mètres qui me séparent d'elles.

— Ne vous disputez pas pour moi, les filles ! plaisanté-je alors qu'elles étaient trop occupées pour me voir arriver. Toi avec la robe à fleurs, encore une fois, je ne suis pas un pervers. Je voudrais juste te proposer un boulot !

— Je ne t'ai rien demandé…

— Laisse-moi au moins te dire de quoi il s'agit avant de t'emporter pour rien ! Je suis propriétaire d'un bar au centre de Brighton avec cinq de mes amis. Le serveur est en galère, et comme les vacances approchent vite, nous avons besoin d'une serveuse en extra. C'est un job d'étudiant, à temps plein en été, puis uniquement pour le week-end pendant l'année. Comme je t'ai entendu dire que tu n'avais pas trouvé de travail saisonnier, je suis certain qu'avec ton répondant, ta grande gueule et tes robes à fleurs, tu pourrais carrément faire l'affaire. Est-ce que ça te semble être le plan d'un pervers ?

En pleine réflexion, elle soutient mon regard sans ciller. Je ne sais pas ce qui se passe dans sa tête, je n'arrive à rien déchiffrer sur son visage.

— Par contre, si tu es là en visite avec ton école, ça veut dire que tu n'as pas encore ton A-level. Cette proposition ne tient que si, et seulement si, tu l'obtiens.

— Pourquoi ? me questionne-t-elle du tac au tac. Je suis majeure, je peux très bien tout arrêter maintenant juste pour bosser si j'en ai envie.

Remarque très pertinente qui nécessite une réponse plausible dans la seconde. Comment lui faire comprendre que je veux payer ma dette sans lui dire que c'est moi qui ai volé ses parents ?

— Parce que nous ne cherchons qu'une personne en étude supérieure. En signant avec nous, nous te donnerons une prime en septembre qui sera l'équivalent de la moitié de tes frais de scolarité. Avec l'argent que tu te feras dans l'été, entre ton salaire et les pourboires, tu auras de quoi te payer le reste de l'année.

— Mais c'est super, Zia ! Réfléchis, on pourra continuer nos études ensemble comme on l'a toujours voulu ! glousse sa copine en me bouffant des yeux. Finalement, ce n'est pas nous qui t'avons sauvé la vie aujourd'hui… C'est toi notre super héros !

D'un geste vif, Zia lui tape dans les côtes pour la faire taire. Après un juron de douleur, Sofia reprend sa place dans le calme pour ne pas se donner plus en spectacle.

— Qu'est-ce que vous y gagnez, vous, en tant que patrons ?

Décidément, cette gamine, qui n'en est plus une au vu de la poitrine qui se cache sous cette robe bien trop courte, est beaucoup trop perspicace.

Je lui propose du taf et une grosse somme d'argent, pourquoi ne saute-t-elle pas de joie comme le ferait n'importe qui d'autre ? Comme sa copine, quoi !

— Je ne suis pas celui qui m'occupe de la comptabilité. L'un de mes associés est expert-comptable, et selon lui, cela nous permet de bénéficier d'un crédit d'impôt non négligeable. Tout le monde est gagnant dans l'affaire. Si tu veux d'autres précisions, je pourrais te le présenter pour qu'il puisse mieux t'expliquer la situation, mais moi, ce n'est pas mon domaine de compétence. Tu te destines à des études dans les chiffres ?

Ma question, bien qu'anodine, me permet de retourner l'attention sur elle et non sur mes motivations pour la recruter. En apprendre plus sur cette Zia m'intéresse, déjà cette nuit-là dans sa chambre elle m'avait plu. Elle n'a tellement pas l'air d'être comme les filles de son âge.

Avec sa coupe au carré, ses cheveux légèrement ondulés et son visage encore un peu poupon, elle est vraiment jolie.

Je me souviens de Ty qui avait craqué sur sa mère, alors que la fille m'avait déjà fait de l'effet. La voir en vrai n'a rien de comparable à une simple photo. Sa peau, légèrement hâlée a l'air si douce, sa bouche ourlée et rouge me donne une furieuse envie de goûter ses lèvres, ses yeux couleur d'ébène m'attirent comme un aimant. Ils sont si noirs, si profonds que je pourrais m'y perdre et ne plus jamais retrouver mon chemin. Celui de la rédemption.

Avec son aura si particulière, je crois que cette fille m'attire autant qu'elle me fait peur. Je n'ai pas peur d'elle en tant que femme, j'ai peur d'elle et de ce qu'elle me fait ressentir à cet instant précis. Je ne sais par quel moyen, je ne saurais dire pour quelle raison, mais cette Zia Rice causera ma perte, j'en suis certain.

4
ZIA

Lundi 1er juin

— Pas besoin de me sortir les livres de comptabilité de ta boîte, dis-je en butant sur son prénom.

En y réfléchissant bien, à aucun moment ce type ne s'est présenté. Encore une fois, il a beau être super sexy, je persiste à croire que ce mec n'est ni plus ni moins qu'un sale pervers qui nous veut des problèmes.

— Cameron, déclare-t-il en me tendant sa main. Cameron Evans.

— Zia Rice, lâché-je sans lui tendre la mienne.

— Elle est tout le temps comme ça ta copine ? demande-t-il à Sofia qui se pavane devant les yeux de ce beau parleur.

— Oui, malheureusement ! rétorque ma traîtresse de copine. Elle est tout le temps sur la défensive, mais ça lui passera quand elle aura compris que tu n'es pas un détraqué.

— Je suis là, au cas où vous m'auriez oublié ! Et non, je ne suis pas sur la défensive. C'est juste que tomber sur un mec qui écoute mes conversations en douce et qui me propose un boulot justement quand je dis que je suis en galère, excusez-moi de trouver ça louche !

— OK, très bien, me lance-t-il en sortant un petit carton de la poche arrière de son jean avant de s'emparer de ma main pour l'y déposer.

Bien que furtif, ce contact m'a hérissé le poil. J'ai même la sensation d'avoir ressenti une décharge électrique quand il m'a touchée.

Chassant cette sensation étrange de ma tête, je baisse les yeux sur le papier sans réussir à voir ce qui est noté dessus alors que ce Cameron est à l'affût de ma réaction.

— Voici ma carte, reprend-il avec sérieux. Dessus, tu as mon numéro de portable ainsi que celui du bar. Ce que je te propose, c'est que dès que tu auras passé ton examen, tu m'appelles et on se fixe un rendez-vous au bar. De cette façon, tu pourras passer un vrai entretien avec moi ou un autre de mes associés. Tu pourras rencontrer le barman qui deviendra ton collègue, et tu comprendras que je ne suis ni un pervers, ni un détraqué qui te tend un piège, ni un dragueur à la con qui veut conclure pour un plan à trois. Le bar, c'est un investissement, mais ce n'est pas mon avenir. Dans un an, je sortirai d'ici avec mon titre d'avocat, et sois-en certaine, j'ai d'autres objectifs que de finir en prison pour une quelconque histoire de cul avec une gamine présomptueuse. Maintenant, ce n'est pas une critique, je te conseille de bien conserver ton sale caractère pour tes futurs clients, car eux seront souvent moins bien attentionnés que moi. Enfin, si tu souhaites bosser pour moi bien sûr.

Prise de court par ce long monologue plutôt convaincant, je me sens rougir sous son regard perçant.

Bien que j'aie affirmé à Sofia que je ne le trouvais pas spécialement à mon goût, je dois avouer qu'il rentre tout à fait dans mes critères. En même temps, un métis, grand et bien foutu avec une jolie gueule comme la sienne, il faudrait être vraiment très difficile pour ne pas saliver.

Même s'il est très attirant, il y a quand même un petit quelque chose qui me chiffonne chez lui. Il doit avoir quoi ? Trois ou quatre ans de plus que moi au maximum, mais il ne semble pas aussi cool et détendu que tous les autres gars que l'on a croisés sur le campus.

Ici, on dirait que personne ne se prend la tête ou ne pense réellement à ses études, que tout le monde est là pour faire la fête et se bourrer la gueule. C'est d'ailleurs notre principal objectif pour l'année prochaine à Sofia et à moi. Mais lui, il semble si sérieux, si terre à terre. J'ai du mal à croire que ce type puisse être le propriétaire d'un bar branché à Brighton.

— OK, j'aurai mon exam et je viendrai avec plaisir te le mettre sous le nez ! le provoqué-je plus par défi que par envie.

— T'as mon numéro, fais-en ce que tu veux ! lance-t-il en commençant à s'éloigner. Enfin, juste pour le boulot, n'est-ce pas ! On s'est bien compris, tu n'es pas mon genre ! ajoute-t-il en marchant à reculons pour me narguer avant de bouffer Sofia des yeux. Par contre, toi, appelle-moi quand tu veux !

Son numéro de charme ne fonctionne pas avec moi. Même si je ressens une légère pointe de jalousie en l'entendant draguer mon amie, je suis certaine qu'elle ne l'intéresse pas. Je ne saurais pas expliquer pourquoi j'ai cette intuition, mais Sofia n'a aucun avenir avec ce type, alors que moi…

Sofia, subjuguée par le cul de mon potentiel futur patron, le regarde partir en salivant.

— Allô la Terre ! dis-je en claquant mes doigts sous son nez. Sofia ! Essuie ta bouche, t'es pleine de bave !

— Laisse-moi admirer le paysage, Zaza-rabat-joie ! Tu ne trouves pas que ce campus est formidable ?

— Si par campus, tu veux dire Cameron Evans, alors non, je ne trouve pas ! lâché-je en tâchant de masquer ce mensonge plus gros que mon nez. Il y a un truc bizarre chez ce type ! Il surgit de nulle part, écoute notre conversation et comme par miracle, le mec me propose une solution à tous mes problèmes en une seule discussion. Ça n'arrive que dans les livres ou les films ce genre de plan. Dans la vraie vie, ça s'appelle un coup fourré !

— Arrête de voir le mal partout et prends le bon côté des choses pour une fois. Tu es en galère de thunes, ce mec te propose un boulot pour que tu puisses te payer ton école. Moi, je dis que ça s'appelle un miracle. Un putain de miracle même ! s'exclame-t-elle en levant les bras au ciel pour me foutre la honte du siècle. Et puis, rien ne te dit qu'il ne fait pas ça pour moi. Il avait l'air d'être plutôt intéressé, si je ne me trompe pas.

— Cette fois, c'est à toi d'arrêter, Sofia. Ne va pas t'enflammer pour un beau parleur encore une fois. Qui est-ce qui va ramasser les morceaux à la petite cuillère comme d'habitude ? C'est moi, et rien que moi !

— Je n'ai jamais dit que je souhaitais une grande histoire d'amour, Rice ! Par contre, je ne suis pas contre une petite nuit torride avec lui, lance-t-elle, plus désespérante que jamais. Attends, Zia, tu m'as fait le coup de la gay pour qu'il nous lâche, mais avoue qu'il est plus sexy que n'importe quel mec de notre bahut. Avoue-le !

— OK… C'est vrai qu'il est pas mal, dis-je en rougissant plus que de raison. Mais, ma belle, c'est mon futur patron, alors pas touche ! Le cul et le boulot, ça fait pas bon ménage ! Rappelle-toi l'histoire de ton père avec sa secrétaire…

— Beurk…, grimace-t-elle en faisant mine de se mettre à vomir. Ne me parle pas de ce connard et de sa pouffe siliconée. Pour ta gouverne, c'est à toi qu'il a proposé un boulot, à moi, il me proposait plutôt un rencard… Et ensuite, ça veut dire que tu vas accepter le poste ?

Son sourire béat en dit long sur sa motivation à ce que j'accepte l'offre.

Bien que ce soit une proposition plus qu'alléchante, je dois d'abord convaincre mes parents. Mais au vu de l'état d'esprit de mon père en ce moment, je doute qu'il accepte de me laisser aller bosser dans un bar à la mode.

— Je vais en toucher deux mots à Joey et Sarah, mais ce n'est pas gagné. Tu les connais, ils ne laisseront pas leur bébé bosser dans un pub.

— On ne sait jamais, tu ne perds rien à leur demander ! me rassure mon amie. D'ailleurs, c'est quoi ce bar ?

S'emparant de la carte de visite avec laquelle je joue depuis le départ de ce Cameron, ses yeux s'arrondissent en lisant les lettres inscrites sur le morceau de papier.

Quand il me l'a donné, je l'ai à peine regardé. Tout a été si rapide que je ne voulais pas passer pour une petite fillette effarouchée en prenant le temps de décortiquer les éléments qu'il me présentait. Je n'ai aucune idée du bar dont il s'agit, mais des endroits vraiment à la mode à Brighton, il n'y en a pas des centaines. Au contraire, ça se compte à peine sur les doigts d'une main.

— T'as pas regardé de quel bar il s'agissait, Zia ? me demande-t-elle alors que je fais non de la tête. Oh, putain !!! Tu n'as pas le droit de refuser cette opportunité ! Je te l'interdis ! Cette chance ne se représentera peut-être jamais de ta vie !

Tandis que je lui arrache la carte des mains, mon regard se fixe sur le nom du bar en question. *Le King's bar… Oh putain ! Le King's bar, quoi !*

Piétinant sur place comme une folle furieuse, je me mets à imiter Sofia en partant dans une euphorie surréaliste. Des gens passent à côté de nous en nous jaugeant, mais je m'en tape ! Si je bosse là-bas, je deviendrai la collègue du barman.

OMG[9]… Je vais devenir la collègue du superbe et sexy Neil !

***

Mon père vient à peine de rentrer du travail que je me jette sur lui pour le câliner. Cette démonstration d'affection subite le laisse sur la réserve, il me connaît, il sait que ce n'est pas vraiment dans mes habitudes de distribuer de l'amour à tout va dans la maison.

— Chééériiieee…, crie-t-il en appelant ma mère à la rescousse. Il y a un humain étrange qui me serre dans ses bras beaucoup trop longtemps pour que ce soit normal !

Tandis que ma mère nous rejoint dans le hall d'entrée, un torchon posé sur son épaule, elle admire le spectacle en souriant.

— Joey, prends ce qu'il y a à prendre ! lance-t-elle en nous enlaçant à son tour. Tu te plaignais de ne plus recevoir d'affection de ta grande fille trop fière pour embrasser ses parents. Profite !

— On n'a plus le droit de faire un câlin à son daddy sans que ce soit mal interprété ? demandé-je en les serrant encore plus fort.

[9] Oh my gosh ! = oh my God !

— Pas quand tu m'as aidée à mettre la table ET à faire à manger, Zia ! rétorque ma mère en chatouillant mon dos. Tu ne vas pas tarder à nous demander un truc, j'en mettrais ma main à couper.

— Pourquoi tirer des conclusions aussi hâtives ? J'avais juste envie d'être un peu sympa avec mes parents pour une fois, dis-je en les repoussant pour leur lancer un regard rempli d'éclairs. C'est si difficile à croire ?

Je sais que tout sonne faux dans ce que je suis en train de baratiner. Moi qui espérais faire passer la pilule sans trop de difficulté, je suis repérée. Pire encore, je suis attendue au tournant.

— Alors, ma puce, tu vas nous parler de ce que tu as en tête ? s'enquiert ma mère en retournant dans la cuisine. Sloan ! crie-t-elle pour appeler mon frère encore dans sa chambre. À table ! Joey, Zia, vous vous lavez les mains, on va passer à table.

Obéissante comme jamais, je me précipite vers l'évier de la cuisine pour savonner mes mains. Étonné, mon père ne me lâche pas du regard quand je récupère le plat que ma mère allait apporter sur la table.

Son petit sourire ironique me fait rougir. Je ne sais pas vraiment à quoi ils s'attendent, mais ce que j'ai à leur demander dépasse largement ce qu'ils ont en tête.

Après plus de cinq minutes d'attente, mon frère débarque enfin à table, m'offrant là une occasion rêvée pour me faire oublier un peu. Comme souvent en ce moment, il a les yeux explosés et cet air complètement hagard de fumeur d'herbe qui lui détend les traits.

J'ai eu envie de le balancer à mes parents à maintes reprises, mais pour je ne sais quelle raison, je me suis toujours abstenue de le faire. En réalité, ce n'est pas un gros consommateur. Hormis un petit joint le vendredi soir pour se détendre de sa semaine de cours, ou le week-end avec ses potes, il reste assez raisonnable en temps normal. Il m'est même arrivé d'aller tirer une ou deux lattes sur un pétard, calée avec lui dans sa piaule.

Ce qui m'inquiète le plus, c'est quand mon petit frère de quinze ans se pointe à table, en pleine semaine en ayant fumé. Généralement, ça veut dire que ce crétin s'est encore disputé avec sa copine ou qu'il vient de se faire larguer.

Il faut dire que dans son bahut, Sloan est un peu le tombeur de ses dames. Beau gosse, gentil, intelligent et drôle, il enchaîne les conquêtes comme moi j'enchaîne les livres. La dernière en date est une pimbêche qui répond au doux nom de Kimmy. Perchée sur des talons hauts toute la journée, elle mène mon frère à la baguette et lui n'y voit que du feu. Depuis qu'ils sont ensemble, ça doit faire environs trois mois, je trouve que les pétards du milieu de semaines sont de plus en plus fréquents. Cette nana lui en fait voir de toutes les couleurs, mais il semble si amoureux d'elle qu'il ne se rend même plus compte qu'elle est en train de le bouffer. Moi, ça me met dans une colère noire. J'ai bien essayé de lui faire comprendre qu'elle n'était pas une fille bien pour lui, mais hormis des prises de tête sans fin, ça n'a rien donné.

— Qu'est-ce qui t'arrive, mon bébé ? demande ma mère à mon frère en lui posant sa main sur le front avant de s'asseoir à sa place. Tu sembles fiévreux. Ça va ?

— Tout va bien, maman ! répond-il en embrassant sa main. Je suis un peu fatigué, mais rien de grave. On a eu une grosse journée au collège aujourd'hui, j'irai me coucher tôt ce soir.

— Tu n'as pas retouché à cette merde que j'ai trouvée sur mon bureau le soir du cambriolage, j'espère ! gronde mon père en scrutant sa réaction.

— Non, papa ! Je t'ai déjà dit que ce n'était pas à moi, mais à Cliff. Je ne vais pas devoir m'expliquer encore là-dessus. On y revient toujours !

— Excuse-moi, mon fils, mais vu la tête que tu as, permets-moi de douter de tes propos ! Je sais que tu nous trouves parfois vieux jeu, mais si je m'inquiète, c'est pour ton bien ! Je ne voudrais pas me rendre compte trop tard que mon fils est un junkie.

— Tout de suite les grands mots, Pa'. Fais-moi faire des tests alors..., le provoque Sloan, sûr de lui. Tu seras fixé sur les addictions de ton rejeton !

— Tu sais très bien que ton père ne te fera jamais ça, Sloan ! reprend ma mère en lui caressant la main sur la table. C'est juste qu'on ne voudrait pas passer à côté d'un problème. Nous sommes tes parents, nous t'aimons et nous ne voulons que t'aider.

— Rassure-toi, ma petite maman ! réplique-t-il en lui serrant la main pour la réconforter. Je ne suis pas un junkie, et si un jour j'en arrive à avoir envie de ce genre de produit, alors je vous le dirai. Ça vous convient ? leur demande-t-il alors que ma mère hoche la tête pour lui donner son accord. Et toi, papa ?

— Je te fais confiance, fiston. Ça n'empêche que même quand tu seras un homme qui aura quitté la maison, je continuerai à me faire du souci pour toi. C'est comme ça. Toi et ta sœur, vous êtes ce que j'ai de plus précieux. Je ne veux pas prendre le risque de vous perdre. On sait tous les quatre que tout peut arriver.

— Tu ne vas pas remettre le cambriolage sur le tapis, Joey ! Je sature ! J'en ai marre d'en entendre parler ! râle ma mère en jetant sa fourchette sur la table.

Il est vrai que depuis la nuit du 31 décembre, mon père est devenu un autre homme. Lui qui était d'un naturel enjoué, presque épicurien, s'est transformé en une espèce de papa poule surprotecteur qui commence à être beaucoup trop envahissant.

Quand nous sommes rentrés de chez ma tante, cette nuit-là, nous venions de fêter le réveillon comme il se doit. Ayant eu mon permis quelques mois plutôt, je m'étais proposé d'être le chauffeur de la soirée pour pouvoir mieux faire passer l'idée d'un possible voyage en France avec Sofia et ses parents pour les vacances suivantes.

Il faut dire que la famille de Sofia, c'est un peu comme ma seconde famille. J'ai passé tellement de temps chez eux depuis nos cinq ans, que je les connais par cœur.

Quoi qu'il en soit, heureux de pouvoir profiter de leur nuit de folie, mes parents avaient accepté sans problème. Ils avaient d'ailleurs pas mal forcé sur l'alcool, et quand je les ai ramenés à la maison au petit matin, ils n'étaient presque pas en état de se rendre compte de la situation. Lorsque j'ai voulu ouvrir la porte d'entrée, elle était déjà ouverte et l'alarme était coupée. Quelqu'un était forcément venu chez nous.

J'ai dû réagir vite, j'ai quasiment appelé la police aussitôt alors que mes parents n'étaient même pas encore sortis de la voiture. Quand mon père est arrivé vers la porte, non sans mal, en un quart de seconde, il avait retrouvé ses esprits, et la chute a été terrible.

En attendant les flics, il a fait le tour de la maison avec un bout de bois pour se protéger au cas où il resterait quelqu'un à l'intérieur, mais hormis quelques bijoux sans valeur, mon livre favori et deux ou trois bricoles qui avaient été dérobés, rien n'avait été cassé, aucun meuble n'avait bougé.

La seule vraie perte a été le contenu du coffre qui avait été entièrement vidé. La totalité des économies de mes parents avait pris la fuite avec les cambrioleurs, mais ce n'est même pas ça qui a le plus rendu fou mon père.

Depuis ce moment, il ne cesse de repenser à ce qui aurait pu se passer si on avait été à la maison. Est-ce que les voleurs nous avaient épiés pendant quelque temps avant d'agir ? Est-ce qu'ils seraient venus quand même si on avait été là ? Que ce serait-il passé si on avait été à la maison ce soir-là ?

Toutes ces questions l'obsèdent, elles l'ont rendu méfiant, protecteur et bien trop collant. Ce qui le mine le plus, c'est qu'il a l'impression de n'avoir pas su être le garant de notre sécurité et de notre avenir. Comme il le répète, plus pour se convaincre que pour nous rassurer d'ailleurs, nous avons tout ce qu'il nous faut puisque nous sommes tous les quatre. Pour lui, le contenu du coffre n'est que secondaire, mais ce qu'il ne dit pas à voix haute, c'est que cet argent devait payer nos études, à mon frère et moi, et que maintenant, il ne peut plus nous apporter l'avenir qu'il pense devoir nous offrir.

Je ne suis pas de son avis en réalité. Nous avons un toit, de la nourriture tous les jours, de jolis vêtements, nous partons en vacances, nous sommes heureux. Les études auraient été plus faciles avec cet argent, mais combien d'étudiants travaillent tous les jours pour pouvoir se les payer ? Je ne serais pas la première à le faire ni la dernière, et c'est ça que je dois essayer de lui faire comprendre.

— Non, Sarah, je ne vais pas en reparler ! murmure-t-il en baissant la tête pour cacher son désarroi. Tu as raison, on doit avancer.

Voir mon père dans cet état me fend quand même le cœur. Ces hommes qui sont entrés chez nous sans y être invités n'ont peut-être pris que des biens matériels à leurs yeux, mais aux miens, ils ont aussi volé la dignité de mon père, la sécurité de notre foyer.

Bien que les recherches pour trouver les coupables aient été infructueuses, je rêve du jour où nous recevrons un coup de téléphone qui nous dira que ces pourris sont en prison, ou même morts ! Un jour, ils n'auront que ce qu'ils méritent, ils finiront par payer pour ce qu'ils ont fait.

— Allez, mange, mon amour. Ça va refroidir…

La voix douce de ma mère se veut rassurante, mais je sais qu'au fond d'elle, elle reste meurtrie de voir son mari, l'homme de sa vie, culpabiliser pour quelque chose qu'il n'a pas fait.

Pas certaine que ce soit le meilleur moment de me jeter dans l'arène, je décide tout de même de leur parler de ma rencontre avec Cameron Evans. Si mon père se concentre sur moi, ça aura au moins le mérite de lui faire oublier cet échec pendant quelques minutes.

— Au fait ! dis-je en prenant une grosse cuillère de purée pour me blinder la bouche. Ch'ai peut-chêtre chroufé un frochet four chetété.

— Quoi ? balance mon frère en explosant de rire. J'suis peut-être déf… Enfin, on n'a rien compris, Zia !

— Parle comme il faut, ma puce ! me sermonne ma mère. Tu sais très bien qu'on ne parle pas la bouche pleine ! Tu n'as plus trois ans !

Avec peine, j'avale la grosse boule de plâtre épaisse que j'ai moi-même faite avant de reprendre… Et de quelques secondes de gagnées !

— Désolée ! Je disais que j'avais peut-être trouvé un projet pour cet été.

La tête fixée sur mon assiette, j'attends la sentence qui s'apprête à tomber…

— Par projet, tu entends quoi ? Un projet, c'est vaste, non ? me questionne mon père avec un calme qui ne lui ressemble pas.

Après un raclement de gorge gêné, je cherche mes mots pour pouvoir leur présenter la suite avec soin. Montrer le positif, cacher le négatif, éviter de proposer ça comme une roue de secours à l'argent disparu de nos études. Puisqu'il a l'air intéressé par ce que je vais lui dire, autant mettre toutes les chances de mon côté.

— Alors… Comment dire… Tu te souviens de ton job d'été en France quand tu avais mon âge, maman ?

— Oh que oui ! rêvasse-t-elle en prenant la main de son mari. J'étais serveuse dans un petit bar sur la plus belle plage de la côte d'Opale. Ah… Le Touquet ! Tu t'en souviens, mon amour ?

— La belle époque, hein ! Ce jour où tu m'as fait un cocktail dégueulasse en me crachant à la tête que je n'avais aucun goût et rien à faire dans ton bar ! reprend mon père, hilare. Le bon temps !

Les yeux remplis d'étoiles, mes parents se dévorent du regard en ressassant leurs souvenirs secrets, ceux qu'ils ne nous dévoileront jamais.

— Tu veux partir au Touquet, Zia ? s'inquiète ma mère en se tournant vers moi soudainement.

— Alors, pas vraiment…

— Pas vraiment, ça veut dire quoi ? demande mon père. Ce sont encore les parents de Sofia qui veulent t'embarquer en France ? Tu sais très bien que nous n'avons plus les moyens de t'envoyer les suivre dans leurs voyages. Je suis désolé, ma puce.

— Non plus, papa. En fait, il se pourrait que j'aie trouvé un boulot d'été…

— Au Touquet ?

— Non, maman ! Laisse-moi finir ! dis-je en commençant à m'impatienter. C'est un boulot de serveuse dans un bar de Brighton.

Je viens de lâcher ça d'une traite comme si je divulguais enfin une information confidentielle que je ne pouvais plus garder pour moi.

Les yeux ronds comme des billes, mon père me regarde sans savoir quoi dire. Mon frère est presque endormi sur la table et ma mère toise mon père en attendant sa réaction.

— Je n'ai pas encore passé d'entretien, précisé-je pour mettre fin à ce blanc pesant. J'ai juste rencontré le patron du bar pendant la visite du campus aujourd'hui. Il y avait quelques stands avec des recruteurs pour des jobs d'été, et j'ai eu envie de savoir ce qu'ils avaient à proposer. Je me suis dit que plutôt que de passer l'été à errer dans les rues de la ville avec Sofia, j'avais meilleur compte à bosser un peu pour me payer ma voiture.

Leur mentir en les regardant droit dans les yeux me fait de la peine. Mais quel autre choix ai-je pour faire passer la pilule ? Je n'allais quand même pas leur sortir la vérité : un mec super sexy m'a abordé pour me proposer du boulot. Il écoutait notre conversation et en a profité pour draguer Sofia. Savoir qu'il préfère ma copine me fout un peu les boules, mais ce n'est pas grave, c'est moi qui vais bosser avec lui tout l'été. Ah oui… Il va aussi me filer une grosse prime pour mes études, comme ça, il paiera moins d'impôts. Ça sent l'arnaque à plein nez, mais j'ai quand même bien envie de me jeter dans la gueule du loup…

Effectivement, la vérité n'est pas folichonne, ma version est bien plus plausible. D'autant plus que mes parents nous ont toujours dit qu'ils s'occuperaient de tout sauf de nous payer notre première voiture. Selon eux, s'acheter sa première bagnole est si gratifiant que c'est à nous de nous décarcasser pour en trouver une.

Soucieux, mon père met un temps fou à rebondir sur mes paroles. En mon for intérieur, je me dis que j'ai plutôt bien menti, mais on sait tous les deux qu'il n'est pas dupe. C'est foutu d'avance. Je ne travaillerai jamais avec Neil, le beau barman qui m'a fait un clin d'œil la dernière fois que nous sommes allées dans ce bar.

— C'est pour te payer ta voiture alors ? me demande mon paternel en se frottant le menton.

— Oui, papa. J'en aurai besoin l'année prochaine si je veux aller à l'université. Je ne voudrais pas avoir à vous faire faire des allers-retours continuels en fonction de mes horaires. Je vais être étudiante…

— Justement, Zia. Qui me dit que ce n'est pas un stratagème pour financer tes études ?

— Parce que tu m'as dit que tu te chargeais de ça, et que j'ai confiance en toi… Papa.

Le sourire aux lèvres, Joey me regarde de ses yeux brillants. Je ne sais pas si je m'approche du but ou si je fais fausse route, mais en tout cas, j'ai touché mon père, c'est certain.

— Il s'agit de quel bar ? me demande ma mère en comprenant que pour une fois, mon père ne viendra peut-être pas mettre son véto.

— *Le King's bar.*

— *Le King's bar* ? Mais non !! renchérit mon frère en sortant de sa léthargie. Trop de la chance !

— Celui qui se trouve dans les Lanes ? demande ma mère.

— Non, il est sur Kings Road, le long de la plage.

— Je pense voir duquel il s'agit. Ça a l'air d'être un gros pub, avec beaucoup de monde, Zia. Ça veut dire aussi beaucoup de boulot ! s'inquiète mon père en fronçant les sourcils.

— C'est pour ça qu'ils ont besoin de renfort pour l'été. À ce que j'ai pu comprendre, ils sont victimes de leur succès, le barman est de plus en plus débordé. Je serais juste une paire de mains supplémentaire pour eux, mais pour moi, ça me permettra de mettre un peu d'argent de côté pour la voiture. Ça veut aussi dire qu'en septembre, j'aurai besoin de toi pour que tu m'aides à me dégoter un petit bolide, papa !

— On va y réfléchir avec ta mère, me lance-t-il avec un demi-sourire qui ne présage que du bon. Pour le moment, tu n'es encore qu'une lycéenne qui prend le bus, mais je comprends que l'université étant plus éloignée de la maison, tu vas devoir te trouver un moyen de locomotion. Alors, si tu obtiens une mention à ton A-level, ce dont je ne doute pas, nous reparlerons sérieusement de ce boulot d'été.

En langage de Joey Rice, ces quelques mots sonnent comme un énorme OUI à mes oreilles. Pour ne pas laisser exploser ma joie prématurée, je me mordille l'intérieur de la joue en murmurant un petit « OK » presque déçu.

Loin de moi l'idée de me vanter de pouvoir faire ce que je veux de mes parents, mais je sais qu'en les mettant face à ma déception, ils vont culpabiliser. Quand ils en reparleront ce soir, bien à l'abri de mes oreilles indiscrètes dans leur petite chambre, ils ne pourront que repenser à mon air de chien battu…

Je n'ai plus qu'à bosser dur pour leur rapporter la meilleure mention. Avec ça, je ferai d'une pierre deux coups, j'aurai mes parents dans la poche, et je pourrai rabattre le caquet de mon futur boss…

5
CAMERON

Samedi 20 juin

— Les gars, il faut vraiment trouver quelqu'un pour aider Neil, reprend Noah en nous servant un verre de soft drink bien frais. Je vous le dis depuis un moment, le mec va nous claquer dans les doigts à force de tirer sur la corde. On en est où avec la gamine que tu voulais recruter, Cam ?

— Elle devait nous recontacter après ses examens de fin d'année, ça ne devrait plus tarder maintenant, dis-je en baissant les yeux pour ne pas leur montrer mon trouble à l'évocation de Zia.

Pas de nouvelles de ma BA depuis que l'on s'est rencontrés sur le campus. J'en ai eu quelques-unes par le biais de sa copine, mais elle, elle ne m'a pas encore recontacté en direct.

Selon Sofia, ses parents ne seraient pas contre l'idée qu'elle vienne bosser pour le bar, mais ils attendent les résultats des exams pour se décider. Toujours selon Sofia, les résultats devaient tomber hier, mais je n'ai pas encore eu de retour ni de l'une ni de l'autre.

Ces trois dernières semaines, j'ai revu Sofia deux fois. La première fois, je l'ai invitée à venir boire un verre au bar juste après son exam. J'espérais qu'elle se pointe avec Miss robe à fleurs, mais elle a pris ça pour un rencard et s'est présentée toute seule. Le moment n'a pas été le pire de ma vie, mais il n'a pas été le meilleur non plus.

Sofia est une jolie fille, sympa et drôle, mais tellement commune. Même si grâce à elle j'ai pu en apprendre plus sur mon objectif à la coupe au carré, rien ne m'a attiré chez elle. Évidemment, je suis un homme sensible à la gent féminine, ses appels du pied m'ont quand même quelque peu excité. Si bien excités d'ailleurs que le second rendez-vous qu'elle m'a fixé s'est passé chez elle.

Grande baraque, grande piscine, nombreux bibelots de valeur… La maison des Wilson n'a jamais figuré sur la liste de Ruben, et pourtant, elle en vaudrait la peine.

Un short super échancré, bien rentré dans la fente de ses fesses, les nichons quasiment à l'air, le message était suffisamment clair pour que l'on passe directement aux choses sérieuses. J'ai pris mon pied, je lui ai fait prendre le sien, mais voilà… ce n'est pas elle que j'avais dans la tête.

— Je la rappelle demain pour savoir si ça l'intéresse toujours. Si ce n'est pas le cas, on devra trouver quelqu'un pour prendre le service au plus tôt. Maintenant que j'ai tous les détails du contrat, ça va être plus simple pour trouver ! dis-je en mordillant nerveusement mon stylo. Je suis sur le dossier !

— OK, répond Ruben en rayant la dernière ligne de sa liste. Je crois qu'on a fait le tour du coup. Vous aviez autre chose à voir ?

D'un rapide tour de table, chacun de nous oscille de la tête par la négative. C'était notre toute première réunion au bar depuis l'ouverture, il était grand temps de la faire.

Avec nos boulots respectifs, nos études ou nos obligations familiales, il était vraiment difficile de se mettre d'accord sur une date jusqu'à maintenant. Pour pallier ce manque de communication évident, nous avons déjà programmé les réunions pour les mois à venir. Chacun pourra s'organiser comme il veut, il n'y aura plus d'excuse pour ne pas venir. Bizarrement, il nous est tellement plus simple de nous caler pour nos visites nocturnes, il faut croire que les activités licites sont bien moins épanouissantes pour certains.

Avec cette réunion, nous avons aussi calé le planning de « garde » du bar pour l'été. Noah, avec son boulot de flic, ne sera pas dispo avant un moment.

En effet, en juillet et en août, la population de Brighton passe du simple au double, ce qui impose de nombreuses heures supplémentaires à notre pote. À l'inverse de lui, notre lucrative activité de voleur de nuit est en réelle baisse pendant cette période. Comme la présence policière est renforcée, et que l'abondance de touristes est un véritable banquet pour les petits malfrats de passage, nous restons en quasi sommeil pendant près de deux mois.

Si Ruben nous programme des sorties comme l'année dernière, nous devrions en faire une à la fin du mois de juin, une en juillet et une en août. Noyés dans la masse, les policiers seront tellement surchargés que nos infractions passeront presque inaperçues. C'est d'ailleurs pour cela que nous en profitons pour visiter les plus grosses demeures de la côte anglaise.

L'avantage de n'en faire qu'une par mois, c'est que le travail de préparation est extrêmement bien fait. Malgré les mesures de sécurité prises par les propriétaires, nous réussissons à entrer dans de vraies forteresses en un claquement de doigts.

En réalité, je préfèrerais nettement que l'on procède de la sorte durant le reste de l'année, mais certains, comme Tyler, préfèrent multiplier les sorties à petits butins que les grosses à gros gains.

L'année dernière, grâce au fric que l'on s'est fait à Plymouth, dans la villa gigantesque d'un riche investisseur américain, je me suis payé quinze jours de vacances avec Zach, dans un hôtel de luxe du sud de la France. Un pur été de folies où on s'est fait les plus belles gonzesses de la côte, où on a côtoyé les VIP de Saint-Tropez comme si on faisait partie de la team.

Cette année, mes objectifs sont bien différents. Je dois amasser assez de pognon pour septembre, afin d'offrir à Zia la prime que je lui ai promise. Si on est bon, il me suffira d'un seul cambriolage pour lui payer l'année complète, mais on n'est jamais à l'abri d'un mauvais tour alors, je reste encore sur la réserve.

Avec le bar, j'ai maintenant suffisamment d'argent pour la lui payer, mais je ne peux me permettre de toucher à cet argent blanchi pour le moment. Je le garde en cas de problème avec ma grand-mère. Même si sa maison de retraite est payée jusqu'à la fin de l'année, Nana ne va pas en rajeunissant et la maladie gagne toujours plus de terrain. Selon les médecins, ce n'est plus qu'une question de mois, je veux donc pouvoir subvenir à tous les frais que la fin de sa vie impliquera.

De toute façon, je n'ai pas de grosses dépenses à faire cet été, car pas de vacances pour moi cette année. J'ai décidé de rester à Brighton afin de prêter main-forte à Neil. Je ne fais pas ça pour me rapprocher de Zia, je ne sais même pas encore si elle va bosser au bar, je le fais pour m'occuper de Nana en attendant la rentrée, en attendant de commencer mon stage.

Ty ne bouge pas non plus. Il a dépensé beaucoup d'argent en flambant au casino, il va donc faire pas mal d'heures supplémentaires dans son boulot, lui aussi. À ce qu'il nous a expliqué, il va enchaîner les contrats de surveillance, ce qui nous arrange pas mal au final. Il doit bien y avoir une bonne visite à faire dans tout ce qu'il a programmé.

Lenny reste à Brighton, mais pour d'autres raisons. Sa copine ne devrait plus trop tarder à accoucher. Impossible pour eux de bouger avec le gros ventre qu'elle se paye. Quant à Ruben, il ne part jamais en vacances. L'argent qu'il amasse lui sert à investir en bourse ou à améliorer sa maison. Bien que sa femme parte avec leurs deux enfants au Cambodge pour trois semaines, il se prend du temps pour lui tout en continuant de capitaliser sur l'avenir.

— Puisqu'il n'y a rien à ajouter, la réunion est levée, annonce Ruben en rassemblant ses affaires. Il faudra dire à Zach qu'il n'est pas exempté de ce genre de regroupement. Cet abruti est à l'origine du projet, mais au final, le mec encaisse le fric sans jamais avoir à retrousser ses manches. Ça a toujours été comme ça avec lui, il a du bol d'être lui, sinon, ça fait un bail que je lui aurais mis un coup de pied au cul !

Amusé par les paroles de notre chef, je sors du bureau pour retrouver la salle du bar. Il n'est que quinze heures, c'est encore tranquille pour un jeudi après-midi. Ce n'est que le calme avant la tempête, ce soir, le week-end commence et ça va encore être le feu.

Derrière le bar, Neil nous fait signe d'approcher. Tous ensemble, dans la bonne humeur, nous avançons vers lui en plaisantant sur les conneries de Zach.

— Les gars, il y a un type qui veut vous voir là-bas. Je lui ai demandé de patienter un peu, le temps que votre réunion se termine, mais il a l'air pressé.

Premier à prendre le chemin pour aller voir de qui il s'agit, je tombe sur un gars d'une quarantaine d'années, plutôt grand, dont le visage ne m'est pas inconnu.

Noah, étonné de voir l'homme dans le bar, s'avance vers lui en lui tendant la main.

— Monsieur Rice ! lance-t-il d'une voix qui se veut rassurante. Que nous vaut l'honneur de vous voir ici ?

— Officier Chang ? s'étonne-t-il. Je ne pensais pas vous trouver là. Je m'attendais à rencontrer un certain… Cameron Evans, précise-t-il en regardant un nom inscrit sur un papier.

Noah, mal à l'aise, m'interroge du regard, mais mon air inexpressif ne le satisfait pas. Alors qu'il présente les associés du bar un par un, je m'avance vers notre invité pour faire moi-même connaissance.

— Monsieur Rice, bonjour, dis-je en lui présentant ma main. Je suis Cameron Evans, et vous êtes le père de Zia, c'est bien ça ?

Sa poigne ferme me broie presque les os. Pour autant, je ne relève pas pour ne pas lui montrer qu'il vient de me faire mal.

Après une brève présentation du type qui se tient devant moi, le visage sur la photo me revient en mémoire. Encore une fois, cette famille me prend au dépourvu, je n'aime pas vraiment ça.

— Je viens effectivement au sujet de ma fille. Je ne m'attendais pas à tomber sur quelqu'un de votre âge. Zia m'a parlé d'un recruteur de l'université pour un job d'été, j'imaginais quelqu'un de plus… âgé.

Gêné par son constat, je me demande ce que Zia a bien pu lui raconter sur notre rencontre. Vu l'air étonné de son père, elle ne lui a pas dit la vérité, c'est évident.

Pour ne pas lui attirer d'ennui, je décide de rentrer dans ce jeu de mensonge qu'elle m'impose malgré elle. Son père veut être rassuré, alors c'est ce que je vais tenter de faire.

— C'est exact, j'ai rencontré votre fille sur le campus en début de mois, affirmé-je alors que Noah me regarde d'un drôle d'air. Après une brève discussion, je lui ai proposé un emploi de serveuse chez nous. Il s'agit d'abord d'un job d'été, mais si cela lui convient, elle pourrait le garder pour le reste de l'année, pendant les week-ends et les vacances. On peut en discuter autour d'un café, si vous avez un peu de temps à m'accorder !

— Si vous n'avez pas besoin de nous, rétorque Ruben en serrant la main du père de Zia, nous allons vous laisser. Sachez que si votre fille décide de travailler pour nous, nous lui en serions vraiment reconnaissants. Avec l'essor de la société, il devient difficile de faire face à la demande. Nous saurons la rémunérer comme il se doit. Les contrats sont prêts, vous n'avez plus qu'à voir ça avec notre associé. C'est lui qui gère le recrutement.

— Très bien, merci pour votre accueil, Messieurs ! reprend Rice senior en se tournant vers moi. Je suis conscient que c'est peu commun de faire un pré-entretien avec le père de votre future employée, mais ma fille est encore jeune, je préfère savoir dans quoi elle s'engage avant de la laisser signer quoi que ce soit.

— Je comprends très bien vos inquiétudes, Monsieur Rice, le rassuré-je en l'invitant à s'asseoir près du bar. Deux cafés, Neil, s'il te plaît ! Je trouve même votre initiative louable. Sachez que nous sommes des personnes de confiance. Nous prenons les considérations de nos salariés très au sérieux. Bien que Neil soit notre seul employé pour le moment, je suis certain qu'il pourra vous parler de nous en de très bons termes.

Interrogeant Neil du regard, le père de Zia attend les réponses qu'il est venu chercher. De son grand sourire de barman beau gosse, Neil nous sert nos cafés en hochant la tête.

— Depuis que je bosse pour mes nouveaux patrons, je peux dire que j'ai redécouvert mon travail. De simple barman qui écoutait les déboires de ses habitués, je suis devenu un vrai barman à la *Tom Cruise*, qui fait des soirées dignes de ce nom, dans un endroit plus branché qu'il ne l'a jamais été. Je ne devrais sûrement pas évoquer mon salaire, mais mes patrons savent se montrer plus que généreux, ce qui m'a considérablement aidé dans ma vie quotidienne. Enfin, tout ça pour dire que je ne quitterais mon poste pour rien au monde !

Souriant en écoutant le discours trop lisse et trop parfait de Neil, Monsieur Rice prend le temps de m'étudier de la tête au pied.

— Il a bien appris son texte, celui-là ! ironise-t-il.

— Vous savez, quand on gagne 3000 £ par mois sans compter les pourboires, on n'a pas besoin d'apprendre un texte par cœur, rétorqué-je avec la même ironie que lui.

Ne voulant pas donner le vrai salaire de Neil, qui s'élève à 500 £ de plus, pour avoir une marge de négociation, je vois les yeux de mon interlocuteur s'arrondirent d'étonnement.

Même si je comprends les doutes qui doivent l'assaillir en tant que père, ce type ne nous prend pas au sérieux. Avec une telle remarque, il va peut-être revoir ses positions quant à la proposition que l'on compte faire à sa fille.

— 3000 £ ? Ce n'est pas Zia qui va venir bosser avec vous, Monsieur Evans, c'est moi ! reprend-il alors que je me retiens de rire. C'est ce qu'elle va gagner en travaillant chez vous ?

— Neil est employé de ce bar depuis cinq ans, j'imagine que pour arriver à cette somme, il faut tout de même gagner quelques galons. Nous ne sommes ses employeurs que depuis cinq mois, et il nous semblait logique de revoir son salaire à la hausse, surtout avec ce surplus d'activité. Pour Zia, nous nous sommes déjà mis d'accord avec mes associés. Elle n'aura pas les responsabilités qui incombent à notre barman en chef. Pas d'ouverture ni de fermetures seule, pas de caisse à gérer, pas de nettoyage non plus. Ce qu'on lui demande, c'est de servir les clients en salle durant la journée et au bar le soir quand il commence à y avoir affluence. Nous nous sommes mis d'accord sur un nombre d'heures annualisé. L'activité bat son plein en été, puis seulement les week-ends en cours d'année. De ce fait, elle aura un quota d'heures à faire plus important sur ces périodes, mais elle sera payée le même salaire tous les mois, avec une revalorisation au bout de six mois si elle satisfait pleinement à la dynamique de l'établissement. Nous sommes donc partis sur une base de 2000 £ par mois sans compter les pourboires. Trouvez-vous ça honnête, Monsieur Rice ?

Tandis qu'il se passe la main sur la bouche pour enregistrer l'information, je repense à la façon dont j'ai dû batailler pour faire accepter cette somme à mes potes. Malgré leur envie de diviser ce montant par deux, j'ai balancé argument sur argument pour rester sur mes positions. Au bout d'une bonne demi-heure de négociation, j'ai eu gain de cause.

Remporter la partie m'a fait un bien fou. J'ai eu la sensation de racheter un infime morceau de ma dette, même si le chemin est encore long pour me sentir bien dans ma tête.

— Dites-moi, Monsieur Evans…

— Appelez-moi Cameron, Monsieur.

— Cameron, vous avez quel âge, vous et vos associés ?

— Les frères Chang ont respectivement vingt-sept, vingt-cinq et vingt-quatre ans, Tyler Ward a vingt-cinq ans lui aussi, et Zacharia Davis, que vous n'avez pas encore rencontré, a le même âge que moi, soit vingt-deux ans, Monsieur. Pourquoi ?

— OK, comment pouvez-vous être les propriétaires d'un tel endroit à vos âges ? Sans vouloir être trop curieux.

— Aucun problème, Monsieur. Nous n'avons rien à cacher, dis-je en soutenant son regard dubitatif. Quand nous avons fait une offre d'achat, le jour où le bar a été mis en vente, le propriétaire de l'époque nous a fait une sacrée fleur. Le bar était en perte de vitesse, il était même au bord de la faillite. Il nous l'a donc vendu pour une bouchée de pain. À six associés, cela nous semblait être un investissement à ne pas rater. Il faut croire qu'on a eu du flair.

Impressionné par ce que je lui raconte, le père de Zia me regarde comme si j'étais un modèle de réussite. Alors que ça devrait me faire plaisir de me sentir supérieur à un homme aguerri, je me sens comme une merde. Pas un genre de petit caca de chihuahua, mais plutôt le genre de grosse bouse de vache étalée, liquide et bien odorante.

— Je dois dire que je suis épaté, Cameron. Un homme de votre âge, à qui tout semble réussir, ne peut être qu'un exemple pour ma fille.

— C'est trop d'honneur, Monsieur. Je n'ai pas la prétention d'être un exemple pour qui que ce soit. Je suis juste un jeune homme avec la tête sur les épaules, ce qui est peut-être peu commun chez les gens de mon âge. Il ne me reste qu'un an d'étude avant de devenir avocat, et je souhaite relever ce challenge avec brio. J'ai encore du chemin à parcourir, je dois faire mes preuves. Le bar n'est qu'une opportunité qui ne se représentera pas pour mettre ma famille à l'abri du manque tout en m'assurant une sécurité au cas où je ne réussirais pas comme je l'envisage. Sachez que je suis quelqu'un de sérieux, trop peut-être, et que je me porte garant de la sécurité de votre fille dans nos locaux. Comme mon stage ne commence qu'en septembre, je serai présent tout l'été au bar.

— Vous ne voudriez pas prendre mon fils en renfort ? J'aimerais vraiment qu'il devienne un homme comme vous !

— Il a quel âge ?

— Quinze ans, lance-t-il en connaissant d'avance la réponse à sa question.

— Il pourra toujours tenter sa chance dans trois ans !

Souriant et détendu, Monsieur Rice me tape amicalement dans le dos alors que ma culpabilité est de plus en plus grandissante. J'ai l'impression que mon œsophage est en train de se consumer à l'intérieur ou que mon cœur va cesser de battre dans quelques secondes.

Traiter avec Zia, malgré son caractère imprévisible, m'a semblé être une partie de plaisir à côté de cette conversation avec son père.

— En ce qui concerne les horaires de votre fille, avez-vous des demandes spécifiques ? demandé-je pour reprendre possession de mes moyens.

— Je suppose qu'elle risque de finir tard le soir, réfléchit-il à voix haute. Comme Zia n'a pas encore de voiture, je viendrai probablement la chercher. À part ça, rien de spécial. Si elle signe avec vous, elle devra se plier à vos exigences en matière d'horaire. C'est normal.

— Si ça peut vous aider, je pourrai aussi la ramener après son service, proposé-je en comprenant immédiatement que j'ai fait trop de zèle.

— Cameron, vous avez des vues sur ma fille ? demande le père aux aguets.

— Bien qu'elle soit très jolie, Monsieur, je ne suis pas dans cet état d'esprit pour le moment…

— Ah mais vous êtes… Au temps pour moi, j'aurais dû m'en apercevoir plus tôt, lance-t-il alors que Neil éclate de rire à quelques mètres de nous. Parfait pour moi, si ça ne vous dérange pas bien sûr !

À mon tour de faire les gros yeux. Le mec pense que je suis gay, et de ce fait, il me donne sa bénédiction pour raccompagner sa fille tard le soir. Ne pas être dans cet état d'esprit, pour moi, ça voulait seulement dire que j'avais d'autres choses à penser, pas que j'aimais sortir avec d'autres mecs !

Prenant une grande respiration pour ne pas lui balancer que sa fille serait tout à fait à mon goût si je ne voulais pas juste l'engager pour me racheter de ma dette envers leur famille, je me contente de lui sourire en hochant la tête. Après tout, qu'il croie ce qu'il veut, ce n'est pas avec lui que je vais bosser.

Ravi de la tournure de ce pré-entretien, Monsieur Rice me remercie de l'avoir reçu en m'assurant qu'il laisse le champ libre à sa fille pour venir travailler au bar. Selon lui, elle serait folle de refuser une telle offre, mais comme il me l'a dit, il la connaît et il sait qu'elle peut parfois agir juste pour être en opposition avec son interlocuteur. Étonnamment, je le crois sur parole. Après l'avoir vue rouler une pelle à sa copine pour que je ne leur tape pas la causette, j'ai vite compris que cette Zia Rice était prête à tout, et surtout à marcher à contre-courant.

Après une bonne poignée de main, je regarde le père de ma BA franchir le seuil du bar, en sentant les remontées acides qui me polluent la trachée.

Je ne sais pas dans quelle merde je me suis foutu en proposant du boulot à Zia, mais ça risque bien de me filer un ulcère à l'estomac.

— Hey, me lance Neil pour me sortir de mes pensées. Je ne savais pas que tu étais passé de l'autre côté…

Avec son torchon sur l'épaule, ce connard se met à tordre du cul en nettoyant les tables vacantes du bar pour se foutre de moi.

— Ferme-la ou t'es viré, Taylor !

— Appelle-moi Neil, mon chou ! Entre nous, pas de politesse !

Tandis que je lui fais un doigt d'honneur magistral, je me rassois face au bar en prenant mes cheveux dans mes mains pour envisager la situation qui se présente à moi.

— T'as un faible pour cette fille, Cam ? me demande-t-il en reprenant son sérieux.

— Pas du tout ! Je ne vois pas ce qui te fait dire ça ! m'agacé-je pour masquer mon malaise. Quoi qu'il en soit, pas touche à ta future collègue, le barman ! Je me suis porté garant de sa sécurité auprès de son père !

— Tu sais bien que je ne mêle jamais boulot et vie privée. Je tiens trop à mon salaire exorbitant pour faire un pas de travers !

— T'as plutôt intérêt, si tu ne veux pas qu'on te remplace par un mec plus beau que toi !

— Tu vas avoir du mal à trouver mieux, mon pote ! Je suis le barman le plus sexy de tout Brighton… Enfin, Noah pourrait tenter de rivaliser, mais il ne parviendrait pas à me faire de l'ombre ! D'ailleurs, il t'attend dans le bureau.

Noah est encore dans le bureau ? Je pensais qu'ils étaient tous partis. Je ne l'ai pas vu rester, mais savoir qu'il désire me parler ne me dit rien qui vaille. Avec le regard qu'il m'a lancé tout à l'heure, je suis certain qu'il a compris pourquoi j'avais proposé du boulot à Zia.

Quand je pousse la porte du bureau, il est assis sur la chaise et fixe la porte qui vient de s'ouvrir.

— Putain ! À quoi tu joues, Cam ? Tu savais qui était cette fille quand tu lui as proposé du boulot ?

Pris à mon propre piège, je ne peux nier la vérité. Tandis que je lui raconte ma rencontre avec Miss robe à fleurs, Noah secoue de plus en plus la tête en guise de désapprobation.

— Et toi, comment tu as connu le père Rice ?

— J'ai bossé sur l'enquête, qu'est-ce que tu crois ? Comme à chacun de nos cambriolages, m'explique-t-il à voix basse, je me suis présenté sur les lieux en premier pour être sûr d'avoir la charge de l'affaire. Ce n'est pas nouveau, Cam, c'est ce qu'on a mis au point.

— Je sais, Noah. Mais ça ne t'arrive jamais de t'en vouloir ? De te détester de faire ce que tu fais ? Je te jure, lâché-je en mordant l'intérieur de ma joue pour ne pas me mettre à chialer comme un gosse. Moi, ça me ronge de plus en plus. Détruire la vie de famille comme celle des Rice… Ça devient difficile. Vraiment.

— Tu le fais pour tes études, pour ta grand-mère, Cam. Le jour où tu seras avocat, tu pourras te rattraper en sauvant des gens qui le méritent. T'es comme un frère pour moi, mais aujourd'hui, si tu merdes, on plonge tous ! Alors, ne fais pas n'importe quoi pour une gonzesse ! Pense à tes frères ! lance-t-il en pointant son doigt sur mon torse. C'est clair ?

— Oui, c'est clair ! réponds-je en reculant d'un pas. Je ne ferais rien qui pourrait vous attirer des problèmes, sois-en certain. Mais, s'il te plaît, ne dis rien aux autres pour Zia. Laisse-lui une chance de pouvoir faire ses études. Fais ça pour ma conscience.

— OK, je ne dirai rien, mon pote ! jure-t-il en m'attrapant par l'épaule pour une brève accolade. Méfie-toi de Ty, tout de même. S'il la reconnaît, on est morts tous les deux !

— Entre sa mémoire de poisson rouge et tous les fils qui se touchent là-dedans, lancé-je en désignant mon crâne pour imager mes propos, tu crois vraiment qu'il va la reconnaître ?

— Ouais, c'est vrai ! T'as raison, ironise-t-il. On a encore un peu de temps devant nous !

6
CAMERON

Jeudi 25 juin

Il y a un monde fou cet après-midi. On n'est que jeudi, mais la terrasse est blindée, et l'intérieur ne va pas tarder à l'être aussi.

Même si c'est probablement à cause de la saison estivale qui commence, je comprends la demande de Neil en ce qui concernait l'urgence d'avoir du renfort.

Pour couronner le tout, une espèce de pimbêche française, sur la terrasse, a commandé un *Apple rose*. Quand je lui ai demandé ce que c'était, elle a soulevé ses énormes lunettes pour me dévisager d'un œil hautain avant de me dire : *c'est bien vous le barman, non ?*

Je n'ai rien répondu, car ce n'est pas à elle de palier à mon manque de connaissances en termes de cocktails, mais je n'avais qu'une envie, c'est de lui faire gober une pomme pour qu'elle s'étouffe avec.

D'habitude, quand je file un coup de main à Neil, je m'occupe simplement de prendre les commandes et de faire le service pendant que lui prépare les boissons. Sauf que là, je suis seul à bord. Comme d'habitude, Zach s'était porté volontaire pour me prêter main-forte, mais je n'ai pas encore vu l'ombre de son cul débouler ici. Il va m'entendre ce faux-frère !

— Un *Apple rose*, un *Apple rose*… mais c'est quoi cette merde ? m'agacé-je à voix basse en tentant de trouver sur le net pendant qu'un client s'avance vers le comptoir.

— Jus de pomme, *Schweppes* citron, sirop de framboise ! annonce une voix féminine à quelques centimètres de moi.

Sans avoir à relever la tête, je reconnais tout de suite l'intonation impérieuse de Miss robe à fleurs. Moi qui attendais de ses nouvelles avec impatience, elle ne pouvait pas mieux tomber que maintenant.

— Ravi de te revoir, grogné-je en la regardant à peine avant de saisir le jus de pomme pour préparer le cocktail en question. On peut dire que tu tombes à pic !

— Je voulais t'envoyer un message pour te prévenir de mon passage, mais j'ai perdu ta carte, lance-t-elle en me regardant faire.

— Tu aurais pu le demander à Sofia…

— J'y ai pensé, mais elle était trop occupée cette après-midi. Elle devait voir un ami.

Si en me balançant ça dans la tronche, elle pense pouvoir m'atteindre, elle se fourre le doigt dans l'œil. Sa copine ne représente qu'un passe-temps à mes yeux, et encore, le terme est fort.

— Enfin, bref, je viens passer mon entretien ! lâche-t-elle en me présentant un papier.

— C'est quoi ? Ton relevé de notes ? demandé-je en finissant de préparer ma commande en cours avant de passer à côté d'elle sans jeter un coup d'œil au papier. On verra ça après le service. Pour le moment, passe derrière le bar et enfile un tablier. Avant l'entretien, tu vas faire un essai !

Étonnée de la tournure des évènements, Miss Rice, dans une autre robe à fleurs qui lui va à ravir, s'exécute en enfilant le tablier aux couleurs du bar alors que je retourne auprès de la blonde au *Apple rose*.

— Cameron ? me demande-t-elle en hésitant quand je reviens vers le comptoir.

— Ouais ?

— Je dois faire quoi du coup ?

Haussant les sourcils en serrant les dents pour me signaler qu'elle est perdue, je m'arrête une seconde pour la regarder. Elle est terriblement canon dans ce tablier trop grand qui s'arrête juste au-dessus de ses genoux.

Pour la première fois de ma vie, j'ai l'impression de découvrir ce qu'est vraiment une femme. Ou en tout cas, je découvre l'image de LA femme.

Je ne m'étais jamais vraiment posé la question de quel était mon style de fille, mais en la voyant là, devant moi, j'ai la réponse. Si je devais tomber amoureux un jour, je crois que j'aimerais que ce soit d'une fille comme Zia. Belle, drôle, un caractère affirmé, avec de l'esprit… Elle est le reflet exact de ce qui pourrait me faire succomber à l'amour.

Jusqu'à aujourd'hui, les femmes n'ont jamais vraiment été mon centre d'intérêt. Je ne suis pas gay, comme le père de Zia semble le croire, mais j'ai toujours eu trop d'autres choses en tête. Entre la mort de mes parents, survenue à un âge où on ne devrait se soucier de rien d'autre que de soi, la maladie de ma grand-mère, mes études et mon travail caché, je ne me suis jamais permis de tomber amoureux. Pour moi, l'amour, c'est une notion abstraite qui nous rend vulnérables. Je ne peux pas me permettre d'être vulnérable ou faible. Je n'ai même pas le temps pour ça.

Pourtant, cette Zia me rend fébrile. À cause d'elle, je prends des décisions qui ne me ressemblent pas. À partir de maintenant, je suis son patron. Je dois me restreindre à ça.

Même si mon but va au-delà d'une simple relation employeur-employé, je me sers d'elle pour me sentir mieux dans ma tête, pour me déculpabiliser de toutes ces mauvaises actions que j'ai accomplies depuis plus de quatre ans. Elle ne peut être celle qui m'apprendra ce qu'est l'amour, elle n'est que ma punition.

— Tu n'as qu'à prendre ma place au service pendant que je préparerai les commandes, lancé-je froidement sans la regarder. Ça me permettra de t'évaluer sur le poste.

— OK ! lance-t-elle avec la même froideur que la mienne en me prenant mon calepin des mains. C'est toi le chef… Enfin, c'est vous le chef !

Sans me laisser le temps de lui répondre, Zia se dirige vers de nouveaux clients qui viennent d'arriver.

Le ton qu'elle vient d'employer avec moi m'informe que je l'ai vexée. Je ne sais pas ce que j'ai pu dire pour le faire, toujours est-il que son comportement a changé en une seconde.

Elle y va un peu fort en me vouvoyant, mais après tout, je suis le patron, alors qu'elle, elle doit encore faire ses preuves. Même si notre rencontre n'a pas été traditionnelle, il est encore temps de poser les limites qui s'imposent dans une telle relation. Comme je l'ai dit à Neil, on ne doit pas mélanger travail et vie privée, ça ne fait jamais bon ménage.

Après plus de quatre heures de service ensemble, je suis ravi de voir qu'elle correspond tout à fait au profil que l'on recherchait. Efficace, rapide, consciencieuse et pleine d'initiatives, Zia semble déjà connaître les lieux et le job comme si elle faisait partie des murs depuis longtemps. À l'aise avec les clients, je l'ai regardé les faire rire, bavarder avec eux, et recevoir des compliments à la pelle.

J'ai l'impression d'être tombé sur une perle.

— C'est qui cette bombe ? me surprend la voix de Zach dans mon dos. C'est la nouvelle serveuse ?

Agacé par celui qui se pointe avec de nombreuses heures de retard, je me retourne d'un geste vif pour me retrouver nez à nez avec mon traître de meilleur ami.

— C'est à cette heure-là que tu arrives, espèce d'enfoiré ?

— C'est bon, Cam ! Si tu avais vu la raison de mon retard, tu m'aurais donné ton feu vert, et même plutôt deux fois qu'une !

— Laisse-moi deviner…, commencé-je en essuyant les quelques verres qu'il me reste à ranger. Blonde, longues jambes, gros seins, grande bouche ?

— Bingo, mon pote ! Ivana est une Russe que j'ai rencontrée sur Londres hier soir. Elle voulait découvrir Brighton et toucher le sable, alors je l'ai ramenée ici avec une facilité déconcertante !

— Pourquoi ? Tu l'as droguée ?

— Tu m'as déjà vu faire ce genre de truc, connard ? lance-t-il vexé. Bien sûr que non, je n'ai pas besoin de ça ! Un tour dans ma *Mercedes* et elle m'aurait suivi jusqu'au bout du monde ! Je peux te dire qu'une fois assise sur le cuir de mes sièges, elle n'a pas attendu le sable pour se mettre à toucher !

— En gros, t'as préféré te taper ta Russe, plutôt que de venir aider ton pote ! Pas de souci, je retiens…, grogné-je en lui balançant le torchon dans la tronche. Je devrais y être habitué depuis le temps, mais c'est dingue, avec toi, j'espère toujours un changement !

— Arrête, tu vas me faire chialer ! plaisante-t-il en me rendant mon outil de travail. Bon, alors, maintenant que je suis là, dis-moi ce que je peux faire !

— Ty arrive d'ici une heure, alors tu sais quoi, dis-je en enlevant mon tablier, je te laisse les commandes pour le reste de la nuit. Entre gros lourds, vous allez passer une excellente soirée ! En attendant, moi, j'ai un entretien à faire passer.

Tandis qu'il se marre comme un gamin, je passe de l'autre côté du bar pour lui montrer que je viens de finir mon service. Cet enfoiré a beau ne pas me croire, il va vite se retrouver dans la merde d'ici quelques minutes quand il sera assailli par les clients.

Après avoir noué le tablier autour de son bassin, Zach s'admire dans le miroir qui orne le dessus du buffet. Entre les bouteilles d'alcool, il se recoiffe en se lançant des œillades langoureuses.

— Tu peux m'expliquer ce que tu branles ? demandé-je en riant.

— Bosser ici, c'est le plus puissant aimant à gonzesses que je connaisse. Je me dois d'être au top de ma séduction en toutes circonstances. Comment tu me trouves ? me questionne-t-il en se retournant d'un pas de danse.

— Waouh ! m'exclamé-je en protégeant mes yeux. Tu éblouis comme un soleil ! Fais gaffe à ne pas brûler tes prétendantes !

— Attends, je vais m'entraîner sur la nouvelle recrue !

— J'éviterais si j'étais toi…, le stoppé-je en prévention.

— Laisse faire le spécialiste ! me nargue-t-il, sûr de lui, alors que Zia nous apporte une nouvelle commande. Mademoiselle, je suis Zacharia Davis, pour vous servir !

Par-dessus le comptoir, Zach se penche afin d'atteindre la main de Zia. Sans lui demander la permission, il s'en empare pour y déposer un baiser.

Surprise, Zia me regarde comme pour me demander qui est ce fou qui l'approche.

— Vu votre place derrière le bar, je dirais plutôt que vous êtes l'un de mes futurs patrons, lance-t-elle en éloignant sa main. La prochaine fois, une poignée de main suffira, j'aimerais autant ne pas avoir à vous mettre au tribunal pour harcèlement sexuel…

Bouche bée, Zach reprend sa place en inspectant notre nouvelle employée de la tête aux pieds.

— Et bien…, commence-t-il, mal à l'aise. Je crois qu'on ne m'a jamais remballé de cette façon en dix années de carrière de Don Juan. Bravo, vous avez gagné mon respect !

— Je ne sais pas si je dois me sentir flattée ou insultée. Si j'avais laissé ma main, vous n'auriez donc eu aucun respect ? s'étonne Zia en haussant les sourcils.

Pris au dépourvu devant tant de caractère, je sens les défenses de Zach se fissurer. Jamais je ne l'ai vu perdre la face devant une femme de cette manière. Il a tellement l'habitude qu'elles lui mangent dans la main que cette réaction le laisse sur le cul.

Spectateur hilare au premier rang, je me délecte du sublime show de Zia Rice.

— On va dire qu'on devrait oublier cette entrée en matière, Monsieur Davis, et reprendre depuis le début. Zia Rice, enchantée de faire votre connaissance, lance-t-elle en lui tendant la main.

— De même, répond-il en ne serrant ses doigts qu'une seule seconde. Cameron va vous faire passer votre entretien, mais vu votre caractère, je crois que vous ferez largement l'affaire pour ce poste… Ou alors, vous ferez fuir tous nos clients masculins !

Cette dernière phrase sonne comme une note d'humour, pourtant, dans la bouche de Zach, ça ressemblerait presque à une prophétie.

Alors qu'elle enlève son tablier pour le lui tendre, il ne parle plus, troublé par la répartie de notre nouvelle employée.

— Zia, on va passer dans le bureau pour l'entretien, lui dis-je en passant ma main dans son dos.

À son contact, je ressens une espèce de décharge électrique qui me parcourt la colonne vertébrale. Surpris, j'enlève ma main aussi vite que je l'ai posée tandis que, tout aussi gênée que moi, elle s'éloigne d'un pas pour mettre de la distance entre nous.

7
ZIA

Jeudi 25 juin

Alors qu'il passe devant moi pour me conduire jusqu'au bureau, j'ai encore la sensation d'avoir sa main dans mon dos. Comme à notre premier contact, j'ai ressenti un truc bizarre quand il m'a touchée. Je ne sais pas ce que ça me fait exactement, mais j'aime ça autant que ça m'effraie.

Prenant place derrière un volumineux bureau en bois d'un autre temps, j'observe la pièce pendant qu'il m'invite à m'asseoir en face de lui.

Avec son canapé club en cuir marron dans un coin et sa table, d'une autre époque elle aussi, j'ai l'impression de me retrouver dans une salle de poker clandestine des années 50. Il ne manquerait plus que mon boss fume un cigare devant moi pour que je m'y croie vraiment.

Fort heureusement, Cameron ne s'allume pas une clope, mais sort un contrat du tiroir de son bureau.

Bien que je le sente de plus en plus nerveux, il tente de se refaire une contenance en se raclant la gorge comme un chef mafieux prêt à donner un ordre.

Le voir comme ça me surprend. Après leurs deux rendez-vous, Sofia m'a parlé de lui comme d'un mec hautain, presque macho. Selon elle, il n'a pas beaucoup parlé, il a surtout maté son décolleté en attendant de lui faire prendre son pied. Elle m'a non seulement dit qu'il n'était pas du genre bavard, mais elle a aussi ajouté qu'il était, par contre, un excellent donneur d'orgasme.

Je ne sais pas comment fait Sofia pour être aussi détachée de ses sentiments. Pour elle, la baise est totalement dissociable de l'amour. S'envoyer en l'air est une manière comme une autre de tuer le temps ou de faire passer une migraine. Moi, je ne peux faire l'amour avec un homme si je n'éprouve rien pour lui. C'est peut-être pour ça qu'aujourd'hui, je n'ai que deux expériences à mon compteur.

La première, c'était avec un garçon que j'ai aimé toute mon enfance. Il a été mon premier petit copain, on s'était même promis de rester ensemble jusqu'à la fin de notre vie. Mais dès que ce fumier a réussi à trouver une meuf qui suçait mieux que moi, il m'a laissée tomber comme une merde.

La seconde a été encore plus rapide. Pour moi, ce fut un véritable coup de foudre. Pour lui, ça n'a été qu'un coup d'un soir. Malgré de belles promesses pour me faire tomber dans son lit, il m'a prise au piège. C'est pour cela que je me méfie des mecs comme ce Zach Davis maintenant. Ils savent parler, ils savent embobiner, et à la fin, on finit toujours avec le cœur brisé.

Le prochain qui aura le droit de découvrir mon corps, ce sera le mec qui fera un vrai bout de chemin avec moi. Je ne dis pas qu'on passera le reste de notre vie ensemble, je suis trop lucide pour ça, on n'est pas dans l'un de mes bouquins romantiques. Mais je veux une vraie relation avec de la passion, de l'amour et de la tendresse.

Je ne dis pas que Cameron pourrait être cet homme, je ne l'envisage pas de cette manière en tout cas. Cependant, je n'ai pas du tout l'impression d'avoir affaire à la même personne que Sofia. Malgré la pointe de jalousie qui me titille le cœur quand elle me raconte comment il l'a fait crier dans la piscine, et malgré la description qu'elle m'a dépeinte, il est une énigme dont je n'ai pas encore décidé si j'avais envie de la résoudre ou non.

— Cette fois, je veux bien voir ton relevé de notes, Zia ! affirme-t-il en tendant la main.

Après avoir fouillé dans mon sac pour en sortir un document tout froissé, je le lisse avant de lui donner. Amusé par mon manque de soin, sûrement pour me mettre mal à l'aise aussi, cet enfoiré se permet de tiquer en le récupérant. Dois-je lui rappeler qu'il a failli s'étouffer avec un chewing-gum le jour où on s'est rencontrés ? Dans le genre honte du siècle, il excelle aussi !

— Bravo ! reprend-il en analysant toutes mes notes. Je n'aurais jamais parié que derrière ce caractère désinvolte se cachait aussi une véritable tête pensante !

Sa remarque m'agace au plus haut point. Qui est-il pour me juger ? On ne se connaît pas ! Ce n'est pas parce qu'il utilise un langage presque soutenu pour se la péter que ça le rend plus brillant que moi.

— L'intelligence ne se reflète pas au travers des mots que l'on emploie. On peut très bien jurer comme un charretier, mais être aussi instruit qu'un sage, tout comme l'inverse est vrai aussi… S'exprimer comme un bourgeois ne fait pas d'un homme un savant.

— Cette remarque est pour moi ? me demande-t-il en souriant.

La blancheur de ses dents, en parfait contraste avec sa peau métissée, me laisse stupéfaite. Son sourire est juste sublime. Imaginer que cette bouche ait pu se poser sur le corps de ma meilleure amie me glace le sang. Pourquoi l'a-t-il choisie elle plutôt que moi ?

— Elle n'est destinée à personne en particulier. Libre à vous d'en faire ce que vous voulez.

Il a raison quand il parle de caractère désinvolte. À sa place, j'aurais même dit caractère de merde ! Il y a des fois où je devrais apprendre à fermer ma gueule, notamment lors d'un entretien d'embauche ! Alors, pourquoi je n'y parviens pas ?

— Désolée, j'ai parfois tendance à parler trop vite ou à oublier à qui je m'adresse. Quand on s'est vus, vous m'avez dit que vous me proposeriez ce travail uniquement si j'avais mon A-level. Mon père a même ajouté une mention pour augmenter la difficulté. Aujourd'hui, je l'ai, j'ai aussi la mention, la meilleure au passage… Je réponds donc aux exigences de tout le monde. Je sais que je dois faire des efforts dans mon comportement pour ne pas effrayer les clients, je le ferai si vous me laissez une chance de vous prouver de quoi je suis capable.

En faisant profil bas devant lui, j'ai l'impression de me rabaisser. Pourtant, il ne me regarde pas comme s'il avait gagné la bataille.

Au contraire, je sens beaucoup de bienveillance dans sa façon de poser les yeux sur moi. Pas de séduction, pas de supériorité, il me regarde sans jugement, moi, Zia Rice, pour ce que je suis.

— D'abord, je tiens à te féliciter, lance-t-il en me tutoyant à nouveau. Même si je ne te connais pas, je n'avais aucun doute sur ton potentiel. Ensuite, excuse-moi si je t'ai vexée en parlant de ton caractère. Ce n'était pas vraiment un jugement, au contraire, j'aime ton naturel. C'est pour cela que je t'ai proposé le poste. Avec ta répartie, tu me l'as encore prouvé tout à l'heure avec Zach, je ne doute pas une seule seconde que tu sauras te faire respecter par les gros lourds un peu bourrés qui essaieront de te draguer. Pour finir, ton essai de tout à l'heure était plus que concluant. Je t'ai sentie à l'aise avec les clients, tu t'es fondue dans le décor sans que je n'aie eu besoin de t'expliquer quoi que ce soit. J'espère que le service se passera aussi bien avec Neil, le barman, qu'il s'est passé avec moi !

En entendant le prénom de Neil, je sens venir les petits papillons au creux de mon ventre.

Je me souviens de la première fois où j'ai remarqué ce type. Sofia m'avait traînée au bar pour boire un dernier verre avant de rentrer. Quand j'ai commandé, il m'avait fait un clin d'œil si charmeur que je m'étais promis de l'aborder à ma prochaine venue ici. Je ne savais pas, à ce moment-là, que cette prochaine fois allait se passer dans le cadre du travail.

— Je n'en doute pas, dis-je pour le rassurer. Je m'adapte facilement.

En le voyant éclater de rire, je comprends qu'il m'a déjà cernée. Effectivement, je ne suis pas d'une nature à m'adapter aussi facilement que je le prétends, pourtant avec lui tout à l'heure, je dois avouer que je me suis sentie tout de suite en confiance.

— Il ne nous reste plus qu'à parler chiffres dans ce cas-là !

Tandis qu'il m'explique le travail pour lequel je vais être payée, qu'il me parle des horaires et du salaire, je reste bouche bée par le montant qu'il m'annonce.

Gagner 2000 £ pour être serveuse, c'est énorme ! Avec une telle somme, je pourrai réellement me payer une voiture, ainsi que tous les frais liés à ma scolarité sans avoir à enquiquiner mon père pour trouver une solution.

Même si ce job me semble être une opportunité de dingue, je vais devoir la jouer fine pour faire passer la pilule à mon paternel en ce qui concerne mes études. Enfin… Qu'importe ce qu'il dira, il ne pourra pas renier le fait que c'est une occasion à ne pas rater.

— Pour finir, avec mes associés, nous avons aussi convenu qu'au bout de six mois, si nous sommes toujours satisfaits de ton travail, nous t'augmenterons de 500 £. Est-ce que tout te convient, Zia ? me demande-t-il.

Déstabilisée par les chiffres qu'il m'annonce, j'ai presque l'impression de rêver.

— Oui, je crois…

— OK, alors voici le contrat. Je te laisse le lire à tête reposée. Tu commences le 1er juillet, tu me le rendras à ce moment-là.

— Pas la peine de le relire, je le signe tout de suite ! dis-je en m'emparant du stylo sur le bureau alors qu'il enlève le document sous ma main.

— Non, je préfère que tu le lises comme il faut. C'est important. On ne signe pas ce genre de document en prenant ça à la légère. Qui te dis qu'il n'y a pas de petites lignes qui puissent faire référence à mon côté pervers démoniaque ? me pique-t-il en se mordant la lèvre. Ou détraqué aussi…

Rouge de honte, je n'ose plus lever les yeux vers lui. Dans un silence gênant, je récupère le contrat qu'il me tend à nouveau en souriant. Il sait que cette fois il a le dessus sur moi, il en profite et c'est de bonne guerre. Je l'ai insulté sans même le connaître, à moi d'en assumer les conséquences.

— Désolée pour ça aussi…, marmonné-je avec la tête toujours baissée. Vous pouvez enlever 100 £ sur ma paie en guise de dédommagement.

Ne me prenant pas le moins du monde au sérieux, Cameron ne peut se retenir de rire. Il se fout de ma gueule ouvertement, mais au lieu de me vexer, ça a le mérite de me détendre.

— C'est bon, Zia. Je te charrie. Je n'enlèverai rien sur ta paie, et tu peux me tutoyer aussi. Je t'ai laissé faire pour voir jusqu'où tu étais capable d'aller, mais rien ne vaut le naturel. Je ne suis pas un bourge prétentieux qui utilise des beaux mots pour montrer sa supériorité ! lance-t-il pour me faire rougir plus encore.

— OK, je l'ai bien mérité…, dis-je en pinçant mes lèvres pour retenir les insultes qui ne demandent qu'à jaillir de ma bouche. Si tu veux du naturel, tu vas en avoir, alors !

— Tant mieux, je ne demande que ça ! réplique-t-il en rougissant.

Cette jolie teinte rosée qui se plaque sur ses pommettes le rend terriblement craquant. Il n'a rien du mec froid que décrit Sofia. Avec moi, j'ai l'impression qu'il est différent.

— J'avais encore un point à voir avant de te laisser partir. Quand je t'ai parlé du job, commence-t-il en reprenant son sérieux, je t'ai dit que tu aurais une prime en septembre pour payer la première partie de ton année universitaire. Ne sois pas étonnée, cette close n'est pas inscrite sur le contrat pour cause de divergence d'opinions. Sois sans crainte, je ne me suis pas avancé à la légère en l'évoquant, je tiendrai ma parole !

C'est vrai qu'il avait évoqué une prime, mais au vu du salaire mensuel qu'ils me proposent, je pensais qu'elle n'était plus d'actualité. J'ai du mal à croire que je vais avoir encore plus d'argent. C'est vraiment irréel.

Pour ne pas remettre sa parole en cause, je me contente de secouer la tête pour approuver. Je ne sais pas pourquoi je le crois, mais s'il le dit, c'est qu'il le fera.

— Ah ! Une dernière chose ! reprend-il avec un sourire moqueur plaqué sur les lèvres. Je me suis engagé auprès de ton père pour te raccompagner chez toi quand tu finiras le service tard. Sur ça aussi, je tiendrai parole…

— Moi qui pensais que tu aurais la classe de passer sous silence l'intervention de mon père… Je suis ravie de constater que ce n'est pas le cas ! m'exclamé-je pour lui montrer mon agacement.

— Je comptais ne pas y faire allusion, mais j'ai trouvé que c'était idéal pour clore cet entretien ! ironise-t-il.

— Enfin, si tu me raccompagnes autant de fois que tu comptes draguer un mec, je devrais être libre de rentrer chez moi comme bon me semble…

Ma remarque lui fait piquer un nouveau fard, pour autant, il secoue la tête en souriant. Malgré ce que j'ai pensé de lui en le rencontrant, je crois que nous nous ressemblons bien plus que je ne veux l'admettre.

— Touché ! déclare-t-il en levant les mains en l'air pour se rendre. Je n'ai plus le choix si je veux pouvoir honorer la promesse que j'ai faite à ton père, je vais devoir me mettre à draguer mes homologues masculins…

— J'ai hâte de commencer le boulot pour assister à ça !

— N'y compte pas trop quand même… Je n'ai pas voulu contredire ton père juste pour éviter qu'il pense que j'avais un quelconque intérêt à te raccompagner. Lui croit que je suis gay, ça le rassure, et moi je serai plus serein si je te ramène, plutôt que de te laisser rentrer seule.

— Je ne suis plus une petite fille, je peux aussi me débrouiller par mes propres moyens.

— OK, mais vois ça avec ton père dans ce cas-là. Car si ce n'est pas moi qui te raccompagne, ce sera lui qui viendra te chercher. C'est toi qui vois !

— Si tu me prends par les sentiments, c'est différent ! Je crois que je préfère encore rentrer avec mon patron gay qu'avec mon paternel…

— Bizarrement, je me doutais que ça finirait comme ça ! lâche-t-il en se levant.

Debout devant son fauteuil, je ne peux m'empêcher de jeter un coup d'œil à son torse musclé moulé par un tee-shirt blanc.

Cameron est plutôt grand et athlétique. Je ne sais pas si c'est un sportif, mais quoi qu'il fasse comme activité, il est terriblement bien fait. Quand je pense que Sofia a eu la chance de le voir à poil, ça me donne presque envie de la gifler.

Bien qu'elle m'ait parlé des prouesses sexuelles de mon nouveau boss, elle n'a pas évoqué son corps. D'habitude elle adore me décrire les atouts de ses partenaires d'un soir, mais elle ne s'est pas étendue sur le sujet Evans…

En le voyant comme ça devant moi, j'aurais presque envie de la questionner pour mieux construire son image dans ma tête. Sauf que si je le fais, elle pensera que j'ai des vues sur lui, alors que ce n'est vraiment, mais alors, vraiment pas le cas !

— Je te raccompagne à la porte, me lance-t-il en passant près de moi pour me montrer le chemin.

— Pas de cortège jusqu'à la maison aujourd'hui ?

Ma question n'est qu'une ridicule pointe d'humour, pourtant, j'en suis presque à prier mentalement pour qu'il me le propose.

— Tu n’es pas encore mon employée, il n’est pas très tard, alors je ne voudrais pas que ton père se pose à nouveau des questions sur ma sexualité ! lance-t-il en ouvrant la porte.

— Navrée qu’il soit venu fouiner ici, dis-je en réalisant que c’était déplacé. Il est très protecteur avec ses enfants, et même si je suis majeure depuis quelques mois déjà, il a du mal à couper le cordon.

— Aucun souci, Zia ! répond-il en se penchant vers moi pour me faire la bise tandis que les effluves de son parfum m’enchantent les narines. C’était inhabituel, c’est vrai, mais ça ne m’a pas posé de problème. On n’est jamais trop prudent de nos jours.

Hypnotisée par le mouvement de sa bouche quand il parle, je me contente de lui sourire pour lui faire croire que je l’ai écouté.

Si j’accepte ce poste, c’est pour le salaire d’une part, mais aussi pour faire connaissance avec Neil. Certainement pas pour fantasmer sur mon boss.

Fichue Sofia, si elle n’avait pas couché avec lui, je suis certaine que je n’aurais jamais fait attention à ce type.

8
ZIA

Mercredi 1er juillet

— Ma puce ! Sofia vient d'arriver, me crie ma mère depuis l'escalier.

— J'suis pas prête, So ! Monte !

Je commence le boulot dans moins de trente minutes, mais je ne suis toujours pas disposée à sortir de ma chambre. Quand ma meilleure amie me rejoint, elle me retrouve en sous-vêtements, la tête dans mon dressing.

— Tu devrais te bouger le cul si tu ne veux pas arriver en retard pour ton premier jour !

— Aaaaarrh ! Je sais, qu'est-ce que tu crois ? dis-je en lui lançant un regard noir.

— Ouh là…, s'exclame-t-elle en se laissant tomber sur mon lit face contre la couverture. J'en connais qui sont de mauvaise humeur ce matin…

Sa façon de me narguer a le don de me hérisser le poil. C'est sûr que quand on a autant de fric que la famille de Sofia, on n'a pas besoin de se prendre la tête à aller bosser.

Avant le cambriolage, mon père avait peut-être de quoi nous payer nos études à mon frère et moi, cela n'enlevait rien au fait que j'aurais quand même dû travailler pour me payer une voiture. Alors autant qu'elle s'y fasse, je ne serai pas aussi disponible cet été que ce fût le cas pendant les années précédentes.

Saoulée de devoir me creuser la tête pour trouver une tenue correcte, je reviens finalement à ma première idée. Tout en enfilant un short en jean pas trop court et un tee-shirt blanc pas trop transparent, je repense aux mots de Cameron pendant l'entretien. Il a raison, je me connais, je risque déjà d'être dans la provoc si on vient à me titiller de trop près, alors autant la jouer soft sur mes fringues pour ne pas attirer les commentaires désobligeants.

D'ailleurs, je n'ai pas eu de nouvelles de lui depuis ce fameux entretien. Je ne m'attendais pas à recevoir un message d'encouragement dès mon réveil pour mon premier jour, mais j'avoue que je l'espérais peut-être un peu.

Moi qui étais si impatiente de faire enfin la connaissance de Neil, je n'ai fait que repenser à ce mec, guère plus vieux que moi et pourtant si sérieux, ces derniers jours.

Bien qu'il soit toujours une foutue énigme à mes yeux, et accessoirement le plan cul de Sofia, j'ai quand même décidé de le percer à jour. Derrière cette carapace grave et solennelle, je suis certaine qu'il y a un jeune homme normal qui se cache.

Je ne sais pas quel secret il essaie de dissimuler au monde en jouant au type ultra raisonnable, mais je finirai par le découvrir.

— Tu crois que Cameron sera là ? me coupe So dans mes réflexions.

— Il m'a dit qu'il bosserait tout l'été avec Neil et moi, alors j'imagine que oui.

C'est aussi pour cette raison que je suis stressée aujourd'hui. Il va être là dès mon arrivée, alors j'ai envie de le scotcher sur place…

Pour me soutenir dans mes débuts en tant que serveuse, et bien que ça me semble superflu, Sofia a décidé de squatter la terrasse du bar une bonne partie de la journée. Selon elle, ça lui permettra de parfaire son bronzage en se faisant servir tout l'après-midi, mais aussi, ça lui donnera une excuse pour croiser Cam à nouveau.

Depuis la dernière fois qu'ils se sont vus, elle n'a plus de nouvelles. Bien qu'elle lui ait envoyé quelques messages pour lui donner rendez-vous, il n'a pas répondu.

Je ne pense pas qu'elle ait envie d'une relation suivie avec lui, cependant, se retrouver devant un mec qui fait le mort la frustre au plus haut point. Sofia n'a pas l'habitude de tomber sur des hommes qui lui résistent. Au contraire, ce serait plutôt l'inverse ! Petite blonde au corps de rêve et aux yeux bleus, Sofia est ce qu'on pourrait qualifier de jolie poupée de porcelaine. Avec sa peau diaphane et ses traits fins, elle a tout d'une fleur fragile, alors que c'est loin d'être le cas. Un peu nympho sur les bords, elle a un irrépressible besoin de plaire, de se faire aimer. Qu'importe le mâle qui se trouve en face d'elle, s'il lui ouvre les bras, elle lui ouvrira les cuisses avec délice. Par contre, s'il ne les ouvre pas, elle mettra tout en œuvre pour que ça finisse comme elle l'a décidé.

Ce trait de caractère fait de nous deux exacts opposés. Moi, je ne suis pas du genre à me donner aisément, je ne veux pas que les hommes m'apprécient pour le morceau de viande que je peux être. Non, je veux me faire remarquer par mon esprit, par mon intelligence ou mon humour. Sûrement pas pour mon cul !

Même si je dois avouer que Dame Nature a été plutôt clémente avec moi.

En me lorgnant dans le miroir une dernière fois, je réalise que les vêtements que j'ai choisis ne sont peut-être pas les plus racoleurs, mais ils font quand même le taf. Le blanc de mon tee-shirt fait ressortir cette peau hâlée que j'ai héritée des origines hispaniques de mon père, tandis que son cintrage souligne ma taille fine tout en galbant ma poitrine à la perfection.

En ce qui concerne le short, mes jambes, plus longues que celles de Sofia, semblent douces et fermes, comme celles des mannequins dans les pubs pour les rasoirs en été. Pour couronner le tout, les poches plaquées sur mes fesses leur donnent un volume non négligeable que j'apprécie beaucoup.

Une tenue qui change de mes éternelles robes à fleurs. J'espère que Cameron le remarquera.

— Tu ne t'inquiéteras pas si je l'emmène faire un tour dans son bureau en plein milieu de l'après-midi ! lance-t-elle en s'asseyant à côté de moi, devant le miroir de ma coiffeuse, pour se mettre du gloss pendant que je brosse mes cheveux.

— Qui ?

— Cameron ! De qui veux-tu que je parle, Zaza ? s'offusque-t-elle en formant un joli cul de poule avec ses lèvres. Tu connais d'autres mecs qui me branchent dans ce bar ?

— Tout ce qui a un service trois pièces te branche, So ! Si ce n'est pas lui, ce sera un autre…

— C'est là que tu te trompes ! lance-t-elle en saisissant mon menton pour me coller un rapide baiser sur les lèvres. Voilà, il te manquait du gloss, c'est fait !

Depuis qu'on est toutes petites, on a cette fâcheuse habitude de se faire des smacks. Pour avoir vu et revu les images une bonne dizaine de fois, je connais par cœur ce moment où on s'est donné notre tout premier bisou.

À peine plus hautes que trois pommes, encore encombrées par nos couches-culottes, la puéricultrice de la crèche avait décidé de faire un film pour les fêtes. Vêtue comme un petit lutin, je courrais à travers la pièce pour échapper au Père-Noël venu nous rendre visite. Je me revois, apeurée, en pleurs, me cacher sous un bureau quand Sofia est arrivée pour me consoler.

Comme sa mère devait le faire avec elle, elle m'a prise dans ses bras et m'a collé un énorme bisou sur la bouche avant de me demander si mon bobo était parti. Innocent, rassurant, enfantin, ce baiser ne signifiait rien de plus qu'un câlin affectueux ou qu'une caresse de réconfort pour nous. En tout cas, à partir de ce jour, on a été inséparables elle et moi. Collées comme des siamoises, on a gardé cette habitude qui faisait tant sourire nos parents à l'époque.

Au fur et à mesure des années, le sourire des adultes s'est envolé pour laisser place à l'incompréhension. Ce qui était mignon à deux ans l'était nettement moins à six ou à sept… Malgré toutes les engueulades ou les punitions de nos parents respectifs pour faire cesser cette pratique, nous n'avons jamais réussi à comprendre ce qui les dérangeait tant. Nous ne le faisions pas, car nous étions attirées l'une par l'autre. Rien à voir ! Depuis ce fameux jour, Sofia était devenue l'équivalent d'une sœur pour moi, et ce geste n'était ni plus ni moins qu'une réelle marque d'affection familiale.

Cependant, pour ne plus les choquer, nous avons cessé de le faire en public. Comme un secret inavouable entre nous, on a continué à se smacker un temps, en cachette… En tout cas, jusqu'à ce que les garçons se mêlent à l'équation.

Aujourd'hui, ses petits bisous inoffensifs sont devenus rares. Par contre, ils sont un super mécanisme de défense pour éviter les gros lourds en soirée. Quand l'une ou l'autre se sent approchée de trop près par un homme dont elle ne souhaite pas la compagnie, nous nous faisons passer pour un couple.

À ce moment-là, c'est quitte ou double. Soit ça les excite encore plus, soit ils tracent leur chemin. Bien souvent, ça leur fait peur, ils finissent par lâcher l'affaire.

Je ne sais pas pourquoi j'ai utilisé cette technique devant Cameron, il n'avait rien du type gonflant qui t'aborde pour un plan cul. D'un autre côté, si je ne l'avais pas fait, peut-être qu'il ne m'aurait jamais recrutée pour le bar…

— Tu te trompes parce que ce mec me plaît ! lance-t-elle en récupérant son sac sur le lit avant de se mettre dans l'encadrure de la porte pour me barrer le passage. Il y a un feeling spécial entre nous. Un truc que je n'arrive pas à décrire…

— Ce n'est pas plutôt sa façon de te résister qui te donne envie de le revoir ?

— Pas du tout, grimace-t-elle en me repoussant pour m'empêcher de passer à nouveau. Je te dis qu'il y a un truc. Je ne peux pas te l'expliquer, mais je l'aime bien !

Et merde ! Il ne manquait plus que ça ! Ma meilleure amie va tomber amoureuse pour la première fois, et il se pourrait bien que ce soit du mec qui obnubile mes pensées.

Pour ne rien laisser paraître de mon trouble, je me contente de lui sourire avant de l'embrasser sur la joue. Après tout, c'est la première sur le coup, je n'ai rien à dire à part m'incliner.

Après m'avoir enfin laissée passer, elle me balance une claque sur les fesses qui résonne dans tout mon corps.

— Allez, belle gosse ! lâche-t-elle en serrant ma taille de ses mains fines par-derrière. Tu as le cœur d'un SSB à kidnapper !

— C'est quoi un SSB ?

— Super Sexy Barman, voyons !

Arrivées devant le bar avec à peine une minute d'avance, je claque la portière de la voiture de Sofia tandis qu'elle redémarre pour aller se trouver une place de parking.

Un peu affolée par l'idée de commencer mon tout premier job, je passe entre les tables encore désertes avant de pousser la lourde porte d'entrée du bar.

— Midi pile ! Juste à l'heure pour ton premier jour, nouvelle collègue ! Je t'aurais bien sermonnée en te disant que tu aurais pu arriver un peu en avance pour que je t'explique deux ou trois trucs, mais j'ai tellement besoin de toi, que je suis à la limite de faire le tour du bar pour t'embrasser !

La voix de Neil est comme dans mon souvenir, chaude et agréable. Son visage est, quant à lui, encore plus beau. Je ne m'étais pas attardée à regarder ses traits dans le détail la première fois où je l'ai vu, mais plus je me rapproche et plus je le trouve vraiment très sexy. SSB, Sofia a toujours raison !

— Salut, Zia Rice, lance-t-il en connaissant déjà mon prénom, je suis Neil Taylor et je vais être ton mentor, ton chef, ton meilleur pote pendant les deux mois à venir !

— Rien que ça, Neil Taylor ?

— Rien que ça, en effet ! ironise-t-il en me tendant mon tablier. Tiens, Cam a tenu à t'en faire faire un à ta taille. Avec ton prénom brodé dessus, Madame ! À peine arrivée, et déjà bien vue ! Bien joué !

Sa remarque n'est pas méchante, au contraire, il me tend le morceau de tissu avec un sourire à faire fondre les glaciers en Antarctique. Alors que je passe mon nouvel habit de travail, je remarque que lui n'en porte pas.

— Tu es jaloux, car tu n'as pas eu le droit à ton nom sur un torchon ?

— J'avoue que ça m'a chiffonné, se moque-t-il, mais je vais m'y habituer. Ça fait cinq ans que je suis le seul maître à bord, j'avais l'habitude de mes petits privilèges. Maintenant qu'il va y avoir une fille, que dis-je ? Une femme… Maintenant qu'il va y avoir une femme dans mon bateau, je vais passer en second plan !

— Alors Cap'taine, ne vous affolez pas sur mes intentions ! Je ne veux pas vous piquer votre navire ni votre trésor ! Je serai un petit moussaillon exemplaire, sage et obéissant.

— Je n'ai qu'une chose à dire dans ce cas : à l'abordage !

Tandis qu'il m'embarque avec lui pour installer les tables de la terrasse, il m'explique son fonctionnement quotidien. Avec lui, je vais devoir m'organiser comme avec Cameron le jour de mon essai. Neil sera derrière le comptoir, à préparer ses *Apple rose* sans avoir besoin de regarder sur le net ou à l'encaissement, alors que moi, je serai aux commandes et au service.

Selon lui, je n'ai pas à manipuler d'argent, hormis les pourboires que les clients vont me laisser, c'est à lui de s'occuper de la caisse et de ses désagréments.

Pendant qu'il ne cesse de parler, et le Cap'taine SSB est très loquace, mon esprit vogue vers d'autres contrées. Il est déjà midi trente, mais pas l'ombre d'un Cameron dans le bateau.

L'envie d'évoquer la question à Neil me titille, pourtant, je ne me permets pas de la lui poser. Que va-t-il s'imaginer si je m'inquiète de ne pas voir mon boss dans les parages ?

Il nous faut près d'une demi-heure pour être prêts à ouvrir. Il n'y a pas encore de clients alors je profite de ce moment pour squatter près de mon nouveau meilleur pote.

— On ne se serait pas déjà vus quelque part ? me demande-t-il après quelques secondes à étudier mon profil gauche.

— Ici même, très cher. J'étais passée un soir avec mes copines. Quand je suis venue commander au bar, tu m'as fait un clin d'œil que je n'arrive toujours pas à oublier !

Bien que ma remarque ait pour but de le mettre mal à l'aise, elle ne semble pas le dérouter. Au contraire, il se retourne vers moi en clignant de la paupière mécaniquement comme s'il avait une poussière dans l'œil.

— C'était un truc comme ça ? me demande-t-il en riant.

— Hum…, commencé-je pour marquer mon temps de réflexion. À peu près, sauf que tu tirais légèrement la langue en même temps…

— Comme ça ? lance-t-il en s'exécutant.

— Ah oui ! Comme ça ! dis-je avec beaucoup trop d'enthousiasme.

— C'est ma technique de drague secrète. Elles craquent toutes avec ce combo œil-langue ultra romantique !

L'humour de Neil n'est pas très fin, on dirait même qu'il a chaussé ses gros sabots pour me faire des blagues, cependant, ça fonctionne. Il me fait rire, il me met à l'aise, et en l'espace d'une heure, j'ai l'impression de bosser avec lui depuis une éternité.

Même si le feeling passe entre nous, je me rends compte que depuis le soir où je l'ai vu pour la première fois, j'ai peut-être un peu extrapolé son pouvoir de séduction.

D'une part, ce clin d'œil n'avait rien de personnel, il s'agit plutôt d'une ruse pour faire consommer les nanas. D'autre part, Neil a beau être très agréable à regarder, il n'en reste pas moins qu'il ne me fait pas l'effet auquel je m'attendais.

Un peu déçue par ce constat, je l'étudie pendant qu'il répond au téléphone au moment où des clients s'installent en terrasse.

Une oreille tendue pendant que je prends la commande, je l'entends dire : *pas de souci, mon pote. On se voit demain. Repose-toi bien.*

Mon petit calepin en main, je reviens avec ma première commande officielle en tant que serveuse. Fière de moi, je tends le morceau de papier au Capitaine avant de lui offrir mon plus beau sourire.

— Je peux officiellement dire qu'à partir de cet instant, je suis serveuse !

— Youhou ! me félicite Neil avec son clin d'œil-langue pendue horriblement répugnant. Une belle carrière s'ouvre à toi !

Tandis qu'il prépare la commande, je le sens perdu dans ses pensées. Ses gestes sont automatiques, il réussit à remplir les verres à la vitesse de l'éclair sans même les regarder.

— Est-ce que ça va ? demandé-je pour en savoir plus sur ce coup de téléphone qui l'a perturbé.

— Oui, super ! Pourquoi ?

— T'as l'air bizarre depuis ce coup de fil…

— T'es observatrice ! Je vais devoir apprendre à masquer plus mes pensées si je ne veux pas que tu me connaisses par cœur trop vite !

— Tu m'as dit que tu allais être mon meilleur pote, alors moi, je commence déjà mon nouveau job de best friend forever ! plaisanté-je pour apaiser la discussion.

— Bien vu ! rit-il. C'est juste que Cameron ne sera pas là aujourd'hui. Apparemment, il a eu une nuit si agitée qu'il a du mal à s'en remettre.

— Une nuit agitée ? Ça veut dire ?

— Avec Cam, ça peut être synonyme de femme ou de révision… Il a beau être celui avec qui je m'entends le mieux parmi les associés, on ne sait jamais trop avec lui. Il est plutôt du genre super discret.

— J'avais remarqué ! dis-je avec une pointe d'agacement dans la voix.

— Ouh ! La nouvelle craque déjà sur le patron ?

— Moi ? m'exclamé-je en saisissant le plateau rempli de boissons. Pas du tout !

Rouge de honte, je me retourne rapidement pour qu'il ne puisse pas voir le trouble qu'il a fait naître en moi.

Avec naturel, je sers mes premiers clients avant de revenir vers lui en soufflant.

— Il couche avec ma meilleure amie ! confié-je pour lui fournir une explication qui le détournera de mes vrais sentiments. Ils se sont vus deux fois depuis qu'on l'a rencontré sur le campus, mais depuis qu'il se l'est tapée, il ne lui donne plus de nouvelle.

— Du grand Cam, quoi ! En six mois de bons et loyaux services, mais même quand il traînait au bar avec ses potes avant qu'ils ne le rachètent, je ne l'ai jamais vu plus d'une fois avec la même fille. Je ne dis pas qu'il en choppe une tous les soirs, bien au contraire, mais elles ne font jamais long feu.

— En gros, ma meilleure amie, qui est en train de tomber amoureuse de lui, va morfler grave.

— Possible… Après, ça n'a peut-être rien à voir avec une femme. Il n'y a pas plus sérieux que lui. Si j'avais, ne serait-ce qu'un quart de son mental pour les études, je serais président aujourd'hui ! C'est une tête. Il se donne vraiment les moyens d'arriver à son objectif.

— C'est pour ça que tu es bizarre ? questionné-je pour revenir à son état post-coup de téléphone. T'es jaloux de son avenir ?

— Non, pas du tout ! Qu'est-ce que tu vas t'imaginer ? C'est juste qu'à sa place, c'est Tyler qui va venir quand tu auras fini ta journée. Et lui, pour être tout à fait honnête, j'ai du mal à le supporter.

— Pour le moment, je ne connais que Cameron et Zach. Je n'ai aucune idée de qui sont les quatre autres.

— Les frères Chang sont géniaux. Ruben m'a dit qu'il viendrait dans l'après-midi pour faire ta connaissance, quant aux deux autres, ils passent assez souvent pour savoir comment ça va, mais ils ne bossent que très rarement au bar. Zach, on doit le voir une fois par quinzaine, et encore… Ça énerve pas mal les autres d'ailleurs, lance-t-il en réfléchissant à voix haute. Ty vient très régulièrement. J'ai du mal à bosser avec lui, je trouve qu'il m'observe beaucoup, comme s'il n'avait pas confiance en moi. Il est très directif aussi, et ça, ça a le don de me casser les…, ajoute-t-il avant de se taire une seconde. Cam, c'est celui qui s'investit le plus. Il ne se prend pas la tête avec la hiérarchie. Quand il est là, c'est pour bosser, pour vraiment m'aider je veux dire. Même si ce n'est pas le mec le plus bavard du monde, j'apprécie de travailler avec lui. C'est un gars simple qui a conscience de ce qu'un bar implique. Il relève les manches, il se bat pour mes… Enfin, plutôt *nos* droits. C'est grâce à lui que tu as un tel salaire en tout début de carrière. Il a vraiment insisté pour que tu sois bien payée.

— Parce que tu ne l'es pas, toi ? demandé-je en espérant ne pas bénéficier d'un traitement de faveur qui me mettrait mal à l'aise vis-à-vis de lui.

— Oh que si ! Aussi grâce à Cam ! Il a imposé aux autres de m'offrir une augmentation conséquente. Même s'il ne gère pas les chiffres comme Ruben ou Lenny, il gère l'humain. Il sait ce qu'il faut faire pour satisfaire les employés, c'est un vrai don chez lui.

— D'où le tablier à mon nom…, pensé-je à voix haute en caressant la broderie du bout du doigt.

— D'où le tablier… Ce n'est pas grand-chose en soi, pourtant, ça veut dire qu'il te prend en considération, qu'il veut que tu te sentes bien ici. Même s'il ne te le dira jamais de vive voix, en langage « cameronesque », ça veut dire beaucoup !

Encore plus étonnée par cette attention, je regrette de ne pouvoir le croiser aujourd'hui pour le remercier. Si lui ne sait pas exprimer ce qu'il ressent, moi, je sais très bien le faire. Je compte bien lui dire que tout ce qu'il a fait pour moi me touche la prochaine fois que l'on se verra.

Déjà trois heures que Sofia est attablée sur la terrasse à goûter les différents cocktails sans alcool qu'elle a trouvés sur le net. Toujours aussi déçue de ne pouvoir croiser Cameron pour l'embarquer dans le bureau, elle se venge en se faisant payer des verres par les groupes de mecs qui passent dans le coin.

Amusé de la voir draguer sans vergogne, Neil me félicite pour le spectacle de ma copine.

— On va y avoir droit tout l'été ? plaisante-t-il.

— C'est possible. D'habitude, on traîne ensemble, mais comme je dois bosser, elle se retrouve perdue sans moi. Ou alors elle a prévu de harceler Cameron pendant deux mois… Je ne sais pas trop encore !

— Ne t'en fais pas, si ça n'est pas du goût de Cam, ça peut quand même être bon pour le business… Une nana canon, seule en terrasse, ça attire pas mal de mecs.

Pendant que nous la regardons draguer sans vergogne, en nous moquant de ses techniques vues et revues, un homme en costume fait son entrée, pendu à son portable. L'air soucieux, il trace sa route en direction du bureau sans même nous saluer.

— Voici Ruben, moussaillon ! annonce Neil avec une grosse voix de pirate. Dans la vie, c'est un banquier qui gère de gros comptes sur Brighton et dans tout le South East. Marié, avec des gosses, je dirais qu'il est le chef des associés, me prévient-il en regardant la porte se fermer.

— Ça fait peur de t'entendre parler comme ça. On se croirait dans un film de mafieux.

— Ils me font un peu penser à ça parfois ! ironise-t-il alors que je sens une pointe de vérité dans sa voix.

— Tu crois que je devrais aller me présenter au chef de gang ?

— Attends un peu… Il avait l'air d'être plutôt concentré. Tiens ! s'exclame-t-il en me montrant une bouteille de soda vide. Tu pourrais aller m'en récupérer une caisse dans la remise pour patienter.

Plus stressée que je ne le devrais, je m'exécute en partant vers la pièce de stockage qui se trouve à l'opposé du bureau, au fond du couloir. Longeant les murs pour ne pas me faire repérer, je passe devant cette porte pas vraiment fermée, où j'entends la voix du big boss résonner :

« Et ta main, ça va mieux ? […] Ce chien aurait pu faire bien plus de dégâts, Cam. Estimons-nous heureux que ce ne soit qu'une plaie au poignet. […] Repose-toi bien ce soir, et reviens-nous en forme. C'est compris ? »

Alors qu'il écoute son interlocuteur en jetant un coup d'œil vers la porte, je m'empresse de tracer mon chemin en direction de la remise.

Récupérant une caisse plutôt lourde de soda, je reviens péniblement sur mes pas en transpirant et me retrouve nez à nez avec le boss.

Gênée de faire sa connaissance avec de la sueur sur le front, je dépose la caisse trop pesante pour mes bras frêles au sol avant de lui tendre ma main en bégayant :

— Bon… Bonjour, Monsieur Chang !

— Tu ne devrais pas avoir à porter un tel poids, Zia ! lance-t-il comme si nous nous étions déjà présentés, avant de me serrer les doigts d'une poigne de fer, puis de s'emparer de la caisse. Où est Neil ? Il aurait pu le faire à ta place, ce tortionnaire !

— C'est moi qui lui ai proposé mon aide, Monsieur, lui dis-je pour éviter que mon nouveau collègue se prenne un carton rouge le jour même de mon arrivée. Il n'y est pour rien.

D'un geste du menton, il me laisse passer devant lui pour rejoindre le bar.

— Monsieur ? On va éviter ce genre de formalités, si tu le veux bien. On peut partir sur Ruben. Ruben, c'est bien !

Après avoir déposé la caisse derrière le comptoir, Ruben me fait un sourire à tomber par terre.

Avec sa taille et sa prestance, Ruben Chang en impose grave. Il est tellement classe que j'ai l'impression d'être une souillonne à côté de lui. Si ses deux frères sont aussi séduisants que lui, on peut dire que les parents Chang ont sacrément bien bossé.

Pour autant, je ne pourrais pas me laisser séduire par un homme comme ça. Il est trop lisse, trop parfait, comme s'il était un acteur pour une pub pour du dentifrice. Personne n'a l'air aussi clean dans la vraie vie, ça cache forcément quelque chose. Des cadavres au fond du placard ? Des trips sado-maso avec des unijambistes quand sa femme dort ? Ou peut-être des combats de chien illégaux…

Pendant que mon nouveau boss plaisante avec Neil sur son côté macho, je repense à la brève conversation que j'ai entendue.

Cameron n'est pas comme Ruben, il parait plus sombre, plus torturé, mais je serais prête à parier que ces deux-là ont un secret en commun… Le combat de chien pourrait tout à fait en être un.

Mon père, agent d'assurance émérite, en parlait avec ma mère il n'y a pas si longtemps. Il trouvait ça étrange qu'il y ait une recrudescence de gens qui viennent faire assurer leurs molosses dans la même période. Pour lui, c'était plus dû à une mode ou aux prix des soins exorbitants chez les vétérinaires. Mais maintenant que j'y pense… Banquier le jour, bookmaker la nuit… Ça ne semble pas si fou. Neil m'a même dit que l'un des associés était flic. Pratique en cas de combats clandestins !

Et Cameron alors, quel serait son rôle dans l'histoire ?

À l'heure de finir mon service, j'ai toujours cette idée de free fight canin en tête. Bien que ma raison me crie d'oublier cette idée débile, ma part diabolique ne peut s'empêcher de fantasmer sur ce Cameron hors-la-loi qui s'opposerait en tous points avec celui qu'il veut laisser paraître.

Tandis que je pose mon tablier dans la petite pièce réservée aux employés, un blond décoloré frappe à la porte ouverte en lorgnant sur mes jambes nues.

Embarrassée par ce regard plus qu'insistant, je fais bonne figure en lui tendant ma main. À la description que Neil m'en avait faite, je pense me trouver devant le fameux Tyler, celui qu'il n'apprécie pas trop.

— Alors, c'est toi notre nouvelle serveuse ? Cameron a bon goût ! déclare-t-il en levant les yeux sur ma poitrine. C'est bon pour le commerce tout ça !

À la fois agacée par ses propos, mais aussi de plus en plus mal à l'aise, je comprends vite pourquoi Neil craint ce type.

— Je ne crois pas qu'il m'ait recrutée pour mon apparence. Je crois surtout qu'il l'a fait pour mon esprit et ma faculté à remballer les mecs grossiers…

Pour ne pas lui montrer qu'il me fait presque flipper, je fixe ses yeux avec insistance. Plutôt que de comprendre qu'il me fout la trouille, ce crétin s'approche de moi pour enrouler son doigt autour d'une mèche de mes cheveux.

— On ne se serait pas déjà vus quelque part ? Ton visage ne m'est pas inconnu !

— Je ne crois pas, non. Je m'en serais souvenue, dis-je en le poussant pour sortir de la pièce devenue trop petite pour nous deux.

— Ça me reviendra, serveuse ! lance-t-il en me regardant m'éloigner. On se voit bientôt !

Le palpitant qui tape à deux cents dans ma poitrine, j'enrage en me demandant dans quoi je me suis lancée en venant bosser ici. En voyant ma tête, Neil s'approche de moi, me retient de sa main avant de me demander, inquiet :

— Tout va bien, Zia ? Tu es livide.

— Je comprends pourquoi tu n'aimes pas ce mec ! lâché-je en évoquant Tyler. Je crois que je ne vais pas l'aimer non plus.

— Il t'a fait quelque chose ?

— Non, rien ! dis-je au bord des larmes en sentant la pression redescendre. Mais je n'ai pas aimé sa façon de me regarder.

— Qu'il ne fasse rien qui pourrait me donner l'envie de lui botter le cul, celui-là ! lance-t-il en grinçant des dents avant de le voir revenir dans le bar, fier comme un paon. Je ferai attention à ne plus le laisser seul avec toi, compte sur moi !

— Merci, Neil ! dis-je en posant ma main sur la sienne. N'en parle pas à Cameron, ou aux autres, s'il te plaît. Je ne voudrais pas qu'ils me prennent pour une fille à embrouilles dès le premier jour. Je suis encore en période d'essai, et j'ai besoin de ce travail.

— Ne t'en fais pas pour ça ! me rassure-t-il alors que Tyler reluque Sofia qui m'attend devant le bar. Va rejoindre ta copine avant qu'il ne se décide à faire le gros lourd avec elle aussi !

Après un sourire sincère et franc, je lui souhaite une bonne soirée en m'éloignant.

— Au fait, moussaillon ! me rappelle-t-il avec cet air trop sexy qui m'avait fait fondre la première fois que je l'ai vu. T'as fait du bon boulot aujourd'hui ! T'es un bon matelot !

La main sur le front pour le saluer, je récupère ma copine par le bras, sans même dire au revoir au décoloré.

Même si la journée s'est très bien passée avec les clients, Neil ou Ruben, ces dernières minutes auprès de Tyler ont eu le même effet qu'une bonne douche glacée sur mon envie de revenir le lendemain. Comme on dit, la nuit porte conseil…

9
CAMERON

Vendredi 3 juillet

Après deux jours sans réussir à bouger de chez moi, je me motive enfin pour retourner au bar. Ce soir, Zia doit effectuer son premier service de nuit, il est hors de question que je ne la raccompagne pas chez elle comme je l'ai promis à son père.

En enfilant mon tee-shirt, je sens encore la douleur me scier les côtes.

Quand ce foutu clébard s'est jeté sur moi, dans la grosse villa de ce chanteur à deux balles près de Portsmouth, à quelques quatre-vingts kilomètres à l'ouest de Brighton, je me suis affalé sur le banc de l'entrée. Mon dos, qui a violemment percuté le bois alors que le chien s'acharnait sur mon poignet, a craqué avec fracas. Maintenant, en plus de mon avant-bras marqué par les crocs du doberman, j'ai aussi un bleu énorme qui s'étend de l'omoplate jusqu'à la hanche, sur tout le côté gauche.

Je crois même que je dois avoir une côte fêlée.

J'étais vraiment déçu de ne pouvoir assister au premier jour de boulot de Zia, mais dans l'état pitoyable dans lequel j'étais, il valait mieux qu'elle ne me voit pas pour ne pas soulever trop de questions sur nos activités en dehors du bar.

J'imagine qu'elle a dû faire plus ample connaissance avec Neil, peut-être aussi avec le reste de mes associés s'ils ont eu le temps de passer. J'espère que Ty n'a pas été aussi con qu'il peut l'être avec les gonzesses en temps normal. J'espère surtout qu'il ne l'a pas reconnue.

Avec peine, je m'assois derrière le volant de ma voiture. La douleur me coupe la respiration tant elle est vive. Obligé de tousser pour évacuer le trop-plein d'air dans mes poumons, je pose la tête sur l'appuie-tête en me maintenant fermement avec les bras pour m'empêcher de geindre.

Par chance, il m'est presque plus facile de conduire que de respirer.

J'arrive dans la rue du bar où je trouve une place rapidement avant de sortir en me contorsionnant pour ne pas accentuer la douleur. Marcher n'est pas le pire non plus. Si je ne m'occupe que de prendre les commandes aujourd'hui, je pourrai peut-être donner le change aux yeux de mes coéquipiers.

Accomplissant les quelques mètres qui me séparent du bar en répétant le speech que j'ai préparé, je tente de me dire que j'ai l'air crédible. Moi, à leur place, je n'y croirais pas, c'est trop gros pour être vrai.

— Salut, mon pote ! lancé-je à Neil en entrant dans le bar encore désert pour venir le checker comme à notre habitude.

— Alors, le beau gosse ! Qu'est-ce qui se passe ? Ruben nous a dit que tu avais eu un petit accident de moto. Rien de cassé ?

Un accident de moto ? Pas con ! Et beaucoup plus crédible que mon histoire sur un chien errant qui m'aurait agressé à la sortie de l'auberge de jeunesse.

— J'ai voulu faire le malin avec un pote, mais je me suis écrasé comme une merde avec la vitesse. J'ai eu de la chance, ça aurait pu être franchement pire.

— Fais voir les dégâts, demande-t-il alors que je soulève mon tee-shirt pour lui montrer. Ouch…, lâche-t-il en plissant les yeux et en serrant les dents. Tu ne t'es vraiment pas loupé ! Ça va aller pour le service ?

— Si tu ne me fais rien porter de lourd, ça devrait le faire ! affirmé-je en rabaissant mon haut alors qu'un « Han ! » s'élève depuis la porte.

Zia, la main devant la bouche pour étouffer sa réaction, me regarde en avançant, les yeux pleins de questions.

Pas de robe à fleurs aujourd'hui, mais un débardeur un peu large sur une jupe moulante qui lui vont à la perfection. Elle est ravissante. Trop belle pour un service en soirée. Dans mon état, je ne suis pas certain de pouvoir être très vaillant si une bagarre éclate.

— Quand Ruben a parlé d'un accident de moto, je ne pensais pas que c'était aussi grave ! lance-t-elle en soulevant mon tee-shirt sans même m'en demander la permission.

Examinant mon corps avec la pulpe de ses doigts, je sens cette caresse pleine de douceur qui me coupe le souffle. La sensation de son index sur ma peau me fait l'effet d'une douce brûlure encore moins supportable que le mal lui-même.

Gêné par ce rapprochement imprévu, je baisse à nouveau mon maillot pour cacher ce corps meurtri par mes mauvais actes.

— C'est moins douloureux que ça n'y paraît ! balancé-je pour effacer cet air soucieux qui lui mine le visage.

— Ça n'en a pas l'air ! rétorque-t-elle en désignant mon poignet. Et ça ? C'est douloureux.

— J'ai plusieurs égratignures, mais rien de bien grave ou de bien profond. Ça cicatrisera vite. Bon ! dis-je avec beaucoup trop d'entrain pour changer de sujet. Si on allait mettre en place notre terrasse ? Les clients ne vont pas tarder d'arriver !

Tandis que je me dirige vers le bureau pour jeter un œil sur les recettes que j'ai loupées, Zia me talonne de près pour aller poser ses affaires dans la pièce de service.

J'ai une furieuse envie de lui parler, mais je ne sais pas comment l'aborder sans passer pour un lâcheur. Je lui avais promis d'être là pour l'accompagner dans ses premiers pas au bar, sauf que je n'ai pas tenu ma promesse. À tous les coups, après le faux plan que je lui ai fait, elle doit me prendre pour un beau parleur qui ne fait pas ce qu'il dit, je déteste ça.

Le nez plongé dans les chiffres qui augmentent jour après jour, un toc sur la porte me fait relever le nez.

Zia, un sourire radieux aux lèvres, s'approche du bureau en désignant le nom sur son tablier.

— Je voulais te remercier pour cette jolie attention ! déclare-t-elle en rougissant. Je ne m'attendais pas à avoir un uniforme aussi personnalisé.

Ravalant ma salive avec difficulté tant je la trouve adorable avec un tablier à sa taille, je lui renvoie son sourire en cherchant mes mots.

— Disons que tu m'as fait de la peine, le jour de l'essai, avec ce bout de tissu trop grand. Il te fallait quelque chose à ta taille pour être crédible.

— Merci de l'avoir fait broder. Je me sens presque comme chez moi maintenant. D'ailleurs, si tu as une jolie paire de pantoufles à me fournir, j'aurais moins mal aux pieds en fin de service !

Sa blague est bidon, elle le sait autant que moi, pourtant, je ne peux m'empêcher de rire. Ma côte fêlée me rappelle cependant vite à l'ordre, si bien que je suis obligé de retrouver mon sérieux pour ne plus morfler.

— Te scratcher en moto, c'est une habitude ou… c'était encore un plan foireux inscrit sur ta liste des trucs à faire avant de mourir ?

En faisant référence au chewing-gum fictif avec lequel j'ai failli m'étouffer lors de notre rencontre, Zia me prend au dépourvu. Elle a le même regard que ce jour-là, celui qui veut dire : *tu me baratines, mec, mais je vais faire semblant de te croire.*

Cette fille ne me connaît pas, elle ne sait rien de moi, pourtant, j'ai la nette impression qu'elle réussit à me cerner plus que je n'arrive à le faire avec elle.

— J'ai fait un truc vraiment idiot, confié-je pour trouver une excuse à mon accident. Cette moto…

— Je suis certaine que ça n'a rien à voir avec une moto ! lance-t-elle en me défiant du regard.

— Qu'est-ce qui te fait croire ça ? m'inquiété-je en me sentant de plus en plus à découvert.

— Je ne sais pas. Mon intuition peut-être ?

Face à son air malicieux, je ne peux m'enlever cette idée de la tête qu'elle est au courant de mes activités. Je ne sais pas par quel moyen elle l'a su, mais ce qui est certain, c'est qu'elle m'a percé à jour.

— Si je te dis la vérité, tu vas te moquer de moi, ou me prendre pour un fou…, grommelé-je pour détendre l'atmosphère qui devient beaucoup trop lourde de sens pour moi.

— Dis toujours, on verra !

Secouant la tête face à tant d'audace, je fais exprès de scruter ma montre avec insistance pour lui faire comprendre qu'il est grand temps qu'elle se mette au boulot, mais surtout que cette discussion est close.

— C'est bon, boss ! lâche-t-elle en se retenant de sourire. J'ai compris le message !

Fière d'avoir tapé dans le mille, Zia se retourne en me balançant un signe de main désinvolte. Amusé par son comportement, je ne peux détourner le regard de son corps qui s'éloigne, alors qu'elle se retourne pour me parler à nouveau. Pris en flagrant délit de matage, je mordille l'intérieur de ma joue pour me retenir de rire.

— Au fait, je préfère te prévenir avant qu'elle ne se jette sur toi, mais Sofia rêve de te prendre dans ce bureau. Elle squattera la terrasse jusqu'à ce que tu daignes lui parler !

Ses mots ont l'effet d'une gifle sur moi. Ils résonnent dans ma tête en même temps que les images affluent jusqu'à mon cerveau. Ce n'est pas Sofia, que j'imagine prendre sur mon bureau, elle, je l'avais déjà oubliée. C'est bel et bien Zia que j'imagine faire crier dans cette pièce.

Chassant cette pensée de ma tête, je réalise qu'elle n'est plus là, mais qu'un autre a pris sa place.

— Elle dit vrai, Cam. Ça fait deux jours que sa copine blonde squatte la terrasse dans l'espoir de te croiser. Je ne sais pas quel est ton secret pour qu'elle soit en manque à ce point, mais elle est aux aguets de tous les métis qui passent dans la rue ! se moque-t-il.

— Elle reste vraiment tout l'après-midi ?

— Oh que oui ! Et je peux te dire qu'elle attire des masses de mecs en manque. On va bientôt croire qu'on propose des extras non-inscrits sur la carte si tu ne fais pas quelque chose pour éteindre l'incendie, mon pote !

— Waouh ! Devoir sauter une fille pour qu'elle ne me harcèle pas, c'est une première, ça !

— Je peux toujours me porter volontaire à ta place, si ça t'arrange ! plaisante-t-il avec un sourire salace aux lèvres. Elle est tout à fait à mon goût, et dans ton état, il vaut mieux ne pas prendre de risques inconsidérés.

— Je te remercie pour ton dévouement, Neil ! T'es un frère pour moi, dis-je en le checkant pour masquer le fou rire qui menace de me plier en deux. Je vais essayer de lui faire comprendre qu'elle ne peut pas rester ici constamment, juste pour avoir le plaisir de me voir…

— Bon courage, elle a l'air tenace !

— En parlant de fille tenace, comment ça se passe avec Zia ? Si elle est toujours ici, c'est que ses deux premiers jours ont dû bien se passer ?

— Elle fait du bon boulot. Elle est efficace, prévoyante, elle anticipe bien les demandes des clients… Franchement, elle est top ! lance-t-il en secouant la tête pour confirmer ses dires. En plus, on s'entend bien, c'est assez fluide entre nous.

— Tu te souviens de ce qu'on a dit sur elle…

— No zob in job ! J'ai pas oublié, boss. Par contre, il faudra faire une piqûre de rappel à Ty sur ce principe-là. J'ai bien cru qu'à cause de lui, elle ne reviendrait pas.

— Pourquoi ? m'inquiété-je. Qu'est-ce qu'il lui a fait ?

— Regards louches, attitude louche, mots louches… Il a fait son Tyler, quoi. Rien de dramatique, mais ça l'a quand même fait un peu flipper.

Les yeux baissés sur le bureau pour éviter de montrer la colère qui monte en moi, je soupire bruyamment tandis que Neil reprend :

— Je l'ai rassurée en lui disant que je ferais en sorte de ne jamais les laisser seuls dans la même pièce. Je ne sais pas si ça a fonctionné, mais elle est revenue.

— OK, je vais régler ça aussi ! grogné-je en balançant le papier que j'avais dans la main. C'est toujours pareil avec cet abruti ! Il ne sait pas contrôler sa putain de queue ! J'en toucherai deux mots à Zia en la ramenant ce soir. Elle doit savoir qu'on sera deux à veiller sur elle quand il sera dans les parages !

Le soleil est agréable en ce début du mois de juillet. Il fait plus chaud que d'habitude, et les gens profitent de ce superbe temps pour se prélasser sur la plage juste en face de nous.

En prenant la commande d'un couple qui vient de s'installer en terrasse, je repère Sofia au loin, allongée sur le sable, qui ne me quitte pas des yeux derrière ses grosses lunettes de soleil rondes. Moi qui pensais qu'elle n'était pas du genre pot-de-colle, je me suis trompé sur son compte.

Après notre dernière entrevue, j'étais certain de ne pas avoir de ses nouvelles de sitôt. Même si je me suis appliqué dans la piscine, tout dans mon comportement aurait dû lui confirmer qu'il ne s'agissait que d'un plan cul ponctuel. Sofia a beau être un bon coup, elle ne m'intéresse pas.

— Tu devrais aller lui parler, annonce la voix de Zia derrière moi. Je ne sais pas ce qu'elle s'imagine comme suite avec toi, mais il est évident que vous ne partagez pas la même vision de votre futur ensemble…

— Rappelle-moi ton âge, Zia ?

— Dix-huit, bientôt dix-neuf, pourquoi ? me demande-t-elle sans comprendre où je veux en venir.

— Comment on peut analyser la vie avec autant de clairvoyance à cet âge-là ?

— Je n'ai pas la folie des filles de mon âge, et de toute évidence, je n'ai pas celle des héroïnes de mes romans d'amour non plus…, réfléchit-elle dans un murmure qui m'est destiné. Il y a deux solutions à cette triste lucidité, soit je suis vieille avant l'âge, ce qui me paraît être la possibilité la moins compliquée à assumer, soit c'est parce que je n'ai jamais connu le grand frisson de l'amour. Et ça, ça craint grave !

Bien qu'elle me fasse cette confidence pour me faire rire, l'intonation dans sa voix semble se briser. Sous ses airs de rebelle grande gueule, Zia est une romantique. Elle cache cette facette de sa personnalité parce qu'elle a honte d'exposer cette faiblesse aux yeux du monde, mais moi, j'ai compris. Je l'ai compris en survolant son roman préféré le lendemain du cambriolage.

Je ne peux pas dire que cette histoire d'adolescente m'ait fait rêver. Après tout, je suis un homme, les hommes ne sont pas sensibles à une barbe à papa partagée au coucher de soleil, ou à un ourson en peluche gagné à la fête foraine…

Pourtant, en repensant à cet extrait qu'elle a surligné dans le livre, je jette un coup d'œil au *Brighton Palace Pier*, sur la jetée. Et si l'emmener là-bas était la clé pour ouvrir son cœur ? Elle ne demande qu'à le vivre ce grand frisson, mais moi, suis-je en mesure de lui offrir ce qu'elle désire ? Je ne crois pas, non. Ni à elle ni à Sofia.

— T'as raison, je n'ai pas le droit de lui faire espérer quoi que ce soit. Je pensais que c'était aussi clair pour elle que pour moi. Une histoire sans lendemain, ni plus ni moins. Mais apparemment, elle a décidé de changer les plans.

Tandis que je fourre mon calepin dans sa main, je m'éloigne de la terrasse pour traverser la route qui me sépare de la plage.

Plus je m'approche de Sofia, plus elle se redresse pour me faire face et plus je me trouve con d'avoir voulu me servir d'elle pour aborder sa copine.

Dans un coup d'œil bref vers le bar, je constate que Zia ne rate pas une miette du spectacle qui se prépare. Je ne compte pas faire de scandale, mais je ne sais pas encore ce qui se trame dans la petite tête de la blonde pulpeuse qui se tient devant moi avec la poitrine en avant et les lunettes relevées.

— Salut, dis-je en me penchant vers elle pour lui faire la bise.

Déçue par ce bonjour qu'elle espérait sûrement plus chaleureux, Sofia replace ses lunettes sur son nez pour cacher ses yeux furibonds.

— Salut !

Son ton sec n'augure rien de bon. Elle sait pourquoi je suis là, je ne peux plus retarder l'échéance.

— Zia m'a dit que tu voulais me parler ?

— Pas du tout ! Comme tu le vois, je suis là pour me faire bronzer, pas pour te voir !

— Si tu le dis… Je te crois ! lancé-je pour l'apaiser avant de rentrer dans le vif du sujet. Écoute, Sofia, on a passé du bon temps ensemble, on était même d'accord pour que ce ne soit qu'un one shot. Je n'ai pas répondu à tes messages parce que je n'ai pas l'habitude de vivre de relations sur la durée. Ce n'est pas ce que je cherche pour le moment. Je suis désolé si je t'ai induit en erreur, mais pour moi, ça s'arrête là.

— Pourquoi ? dit-elle d'une voix étranglée. On s'est bien amusés tous les deux… Je ne te dis pas que je veux une relation exclusive, je veux juste continuer à te voir, ajoute-t-elle en posant sa main sur mon torse avant de la faire glisser plus au sud.

D'un geste vif qui réveille mes douleurs endormies, je retiens ses doigts avant qu'ils ne finissent sur mon sexe devant une plage remplie d'enfants.

Ignorer que cette main m'excite serait juste me voiler la face. Sofia est désirable, elle est excitante, et la baiser sur le sable ne serait pas de refus en temps normal. Mais encore une fois, ce n'est pas le visage de la blonde que je vois allongé sous moi, c'est celui de la brune qui me surveille depuis l'autre côté de la route.

— C'était super, Sofia. Vraiment. Mais…

— Mais tu veux te taper Zia ! me coupe-t-elle, tranchante.

— Pas du tout ! Zia n'est que mon employée, en plus, elle s'inquiète pour toi. Alors je préfère jouer cartes sur table pour que tout le monde reprenne sa vie ou son travail dans de bonnes conditions.

— Tu ferais mieux de t'inquiéter pour toi, Cam ! déclare-t-elle comme si elle savait des choses sur moi.

— De quoi tu parles ?

— Ton poignet… Arrête de faire croire que c'est un accident de moto. Zia a entendu ton boss parler des combats de chien. Si je veux, je peux appeler les flics pour ça.

Surpris par ses propos, je pourrais presque exploser de rire si ma côte ne me faisait pas aussi mal. Une main dessus pour la soutenir, je pose l'autre sur l'épaule de Sofia en mordant ma lèvre inférieure pour ne pas céder au fou rire qui me guette.

Voilà pourquoi Zia ne me croyait pas, pourquoi elle m'a mis la pression. Elle a dû saisir des bribes de conversation avant d'en tirer des conclusions hâtives. Je suis pressé de lui en toucher deux mots ce soir, dans la voiture.

— Je ne sais pas ce que toi et ta copine vous êtes mis en tête, mais vous avez tout faux, mesdemoiselles, affirmé-je avec le plus grand calme. Maintenant, je ne t'interdis pas l'accès au bar, libre à toi d'y passer tous tes après-midi si tu consommes. Par contre, inutile de te faire des idées sur ce qui va se passer entre nous, car il ne se passera plus rien.

— C'est ce qu'on verra ! objecte-t-elle en s'étirant vers mes lèvres pour y passer sa langue. Je n'ai pas dit mon dernier mot en ce qui concerne ton corps… Et j'obtiens toujours ce que je veux, d'une manière ou d'une autre.

Éclatant de rire face à son culot, je tente de donner le change pour qu'elle ne soupçonne rien de cette érection qui commence à se dresser dans mon boxer.

Bander, c'est humain, c'est parfois même incontrôlable. Je voudrais pouvoir dire que Sofia ne m'excite pas, mais la chair est faible. Sentir un bout de langue se balader de cette façon sur ma bouche ne peut que provoquer une réaction instantanée.

Je recule d'un pas en secouant la tête pour lui montrer qu'elle a tort, elle remonte à nouveau ses lunettes, puis se mordille la lèvre en me dévorant des yeux.

— Tu peux toujours tenter, mais n'espère pas trop. Je suis un grand garçon qui sait se contrôler.

Après un signe de la main pour clore cette discussion qui n'aboutira jamais à rien, je fais marche arrière pour retourner vers le bar, là où Miss robe à fleurs m'attend de pied ferme.

— Alors, c'est réglé ? me demande-t-elle, plus curieuse que je ne l'aurais pensé.

— Ta copine ne lâchera pas l'affaire, je crois. Elle a un problème avec le sexe ? questionné-je en me penchant vers son oreille pour qu'elle soit la seule à entendre.

— C'est… C'est possible, bégaye-t-elle en s'éloignant d'un centimètre pour mettre une infime distance entre nous.

— Heureusement que tu n'es pas comme elle, alors…

10
ZIA

Vendredi 3 juillet

Les heures passent et le service prend fin sans même que je m'en rende compte.

Tandis que Neil finit de nettoyer son bar et que Cameron compte la caisse, je termine de passer un coup de balai avant le passage de la femme de ménage demain matin.

C'est exténuée que je me pose sur l'un des tabourets hauts pour attendre mon chauffeur de la nuit. Depuis qu'il m'a chuchoté des mots bizarres à l'oreille, je n'arrête pas de penser à lui. À plusieurs reprises pendant le service, il m'a surprise en train de bloquer sur lui, sur son corps, sur sa façon de sourire ou sur sa gentillesse avec les clients.

Ce grand mec, froid d'apparence, n'a rien d'un homme hautain quand on apprend à le connaître. Au contraire, il est attentionné et à l'écoute, il est drôle et sympathique… Pourquoi s'amuse-t-il à jouer les cœurs de pierre aux yeux du monde si ce n'est pour cacher un secret ? En général, quand on tient les gens à distance, c'est souvent pour préserver son univers, c'est pour éviter de se livrer aux autres. Et je crois, non, je suis certaine, que c'est ce que Cameron Evans fait.

Moi qui n'avais pas encore décidé si je voulais percer ce type à jour, je n'ai plus qu'une idée en tête, c'est de découvrir qui il est vraiment. Pire encore, je suis en train de me faire complètement happer par le personnage.

Il n'y a pas que son moi intérieur qui m'attire, il y a aussi tout l'extérieur. Bien que j'aie prétendu le contraire à Sofia à maintes reprises, Cameron n'est pas juste sexy, c'est un bel homme, avec un charme de dingue.

Grand et svelte, il est facile de deviner ses muscles bien dessinés sous ses vêtements. Quand il a remonté son tee-shirt tout à l'heure, je n'ai pas seulement vu l'ecchymose qui s'étendait sur son corps, j'ai aussi vu ses abdos et la finesse de sa peau couleur caramel. Taillé en V, son jean bas sur ses hanches a agi sur moi comme un véritable aimant. Jamais je ne me serais permise de relever son maillot pour le toucher, pourtant, ça a été plus fort que moi. Une véritable réaction épidermique. Je voulais effleurer son corps, j'en ai éprouvé un besoin presque vital.

Cette journée à bosser avec lui a été un supplice pour moi. Le frôler entre deux tables, glisser mes doigts contre les siens pour lui donner un verre, le bousculer quand il prenait trop de place… Tout était prétexte aux rapprochements. Sauf que cette envie de me retrouver collée à lui a l'air d'être strictement à sens unique. Un contact trop prolongé, et monsieur prenait la tangente.

Bien que je puisse comprendre que je ne suis qu'une employée pour lui, je suis déçue de le laisser aussi insensible. Qu'a Sofia de plus que moi pour mériter ses faveurs ?

— J'ai fini la caisse, me surprend cette voix que j'ai envie d'entendre à chaque instant. On y va ?

Tandis qu'il me propose sa main pour m'aider à descendre du tabouret, je ressens cette décharge qui électrise ma peau comme à chaque fois qu'il me touche.

Sans répondre à sa question, je lui emboîte le pas en bâillant.

— Crevée ? me demande-t-il en fermant la porte à clé alors que Neil nous souhaite une bonne soirée avant de partir de son côté. Travailler en soirée, c'est épuisant. Entre le bruit, les piétinements et la chaleur dégagée par le monde, j'ai toujours l'impression d'être lessivé après avoir fini le service.

— J'imagine qu'on s'y habitue ! dis-je en marchant à la même cadence que lui pour aller à sa voiture.

La rue, déserte à cette heure avancée de la nuit, est d'un calme reposant après avoir supporté le brouhaha des clients. Avec le bruit des vagues comme fond sonore, je m'emplis de cet air doux de juillet avec plaisir.

Il ne nous faut que quelques pas pour atteindre son véhicule, un chemin beaucoup trop court à mon goût pour se délecter de la quiétude de la nuit.

Pendant une seconde, j'ai envie de lui proposer de m'accompagner au bord des vagues pour profiter de ce moment. Je m'imagine même très bien finir assise sur le sable, bien au chaud dans ses bras… Mais ce n'est qu'un fantasme. Un fantasme qu'il ne doit pas partager.

Alors qu'il s'avance du côté conducteur, j'ouvre la portière côté passager en lui jetant un coup d'œil. Ses traits sont tirés, il grimace même en prenant place sur son siège. Effectivement, si moi je pense à un moment de romantisme gnian-gnian avec lui, il est évident qu'il est plus enclin à rêver d'une bonne nuit réparatrice qu'à une love story avec une gamine telle que moi.

— Est-ce que ça va ? demandé-je alors qu'il peine à récupérer sa ceinture de sécurité.

Prise d'une nouvelle envie subite de toucher son corps, je me penche sur lui pour me saisir de sa ceinture afin de la boucler. Pendant une seconde, ma poitrine frôle son épaule, mes cheveux frottent son visage et ma main glisse le long de son torse pour finir sa course dans le système de fixation.

En me rasseyant à ma place, je réalise que cette action était complètement déplacée.

Cameron n'ose plus me regarder. Il ne parle plus, je ne sais même pas s'il respire encore. Rouge de honte, je boucle ma ceinture à mon tour pour lui signaler que je suis prête à partir.

Du coin de l'œil, je le vois baisser la tête et hausser les sourcils. Je n'ai aucune idée de ce qui tourne dans sa tête, mais si je ne veux pas qu'un malaise s'installe entre nous, ou pire, qu'il me prenne pour une nympho comme Sofia, j'ai intérêt à trouver une bonne raison à mon geste.

— J'ai vu que tu galérais, déclaré-je en désignant la ceinture du menton. J'ai juste voulu…

— Merci ! me coupe-t-il. Je crois que je n'y serais pas arrivé tout seul.

Dans la pénombre, je ne vois quasiment plus son visage. Pourtant, je sens qu'il me regarde à nouveau, qu'il me sourit même. Les joues rougies par ce regard que je ne distingue presque pas, je remets une mèche de cheveux en place en me mordillant l'intérieur de la joue.

Si j'osais encore, je me pencherais à nouveau sur lui pour l'embrasser. J'en crève d'envie. J'aurais dû le faire en prenant la ceinture. Qu'est-ce qui se serait passé ? Au mieux, il m'aurait rendu mon baiser, au pire, il m'aurait repoussée et j'aurais été fixée. Sauf qu'il est trop tard, ma chance s'est évaporée au moment où le moteur a commencé à ronronner.

Alors qu'il longe les plages pour sortir du centre touristique de la ville, je commence à me sentir gênée dans cet habitacle qui me semble de plus en plus étriqué. Cameron est nerveux lui aussi, il tapote sur le volant du bout des doigts en fixant la route avec sérieux.

— Zia…

— Cameron…, déclarons-nous en même temps.

— À toi l'honneur, patron ! lancé-je en mimant une espèce de révérence.

— J'attendais qu'on soit seuls pour te parler…, commence-t-il en hésitant. Enfin, j'ai deux points à voir avec toi en fait…

— OK…, bredouillé-je, essayant d'interpréter ce ton qui me semble soudainement très solennel. C'est genre une bonne et une mauvaise nouvelle ?

Dans ma tête, c'est le branle-bas de combat. La bonne nouvelle serait qu'il s'apprête à me dire qu'il est follement amoureux de moi, la mauvaise ressemblerait plus à un *tu ne fais pas l'affaire, on va se séparer de toi.*

Anxieuse à l'idée que ses lèvres pincées n'annoncent rien de positif, je scrute son visage éclairé par la lune qui nous suit.

— Ni bonne ni mauvaise, déclare-t-il en soulageant mon cœur qui s'était emballé. Je voudrais juste te dire, en premier, que je ne suis pas un mec bizarre.

— De quoi tu parles ?

— Sofia m'a dit pour ton idée au sujet des combats de chien, m'informe-t-il en me jetant un coup d'œil rapide pour voir ma réaction. Je ne sais pas pourquoi tu t'es mis cette idée en tête, mais si ça peut te rassurer, ni moi ni aucun des autres associés ne trempons dans les combats clandestins. Je ne sais pas exactement ce que tu as entendu de la conversation de Ruben, mais il n'y avait rien d'illégal dans mon accident. Je n'étais pas au téléphone avec lui, et j'ai bien eu un accident de moto.

Cet enfoiré est en train de me mentir. Je suis certaine d'avoir entendu Ruben prononcer son prénom. Quand bien même il n'organiserait pas de fight canins, il a un truc à cacher, c'est évident.

— OK ! baragouiné-je en ruminant cette information qui fait considérablement baisser ce menteur dans mon estime.

— OK quoi ? reprend-il en me zieutant à nouveau. Tu n'as pas l'air de me croire.

— OK, c'est ta vie et ça ne me regarde pas. Ça te va comme ça ? énoncé-je plus en colère que je ne le devrais.

Si Cameron a décidé de me mentir, je ne devrais pas avoir à lui en vouloir. Il n'est rien pour moi hormis mon boss. Pour autant, je ne peux m'empêcher d'avoir un pincement au cœur. Il se fout de ma gueule ouvertement, ça signifie qu'il n'a aucun respect pour moi. Ça veut aussi dire qu'il n'éprouve rien du tout à mon égard. Et c'est ça qui me fait le plus mal.

Renfrognée dans mon silence, je tourne la tête du côté de la route pour ne plus avoir à le regarder. Nous nous rapprochons de la maison, le chemin sera bientôt fini, et je n'aurai plus à respirer le même air que lui. D'ailleurs, comment sait-il où j'habite ? Il ne m'a demandé ni mon adresse ni la route à prendre…

— OK, c'est bon ! lance-t-il en s'arrêtant net au milieu de la voie à sens unique qui dessert le quartier juste à côté du mien.

— OK, c'est bon quoi ? Pourquoi tu t'arrêtes ?

— Parce que tu ne me crois pas !

— Qu'est-ce que ça change ? Tu n'es pas mon mec, t'es mon patron. Tu n'as aucun compte à me rendre. Tu mens, et alors ? C'est ton problème, pas le mien.

— Ça change que si je te mens, alors tu n'auras plus confiance en moi. Je veux que tu me fasses confiance, c'est important pour moi.

Sa voix n'est plus qu'un murmure. Il a dit la fin si doucement que je n'ai pas pu entendre ses mots.

— Pourquoi mentir dans ce cas ? Ruben a prononcé ton prénom, j'en suis certaine. Il a dit qu'un chien t'avait mordu le poignet, il a aussi dit que ça aurait pu être bien plus grave. Mais si tu préfères continuer avec ta moto fictive, aucun problème, je peux aussi faire semblant de te croire. On en restera là, à ce genre de relation employeur/employé, peut-être même baiseur/baisé. À toi de voir.

Malgré l'assurance de ma voix, je me sens défaillir de l'intérieur. S'il persiste avec son excuse de bécane, alors cette fois, j'aurai la réponse à ma question, il n'a aucun respect ni aucune attirance pour moi.

— Tu as raison… J'ai menti.

D'un geste vif, je me retourne vers lui pour comprendre ce qui se trame dans cette voiture. Il ne me regarde pas, il fixe la route en réfléchissant.

Peu importe qu'il fasse des combats de chien, le plus important à mes yeux, c'est qu'il avoue qu'il a menti. Et ça, ça veut dire que je ne le laisse pas si indifférent que ça.

— Le truc, c'est que la réalité est bien moins sexy que le mensonge.

— Parce que tu trouves qu'avoir un accident de moto c'est sexy, toi ? C'est juste mortel… Et je te rassure, pas mortel dans le sens « cool » !

Ne pouvant se retenir de rire, il passe son bras autour de ses côtes pour atténuer la douleur qui secoue sa cage thoracique.

— Tu as raison… Encore…, avoue-t-il en posant enfin son regard sur moi.

Face à lui, la tempe sur l'appuie-tête, le corps recroquevillé sur le siège, j'esquisse un sourire pour le mettre à l'aise. Puisqu'il va faire amende honorable, autant lui montrer que je passe l'éponge sur ce mensonge sans même connaître la vérité.

— Tu n'as pas intérêt à te moquer !

— Promis ! Je ne ferai aucun commentaire, dis-je en faisant semblant de mimer une fermeture éclair pour sceller mes lèvres.

— J'ai bien eu un problème avec un chien, mais rien à voir avec des combats… Des combats, quoi ! reprend-il en secouant la tête. Après le service, en voulant rentrer à l'auberge où j'habite, je suis tombé sur un chien qui fouillait dans la poubelle. J'ai voulu le faire déguerpir, mais il avait dû tomber sur un trésor qu'il n'a pas voulu lâcher. Le clébard, enfin, le molosse, car c'était vraiment un très gros chien, m'a choppé au poignet quand je l'ai poussé, j'ai trébuché avant de tomber sur le banc à côté de la poubelle. Le chien a récupéré sa bouffe et moi, je me suis retrouvé avec une balafre au poignet et une côte fêlée. Voilà… Tu sais tout !

Gêné de m'avoir fait part de son combat avec le chien, il se mord la lèvre en baissant les yeux, attendant probablement que je me foute de lui. Comme je lui ai promis de ne pas me moquer, ou de ne faire aucun commentaire, je me contente de répondre par un haussement de sourcils.

La question qui me perturbe alors c'est : m'a-t-il menti pour ne pas passer pour un looser à mes yeux ? Ce n'est pas le cas, il n'est pas un looser. Il n'y est pour rien si ce chien l'a agressé. Au contraire, maintenant que je connais la vérité, je n'ai qu'une envie, c'est de prendre soin de lui.

— Je t'avais dit que c'était moins sexy qu'un accident de moto…

— Peut-être que ça l'est, effectivement… Mais au moins, ça me rassure sur le fait que tu ne te mets pas en danger volontairement.

Cette remarque qui sort du cœur en dit long sur l'intérêt que je lui porte.

Gênée d'avoir déclaré que je m'inquiétais pour lui, je baisse les yeux pour ne pas voir le jugement qu'il pose sur moi.

— Et le numéro deux alors ? demandé-je pour changer de sujet.

— Quoi ? lance-t-il étonné.

— Tu m'as bien dit qu'il y avait deux points que tu voulais aborder… On vient de voir le premier, donc…

— Effectivement… Je voulais m'excuser de ne pas avoir été là pour ton premier jour. Je t'avais dit que je serais à tes côtés pour te présenter les autres, pour t'épauler, mais ça n'a pas été le cas. Surtout pour te présenter Tyler. Alors voilà, je suis désolé.

— Je ne t'en ai pas tenu rigueur, tu sais ! affirmé-je pour le rassurer. Et puis, Neil a été super ! Il m'a tout expliqué, il m'a mise à l'aise aussi. Ne t'en fais pas pour ça.

— Justement ! répond-il, irrité. Ça aurait dû être mon rôle, pas celui du barman.

Sa voix est sèche, il est redevenu nerveux tout d'un coup. Savoir que Neil m'a pris sous son aile aurait-il le mérite d'agacer mon patron ? Ça en a tout l'air…

Profitant de ce constat pour creuser un peu plus sur ce qu'il ressent, je m'engouffre dans la brèche avec plaisir.

— Il est mon collègue, celui avec qui je vais passer tout mon été, dis-je en guettant sa réaction. J'aime autant l'avoir comme précieux allié dès le départ. Et puis, on s'entend super bien. On a le même humour, la même façon de penser, de travailler… C'est un amour, ce mec ! Un vrai coup de cœur !

— Un coup de cœur ! À ce point-là…, grogne-t-il en fixant la route. Je suis rassuré de voir que je n'étais pas si indispensable au final. Moi qui m'en voulais de t'avoir laissé tomber… Enfin bref…

J'attendais une réaction, je suis servie ! Cameron n'a pas juste l'air agacé par ce que je viens de dire, il a l'air carrément jaloux… Ce qui n'est pas pour me déplaire.

Tandis que je savoure ma petite victoire personnelle, il remet le moteur en marche pour finir le trajet. Sans un mot, nous effectuons les quelques mètres qui me séparent de la maison quand il s'arrête en face du portail.

— Bon et bien, bonne nuit, lâche-t-il en fixant ma portière encore fermée.

— Je t'ai vexé ?

— Pas du tout. Je suis ravi que ça se passe bien avec Neil. Après tout, tu as raison, tu vas passer l'été avec lui, autant que ce soit l'éclate entre vous ! rétorque-t-il sèchement. Maintenant, je suis fatigué, j'ai mal et j'aimerais rentrer chez moi. Si ça ne te dérange pas !

— Tu fais partie du boys band, Cameron. Toi et les autres associés, vous êtes mes patrons. Il est logique que le feeling soit différent entre vous et moi, qu'entre moi et lui. Non ?

— Un boys band ? C'est comme ça que tu nous vois ? s'étonne-t-il.

— Trois Asiatiques, un blond décoloré et un métis super sexy… Pour moi, il ne manque plus qu'une bonne chanson, une chorégraphie sensuelle et des fringues déchirées pour que vous fassiez un carton…

Sans lui laisser le temps de répondre, je m'approche de lui, et embrasse furtivement sa joue avant de sortir de la voiture.

Bouche bée, il me laisse rejoindre le portail en touchant sa joue du bout des doigts.

Fière de l'avoir pris au dépourvu, je regagne la maison le cœur léger tandis que le bruit de la voiture se fait de plus en plus lointain.

Même si j'ai voulu le provoquer, je lui ai quand même dévoilé qu'il me plaisait. Je ne sais pas ce qu'il fera de cette information, mais j'aimerais tellement qu'il s'en serve…

11
CAMERON

Vendredi 3 juillet

Cette fille est un véritable mystère. Elle me sort qu'elle craque complètement sur Neil, et la seconde d'après, elle avoue que je ne la laisse pas indifférente. Elle va même jusqu'à m'embrasser sur la joue comme si je n'étais qu'un simple pote qui la raccompagne… Avec elle, je fais tout de travers. Finalement, lui proposer un job au bar n'était peut-être pas l'idée la plus brillante du siècle. Quand elle est dans les parages, j'ai du mal à me concentrer sur ce que je suis en train de faire, j'ai du mal à ne pas faire abstraction de sa présence dans le périmètre, je n'arrête surtout pas de m'imaginer en train de la baiser sur une table, une chaise, le comptoir, et même directement sur le sol… Elle fait ressortir en moi des émotions complètement inédites jusqu'alors. Je me sens vulnérable et euphorique en même temps. Comme si le simple fait de la sentir près de moi pouvait me rendre heureux et sur mes gardes à la fois.

Elle me fait aussi agir comme un idiot. Pour preuve, je dois en être à mon troisième tour de pâté de maisons alors qu'il est plus de trois heures du matin et que je devrais dormir.

J'ai garé ma voiture dans la rue d'à côté pour ne pas me faire repérer, marchant sans m'arrêter dans le seul but de décider si je dois, oui ou non, grimper sur sa terrasse pour la voir une dernière fois avant demain.

Qu'est-ce qui me prend ? Pourquoi je ferais ça ? Je n'ai pas le droit de le faire !

En plus, je la verrai demain, c'est une certitude puisque nous travaillons ensemble… Alors, pourquoi vouloir la regarder en train de dormir ? Est-ce qu'elle a réveillé en moi un côté voyeur que je ne soupçonnais pas jusqu'à maintenant ? Non, rien à voir. Je ne veux pas monter dans l'espoir de la voir nue ou juste dévêtue, je veux juste la voir elle. Cette petite brune au visage de poupée qui ne se défait jamais de son air de rebelle.

Si elle pouvait lire dans mes pensées quand elle est près de moi, elle saurait qu'elle est spéciale pour moi depuis la toute première fois où je l'ai vue en photo, elle saurait que je ne veux pas être un simple patron pour elle. Je me fous de ce titre, tout comme je me fous de la hiérarchie. Je veux lui rendre ce que je lui ai pris pour payer ma dette, je veux avoir le cœur léger pour lui dire qu'elle me plaît.

J'aime sa fantaisie, sa candeur. J'aime son humour acerbe et décalé, j'aime sa façon d'entortiller ses cheveux sur son doigt quand elle se sent démunie. Je voudrais pouvoir lui offrir une histoire comme dans son livre, seulement c'est impossible, car elle vit dans un monde peuplé de héros romantiques alors que la réalité est bien différente. Dans notre monde, le mec est un putain de cambrioleur et la nana, c'est une gamine encore naïve, et beaucoup trop rêveuse.

Je ne peux prendre le risque d'être faible face à elle, car si elle découvre la vérité sur moi, si elle apprend ce que je suis vraiment, alors je ne suis pas sûre de pouvoir m'en remettre.

Conscient des conséquences qui pourraient découler de mes envies d'être avec elle, je jette un dernier regard sur sa chambre éteinte avant de faire marche arrière. Je n'irai pas dans cette chambre, ni ce soir, ni jamais. Je ne peux me le permettre si je ne veux pas y laisser des plumes.

12
CAMERON

Vendredi 24 juillet

Un peu plus de trois semaines se sont déjà écoulées depuis que Zia travaille pour nous. Trois semaines qu'elle apporte de la joie, de la bonne humeur dans cet univers de mâles remplis de testostérone. Mais aussi trois semaines que je rêve d'elle toutes les nuits, trois semaines que j'attends la fin du service avec impatience pour la ramener chez elle…

Même si notre relation n'a pas vraiment évolué pendant ce laps de temps, plus je la découvre au fil des jours, plus j'ai envie d'en apprendre. Zia n'est pas comme les femmes que j'ai l'habitude de fréquenter. D'habitude, soit je ramène de futures avocates qui, en apparence, se font passer pour des saintes avec un balai dans le cul, soit je branche de petites écervelées qui s'imaginent qu'être le patron d'un bar nous met sur un piédestal extraordinaire.

Zia, n'a rien à voir avec ça, pourtant, elle reste quand même un savant mélange des deux. Mi-prude, mi-coquine, avec une pincette de « je me la pète », un soupçon de romantisme et une bonne rasade d'humour, Zia c'est un cocktail rose bonbon saupoudré de piment de Cayenne. Je pourrais même dire qu'elle est un foutu *Apple rose* avec une bonne dose de mort aux rats en plus.

Car il ne faut se leurrer, cette fille a beau m'attirer comme un putain d'aimant, elle me réveille autant qu'elle me fait sombrer.

Depuis trois semaines, je n'arrive plus à baiser sans avoir sa tête devant mes yeux, je ne peux plus fermer les paupières sans imaginer son corps près du mien, je ne peux plus me concentrer sur mon boulot sans regarder où elle est ou bien ce qu'elle fait.

Pour ma bonne conscience, je la surveille surtout quand Ty est dans les parages, ou quand il y a beaucoup de monde au bar. J'ai promis à son père de faire attention à elle, et c'est ce que je fais. De loin.

Pendant le service, j'essaie de ne pas trop l'approcher. J'ai décidé que, pour mon salut, je devais prendre mes distances avec elle. On s'échange deux ou trois mots de temps en temps, mais ça s'arrête là.

Depuis ce premier soir où je l'ai raccompagnée, j'ai vite compris que je ne pouvais pas me contenter d'une demi-relation avec elle. Je ne peux pas être un simple ami, car ce n'est pas ce que j'ai envie qu'elle soit pour moi, mais je ne peux pas non plus devenir son mec, car ma conscience, les risques que j'encours ou alors mes associés m'en empêcheraient. Il n'y a pas de demi-mesure avec Zia, soit je me lance et je lui donne tout, soit je choisis la sécurité et je ne lui donne rien.

Et puis, je m'avance peut-être aussi sur ce qu'elle ressent pour moi. Depuis ce baiser sur ma joue, elle n'a plus tenté aucune approche. Elle garde ses distances, passe son temps avec Neil, elle m'évite autant que je l'évite.

J'ai bien surpris quelques regards équivoques, mais même quand je la ramène, trois soirs par semaine, elle reste à sa place, ne m'embrasse plus sur la joue ou me parle à peine.

Bien que ce ne soit pas la relation que je voudrais, je me contente de ça, de ce moment furtif à rouler dans la même direction, de ces minutes bien trop courtes où je peux sentir son parfum, ou de cet instant de sérénité quand elle fredonne les paroles des musiques qui passent à la radio, comme elle le fait maintenant alors que nous approchons de sa maison.

Avant d'ouvrir sa portière, elle me jette un dernier coup d'œil en me souhaitant bonne nuit comme elle le fait à chaque fois. Pendant quelques secondes, sa main va rester sur la poignée avant qu'elle ne se décide à sortir.

Je n'ai pas remarqué cette hésitation tout de suite, il m'a fallu quelques jours pour m'en rendre compte. Avant de partir, elle fait cette pause de quinze secondes, ni plus ni moins. Au début, j'ai pensé qu'elle attendait que je fasse un geste pour la retenir, mais plus les jours passent, plus elle est distante et plus je me dis que c'est le temps qui lui faut pour faire la transition entre son boulot et sa maison.

Quinze secondes, c'est tout ce que j'ai avant de devoir combler le vide qu'elle laisse quand elle s'en va.

1, 2, 3, 4, 5, 6, 7, 8, 9, 10, 11, 12, 13, 14, 15… Elle vient d'ouvrir la porte et mon cœur me hurle de la retenir pour ne pas qu'elle me laisse seul ce soir.

— Zia, murmuré-je alors qu'elle s'apprête à refermer.

Tandis qu'elle se baisse près de la vitre ouverte pour savoir ce que je lui veux, son tee-shirt me dévoile un décolleté à tomber. Hypnotisé par cette poitrine serrée dans un soutien-gorge en dentelle blanche, je n'ai plus du tout envie de la laisser partir. Pourtant, toujours trop sérieux, je reste professionnel.

— Demain, c'est un jour spécial pour moi, commencé-je en stoppant net ma phrase. Enfin, je veux dire que… Bref, tu te souviens que la nuit va être longue ?

— À cause du concert ? me demande-t-elle en fronçant les sourcils. J'ai pas oublié, boss. Chaussures plates, tenue pas trop provoc et vitamine C ! J'ai hâte d'y être ! lance-t-elle, pleine d'ironie.

— Je te le dis maintenant au cas où je n'aurais pas le temps de le faire demain, mais tous les associés vont être présents. Même si tu n'as pas à t'inquiéter, sache qu'au moindre problème, je veux que tu viennes me trouver, on est d'accord ?

— On est d'accord ! lâche-t-elle en levant les pouces au ciel pour approuver. C'est tout ? Tu voulais me dire autre chose ?

Cette dernière question me laisse interdit. Que voudrait-elle que je lui dise ? Que je l'adore, qu'elle me fait bander, qu'elle me rend fou ? Je ne peux pas faire ça, je ne m'en donne pas le droit.

Mais si pour une fois, je n'écoutais pas ce cerveau si raisonnable ? Si je vivais le moment présent comme le ferait n'importe quel mec de mon âge qui ne serait ni cambrioleur, ni futur avocat, ni patron d'un bar à la mode, ni orphelin…

Dans ma tête, c'est à mon tour de compter ces foutues quinze secondes. Si elle me parle encore, alors je sors de cette voiture et je l'embrasse…

Sauf qu'elle ne le fait pas. Un simple signe en guise d'au revoir, puis elle tourne le dos pour rentrer chez elle en me laissant comme un con qui attend un signe.

Encore une nuit où je fais le tour du pâté de maisons à plusieurs reprises en attendant que la lumière de sa chambre soit éteinte. Encore une fois, quand elle sera endormie, moi je serai en bas à batailler entre mon cœur et ma raison pour la voir endormie… Mais comme chaque soir, c'est ma raison qui l'emporte, et je rentre chez moi, la queue entre les jambes.

En longeant le front de mer pour trouver une place où me garer, je remarque les gens qui sont encore sur la plage. Il a beau être deux heures du matin, les touristes profitent de la douceur de la nuit pour se balader. Certains ont dû pique-niquer en famille sur le sable, d'autres ont dû se poser pour boire et jouer de la gratte, quelques chanceux doivent peut-être même être en train de baiser dans un coin…

Avec mes parents et ma petite sœur, on avait l'habitude de venir se poser au petit matin pour admirer le soleil se lever quand on venait en vacances chez Nana.

J'ai beau occulter ces années de mon esprit, elles sont toujours là, tapies au fond de moi.

Il arrive même que quelques fois, surtout en cette période de l'année, j'éprouve ce besoin de trouver du réconfort en venant me poser près de l'eau en plein milieu de la nuit, jusqu'à ce que le soleil fasse son apparition. D'une certaine manière, j'ai l'impression de revoir mon père et ma mère s'enlacer pendant que je joue à me laisser attraper par Mona.

Elle me manque ma sœur. Elle me manque tellement.

Depuis que je bosse avec Zia, je me suis souvent demandé comment elles se seraient entendues si je les avais présentées. Mona aurait l'âge de Zia aujourd'hui, elle aurait, elle aussi, un caractère espiègle et une gueule d'ange comme ça a toujours été le cas.

Je me souviens que les mecs étaient à fond sur ma sœur. Une jolie métisse aux yeux verts, il faut dire que ça passe rarement inaperçu. Moi, je passais mon temps à essayer de la protéger de mon mieux, mais j'ai échoué.

Je me dis parfois que c'est pour cette raison que j'ai l'impression d'éprouver des sentiments pour Zia. Non pas qu'elle pourrait être la remplaçante de Mona, mais plutôt que si j'ai échoué avec eux, alors je peux encore me rattraper avec elle…

Garé devant l'auberge de jeunesse où je loue une toute petite chambre ridiculement chère, je traverse la route pour m'approcher de la plage.

Au calme, loin de la lumière des bars qui ferment, loin de la fête foraine encore éclairée sur la jetée, je m'installe sur le sable pour regarder la mer à quelques pas de là.

En quelques secondes à peine, les souvenirs affluent dans ma tête, jusqu'à me retourner l'estomac. Demain, cela fera sept ans que je les ai perdus, sept ans que je me dis que tout aurait pu être différent si j'avais été là, si j'avais choisi ma famille plutôt que mes potes.

Une poignée de sable dans la main, je la jette au loin avec rage pour décharger ma colère. Comment serait ma vie si je ne les avais pas perdus ? Si je ne les avais pas laissés tomber ? Jamais je ne le saurai, jamais je ne reverrai le sourire d'enfer de ma sœur, jamais je ne pourrai faire à nouveau semblant de vomir en voyant mes parents s'embrasser…

Tandis qu'une légère brise caresse mon visage en emportant la larme qui coule le long de ma joue, je m'allonge sur le sable pour regarder les étoiles. Bien que j'aie choisi l'auberge à cause de cette vue sur la mer qui me fait penser à eux, cette nuit, je préfère rester ici. Le soleil se lèvera dans quelques heures, et je veux être aux premières loges pour sentir ses rayons se déployer.

13
CAMERON

Samedi 25 juillet

— Cam ! Lève-toi, mon pote !

Un léger coup de pied dans le cul a le mérite d'être plus efficace que cette voix qui n'a rien à voir avec celle de mon père. Non, cette voix je la connais, c'est celle de Zach.

Autour de moi, j'entends le bruit des mouettes, quelques rires, mais aussi le ressac des vagues contre le ponton non loin de là.

Les yeux plissés à cause du soleil qui m'éblouit, je me redresse avec difficulté pour me retrouver nez à nez avec mon meilleur ami, accroupi devant moi.

— Pourquoi t'es là ? demandé-je en me frottant les paupières pour me réveiller.

— Parce que tu me fais le coup tous les ans, Evans…, lance-t-il avec un sachet de viennoiseries dans la main. Cette fois, j'ai prévu le coup ! Je suis venu armé !

Tandis qu'il me balance le paquet que je rattrape in extremis, il s'installe à côté de moi avant de virer ses baskets pour enfouir ses pieds dans le sable.

— T'as dormi là ?

— Il semblerait ! marmonné-je avant de croquer dans un croissant. J'ai posé Zia chez elle après le service, et puis mon esprit a commencé à virer en mode nostalgie. Tu sais comment c'est… Même après sept ans, j'ai encore besoin de me vider la tête.

— Il y a quand même un changement dans ton cérémonial, Cam… Il se passe quoi avec Zia ?

— Qu'est-ce qui te fait penser qu'il se passe quelque chose ?

— C'est juste que d'habitude, tu m'appelles, on se bourre la gueule en évoquant quelques souvenirs avant que je ne te dépose chez toi, et que le matin, je te retrouve là pour t'aider à affronter cette journée… Tu ne m'as pas appelé parce que tu étais avec elle, d'où ma question : il se passe quoi avec Zia ?

Zach est mon meilleur ami depuis si longtemps qu'il me connaît comme un frère. Il faut dire qu'avec lui, c'était comme une évidence quand on s'est trouvés. On devait avoir six ans à tout casser, il jouait avec un lance-pierre, à l'abri sur les marches du perron de sa maison, à viser les flaques d'eau à proximité. Dehors, il pleuvait à torrents, et moi, en vacances chez ma grand-mère, je le regardais faire par la fenêtre, envieux de ce jeu qui avait le mérite de lui faire passer le temps alors que moi je m'ennuyais.

Quand il m'a remarqué, il m'a fait signe de le rejoindre, mais je me suis caché derrière le rideau. Timide et réservé, me faire des amis n'avait jamais été mon fort, alors parler à un gamin inconnu, c'était presque trop pour moi. Pourtant, ma grand-mère ne m'avait pas laissé le choix ce jour-là. Elle m'avait obligé à sortir pour me présenter à *cet adorable petit Zach* qui habitait en face de chez elle.

J'y suis allé à reculons, ma trouille de petit garçon au creux du ventre… Sauf que traverser cette route a été la meilleure décision forcée de toute mon enfance.

À l'instant où nos mains se sont scellées comme le font les adultes pour se saluer, j'ai su que Zach allait devenir un ami pas comme les autres.

C'est ce qu'il est depuis longtemps. Mon meilleur ami, mon frère. Celui qui te comprend sans avoir besoin de se parler, comme un prolongement de soi-même.

Alors, pourquoi essayer de lui faire croire n'importe quoi, il a raison, j'ai toujours passé la veille de l'accident avec lui, comme ça avait été le cas cette nuit-là… Pourquoi ne l'ai-je pas fait cette fois ? J'en sais rien. J'avais envie de me retrouver seul… Ou avec elle…

— Il ne se passe rien avec Zia. Elle est notre serveuse, ça s'arrête là ! tenté-je quand même pour noyer le poisson.

— Tu peux le jurer sur la tête de Mona ?

Quand Zach me fait jurer sur la tête de ma sœur, c'est qu'il est sûr de me tirer les vers du nez, et pour cause, il ne plaisante pas avec Mona.

Ma sœur a été son premier grand amour. La première fois qu'ils se sont croisés, il avait sept ans et Mona en avait trois. Quatre ans d'écart, soit le même qu'entre Zia et moi, et pourtant ma sœur avait tout de suite trouvé *son amoureux pour la vie* comme elle disait.

Zach en riait, tout comme moi, jusqu'au jour où, l'été de nos quatorze ans, Mona est revenue à Brighton plus jolie que jamais. Pas encore une femme, mais plus une enfant, mon meilleur pote ne voyait plus que par elle. De plus en plus proches malgré leur différence d'âge, il lui avait promis que l'été suivant, il lui offrirait son premier baiser. Un an plus tard, à l'aube de voir cette promesse se réaliser, Zach était anéanti. Du haut de ses quinze ans, il avait tout prévu, tout organisé pour faire de ce moment un souvenir inoubliable pour Mona. J'avais insisté pour venir chez Nana en avance parce qu'il m'avait demandé de lui filer un coup de main. Voir mon meilleur pote et ma sœur sortir ensemble était le meilleur plan que je pouvais trouver pour elle.

Mais la vie en avait décidé autrement. Nous étions en train de finir les derniers préparatifs de sa surprise quand ma grand-mère nous a annoncé la nouvelle… Mona n'a jamais eu son premier baiser, et lui est devenu ce qu'il est aujourd'hui.

Quoi qu'il laisse paraître, Zach n'est pas un connard qui enchaîne les filles. Il est juste comme moi, on se ressemble tellement. Un peu brisé, un peu perdu, un peu honteux de faire ce qu'il fait, on est deux écorchés qui ne savent pas exprimer tout haut ce qu'on ressent tout bas. Même si on ne parle que très rarement de nos sentiments, je sais qu'il n'est jamais retombé amoureux depuis Mona, et que chez moi, la perte de ma famille m'a carrément brisé le cœur au point de ne jamais avoir eu envie de le réparer pour le donner à nouveau à quelqu'un. Zach et Nana sont les seuls personnes qui me restent… Enfin, Zach, Nana et Zia…

— À quoi bon jurer sur la tête de quelqu'un qui n'est plus ? dis-je dans un murmure plus pour moi que pour lui.

— J'ai remarqué ta façon de la regarder, se confie-t-il en tournant la tête vers moi. Je ne t'ai jamais vu regarder une fille de cette façon, Evans. Pas une fois. Alors on en parle ou on fait juste semblant de manger un croissant en évitant tout ce qui tourne autour d'elle ?

— C'est plus compliqué qu'un simple regard, Zach ! Elle pourrait foutre ma vie en l'air… Nos vies en l'air !

— Noah m'a tout raconté, pas la peine de garder ça pour toi, déclare-t-il en me donnant un coup d'épaule. Et tu sais quoi… je ne suis même pas étonné, je savais que ça arriverait un jour.

— De quoi ? Que je finirais par tomber amoureux pour la première fois ?

— Ah ! Tu avoues que tu es raide dingue de cette fille ! lance-t-il en me pointant du doigt avant de se rendre compte que je ne réagis pas. Je ne parlais pas de ça, Cam. Je voulais dire que je savais qu'un jour, ta culpabilité serait trop forte pour que tu ne remettes pas tout en question. Je vois bien que plus le temps passe et plus tu te renfermes sur toi. Je me doute que ce ne sont pas tes études qui te mettent dans cet état. Je te connais, tu es trop empathique pour que ce ne soit que ça. T'es un gars bien, toi.

Après un soupir qui en dit long sur mon état d'esprit, je passe mes mains sur mon visage pour les laisser finir leur course dans mes cheveux parsemés de grains de sable.

Voilà pourquoi Zach est comme mon frère. Un frère jumeau, un frère siamois avec un seul cerveau pour deux même… Jamais je ne lui ai parlé de mes doutes, de mes états d'âme ou de ce putain de sentiment de culpabilité qui me ronge chaque jour un peu plus. Mais, ce n'est pas parce que je n'évoque pas tout ça avec lui, qu'il ne s'en rend pas compte. Il me connaît trop bien.

— Je n'y arrive plus, Zach. Voler des familles comme celle de Zia, c'est tellement… mal. Ces gens n'avaient rien fait pour mériter de perdre leurs biens. Ils travaillaient dur pour mettre de l'argent de côté pour leur fille, pour avoir de quoi vivre en se faisant plaisir. Ils n'étaient pas comme tous ces gros pleins de fric qui se vautrent dans leur argent comme des cochons dans la boue, dis-je en fixant l'horizon pour ne pas flancher. Au début, le deal, c'était vraiment de prendre aux plus riches, à ceux qui font du profit sur le dos des autres, comme si nous étions des espèces de punishers de la thune… Mais depuis quelque temps, on visite des familles qui ne le méritent pas. Et ça, ça me ronge, mec.

Les yeux rivés sur un point au loin, Zach m'écoute sans ciller. Son mal à lui, ce n'est pas le vol, pour autant, j'espère qu'il me comprend, qu'il partage un peu de ce poids avec moi quand il revend des comprimés ou des sachets de coke à des gamins accrocs.

— J'ai fait une liste avec les noms des gens qui ne méritaient pas ce sort, avoué-je en me mordant la lèvre pour ne pas craquer. Je m'étais promis de rembourser un bout de ma dette à chaque nom inscrit sauf qu'à présent, il y en a trop…

— Alors tu veux te racheter en t'occupant de Zia ?

— Je sais que ça craint. Je suis conscient qu'à jouer avec le feu, je risque de me brûler les ailes, Zach. Mais si c'est le prix à payer pour trouver la sérénité, alors je suis prêt à affronter mon destin. Comme la maison de retraite de Nana est payée jusqu'à la fin de l'année, que j'ai mis de côté pour ses obsèques et que ma dernière année d'étude ainsi que ma piaule sont réglées jusqu'à l'année prochaine, je n'ai plus de soucis financiers. Avec le bar, je réussis même à économiser un peu tous les mois…

— Où est-ce que tu veux en venir ? s'inquiète mon pote en me scrutant du coin de l'œil. T'as un plan ?

— Je crois que si les deux prochains coups sont suffisamment lucratifs pour payer les quatre années d'étude de Zia, je pourrais envisager de raccrocher avec les cambriolages. Je ne veux plus de cette vie-là, je veux devenir quelqu'un d’honnête, me racheter une conduite. Je veux pouvoir dormir sans penser à tous ces noms qui me polluent la tête.

— Du coup, Zia, c’est ta petite cerise sur le gâteau ? Elle te plaît au point de tout risquer pour elle ?

— Elle me plaît au point de vouloir rentrer dans le droit chemin pour ne plus avoir honte de la regarder dans les yeux.

— Mouais… En langage de Cam, ça veut dire que t’es amoureux quoi…, conclut-il en se gaussant d’avoir tapé dans le mille tandis que je le pousse sur le côté pour le faire taire.

Alors qu’il se redresse furtivement pour me rentrer dedans, nous finissons par nous bagarrer sur la plage en riant.

Pendant près d’une heure, nous oublions le drame qui s’est joué sept ans plus tôt en retrouvant un brin d’insouciance.

Même si je ne le lui dis pas, je ne remercierai jamais assez Zach d’être devenu ma famille. À quoi bon l’énoncer à haute voix, il le sait déjà de toute façon.

14
ZIA

Samedi 25 juillet

C'est à reculons que j'arrive au King's bar aujourd'hui. La tête dans le cul, les yeux pas vraiment en face des trous, je garde mes lunettes de soleil pour rejoindre le vestiaire, sans dire bonjour à Neil qui me regarde passer avec étonnement.

Hier soir, après avoir espéré pour la millième fois que Cameron tente une approche en me déposant à la maison, je n'arrivais pas à dormir. Plutôt que de tourner toute cette histoire dans ma tête comme je le fais à chaque fois qu'il me raccompagne bien sagement, j'ai préféré appeler Sofia pour lui proposer une virée.

Elle ne s'est pas fait prier pour sortir de son lit en plein milieu de la nuit, elle a même été très rapide pour débarquer et m'embarquer avec elle.

Dans la voiture, aussi bien à l'aller qu'au retour, Sofia n'a pas arrêté de me parler de Cameron. Bien qu'elle ne squatte plus la terrasse à cause d'un article qu'elle a lu dans un magazine où ils expliquaient que plus on collait un homme, plus il fuyait, elle reste quand même à l'affût de la moindre occasion pour le croiser.

C'est pour cette raison qu'elle nous a conduites dans une soirée organisée par l'ami d'un ami dans la banlieue de Londres où il devait se rendre.

Moi qui travaille avec lui tous les jours, il ne l'a jamais évoquée cette soirée. Cameron est beaucoup trop sérieux pour sortir après un service.

Et j'avais raison. Nous sommes arrivées à près de trois heures du matin pour finir par rentrer à cinq heures, car la soirée était pourrie…

Toujours est-il qu'aujourd'hui, il est bien là, à mettre les tables en place sans même me jeter un coup d'œil. Zach est là aussi. Il fait le point avec Neil derrière le bar sur les bouteilles qui restent ainsi que sur ce qui manque pour tenir toute la soirée.

— Aurait-on passé une mauvaise nuit, Princesse Zia la Rebelle ? m'interpelle Zach par ce surnom qui me fait sourire.

Depuis le jour de notre présentation quelque peu chaotique, Zach est devenu mon deuxième patron préféré. Cam a beau être mon favori, le number one, il n'en reste pas moins que son côté donneur de leçon d'homme trop mature pour son âge me tape parfois un peu sur les nerfs. Difficile de rivaliser avec Cameron Evans en matière de sérieux.

Avec Zach, c'est différent. Il est plus cool. Drôle, intelligent et complètement barré, il est celui avec qui je me tape le plus de délires après Neil. Quand il est là, on passe notre temps à se marrer. Il faut dire qu'il est loin d'être le plus grand bosseur de la bande. Préférant se pointer pour prendre un café plutôt que pour mettre la main à la pâte, il se rapprocherait plus d'un pote que d'un chef à mes yeux. Je crois même qu'on pourrait être amis en dehors du bar.

— Une petite soirée improvisée qui m'a juste enlevé des heures de sommeil, avoué-je en pointant du doigt la machine à café derrière eux pour qu'ils m'en fassent couler un.

— Fais-lui un triple expresso ! se moque Zach en grimaçant. Avec la tête qu'elle a, il lui faudra bien ça ! Fais-en un à Evans pendant que tu y es, il a eu une nuit difficile lui aussi.

Tandis qu'il appelle son pote pour qu'il se joigne à nous, je fulmine en réalisant ce qu'a bien pu faire Cameron pendant la nuit. Je comprends mieux pourquoi il était pressé de me laisser rentrer hier soir.

S'emparant du siège à côté du mien pour récupérer sa tasse fumante, son genou se colle au mien. Ce simple contact me secoue l'estomac. Je voudrais pouvoir poser ma main sur la cuisse qui se trouve tout près de moi, je voudrais pouvoir me pencher un peu vers lui pour coller mon corps au sien… Mais cachée derrière mes lunettes, je me contente de mater cette même cuisse bien faite que je rêve de caresser.

Encore plus sérieux que d'habitude, Cam, le regard sombre et les sourcils froncés, fixe son café sans prononcer un mot. Zach aussi a changé d'attitude, il n'arbore plus ce sourire qui lui colle d'habitude au visage.

— Arrête de penser à Nana, mon pote. Tu sais comme moi, qu'elle a déjà oublié votre discussion.

Sans comprendre de quoi ils parlent, je suis presque vexée d'assister aux confidences des mecs sur les déboires amoureux de Cameron.

Malgré la partie de ping-pong que je viens d'entreprendre avec mes yeux pour que l'un de mes trois interlocuteurs m'explique ce qui se passe, aucun ne daigne m'en dire plus.

— Je sais bien, Zach, mais tu sais qu'elle est tout pour moi. Elle pleurait, et moi, je suis quand même parti.

Ce n'est pas d'entendre ces connards parler de gonzesse devant moi qui me touche le plus. Non, le plus difficile, c'est d'apprendre que Cameron a déjà quelqu'un dans sa vie. Il est en couple avec cette Nana, et il en parle sans aucun respect, sans aucune considération pour moi.

Réalisant que je ne lui ai jamais posé la question sur sa vie sentimentale, je comprends que Sofia n'a jamais eu aucune chance avec lui. Au contraire, je plains cette Nana, c'est elle la femme trompée.

— Tu devrais y retourner, Cam, lui dit Neil sans se soucier de moi. Va t'assurer qu'elle va bien et reviens après.

— T'as raison, répond-il en buvant son café bouillant d'une traite. Je vais y aller, sinon, je ne pourrai jamais me concentrer sur la soirée chargée qui nous attend.

Sans nous laisser le temps de répondre, Cameron descend du siège pour prendre la direction de la sortie.

Il s'en va si vite que je ne peux m'empêcher de le suivre des yeux en maugréant. Il doit vraiment l'avoir dans la peau cette gonzesse pour être aussi anéanti. Il doit vraiment l'aimer, et moi je me fais des films depuis le début.

Avalant une gorgée de café de travers, je me mets à tousser pour reprendre une respiration normale, pendant que Neil nous informe qu'il se rend à la réserve pour compter les bouteilles d'alcool que nous avons sous le coude.

Seule avec Zach, je crève d'envie de lui faire cracher le morceau sur cette Nana qui vient de me piquer mon boss. Les yeux rivés sur le comique de service, je cherche à sonder son âme d'un regard perçant.

— Nana n'est pas sa meuf, si ça t'intéresse de le savoir…

Avec son sourire lubrique et son regard canaille, Zach vient de taper dans le mille et il le sait. Rouge pivoine, je bredouille un : *pas du tout, ça ne m'intéresse pas ! Je ne vois vraiment pas pourquoi tu dis ça !* qui sonne faux même dans mes oreilles.

Pendant qu'il m'étudie, Zach reste silencieux quelques secondes avant de se baisser à nouveau sous le bar pour reprendre son comptage et ajouter :

— Cameron est bien célibataire au cas où tu te poserais la question !

— Qui est Nana dans ce cas-là ? questionné-je alors que les mots sont sortis trop vite de ma bouche.

— Je croyais que ça ne t'intéressait pas, se moque Zach en se redressant pour mieux me toiser.

— Je… Euh…

— Nana, c'est sa grand-mère. C'est la seule véritable famille qu'il lui reste en dehors de moi et des autres associés.

Presque soulagée de savoir qu'elle n'est pas sa petite amie, je me retiens de pousser un soupir de contentement. Maintenant que je suis rassurée, je vois la discussion qu'ils ont eue sous un nouveau jour, ce qui ravive ma curiosité sur le cas fascinant de Cameron Evans.

— Sa seule famille ? Pourquoi, il n'a plus ses…, commencé-je en envisageant la suite difficile que cette phrase implique. Pourquoi elle pleurait ?

— Tu me poses trop de questions, Princesse Zia la Rebelle ! Si tu veux en apprendre plus sur lui, je n'ai qu'un conseil à te donner, c'est de lui demander directement.

— Il est si… mystérieux ! dis-je en touillant ma cuillère dans ma tasse vide pour m'aider à réfléchir. Je ne sais pas quoi penser de lui. C'est comme s'il s'amusait à souffler le chaud et le froid… Même s'il est plutôt très froid avec moi.

— Il te plaît ? me demande-t-il en posant ses coudes sur le bar comme le ferait un vrai psychologue de comptoir.

— Oui, il me plaît… Beaucoup. Trop, avoué-je en mordillant mon pouce pour masquer ma gêne avant de relever les yeux vers lui pour voir sa réaction. Mais… il m'intrigue aussi, il me perturbe… On ne sait pas ce qu'il pense, il ne laisse rien paraître. C'est difficile de le cerner.

— C'est du grand Cam. On ne sait jamais ce qu'il pense, il est indéchiffrable. C'est ce qui le rend aussi irrésistible, non ? plaisante-t-il. Ce que je peux te dire par contre, c'est que sous la couche se cache un véritable bijou. Il faut parfois creuser la surface pour découvrir le trésor…

— T'es qui, toi ? T'es *Maître Yoda* pour faire ce genre d'énigme bizarre ?

— Ça n'a rien de bizarre, Zia. Je te dis juste de ne pas te contenter du froid qu'il souffle pour pouvoir avoir le chaud. Gratte la surface, ça vaut vraiment le coup !

Au moment où je m'apprête à lui répondre, Neil réapparaît pour clore notre discussion. D'un regard plein de sous-entendus, je fais comprendre à Zach que cette conversation doit rester secrète. Par le biais d'un hochement de tête approbateur, il me fait signe qu'il a compris avant de se remettre au boulot.

La tête pleine de pistes sur le cas Evans, je les range dans une case de mon cerveau pour me mettre au travail à mon tour. Avec la journée qui nous attend, j'ai même tout intérêt à mettre mon cerveau sur off, si je veux pouvoir me concentrer sur ce pour quoi je suis grassement payée.

***

La fête bat son plein en ce dernier samedi soir de juillet. Pour clôturer le super concert que nous avons organisé, un feu d'artifice doit être tiré aux alentours de minuit.

Au rythme des basses qui résonnent dans le bar, je passe au travers des clients pour leur apporter leur consommation. Même si je suis sur le pont depuis dix heures ce matin et que je suis sur les rotules, la musique a le pouvoir de me porter encore pour accomplir mon travail.

Au détour d'une commande, je croise Cameron qui n'a ni parlé ni souri depuis son retour une heure après être parti du bar. Zach semble toujours aussi soucieux quand il pose les yeux sur son pote, mais lui montre tout le contraire quand Cam s'approche de lui. De mon côté, il m'a royalement ignorée toute la journée. Je devrais lui en vouloir, pourtant, je n'y parviens pas. J'aimerais tellement savoir pourquoi il a l'air aussi triste aujourd'hui, mais à part des suppositions grotesques, je n'ai aucune réponse à mes questions.

En venant chercher les boissons d'une commande, Ruben me fait signe de m'avancer vers lui.

— Tu dois être exténuée, Zia. Tu peux rentrer si tu veux, on va finir la soirée avec les autres.

— Tout va bien, chef ! affirmé-je avec entrain pour lui prouver que la fatigue n'a pas encore eu raison de moi. En plus, je dois attendre Cameron, c'est lui qui me ramène.

— J'avais oublié la promesse qu'il a faite à ton père. Fais comme tu veux alors ! Sache que nous sommes très contents du travail que tu fais ici, en tout cas. Je crois qu'on peut dire que la période d'essai est finie, et que tu viens de décrocher ton premier CDI. Si ça t'intéresse toujours !

— Bien sûr que ça m'intéresse ! Je suis super contente, même ! dis-je en hésitant une seconde à le prendre dans mes bras pour le remercier avant de me raviser l'instant d'après.

— Remercie aussi ton ange gardien ! lance-t-il en désignant Cameron d'un geste du menton. Même si on avait voulu se débarrasser de toi, on n'en aurait pas eu le droit avec le pitbull qui te sert de chauffeur.

En faisant cette remarque, Ruben me lance un clin d'œil amical qui me fait sourire. Cam a plaidé en ma faveur, encore une fois il s'est porté garant pour moi, alors qu'il me donne cette foutue impression de ne carrément pas exister pour lui. Chaud-froid… Comme toujours.

— Si tu veux, je te ramène, moi ! me sort cette voix qui a le don de me glacer le sang en s'approchant trop près de mon oreille. J'aimerais beaucoup savoir où tu vis, jolie Zia !

— Merci de ta proposition, Tyler. Mais j'ai encore du boulot, grogné-je en récupérant la commande qui attend d'être servie.

En passant à côté de lui, je suis bousculée par une personne derrière moi. Les bras grands ouverts, Ty me réceptionne en souriant.

— Moi aussi, je pourrais être ton ange gardien si tu m'en donnais l'occasion, déclare-t-il en frottant son nez contre le lobe de mon oreille. On pourrait bien s'éclater tous les deux. Pas comme avec ce trou de cul d'Evans et son balai dans le fion…

— Ty, laisse Zia apporter sa commande, grogne Cameron en arrivant derrière nous tandis que l'abruti décoloré me laisse partir. Zia, m'interpelle Cameron en posant sa main sur mon avant-bras quand je passe près de lui, tu iras chercher tes affaires après, je te ramène chez toi.

D'un simple signe de tête, j'approuve avant de filer loin de ce mec qui me fout la trouille.

Sur le chemin en direction de la table, je profite de la masse agglutinée devant le concert pour jeter un coup d'œil à Cameron et Tyler encore en train de parler.

L'air de Cam n'a rien d'amical, au contraire, Tyler en vient à lever les mains comme s'il se faisait arrêter par les flics. À quelques pas de la scène, Ruben et Neil s'interposent en même temps pour calmer les deux esprits échauffés.

Tandis que Ruben glisse quelques mots à l'oreille de Tyler, Cameron reprend son air sérieux sans le lâcher du regard. Tyler, le visage tendu, s'excuse dans une poignée de main avant de jeter un coup d'œil dans ma direction.

Prise en flagrant délit d'espionnage, je baisse la tête vers les clients pour lui donner l'impression que je ne l'ai pas vu.

Mortifiée à l'idée de devoir déposer mon plateau sur le bar où trône encore le décoloré, j'avance en me fondant dans la foule avec la boule au ventre.

Comme s'il avait entendu mon appel au secours, la main de Cameron se pose dans le bas de mon dos comme un calmant à effet immédiat.

En silence, nous avançons vers Tyler qui me sourit de toutes ses dents.

— Ne va pas te méprendre sur mes intentions, Zia ! déclare-t-il d'un ton qui sonne faux. Je ne veux pas te faire peur, ma belle. C'est mon humour, il faudra t'y faire.

— On avait dit des excuses, intervient Ruben en longeant le bar pour revenir vers nous. Ça ne ressemble pas à des excuses ça !

— OK, c'est bon ! Lâchez-moi, là ! braille-t-il en me lançant un regard noir qui me file la chair de poule. Je m'excuse, OK ! C'est bon comme ça ?

— Pas de souci, Tyler, dis-je en sentant les doigts de Cameron caresser la chute de mes reins dans un mouvement machinal. On n'a pas le même humour, mais on va trouver la bonne façon de s'exprimer, j'en suis sûre.

— Ouais, c'est ça ! râle-t-il en nous tournant le dos alors que Cam me pousse en direction des vestiaires.

Adossé à l'encadrement de la porte, Cameron guette le couloir pendant que je récupère mes affaires. Quand j'ai fini de prendre ce dont j'ai besoin, je le pousse doucement du bout des doigts pour lui montrer qu'on peut partir.

Sans un mot, il me laisse passer devant lui en me montrant le chemin.

La traversée de la salle n'est pas une mince affaire. Se faufiler entre les gens est plus facile avec un plateau en guise de bouclier, pour autant, la main rassurante de Cam me pousse fermement vers la sortie. Arrivés à l'extérieur, il nous faut encore quelques efforts pour sortir de la cohue du concert.

L'air frais est une véritable aubaine pour mes poumons étrangement accoutumés aux odeurs de transpiration et d'alcool.

— Ça fait du bien de sortir ! dis-je en étendant mes bras vers le ciel avant de les rabattre sur les côtés. On ne s'en rend pas compte quand on y est, mais ça pue là-dedans quand il y a autant de monde.

Ma remarque a le don de le faire sourire. Son premier vrai sourire de la journée.

— Il est encore tôt…, lancé-je pour tenter de le faire parler alors qu'il reste muet en fixant la mer en face de nous. Ne t'embête pas à me raccompagner chez moi, je vais appeler Sofia si tu veux.

— Ils vont bientôt tirer le feu d'artifice. J'ai pensé qu'on…, commence-t-il avant de s'arrêter pour reprendre sa respiration, comme s'il était stressé de prononcer la suite. Enfin, on pourrait aller se poser sur la plage pour le regarder… Si ça te dit de le voir avec moi, bien entendu.

Sa proposition me laisse bouche bée. Je rêve ou Cameron Evans veut m'emmener voir le feu d'artifice ? *OMG, Cameron Evans me propose d'aller admirer le feu d'artifice avec lui… Juste nous deux… En tête-à-tête !* Ça me paraît tellement inespéré, si irréel, que je n'arrive pas à lui répondre.

— Je comprends que tu n'en aies pas envie, ajoute-t-il en prenant mon silence pour un refus. Tu dois avoir mieux à faire.

— Non ! répliqué-je avec un enthousiasme peu naturel. Non, pas du tout… J'adorerais voir ce feu d'artifice… avec toi.

Cette fois, ce n'est pas un sourire qu'il me fait, c'est un coup d'œil à tomber dans les vapes. Son visage n'est plus aussi soucieux, il est plus détendu, presque enjoué.

De cette main que j'adore sentir sur mon corps, Cameron me guide vers la plage à quelques mètres de nous.

Au moment où je m'apprête à traverser la route, mon cœur s'emballe en sentant ses doigts se glisser entre les miens pour traverser en même temps que moi. Le contact est court, trop court pour que je puisse en profiter, car lorsque nous arrivons sur le trottoir du front de mer, il me lâche pour enlever ses baskets avant de fouler le sable de ses pieds nus.

Machinalement, mon pouce caresse mes autres doigts pour tenter de ressentir encore la sensation divine de sa peau contre la mienne. Perdue dans mes pensées, le cœur qui bat à tout rompre, je ne le remarque même pas quand il me fait un signe pour me montrer qu'il m'attend. Ses chaussures dans une main, l'autre tendue vers moi pour que je le rejoigne, j'ôte mes sandales à mon tour avant de venir mêler mes doigts aux siens à nouveau.

En silence, main dans la main, nous avançons vers la mer pour trouver une place tranquille où nous poser.

Le sentir si proche de moi me semble à la fois étrange et naturel. Cette proximité, bien qu'elle nous rende tous les deux nerveux, me réveille. Comme si toutes les parcelles de ma peau étaient en train de s'embraser, je me sens brûler de l'intérieur.

Jamais avant ce soir je ne m'étais sentie aussi attirée par un homme. Ce n'est pas mon cœur qui parle, c'est bel et bien mon corps qui le réclame.

Tout comme le mien, son pouce est la seule partie de son corps qui n'est pas complètement nerveuse ou tendue. Il me caresse la peau comme s'il s'agissait d'un mouvement familier entre nous, ce que je fais machinalement de mon côté aussi.

À deux mètres à peine des vagues, il jette ses chaussures avant de s'asseoir sur le sable sans lâcher ma main.

— On devrait être bien ici, annonce-t-il en désignant le *Brighton Palace Pier* d'où va être tiré le feu.

Assise tout contre lui, je pose mon menton sur mes avant-bras calés sur mes genoux pour admirer cette vue nocturne de la baie que j'aime tant.

Malgré le silence qui s'éternise entre nous, je me sens bien, comme si j'étais à ma place.

J'ai envie de lui parler, mais pour lui dire quoi ? Il y a mille questions qui me viennent à l'esprit, mais devoir lui en poser une seule me rend fébrile. Je voudrais tout connaître de sa vie, savoir qui est cette grand-mère qu'il déteste faire pleurer, apprendre comment ils se sont rencontrés avec Zach et pourquoi il est la seule famille qui lui reste. J'aimerais lui demander pourquoi il est si sérieux, pourquoi il s'est lancé dans la gestion du bar alors qu'il désire être avocat. Je voudrais savoir pourquoi il prend ma défense à chaque fois alors qu'il est si distant quand il est seul avec moi ? Que pense-t-il risquer en étant proche de moi ? Pourquoi j'ai l'impression qu'il me tient à distance alors qu'il ne voulait pas lâcher ma main il y a deux minutes à peine ?

Tout chez lui n'est que contradiction et questionnement, mais malgré cette curiosité qu'il fait naître en moi, je ne peux me résoudre à prononcer un seul mot.

— T'as froid ? me demande-t-il en passant son doigt sur mon avant-bras recouvert de poils hérissés.

Si je lui dis que c'est lui qui vient de provoquer cette chair de poule, aurais-je l'air d'une nymphomane ? Et si je lui mens en admettant que j'ai froid, que fera-t-il pour me réchauffer ? Il n'a même pas de sweat avec lui.

— Oui, un peu…, dis-je pour ne pas passer pour ce que je ne suis pas.

— Je peux aller chercher une veste dans la voiture si tu veux.

— Merci, mais ça va aller. Le feu d'artifice va bientôt commencer, je ne voudrais pas que tu le rates à cause de moi.

Avec ce délicieux sourire dont lui seul a le secret, cette fois, il vient d'embraser mon cœur. S'il savait que je n'ai pas besoin de sa veste, car dans mon corps, c'est une véritable fournaise. Il me donne si chaud que j'aurais presque envie d'aller me jeter dans les vagues pour éteindre ce feu qui me dévore.

Ignorant totalement ce qui se joue au plus profond de moi, il passe son bras autour de mes épaules pour m'attirer contre lui.

Surprise par ce contact inattendu, ma respiration s'accélère malgré moi. J'attends ce moment depuis si longtemps. Un geste, une accolade, un baiser…

Oui, un baiser serait la suite logique. Peut-être que maintenant c'est à moi de faire le premier pas puisqu'il vient de me prendre dans ses bras.

La tête penchée sur le côté pour mieux l'admirer, je mordille ma lèvre à la façon des actrices dans les films. Avec ce simple geste, les acteurs comprennent toujours que c'est le moment idéal pour embrasser les petites choses fragiles qu'ils ont entre les mains. Et moi, en cet instant précis, là avec lui, je ne suis plus qu'une toute petite chose fragile qui rêve d'être embrassée avec passion.

— C'est juste pour essayer de te réchauffer, lance-t-il en cassant la magie du moment. Je peux enlever mon bras si ça te gêne ou si ça te met mal à l'aise.

J'ai envie de lui hurler qu'il n'a rien compris à ce que je désire. Ce qui me gêne, ce n'est pas son bras, mais c'est qu'il ne tente rien avec moi. Ce qui me met mal à l'aise, ce n'est pas notre proximité, mais c'est de comprendre que je n'arrive pas à la séduire juste avec un regard ou un mordillement.

Moi, ce que je veux, c'est qu'il m'allonge sur le sable. Je veux qu'il pose ses mains sur mes seins, et même qu'il en glisse une dans mon short en jean pour atteindre ma culotte. Je veux que sa langue frôle la mienne pendant que mes ongles griffent son crâne. Mais lui, il est trop sérieux, ou alors trop con pour comprendre que tous les signaux sont passés au vert depuis un mois.

— Non, laisse-le ! murmuré-je d'une voix suave que je ne me connaissais même pas. C'est efficace !

Tandis que je me maudis d'avoir sorti une phrase aussi pourrie, le bruit de la première fusée résonne dans le ciel noir pour me sauver.

Happé par le gros boum qui vient de faire exploser mille couleurs juste au-dessus de nous, Cameron ne fait déjà plus attention à moi. Il regarde les lumières vives qui scintillent dans le ciel en souriant comme un gamin devant son premier feu d'artifice.

Les yeux brillants, il enlève son bras sans même s'en rendre compte pour se mettre dans la même position que moi.

Un centimètre à peine nous sépare, pourtant, je sens qu'il est désormais à des années-lumière de cette plage. À des années-lumière de moi.

Alors que je n'ai d'yeux que pour lui, pour ce visage magnifique juste éclairé par les lumières du feu, je distingue une larme rouler sur sa joue. D'un geste furtif, il s'essuie avant de tourner sa tête vers moi pour s'assurer que je n'ai rien vu.

Habile dans l'art de faire comme si de rien n'était, je scrute les explosions de couleur en souriant pour lui faire croire que sa faiblesse est bel et bien passée inaperçue.

Cette année, la ville a vraiment mis le paquet pour épater les touristes en nous offrant un feu de presque trente minutes. Même si ce genre de festivités ne m'atteint pas, je l'ai vécu différemment de ceux auxquels j'ai pu assister par le passé.

Voir Cameron aussi sensible y est pour quelque chose. Ce grand mec, musclé et terriblement sexy n'est pas juste un type trop sérieux pour son âge ou un futur avocat qui se la pète, il a aussi un cœur. D'ailleurs, je voudrais pouvoir lire dans ce cœur pour connaître la raison d'une telle émotion.

— C'était beau ! dis-je en me levant pour l'inviter à en faire autant.

— Tu m'as vu, n'est-ce pas ? me demande-t-il en relevant la tête vers moi.

Lui mentir ou ne pas lui mentir, là est la question… Sans réfléchir à ce que je dois lui répondre pour ne pas le vexer, avant même que les mots n'aient atteint mon cerveau, je m'esclaffe :

— On me prévient dans l'oreillette que même le mec à l'autre bout de la plage t'as vu…

Avec cet humour merdique dont moi seule ai le secret, je lui offre la pire réponse qui pouvait sortir de ma bouche. En plus de croire que je me fous de sa gueule, il va aussi penser que cette larme ne m'a pas touchée.

— Désolée, c'était pourri comme blague…

— Ça sortait du cœur au moins, bougonne-t-il en détournant son regard pour le fixer sur la plage.

Prise au dépourvu, je ne sais plus comment je dois agir. Partir parce que je viens de le vexer ou me rasseoir et profiter de ma maladresse pour engager la conversation.

Spontanément, c'est la solution numéro deux qui s'impose à moi.

Alors que je reprends place à ses côtés, Cameron me pousse de l'épaule en éclatant de rire.

— Je plaisantais, Zia ! annonce-t-il pour me perdre un peu plus sur son comportement. Même si j'aurais préféré que tu ne me voies pas, je n'ai pas honte pour autant. C'est juste que maintenant, tu vas te poser des questions sur moi, et que je vais devoir y répondre.

— Oh…, soufflé-je de soulagement. Si tu savais, ça fait un moment que je me pose des questions sur toi !

— Tu te posais déjà des questions sur moi ? demande-t-il étonné. Pourquoi ?

Devant son air surpris, je me sens stupide tout à coup. Les yeux grands ouverts, il me scrute en attendant ma réponse tandis que je me sens au pied du mur. Pourquoi lui avoir sorti la première réponse qui me passait par la tête ? Je n'aurais pas juste pu fermer ma gueule ?

Mes méninges percutent à la vitesse de l'éclair pour trouver la réponse la plus adéquate possible, mais comme toujours, ma langue se délie plus vite que mon cerveau.

— Tu es une énigme, Cameron Evans !

— Une énigme ? Rien que ça ? lance-t-il en riant alors que je me sens rougir de la tête aux pieds. Pourquoi suis-je une énigme à tes yeux, Zia Rice ?

Pendant que je mordille mon pousse en me demandant dans quelle merde je me suis encore fourrée, je chasse toutes les pensées parasites qui me court-circuitent l'esprit. Inutile de chercher à lui donner la meilleure répartie possible, de toute façon, je vais encore lui dire n'importe quoi. Alors, autant être moi-même et lui offrir mes interrogations sur un plateau. Telles quelles, sans fioriture.

Après avoir posé ma tête sur mes genoux, les yeux rivés sur lui, je me lance sans réfléchir :

— Pour être franche, j'ai beaucoup de mal à te cerner. Tu es si mystérieux, si sérieux, c'est difficile de te déchiffrer.

— Pourtant, il n'y a pas grand-chose à savoir, répond-il en détournant le regard pour le perdre au loin dans l'océan. En tout cas, rien de très intéressant.

— Ça, c'est ton point de vue ! Si tu pouvais te baser sur le mien, tu te rendrais compte que tu es un véritable mystère pour les autres. En tout cas, pour moi.

Interpellé par mes paroles, Cam se tourne à nouveau vers moi. Même si ses yeux me dévisagent, je ne peux m'empêcher de fixer cette bouche pulpeuse qui me donne des sueurs froides. Les joues toujours aussi pourpres, je me réjouis d'être cachée par la nuit pour qu'il ne puisse pas remarquer le trouble qu'il provoque en moi.

Malgré la noirceur qui nous recouvre, le reflet de la lune me laisse entrevoir ses lèvres s'étirer dans un sourire à tomber.

— Vas-y, alors…, déclare-t-il d'une voix enjouée. Je suis à toi ! Pose-moi toutes les questions qui te permettront de me déchiffrer. Peut-être qu'ainsi je ne serais plus une énigme pour toi ! Questions courtes, réponses courtes…

Surprise par sa réaction, je me redresse pour mieux l'analyser. Malgré ses sourires, sa proposition semble être sérieuse. OK, s'il veut que je le perce à jour, je vais le faire. J'ai tellement attendu ce moment, que je ne sais même pas par quel bout attaquer.

— Par où commencer ? demandé-je en tapant mon menton du bout du doigt. Qui est Nana ?

— Ma grand-mère.

— Pourquoi elle pleurait ?

— Je t'avoue qu'en te donnant carte blanche, j'imaginais surtout des questions sur mon caractère ou sur mon style de gonzesses… Rien d'aussi personnel.

— On n'est pas obligé de continuer si ça te met mal à l'aise, lancé-je en prenant son bras pour le remettre sur mes épaules.

Confus, il pose sa tête sur la mienne avec douceur.

Quiconque nous verrait ainsi pourrait croire que nous sommes un couple lambda, sauf que pour moi, tout devient trouble.

Ses doigts effleurent mon bras dans une caresse rapide, et je me sens déjà défaillir. J'en voudrais plus, pourtant, je ne suis même pas certaine que je pourrais le supporter sans lui sauter dessus pour le dévorer.

Pour oublier les picotements qui me chatouillent le bas-ventre, je me concentre à nouveau sur les questions qui m'aideront à le cerner davantage, quand il reprend la parole :

— Elle pleurait, car c'est un jour spécial pour nous, murmure-t-il en caressant à nouveau mon bras. Un jour de deuil.

Troublée par cet aveu, je bredouille des excuses qu'il ne relève pas. Un peu honteuse de continuer à enquêter sur sa vie, je préfère me taire en attendant de voir si la conversation doit se poursuivre ou s'arrêter pour ne pas le mettre plus mal à l'aise.

Contre toute attente, Cameron enlève son bras et se relève. Je crois que j'ai ma réponse, la conversation est close.

— Ça te dérange si on marche un peu ? me demande-t-il en me tendant sa main pour m'aider à me relever.

Obéissante, je me redresse en me servant de sa force avant de croiser mes doigts dans les siens pour ne plus le lâcher.

Tandis que nous longeons la plage dans un silence total, je commence à me dire que nous allons faire un paquet de kilomètres si nous continuons sur cette lancée.

Au bout de quelques mètres, alors que j'avais fait une croix sur le jeu des questions-réponses, Cameron se racle la gorge avant de se lancer dans une explication.

Depuis son enfance à Londres avec ses parents et sa sœur, en passant par ses vacances à Brighton avec Zach et les autres, jusqu'au jour du décès de sa famille, je ne peux m'empêcher de boire ses paroles.

— Ce soir-là, après le travail, ils ont pris la route pour me rejoindre. Au départ, ils ne devaient partir que le lendemain, mais Mona, trop pressée de retrouver Zach, avait insisté pour partir dès que mon père serait rentré, explique-t-il en fixant l'horizon sans cesser de marcher. Mes parents ne pouvaient rien nous refuser, et ce départ précipité n'avait pas fait exception à la règle. Malgré la fatigue de mon père, ils ont chargé la voiture et ils ont commencé leur périple. Mais sur le court trajet qui sépare Londres de Brighton, ils ont croisé le chemin de ce putain de poids lourd qui roulait sans phare.

Pendant un instant, il laisse place au silence pour tenter d'avaler la salive qui reste coincée dans sa gorge. Sa façon de revenir sur l'accident me fait frissonner au point de devoir serrer sa main plus fort pour ne pas trembler.

— Moins de réflexes, plus d'épuisement, mon père n'a pas vu l'écart du camion quand ils se sont retrouvés face à face. Le policier en charge de l'enquête nous a expliqué que le choc avait été si brutal qu'ils sont morts sur le coup. Ils n'ont rien senti selon lui. Je sais que les paroles du flic avaient surtout pour but de nous apaiser, Nana et moi, mais ça fait sept ans que ça tourne dans ma tête. Sept ans que je retrace les minutes comme si j'avais été avec eux. Parce que j'aurais dû être avec eux. Tout aurait pu finir différemment si trois jours avant l'accident je n'avais pas autant insisté pour venir faire la fête ici avec Zach, reprend-il alors qu'une larme roule le long de sa mâchoire serrée. S'ils n'avaient pas capitulé, j'aurais peut-être pu les aider à s'en sortir. J'aurais pu être là…

— Ou tu serais mort avec eux, Cam…, dis-je en m'arrêtant pour qu'il se retrouve face à moi.

Ce qu'il a vécu a dû être horrible à endurer. Perdre les siens si jeune est une épreuve difficile à surmonter, tout du moins, cela explique pourquoi il est si sérieux, si raisonnable pour son âge.

C'est un drame qui l'a brisé, des cicatrices qui ne s'effaceront jamais. Je peux comprendre qu'il voudrait réécrire l'histoire pour retrouver sa famille, mais égoïstement, imaginer que j'aurais pu ne jamais le rencontrer me glace le sang.

Sans réfléchir, je lève la main pour caresser sa joue avec douceur. Sous mes doigts, je le sens frémir, presque vaciller, et ça me brise le cœur. Je n'ai qu'une envie, c'est de le prendre dans mes bras pour l'embrasser. Je voudrais le serrer contre moi afin de lui dire que je suis là pour lui à présent, qu'il peut compter sur moi. Mais au lieu de ça, je laisse, moi aussi, une larme couler sur ma joue en gardant le silence.

Dans un geste tendre, Cameron l'essuie avec son pouce avant de se mordiller la lèvre inférieure en baissant la tête.

Dans mes livres, le moment serait idéal pour un premier baiser. Le héros placerait ses mains de part et d'autre du visage de la jeune fille fragile, juste avant de poser ses lèvres sur les siennes.

Mais, pour nous, il ne se passe rien. Il me regarde, un peu perdu, alors que moi, je le dévore des yeux. Bien que je ne puisse pas les voir, je sens même mes pupilles le supplier de coller sa bouche à la mienne… Encore une fois, nous ne sommes pas sur la même longueur d'onde, lui et moi. Je ne sais pas comment il me considère en cet instant, mais certainement pas comme je le considère moi.

— Je crois que c'était le destin, me surprend-il en fixant ses yeux dans les miens sans me lâcher. Si j'avais péri avec eux, je n'aurais pas pu aider ma grand-mère, je n'aurais pas acheté le bar avec les gars, je ne t'aurais pas rencontrée…

Cette fois, son pouce caresse ma joue avec une lenteur délicieusement sensuelle. En un instant, il fait de ce moment le plus romantique de ma vie.

Là, sous le reflet de la lune, au bord de la mer, alors qu'il vient juste de déclarer que sans ce terrible accident il ne m'aurait jamais rencontrée, je m'apprête à recevoir ce baiser que j'attends depuis plus d'un mois. Le visage pointé dans sa direction, les lèvres presque asséchées par le désir, je me languis de connaître enfin le goût de sa langue contre la mienne.

Tandis que je ferme les yeux pour lui faire comprendre que je suis d'accord, que je ne désire que lui, qu'il peut se lancer, il recule d'un pas en laissant mon corps en proie à la fraîcheur de la nuit.

— On fait encore quelques pas ou tu veux rentrer ? me demande-t-il, penaud, en se grattant la tête pour cacher le malaise qui vient de naître.

Cette fois, c'est assez clair. Il avait là une occasion en or de pouvoir profiter de moi, mais il n'en a rien fait. Cameron Evans ne veut pas être mon mec, il veut juste être mon pote…. Et moi, des potes, j'en ai déjà pas mal. Alors, à quoi bon insister, j'ai déjà bien assez honte d'avoir espéré !

— Il commence à faire froid, dis-je uniquement pour abréger cet instant qui ne mènera nulle part. On devrait rentrer.

— Comme tu veux ! réplique-t-il, perplexe, avant d'essayer de me reprendre la main.

Enfouissant mes mains dans mes poches pour qu'il ne puisse plus me toucher, je ne reprends pas le chemin que l'on vient d'emprunter. Pour gagner du temps et revenir à la voiture au plus vite, je coupe au travers de la plage en le laissant sur place sans me retourner.

15
CAMERON

Samedi 25 juillet

Et merde, Zia ! Je sais ce que tu attendais, mais je ne peux pas te faire ça. Quand tu sauras qui je suis vraiment, je te briserai le cœur… Et ça, je ne pourrai pas me le pardonner !

La voir s'éloigner pour mettre de la distance entre nous me fout les boules. Je n'ai qu'une envie, c'est de lui courir après pour la retourner d'un geste vif et l'embrasser sans ne plus jamais m'arrêter. Sauf que je ne le peux pas.

Le jour où je lui donnerai un baiser, je lui donnerai aussi un accès illimité pour tout connaître de moi. Quand je le ferai, j'aurai payé ma dette envers elle, envers sa famille, et je n'aurai plus honte d'être ce que je suis aujourd'hui. Même si je crève d'envie d'être avec elle maintenant, je ne pourrai me résoudre à me laisser aller tant que je ne me serai pas racheté une conduite.

Bien que je prenne le risque de la perdre en refusant de lui donner ce qu'elle attend, je ne dérogerai pas à l'objectif que je me suis fixé.

Au pas de course, je la rattrape en une dizaine d'enjambées. À sa hauteur, j'essaie d'attirer son attention en lui jetant quelques regards pas vraiment discrets qu'elle a bien interceptés. Pour autant, plus un mot ne sort de sa jolie bouche.

Son souffle saccadé me démontre qu'elle marche à une vitesse qu'elle n'a pas l'habitude d'emprunter. Ce rythme soutenu a le mérite de lui rosir les joues, et plus nous approchons de la promenade, plus je remarque son air furieux. Même si elle est dans cet état à cause de moi, ça lui va vraiment bien. Ce petit côté dominatrice en colère lui sied même à ravir.

Arrivés devant le bar, je n'ai plus aucune notion de l'heure. Les grilles baissées me font remarquer qu'il est déjà plus de trois heures du matin. Le concert est fini depuis un moment, et les gens ont déserté la rue sans que je m'en sois rendu compte. Avec elle, j'ai tout oublié. Les minutes qui défilent, le lieu, mes problèmes…

Même si elle n'en a pas conscience, je lui ai raconté une bonne partie de ma vie parce que je me sentais bien avec elle, parce que je lui fais confiance, et que je veux lui montrer que je tiens à elle sans avoir à mettre un mot sur ce que je ressens vraiment.

Elle dit que je suis une énigme, elle n'a pas tort. Je ne suis pas du genre à me livrer aux autres facilement. Au contraire, j'ai même une fâcheuse tendance à mettre des murs tout autour de moi pour passer inaperçu. Pourtant, elle, je veux qu'elle me voie. Je voudrais qu'elle sache qui je suis, car elle n'est pas comme les autres à mes yeux.

Pendant qu'elle m'interroge du regard pour savoir quelle direction prendre, je réfléchis à la meilleure manière de lui faire comprendre qu'elle compte pour moi.

L'embrasser : pas encore. Tout lui avouer : hors de question. Lui demander de me faire confiance : pourquoi pas, mais risqué. Lui avouer qu'elle me plaît, mais que je ne suis pas prêt : envisageable, même si pour le coup, je vais passer pour un mec fragile.

Aucune de ces propositions ne me satisfait vraiment. Rien de tout ça n'est suffisant comparé à ce que j'éprouve pour elle, je voudrais tout lui déballer d'un coup, l'embrasser pour lui montrer à quel point elle me plaît, ou même lui faire l'amour pour lui prouver mon désir, mais je me contente de lui montrer le chemin avant de lui ouvrir la portière pour qu'elle monte en voiture.

L'habitacle ne m'a jamais paru aussi étriqué que ce soir. Rien n'est différent, pourtant, je me sens presque à l'étroit, gêné par ma connerie. Pour la première fois de ma vie, je me suis ouvert, je lui ai raconté mon passé, et elle, elle s'est refermée parce que j'ai été trop con pour ne pas saisir l'instant.

Maintenant, elle est à quelques centimètres à peine de moi, mais ses yeux regardent la route comme si elle était dans un autre espace-temps. Si proche et si loin en même temps.

— Alors ! lancé-je pour attirer son attention tout en tournant la clé dans le contact. Le jeu des questions-réponses a été utile ?

— Ouais… Super ! grogne-t-elle sans même me regarder.

J'aimerais pouvoir rire de sa réaction, mais elle me fait plus de peine que de bien. Si j'étais à sa place, je me dirais que je ne plais pas au mec ou qu'il se fout de moi. Fort heureusement, j'ai au moins le mérite de ne pas passer pour un connard sans cœur qui la baise puis la jette, comme je l'ai fait avec sa copine.

— Mon père t'avait peut-être mieux cerné que moi en fait ! murmure-t-elle plus pour elle que pour moi. Est-ce que t'es gay ? ajoute-t-elle sans détour.

Pris au dépourvu par cette question qui n'a aucun sens, je me retiens encore une fois de rire. Tandis que je prends la route qui longe la plage, je garde mon sérieux afin de ne pas lui donner l'impression que je me moque d'elle.

— Qu'est-ce qui te fait croire ça ?

Plutôt que de me répondre, Zia se plonge dans un profond mutisme tandis que le paysage défile jusqu'à sa maison.

Je déteste qu'elle reste aussi silencieuse quand je la ramène. À chaque fois qu'elle est comme ça, je ne sais plus quoi penser. Est-ce qu'elle me déteste ? Est-ce que je la déçois ? J'aimerais apprendre à lire dans son esprit pour savoir ce qu'elle pense de moi.

Moins de dix minutes plus tard, en coupant le contact devant sa maison, je n'arrive plus à retenir l'énervement qui monte en moi. Elle me pose cette question pourrie, pour finir par se braquer sans daigner me donner une explication. Si elle croit qu'elle va s'en tirer aussi facilement, elle rêve ! Tant qu'elle ne partagera pas le fond de sa pensée, elle ne sortira pas d'ici.

Aussi agacée que moi, elle s'apprête à partir sans même un au revoir. Plutôt que de la laisser s'échapper de la sorte, je me penche au-dessus d'elle pour bloquer la portière. Presque couché sur elle pour l'empêcher de sortir, le contact de son corps contre le mien réveille tous mes sens. Jamais je n'avais vibré comme ça pour une femme. Même si mes réactions physiologiques naturelles sont tout à fait satisfaisantes en temps normal, je n'ai jamais ressenti ce que j'éprouve maintenant.

Zia est coincée par mon torse qui frôle sa poitrine, et j'ai l'impression que mon jean va exploser sous la pression de mon sexe.

Putain, si elle savait ce qu'elle fait naître en moi ! À l'intérieur, c'est l'ébullition. Toutes les cellules de mon corps fourmillent, mon cœur bat aussi vite que pendant un entraînement de boxe intensif, et l'adrénaline qui me monte à la tête est aussi puissante que pendant un cambriolage… Cette fois, ce n'est pas de l'argent que je désire voler, c'est son cœur, c'est sa bouche, son cou, et même ses seins.

Pour la première fois de ma vie, je me sens vulnérable face à une femme. Elle n'en a pas conscience, mais Zia pourrait faire ce qu'elle veut de moi. Pas la peine de me voiler la face, pour la toute première fois, je suis amoureux.

— Écoute Zia…, commencé-je en me redressant pour me retrouver nez à nez avec elle.

— Non, c'est toi qui va m'écouter, Cameron ! lance-t-elle en insistant gravement sur mon prénom. Tu n'es pas juste un mystère à cause de ta carapace, tu l'es aussi par ton comportement. Parfois, j'ai l'impression de te plaire, mais la seconde d'après, je me rends compte que je suis complètement à côté de la plaque. Alors, dis-moi, est-ce que tu es gay, est-ce que je te plais, est-ce que je me fais des films ou est-ce que tu te fous de moi depuis le début ?

Son ton presque implorant me file des frissons. Encore une fois, je voudrais pouvoir l'embrasser pour lui montrer qu'elle ne se fait pas d'idées, qu'elle me plaît plus que de raison, mais comme un con, je reste muet, les yeux rivés sur ses lèvres pointées vers moi comme une divine invitation à les goûter.

— Je… Euh…

Sans me laisser le temps de lui fournir une explication, cette bouche que j'ai envie de dévorer depuis des jours fond sur la mienne dans un contact électrique.

Impossible de repousser mon assaillante, elle a déjà glissé sa langue dans ma bouche pour prendre le contrôle de mon corps et de mon esprit.

Le goût de son gloss acidulé est un pur délice, la lente cadence de sa langue contre la mienne est encore plus excitante que dans le plus sexy de mes fantasmes. Et quand ses mains se faufilent dans mon cou, j'ai l'impression de ressentir toutes les cellules de sa peau pulser contre la mienne. Dans mon boxer, c'est l'explosion. Elle ne m'a même pas encore touché que je suis déjà au bord de la jouissance.

À ce plaisir charnel divin s'ajoute ce qui se passe dans ma tête. Dans mes neurones, c'est l'apocalypse. Je sais que ce que je suis en train de faire est mal, pourtant, je ne me suis jamais senti aussi bien.

La main qu'elle a nichée dans mon cou entame une descente au sud. En passant sur mes pectoraux, je sens toute la volonté que Zia met dans l'exploration de mon corps. Avide de découvrir mon torse, elle continue sa course rapide jusqu'à la naissance de mon tee-shirt pour s'insinuer dessous. Quand sa main parcourt mon ventre pour remonter vers mes tétons et les effleurer, je me retiens de respirer.

Sans lâcher ma bouche, elle me caresse en reprenant son chemin vers ma ceinture. Deux voix se bousculent en moi. Ma conscience crie que j'ai tort de me laisser aller de la sorte alors que ma queue pulse contre mes fringues pour me faire comprendre qu'elle ne demande qu'à être découverte à son tour.

Perdu entre l'envie et la raison, je détache ma bouche de celle de Zia pour la plonger dans son cou. Les effluves de son parfum m'enivrent, elles me rendent encore plus fou. Le goût de sa peau agit comme un puissant aphrodisiaque dont je ne pourrai plus jamais me passer. En l'espace de quelques minutes, je suis devenu accroc à son corps. J'en veux plus.

Alors que ma main englobe son sein, libre sous son haut, pour le presser avec envie, la vision de la chambre de Zia me revient en pleine face en même temps que les liasses de billets que j'ai dérobées à son paternel.

Estomaqué par ce souvenir qui me mine depuis des mois, je repousse celle que je désire plus que tout au monde pour m'éloigner d'elle. Si je craque, je vais la faire souffrir. Et ça, c'est hors de question.

— Qu'est-ce qu'il y a ? s'inquiète-t-elle en essayant de rapprocher sa main de ma cuisse.

— Je ne peux pas faire ça, Zia ! lâché-je en enlevant ses doigts que je rêverais de voir encerclés autour de mon sexe. J'en ai vraiment envie, je te jure ! Mais je ne peux pas.

— Pourquoi ? geint-elle sans même s'en apercevoir. Je ne te plais pas, c'est ça ?

— Putain, si tu me plais ! Depuis le premier jour, tu me plais. Mais je n'ai pas le droit de faire ça. De te faire ça !

— Qu'est-ce qui t'en empêche ? demande-t-elle en venant se plaquer contre moi pour mettre mes envies à rude épreuve. C'est à cause de Sofia ? Tu l'aimes, c'est ça ?

— Pas du tout, Zia ! Je me fiche de ta copine. Elle n'a été qu'un coup d'un jour pour moi, alors que toi, je voudrais tellement que tu sois plus que ça…

— Alors, explique-moi, Cameron… Sois franc avec moi, car au cas où tu ne l'aurais pas remarqué, je suis carrément en train de tomber amoureuse de toi ! Et tu ne peux pas savoir à quel point c'est difficile d'essayer d'aimer ce foutu Cameron Evans !

Bien qu'elle veuille dédramatiser la situation, je sens tout de même la pointe de tristesse qui fluctue dans sa voix. Elle veut faire de l'humour, mais tout ce qu'elle vient de dire sonne plus vrai que n'importe quoi. Elle est amoureuse de moi, elle en souffre, et moi… Je me dégoûte !

— On ne peut pas être ensemble, Zia. Tu ne peux pas être amoureuse de moi, car je suis ton patron. Ce qui vient de se passer entre nous n'aurait jamais dû arriver, et ne se reproduira plus à l'avenir ! affirmé-je d'un ton sec qui me retourne l'estomac.

Il n'y a pas un mot de vrai dans ce que je viens de lui sortir, pourtant, c'est ce que je dois faire si je ne veux pas plus la faire souffrir. Elle vient de recevoir un électrochoc en pleine tête, mais elle s'en remettra. Si je nous laisse vivre cette passion naissante, on finira tous les deux par se faire du mal. Même si ce n'est pas volontaire, je la détruirai si un jour elle apprend ce que j'ai fait, et elle finira par me détester, ou pire, par se venger en me balançant aux flics.

Avalant sa salive de travers sans me regarder, je remarque tout de même les larmes qui commencent à envahir ses yeux.

Affecté par mon comportement avec elle, je m'approche à peine pour poser ma main sur la sienne, mais avant que je n'aie pu le faire, elle me repousse en ouvrant sa portière.

— Finalement, le mystère Evans est résolu ! crache-t-elle en fixant ses yeux aux miens avant de mettre un pied dehors. T'es juste un connard comme les autres.

Ne me laissant pas le temps de la retenir, Zia claque la porte à quelques centimètres de ma tête, puis se met à courir pour rentrer chez elle.

Inutile de tenter de lui expliquer quoi que ce soit maintenant, je viens tout juste de lui briser le cœur et elle ne me le pardonnera pas…

La mort dans l'âme, les mains moites, avec un goût de honte dans la bouche, je redémarre pour prendre la route de l'auberge. Je n'ai plus que ça à faire.

16
CAMERON

Dimanche 26 juillet

Les yeux rivés au plafond, je tourne en rond dans mon lit. Impossible de fermer l'œil en rentrant cette nuit, impossible de ne pas repenser à ce baiser, à la façon dont elle s'est jetée sur moi ou à sa main sur mon corps.

À présent que le soleil transperce les persiennes vieillissantes et rongées par les mites, impossible aussi d'espérer trouver le sommeil. J'aurais pourtant voulu dormir quelques heures avant le cambriolage prévu ce soir. J'ai besoin d'être en forme pour affronter la situation. En effet, la vigilance est une qualité énergivore, et si je ne suis pas suffisamment reposé, alors je prends un risque considérable, non seulement pour moi, mais aussi pour l'équipe.

Bien que je ne sois pas certain de tomber sur un trésor qui me rendra millionnaire pendant le plan de ce soir, j'ai tout de même bon espoir de tirer quelques billets de cette sortie. Surtout quand Ruben a misé aussi gros.

Pour notre unique cambriolage de juillet, il a tapé dans une des plus grosses pointures de son portefeuille client. Selon lui, ce n'est pas un mec lambda que l'on va visiter. C'est LE MEC ! Le coup du siècle ! Il n'a pas voulu nous donner son identité pour ne pas trop nous exciter, mais j'ai hâte de savoir de qui il s'agit.

Avant-hier, Ruben nous a appelés pour nous expliquer la procédure, avec tous les renseignements nécessaires au bon déroulement de l'opération. Comme toujours, il a fait preuve d'une extrême prudence en passant par de nouveaux téléphones prépayés, à usage unique comme il aime le dire, qu'il nous a mis dans nos casiers respectifs au bar.

Le bout de papier, où j'ai noté la marche à suivre complexe et extrêmement détaillée de notre vol du soir, trône sur ma table de chevet à côté du livre de Zia. Souriant en m'emparant de la feuille, je repense à la nuit qui a suivi le cambriolage de sa maison.

Après avoir fait la fête avec les autres, je suis rentré, mais je n'ai pas pu dormir… Un peu comme aujourd'hui. Intrigué par cette jolie brune, j'avais commencé à lire les pages de ce roman d'adolescentes qui pensent que l'amour passe toujours par un coup de foudre spectaculaire, et je l'avais dégommé d'une traite.

Même si les lignes me semblaient toutes plus niaises les unes que les autres, j'ai découvert la facette fleur bleue de Zia au travers de mots simples, sans fioriture, et j'y ai pris goût. Je ne dis pas que je pourrais me rendre volontairement en librairie pour m'acheter ce genre de daube, pour autant, dans celui-là, j'ai eu l'impression de découvrir mon âme-sœur.

Sous cette perspicacité, cette ironie et cette logique cartésienne demeure tout de même une grande idéaliste. Elle peut cacher ce qu'elle est vraiment à tout le monde, mais moi, je l'ai vu dans les marges de ce livre qu'elle affectionne tant. Chacune des annotations de Zia, toutes faites avec des stylos pailletés de toutes les couleurs, reflète ses rêves ou sa vision de l'amour. Un amour bien trop beau pour être réel.

Je ne sais pas ce qu'est l'amour, le vrai, celui avec un grand A, parce que je ne l'ai jamais vécu. Je sais juste qu'aimer sa famille ou ses potes, ça n'a rien à voir avec ce que je voudrais vivre avec elle.

Sauf que pour faire en sorte qu'elle se sente comme cette *Tessa Young*[10] qu'elle adore, je dois devenir un homme bien. Mieux encore, je veux qu'elle se sente comme ma *Rose*[11] ou ma *Juliette*[12], mais sans les fins tragiques qui les ont accompagnées.

Et si je veux devenir cet homme bien qui mérite de vivre un véritable amour avec elle, il n'y a pas diverses solutions, il n'y en a qu'une : je dois vraiment plancher sur ce bout de papier qui me permettra de le devenir !

Après avoir potassé pendant des heures, j'avais besoin de prendre l'air. Aussi, il est près de treize heures quand je me gare devant la maison de retraite de Nana.

Comme à chaque fois que je me pointe devant la porte d'entrée de cet endroit, je me retrouve avec une boule à l'estomac. Cette sensation est encore plus forte aujourd'hui. Je ne saurais dire si c'est parce que je suis toujours sous le coup de l'émotion à cause du baiser de Zia ou si c'est parce que ma grand-mère n'était pas très en forme ces derniers jours… Quoi qu'il en soit, comme à chaque fois, j'appréhende toujours d'arriver et d'entendre une phrase comme : *nous sommes désolés, Monsieur Evans, mais…*

Pour ne pas changer les bonnes habitudes, l'infirmière de l'accueil me fait signe de ses doigts potelés. Une bonne cinquantaine d'années à son actif, un

---

[10] Tessa Young = héroïne du roman *After* de Anna Todd.

[11] Référence au film *Titanic* de James Cameron.

[12] Référence à *Roméo et Juliette* de Shakespeare.

visage rondouillard et jovial, cette dame a une façon de me sourire qui me met presque mal à l'aise. Tout dans son comportement me porte à croire qu'elle me drague, mais même si c'est un peu déplacé, c'est de bonne guerre. Si je veux que le personnel prenne soin de la seule famille qu'il me reste, je dois me plier à ce petit jeu sans conséquence.

Alors, comme d'habitude, je lui fais ce clin d'œil un peu maladroit qui la fait rougir avant de continuer le chemin qui me mène au premier étage.

Avec précaution, au cas où elle serait en train de dormir, je toque doucement à la porte de Nana pour ne pas la réveiller.

Assise sur son lit, face à la fenêtre, je ne vois que sa frêle silhouette de dos. Les mots du médecin me reviennent en tête : *si elle continue à ne pas s'alimenter, nous serons dans l'obligation de la perfuser*. Je ne l'avais pas remarqué jusqu'à maintenant, mais effectivement, dans sa chemise de nuit blanche recouverte de roses rouges, elle me semble encore plus maigre qu'hier, ce qui me brise le cœur.

Doucement, je m'avance vers le lit pour le contourner avant de m'asseoir près d'elle.

Pas surprise de me voir à ses côtés, elle pose sa tête sur mon épaule d'une manière si lasse qu'on pourrait croire qu'elle attend que la mort vienne la chercher.

— Je t'ai vu arriver, mon garçon. Je ne t'ai pas reconnu tout de suite, m'explique-t-elle en se saisissant de ma main avec délicatesse, mais quand tu as regardé vers la fenêtre, c'est comme si tout me revenait d'un coup.

Caressant la paume de cette main décharnée dans un geste mécanique, je ne peux m'empêcher de penser que ça se passe comme ça presque une fois sur deux.

Je passe la voir tous les jours, j'ai appris à la décrypter, à décrypter sa maladie. Quand elle a cet air abattu, c'est qu'elle a toute sa tête. En comprenant qu'elle est rongée par ce mal incurable, en se remémorant sa vie d'avant, sa jeunesse, sa famille, elle sombre en même temps dans une espèce de déprime qui lui bouffe toute son énergie et sa joie de vivre.

Par contre, quand elle oublie tout, je retrouve cette femme dynamique et pleine de vie qui caractérise tellement ma grand-mère.

En tant que petit-fils, j'aime autant quand elle est enjouée et ragaillardie, même si ça induit qu'elle ne se souvient plus de moi. Parce que la voir aussi mélancolique me met face à cette réalité trop brutale qu'elle n'est pas immortelle. Sauf que je ne suis pas encore prêt pour la laisser partir.

— Et si on allait faire un tour dans le jardin, Nana. Ça te ferait du bien, tu ne crois pas ?

— C'est plutôt à toi que ça ferait du bien, Cameron Evans ! Tu as vu ta tête !

Ne pouvant réprimer le fou rire qui me prend, je me laisse aller en pensant que ce n'est pas aujourd'hui qu'elle va me quitter. Il y a trop de caractère dans cette petite bonne femme pour se laisser bouffer par quoi que ce soit.

Se tenant fermement à mon bras pour se soulever, la sensation de son petit corps poids mouche me donne la chair de poule. Elle qui était du genre bonne vivante, n'est plus qu'une plume trop légère pour avoir la force de crapahuter pendant des heures.

— Tu te sens de marcher un peu ? On peut rester là, si tu préfères !

— On va se balader, comme ça, tu vas pouvoir me parler de cette fille !

Comment peut-elle savoir que c'est une fille qui me met dans cet état ? On a beau dire ce qu'on veut, elles nous connaissent bien ces femmes.

Après quelques pas dans les allées fleuries de la résidence, je sens bien qu'elle est à bout de souffle. En nous essayant sur le banc le plus proche, je contemple les arbres centenaires qui nous font de l'ombre par cette chaude journée d'été. Le bruit des oiseaux apaise les tensions de mon corps, je me sens bien.

— Cameron ?

— Oui, Nana ?

— J'aimerais que tu m'emmènes voir la mer une dernière fois !

— Pourquoi une dernière fois ? Tu ne comptes pas partir demain quand même ! dis-je avec un trait d'humour maladroit pour détendre l'atmosphère.

— Non, mais il faut être lucide, reprend-elle après une courte pause. Je ne pense pas que je passerai la nouvelle année, il va falloir te faire à l'idée.

— Arrête de dire n'importe quoi, Nana ! Je ne compte pas laisser cette maladie te terrasser. Tu as quoi ? Quarante ans à peine, dis-je pour la faire sourire. Imagine les très belles années que tu as encore devant toi !

À travers la force de mes propos, je sens ma voix se briser au fur et à mesure des mots. Les poils hérissés en enregistrant ses paroles, je ne peux m'empêcher de serrer les dents face à cette réalité qui nous rattrapera tôt ou tard. J'ai beau me voiler la face jour après jour, je sais qu'elle a raison.

C'est aussi pour ça que ses soignants m'ont déconseillé de payer l'année prochaine en avance. Ils avaient trop peur d'avoir une grosse somme à me rembourser.

Énervé par le fait qu'elle soit plus sage que moi, je m'assois au fond du banc avec un soupir las avant de saisir délicatement ses frêles épaules pour la prendre dans mes bras.

Voilà pourquoi je déteste tant quand elle a toute sa tête. La discussion prend toujours un ton plus solennel qui ne me convient pas. Et cette fois, ça n'échappe pas à la règle, sauf qu'en plus, elle envisage sa mort… Ce qu'elle n'avait encore jamais fait jusque-là.

— Rassure-toi, mon chéri ! annonce-t-elle en passant sa main ridée sur ma joue. Je ne te dis pas que tu dois m'y emmener demain, je te demande juste de le faire bientôt. Quand les touristes seront partis, par exemple.

— Très bien, Nana. Nous irons à la plage tous les deux à la fin du mois d'août. Ce que je te demande en retour, c'est de t'alimenter. Si tu veux avoir une autorisation de sortie, tu dois prendre des forces. Sache que c'est une condition non négociable.

Bruyamment, ma grand-mère me montre son mécontentement au travers d'un gros soupir. Amusé de constater que j'ai visé juste, je continue de croire que cette vieille carne au grand cœur ne peut partir un jour. Je ne l'envisage pas une minute.

— Puisque nous venons de passer un accord, à présent, nous allons pouvoir évoquer cette demoiselle qui fait battre ton cœur, lance-t-elle en me prenant au dépourvu. Raconte-moi tout, mon grand !

En réalité, il n'y a pas tant que ça à expliquer. Puisque je suis obligé de taire la partie cambriolage, je me contente de lui dire que j'ai rencontré Zia à la fac, que je lui ai proposé un boulot de serveuse pour l'été, et que je ne m'attendais pas à en tomber amoureux…

— Est-ce qu'elle t'aime, elle ?

— Je crois… Je sais que je ne la laisse pas indifférente, mais de là à certifier qu'elle est amoureuse de moi…

— D'aussi loin que je m'en souvienne, tu as toujours été comme ça ! ricane-t-elle en ébouriffant mes cheveux. Je ne sais pas d'où tu tiens ça, mais tu manques tellement d'assurance avec les femmes.

— N'importe quoi ! Je ne manque pas d'assurance ! dis-je en bombant le torse pour lui prouver que je suis un vrai bonhomme. C'est juste qu'avec elle… c'est différent.

— Alors, arrête de te poser mille questions et fonce ! Crois-moi, on n'a qu'une seule vie, autant la vivre comme il faut !

— Sauf que tu oublies que je suis son patron. Je ne peux pas me permettre ce genre de familiarité avec une employée. Si on ne se correspond pas, qu'on en vient à ne plus se supporter, comment fera-t-on pour le gérer au boulot ?

— Foutaises ! Ce n'est qu'une excuse pitoyable pour ne pas vivre cet amour qui te tend les bras ! Tu ne parles pas comme un homme qui a du bon matériel dans son caleçon, tu parles comme un avocat qui ne voit que le côté paperasse de la relation. Si vous vous plaisez, lance-toi ! Ou tu finiras par le regretter quoi qu'il en soit.

Force est de constater qu'elle a certainement raison. Si je passe à côté de Zia, je vais m'en vouloir… Je m'en voudrais aussi de la faire souffrir à cause de ce que je suis. C'est un dilemme pesant, lourd de conséquences.

Face à mon air pensif, ma grand-mère me prend dans ses bras à son tour. Tout en caressant mes cheveux comme elle le faisait quand j'étais enfant, elle prononce ces mots qui me glacent le sang :

— Fais ce que tu dois faire pour te sentir mieux, mon garçon. Libère-toi de tes démons !

— De quoi tu parles, Nana ? Quels démons ? demandé-je d'un ton grave en me redressant pour mieux l'interroger.

— Tu me prends pour un lapin de trois semaines, Cameron ? Je ne suis pas née de la dernière pluie ! Tu crois que j'ignore que ma chambre ici est payée jusqu'à la fin de l'année ? La comptable m'a même demandé de te redire qu'il ne servait à rien d'avancer l'année à venir.

— Et alors ? Ça ne veut strictement rien dire ! me justifié-je en me reculant d'une fesse pour ne plus me sentir aussi exposé.

— Ne me prends pas pour une idiote. Entre le prix mensuel de cet endroit, le montant de tes études, ce que tu as investi dans le bar et ta nouvelle voiture, la vente de ma maison ne pouvait pas te rapporter assez d'argent pour mener de front ta vie et la mienne. Tu as forcément une autre source de revenus.

— Le bar tourne à plein régime, Nana. C'est ce qui me permet de nous faire vivre aujourd'hui. Tous les deux !

— Et avant le bar ? me questionne-t-elle alors que je baisse les yeux pour ne pas croiser son regard.

Cette fuite visuelle n'est ni plus ni moins qu'un aveu en bonne et due forme. Malgré son âge, malgré qu'elle perde la tête, ma grand-mère est la femme la plus perspicace que je connaisse. Reste à savoir si je dois continuer à nier l'évidence pour la préserver ou si je peux me permettre de lui confesser mes pêchés…

— Je ne te blâme pas, mon chéri ! lance-t-elle en saisissant mon menton entre ses doigts pour me faire relever la tête. Je ne sais pas dans quelle activité illicite tu trempes, et je ne veux pas le savoir. Je suis consciente que tu l'as fait pour moi, mais aujourd'hui, je sens que ça te ronge. Tu as grandi trop vite, je ne t'ai pas assez préservé des dangers de la vie. Je crois même que c'est de ma faute si tu t'es mis à traîner avec les mauvaises personnes. J'aurais dû déménager, choisir un quartier plus fréquentable…

— Ne raconte pas n'importe quoi, Nana ! Tu m'as apporté tout ce dont j'avais besoin. Notre quartier, c'était, et c'est toujours, le meilleur à mes yeux. Tous ses souvenirs, tout ce qu'on y a vécu, ça n'a pas de prix.

— Peut-être… Mais regarde-toi aujourd'hui, tu es bouffé par la culpabilité. Je ne sais pas ce qui fait que tu te sentes comme ça, Cameron, peut-être aussi que j'envisage le pire, mais s'il y a une seule chose qui pourrait me rendre heureuse ou me rassurer avant que je ne quitte cette Terre, c'est que tu te sentes en paix avec toi-même pour devenir l'homme que tu rêves d'être. Je veux que tu aies une belle vie, Cameron. Pas une vie de mensonges ou une existence que tu pourrais passer derrière les barreaux.

— Tu as raison. Je me suis égaré depuis trop longtemps, je dois retrouver une vie normale, celle d'un mec de mon âge.

Réalisant à quel point j'ai agi n'importe comment ces dernières années, à quel point je me sens usé par le mal que je répands, je lui prends les mains pour lui faire une promesse :

— Je dois finir ce que je me suis promis de faire, Nana. Mais après ça, je te jure que je rentrerai dans le droit chemin. J'en ai besoin autant pour que tu sois fière de moi, que pour mon propre karma.

— Je sais que tu es un bon garçon, Cameron. Tu es un homme responsable qui a du s'occuper d'une vieille dame sénile bien trop vite. Mais il est grand temps de vivre pour toi. Ta vie est devant toi, alors que la mienne est derrière. JE VEUX que tu vives pour toi. J'en ai besoin pour partir sereine…

***

Même si notre entrevue dominicale s'est finie par des embrassades chaleureuses, les mots de ma grand-mère traînent encore dans ma tête comme un refrain lancinant : *libère-toi de tes démons*.

Sur la route qui nous mène à la demeure que nous devons visiter ce soir, je réalise qu'elle a raison. Plus les visites s'enchaînent, plus je me sens mal, plus je me dis qu'il est grand temps de raccrocher. Je vais le faire. Non, je dois le faire, mais pas que pour moi, je raccroche aussi pour Nana, et pour me donner la chance de vivre une véritable histoire avec Zia.

Même si je ne sais pas encore quand ou comment je vais l'annoncer aux autres, cette fois ma décision est prise, c'est mon dernier cambriolage.

En arrivant devant une énorme demeure cachée dans les environs de Southampton, je ne peux m'empêcher d'admirer la hauteur des murs qui entourent la maison. Le truc ressemble à une véritable forteresse, et Ruben pense qu'on est capable de rentrer là-dedans ! Dubitatif, je jette un coup d'œil à Ty qui a l'air aussi impressionné que moi.

— Qu'est-ce que t'as, Black ? me questionne-t-il en me lançant le kit d'escalade qu'on nous a fourni pour gravir cette montagne de pierre. T'as peur de tomber sur un clébard ?

Son rire narquois me hérisse le poil. Il mériterait que je le laisse passer devant pour une fois. Sauf que là encore, il trouverait le moyen de se foutre de ma gueule avec des : *on a peur de passer en premier ?!*

Prenant mon courage à deux mains, je fais tourner le kit d'hameçonnage en cercle avant de le balancer sur le haut du mur, à plus de trois mètres de hauteur.

Tout en commençant mon ascension, je me permets un regard en arrière pour narguer mon coéquipier :

— Le seul clébard que je vois ici, c'est toi, mon pote !

Après avoir franchi le sommet, je récupère mon matériel pour le passer de l'autre côté pendant que Ruben nous demande de ne pas nous chamailler comme des gamins dans nos oreillettes.

Pour ce coup, nous avons tous été réquisitionnés. Ty et moi sommes sur le terrain, pendant que Noah patrouille dans le coin pour nous assurer le champ libre. Au QG, enfin, dans la baraque de Ruben, notre boss supervise les festivités depuis nos oreillettes, mais aussi depuis le drone qui nous survole. Lenny, quant à lui, pirate le système de surveillance de la gigantesque villa depuis son installation de hacker du tonnerre.

Je ne sais pas pourquoi ce mec a fini comptable avec toutes les connaissances qu'il a en informatique. S'il les avait exploitées pour les mettre à notre service à chaque visite, on en serrait à se faire Buckingham Palace aujourd'hui !

— Pas de chien à l'horizon, les mecs. Ni de gorilles d'ailleurs. Green, tu peux te lancer, Black t'attend pour avancer.

— Je ne vous l'ai jamais dit, mais il est temps que vous le sachiez ! J'ai le vertige, les gars ! lance Ty en passant sa tête par-dessus le mur. Monter ça va, c'est descendre qui me fout les jetons !

— Tu peux toujours crever, Green ! dis-je en m'éloignant du mur pour m'approcher de la maison. Je ne viendrai pas mettre ma main sous ton cul pour te réceptionner ! Je préfère que tu te démerdes comme tu m'as laissé me démerder avec le chien !

Les rires dans l'oreillette me font sourire tandis que Ty râle de devoir se débrouiller seul.

Au bout de quelques minutes, alors que je viens tout juste de finir le tour de la baraque pour définir quelle entrée utiliser, Ty, plus serein sur la terre ferme que sur un muret de vingt centimètres de large, me rejoint enfin.

De son côté, il ne faut qu'une poignée de secondes à Lenny pour couper toutes les alarmes afin de nous laisser rentrer. Un vrai jeu d'enfant.

Dans la maison, Ty et moi sommes bouche bée. Nous ne connaissons toujours pas l'identité du propriétaire, mais il est évident que ce mec vit dans une opulence surréaliste. Tout est luxe ici, du sol en marbre au plafond recouvert de miroirs, on se croirait dans une véritable œuvre d'art.

En m'approchant d'un portrait accroché au mur, je réalise enfin chez qui nous sommes entrés. D'un geste, je demande à Ty de me rejoindre. Subjugué par la photo, il trépigne comme un gosse.

— Putain, Red ! clame-t-il alors que je lui intime de se taire. T'aurais pu nous dire qu'on venait chez Steve Bistram ! Ce mec est mon idole, j'aurais pris mon portable pour me prendre en photo dans toutes les pièces de sa baraque !

— C'est justement pour éviter ce genre de réactions que je ne vous ai rien dit, Green ! Ce que je sais en tout cas, c'est que ce type est un branleur qui se fait 185 000 £[13] par semaine, et qu'il en garde une bonne partie en espèces pour pouvoir se payer ses stéroïdes.

— Salaire de bâtard ! s'insurge Ty en me frappant l'épaule.

— C'est le football, mec ! balancé-je en lorgnant sur les coupes qui ornent les murs. Tu sais où on doit chercher, Red ? Autant aller droit au but !

— Toujours aussi sérieux, toi ! Putain, Black, on est chez Steve Bistram ! Tu te rends compte de la chance qu'on a ? lance-t-il en s'attardant sur une photo du joueur de Liverpool et de sa mère. En plus, regarde comme elle est bonne sa mère ! Elle ressemble presque à celle de la maison du Nouvel An !

[13] 200 236 € selon le cours du change du moment.

Au moment où il annonce ce que je redoutais le plus, je vois son regard se poser sur moi avec insistance. Il vient de comprendre qui était Zia, j'en suis certain.

Comme sauvé par le gong, Red nous explique que nous devons trouver un sac de sport à l'effigie du club caché dans la maison.

Bistram, pas si con que ça, avait évoqué, au détour d'une conversation avec Ruben, son banquier, qu'il avait pour habitude de garder beaucoup d'argent liquide en cas de cambriolage. Bien qu'il se paie ses doses en liquide, il ne s'en sert pas que pour ça… Selon lui, les cambrioleurs ne cherchent que du cash. Quand ils tombent dessus, ils sont tellement excités par leur trouvaille qu'ils s'en contentent et ne touchent à rien d'autre. Je suppose qu'il n'a pas tort, pour autant, s'il se dit qu'il est tranquille avec ce stratagème, c'est qu'il y a encore mieux à trouver dans la villa.

Tandis que nous fouillons les pièces du rez-de-chaussée, Ty garde un œil sur moi. Il n'a pas fait allusion à la révélation qu'il vient d'avoir, mais le connaissant, je sais qu'il en fera usage dès qu'il en aura l'occasion.

Au premier, nous visitons les nombreuses chambres qui constituent l'étage. Toutes dotées de leur salle de bains privative, je n'ose même pas imaginer les orgies qui doivent se dérouler ici.

Au bout de quelques minutes de recherche, je n'ai déniché qu'une poignée de bijoux et de montres que je n'ai même pas prises. Mon objectif, c'est le sac et rien que le sac. Si le mec l'a laissé pour les cambrioleurs, autant dire qu'il s'agit d'un dû. Alors, pourquoi se mettre dans la merde pour deux ou trois *Rolex* probablement répertoriées.

Un cri provenant du fond du couloir m'interpelle. En panique, je cours rejoindre Ty qui se vautre littéralement sur un lit king size de dingue. Il vient de trouver la chambre du joueur, c'est comme si c'était Noël pour lui.

Amusé par sa joie, je le regarde faire une minute en m'adossant à l'encadrement de la porte. Ruben, moins patient que moi, le sermonne de se remettre au boulot.

La mort dans l'âme, Ty reprend ses investigations dans le dressing pendant que je prends le chemin du sous-sol.

— Red, tu m'autorises à prendre une ou deux fringues pour marquer ce jour sacré ? demande Ty au moment où je pousse la porte de la pièce qui jouxte le garage.

— OK, mais rien avec son nom brodé ou floqué. T'es où, Black ?

— Je suis allé au sous-sol, l'informé-je en détaillant la pièce. C'est une réplique de salle de cinéma avec de vrais sièges et un écran de malade.

— Accélérez un peu, les mecs ! nous prévient Brown. Je suis attendu sur une bagarre à l'ouest de la ville. Il va falloir que je décampe.

— C'est pas ton jour de congé ? lui demande Blue alors que je fouille sous chaque siège pour trouver le trésor.

— Si, mais c'est une histoire que je gère. Je vous laisse encore cinq minutes avant de…

— J'ai trouvé !

Il n'a pas le temps de finir sa phrase que Ty et moi nous mettons à crier en même temps.

— Vous avez trouvé quoi ? nous demande Ruben avec un sourire facile à identifier dans sa voix.

— J'ai le sac, braille Ty. Putain, je ne sais pas combien il y a de billets là-dedans, mais c'est le jackpot, les gars !

— T'es en train de danser ? le questionne Blue en riant.

— Tu danseras aussi quand tu verras le contenu du sac ! Et toi, Black ? T'as quoi ?

Ce que j'ai dans les mains me rend presque fébrile. Jamais je n'avais touché de lingots d'or avant ce soir. Ils sont de toute beauté. De véritables bijoux.

— Vous êtes prêts à l'entendre ?

En chœur, tous me répondent un « oui » d'excitation qui me met en transe.

Le cœur à deux cents à l'heure, je caresse la surface lisse de mes nouveaux bébés avant de les fourrer dans mon sac un par un.

— Vous êtes sûrs, car là, je vous jure que j'ai du lourd ! annoncé-je en entendant un nouveau oui qui me fait frissonner. J'ai dix putains de lingots d'or, les mecs ! Dix… Putains… De… Lingots !

Les cris de joie qui me percent les tympans font monter l'adrénaline en moi. Avec entrain, je referme le coffre-fort où dormaient les lingots, avant de sortir de derrière l'écran.

Au pas de course, Ty et moi nous rejoignons devant la porte que nous avons empruntée pour entrer. Euphorique, il pose le sac à ses pieds pour me serrer dans ses bras.

— Putain, les mecs ! nous crie Lenny, en panique. Barrez-vous de là ! Le coffre était directement relié aux flics du coin. Vous avez moins de cinq minutes pour déguerpir. Brown, casse-toi aussi, ils vont prendre la route où tu te trouves !

— OK, je pars sur le lieu de la bagarre. Je vous retrouve après, comme convenu. Faites attention, les gars ! On fêtera ça comme il se doit dès que vous serez rentrés sains et saufs.

Pris d'une frénésie qui décuple nos forces, nous sortons de la villa et franchissons le mur en trois minutes à peine. Oublié le vertige de Ty, même lui a tout donné pour atteindre la voiture le premier.

Au quart de tour, le moteur gronde quand j'enfouis la clé et la tourne dans le contact. Ty, qui n'a pas eu le temps de mettre sa ceinture de sécurité, est propulsé contre la boîte à gants. Le choc de sa tête qui tape contre le tableau de bord dans un bruit sourd me fait freiner avec violence. Encore sonné, il se retape le front alors que je me confonds en excuses. D'un signe de main, il me fait comprendre de tracer ma route pour partir loin d'ici.

Alors qu'il se cramponne à sa ceinture et que je reprends un rythme régulier sur la route départementale, nous attendons de sortir de la ville pour laisser exploser notre joie.

À peine le panneau de sortie de ville franchi que, les deux mains accrochées au volant, je saute sur mon siège tandis que Ty, agrippé à mes épaules, me secoue comme un prunier. Sous sa force, je ne peux m'empêcher de faire un ou deux écarts sur cette route déserte.

On est si heureux qu'on ne voit même pas le chemin du retour passer.

En arrivant chez Ruben, la porte du garage est déjà ouverte. Je m'y engouffre et coupe le moteur quand Ty la referme pour nous plonger dans le noir.

Les néons s'éclairent une seconde plus tard pour laisser apparaître Ruben et Lenny qui nous sautent dans les bras. Comme quatre cons, nous entamons une danse de la joie dans le garage. Même si on ne sait pas encore combien on a récolté, on a dix putains de lingots d'or !

Tandis que le boss nous fait redescendre sur terre en nous demandant de retirer nos combinaisons noires jetables, je récupère mon sac sur le siège arrière pendant que Ty s'empare du butin aux couleurs de Liverpool.

Dans le salon, je le regarde en tendant le bras avec mon trésor en suspension pour qu'il comprenne que j'aimerais qu'on le jette en même temps. Sur la même longueur d'onde, il tend son bras face à moi en entamant un bref compte à rebours. 3… 2… 1.

Nos sacs s'écroulent au sol dans la liesse générale, pendant que le souvenir du visage de Ty en train de comprendre la vraie identité de Zia me revient en pleine face.

Sur le retour, on était trop joyeux pour y penser, mais maintenant ? Que va-t-il me réserver ?

En sortant les lingots de mon sac, Ruben a les yeux qui scintillent. Voilà le rêve de tout banquier qui se respecte : détenir des lingots d'or…

— Les gars, j'ai regardé le cours de l'or, et tenez-vous bien, lance Lenny en imitant le roulement de tambour. Si ce sont des lingots de cinq cents grammes, ajoute-t-il en en soupesant un, et qu'on les refourgue très vite, on peut se faire 22 170 £[14] par lingots. J'ai déjà trouvé un mec sur le dark net qui peut nous filer du cash.

— Oui, ce sont des cinq cents, annonce Ruben avec son œil d'expert. Pour ma part, je les garde en l'état. Voilà une partie de l'héritage de mes enfants ! déclare-t-il en les soulevant dans les airs comme des trophées. Je vais suivre le cours de l'or pour les revendre au meilleur prix. La patience est de mise ! Sachez tout de même que vous ne pourrez pas les mettre à la banque facilement, soit vous devrez les refondre pour en faire d'autres, soit il vous faudra les garder avec vous pour ne pas attirer les soupçons. Comme Lenny l'a signalé, il vaut mieux les convertir avec ce type du web.

— Je vais les garder comme ça aussi, dis-je en prenant les deux qui me reviennent de droit. C'est une garantie pour l'avenir. On n'est pas en manque de cash avec ce qu'il y a dans ce sac, je préfère prendre mes précautions pour l'instant.

— Moi, j'échange ! annonce Ty en jonglant avec les deux siens. Len, préviens-moi quand tu comptes mettre en route la transaction.

— Je m'en occupe dès que je saurai ce que veut faire Noah. S'il veut les échanger aussi, autant les faire les six en même temps pour négocier les tarifs.

— OK, la question est réglée. Si on passait au comptage du sac, maintenant ! glousse Ruben en se frottant les mains.

Pressé de connaître le montant de notre trésor, Ty s'empare du sac de sport pour le retourner sur la table de la salle à manger. Des tonnes de billets, à ne plus savoir qu'en faire, s'éparpillent devant nous…

— Je garde le sac ! braille Ty en le glissant sur son épaule pour jouer au footballeur millionnaire avant de se regarder dans le miroir. Putain ! J'ai loupé ma vocation ! J'aurais dû tâter du ballon pour me faire du blé. C'est quand même moins risqué !

---

[14] 24 000 € selon le cours du change du moment.

D'un geste rapide, il s'approche plus près de la glace pour étudier la blessure qui orne désormais son front. Je ne rate rien du coup d'œil inquisiteur qu'il me lance. Il vient de repenser à Zia.

Mal à l'aise, je détourne le regard en m'apprêtant à révéler toute la vérité sur l'identité de la femme qui fait battre mon cœur, mais contre toute attente, Ty s'exclame :

— Cicatrice de guerre ! Ça me donne un côté très sexy, je trouve. Pas vous ?

Alors que les autres ne prennent même pas la peine de répondre, je comprends qu'il ne dira rien pour le moment. Que compte-t-il faire de cette information si ce n'est pour me balancer aux autres ? Est-ce qu'il va me faire chanter ? Est-ce qu'il va tout dire à Zia pour me faire du mal ? Impossible. S'il lui en parle, il s'expose lui aussi à des problèmes. Il va s'en servir au bon moment. Quand il jugera que ça lui est utile, mais surtout quand il trouvera que ça me dessert. On a beau être potes, il y a toujours eu une rivalité inavouée entre nous… Enfin, surtout venant de lui.

Il nous faut presque vingt minutes pour disposer tous les billets en tas. Suffisamment de temps pour voir Noah débarquer et compter avec nous.

Aussi enjoué que nous, il passe rapidement sur l'intervention qu'il vient de faire pour s'attabler à nos côtés en se frottant les mains.

Compter est encore plus long que de mettre en place. Pour autant, c'est un véritable plaisir de faire glisser les billets un à un pour voir le montant s'élever de plus en plus.

500 000 £[15], c'est la somme dont disposait Bistram pour les potentiels voleurs qui pouvaient le visiter. Plutôt généreux le gars… S'il pouvait se servir de cet argent pour aider des enfants ou des hôpitaux plutôt que pour se pavaner sur les tapis rouges avec des stars de seconde zone… Enfin, qui suis-je pour dire ça ? Ce soir, je vais empocher 144 340 £[16] au total, mais je ne vais pas m'en servir pour aider les plus démunis. Je vais m'en servir pour rembourser ma dette auprès des parents de Zia.

70 000 pour eux, un lingot et 20 000 pour Zia, le reste pour moi. Le partage me semble équitable…

Perdu dans mes pensées, je n'entends même pas le bruit du bouchon de champagne qui vient d'exploser.

— Cette fois, c'est sûr, annonce Ruben en tendant sa coupe pour trinquer. C'est notre plus grosse prise !

[15] 568 181 € selon le cours du change du moment.
[16] 156 236 € selon le cours du change du moment.

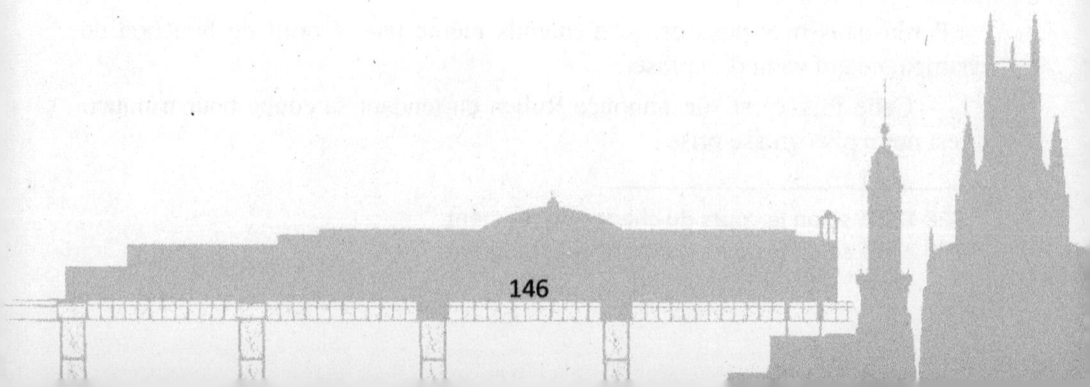

17
CAMERON

Mercredi 29 juillet

Déjà deux jours qu'on a repris le boulot, mais Zia ne m'adresse toujours pas la parole.

À cause d'elle, l'euphorie de notre récolte du dimanche est retombée à la minute où je l'ai croisée le lundi matin. Depuis ce moment, elle m'ignore, elle me snobe. J'ai beau prétendre le contraire, mon moral en a pris un coup.

Depuis que j'en ai parlé avec ma grand-mère, j'ai pris conscience qu'elle avait raison. J'ai grandi trop vite à cause de la perte de mes parents. Je suis passé d'ado inconscient à adulte à responsabilités en trop peu de temps. Sauf qu'aujourd'hui, je ne sais plus ce que c'est de m'amuser, de profiter de la vie, de tomber amoureux.

Cette fois, j'ai envie de vivre, de découvrir tout ça. Je veux être insouciant, me laisser porter par l'amour, m'échapper, et profiter des bonheurs trop courts que la vie nous réserve. Je le veux avec elle.

Bien qu'elle ne le sache pas encore, j'ai de quoi rembourser une partie de ma dette, et ainsi apaiser ma conscience. Ce dernier cambriolage, je ne l'ai pas fait que pour payer ma dette, je l'ai fait pour elle, pour son avenir.

Je ne sais pas encore comment je vais faire passer l'argent à ses parents tout en restant anonyme. Je pourrais le laisser sur le pas de la porte comme un vulgaire colis, ou même leur envoyer par la poste. Je pourrais aussi inventer une loterie… Mon choix n'est pas encore arrêté, il faut que je peaufine mon plan.

Pour elle, j'avais déjà prévu le coup en lui annonçant une prime dès le départ. Mais l'affaire se corse plutôt au niveau des cinq cents grammes d'or. Je ne peux pas me permettre de le laisser en l'état puisque le numéro d'authenticité serait trop vite repéré. Il faut d'abord que je le fasse refondre par un raffineur avant de pouvoir le lui offrir d'une manière ou d'une autre. Ruben et Lenny auront bien des contacts utiles à me conseiller. Quand elle en sera la propriétaire officielle, libre à elle d'en faire ce qu'elle désire par la suite.

Ce qui est certain, c'est que je me sens libéré de ce fardeau. Adieu les cambriolages, adieu les brûlures d'estomac et les cauchemars. Adieu la culpabilité et bonjour la vie…

Comme je n'ai encore rien dit au reste de la bande, et que Ty n'a pas encore ouvert sa bouche sur mon secret, je me laisse un mois pour leur expliquer que je raccroche. Ruben doit déjà plancher sur notre futur coup, mais cette fois, je ne serai pas de la partie. Adieu l'argent sale et le poids qu'il fait peser sur mes épaules.

La journée se passe comme les précédentes avec pour collègue une Zia qui me fusille du regard à chaque fois qu'elle me croise.

Bien qu'elle soit en colère, elle reste tout de même proche de Neil. Avec lui, elle rit, elle blague, elle sourit… Ça ne m'enchante pas, mais je dois lui montrer que ça ne m'atteint pas. Je pense même qu'elle agit de cette façon pour me foutre les nerfs.

Avant le grand rush du soir, je profite d'une accalmie pour m'isoler dans le bureau. Je n'ai pas beaucoup dormi depuis dimanche, si bien que j'accuse un peu le coup ce soir. Une vingtaine de minutes de calme me permettra de me ressourcer avant de devoir affronter la foule de touristes du soir.

En surfant sur le net, comme après chaque cambriolage, je m'informe sur les avancées de « l'enquête Bistram ». L'affaire a fait le tour de l'Angleterre, mais les journalistes ont l'air plus touchés que la victime elle-même. Ce mec a tellement de pognon planqué dans plusieurs banques à travers le monde que ce n'est pas ce qu'on lui a pris qui va lui faire défaut. Une pub pour un équipementier et le trou sera comblé.

Étonnamment, je ne culpabilise jamais quand nous visitons des gens comme ça. L'argent n'a plus aucune valeur pour eux, ils ont tellement l'habitude de se vautrer dedans que c'est presque de bonne guerre. Si je devais livrer le fond de ma pensée, on me dirait sûrement que je suis hypocrite, pourtant, c'est la seule façon que j'ai trouvée pour me sentir un peu mieux.

Quand je ressors du bureau, sans trop me faire remarquer, je surprends la conversation de Neil et Zia. Eux aussi sont en train d'évoquer le cambriolage, et ils ont l'air d'accord avec moi… Pourquoi se prendre la tête pour un gars qui gagne mille livres à chaque fois qu'il cligne des paupières ?

Il est près de vingt-deux heures, la terrasse est encore bondée. Neil, qui devait partir tôt ce soir, vient tout juste de nous laisser. Dehors, les touristes se promènent et rient, profitant jusqu'au bout de l'une des plus chaudes soirées d'été.

Prenant mon mal en patience derrière le bar, je sers les derniers cocktails que Zia me demande en me félicitant d'être devenu un pro dans la confection des *Apple Rose* et autres boissons aux noms qui font voyager.

À minuit une, les derniers clients quittent le bar tandis que Zia ferme la porte à clé pour s'assurer que plus personne ne rentre. Après avoir poussé un soupir de satisfaction, je la regarde passer sa main dans sa nuque pour se masser. Je voudrais pouvoir faire ça pour elle, je voudrais m'octroyer ce droit.

Les mots de Nana résonnent dans ma tête en ce sens. Pourquoi simplement le vouloir ? Je vais le faire.

En tamisant les lumières pour que l'on ne nous voie pas depuis l'extérieur, je sors de mon bar pour m'approcher d'elle.

Surprise de me voir ainsi m'approcher, elle plisse les sourcils pour m'interroger.

— Est-ce que ça va ? demandé-je tout bas en me postant au plus près d'elle. Tu as l'air crevée, tu veux que je te masse la nuque ?

Les mots sonnent faux dans ma bouche, ça ne fait pas naturel, ça ne me ressemble pas et elle le sait.

Sur la réserve, elle ne pipe mot et s'éloigne de moi pour finir de nettoyer les tables. Comprenant qu'elle m'en veut toujours autant, je récupère la caisse avant de m'isoler à nouveau dans le bureau pour la compter.

Presque synchros sur les tâches qu'il nous restait à finir, Zia me surprend au moment même où je ferme le coffre pour y laisser la recette du jour.

— On part bientôt ? me questionne-t-elle intimidée. J'ai envie de me coucher.

— On y va, j'ai fini ! dis-je en esquissant un sourire qui se veut réconfortant, mais auquel elle ne répond pas.

Tandis que je la rejoins pour prendre la direction de la sortie, ma main se pose tout naturellement sur la chute de ses reins pour l'accompagner.

Nous n'avons pas encore avancé d'un pas qu'elle se fige à mon contact. Je ne sais pas si elle a la même idée que moi à cet instant précis, mais nous sommes seuls, le bar est vide, et ce canapé est comme une réelle invitation à se vautrer dessus… Ensemble.

— À quoi tu joues, Cameron ? me demande-t-elle d'une voix dure. Ta proposition pour un massage, ta main dans mon dos ? Tu m'as affirmé qu'il ne se passerait rien entre nous, alors ça rime à quoi ?

Apparemment, elle ne pensait pas comme moi… Au contraire, son regard est sévère, même si j'y décèle une légère faille : elle ne réussit pas à soutenir le mien. Dès que mes yeux croisent les siens, elle les détourne pour ne pas avoir à m'affronter.

— Je ne sais pas à quoi ça rime, Zia, avoué-je en lui caressant la joue du bout des doigts pour la faire frémir. J'ai beaucoup réfléchi à tout ce que tu m'as dit, à ce baiser, à toi… Et tu avais raison. Je suis trop sérieux, je ne m'autorise rien. Pourtant, tu m'attires plus que je n'ose me l'avouer. J'en ai marre d'être raisonnable tout le temps. Je veux profiter de la vie, je veux être avec toi.

Pour illustrer mes propos, je dépose un baiser sur ses lèvres auquel elle répond par une gifle cinglante. La sensation de brûlure qui envahit ma joue est intense. Elle a frappé fort.

18
ZIA

Mercredi 29 juillet

À quoi est-ce qu'il joue cet abruti ? Il m'embrasse, il me repousse pour finir par m'embrasser à nouveau. Je pensais que « girouette » était une qualité typiquement féminine, visiblement, je me suis plantée.

Même si j'ai abusé en lui mettant une telle claque, je devais marquer le coup. Sauf que ce baiser, j'en crève d'envie depuis que je l'ai revu lundi matin.

J'ai été très énervée par son comportement, très affectée aussi. Ce qui a été le plus difficile à gérer, c'est que je n'ai même pas pu me confier à Sofia. Elle est toujours aussi dingue de lui, alors moi je serais devenue la meilleure amie voleuse de mec.

Hors de question qu'elle me voit comme ça, pourtant, je ne pourrai enfouir ce que je ressens pour ce grand con indéfiniment. Encore moins maintenant, alors qu'il me regarde de ses yeux brillants, avec cette bouche pulpeuse et sa joue rougie par ma main.

Pourquoi taire ce qui fait battre mon cœur ? Je le veux lui, je le désire plus que tout. Je veux qu'il me possède ici, tout de suite. Pourquoi pas sur ce canapé qui nous tend les bras ?

Sans réfléchir au monde qui nous entoure, n'écoutant que la version la plus animale de mon être, je lui saute au cou pour fixer ma bouche à la sienne.

Sentir le contact de ses lèvres est un pur plaisir. Un plaisir qui devient encore plus excitant lorsqu'il plonge sa langue dans ma bouche pour me donner le french kiss le plus troublant de ma vie.

Soudée à ses lèvres, je ne peux plus me décoller de lui. Mes mains, gourmandes, parcourent son torse avec envie. Bien que mes expériences soient tout de même limitées, je peux dire que je n'ai jamais touché un ventre aussi musclé de ma vie.

Les mecs aux abdos dessinés n'ont jamais été un fantasme pour moi, pourtant, depuis la première fois où j'ai effleuré la forme prononcée de ses abdos, je ne peux m'empêcher d'imaginer ce qui se planque sous le tee-shirt pour finir par me mettre à saliver.

Il est vrai que j'ai préféré l'éviter ces derniers jours. Notre tête-à-tête dans la voiture m'a fait passer par tellement de couleurs que finir sur un rouge de colère n'était pas vraiment ce que j'avais espéré.

Malgré tout, ce n'est pas parce que je ne voulais plus lui parler que je ne pouvais plus me rincer l'œil… Maintenant qu'il est à portée de main, je ne compte plus le lâcher.

Avide de plaisir, affamée à la vue de ce corps qui se colle au mien, je ressens chacune de ses caresses, chacun de ses baisers comme s'il m'en donnait des millions.

Les cellules de ma peau sont électriques au point que je les sens brûler jusqu'au fond de mes entrailles.

Quand sa main se faufile sous mon tee-shirt pour partir à la rencontre de ma poitrine, ma respiration se coupe. Du bout des doigts, il se glisse sous mon push-up pour venir titiller mon téton déjà dressé d'excitation.

Putain de merde ! Zia Rice, t'as gardé ton push-up !!

Depuis lundi, j'enfile cette merde qui me broie la cage thoracique dans l'espoir qu'il remarque à quel point je suis bonne, et surtout qu'il se rende compte de ce qu'il loupe. Moi qui suis adepte du « néné en liberté » en temps normal, il va se dire que je l'ai trompé sur la marchandise !

Mal à l'aise en imaginant ce qu'il doit penser de moi, je recule mon visage pour voir sa réaction, tandis que lui prend ça pour une invitation à en découvrir plus. Le sourire qu'il me fait avant de plonger sa tête dans mon cou pour me mordiller me rassure. Qu'importe ce qu'il y a dessous, il a l'air d'apprécier autant que moi ce qu'il a sous les yeux.

La tête en arrière, les yeux fermés, je le laisse m'asseoir sur l'accoudoir du canapé et me délecte de la sensation de sa langue sur ma peau. Si ça ne tenait qu'à moi, je virerais mon débardeur et ce foutu soutif pour qu'il puisse m'explorer sous toutes les coutures. Mais Cameron est du genre minutieux. Il laisse glisser sa bouche le long de mon bras dénudé, il prend son temps, il me goûte, me renifle en me chatouillant avec son nez pendant de longues et délicieuses minutes.

Quand il finit enfin sa visite de la partie visible de mon corps, je suis prête à lui faire découvrir les parties encore cachées par mes vêtements. Mon regard impatient ancré dans ses yeux fiévreux, j'empoigne les bords de mon débardeur pour le soulever au-dessus de ma tête. Le morceau de tissu au bout des doigts, Cameron me regarde faire comme si j'étais une déesse prête à s'offrir à lui. Ses mains de part et d'autre de mon visage, il pose son front sur le mien avant de murmurer :

— Tu es sûre que c'est ce que tu veux ?

Sa voix est si douce, si prévenante, qu'elle me file des frissons dans tout le corps. Bien évidemment que j'en suis sûre ! J'en rêve depuis le premier jour où je l'ai vu !

Avec un simple sourire pour toute réponse, il récupère mon haut pour le laisser tomber au sol. Pendant une seconde, je prie pour qu'il me saute dessus et me dévore comme si j'étais sa proie, mais il ne l'entend pas de cette oreille.

En prenant tout son temps, il parsème ma peau de baisers furtifs et légers jusqu'à parvenir jusqu'à mon décolleté. Mon cœur tambourine dans ma poitrine quand il passe ses mains dans mon dos pour dégrafer mon soutien-gorge.

Habile, il réussit à l'enlever en un seul essai, avant de le laisser glisser le long de mes bras pour qu'il puisse finir sa course sur le sol.

Cette fois, je suis presque nue devant lui. Mon buste entièrement exposé à ce regard qui a dû voir passer des femmes plus belles les unes que les autres, je ne me sens ni mal à l'aise ni gênée.

Même si je ne suis pas foutue comme un top model de magazine, j'ai quelques attributs pour moi. Ma poitrine est jolie et fière, Sofia en est particulièrement jalouse d'ailleurs, ma taille est fine, et même sans faire d'exercices particuliers, mon ventre est plat et ferme. Merci à ma mère de m'avoir transmis ses meilleurs gènes…

Non, sous ses yeux débordant d'admiration, à sa façon de se mordiller la lèvre inférieure, je sens même qu'il aime vraiment ce qu'il voit.

En pleine conscience de ma supériorité à cet instant présent, j'active mon index sous ses yeux pour le faire venir à moi. Sentir ses lèvres sur mon corps n'est plus une simple envie, c'est devenu un véritable besoin. Un besoin urgent même.

Contre toute attente, Cam ne bouge pas d'un poil. Le regard rivé au couloir désert qui mène au bar, il pose son doigt sur sa bouche pour me faire taire.

— Il n'y a pas eu du bruit dans le bar ? susurre-t-il pour que je sois la seule à l'entendre.

Plutôt que de lui répondre, j'oscille de la tête pour lui faire comprendre que non. S'il cherche un moyen de se dérober, il rêve. Je veux bien prendre mon temps, mais hors de question de le laisser filer ce soir.

Tandis que je me relève pour aller me nicher dans ses bras, ma poitrine frotte contre son torse. À nouveau concentrés sur nos affaires en cours, je commence à remonter son tee-shirt pour le forcer à l'enlever quand nous entendons un claquement de porte impossible à rater.

Surprise par le bruit, je m'agrippe à lui de toutes mes forces en imaginant déjà une horde de cambrioleurs venus pour nous braquer la recette du jour.

Les yeux fixés sur la porte, Cam se baisse pour récupérer mes affaires avant de me les tendre.

— Rhabille-toi, m'ordonne-t-il d'une voix grave. Je vais aller voir.

Cachée derrière la porte, il récupère une batte de base-ball dont j'ignorais l'existence. Après un bref coup d'œil pour s'assurer que je suis bien habillée, il dépose un baiser sur ma bouche avant de me murmurer à l'oreille :

— Tu ne bouges pas d'ici tant que je ne t'ai pas appelée. C'est compris, Zia ? Si jamais il y a un problème, appelle Noah direct ! lance-t-il en me mettant son portable entre les mains juste après l'avoir mis sur le nom du flic. Il est de service ce soir.

D'un hochement de tête craintif, je lui montre que j'ai compris, mais il est déjà dans le couloir.

Péniblement, j'avale ma salive en me remémorant ce livre que j'avais adoré. Au milieu de l'histoire, les deux protagonistes étaient sur le point de faire l'amour dans leur maison quand ils ont été attaqués par un gang adverse au leur. Comme maintenant, l'homme était parti seul en repérage et les assaillants en avaient profité pour kidnapper la femme.

Peu rassurée par la fenêtre derrière moi, je décide de rejoindre Cam dans le couloir. À pas de loup, je le retrouve au bout du mur, prêt à bondir sur le visiteur opportun.

Médusé par mon arrivée imprévue, il sursaute en émettant un cri qui nous fait repérer directement par celui qui se trouve de l'autre côté du mur.

— Qui est là ? s'inquiète la voix qui se trouve derrière le bar. Cam, c'est toi ?

— Zach ? annonce Cameron en sortant de sa cachette. Putain, mon pote, tu nous as foutu une de ces trouilles !

Surpris de nous trouver ici, Zach pose une main sur son cœur pour calmer le palpitant qui menace d'éclater.

— Moi, je t'ai fait peur ? Putain, mec, j'ai cru que je faisais une crise cardiaque ! T'es vraiment un putain de bon vol…, lance-t-il en se rendant compte de ma présence. Zia… T'es encore là ? Plutôt, pourquoi vous êtes encore là tous les deux alors que le bar est fermé et plongé dans le noir ?

— Et toi ? dis-je en évoquant la bouteille qu'il tient dans une main. Pourquoi t'es là ?

— Je te rappelle que c'est moi le patron, c'est moi qui pose les questions ! clame-t-il en reposant la bouteille à sa place.

— Elle a raison ! Pourquoi tu passes quand le bar est fermé ? le questionne Cameron alors que Zach pique un fard. Tu viens te servir en douce ?

— En douce, en douce... Tout de suite les grands mots ! proteste-t-il pour se défendre. J'ai deux copines qui m'attendent dans la voiture et nous voulions juste finir la soirée avec une ou deux bouteilles. On a fait le tour de la ville, mais les magasins sont déjà fermés. Je venais juste chercher de quoi bien clôturer cette nuit puisque je vais devoir assurer seul !

— Ça... Je me doute que tu allais bien la finir ! ricane Cam en s'avançant vers son pote pour lui donner une accolade.

L'air coupable de Zach me fait sourire. Deux filles, deux bouteilles... Il n'allait pas s'ennuyer, c'est clair. Pour autant, ça ne m'étonne pas de lui. Il n'y a que ce sous-entendu qui me dérange. Zach va devoir assurer seul, et alors ? Pourquoi, d'habitude il y va avec un pote ?

À voir Cam rire de la situation, je ne peux m'empêcher de penser qu'il sait exactement de quoi parle Zach. Peut-être ont-ils pour habitude de finir leur soirée ensemble avec plusieurs filles... Rien que d'y penser, je ne saurais même pas dire si ça me dégoûte ou si ça m'excite encore plus que je ne le suis déjà.

— Et vous alors, qu'est-ce que vous foutiez dans le bureau ? s'enquiert Zach pour ne pas passer à côté du scoop du siècle.

— La caisse ! Qu'est-ce que tu crois qu'on faisait ? s'offusque Cam en jouant très bien la comédie.

— La caisse ? C'est drôlement long de faire la caisse, c'est vrai ! lance Zach en se frottant le menton. Je suis passé devant le bar il y a de ça une heure, c'était déjà fermé ! Alors, ne me prenez pas pour un con ! La caisse, ça fait belle lurette qu'elle est dans le coffre !

Sortant trois verres à shooter de sous le bar, il les aligne devant lui avant de les remplir de tequila. S'emparant du premier en nous le montrant, il nous invite à faire comme lui. Après avoir trinqué tous ensemble, nous descendons nos verres d'une traite.

Tandis qu'il me propose une nouvelle rasade d'alcool, je pose ma main sur le bord du verre pour qu'il ne puisse pas me resservir. Cam m'imite, mais Zach se jette une deuxième tournée dans la gorge avant de frapper son verre sur le bar avec fracas.

— Alors, les tourtereaux ! J'ai interrompu quelque chose ou vous aviez déjà conclu ? lâche-t-il en nous lançant un clin d'œil mal fait.

Cam secoue la tête en souriant, puis s'empare de la bouteille en se servant une nouvelle fois.

— On faisait la caisse, Zach ! dis-je en scrutant Cam pour qu'il confirme mes propos.

— Laisse tomber ! s'exclame ce dernier en avalant son verre d'une traite. Tu as devant toi le mec le plus observateur du monde ! Il avait compris ce que je ressentais pour toi avant même que moi je m'en rende compte…

Une fois encore, je sens cette rafale électrique qui me parcourt l'échine. Cameron me fixe de ses yeux d'un noir profond, les lèvres légèrement retroussées dans un demi-sourire. Que ressent-il exactement pour moi ? Je n'en ai pas la moindre idée. Ce que je sais par contre, c'est que quand il me regarde de cette façon, je pourrais le bouffer… Et peut-être même le suivre jusqu'au bout du monde.

Il n'y a plus de doute à ce qui se passe dans ma tête, ni dans mon cœur, je suis complètement, follement, éperdument amoureuse de Cameron Evans.

— Ah ! s'exclame mon autre patron en enchaînant la troisième tournée alors que Cam me prend la main pour m'approcher de lui. Il faut fêter ça ! Mon meilleur pote va enfin se caser !

Surprise par les paroles de Zach, je relève les yeux vers celui qui « va se caser » pour l'interroger en silence.

— Je suppose qu'on ne doit rien dire aux autres pour le moment ? nous questionne Zach en finissant son verre avant de récupérer une autre bouteille.

— Tu nous prends un peu de court…, balbutie Cam. On ne pensait déjà pas tomber sur toi ce soir ! En parler à tout le monde alors qu'on ne sait même pas encore ce qu'on va faire, ça me paraît un peu prématuré, non ?

Je ne sais pas si la question est pour Zach ou si elle m'est adressée, pour autant je préfère l'informer qu'on est sur la même longueur d'onde :

— Oui, effectivement, nous devons en parler tous les deux. D'ailleurs, il est vraiment tard. Tu devrais peut-être me raccompagner chez moi si tu ne veux pas que mes parents t'accusent de kidnapping.

Tandis qu'il glisse sa main dans mon dos pour me confirmer notre départ, je m'empresse de retourner au bureau pour récupérer mon sac et éteindre la lumière.

Quand je reviens vers eux, Cam serre Zach dans ses bras et lui dit :

— Je te rejoins après, OK ?

Comment ça il va le rejoindre après ? Avec les deux pétasses qui attendent dans la bagnole depuis vingt minutes ? Il est malade lui ou quoi ?

Agacée, je souhaite une bonne nuit à Zach avant de prendre la direction de la voiture de Cameron.

Toujours garé au même endroit ou presque, je n'ai même pas besoin d'attendre qu'il m'indique la direction.

Une fois assise à ma place habituelle, je fulmine en imaginant qu'il va me déposer, puis s'empresser de rejoindre son pote et l'orgie qui l'attendent.

Il est vrai que nous ne sommes pas vraiment ensemble, de ce fait, ai-je vraiment le droit de lui faire une scène alors même qu'il envisage peut-être d'avoir une histoire sérieuse avec moi ?

Tiraillée entre l'envie de comprendre ce que je représente pour lui et celle de savoir s'il a prévu de se taper d'autres filles que moi ce soir, je préfère garder le silence jusqu'à ce qu'on arrive devant ma maison.

Pendant tout le chemin, il a eu l'air ailleurs, perdu dans ses pensées… Cette réaction ne me dit rien qui vaille. Je sens même la déception poindre à grande vitesse.

Pour éviter une confrontation douloureuse, j'ouvre la portière pour sortir rapidement, mais il me retient et m'oblige à me rasseoir.

— Pourquoi tu pars comme ça ? me demande-t-il sans comprendre mon comportement. Je croyais qu'on devait parler tous les deux…

Son regard, plein de questions, n'est pas celui d'un homme qui va s'envoyer en l'air avec l'un de ses potes et deux pétasses de passage, au contraire, il a cet air de Cameron trop sérieux qu'il a quand il est soucieux. Peut-être qu'il regrette de s'être fait prendre en flag par son ami. Il aurait sûrement préféré me sauter en toute discrétion avant de m'envoyer chier comme il l'a fait avec Sofia.

— J'ai cru comprendre que tu étais attendu, dis-je avec véhémence. Je ne voudrais pas contrecarrer tes plans.

— Tu parles de Zach ? J'ai une ou deux heures devant moi, le temps qu'il fasse ce qu'il a à faire ! ironise-t-il. Pourquoi ? Ah ! Je viens de saisir ! Tu pensais que j'allais le rejoindre pour un plan à quatre ?

Confuse, je le regarde sans comprendre. Il lui a bien dit qu'il le rejoignait dès qu'il m'aurait déposée, je n'ai pas rêvé !

— T'as vraiment cru ça ? se moque-t-il en m'attirant contre lui pour me serrer dans ses bras. Non, mais Zia ! ajoute-t-il en embrassant mon front. On était sur le point de faire l'amour ensemble. J'ai même évoqué mes sentiments pour toi ! Tu crois vraiment que j'allais te pousser hors de la voiture pour me ruer chez mon pote et sauter deux gonzesses que je ne connais même pas ? C'est ça l'image que tu as de moi ?

— Tu ne l'as jamais fait peut-être ? m'agacé-je.

Ma question pue la jalousie à plein nez.

— De quoi ? Une sauterie avec Zach ? ricane-t-il en me foutant de plus en plus les nerfs. Je te mentirais si je te disais non. C'est arrivé une ou deux fois qu'on ramène deux ou trois filles chez lui, mais ça s'est toujours fini chacun dans son coin. Si ça peut te rassurer, Zach, je ne l'ai vu à poil que dans les douches de la salle de boxe. Jamais pendant une partouze !

— Deux ou trois filles en même temps ? dis-je en m'inquiétant de plus en plus de l'appétit sexuel du mec qui me tient dans ses bras.

Moi qui n'ai eu que très peu d'expériences, je me sens soudain complètement novice en la matière. Ça me fait même presque peur.

Comment moi, petite coincée qui attend le prince charmant, vais-je pouvoir contenter un homme comme lui ? Jamais il ne pourra se satisfaire de mon manque de pratique en matière de sexe. Il aura forcément besoin de plus.

— Je ne crois pas que parler de nos expériences sexuelles passées nous soit bénéfique pour le moment, Zia. Je te dirai tout ce que tu voudras savoir quand nous aurons parlé de nous ! déclare-t-il en me repoussant un peu pour me faire face avant de baisser les yeux, gêné. Enfin, de ce qu'il pourrait peut-être se passer entre nous.

— OK, je t'écoute ! bougonné-je pour accentuer son malaise afin de voir à quel point il est attaché à moi. Parle-moi de nous…

Le teint livide, les épaules basses, Cameron ne semble plus aussi sûr de lui. Parler d'amour, parler de rêve, parler de passion, je pourrais le faire sans aucune honte alors que ça n'a pas l'air d'être son cas.

Au moins, on pourra dire qu'on se complète. Si lui peut parler de cul sans rougir alors que j'en suis incapable, moi je pourrais lui montrer que je le domine sur ce terrain-là. S'il ne peut pas énoncer à voix haute ce qu'il ressent tout bas, alors je vais le faire pour lui.

— Ça veut dire quoi « nous » pour toi ? demandé-je en posant ma main sur sa joue pour qu'il me regarde.

— Je… Ça… Enfin, toi et moi, quoi ! balbutie-t-il en rougissant. Je ne suis pas vraiment doué pour dire ce que je ressens…

— J'ai cru comprendre, le taquiné-je en approchant mon front du sien. Moi, je suis plutôt forte pour ça. Je suis même de ce genre de filles qui ont besoin d'entendre des mots doux, des mots tendres ou des mots d'amour pour se donner. Tu étais d'ailleurs sur la bonne voix quand nous étions dans le bureau…

Mon humour a le mérite de le faire sourire. Peut-être que ça paraît peu, pourtant, c'est un pas de plus vers les confidences.

— Il va falloir qu'on trouve un terrain d'entente dans ce cas. Il est probable que tu n'aies pas toujours les mots qui te rassureront sur mes sentiments pour toi, par contre, tu auras toujours les gestes ou les petites attentions…

— Hummm…, dis-je en faisant mine de réfléchir. Ça pourrait me convenir, je crois.

— Si ça convient à la demoiselle, alors ça me convient aussi, annonce-t-il en me tendant sa main pour que je conclue un pacte avec lui.

Ma main dans la sienne, il m'attire à lui pour m'embrasser.

Il ne suffit qu'une seconde de ses lèvres charnues sur les miennes pour me mettre en transe. Pourtant, dans un petit recoin de ma tête, je réalise qu'on n'a pas vraiment réglé cette histoire de « nous ».

— Attends, murmuré-je en le repoussant. Concrètement, ça veut dire quoi pour nous ? Ça veut dire qu'on est ensemble ?

— J'en ai bien l'impression, confirme-t-il en serrant les dents. Enfin, si tu en as envie, bien sûr !

Dans mon cœur, c'est la *Macarena.* Évidemment que j'en ai envie. Mon nouveau mec est un putain de beau gosse métis au corps d'Apollon.

— Oui, j'en ai envie, avoué-je timidement alors qu'à l'intérieur c'est comme si le Vésuve venait de rentrer en éruption. Et pour tes associés ?

— Zach le sait, mais j'ai confiance en lui, il ne dira rien. En ce qui concerne les autres, je pourrai leur en parler bientôt. Quand tu me donneras ton feu vert.

— Attends un peu alors, dis-je en tenant toujours fermement sa main. Laissons passer l'été, on leur dira plus tard quand je ne bosserai plus que le week-end.

— Si tu veux, mais qu'est-ce que ça change ?

— Ça change que je ne souhaite pas passer pour la nana qui se tape son boss. Surtout pas pour que Ty pense qu'il a le champ libre. Et puis, je ne veux pas qu'on dise que tu m'as embauchée pour me sauter. C'est pas le cas, hein ?

— Bien sûr que non, ce n'est pas le cas. Même si tu m'as tout de suite plu…, avoue-t-il en grimaçant. Pour ce qui est de Ty, je m'en charge, tu sais que tu n'as rien à craindre.

— Je le sais, Cam ! lâché-je en m'enfouissant dans ses bras, par-dessus le pommeau de vitesse. C'est juste qu'il me fout un peu la trouille, celui-là.

Tandis qu'il caresse mes cheveux avec douceur, je me sens enfin à ma place. Être là, en sécurité entre ses bras, c'est le meilleur endroit du monde.

Profitant de cet instant de tendresse pour étudier la courbe de ses doigts, je joue avec son index en réfléchissant à ce qu'il m'a dit.

— Si je te plaisais, pourquoi ce n'est pas moi que tu as mis dans ton lit ? Pourquoi tu as dragué Sofia ?

— Ah… Bonne question, hésite-t-il en enlaçant ses doigts aux miens avant de les porter à ses lèvres. Quand tu l'as embrassée, j'ai compris que c'était une tactique pour éviter les dragueurs. Comme on avait vraiment besoin d'une serveuse, j'ai trouvé que c'était un moyen de t'aborder plus en douceur.

— Et Sofia alors ? C'était un petit extra ?

— Au point où j'en suis avec elle, je dirais plutôt un dommage collatéral… Je pensais vraiment qu'elle ne recherchait rien de plus qu'un mec de passage. Je n'avais pas envisagé qu'elle s'attache à moi. Tu vas lui dire pour nous deux ?

Son baiser sur ma tempe n'empêche pas cette question de me transpercer le cœur. Depuis ce moment dans le bureau, jusqu'à maintenant, je n'avais pas du tout pensé à Sofia et à ce qu'elle allait ressentir quand elle l'apprendrait.

Merde ! Je suis sa meilleure amie, et je viens de lui piquer le mec dont elle est amoureuse, dont nous sommes amoureuses… Elle va me détester.

— Septembre ? C'est bien septembre pour lui annoncer, non ? demandé-je avec une voix faussement enjouée.

— Septembre ? reprend-il en surjouant. Septembre, je trouve ça parfait ! Et puis, ça veut dire qu'on va devoir se faire discrets… J'adore cette idée !

— J'avoue que ça a un petit côté super sexy… On va devoir vivre dangereusement, Evans ! plaisanté-je en embrassant son poignet avant de tomber face à face avec l'heure qui s'affiche sur sa montre. Putain ! C'est déjà quatre heures et demie ! Je ne vais pas vivre dangereusement longtemps si tu me ramènes tous les jours à cette heure-là !

En vitesse, je récupère mon sac posé au sol et dépose un bref baiser sur les lèvres de mon nouveau petit ami. Rien que de penser à ce titre, ça me donne des ailes, avant de sortir de la voiture.

— À demain ! lancé-je en lui envoyant un baiser de la main.

— À demain, me répond-il en riant.

Déjà en manque de sa bouche, je reviens sur mes pas pour lui voler un énorme baiser qui ne me rassasiera même pas pour la nuit…

19
ZIA

Mercredi 5 août

— Viens par-là, toi ! me surprend Cameron en m'attirant dans le bureau alors que je reviens tout juste des casiers après avoir enfilé mon tablier.

Je n'ai pas le temps de réagir qu'il m'embrasse à n'en plus finir. Obligée de le repousser pour respirer, je prends son visage entre mes mains pour admirer une fois de plus l'homme qui occupe mes jours et hante mes nuits depuis déjà une semaine.

Cela fait sept jours que nous sommes ensemble, sept jours qu'on se cherche du regard en se croisant pendant le service, sept jours que l'on s'embrasse furtivement quand on réussit à s'isoler une seconde, sept jours que je rêve de reprendre là où on en était restés la semaine dernière.

L'attraction a beau être omniprésente entre nous, nous n'avons pas réussi à trouver le bon timing pour nous découvrir plus encore. Il faut dire qu'en fin de semaine dernière, le service se finissait trop tard après des journées harassantes. Aussi bien Cam que moi étions trop crevés pour tenter quoi que ce soit. Et puis, si je mets de côté mon appréhension à satisfaire un homme tel que lui, on peut dire que la voiture n'était pas vraiment l'endroit idéal pour vivre ce moment qui restera gravé dans nos mémoires.

Ma dernière relation, qui date de plus de six mois, m'a laissé un goût amer. Je m'étais promis de ne plus me laisser tenter par un homme jusqu'à ce que je tombe sur le bon… Et puis Cam est apparu dans ma vie. Je ne sais pas s'il est celui que j'attendais, pourtant, j'ai envie de tout lui donner. Mon âme, mon cœur et mon corps… Le seul hic, c'est qu'après plus de six mois sans visite sous la culotte, j'ai bien peur que les portes ne se soient quelque peu encrassées.

La semaine dernière, quand on a failli aller plus loin, je n'avais rien planifié, tout a été si spontané que je n'ai pas eu le temps de me poser de questions. Le problème est que maintenant, quand il me ramène le soir, mille interrogations fourmillent dans ma tête : vais-je être à la hauteur ? Va-t-il se rendre compte que je n'ai pas pratiqué depuis longtemps ? Puis-je le satisfaire autant que toutes les femmes qui sont passées avant moi ? Autant que Sofia ?

En parlant d'elle, ça fait une semaine que j'esquive ses appels, que je ne réponds pas ou très peu à ses SMS… L'excuse du « *je suis fatiguée à cause du boulot* » marche encore, mais pour combien de temps ? Tôt ou tard, je devrai aller la voir pour lui dire la vérité. Je ne veux pas risquer de perdre ma meilleure amie, même si le jeu en vaut la chandelle.

— J'ai encore rêvé de toi cette nuit, me glisse-t-il à l'oreille avant de me lécher le lobe pour me faire frissonner. J'aimerais qu'on puisse se voir un peu ailleurs qu'ici ou dans ma caisse ce soir. On finit tôt tous les deux, on pourrait peut-être se retrouver quelque part ?

— J'aurais tellement voulu te dire oui, Cam. Mais ce soir, mes parents ont prévu un dîner en famille. Justement, comme ils ne me voient pas beaucoup, ils sautent sur la moindre minute de mon temps libre pour faire un truc ensemble. Je suis navrée, m'excusé-je en mordillant doucement sa lèvre avant de faire demi-tour pour aller prendre mon service.

Le coude bloqué contre l'encadrement de la porte, le front sur sa main, il me regarde partir d'un air maussade. Moi aussi, j'aurais aimé me retrouver seule avec lui, même si ça m'effraie un peu… Moi aussi, je ressens ce manque qui me hurle de trouver un moyen de le voir ce soir…

En y pensant bien, je suis coincée à la maison avec mes parents, mais rien ne m'interdit de l'y coincer lui aussi…

20
CAMERON

Mercredi 5 août

Déjà une semaine que je la regarde minauder sous mon nez pour me rendre fou. Sait-elle comme c'est dur pour un mec de devoir réfréner ses pulsions surtout quand une bombe nous fait du charme à chaque fois qu'on passe à côté d'elle ?

Pendant que je sers une table à l'opposé d'elle, je l'observe sourire à la famille à qui elle prend la commande. Son naturel enjoué est communicatif, les gens ont l'air détendus quand ils discutent avec elle. D'ailleurs, depuis qu'elle a commencé à bosser au bar, nous n'avons eu que des compliments sur Zia. Même les commentaires sur le net ne sont que des éloges à son sujet.

Au-delà de ma mission personnelle, l'engager a fait du bien à tout le monde. Les gars ont moins besoin de passer, Neil est plus serein, Zia a l'impression de mettre de l'argent de côté pour ses études et moi j'allie l'utile à l'agréable. En plus de rembourser ma dette, je commence à entrevoir ce que signifie le verbe « aimer ».

Je n'ai toujours rien dit à Zia sur mon ignorance inavouable en matière de sentiments. J'ai eu envie de le faire à plusieurs reprises, car je me sens bien avec elle, mais ma pudeur naturelle a réussi à prendre l'ascendant à chaque fois.

Zia n'est pas comme moi à ce niveau-là, elle a de l'assurance, elle ose se dévoiler, ouvrir son cœur… Je l'admire pour ça. J'aimerais réussir à en faire autant pour lui prouver à quel point elle compte pour moi, mais… je n'y parviens pas.

Il faut dire que je ne suis pas allé à la meilleure des écoles pour ça. Dans ma famille, nous n'étions pas trop « effusion de sentiments », au contraire, même si mes parents étaient très tactiles entre eux, ils ne l'étaient pas vraiment, ni avec ma sœur ni avec moi.

Souvent, quand j'y repense, je regrette de ne pas les avoir plus serrés dans mes bras, de ne pas leur avoir dit que je les aimais. Le jour où je suis parti, juste avant leur accident, je me suis contenté d'un rapide « à plus » avant de monter dans le train. Pas d'étreinte à mon père, pas de baiser à ma mère, pas de câlin à ma sœur, juste un « à plus » de merde, qui me hante encore. Pourtant, je me souviens que ce jour-là, j'avais envie de le faire. Nous n'allions pas être séparés longtemps sur le papier, mais c'était la première fois qu'ils me laissaient partir seul. Le cœur un peu serré, j'avais hésité sur le quai de la gare, j'avais même effleuré la joue de Mona rapidement en me disant que j'étais vraiment trop con de faire preuve d'autant de retenue avec ma propre famille. Après tout, l'amour, c'est naturel. Je les aimais, ils m'aimaient, et surtout, j'en avais besoin… Mais voilà ! Foutue pudeur qui m'a gâché mes derniers instants avec eux.

Aujourd'hui, je ne pourrai plus jamais leur dire que je les aimais de tout mon cœur, je ne pourrai plus jamais sentir le parfum de ma mère en la serrant dans mes bras, je le regrette tellement.

Je ne veux pas regretter plus encore. Je ne veux pas me dire que je passe à côté de quelque chose de beau, qui fait du bien, juste parce que je me sens ridicule en m'exposant au regard de l'autre. Je ne veux pas tout gâcher avec Zia juste parce que je ne sais pas ouvrir mon cœur…

— Monsieur… Monsieur…, me rappelle le mec d'un claquement de doigts alors que j'avais bugué sur celle qui me donne envie de m'ouvrir enfin.

— Toutes mes excuses, j'étais un peu… ailleurs !

— Aucun problème ! me lance-t-il avec un clin d'œil. Mes amis et moi avons tout notre temps. Si vous voulez vous joindre à nous à la fin de votre service, je serais même ravi de vous payer un verre.

Étonné par sa proposition, je souris en réalisant que le mec est en train de me draguer. Ce n'est pas la première fois que je reçois ce genre de proposition pendant le service, en revanche, c'est une première qu'elle vienne d'un homme.

Amusé, je décline l'invitation du gars en lui expliquant que j'ai d'autres projets avec ma copine avant de retourner au bar en riant.

— Qu'est-ce qui t'amuse autant ? me demande Neil en prenant ma commande.

— Je viens de recevoir ma première invitation de la part d'un mec. C'est assez étrange…

— Ça fait partie du job, boss ! déclare-t-il en posant les verres sur mon plateau. La première fois, ça m'a fait bizarre aussi, mais au final, si tu rentres dans le jeu comme avec n'importe quelle femme qui te draguerait, vive les tournées qui s'enchaînent !

— C'est laquelle, celle qui te drague ? s'enquiert la voix de Zia derrière moi. Tu veux que j'apporte la commande ?

Quand je me retourne pour admirer l'air qui accompagne ce ton nonchalant, j'ai envie d'exploser de rire. Zia, les joues rouges, me foudroie du regard.

Comprendre qu'elle est en colère parce qu'elle vient d'apprendre que je me faisais draguer par une cliente me met en joie. Si elle est jalouse, c'est qu'elle tient à moi.

— C'est le mec avec le débardeur blanc à la deuxième table à droite. Tu vois, celui qui est entouré de tous ses potes et qui me fait signe, là !

Gênée d'avoir parlé trop vite, Zia baisse la tête en maugréant.

— Ouais, ben… T'as pas besoin de moi, du coup ! lance-t-elle en récupérant sa commande pour aller la servir.

— Qu'est-ce qui lui prend ? demandé-je à Neil pour noyer le poisson sur notre relation.

— Elle vient d'apprendre que tu étais gay, mon pote. Je crois qu'elle avait des vues sur toi, maintenant, c'est loupé !

— Des vues sur moi ? m'étonné-je, mal à l'aise. N'importe quoi ! C'est mon employée, elle ne peut pas avoir des vues sur moi.

— On peut très bien fantasmer sur son boss, où est le mal ? Tu me fais bien craquer, toi ! lance-t-il en me caressant la main juste après avoir posé une bière sur le plateau. Un bel apollon comme toi, baraqué et métis en plus… RRRRR ! fait-il en mimant une griffure.

— T'es vraiment trop con, Neil ! lâché-je en récupérant mon plateau. Je vais en toucher deux mots à Ty, il pourra peut-être te satisfaire mieux que moi !

— Oh non, mon chou ! Il n'y a que toi qui me fais cet effet-là !

Après plus de trois heures à me faire vanner par ce con de barman, il est temps de finir le service.

J'avais espéré passer du temps avec Zia, je pensais même l'emmener pique-niquer sur la plage, mais ses parents en ont décidé autrement. Quant à moi, c'est tout seul que je vais devoir passer mon temps.

Pendant qu'elle se change dans le vestiaire, je la surprends en venant l'enlacer par-derrière. Après un baiser dans le cou, elle se retourne pour me faire face avec un sourire démoniaque.

— Alors ? Je savais bien que mon père avait raison sur ton compte ! annonce-t-elle pour faire référence à mon entretien avec son paternel en passant sa langue sur sa lèvre pour me faire saliver. Tu vas aller boire un verre avec ton nouveau pote ?

— Je n'ai que ça à faire ce soir ! Ma copine me laisse en plan pour aller dîner avec sa famille. D'ailleurs, il pense toujours que je suis gay, ton père ?

Avec mon plus bel air de chien battu, j'essaie d'amadouer la féroce Zia qui ne semble pas succomber à mes charmes. Tandis qu'elle se retourne pour poser son tablier dans le casier, elle se baisse en avant pour récupérer son sac à main. Ses fesses, collées à mon bassin, me font réagir instantanément. Ce qu'elle est en train de faire est dégueulasse. Utiliser son cul pour me rendre dingue, ça devrait être interdit !

Malicieuse, elle se redresse en toute connaissance de cause pour venir coller son dos à mon torse. S'il n'y avait que nous ici, je n'aurais fait qu'une bouchée d'elle, mais à cette heure-ci, le bar est encore bondé, et Neil n'est pas bien loin. Inutile de s'attarder si on ne veut pas se faire chopper.

— Dommage que tu ne sois plus dispo, lance-t-elle en se retournant d'un geste vif pour se retrouver face à moi. Mes parents auraient été ravis d'inviter mon boss gay à notre table pour le dîner. Une prochaine fois peut-être…

Alors qu'elle s'éloigne d'un pas rapide, je m'active jusqu'au bureau pour récupérer mes clés de voiture afin de la rattraper au plus vite.

Persuadé d'avoir raté son départ et de devoir lui courir après dans la rue, je suis heureux de constater qu'elle est encore au bar à discuter avec Neil.

Quand j'arrive près d'eux, je salue Ty qui se pointe au loin en jetant un coup d'œil étrange à Zia. Sa façon de la regarder ne me dit rien qui vaille. Il n'y a plus aucun doute, il sait qui elle est.

— Miss Rice ! déclare-t-il en arrivant à sa hauteur avant de lui prendre la main pour la baiser. Enchanté de faire votre connaissance !

Quel enfoiré ! Il fait ça exprès pour me mettre mal à l'aise. Ce qui a l'air de beaucoup l'amuser a le mérite de me foutre les nerfs. Je voudrais lui remettre les pendules à l'heure en lui rentrant dedans pour qu'il arrête son cirque, mais je ne peux le faire sans bousiller nos vies. Prenant sur moi pour ne pas l'encastrer dans le bar, avec le poing serré dans ma poche, je grogne en m'éloignant :

— Bonne soirée, tout le monde, j'ai un repas de prévu ce soir.

Zia n'a rien du comprendre à mon départ étrange, alors pour lui dire que j'accepte cette invitation avec plaisir, je sors du bar pour l'attendre sous le porche le plus proche dans la rue, la tête baissée, dos au mur.

Il ne lui faut que quelques secondes pour sortir à son tour et me passer devant sans faire attention à moi. Le regard au loin, à ma hauteur, elle me cherche sans me voir, quand soudain, elle tourne la tête de mon côté en criant.

— T'es con ! Tu m'as fait peur ! lance-t-elle en venant se lover contre moi sous le porche. Après Ty qui vire de la carafe et toi qui te planque pour m'attendre, je vais commencer à flipper, moi ! Pourquoi il m'a dit qu'il était enchanté de me connaître ? C'est bizarre, non ?

— Laisse tomber, dis-je pour lui faire oublier l'entrée théâtrale de mon ami. Tu sais bien qu'il n'a pas la lumière à tous les étages ! Au fait, j'accepte… Même si c'est au dernier moment, et que ça me stresse un peu, je veux bien venir dîner chez toi et rencontrer tes parents. Il est grand temps de faire comprendre à ton père que j'aime les femmes… Une en particulier !

Sautillant sur place, la joie de Zia est contagieuse. Je souris comme un con en la regardant faire.

— Je pense qu'il a compris que tu n'aimais pas les hommes quand il a entendu Sofia vanter tes mérites d'étalon à ma mère. Étonnamment, il ne t'en a pas tenu rigueur, car il t'adore ! Il n'arrête pas de parler de toi comme d'un vrai self made man. Je crois qu'il t'admire !

— Arrête de dire ça ! Tu me mets encore plus la pression.

— Si c'est trop tôt pour toi, je comprendrais, Cam. Je ne veux pas que tu te sentes obligé de venir pour me faire plaisir.

— Justement, je veux que ça te fasse plaisir. C'est une preuve que je tiens à toi.

Les yeux brillants, elle me fixe en caressant ma joue avec douceur. Rien que de lui dire ces mots a été une épreuve pour moi, pour autant, sa réaction est comme une récompense. Quelques petits mots qui la rendent heureuse, au final, ce n'est pas si difficile que ça.

— On y va alors ? me demande-t-elle enjouée. J'ai hâte de te présenter ma mère et mon frère. Tu vas voir, ils sont super !

— Je passe chez moi prendre une douche et j'arrive. Ça te va ?

— C'est parfait ! lance-t-elle en m'embrassant avant de s'éloigner.

Tandis que son cul oscille de gauche à droite avec excès, je ne peux m'empêcher de la mater avec envie. J'aurais préféré qu'on passe notre soirée ensemble pour finir ce que l'on avait commencé, mais tant que je suis avec elle, ça me va aussi.

— Au fait ! crié-je pour qu'elle se retourne. On y va en tant que collègues ou en tant que couple ?

— À tout à l'heure, boss ! me répond-elle en guise de réponse.

Presque déçu qu'elle n'ait rien dit à ses parents sur nous, je lui fais signe pour lui dire que j'ai compris juste avant qu'elle ne s'engouffre dans une ruelle perpendiculaire.

Je n'ai plus qu'à faire bonne impression auprès de mes nouveaux beaux-parents pour que ce soit eux qui poussent Zia dans mes bras…

***

Après une bonne douche, j'ai revêtu une tenue digne d'une présentation officieuse. Classe et décontracté, mais sans en faire trop, j'ai enfilé un pantalon chino avec un tee-shirt blanc et une veste de costume. Sans la veste, le blanc de mon haut contraste bien avec ma peau, ça me donne bonne mine comme me l'avait dit le styliste qui était venu pour nous donner des conseils vestimentaires à la fac.

Je ne pensais pas que le style était si important avant ce cours, pourtant, ça m'a bien servi. Un avocat et un patron de bar à la mode n'ont pas la même dégaine, mais grâce à ce gars, j'ai réussi à trouver un bon mix entre les deux. Ce soir, on peut même dire que j'ai la présentation du gendre idéal !

Devant la porte d'entrée de la maison de Zia, avec une bouteille d'un bon cru dans une main et deux bouquets de fleurs dans l'autre, j'attends que quelqu'un vienne m'ouvrir. Pour faire une bonne première impression, rien de tel que de me pointer avec des petites attentions. Surtout pour une mère. Si elle est comme la mienne l'était, elle ne retiendra que ça de notre première rencontre.

Il ne me faut patienter que quelques secondes avant que la porte ne s'ouvre sur une ravissante femme blonde aux allures altières.

— Bonsoir Cameron ! lance-t-elle en me montrant le passage pour me laisser entrer. On attendait plus que toi pour commencer l'apéritif !

Après de brèves présentations, j'apprends qu'elle s'appelle Sarah, et que hormis la couleur de leurs cheveux, Zia en est son portrait craché.

Sur la photo que j'ai de leur famille, elles ne se ressemblaient pas tant que ça, mais à la voir en chair et en os, je peux maintenant dire que Ty avait raison, Sarah est une superbe femme.

Joey, venu pour m'accueillir lui aussi, me tape l'épaule comme si nous étions de vieilles connaissances. Grâce à son naturel qui me met tout de suite à l'aise, j'entre dans la maison en occultant facilement que j'y suis déjà venu.

Tout à l'heure, dans ma douche, j'étais vraiment stressé à l'idée de revenir sur « les lieux du crime », mais maintenant que je suis là, et en sachant que j'ai l'argent de ma dette en ma possession, je me sens moins mal. Je suis presque ravi de venir ici pour faire la connaissance de cette famille qui pourrait peut-être un jour devenir la mienne.

Au bout de quelques minutes, un gamin d'une quinzaine d'années débarque devant moi pour me serrer la main. Avec ses yeux rouges et son teint blafard, pas besoin d'avoir fait l'école des stups pour comprendre que ce gosse est défoncé. Il ne le sait pas encore, mais j'espère bien m'occuper de son cas quand je serai mieux intégré à la famille. Savoir qu'il prend de la merde me met hors de moi, et à voir la tête qu'il a, son père n'a pas réussi à lui faire arrêter malgré l'avertissement que j'avais laissé sur son bureau.

— Salut ! Moi, c'est Sloan. Je suis le frère de Zia.

— Moi, c'est Cameron, réponds-je en serrant la main qu'il me tend. Zia m'a beaucoup parlé de toi !

— Ah ouais ? demande-t-il en souriant. À mon avis, pas autant que de toi à la maison !

— Sloan ! gronde Zia en arrivant derrière moi. Ferme ta bouche de petit merdeux ou je me fâche !

En arrivant vers son frère, elle le prend dans ses bras avant de déposer un baiser sur sa joue. Voir leur complicité me fait sourire. Même si Mona et moi n'étions pas les plus tactiles ou les plus démonstratifs, on s'entendait vraiment bien. Elle était ma petite sœur, celle que j'aimais et protégeais envers et contre tous.

Zia m'a déjà parlé des problèmes d'addiction de son frère. Pour elle, il n'y a rien d'inquiétant tant qu'il se contente de fumer un joint de temps en temps. Sauf que la réalité peut vite déraper. Et grâce à Zach, j'en sais quelque chose !

Après le décès de ma sœur, je ne suis pas le seul à être devenu l'ombre de moi-même. Pour surmonter sa peine, Zach s'est plongé à corps perdu dans la coke. Pour lui, c'était un moyen comme un autre d'oublier. Au début, j'ai laissé faire, jusqu'à ce que je me retrouve face à une loque humaine. Avec un sevrage improvisé, j'ai retrouvé mon meilleur pote. Je ne savais juste pas qu'il allait finir par devenir celui qui vend cette merde aux autres.

Alors, le jeune Sloan, j'en ferai mon affaire avec plaisir quand j'aurai enfin réussi à déglutir face à cette beauté qui me regarde :

— Tu es resplendissante, Zia ! la complimenté-je en lui tendant le premier bouquet.

Garni d'une rose rouge unique pour lui déclarer ma flamme, j'ai suivi le précieux conseil de la fleuriste en matière de message caché. Celui de Sarah, composé de fleurs rose pâle de toutes sortes, a l'air de la ravir. Le nez plongé dans le bouquet, elle respire les senteurs pendant que Monsieur étudie l'étiquette de la bouteille en me félicitant de mon choix.

— C'est vous que je dois féliciter, Monsieur Rice. Vous êtes entouré de deux femmes sublimes, vous en avez de la chance !

Fier de sa famille, il enlace sa femme avant de mettre le bordel dans les cheveux lissés de Zia. Agacée, elle le repousse en me jetant un coup d'œil. J'aime leur complicité. Ils sont une famille touchante. Si attendrissante que je sens la blessure de ce que je leur ai fait se rouvrir dans mes entrailles.

— Je t'en prie, Cameron, appelle-moi Joey ! On se connaît maintenant.

Alors que je le remercie pour sa proposition, ils m'invitent à entrer pour partager un moment de leur vie. Face à tant de gentillesse, je ne peux que me faire la promesse de leur faire parvenir l'argent dans les plus brefs délais. Même s'ils ont l'air heureux et unis, ces gens ont souffert à cause de moi alors je dois réparer le mal que j'ai fait.

L'apéritif et le repas se passent dans la bonne humeur. Nous parlons de tout et de rien, de l'été, de mes études, de celles de Sloan et Zia. Joey et Sarah sont des gens accueillants qui aiment mettre leurs invités à l'aise. Ils sont vraiment sympas. Peut-être le seraient-ils moins s'ils savaient que leur fille est tombée amoureuse d'un cambrioleur…

Zia a l'air radieuse, elle aussi. Bien qu'on doive mettre de la réserve dans nos gestes, il est facile de remarquer les regards que l'on se lance. C'est simple, elle est tellement divine dans sa robe à fleurs que je n'arrive pas à regarder ailleurs. Aussi drôle, aussi brillante que d'habitude, elle m'épate par son naturel et son esprit fin.

En admirant sa femme nous servir le dessert, Joey, qui n'est pas passé à côté de notre complicité, me demande :

— Alors, Cameron, ma fille est-elle une bonne employée au bar ? La connaissant, je suis sûr que toi et tes associés devez être satisfaits !

— La meilleure, Monsieur Rice ! dis-je pour satisfaire le paternel déjà fier de sa progéniture. Zia fait un excellent travail, elle a su se mettre dans le bain dès le premier jour. Elle fait preuve d'autonomie et de prise d'initiative, on ne pouvait pas rêver mieux qu'elle.

— Merci, balbutie Zia alors que sa mère nous regarde d'un drôle d'œil.

— Vous avez l'air de bien vous entendre tous les deux ! annonce cette dernière sans détourner le regard. Vous devez bien vous amuser au boulot !

N'étant pas vraiment certain de comprendre le sous-entendu, je me sens dans le viseur.

— C'est vrai qu'on rigole bien ! Zia a toujours le sourire et un petit mot pour rire. C'est facile de bosser avec elle. Et puis, nous serons dans la même fac l'année prochaine alors, à l'inverse de ses relations avec mes associés, je pense que ça nous rapproche un peu. Enfin, en toute amitié bien sûr, précisé-je pour éviter les quiproquos.

— Quel dommage qu'il ne s'agisse que d'amitié, reprend Sarah en caressant le dos de la main de sa fille. Vous auriez fait un charmant petit couple tous les deux !

— Maman ! s'exclame Zia en enlevant sa main pour faire comprendre à sa mère que ce qu'elle vient de dire est déplacé.

— Sarah, tu exagères ! la reprend Joey. Tu vas mettre Cameron mal à l'aise !

— Oh, c'est bon, chéri. Je plaisante… Ou pas.

Amusé par la gêne de Zia, devenue aussi rouge que les coquelicots de sa robe, j'ai envie de donner raison à sa mère pour lui faire comprendre que sa fille ne me laisse pas indifférent.

— Pas de problème, dis-je en souriant timidement. Vous avez raison, Sarah. Aucun homme normal ne pourrait résister au charme de votre fille ! En tout cas, moi, j'en suis incapable…

Alors que Zia rougit de plus belle, Sloan explose de rire dans son verre et Joey, qui vient de comprendre que je n'ai de gay que l'idée qu'il se faisait de moi, me regarde avec de gros yeux ronds.

Sarah, qui me couve de son regard de mère poule, me sourit, l'air aux anges. Je ne sais pas si j'ai marqué un point avec le paternel, en tout cas, j'ai mis en plein dans le mille avec la mère.

— Bon ! Si on débarrassait, annonce Zia en s'agitant. Il se fait tard, je crois. Tu ne trouves pas, Cameron ?

Comprenant l'ordre implicite mal dissimulé dans sa question, je regarde ma montre en approuvant. Elle qui se disait être très à l'aise pour parler de sentiments, elle vient de me prouver le contraire. Nettement plus stressée que moi, Zia me fait les gros yeux pour m'annoncer qu'il est temps que je décampe.

Ne comprenant pas son changement d'humeur radical, je réunis quelques assiettes pour aider à débarrasser la table avant qu'elle m'annonce qu'elle va s'en charger après mon départ.

Tandis que je remercie mes hôtes pour leur accueil et leur gentillesse, Zia me pousse littéralement vers la sortie. Je ne sais pas ce que j'ai fait de mal, mais il y a forcément un truc que j'ai dit ou fait qui ne lui a pas plu.

— Je raccompagne Cameron, ensuite je viendrai t'aider pour la vaisselle, maman ! lance-t-elle en ouvrant la porte avant de me mettre dehors.

21
ZIA

Mercredi 5 août

— Qu'est-ce qui te prend ? me demande-t-il soucieux. Si j'ai fait quelque chhh…

Il n'a pas le temps de finir sa phrase que je plaque ma bouche sur la sienne pour le faire taire.

Bien sûr qu'il n'a rien dit de mal, ou qu'il n'a rien fait de déplacé, au contraire, il a été parfait ce soir. Tellement parfait, que plus les minutes passaient, plus les heures avançaient, et plus je n'avais qu'une idée en tête : mettre la suite de mon plan à exécution.

Les mains glissées dans les poches arrière de son pantalon, je pétris ses fesses avec ferveur. C'est plus fort que moi, j'ai envie de le toucher. J'en ai besoin.

Au moment où il passe une main sous ma robe pour me surélever la cuisse afin de m'attirer encore plus près de son bassin, dans ma tête c'est de la pure folie. Mon seul rêve, c'est qu'il me prenne là, contre la porte de la maison de mes parents. Cette fois, c'est clair, il m'a rendue dingue !

Sauf que ce n'est pas ce qu'il fait… Après quelques secondes d'un baiser enflammé qui m'a complètement mise hors d'haleine, il me repousse pour mieux me dévisager.

— Waouh… C'était quoi, ça ? me questionne-t-il sans comprendre ce qui m'arrive. Tu me fous dehors en un claquement de doigts. Tu ne me laisses même pas dire au revoir comme il faut à tes parents, et maintenant tu me sautes dessus comme si tu étais une junkie en manque… J'ai raté un épisode, Zia. Va falloir que tu m'expliques !

— OK… C'est juste…, bredouillé-je sans réussir à m'exprimer. Toi, tu as été parfait. Un gendre idéal, quoi. Et ça m'a trop excité. Je sais pas comment te dire ça sans avoir honte…

Alors qu'il se met à ricaner, je sens la pointe de moquerie qui filtre à travers son rire.

— Ne te fous pas de ma gueule, Evans ! Tu m'as… chamboulée.

— Tu te souviens du jour où on s'est rencontrés ? T'avais peur que je sois un cinglé, un pervers. Je crois qu'on a inversé les rôles… Viens par-là, ma petite perverse, balance-t-il pour se moquer une nouvelle fois avant de me forcer à me blottir dans ses bras. Si je comprends bien, je t'ai trop excitée alors le seul moyen que t'as trouvé pour ne plus l'être, c'est de me foutre dehors ?

— C'est à peu près ça…, dis-je en réalisant ma connerie en même temps que je l'énonce à haute voix.

— Et maintenant, me demande-t-il en collant sa bouche à mon oreille, je vais devoir rentrer chez moi, tout seul, en sachant que tu es dans cet état ? Tu sais que tu me fais souffrir là ?

Ne pouvant m'empêcher de pouffer de rire, je le laisse parsemer mon cou de baisers tous plus délicieux les uns que les autres.

— Et si…, commencé-je sans pouvoir continuer ma phrase tant sa langue sur ma peau me déconcentre.

— Et si quoi ?

Son souffle contre ma peau me file des frissons. Il a beau faire encore très chaud à cette heure de la nuit, je tressaille sous la caresse de ses lèvres.

— Et si tu me rejoignais dans ma chambre ?

S'arrêtant net pour m'analyser, il ne parvient pas à savoir si je suis sérieuse ou non.

Alors, pour lui prouver que je le suis, je lui explique ce à quoi j'avais pensé depuis le début :

— Si tu réussis à grimper sur ma terrasse, et que tu attends une vingtaine de minutes que je monte me coucher, alors je serai à toi pour le reste de la nuit.

À mon tour de moduler ma voix pour la rendre brûlante. À mon tour de jouer avec ses nerfs pour le mettre en transe. À mon tour de constater que je peux l'exciter moi aussi. *OMG, il a raison… C'est moi la plus perverse de nous deux !*

Le front logé dans mon cou, Cameron ne répond plus. Ses doigts ancrés dans mes cuisses me pétrissent la chair avec force. Étrangement, je n'ai pas mal, j'ai juste encore plus envie de lui.

— Tu ne veux pas ? m'inquiété-je alors que ce silence que je ne comprends pas s'éternise trop à mon goût.

— Shhhuuuttt…, râle-t-il en gardant sa tête lovée dans mon cou. Tu ne vois pas que je me concentre pour ne pas tout lâcher dans mon boxer…

Impossible de ne pas réagir à une telle remarque. Écroulée de rire contre son corps qui me bloque le passage, les soubresauts de ma poitrine se répercutent contre son torse dur.

— Arrête de faire ça ! lance-t-il comme un avertissement alors que mes rires redoublent. Arrête de rire, Zia. Je sens tes seins nus qui se frottent contre moi, c'est encore pire !

— Tu vas me rejoindre alors ? demandé-je en griffant son dos pour le faire plier.

Cambré par la sensation de mes ongles sous son tee-shirt, il se redresse d'un coup pour s'éloigner de moi. Les mâchoires crispées, les poings serrés, il me fait face avec une lueur animale dans les yeux. Jamais je n'avais vu un homme avoir autant envie de moi qu'à cet instant.

Contre toute attente, plutôt que de m'intimider, ce reflet torride dans son regard me donne encore plus d'assurance. Ce soir, je vais être à la hauteur de toutes les autres. Je serai même au-delà de toutes celles qu'il a connues, au-delà de Sofia. Après cette nuit, il ne pourra plus jamais se passer de moi.

— Dans vingt minutes en haut, dis-je en le laissant sur le pas de la porte après avoir déposé un baiser sur sa joue.

Quand je rentre dans la maison, j'appuie un instant mon front contre la porte fermée pour reprendre mes esprits. Passer d'un Cameron en rut à une confrontation avec mes parents nécessite un bref temps d'adaptation.

Pendant une grande respiration, je lisse ma robe et remets un peu d'ordre dans mes cheveux avant de me jeter dans l'arène.

En arrivant dans la cuisine, ma mère est en train de charger le lave-vaisselle. Une pile d'assiettes trop lourdes pour elle dans les mains, je m'empresse de récupérer un verre en équilibre in extremis avant qu'il ne tombe sur le sol.

— Merci ma chérie, lance-t-elle accompagné d'un coup d'œil complice. Cameron est parti ? Pourquoi tu l'as mis dehors si vite; on passait une bonne soirée, non ?

Pour ta gouverne, maman, il n'est pas vraiment parti, il est toujours dans le jardin en train de chercher un moyen de grimper jusqu'à ma chambre. Et si je voulais qu'il parte vite, c'était juste parce que j'avais très envie qu'il me fasse aussi grimper aux rideaux... Que pourrait-elle bien me répondre si je lui sortais ça ?

Rien que d'imaginer sa tête me donne envie de rire, mais par respect, je me contente de lui fournir une explication plus plausible :

— Excellente, maman ! Je ne voulais juste pas que vous finissiez par mettre mon patron mal à l'aise. Ça se comprend, non ?

Je m'en veux de mentir à mes parents, ils ne sont pas cons, ils ont bien vu comment on se regardait pendant le repas, ils ont bien senti notre complicité aussi. À quoi bon nier l'évidence ? Ma mère ne va pas me laisser m'en tirer avec une petite pirouette ridicule, elle est bien plus rusée que ça.

Tandis qu'elle referme le lave-vaisselle pour commencer à laver les plats qui se trouvent dans l'évier, elle me jette un torchon à la figure pour que je l'aide à essuyer en riant :

— Pourquoi tu te marres ?

— Tu crois vraiment que tu peux me la faire à l'envers, Zia Rice ? Depuis quand vous êtes ensemble ?

Prise au dépourvu, je savais qu'elle allait en venir au fait, pourtant elle a le mérite de me laisser bouche bée. Jouant nerveusement avec le torchon entre mes doigts, je tente le coup de la grimace complice en lui répondant :

— Ça se voit tant que ça ? Papa l'a remarqué aussi ?

— Ne sois pas gênée, ma chérie ! Il n'y a aucun mal à tomber amoureuse, tu sais. C'est même très beau ! lance-t-elle en venant me serrer dans ses bras. Surtout quand c'est réciproque. Et non, tu sais bien que ton père ne remarque rien. Il pense que Cameron est comme lui, un carriériste qui ne se laisse pas distraire par l'amour. Tu sais comment est ton père, il n'avouera jamais qu'il s'est laissé prendre dans les filets d'une femme.

— Il se voile la face, c'est évident ! dis-je pour acquiescer de la suprématie féminine de la famille. Maman, tu crois vraiment que c'est réciproque ? Je veux dire, tu penses vraiment qu'il tient à moi ?

— Je ne le pense pas chérie, j'en suis sûre ! déclare-t-elle en me frottant le dos avec fierté. Une seule rose, des attentions pour ton père et moi, sa prévenance, sa politesse… Il voulait nous faire bonne impression, et il voulait le faire pour toi. Pour te prouver qu'il tient à toi. Alors, ça fait combien de temps ?

— Ça ne fait qu'une semaine, c'est tout récent…

— Mais ? demande-t-elle comme si elle connaissait déjà la suite.

— Mais je crois que je suis déjà amoureuse de lui.

— Alors, profites-en, ma chérie ! L'amour, c'est ce qu'il y a de plus beau. Il faut le vivre à fond, il faut s'en nourrir, encore et encore, car c'est l'essence même de nos vies… Et puis, pour ne rien gâcher, Cameron est un très bel homme ! Petite veinarde !

Amusée, je l'embrasse sur la joue pour la remercier d'être aussi compréhensive. Bien qu'il n'y ait aucune raison pour que mes parents se mettent en travers de mon chemin, je suis heureuse d'avoir leur consentement. Ils sont ma famille, et s'ils n'approuvaient pas mes choix, je ne sais pas comment je pourrais réagir.

Après un gros câlin de réconfort, j'informe ma mère que je me sens un peu fatiguée par ma journée. Toujours aussi prévenante, elle me laisse filer me coucher alors que je ne l'ai vraiment pas aidée à ranger.

En passant dans le salon, mon père zappe sur les chaînes de la télé comme il le fait toujours. Incapable de se fixer sur un programme plus de cinq minutes d'affilée, je me faufile derrière lui en silence pour le prendre par le cou.

— C'est dingue cette manie que tu as ! Arrête avec cette télécommande ! le taquiné-je en la lui prenant des mains.

— Tu me connais, je suis un éternel indécis ! plaisante-t-il en tournant sa tête vers moi. Alors, tu as apprécié le repas ?

— Oui, maman est une vraie chef, comme toujours ! Ça m'a fait du bien de passer du temps avec vous. Avec le boulot, je ne me rendais même pas compte à quel point vous me manquiez.

— C'est ce qui s'appelle avoir la tête dans le guidon, ma puce. Mais, pour ta gouverne, je ne parlais ni des talents de cuisinière de ta mère ni de ton boulot ou de ta présence sporadique à la maison, je parlais du jeune homme qui était assis en face de toi pendant le repas, Zia !

— Il n'y a rien à dire sur Cam, qu'est-ce que tu crois ! m'emporté-je plus que je ne l'aurais souhaité.

— D'abord, tu aurais dû me prévenir qu'il n'était pas gay. Si je l'avais su, je ne l'aurais jamais laissé te raccompagner à des heures indécentes. Ensuite, ta mère pense que je ne remarque jamais rien, mais elle se trompe ! J'ai vu sa façon de te regarder, tu ne le laisses pas indifférent, tu sais ! annonce-t-il en passant sa main par-dessus son épaule pour me caresser les cheveux. Et elle a raison, vous iriez bien ensemble !

Elle qui disait que mon père ne voyait rien, elle s'est plantée. Cela remet-il en cause la suprématie féminine ou ça fait simplement de mon père un homme plus romantique qu'elle ne veut me le faire croire ? Qu'importe, il m'a percée à jour, alors autant jouer cartes sur table.

— Il ne me laisse pas indifférente non plus… Mais je laisse faire le temps. Inutile de se précipiter.

— Tu as raison, ma puce ! Une femme exceptionnelle comme toi, ça se mérite ! Il doit être capable de gravir des montagnes pour ma petite fille ! Je compte sur toi pour le faire ramer un peu !

— Ne t'en fais pas pour ça ! Tu me connais, je ne suis pas un chaton docile… Je ne me laisse pas approcher facilement. Pour autant, je crois qu'il est capable de les gravir ces montagnes.

— Je crois aussi ! me conforte-t-il en ne sachant à quel point il est proche de la vérité.

Alors que je souhaite une bonne nuit à mon père, je souris en pensant à ce que Cam est en train d'escalader. À défaut de le mettre directement sur une montagne, j'ai commencé le challenge en lui proposant l'ascension de la terrasse, c'est déjà pas mal…

Montant les marches trois par trois pour arriver plus vite dans ma chambre, je ralentis le pas en passant devant celle de mon frère. L'oreille tendue contre sa porte, je ne perçois pas un bruit. Vu l'heure qu'il est, peu de chance qu'il soit déjà en train de dormir. À mon avis, il est plutôt en train de jouer en ligne avec un pote, ou bien plus dégueu, il est peut-être même en train de se taper un porno avec son casque pour ne pas nous donner envie de gerber.

Même si nous allons être totalement silencieux, quoi qu'il soit en train de faire, je préfère savoir qu'il ne nous entendra pas. Il serait dommage de se faire chopper en de telles circonstances. Maintenant que mes parents m'ont donné leur feu vert, j'aime autant qu'ils gardent une bonne image de mon petit ami.

Comme si j'étais en mission spéciale, j'entre dans ma chambre à pas feutrés comme le ferait un voleur en plein cambriolage. La porte-fenêtre est ouverte et mon rideau blanc vole dans la pièce en apportant une brise fraîche qui me fait du bien. Je ne me souviens pas l'avoir laissée ouverte, mais qu'importe, après un bref coup d'œil autour de moi, je réalise qu'il n'y a personne dans la pièce.

Avec précaution, je m'approche de la terrasse en croisant les doigts pour que Cameron s'y trouve. Mais il n'est pas là non plus. Déçue de ne pas le voir, je me précipite vers la barrière pour regarder en bas, retrouvant instantanément le sourire.

Quand il m'aperçoit, il me fait un signe de la main avant de sauter à pieds joints sur le rebord de la fenêtre du garage. Avec une belle impulsion, il réussit à attraper la bordure de la terrasse pour se hisser à bout de bras jusqu'à moi.

Impressionnée par son aisance pour monter, je réalise à quel point il est sportif. Les muscles tendus de ses biceps me font saliver au point de n'avoir qu'une seule envie : celle de virer ce tee-shirt qui m'empêche d'admirer le reste.

Debout devant moi, de l'autre côté de la barrière, il dépose un baiser sur le bout de mon nez sans me rejoindre.

— Entre avant qu'on nous remarque, chuchoté-je en inspectant les alentours d'un œil rapide.

— Tu ne trouves pas qu'on se croirait dans un film ? demande-t-il en m'attirant à lui alors qu'il est à moitié dans le vide.

— Arrête de faire l'idiot, Cam ! Je ne voudrais pas que tu te retrouves par terre, paralysé ou pire encore ! m'inquiété-je en tentant de le retenir pour ne pas qu'il tombe.

— Moi qui me prenais pour un pseudo Roméo venu courtiser sa Juliette, tu gâches tout, Honey…

— Honey ? C'est quoi ça ? demandé-je, amusée, en le forçant à passer de l'autre côté de la barrière.

— Une inspiration. Un mot doux… Je me sens d'humeur romantique ! annonce-t-il en me serrant dans ses bras. Après tout, *Roméo & Juliette*, ce n'est pas l'histoire la plus romantique que tu connaisses ?

— Si, sûrement… Enfin, si on occulte la fin.

— Pourquoi aurions-nous une fin comme la leur ? On a toute la vie devant nous, et je sens même que j'ai marqué des points avec tes parents ce soir !

— Tu as raison, ils t'adorent ! Tu as le feu vert pour me courtiser comme il se doit !

Alors qu'il joue avec une mèche de mes cheveux, il ne lui en faut pas plus pour se baisser et m'attraper les mollets afin de me porter dans ses bras.

Bien que je me retienne de rire, je ne peux m'empêcher de pouffer en enfouissant mon visage contre son cou pour étouffer le bruit.

Au moment où il me fait passer de la terrasse à la chambre, je me sens redevenir fragile. Envolée mon assurance de tout à l'heure, parti le feu qui me consumait contre la porte, je ne suis plus que douceur et tendresse.

Tandis qu'il relâche mes jambes pour que je repose mes pieds au sol, je me sens presque tremblante. Sa main sur ma joue me caresse doucement du bout des doigts. Ses yeux plongés dans les miens me laissent penser qu'il n'est plus aussi enflammé que quelques minutes auparavant. Avec son front contre le mien, je sens que la fièvre passionnée a disparu au profit du romantisme. Il est mon Roméo, je suis sa Juliette.

Quand il approche ses lèvres pour m'embrasser, je récupère les bords de son tee-shirt pour le lui enlever. Il le passe par-dessus sa tête, et moi, je reste en admiration devant son torse musclé. Oubliée, la vision que je m'en faisais, la réalité est encore plus belle, plus envoûtante.

De la pulpe de mes doigts, je dessine un cœur là où se trouve le sien. Hypnotisé par mon esquisse, il ôte les fines bretelles de ma robe pour la laisser tomber sur le sol dans un mouvement vaporeux. Pas surpris de me trouver sans soutien-gorge, il imite mon geste en dessinant à son tour un cœur sur ma poitrine. À l'instant où il s'apprête à enlever ses doigts, j'attrape sa main pour la porter à ma bouche afin de l'embrasser.

D'abord sur le dessus, je trace un chemin du bout des lèvres jusqu'à sa paume sans jamais le lâcher des yeux. Continuant ma route vers ses doigts, je fais d'abord glisser son index dans ma bouche avant de guider sa main vers mon sein.

Avec peine, il avale sa salive avant de m'interroger du regard. Il n'a pas besoin de me poser la question pour que je comprenne qu'il me demande mon consentement. D'un léger hochement de tête, je lui fais signe que je suis toute à lui. Je suis prête à tout lui donner. L'homme qui se tient devant moi n'a rien à voir avec la description que m'avait faite Sofia. Je savais qu'avec moi il serait différent.

Comme pour me donner raison, Cameron s'avance une nouvelle fois vers ma bouche pour m'embrasser. Un baiser doux et tendre qui me laisse présager que notre première fois sera à cette image. Un véritable moment d'amour qu'il faut chérir, comme le dirait ma mère.

Attentionné, il m'allonge sur le lit avec précaution avant de venir se reposer sur moi. Pour ne pas rompre le contact de nos corps, il fait descendre sa bouche sur ma peau jusqu'à parvenir jusqu'à ma poitrine. Il ne m'a même pas encore goûté que je ne peux retenir le souffle qui s'échappe de ma gorge.

Ameuté par le bruit, il me regarde pour s'assurer que je vais bien. *Oh que oui, je vais bien, Cam ! Je n'ai même jamais été aussi bien.*

Prenant son temps comme il aime le faire, je le laisse découvrir mon corps à sa guise. Petit à petit, il descend le long de mon ventre, flirtant délicieusement avec le liseré de ma culotte.

Par-dessus le tissu, il m'embrasse en laissant sa bouche exercer une pression qui m'exalte. J'en veux plus. Il m'en faut plus.

Tandis que je passe mes doigts dans ses cheveux pour lui donner l'ordre d'ôter cette dernière barrière entre nous, son pied tape dans mon bureau, bousculant ma lampe de chevet qui s'écrase avec fracas sur le sol. Surprise par le bruit, je sursaute en me redressant sur les avant-bras alors qu'il tend l'oreille pour s'assurer qu'il n'y a aucun bruit dans la maison.

Au bout d'une minute insoutenable, personne n'a l'air de se manifester, alors je m'assois devant lui pour retrouver sa bouche.

— Encore…, susurré-je.

D'un geste vif, il me recouche sur le lit, puis vire ma culotte. Plus pressée que jamais de le laisser plonger en moi, je me retiens de respirer quand sa langue me goûte.

Comme s'il connaissait déjà mon corps par cœur, il sait comment me faire frissonner. Pour la première fois, je comprends à quel point prendre son temps à du bon ! Il papillonne, effleure, croque doucement, chacun de ses gestes est si précis, si parfait, qu'il m'en faut peu pour que mes jambes se mettent à trembler.

Les mâchoires crispées, les ongles plantés dans mon matelas, je voudrais pouvoir gémir, laisser libre cours à ces endorphines qui envahissent tout mon être, mais dans la retenue, je l'attire jusqu'à moi pour qu'il me fasse taire par un baiser.

Rempli de désir, il réussit à se débarrasser de son pantalon et de son boxer d'une seule main, allant jusqu'à enfiler un préservatif tel un contorsionniste pressé de retrouver sa boîte. Il est si rapide que je n'ai même pas le temps de voir quoi que ce soit de son anatomie.

Il ne lui suffit que d'un à-coup pour s'enfoncer en moi de toute sa longueur comme si j'avais été moulée pour lui. Les sensations qu'il me procure sont divines. Il dose chacun de ses mouvements avec soin comme s'il savait déjà ce dont j'avais exactement besoin. À l'affût du moindre de mes battements de cils, il observe mes réactions sans détourner ses yeux des miens.

Ses lèvres effleurent les miennes à chaque aller-retour au point de pouvoir sentir son souffle chaud et haletant se répandre dans ma bouche.

Plongés dans le noir, seulement éclairés par les reflets de la lune dans les vitres de la porte-fenêtre, je distingue les traits de son visage se tendre au fur et à mesure qu'il nous rapproche de l'extase.

Moi qui m'attendais à une nuit endiablée avec un homme aux attentes précises, je me retrouve à l'abri, protégée par son corps athlétique, chérie comme une fleur fragile qu'on doit à tout prix préserver. Il y a tant de prévenance dans ses gestes, tant de tendresse et d'amour… Il ne mentait pas quand il m'a dit qu'il me montrerait son amour au travers de ses actes, c'est exactement ce qu'il est en train de faire.

Il m'a cernée plus que je ne le pensais. Il a compris que je n'étais pas aussi assurée que lui en matière de sexe, et me le montre sans avoir à me le dire.

Au moment où je comprends qu'il prend soin de mon corps autant que de mon cœur, la sensation devient trop enivrante pour que je puisse me taire. Sans retenue, je laisse échapper un gémissement bruyant qui le statufie.

Aussitôt dans la maison, j'entends une porte s'ouvrir, puis une seconde, mais je ne comprends pas l'urgence de la situation tant je me sens heureuse et comblée.

Alerté, Cameron les entend aussi. Sans avoir le temps de me rejoindre au Nirvana, il abandonne mon corps pour se relever, le sexe dressé comme une épée qui n'a pas encore parcouru la totalité du champ de bataille. Moi qui me demandais à quel point la nature l'avait gâté, j'ai la réponse à ma question, et elle va bien au-delà de ce que j'avais imaginé en le laissant me visiter.

Qu'importe le gémissement qui vient de réveiller la baraque, je viens de trouver mon âme-sœur…

Un frappement à la porte me fait sortir de ma contemplation, je remets les pieds sur Terre en une fraction de seconde. Quelqu'un va entrer dans ma chambre, et moi, je suis étendue, nue sur le lit, alors qu'un homme en érection me surplombe dans la pénombre.

Ni une, ni deux, Cam ramasse ses affaires pour les enfiler en sautillant au moment où je me glisse dans ma chemise de nuit avec une énorme tête de souris en guise de tue-l'amour.

Au moment où ma mère me prévient qu'elle va entrer, je pousse Cameron sur la terrasse avant de me mettre dans l'encadrement de la fenêtre pour qu'elle ne puisse pas voir ce qui se passe dehors.

— Ça va, ma chérie ? J'ai entendu des bruits bizarres, il y a un problème ? lance-t-elle en passant sa tête dans la chambre.

— Non, maman ! Je n'arrivais pas à dormir alors j'écoutais de la musique. Je crois que j'ai chanté un peu trop fort. Désolée, je vais aller me coucher, promis !

Alors que Cam se glisse de l'autre côté de la barrière pour s'y adosser et sauter, ma mère me rejoint pour m'embrasser. Sans réfléchir aux conséquences d'une telle chute, je pousse mon Roméo qui ne s'y attendait pas pour le laisser s'étaler sur l'herbe en contrebas, juste avant que ma mère n'arrive près de moi.

— OK, ma chérie. Un bisou et j'y retourne aussi. Tâche de dormir, tu as une grosse journée demain ! Bonne nuit, mon bébé.

— Bonne nuit, ma mamoune ! dis-je en faisant mine de retourner sous la couette. À demain !

Quand la porte se referme et que le champ me semble enfin libre, je me précipite sur la terrasse pour constater les dégâts.

Déjà prêt à sortir par le portail, Cam se retourne dans ma direction. Quand il m'aperçoit, je suis rassurée de voir qu'il n'a rien. Il a même l'air d'aller bien, il me sourit.

Après m'avoir envoyé un baiser, il pose son index sur son cœur pour y dessiner notre tout premier code de couple. En réponse, je trace le symbole de l'amour à mon tour avant de faire semblant de le lui envoyer. Il le rattrape, et dans un dernier regard, disparaît.

Je suis peinée de le voir partir de cette manière. La soirée a été parfaite, elle a même été plus que ça, elle a été plus belle que dans n'importe lequel des livres d'amour que j'ai pu lire. Je devrais être heureuse, je le suis d'ailleurs, mais je pense aussi à ce qu'il a dû ressentir. Il n'a pas pu trouver son plaisir, et en plus, je l'ai poussé du premier étage. Si cette soirée a été idyllique pour moi à tous points de vue, la fin est une vraie calamité à laquelle je vais devoir remédier. Il va falloir que je me fasse pardonner.

— Alors, comme ça, c'est juste ton boss ? me demande la voix qui provient de la fenêtre d'à côté. Vous avez l'air d'être un peu plus que ça ! se moque mon frère en recrachant la fumée qu'il a accumulée dans sa bouche. Tu devrais venir tirer une latte, je crois que tu en as besoin pour te remettre de tes émotions, sister !

Rougissant en réalisant que mon frère vient tout juste de me prendre en flagrant délit de sexe non autorisé dans ma chambre, je souris en repensant aux mots de ma mère : il faut profiter de la vie, profiter de l'amour… Après tout, je n'ai fait qu'écouter ses conseils !

22
CAMERON

Samedi 8 août

— Salut, Sofia, qu'est-ce que je te sers ?

— Je vais prendre… Humm…, réfléchit-elle en léchant l'une des branches de ses lunettes de soleil sans aucune retenue. Qu'est-ce que tu me proposes ?

— Ce que tu veux. Avec ou sans alcool ? demandé-je en massant mes tempes pour retarder le mal de crâne qui commence à poindre après cette nuit trop courte. Enfin, vu l'heure qu'il est, je te conseille de commencer par du soft. J'ai pas envie d'avoir à te renvoyer chez toi dans une heure parce que tu vomis sur ma terrasse.

— T'es de mauvaise humeur, toi ! Je crois qu'un bon massage te ferait du bien ! déclare-t-elle en tapotant sur la chaise vacante à côté d'elle dans l'espoir de me faire asseoir.

— Merci, mais ça devrait aller. Un *Apple rose*, ça t'irait ? proposé-je en sentant ma patience s'évaporer au soleil.

— Ouais… Pourquoi pas, acquiesce-t-elle, déçue que je ne lui tape pas la conversation.

— OK, je t'amène ça !

Je n'ai pas le temps de me retourner qu'elle m'interpelle à nouveau.

— Au fait, elle est où Zia ? Elle ne bosse pas ce matin ?

— Elle commence à quinze heures, elle a fait la soirée d'hier et celle de ce soir.

— Ah, OK…

Profitant du blanc pour me sauver, je jette un coup d'œil en arrière pour observer le visage tendu de la meilleure amie de ma copine. Je sais que Zia ne lui a encore rien dit sur nous, peut-être qu'elle a des doutes et qu'elle est là pour nous mettre devant le fait accompli.

Après avoir récupéré le cocktail, je demande un grand verre de soda glacé à Neil avant de retourner vers elle pour me poser une minute. Après tout, il n'y a pas grand monde, je peux bien prendre le temps de lui parler deux secondes.

Surprise de me voir faire, Sofia se met quasi automatiquement en mode chasseuse.

Je ne suis pas là pour me faire draguer, ma belle. Je viens juste pour te tirer les vers du nez…

— Comme ça, tu ne connais toujours pas les horaires de ta meilleure pote ? lancé-je en buvant une grande gorgée de ma boisson.

— Elle est comment au bar en ce moment ? Tu la trouves bizarre ?

— Tu veux dire plus que d'habitude ? plaisanté-je pour glisser une pointe d'humour dans la conversation afin de la mettre à l'aise. J'ai rien remarqué d'étrange, pourquoi ?

— Parce que ça fait plus d'une semaine qu'elle esquive mes appels, ou qu'elle répond à peine à mes messages. Elle me cache quelque chose. Ça me gave, car on s'est toujours tout confié avant ça.

— Je ne sais pas trop quoi te dire. Pour la peine, elle vient au boulot tous les jours, elle fait son taf comme il faut… Je n'ai pas vu de changements particuliers.

— Et le soir, après le service ?

— Quoi après le service ?

Qu'est-ce qu'elle attend en fait ? Que je lui dise que tous les soirs, c'est moi qui ramène sa copine, que dans la bagnole, on en profite pour se faire deux-trois câlins sans pouvoir aller plus loin parce qu'il y a trois jours, elle m'a poussé de son balcon et que je me suis fait super mal au dos ? Si elle me pose ce genre de question, c'est bien qu'elle a une idée en tête, alors pourquoi elle ne crache pas le morceau ?

— Viens-en aux faits, Sofia. Je ne comprends pas de quoi tu parles !

Prêt à affronter la tempête et les pleurs, je bois le reste de mon verre cul sec avant de le reposer sur la table pour la fixer. Si je dois me prendre la foudre, autant que ça se fasse vite pour qu'on puisse passer à autre chose.

— Elle t'a dit pourquoi elle avait accepté la place ici ? me demande-t-elle alors que je meurs d'envie de répondre que c'est probablement à cause de ma belle gueule. Elle est venue à cause du salaire, ça, c'est clair, mais surtout pour Neil.

— Pour Neil ? répété-je en fronçant les sourcils.

— Cette histoire date de bien avant qu'on te rencontre sur le campus. On était venues faire une soirée au bar une fois, Neil nous avait servi nos consos accompagnées d'un clin d'œil pour Zia… Enfin bref, tu dois cerner le personnage maintenant… Zia a cru qu'elle avait un ticket avec lui. Quand elle a su qu'elle allait devenir la collègue de son crush d'un soir, elle était folle de joie. À mon avis, ça a mis un peu de temps à se faire, mais vu comme elle semble trop occupée pour me donner des nouvelles en ce moment, je pense que ça y est…

— Ça y est quoi… Qu'elle se le tape ?

Agacé par cette conclusion que je sais fausse, je serre les mâchoires en digérant l'information. Zia n'a pas accepté ma proposition pour se rapprocher du barman, elle l'a fait pour la thune, c'est évident. Je sais que ce que raconte Sofia est faux, tout du moins, si c'était vrai, ce n'est plus d'actualité aujourd'hui. Malgré tout, l'info a quand même du mal à passer.

— Je ne crois pas qu'elle se tape qui que ce soit ici, Sofia. C'est moi qui la ramène après le service, comme cela a été convenu avec son père. Pas une fois elle est rentrée avec Neil. Rien ne me semble louche dans leur relation, dis-je en sentant la moutarde me monter au nez. Par contre, tu ne t'es pas dit qu'elle pouvait vraiment être fatiguée ? Elle bosse presque tous les jours, elle fait des services harassants, alors c'est possible qu'elle n'ait pas la motivation de te répondre quand elle rentre à trois heures du mat' après une bonne grosse journée à apporter des cocktails à des gens en vacances. Mets-toi à sa place une seconde… Peut-être que tu comprendras qu'elle peut être fatiguée, en effet.

— Peut-être que tu devrais lui donner plus de jours de congé alors !

— Pourquoi ? Juste pour qu'elle puisse distraire sa meilleure copine qui se fait chier quand elle bronze seule au soleil ?

Sans vouloir entendre sa réponse, je récupère mon verre et fais volte-face pour retourner au bar.

À deux mètres d'elle à peine, je me rends compte que j'y suis allé un peu fort. Je n'avais pas de raison de la faire passer pour une connasse égoïste, après tout, elle était venue pour voir Zia, pas pour se faire engueuler par un mec qui l'a sautée une fois et qui n'en a rien à foutre d'elle…

Avant qu'elle ne tire des conclusions hâtives sur ma façon de prendre la défense de sa copine, je lui annonce :

— La conso, c'est pour moi… Et t'as raison, je vais voir ce que je peux faire pour lui donner un jour de congé la semaine prochaine !

D'un signe de main, elle me remercie, mais ne me sourit plus. J'ai dû la vexer. Qu'importe, elle a obtenu gain de cause, elle pourra profiter de son amie pour quelques heures… Enfin, si Zia a envie de la voir. Ce dont je doute pour le moment…

***

Les derniers clients viennent de sortir, Zia se précipite sur la porte pour la fermer à double tour. D'un grand « ouf » de soulagement, j'étire mes bras au-dessus de ma tête pour relâcher la pression qui ne m'a pas quitté de la journée. Merci, Sofia, de m'avoir mis cette connerie de coup de cœur pour le barman dans la tête !

— Je vais faire la caisse vite fait, je vous rejoins après pour finir de ranger ! dis-je en regardant Neil balancer un torchon propre sur Zia afin de la faire rire.

— Allez, moussaillon ! Brique-moi ce pont, je veux qu'il brille comme un sou neuf ! s'exclame Neil en commençant à ranger son bar sans faire attention à ce que je viens de leur dire.

— Vos désirs sont des ordres, mon capitaine ! rétorque Zia en obéissant à Neil d'un signe de main avant de se mettre à nettoyer les tables.

Surpris par ce jeu de rôle auquel j'avais déjà assisté sans vraiment y prêter attention, je réalise qu'avant ma discussion avec Sofia, je n'avais pas vraiment fait gaffe à leur complicité.

En prenant le chemin du bureau, je repense à son arrivée en milieu d'après-midi et à toutes les autres fois où elle lui a dit bonjour devant moi. Je n'ai eu le droit qu'à un signe de main distant, ce qui est plutôt normal puisque je l'ai rejoint ensuite dans les vestiaires pour l'embrasser, mais quand j'y réfléchis bien, elle a pris Neil dans ses bras et l'a laissé l'embrasser sur la joue en riant.

Tout ça ne veut rien dire, en réalité. Ils bossent ensemble depuis quelques semaines déjà, ils s'entendent bien, il n'y a rien de mal à ce qu'ils soient devenus amis. Surtout que Zia est avec moi quand elle part le soir. Pas avec lui !

Inutile de réfléchir à ce que Sofia m'a mis comme idée bidon dans la tête. Je ne suis pas jaloux de Neil, je ne l'ai jamais été et ce n'est pas maintenant que ça va commencer.

Par un coup d'œil en arrière, je me rassure en voyant qu'ils sont bien chacun dans leur coin, en train de ranger le bar pour partir au plus vite. Plus serein, je m'enferme dans le bureau afin de compter la recette du jour.

Les chiffres défilent, l'argent est trié, je referme le sac qui contient la caisse avant de l'enfermer dans le coffre en moins de temps qu'il n'en faut pour le dire.

Récupérant mes clés de voiture pour les mettre dans la poche arrière de mon jean, j'ouvre la porte du bureau pour entendre la musique qui résonne dans le bar.

Surpris qu'ils aient rallumé la sono, je prie pour que Zach ne nous ait pas fait le même coup que la dernière fois. J'ai bien trop hâte de me retrouver en tête à tête avec ma copine pour décompresser. Pour moi, c'est la meilleure des récompenses après une de ces foutues longues journées.

En arrivant dans le bar, les lumières sont éteintes, à l'exception des spots de couleurs qui balaient la scène. Au milieu de la piste, deux personnes dansent en s'enlaçant. Les sourcils froncés, j'assiste à ce spectacle qui me hérisse le poil : Zia, collée contre Neil, se laisse guider sur une musique latino plutôt caliente. Une musique bien trop propice aux rapprochements à mon goût.

Trop occupés à se trémousser l'un contre l'autre en riant, ils ne m'ont même pas vu arriver. Les mains sur les hanches de ma copine, Neil fait tournoyer Zia en lui susurrant des mots que je ne peux entendre à l'oreille.

Énervé, je traverse la salle pour me rendre à la porte d'entrée sans me faire repérer. Puisqu'elle veut passer du bon temps avec lui depuis un bail, je vais lui en laisser l'occasion !

— Cameron, viens danser avec nous ! lance Zia en se précipitant vers moi pour me retenir. Tu vas voir, ça fait vraiment du bien après un si gros service !

— Ça va aller ! Vous n'avez pas besoin de moi pour vous amuser ! grogné-je d'un ton grave en la clouant sur place. Fermez après vous, moi je vais me coucher !

En passant le pas de la porte, Neil coupe la musique tandis que Zia me retient encore une fois.

— Cam, attends ! On ne faisait rien de mal ! murmure-t-elle pour que le barman ne puisse pas nous entendre.

— Si tu le dis ! lâché-je en repoussant sa main. Au fait, pas besoin de venir bosser lundi, t'es en congé. Si tu veux savoir pourquoi, demande à ta copine !

23

ZIA

Samedi 8 août

Mais qu'est-ce qui lui prend ? On ne faisait que danser comme deux potes l'auraient fait en soirée. Quel mal y a-t-il à décompresser ?

Je ne sais pas quelle mouche l'a piqué, mais en attendant, il est trois heures du matin et il vient de partir en me laissant en plan devant le bar, sans moyen de transport pour rentrer ! Je pourrais très bien demander à Neil de me raccompagner chez moi, mais si Cameron a mal pris que je danse avec lui pendant deux minutes, qu'est-ce qu'il dirait s'il apprenait que je suis restée seule en voiture avec Neil ?

Et puis pourquoi il me donne mon lundi ? Quel rapport avec Sofia ? Pour découvrir ce qu'elle a à voir dans cette histoire, je l'appelle en faisant sonner son portable jusqu'à ce qu'elle décroche.

— Faut que tu viennes me chercher au boulot, So ! Je crois qu'on a des choses à se dire ! lancé-je juste avant de raccrocher sans lui laisser le temps de répondre.

Le temps qu'elle se lève et qu'elle débarque, j'ai quelques minutes devant moi. Plutôt que d'attendre dehors toute seule, je retourne dans le bar où Neil est en train de tout éteindre pour partir.

— C'est pas lui qui te ramène d'habitude ? me demande-t-il en se rapprochant de moi. Tu veux que je te raccompagne ?

— C'est gentil, mais Sofia arrive dans cinq minutes. Je vais l'attendre à l'intérieur si ça ne te dérange pas.

— Je vais attendre avec toi dans ce cas-là ! annonce-t-il en me prenant dans ses bras par surprise. Une jolie fille comme toi ne doit pas rester toute seule dans la rue à une heure pareille !

Gênée par cette accolade beaucoup trop rapprochée, je rougis en sentant son bassin se coller à ma hanche.

— Euh… Merci, dis-je en essayant de m'extirper de son emprise. Mais je t'assure que tu peux y aller. Je ne vais pas attendre longtemps, elle va arriver.

— Tu as vu l'heure ! déclare-t-il en resserrant son étreinte. Je ne peux pas te laisser !

Bien que je n'aie pas peur de lui, car je sais qu'il ne me veut aucun mal, cette promiscuité me met de plus en plus mal à l'aise. Je ne sais pas ce qui lui passe par la tête, mais il va falloir qu'il me lâche avant que je ne passe à l'attaque.

— Et moi, j'insiste ! m'agacé-je d'une voix grave qui le fait sourire. Rentre chez toi, Neil. Sofia va arriver.

— Zia, je sais que tu m'aimes bien. Ne le cache pas, ça se voit ! annonce-t-il en collant son front au mien pour mieux me regarder. Il est tant que je t'avoue que je ressens les mêmes sentiments à ton égard…

Sans prévenir, dans un mouvement trop rapide pour que je puisse l'en empêcher, il m'embrasse à pleine bouche alors que je ne lui ai rien demandé.

Tétanisée par son geste, je me laisse faire une seconde avant de le repousser d'un geste vif !

— Je suis amoureuse de Cameron ! crié-je hors d'haleine alors qu'il passe sa main dans ses cheveux pour accuser le coup. Je suis désolée si je t'ai envoyé les mauvais signaux, mais pour moi, il n'y a que de l'amitié entre nous.

— OK…, rétorque-t-il, déçu. J'étais persuadé que tu m'aimais bien, mais je me doutais quand même qu'il se passait un truc entre vous. Par contre, je ne pensais pas que c'était aussi sérieux…

— Je n'ai pas dit qu'on était ensemble, Neil. Je dis juste que JE suis amoureuse de lui. Je ne crois pas que l'inverse soit d'actualité.

— Pourquoi il a réagi comme ça en nous voyant, alors ? Il était jaloux, c'est évident !

Pour ne pas mettre Cameron dans l'embarras vis-à-vis de ses associés, j'invente un bobard qui, je l'espère, satisfera la curiosité de Neil :

— Pour être franche, je crois qu'il m'aime bien aussi. Mais il ne souhaite pas aller plus loin tant que je serai son employée.

— Je ne sais pas comment il réussit à être aussi sérieux, ce mec ! Franchement, il m'épate ! lance-t-il en se reculant d'un pas avant de baisser la tête. À sa place, je ne pourrais pas te résister, Zia. Tu es tellement… Enfin, bref… Je crois que ta copine vient d'arriver !

Tournant la tête sur le côté pour vérifier ses dires, Sofia me fait signe depuis l'intérieur de son cabriolet. Je serais presque contente de la voir si je n'avais pas à lui annoncer la nouvelle de ma relation avec son ex.

Mal à l'aise face à la déclaration de Neil, je le remercie d'avoir patienté avec moi, en évitant même de lui faire cette bise rapide sur la joue que j'ai pris l'habitude de lui donner chaque jour avant de partir.

Merde après tout, je pensais qu'on n'était que des amis, moi !

Peut-être que si ça s'était passé avant Cam, avant même que je me rapproche de lui, alors je l'aurais laissé m'embrasser. Mais ça, c'était vraiment juste avant que je ne mette un pied dans ce bar. Depuis le premier jour, il n'y a que Cameron pour moi, personne d'autre.

En montant dans la voiture de Sofia, je ne prends même pas la peine de la remercier de s'être levée en pleine nuit pour être venue me chercher. Je ne sais pas ce qu'elle a dit à Cameron, qui ne m'a rien raconté sur sa visite au passage, mais à cause d'elle, il ne veut me voir ni demain ni lundi.

— T'as l'air en colère contre moi, je me trompe ? commence Sofia en entrant dans le vif du sujet tout en prenant le chemin de ma maison.

— Apparemment, tu as parlé à Cameron aujourd'hui ! Qu'est-ce que tu as lui dit ?

— Je suis venue pour voir si tu travaillais ce matin. Puisque tu ne réponds plus à mes appels ou à mes messages, je n'avais pas d'autre choix que de me pointer pour savoir pourquoi tu m'ignores depuis plus d'une semaine !

— Je ne t'ignore pas, Sofia ! J'ai juste beaucoup de travail. Je suis fatiguée.

— C'est ce que Cameron a dit aussi, mais ne te fous pas de ma gueule, Zaza ! T'es comme ma sœur, je te connais par cœur. Inutile de prétendre le contraire, je sais que tu me caches un truc ! lance-t-elle en me filant la chair de poule. Alors, balance si tu ne veux pas ruiner notre amitié pour un barman !

— Pour un barman ? Tu parles de Neil ? C'est ce que tu as dit à Cameron ?

J'enchaîne les questions en comprenant le cheminement qui a dû se faire dans la tête de Cam. Si Sofia lui a sorti que j'avais des vues sur Neil avant de bosser au bar, je saisis mieux pourquoi ça lui a mis les nerfs de m'avoir vue danser avec lui.

Alors qu'elle me rapporte mot pour mot les termes de leur conversation, je me demande comment je vais pouvoir faire pour rattraper le coup avec mon mec.

— Donc tu ne sors pas avec Neil ? conclut Sofia en s'arrêtant devant ma maison alors que je n'ai même pas vu la route défiler.

— Non, je ne sors pas avec Neil ! confirmé-je en me remémorant ce baiser qu'il m'a donné moins de quinze minutes avant. Je n'ai pas l'intention de sortir avec lui, d'ailleurs !

— OK, je te crois ! Par contre, tu ne m'enlèveras pas de la tête que tu me caches bien quelque chose !

Cette fois, je me sens prise au piège. Elle ne lâchera pas l'affaire tant que je n'aurai pas craché le morceau, et moi, j'en ai marre de lui mentir.

Elle est ma meilleure amie, j'ai besoin de partager mon bonheur avec elle, mais en même temps, je sais que quand je lui aurai dit la vérité, elle risque de s'effondrer. Pire encore, elle m'en voudra à mort. Dans les deux cas, je ne suis pas certaine d'être prête à lui faire autant de mal.

— Je n'arrive pas à te le dire, j'ai peur que tu me détestes après ça…, commencé-je en baissant la tête, honteuse.

— Voyons, Zia. Je ne pourrais jamais te détester, murmure-t-elle en me prenant les mains pour me rassurer. Quoi qu'il se passe, tu sais que je serai toujours ton amie.

— OK… Alors, promets-moi de ne pas t'énerver ! dis-je en la forçant à me faire la promesse. Je… je suis amoureuse de Cameron…

Gros blanc dans l'habitacle. Sofia, déjà pâle à cause de son réveil en plein milieu de la nuit, vient en plus de se décomposer sous mes yeux. Et merde !

Les minutes se succèdent sans que personne ne pipe mots. Au bout d'un temps incalculable, je n'y tiens plus et la secoue pour la faire réagir :

— Parle-moi, So ! Tu as dit que rien ne pourrait affecter notre amitié, alors dis-moi quelque chose.

— Vous êtes ensemble ?

Finalement, j'aurais peut-être eu meilleur compte à la laisser accuser le choc dans le silence. Maintenant, tout ce que je dirai m'enfoncera un peu plus vers la culpabilité.

— Depuis quelques jours seulement.

— Vous avez couché ensemble ? me demande-t-elle avec des larmes dans les yeux.

— Disons que… techniquement, oui… Mais pas totalement.

— Ça ne veut rien dire, Zia ! C'est oui ou c'est non ! Soit il t'a sautée, soit il ne l'a pas fait ! Il n'y a pas de *techniquement* !

— Alors… Oui…, avoué-je dans un souffle las.

— Je comprends mieux pourquoi tu m'évitais dans ce cas. Tu te sentais trop coupable pour me le dire en face !

Sous le fait accompli, je n'ai pas d'autre solution que de baisser la tête pour me faire oublier. Elle a raison, je n'ai pas été honnête avec elle, j'ai été lâche.

— Je suis désolée, Sofia, je savais ce que tu ressentais pour lui, mais j'ai pas cherché à éviter que ça arrive. Comprends-moi aussi, je bosse avec lui tous les jours ! Impossible d'étouffer les sentiments qu'il a fait naître en moi. Je suis vraiment amoureuse de lui. Tout comme il est amoureux de moi.

— Cameron, amoureux ? lance-t-elle, hargneuse, sans même me regarder. Laisse-moi rire ! C'est ce qu'il te fait croire, comme il l'a fait avec moi !

— Il ne t'a rien fait croire, Sofia ! m'emporté-je pour le protéger alors qu'elle ne m'écoute déjà plus.

— Arrête de rêver, ce mec ne tombe pas amoureux de filles comme toi, Zia. Il nous saute, puis il nous balance, c'est tout !

— Qu'est-ce que t'en sais ? Et puis, ça veut dire quoi des filles comme moi ?

— Regarde-le, regarde-toi ! C'est un futur avocat qui possède déjà un bar. Des meufs, il en a autant qu'il veut rien qu'en claquant des doigts ! Réfléchis un peu, pourquoi il perdrait son temps avec une gamine comme toi ?

— Tu ne le connais pas ! Je ne peux pas te laisser parler de lui comme ça, lancé-je avec les larmes aux yeux à mon tour. Il m'aime, je le sais.

— Il te l'a dit ? demande-t-elle soudainement très sûre d'elle alors que je secoue la tête pour lui signaler que non.

— Alors tu t'es fait avoir comme moi… Je suis navrée, Zia.

***

Deuxième nuit sans réussir à trouver le sommeil. Au moins quinze SMS envoyés qui sont restés sans réponse. Cameron est aux abonnés absents, et plus les heures passent, plus je me dis que Sofia avait raison.

Les prémices d'une relation sont souvent fragiles. Il suffit d'une poussière pour tout faire dérailler. Sofia a réussi à glisser cette petite poussière dans la tête de Cam en lui parlant de Neil, mais elle a fait coup double en faisant de même avec moi quand elle m'a affirmé que Cam n'était pas le genre d'homme à tomber amoureux.

Et si elle visait juste ? S'il n'avait fait ça que pour me mettre dans son lit ? C'est tellement difficile à croire… Il avait l'air sincère avec moi, comment aurait-il pu me mentir sur un sentiment aussi important ?

Non, c'est impossible, Sofia est juste jalouse, elle m'a sorti ça justement pour me faire douter de lui. Peut-être même pour se venger de ma trahison.

24
CAMERON

Lundi 10 août

— Arrête de faire cette gueule ! T'es encore en train de ressasser cette danse dans ta sale caboche ? Est-ce que tu te rends compte que tu as boudé toute la journée ? me sermonne Zach, venu me prêter main-forte pendant la journée de congé forcé de Zia. C'était une simple danse, pas de quoi nous en chier toute une pendule, mec ! Faut-y faire, c'est pas le seul qui tentera de sauter ta meuf !

— Je sais très bien que je ne suis pas le seul qui puisse avoir envie d'elle. Zia est superbe, quel mec n'aurait pas envie de se la faire ? Mais ça change quoi ? Sous prétexte qu'elle est désirable, je dois la laisser danser avec d'autres en me contentant de fermer ma gueule ? T'es fou, toi !

— Tu ne crois pas que sa copine a fait exprès de te dire ça pour te foutre les boules ? me demande-t-il en fermant la porte du bar.

— Je ne vois pas pourquoi elle aurait fait ça, elle n'était pas au courant pour Zia et moi ! dis-je en regardant vers la porte vitrée où quelqu'un vient de frapper. En parlant du loup ! Qu'est-ce qu'elle fout là, celle-là !

Derrière la vitre, Sofia se tient droite comme un i en bombant la poitrine. Moulée dans une robe rouge trop courte et trop décolletée pour se balader seule en pleine nuit, elle me fait signe pour que je lui ouvre.

— C'est elle Sofia ? me demande Zach, bouche bée, alors que je m'approche pour aller ouvrir. Putain, mais elle est super b…

Il n'a pas le temps de finir sa phrase que notre visiteuse pousse la porte pour entrer.

— Qu'est-ce que tu fais là ? C'est un peu tard pour venir au bar, non ? On vient de fermer en plus !

— Il fallait que je te parle ! lance-t-elle en jetant un coup d'œil à Zach qui la reluque sous toutes les coutures. En tête-à-tête si possible ! On peut aller dans ton bureau ?

— Vas-y, Cam ! me prévient Zach alors que je montre la direction du bureau à Sofia. Va dans TON bureau pendant que je finis de ranger. Je suis là pour ça ! balance-t-il, vexé. Au fait, moi c'est Zach, si ça t'intéresse !

Tandis qu'elle se retourne rapidement pour lui jeter un coup d'œil aguicheur, je ne peux m'empêcher de me demander ce qu'elle a à me dire de si important à une heure pareille. Sa visite ne me dit rien qui vaille, ça sent les problèmes à plein nez.

— Je ne vais pas passer par quatre chemins ! balance-t-elle en claquant la porte. Zia m'a dit pour vous, et je ne crois pas une seule seconde que tu sois amoureux d'elle. Zia, ça ne m'étonne pas, c'est une vraie romantique. Par contre, tu n'es pas comme elle, tu vas lui faire du mal !

Alors qu'elle pose son cul sur le bureau pour faire considérablement remonter sa robe, je comprends mieux ses intentions. Elle a beau être jalouse de la relation toute neuve de sa copine, elle veut aussi la protéger d'un mec comme moi. Si elle est là, c'est pour prouver à Zia que je ne suis pas un gars bien. Elle a visé juste, je suis le pire des salopards…

— Ce n'est pas parce qu'elle a réussi là où tu as échoué qu'il faut être en colère, Sofia. Zia ne t'a pas menti, je suis amoureux d'elle ! affirmé-je en me rapprochant du bureau pour me caler entre ses cuisses. Je peux même t'avouer que c'est la toute première fois de ma vie que je tombe amoureux.

— Alors pourquoi tu me caresses la cuisse avec ta main ? demande-t-elle en ouvrant le premier bouton de son chemisier pour que je puisse lorgner sur son décolleté.

— Parce qu'il y a une part de vrai dans ce que tu as dit. Je ne suis pas un gars bien. Je risque de lui faire du mal. Zia est trop bien pour moi. Mais toi…

Alors qu'elle se redresse en me tendant ses lèvres pour que je l'embrasse, je glisse ma bouche près de son oreille :

— J'ai toujours rêvé de baiser sur ce bureau. Si tu m'attends là, juste le temps que j'aille chercher une capote dans le bar, je te promets de te faire oublier ta jalousie…

Haletante, Sofia me fixe de son regard de braise. Je ne l'ai même pas encore touchée que je sens déjà qu'elle répondra à tous mes désirs.

— Dépêche-toi, me dit-elle. J'ai vraiment hâte d'oublier… Ton copain peut même se joindre à nous s'il s'ennuie.

Choqué par sa requête, je hausse les sourcils en imaginant à quel point cette fille n'a rien à voir avec Zia. Comment peuvent-elles être amies en étant si différentes ?

Moi qui comptais juste partir en la laissant seule, il me vient une tout autre idée. Si elle veut se la jouer chaude comme la braise, effectivement, Zach est un choix parfait pour ça.

En m'éloignant du bureau pour atteindre le variateur de lumière, je plonge la pièce dans une atmosphère plus sensuelle avant de lui sourire comme un chacal en manque de nourriture.

— Pas de souci, ma belle ! Met-toi à l'aise, on arrive.

Pressé de passer à la vitesse supérieure, je sors pour rejoindre Zach et lui expliquer la situation en vérifiant qu'elle n'écoute pas.

— On est d'accord, mon pote ? Je reste juste le temps qu'elle nous voie tous les deux ensembles, mais quand j'éteins la lumière pour entamer les choses sérieuses, on fait comme on a dit !

— Tu me prends pour qui ? Je suis ton frère ou je suis pas ton frère ? Est-ce que tu m'as déjà vu reculer devant un tel plan, Cam ? Tu sais bien à qui tu parles ! lance-t-il en checkant mon poing.

Comme je m'en doutais, mon meilleur ami accepte le deal en m'accompagnant dans le bureau sans se faire prier.

Quand nous arrivons devant la porte pour retrouver Sofia, elle est posée sur le gros fauteuil en cuir du bureau, déjà nue, prête à nous accueillir.

Tandis qu'elle nous fait signe d'approcher, je plonge le bureau dans le noir et avance avec Zach pour la retrouver.

— Ouh… C'est excitant ! glousse-t-elle au moment où sa main frôle mon torse.

Ce simple contact provoque un haut-le-cœur qui me secoue l'estomac. Cette fois, je ne peux plus le nier, je suis devenu l'homme d'une seule femme.

Alors qu'elle tire sur mon tee-shirt en me demandant de me déshabiller à mon tour, je me contente d'échanger ma place avec celle de Zach. De taille et de corpulence presque identiques, il se fait passer pour moi sans le moindre mal.

Pendant une seconde, je me contente de toucher Sofia sur le bras ou la cuisse, mais c'est Zach qui s'occupe du plus gros du boulot.

Quand je lui tapote le bras pour lui faire comprendre que c'est le moment d'annoncer la suite, il s'éloigne d'un pas et dit :

— Désolé, Cam ! J'ai bien voulu tenter, mais tu sais bien que ce n'est pas trop mon trip, les plans à trois. Il y en a toujours un qui est lésé dans l'histoire.

— OK, pas de soucis. Fais comme tu veux ! lâché-je en le poussant vers Sofia à nouveau alors que je m'éloigne d'eux pour sortir de la pièce.

— C'est dommage, Zach ! lance Sofia entre deux baisers. Tu ne sais pas ce que tu vas rater…

Justement, ma petite Sofia, il ne va rien rater !...

Si elle se pensait assez forte pour me faire tomber dans son piège et gâcher ma relation avec Zia, elle a tout faux. Non seulement elle ne couchera pas avec moi ce soir, mais si Zach met bien notre plan à exécution, Zia comprendra que sa copine a essayé de la lui faire à l'envers.

25
ZIA

Mardi 11 août

Le bip de mon portable me réveille. Il est près de deux heures du matin et je déverrouille mon smartphone avec l'espoir de tomber sur un SMS d'excuses de Cameron.

Quand le message entrant s'affiche, je suis déçue de constater qu'il ne s'agit que d'une photo envoyée par Sofia. Que peut-elle bien me vouloir à cette heure-ci ?

La photo a du mal à charger, mais la légende qui vient de s'afficher me prend déjà aux tripes :

[Je t'avais dit qu'un jour il me prendrait sur son bureau… Tu vois, tu ne peux pas être amoureuse d'un mec comme ça ! Il n'a aucun respect pour toi. Crois-moi Zia, Cameron Evans n'est pas amoureux de toi. Il n'y a qu'une véritable amie qui peut te faire ouvrir les yeux. Je l'ai fait, car je t'aime, car tu es ma sœur. Ne m'en veux pas.]

Plus les mots défilent et moins j'arrive à comprendre ce que je lis.

Il n'y a que lorsque la photo s'affiche enfin que je ne peux m'empêcher de retenir le cri qui s'échappe de ma gorge. La main devant la bouche, les larmes aux yeux, je regarde cette image de Sofia en pleine partie de jambes en l'air sur le bureau du bar.

Bien que la photo soit floue et mal cadrée, qu'on ne voie que la tête de Sofia et qu'il faille démêler les parties du corps pour savoir quelle main appartient à qui, il n'y a pas de doutes, c'est lui !

Cameron m'a donné ma journée, car dans mon dos, il avait déjà pris rendez-vous avec ma meilleure amie. Ils se sont bien foutus de ma gueule ces deux-là ! S'il croit qu'il va pouvoir passer du bon temps avec moi, et que derrière il pourra baiser ma copine sans que ça me dérange, il rêve ! Je ne veux pas former un putain de couple avec eux !

J'ai envie de l'appeler, de lui demander des explications. J'ai envie de savoir pourquoi il m'a fait croire qu'il voulait être avec moi alors que ce n'était pas le cas… Est-ce parce qu'il n'a pas encore réussi à prendre son pied avec moi et que l'envie de baiser était trop forte pour lui ? Quel connard ! Pour le coup, il nous a vraiment baisées toutes les deux… Dans tous les sens du terme !

Impossible de refermer l'œil de la nuit. Les minutes défilent pendant que j'examine toujours chaque pixel de l'image afin de trouver une faille… Même une toute petite.

Le cœur gros, j'alterne les sentiments en évitant de lorgner sur les chiffres qui se succèdent sur mon réveil. Tantôt j'ai un mince espoir en me disant qu'il y a forcément une explication à tout ça, tantôt je suis en colère contre eux, je les déteste, je les vomis.

En milieu de matinée, quand mon réveil se met à sonner, je me lève en mode zombie pour me poser devant ma coiffeuse. J'ai une tête de déterrée, la mine blafarde et des cernes gonflés à cause de mes pleurs. Heureusement que je ne vais croiser personne dans la maison.

J'aurais pu me lever avant pour rejoindre tout le monde au petit-déjeuner, mais j'ai préféré rester seule. Ils auraient voulu savoir ce qui s'était passé, mais inutile d'essayer d'expliquer des faits que je ne comprends pas non plus.

Maintenant que la maison est plongée dans le silence, je peux sortir en toute tranquillité.

Avant de partir pour le boulot, je me force à avaler un sandwich. Puisque je vais croiser Cameron, je préfère faire le plein de force au cas où je devrais lui ficher mon poing dans la figure, mais surtout, quitte à lui vomir dessus, autant qu'il s'en prenne plein la gueule !

Dans le bus qui m'amène au centre-ville, je n'ai même pas envie de mettre les pieds au bar tant je n'arrive pas à enlever cette image de ma tête. Avoir à le supporter aujourd'hui me fait remonter ce que j'ai ingurgité il y a une heure à peine.

Quel genre de personne tordue se prend en photo en plein milieu d'une séance de baise, hormis un acteur porno ?

Bien que ça ne m'étonne pas beaucoup de Sofia, elle m'a habituée à tellement pire, je suis surtout déçue de lui. Il m'a totalement trompée sur ce qu'il était. Il m'a fait croire qu'il était un Roméo alors qu'il n'est qu'un Don Juan de pacotille… Je ne suis même plus en colère, je suis juste écœurée.

Devant l'arrêt de bus, j'hésite à descendre. J'ai encore la possibilité de partir pour ne pas avoir à le croiser. Sauf que ma curiosité est trop forte, j'ai besoin d'une confrontation. J'ai besoin de savoir pourquoi il m'a fait ça.

D'un pas décidé, j'arrive devant le bar où la terrasse a déjà été mise en place. Cameron est en train d'installer la dernière table, il ne m'a même pas vue arriver. Je profite de son inattention pour entrer dans le bar sans me faire remarquer.

En face de moi, Neil est en train d'organiser son bar comme il le fait tous les jours.

Et merde ! Je l'avais oublié celui-là !

Sans savoir comment je dois réagir, je lui fais un signe de main timide alors qu'il me demande de venir le rejoindre.

— Salut, Zia ! commence-t-il en se grattant la tête pour éluder son embarras. Tu sais pour samedi soir…

— Je crois qu'on ne devrait plus reparler de samedi soir, Neil. C'était une fin de soirée bizarre, et on regrette tous ce qui s'est passé ! dis-je en lançant un coup d'œil à Cameron qui vient de rentrer.

Immobile, il me regarde discuter avec Neil sans exprimer la moindre émotion. Je sais qu'il est comme ça, secret, pudique. Je sais qu'il ne laissera rien transparaître pour ne pas montrer qu'il peut être vulnérable. Mais là, dans sa tête, la petite poussière déposée par Sofia est en train de faire son œuvre. Je le vois dans ses yeux.

— Tu as raison, il est préférable d'oublier ce qui s'est passé, annonce-t-il sans grande conviction.

Je crois que ce n'est pas exactement pour entendre ça que Neil voulait me parler, mais qu'importe, pour moi, ce baiser n'avait aucune raison d'être. Encore plus quand celui qui me l'a donné ne fait pas battre mon cœur comme ce grand con qui me fixe à l'autre bout de la salle.

Sans lâcher Cameron des yeux, je longe le mur qui mène aux parties interdites au public. J'ai envie de lui ordonner de me suivre pour avoir mon explication, mais pas besoin de m'exprimer, mes yeux ont parlé pour moi.

Sous la surveillance de Neil, Cameron noie le poisson en lui demandant ce dont il a besoin dans la réserve. Pas vraiment dupe, Neil effectue un rapide inventaire de ses manques en le regardant de travers.

Quand je passe devant le bureau, je ne peux empêcher mon cœur de battre plus vite. En jetant un coup d'œil au meuble en bois, il est évident qu'il s'est bien passé un truc ici cette nuit. Le fauteuil est mal rangé, c'est le bordel dans les papiers. J'ai même l'impression qu'une odeur de cul flotte encore dans la pièce !

Putain, mais c'est vraiment dégueulasse ! Pourquoi il m'a fait ça !

De nouveau en colère contre lui, je l'attends à l'entrée des vestiaires, les bras croisés sur la poitrine, mon pied, claquant le sol stratifié en rythme pour lui indiquer mon état d'esprit à l'instant même où il passera sa tête dans le couloir.

Penaud, il passe d'abord la tête au coin du mur avant de s'approcher de moi comme si de rien n'était. Avec une hésitation ridicule, il va jusqu'à poser sa main sur ma hanche en s'approchant pour m'embrasser. Par réflexe, je m'éloigne afin de le toiser du regard.

— J'ai été con samedi soir… Je voulais m'excuser, bégaye-t-il en mordillant sa lèvre pour me provoquer.

— Il n'y a pas que samedi que tu as été con ! m'emporté-je en lui coupant la parole juste avant de virer sa main de mon corps. Tu l'as aussi été dimanche quand tu n'as pas répondu à mes messages, mais l'apothéose de ta connerie, s'est encore plus fait ressentir cette nuit…

Alors que cet abruti se met à sourire en m'écoutant, je suis de plus en plus perplexe. D'abord, il me trompe, ensuite, il se fout ouvertement de ma gueule. Qu'est-ce qui ne tourne pas rond dans sa tête ?

— Tu sais que j'adore quand tu t'énerves comme ça ! annonce-t-il en me prenant par la taille de force pour me rapprocher de lui. J'ai encore plus envie de toi…

— On peut peut-être aller faire un tour dans le bureau… À moins que tu l'aies déjà testé sous toutes les coutures ! le rembarré-je, hargneuse, en lui pinçant les mains pour qu'il me lâche. Maintenant, si tu voulais bien m'oublier et me laisser aller bosser, je détesterais d'avoir à passer sous ce fameux bureau pour être digne de mon salaire !

26
CAMERON

Mardi 11 août

Quelle peste !

Voir un petit bout de femme tel que Zia Rice s'énerver vaut le détour. Son esprit est encore plus aiguisé que d'habitude, j'adore ça !

Pourquoi se contente-t-elle de simples études en psycho alors qu'elle ferait une avocate redoutable ! Avec sa répartie, son intelligence et sa beauté, elle ferait trembler tout le barreau de Grande-Bretagne sans aucune difficulté !

Cela dit, sa colère est légitime. Elle pense encore que cette nuit j'étais avec Sofia pour un tête-à-tête crapuleux, mais elle est loin de la vérité.

J'ai vraiment hâte d'en venir à notre prochaine confrontation pour lui donner ma version des faits, et non celle qu'elle a reçue de sa pote qui s'est fait duper.

Il va me falloir patienter quelques heures encore pour me libérer de cette vérité qui me fait doucement marrer. Quand je dirai tout à Zia, je suis certain qu'elle se sentira vraiment bête d'avoir pensé que je n'étais pas digne d'elle.

En ce milieu de mois d'août, même les mardis sont des jours de dingue.

De loin, j'observe Zia m'éviter avec succès, mais même si je voulais trouver une seconde pour lui parler, je ne pourrais le faire. Il y a trop de monde qui se succède sur les tables de la terrasse, trop de vacanciers qui ne nous laissent même pas le temps de les installer tant ils sont pressés de se poser pour boire un coup.

Bien que ce soit intense, c'est bon pour le business. Je n'ai plus qu'à me faire une raison, il faut que j'attende que ça se vide un peu pour qu'on puisse jouer cartes sur table.

À dix-huit heures, je profite de l'accalmie et des retours de plage pour m'avancer vers elle. D'ici une heure, les touristes seront douchés et habillés pour réinvestir les lieux pour la soirée. Si je veux pouvoir lui parler, c'est maintenant.

— Zia, j'ai besoin de toi dans la réserve, tu peux venir s'il te plaît ? demandé-je en interrompant sa grande discussion d'avec une sexagénaire pour ne pas avoir à me croiser.

Sans me répondre, elle s'excuse auprès de la femme avant de me suivre vers un endroit tranquille.

— Je n'ai rien à te dire ! lâche-t-elle froidement en arrivant dans le bar, sous l'œil curieux de Neil.

— Ça tombe bien, si tu n'as rien à dire, tu n'as qu'à m'écouter…, débuté-je à voix basse pour que le barman ne puisse pas nous entendre.

— Si ça concerne mon travail, aucun problème. Sinon, je suis certaine que ça peut attendre !

— Zia, arrête de déconner. Tu cherches quoi là ?

La tête haute, elle me défie. Ce petit jeu a assez duré, elle me cherche, elle veut me pousser à bout, mais je ne craquerai pas. Encore moins devant Neil.

Je m'apprête à lui répondre quand son regard change du tout au tout pour se fixer derrière moi. Près de la porte, Ty vient de faire son apparition dans le bar.

Cette arrivée ne lui plaît pas. À moi non plus d'ailleurs.

— Salut tout le monde ! annonce-t-il d'un air guilleret. Mon boss m'a donné ma soirée alors je suis libre pour le service !

Tandis qu'il me check comme à son habitude, je le trouve trop enjoué pour un simple service au bar. Je ne sais pas ce qui le met dans cet état, mais même Neil l'observe d'un drôle d'œil.

— Cam, je prends ta place auprès de la belle Zia ce soir ! Tu es libre de t'en aller, je gère.

Sur la réserve, je remercie Ty pour sa proposition tout en lui expliquant que je n'ai rien d'autre de prévu et que je ne compte pas bouger de là.

Zia, mal à l'aise au milieu de nous, récupère son plateau pour se remettre au boulot alors que Ty me fait face avec un sourire triomphant aux lèvres.

Je ne sais pas ce qu'il cherche à faire, mais ça ne me dit rien qui vaille.

Pendant que les minutes passent et que le bar se remplit à nouveau, je sens le regard pesant de Tyler sur Zia. Occupé à faire la causette aux tablées uniquement remplies par des demoiselles, cet imbécile n'est pas là pour bosser, il est venu pour chasser. Même s'il est en plein repérage de sa nouvelle proie pour la nuit, il garde un œil sur ma copine, me faisant ainsi monter la pression à mesure que le soleil se couche. Cette journée est un véritable calvaire. Je n'ai qu'une hâte, c'est qu'elle se finisse au plus vite.

Quand Neil demande à Zia d'aller lui chercher une bouteille à la réserve, il est près de vingt-deux heures. Elle avait déjà mauvaise mine ce matin en arrivant, cette fois, elle est carrément éreintée. Profitant de cette demande pour aller lui demander si elle va bien, je m'empresse de traverser le bar pour la rejoindre. Avant de débarquer dans le couloir, un coup d'œil à Ty me rassure. Il est en pleine conversation avec une jolie blonde au décolleté si plongeant qu'on arrive presque à voir son nombril. C'est l'occasion rêvée pour m'éclipser et enfin rétablir la vérité avec Zia.

Au moment où j'arrive, elle est déjà en train de sortir de la réserve avec la bouteille attendue par Neil. Coincée par mon corps, elle tente de forcer un peu le passage, mais je réussis à la faire reculer sans aucun problème dans le vestiaire.

— Est-ce que t'as des vues sur Neil ? demandé-je sans détour alors qu'elle se met à rougir.

— Je savais qu'il bossait là quand tu m'as proposé le poste, balbutie-t-elle en évitant mon regard. Il me plaisait à l'époque, mais toi… Enfin, pas autant que toi. De toute façon, à quoi ça sert de me poser la question ! lance-t-elle en sortant son portable de la poche arrière de son short en jean. Ça n'a aucune importance après ce que tu as fait hier soir !

Tandis que je récupère le téléphone pour regarder la fameuse photo dont Zach m'a parlé, mais que je n'ai pas encore vue, je ne peux m'empêcher de rire en imaginant la scène.

En gros plan, on distingue très bien Sofia, un sein à l'air et l'autre maintenu par la main d'un homme derrière elle. Je ne sais pas ce qui fait dire à Zia que cet homme c'est moi, car on ne distingue qu'un bout à peine de sa peau. Par contre, elle est passée à côté d'un détail évident qui aurait dû lui mettre la puce à l'oreille.

— Tu veux que je t'explique ou tu préfères rester sur ta fausse idée ?

— Qu'est-ce qu'il y a à dire, Cameron ? Regarde la légende, elle parle d'elle-même !

— Et Sofia ? Tu l'as appelée pour avoir le fin mot de l'histoire ? Pourquoi tu t'en prends à moi alors que c'est un coup de ta copine ?

— Je ne veux plus avoir affaire à aucun de vous deux ! Vous m'avez trahie !

— Techniquement, Honey, personne ne t'a trahie. Elle a voulu le faire en me charmant, mais si tu étais plus attentive aux détails, tu aurais compris que je ne me trouve pas sur cette photo ! affirmé-je en lui rendant son téléphone pour qu'elle la regarde à nouveau.

— Explique-moi alors ! Tu n'es pas sur la photo, pourtant, tu as l'air déjà au courant de son existence. Pourquoi ?

— Zach m'a prévenu qu'elle l'avait photographié en plein acte. Car, ma très chère Zia, ce n'est pas moi avec elle, c'est lui.

Scotchée, elle me regarde sans comprendre. Pour lui appuyer ma théorie, je tapote sur le morceau de peau de l'homme qui se trouve sur la photo en posant mon avant-bras à côté.

— Je sais que le flash éclaircit les couleurs, mais regarde mieux la main…, dis-je en lui mettant la mienne sous le nez. Tu crois vraiment que je serais aussi blanc même avec le flash ?

Concentrée, ses yeux oscillent entre la main sur la photo et la mienne. L'évidence est sous ses yeux, pourtant elle reste muette.

— Puisque tu n'as pas l'air de me croire, on peut appeler Zach pour qu'il te confirme…

— Tu veux dire que Sofia m'a envoyé la photo en sachant qu'elle n'était pas avec toi ? C'était juste pour me faire croire qu'elle avait raison ?

— Disons qu'elle pensait vraiment que c'était moi, mais qu'à ma place il y avait Zach… Par contre, à la fin de leur petite sauterie, elle savait. Si son but n'était pas de nous séparer, elle aurait dû t'appeler pour te dire la vérité.

Son visage fermé m'informe qu'elle n'a rien compris au piège que j'ai tendu à sa copine. En même temps, vu de l'extérieur, ce plan était complètement débile. J'aurais dû me contenter de l'envoyer chier et d'en rester là.

— Explique-moi comment Zach a pris ta place sans que Sofia puisse s'en apercevoir. Il y a un truc que je ne pige vraiment pas là ! s'offusque-t-elle en me pointant du doigt.

Tandis que je me lance dans un récit qui me semble de plus en plus tordu au fil des mots, je réalise que j'ai peut-être un peu exagéré. Bien que j'avais pleinement confiance en Zach, laisser Sofia avec un mec qu'elle ne connaissait pas, mais qu'elle a tout de même invité à se joindre à nous, aurait pu être dangereux. Je voulais prouver à Zia que j'étais vraiment amoureux d'elle, mais je n'ai pas pensé une seconde à la portée de mes actes.

— Je n'aurais pas dû lui faire ça, dis-je pour me dédouaner de ma responsabilité dans l'histoire, mais comme elle a voulu me piéger, je n'y ai vu que le moyen de lui rendre la monnaie de sa pièce… C'était immature et risqué, mais au moins tu sais ce que je suis prêt à faire pour toi !

Je n'arrive plus à déchiffrer les expressions de son visage. Je ne sais pas si elle est en colère, si elle est choquée, ou si elle est contente d'apprendre que je ne l'ai pas trompée avec sa copine. Sa réaction tarde à venir, je n'aime pas ça.

N'y tenant plus, je l'attire à moi pour la prendre dans mes bras, mais elle résiste, puis s'éloigne.

— C'est vraiment dégueulasse ce que tu lui as fait, Cam ! Je ne dis pas qu'elle ne méritait pas un retour de bâton, mais là, t'y as été vraiment très fort !

— Je sais, j'en suis conscient ! lâché-je en baissant la tête, honteux du jugement qu'elle me porte. Tu aurais préféré qu'elle ait raison sur moi ? Désolé, mais je ne pouvais pas la laisser te faire croire n'importe quoi. Je ne sais pas si elle voulait se venger de nous ou simplement t'ouvrir les yeux, mais dans les deux cas, elle a eu tort, car je ne suis pas le genre de mec qu'elle prétend que je suis. Je suis amoureux de toi, et ça, c'est la vérité. Tu dois me croire, Zia.

Mes derniers mots ont le mérite de la secouer un peu. Elle se tient devant moi, petite chose fragile qu'on a envie de protéger, à me regarder de ses grands yeux noisette mouillés par les larmes, juste avant de retomber dans mes bras pour se jeter à mon cou. Ses lèvres sur les miennes, elle me dévore sans pouvoir s'arrêter en me poussant contre le mur situé en face de la porte.

Surpris par un raclement de gorge bruyant, nous tournons la tête en même temps pour nous retrouver face à face avec Tyler.

— Depuis quand tu es là, toi ? grogné-je en repoussant Zia pour lui faire croire qu'il ne se passe rien entre elle et moi.

— Depuis suffisamment longtemps pour comprendre ce qui se trame entre vous ! gronde-t-il en me regardant de travers. À quoi tu joues avec cette fille, Cam ! Tu veux nous foutre dans la merde, c'est ça ? Parce que si c'est le cas, moi aussi j'ai le droit à ma part de gonzesse avant de sombrer ! ajoute-t-il en s'avançant vers elle pour la bloquer dans le vestiaire.

Zia, effrayée par la menace de Ty, me cherche du regard. Si elle reste là, j'ai peur qu'elle puisse entendre des mots qui nous foutraient vraiment dans l'embarras.

— Tyler, elle n'a rien à voir là-dedans, dis-je pour détourner son attention. Zia, prends ton sac et va chercher mes clés de voiture dans le bureau pour rentrer chez toi ! Laisse-les sur le contact, je passerai la récupérer dans la nuit. J'ai des comptes à régler.

Exécutant mes ordres à la lettre, Zia prend son sac dans son casier avant d'essayer de contourner Ty pour sortir. Ce dernier l'en empêche en la bloquant avec son bras.

Voir ses doigts se poser sur ma copine me fait monter la pression d'un coup. D'une main ferme, j'empoigne son épaule pour qu'il se retourne, juste avant de lui mettre une droite magistrale. Sa réaction ne se fait pas attendre, il me plaque contre le mur, enfonce son épaule dans ma cage thoracique et se met à pousser comme un bourrin. La respiration coupée, j'ordonne tout de même à Zia de s'en aller en tentant de repousser Ty.

Au bout de quelques secondes, il me relâche en me fusillant du regard.

S'assurant qu'il n'y a plus personne pour nous voir, il me plaque à nouveau contre le mur en soufflant de rage.

— Putain, Black ! grogne-t-il en utilisant mon nom de code hors mission, alors que cela nous a été formellement interdit. Qu'est-ce que tu branles avec cette meuf ? Ne me dis pas que tu ne sais pas qui elle est ! À quoi tu joues !

Radouci après avoir craché son venin, il me relâche afin de frotter sa mâchoire rougie par ma droite.

— Alors, tu t'expliques ou on se bat à nouveau ? reprend-il en me montrant le bureau pour aller parler.

— Je l'ai rencontrée par hasard sur le campus de la fac en juin, avoué-je alors qu'il referme la porte pour nous donner plus d'intimité. Je ne savais pas qui elle était, je l'ai compris plus tard. Ce que tu as vu…

— Quoi ? Que tu la sautes ? Ça fait un moment que j'ai saisi qu'il se passait un truc entre vous. En vrai, je m'en balance de ça. Par contre, t'aurais dû nous dire qui elle était dès le départ. Si elle apprend d'une façon ou d'une autre que le cambriolage de sa baraque c'est nous, on part tous en taule à cause de ton putain de coup de quéquette ! Je suis prêt à beaucoup de sacrifices pour un vagin et une paire de seins, mais certainement pas à risquer de finir en prison pour me faire enfiler par mes voisins de cellules !

— Si tu te fous de ce que je ressens pour elle, Ty, pourquoi tu la cherches comme ça ? Pourquoi t'essaies de lui faire peur ?

— C'est pour te tester toi, gros malin ! lance-t-il en pointant son doigt sur moi. Les femmes nous rendent cons, et toi, t'as beau être le plus frigide d'entre nous question sentiment, je sais qu'elle va finir par t'affaiblir. Je crois même que c'est déjà fait, mon pote ! Je ne veux pas que tu finisses par te sentir si coupable que tu aies envie de lui avouer la vérité. Tu n'es pas le seul dans le game. Si tu coules, on coule tous. Et ça, annonce-t-il en me frappant de son index, je te jure que je ne te le pardonnerais pas !

— Tu vas me dénoncer à Ruben et aux autres ?

— Tu vas le faire tout seul, Cam ! T'es assez grand pour sortir ta queue, tu vas l'être aussi pour assumer tes conneries.

La mâchoire crispée, les poings serrés le long de mon corps, je soupire en réalisant qu'il va falloir que j'en parle à tout le monde. Noah et Zach sont déjà au courant, Lenny n'en aura pas grand-chose à faire tant que ça ne le fout pas dans la merde, mais Ruben risque de péter un plomb.

Je l'ai déjà vu péter un câble. Une fois. C'était contre le mec que j'ai remplacé dans la bande. Maître en arts martiaux en tous genres, la façon de s'énerver de Ruben lui avait laissé quelques traces. Rien qui ne me donne très envie à l'instant précis.

— OK, j'en parlerai aux autres, abdiqué-je en ouvrant la porte pour partir et le laisser en plan.

— Conseil d'ami, pendant que nous le sommes encore, précise-t-il comme une nouvelle menace. Tu vas avoir des choix à faire. Ou c'est elle, ou c'est nous… Je serais toi, je prendrais mes distances avec cette gonzesse. Crois-moi, elle ne vaut pas la peine de se prendre des années de zonzon juste pour son joli petit cul !

D'un signe de main, je lui tourne le dos en lui faisant comprendre que j'ai compris.

Ce qu'il ne sait pas, c'est que je suis le seul à pouvoir juger si son petit cul en vaut la peine ou pas.

27
ZIA

Samedi 15 août

Depuis qu'il a récupéré sa voiture dans la nuit, que je l'ai questionné sur son altercation avec Ty, Cam est plus distant que jamais. Je n'ai aucune idée de ce qui s'est passé après mon départ, mais ce que je sais, c'est que ça l'a changé. Il y a d'ailleurs beaucoup de choses qui ont changé cette semaine.

Ty traîne au bar tous les jours. Même s'il ne m'adresse plus la parole, je sens qu'il nous garde à l'œil, Cameron et moi, comme s'il y avait un secret à protéger au sein même du *King's Bar*.

J'ai arrêté de me prendre la tête pour ce mec, comme dit Cam, il n'a pas la lumière à tous les étages. Autant en rester éloignée le plus possible, c'est encore ce qu'il y a de mieux à faire.

Neil est plus distant, lui aussi. Fini le trip « Capitaine et Moussaillon », il est redevenu le barman et moi la serveuse. Il a aussi pris ses distances avec Cam alors qu'ils étaient bien potes. Il faut croire que nous imaginer ensemble ne doit pas lui convenir. Il faudra qu'il s'y fasse… Enfin, si Cameron n'en vient pas à me quitter. Il est tellement bizarre en ce moment.

Sofia ne répond plus à mes appels ou à mes textos. Cette fois-ci, c'est son tour de jouer au fantôme avec moi. Je ne sais pas si elle m'évite parce qu'elle a trop honte de ce qu'elle a voulu me faire ou si c'est juste par ce qu'elle a honte d'elle-même, mais elle n'est jamais restée aussi silencieuse avec moi.

Pour avoir questionné Zach sur la fameuse nuit dans le bureau, j'ai appris qu'elle avait plutôt bien pris la fin de la blague. Même si elle ne s'était pas rendu compte que Cameron l'avait laissée dans les bras de son meilleur pote, elle lui a avoué avoir pris son pied comme jamais. Pour couronner le tout, il m'a aussi certifié qu'ils s'étaient revus tous les soirs de la semaine, et qu'ils se prévoyaient un petit week-end du genre « marathon de la baise » dès ce soir.

Jamais je n'aurais pensé qu'elle pourrait tourner la page Cameron Evans aussi vite, elle qui se disait folle amoureuse. Il faut croire que Zacharia Davis a su conquérir son… Qu'importe ce qu'il a conquis, ce ne sont pas mes affaires après tout.

Elle reviendra faire son mea culpa quand elle le voudra. Il ne reste juste qu'à espérer que ce ne soit pas trop tard pour que je lui pardonne.

En ce samedi du quinze août, l'affluence au bar est abominable. Quand j'ai signé le contrat, personne ne m'a prévenue que ce serait aussi difficile. Entre la chaleur qui me tape sur le crâne toute la journée, les clients qui se succèdent à une vitesse folle et mes piétinements quotidiens, je suis à cran aujourd'hui. Tout cela aurait pu passer au second plan si en plus de ça, Cameron n'avait pas décidé de se la jouer tête d'enterrement.

Sous le regard inquisiteur de Tyler, il n'a même pas daigné me parler depuis ce matin. Je me doute que puisque notre histoire n'est pas encore officielle, il préfère rester discret. Mais de là à ne même pas venir me faire un bisou furtif dans les vestiaires, il exagère carrément ! S'il souhaite me quitter, il n'a qu'à me le dire plutôt que de me fuir de la sorte. Même si ça risque de me faire mal, subir la situation en l'état n'a rien d'une partie de plaisir.

Ce matin, mon père voulait m'accompagner chez le concessionnaire auto pour choisir une voiture. Sur le coup, j'étais contente d'enfin acquérir ma liberté, mais en y repensant, avoir une voiture allait aussi mettre fin à nos moments en tête-à-tête à Cameron et moi. En ce moment, il est primordial que l'on puisse se parler. C'est ma première soirée depuis l'altercation qu'on a eue avec Ty et j'ai besoin de savoir ce qui se trame entre eux. Pour nous.

Pour avancer avec lui, j'ai dû refuser l'invitation de mon père en prétextant que je ne me sentais pas prête à rouler seule la nuit. Il n'est pas con, il m'a fait comprendre par un sourire ironique qu'il savait pourquoi je dénigrais sa proposition… Ce qu'il ne sait pas, c'est qu'après cette nuit, il aura peut-être tout le loisir de m'accompagner chez le concessionnaire, car si Cameron me quitte, alors je démissionnerai du bar.

À seize heures, fatiguée, je renverse un verre sur une femme à cause des clients de la table d'à côté qui ont laissé leur chien traîner dans mes jambes. Cam me regarde de loin, mais n'intervient pas.

À dix-huit heures, mes parents débarquent et s'installent en me foutant la honte. Cameron leur tape la causette comme si de rien n'était. Ils sont contents de se voir, ils discutent même sans me prêter attention.

À vingt-heures, avec un gros mal de crâne en approche, je me trompe dans le rendu de la monnaie, le client se met à gueuler à qui veut l'entendre que j'ai voulu l'arnaquer. Cameron débarque enfin vers moi, il discute avec le gars, plaisante et lui offre les consos avant de reprendre sa place. Toujours sans un mot pour moi.

À vingt-trois heures, je me tape une table de gros lourds éméchés dont un, plutôt mignon, qui semble être plus tactile que les autres. Trouvant là une occasion de faire enrager mon mec, je profite de l'occasion pour faire connaissance avec le groupe.

Heureux de trouver une serveuse sympa, le gars rapproche sa chaise de moi pour coller son épaule à ma cuisse. Discrètement, il passe sa main sur l'arrière de mon mollet, me mettant soudain mal à l'aise. De loin, je vois Cam virer au rouge avant de se diriger vers Tyler pour lui glisser un mot à l'oreille. Le gars bourré ne veut plus me lâcher, je commence même à paniquer quand il me force à m'asseoir sur ses genoux pour me serrer dans ses bras.

En une seconde, Ty me récupère et m'éloigne tandis que Cameron s'empare du mec pour le faire partir du bar. L'attrapant par le col pour le conduire de l'autre côté de la route, tous ses potes se relèvent pour aller voir ce qui se passe.

— Ils ne vont pas se battre quand même ! paniqué-je à voix haute alors que Tyler me pousse à l'écart.

— Qu'est-ce que tu veux que je te dise, poupée ? À cause de ton joli minois, mon pote va s'attirer des problèmes. T'es fière de toi ?

Ces mots me glacent le sang. OK, j'y suis peut-être pour quelque chose, mais je ne pensais pas que ce débile allait s'octroyer un droit de cuissage sur mon corps !

— C'est quoi ton problème à toi ? m'agacé-je en sentant la colère me monter au nez. Pourquoi tu ne laisses pas Cameron être heureux avec moi ? T'es qu'un pauvre type jaloux qui passe son temps à accoster des meufs, mais qui rentre toujours solo !

Hilare en m'écoutant l'engueuler, Tyler me caresse la joue avant de saisir mon menton entre ses doigts pour le serrer :

— Écoute-moi bien, espèce de pétasse ! T'as beau avoir une belle gueule, ça n'empêche que tu risques d'être un gros problème, un très gros problème pour lui. Ne crois pas que tu sais tout sur Cameron, t'es vraiment loin de connaître la vérité sur ton mec. OK, c'est un beau gosse, un mec sympa qui doit certainement te satisfaire au plumard, mais sous ses apparences de gentil garçon bien sous tous rapports, ton petit Cameron adoré c'est un vrai connard ! Un pur bad boy comme ça vous fait mouiller, vous les fillettes coincées du cul ! me sort-il en approchant ma bouche d'un peu trop près. Tu crois que tu es amoureuse de lui, mais si tu savais ce qu'il t'a fait, tu lui cracherais dessus sans aucune honte !

Juste avant de me lâcher, Tyler pose ses lèvres sur les miennes dans un smack qui me file un haut-le-cœur. Essuyant ma bouche d'un revers de manche, je repère Cameron qui traverse la route dans l'autre sens pour revenir dans le bar.

— Prends tes affaires, je te raccompagne chez toi ! annonce-t-il en passant près de nous pour aller récupérer ses clés dans le bureau.

Étonnés par le ton grave qu'il vient d'employer, je le regarde s'éloigner vers le couloir tandis que Tyler se marre comme un con.

— Ce soir, tu redeviens célibataire, ma belle ! se moque-t-il de moi en tapant de joie dans ses mains. Si vous décidez de baiser une dernière fois, repense à ce que je t'ai dit. Ton petit chéri n'a rien du gendre idéal ! Ah… et imagine que c'est ma langue qui viendra te lécher la chatte… Moi, le mec qui rentre toujours solo !

À la fois perdue et en colère, je lui crache en pleine figure avant de le repousser du plat de la main pour pouvoir me rendre du côté des vestiaires. Rapidement, je jette mon tablier dans mon casier en me faisant la promesse de ne plus jamais le reporter, puis récupère mes affaires en tremblant avant de prendre la direction de la sortie.

Devant le bar, Cam fait le pied de grue en m'attendant. Je voudrais pouvoir partir sans me faire repérer, car je ne veux ni rentrer maintenant ni avec lui. J'ai besoin d'être seule.

Sauf qu'avec son corps en plein milieu du passage, impossible de se la jouer inaperçue. *Et puis merde, va te faire foutre ! Même si je ne sais pas où aller, tu te fourres le doigt dans l'œil si tu crois que tu vas me ramener chez moi !*

Avec un peu d'élan, je passe à côté de lui en lui donnant un gros coup d'épaule pour le bousculer. Finalement, autant qu'il sache que je n'ai pas besoin de lui.

— Pas la peine de me raccompagner, je vais me débrouiller seule !

Attirée par les lumières et la musique festive qui provient de la jetée, je connais maintenant mon point de chute, et pars en direction du *Brighton Palace Pier* d'un pas rapide. Cette nuit, la fête foraine est ouverte jusqu'au petit matin pour attirer le plus grand nombre de touristes avant la fin des vacances. C'est là que je vais aller. Errer entre les manèges, regarder les gens rire, c'est ce qu'il me faut pour l'oublier lui et son putain de bar à la con.

Même s'il ne m'a pas encore rattrapée, je sens sa présence derrière moi. Pourquoi ne m'évite-t-il pas comme il l'a fait ces derniers jours ? Ça serait tellement plus simple pour lui…

Moi, en tout cas, je vais me faire un plaisir de lui donner du fil à retordre. S'il veut réussir à me ramener chez moi, il va d'abord falloir qu'il m'attrape.

Bad boy, mon œil ! Si c'est le moyen qu'il a trouvé pour me faire fuir, je n'y crois pas une seconde !

28
CAMERON

Samedi 15 août

Mais qu'est-ce qu'elle fout ? Elle croit que je vais lui courir après comme ça toute la nuit ? Elle a raison, je vais le faire !

Je comprends qu'elle soit en colère contre moi. Je l'ai délaissée au profit de Ty et du bar. En même temps, si elle avait une toute petite idée de ce que ça m'a fait à moi aussi… Devoir supporter le poids du regard de Ty à longueur de journée pour être sûr que je n'approche pas trop d'elle a été une épreuve aussi bien nerveuse que physique. Il a fait de ces derniers jours une véritable corvée pour nous deux. Il m'a surtout éloigné d'elle.

Ce soir, avec ce départ précipité, j'ai une chance de pouvoir lui fournir quelques explications. Bien que je ne puisse lui révéler mes pires secrets, ceux qui me hantent et me bouffent de l'intérieur, je vais essayer de lui faire comprendre que ce n'est plus qu'une question de jours avant que tout ne rentre dans l'ordre. Enfin, j'espère.

Au moment où elle bifurque sur la jetée pour se rendre au *Brighton Palace Pier*, je perds sa trace dans la marée humaine présente à la fête. La musique résonne autour de nous, toutes ces couleurs me brouillent la vue.

Et merde ! Comment vais-je faire pour te retrouver maintenant ?

Tantôt à droite, tantôt à gauche, je parcours les allées dans l'espoir de l'apercevoir quand soudain, je l'entrevois dans la file qui mène à la grande roue. Le regard perdu dans le vide, elle ne m'a pas vu approcher. Plus que quelques minutes avant que ce ne soit son tour de monter dans le manège, alors je récupère une barbe à papa dans le stand d'à côté avant de me faufiler près d'elle juste à temps pour grimper dans la nacelle.

Surprise de me trouver là, Zia ne peut s'empêcher d'esquisser un demi-sourire contagieux.

— J'aurais dû parier que tu allais te pointer à temps ! annonce-t-elle en récupérant l'énorme bonbon filandreux. Heureusement que tu n'arrives pas les mains vides.

— Ça veut dire que tu ne comptes pas me jeter du haut de la roue ? plaisanté-je en lui faisant ma meilleure tête de chien battu quand le mec du manège s'avance vers nous pour vérifier si notre barrière est bien fermée.

Monsieur, combien pour nous laisser faire des tours jusqu'à ce que la demoiselle finisse par m'embrasser ?

— Pour un billet de vingt, je vous laisse faire trois tours sans descendre !

Sans réfléchir, je fouille dans ma poche à la recherche du seul billet qui s'y trouve, mais en voyant qu'il s'agit d'un cinquante pounds, j'hésite à le lui donner.

— Vous pouvez aussi ne faire qu'un tour, à vous de voir ! se moque le mec en bataillant pour me prendre le billet.

— Vous n'allez pas me rendre la monnaie, je suppose ? demandé-je en grimaçant pendant que Zia pouffe de rire à côté de moi.

— Je ne pense pas, non ! avoue-t-il en tirant d'un coup sec pour récupérer l'argent. Par contre, je vous laisse faire quatre tours, c'est pas mal, quatre tours ? Ça vous laisse le temps de conclure !

N'attendant même pas ma réponse pour se barrer, ce connard s'en va en riant. Je viens de lui faire sa soirée et il se fout de ma gueule.

— Tu sais que tu t'es fait arnaquer ? me demande Zia au moment où la roue commence sa lente ascension. J'avais déjà payé le premier tour.

— Tu as intérêt à m'embrasser pendant les trois prochains, alors ! Au prix qu'ils m'ont coûté, autant que ce soit rentable ! dis-je pour détendre l'atmosphère.

— C'est pas gagné, Cameron ! Va falloir que tu t'expliques avant...

— Tu veux que je m'explique sur quoi ? Sur le fait que je t'ai évitée cette semaine ? lancé-je en passant ma main dans mes cheveux pour m'aider à réfléchir. T'as bien vu que Ty nous avait à l'œil, j'étais obligé de t'ignorer pour respecter ton choix. Celui de n'officialiser qu'en septembre, tu te souviens ? Mais ça ne change rien à ce que je ressens pour toi, Honey. Au contraire, tu ne sais pas à quel point ça a été un crève-cœur de devoir m'éloigner de toi. C'était juste insupportable, avoué-je en lui prenant la main pour l'embrasser. Et voir ce type te toucher ce soir, t'imagines même pas ce que ça m'a fait !

— T'aurais au moins pu m'expliquer rapidement... Depuis mardi soir, tu ne m'as pas dit un mot. Je fais comment pour comprendre, moi ! s'énerve-t-elle en engouffrant la moitié de la barbe-à-papa d'un coup. Met-toi à ma place !

— Qu'est-ce que tu crois ? m'énervé-je en mettant un coup de pied fictif dans l'air. Je subis la situation autant que toi ! Je ne veux pas avoir à me cacher, à nous cacher, alors qu'on ne fait rien de mal. J'ai envie d'être avec toi, Zia. J'ai envie de leur montrer que je t'aime.

S'arrêtant net de mâcher pour me regarder, je frétille de l'intérieur en voyant sa réaction.

Les mots sont sortis tout seuls, du fond du cœur. Pour une fois, je n'ai pas cherché à les retenir. Il ne reste plus qu'à croiser les doigts pour qu'ils atteignent leur cible.

— Pourquoi Tyler m'a dit que tu n'étais pas celui que tu voulais me faire croire ?

Pris au dépourvu, je hausse les sourcils en analysant sa question. En plus de vouloir me salir aux yeux de Zia, cet enfoiré a aussi trouvé le moyen de gâcher ma première fois. Tout du moins, la première fois où je disais « je t'aime » à une femme.

— T'as entendu ce que je t'ai dit ? redemandé-je pour détourner son attention. Je t'ai dit que je t'aimais, Zia Rice ! Ça ne te fait rien ? Moi, ça me fait quelque chose ! dis-je en prenant sa main pour la poser sur mon cœur qui bat à dix mille. C'est la première fois de ma vie que je dis ça à une femme, qui plus est au sommet d'une grande roue !

Tandis qu'elle enlève sa main et qu'elle détourne le regard vers le large, je ne comprends plus rien à ce qui se passe. Ce n'est pas comme ça que j'imaginais sa réaction, bien au contraire.

— Bien sûr que je t'ai entendu…, finit-elle par dire sans pour autant me regarder. Mais je veux d'abord savoir dans quoi je m'engage avant d'aller plus loin. Depuis le début, j'ai une impression étrange avec toi. Je te l'ai déjà dit, tu m'attires autant que tu m'intrigues. Et avec ce que m'a dit Tyler tout à l'heure, le mystère Cameron Evans vient de s'épaissir encore un peu. Je dois savoir qui tu es, Cameron, si je ne veux pas me brûler les ailes.

Alors que je réalise que ses doutes sur moi ne se sont jamais dissipés, c'est à mon tour de regarder ailleurs. La tête baissée, le regard rivé sur le sol en contrebas, je pousse un soupir bruyant qui a le mérite d'attirer son attention.

Comment lui faire comprendre qu'elle peut me faire confiance, qu'elle peut se laisser aller avec moi sans trop lui en dire ? Dévoiler mon secret, c'est prendre trop de risques inenvisageables. Mais en même temps, je veux qu'elle me découvre, moi, le vrai Cameron Evans, celui qui est prêt à tout pour la rendre heureuse.

Suis-je donc condamné à mentir jusqu'à la fin de ma vie ?

— Tyler a raison, confié-je en prenant une grande inspiration. Par le passé, j'ai fait des choses qui me filent encore la gerbe. Ça me rend malade rien que d'y penser. Le Cameron que tu vois tous les jours au bar avec les autres associés, c'est celui qui a des secrets qu'il ne peut pas t'avouer. Il n'est qu'une façade, un trompe-l'œil. Trop sérieux, trop rigide, trop tout… Mais depuis que je t'ai rencontré, je ne veux plus de tout ça. Je veux être une meilleure personne. Pour toi. Car il n'y a que quand je suis avec toi que je deviens le vrai Cameron. Quand tu me fais rire, quand tu me regardes, quand tu m'embrasses, continué-je en relevant la tête pour admirer ses yeux brillants. Tu es la seule à connaître celui qui n'a jamais eu le droit de s'exprimer, tu es la seule à l'avoir perçu. Alors, oui c'est vrai, je ne sais pas parler d'amour ou faire de grandes phrases romantiques, parce que je n'ai jamais appris à le faire. Malgré tout, il n'y a qu'avec toi que je suis moi, Zia.

Posant son front contre le mien avant de croiser ses mains derrière ma tête, elle dépose un baiser furtif sur mes lèvres avant de murmurer :

— Je trouve, au contraire, que tu as fait beaucoup de progrès dans le domaine des grandes phrases romantiques !

— Je sais que ce que je viens de te dire ne lève pas le voile sur le mystère que tu souhaites résoudre, mais pour le moment, c'est tout ce que je peux te confier, dis-je en l'embrassant à mon tour. Ce que je peux faire par contre, c'est te promettre que je te dirai tout très bientôt. Dès que j'aurai informé Ruben de la situation. Est-ce que tu peux patienter jusque-là ?

— Oui… Je crois…

Le premier tour de roue s'achève au moment où Zia m'embrasse pour me donner son accord. Avec quelques mots, j'ai réussi à gagner du temps, mais lui mentir encore me révulse. Même si je lui rends son baiser, même si j'en crève d'envie, la culpabilité est omniprésente dans ma tête.

Fin du quatrième tour de grande roue. En descendant du siège, je repense à cet investissement fort onéreux qui s'est avéré enrichissant. Bien que ça m'ait coûté les yeux de la tête, le principal c'est qu'elle m'enserre à nouveau la taille de ses bras fins et qu'elle se love contre moi avec son sourire à croquer.

Retombée en enfance pour quelques heures, Zia m'a traîné dans presque tous les manèges de la fête foraine. Du super coaster[17] où on s'est embrassés avec la tête à l'envers, en passant par l'hôtel de l'horreur où elle s'est blottie contre moi pour que je la protège, jusqu'au carrousel où nous avons fini par chevaucher une licorne sacrée en nous câlinant, Zia m'a fait redécouvrir le *Brigthon Palace Pier* sous un nouveau jour.

Comme dans son livre, je l'ai laissée vivre cet instant hors du temps pour en faire un moment magique et mémorable qui n'appartient qu'à nous.

[17] Coaster = montagnes russes.

Quand nous nous apprêtons à quitter la jetée pour retourner à la voiture, Zia m'arrête avant que mes baskets ne passent le ponton en bois pour fouler le trottoir.

— Je ne veux pas rentrer, Cam ! lance-t-elle en serrant ma main pour me ramener contre elle. Je ne veux pas mettre fin à cette nuit.

Enroulant mes bras autour de ses épaules, je dépose un baiser sur son front en lui murmurant un « OK » à peine audible.

Envisageant les différentes possibilités qui s'offrent à moi, j'élimine d'emblée sa maison, le bar et la plage. Je pourrais très bien nous prendre une chambre d'hôtel pour ne pas avoir à l'emmener dans ma misérable chambre à l'auberge de jeunesse, mais puisqu'elle veut découvrir le vrai Cameron, le lieu s'impose de lui-même.

— On passe par la plage ou on rentre directement ?

— Pourquoi ? demande-t-elle en relevant la tête pour m'interroger. Tu veux m'emmener où ?

— Là où je n'ai jamais conduit personne jusqu'à maintenant…

— Chez toi ? À l'auberge de jeunesse ? demande-t-elle en se hissant sur la pointe des pieds pour m'embrasser. Tu n'imagines même pas comme j'ai hâte d'y aller, Honey…

La bousculant légèrement pour cacher mon appréhension, je me baisse pour la saisir par les mollets et la porter au creux de mes bras en riant.

Pendant une course folle à travers la plage, je fends le sable d'une petite foulée agrémentée de quelques ronds sur moi-même, juste pour l'entendre me crier d'arrêter, encore et encore. Bien accrochée à mon cou pour ne pas tomber, Zia colle son visage contre ma peau en éclatant de rire comme une enfant.

C'est communicatif, spontané, libérateur. Pour la première fois depuis longtemps, je retrouve mon insouciance d'avant. Je ris comme le gamin que j'étais avant de devenir un cambrioleur. Un orphelin. Pour la première fois depuis longtemps, je me sens libre, capable de conquérir la terre entière pour elle. Je me sens vivant.

À bout de souffle, les bras presque tétanisés par le poids plume que j'ai porté pendant près de trente minutes depuis la jetée, je dépose doucement Zia au sol pour prendre la clé de la porte d'entrée de l'auberge.

Ma main ne tremble pas quand la clé s'enfonce dans la serrure, pourtant, à l'intérieur, je suis tétanisé de laisser quelqu'un s'immiscer dans ce petit espace qui n'a jamais vu d'autres têtes que la mienne.

— Ça va aller, me dit-elle en serrant ma main pour me donner du courage.

Après une grande inspiration, je lui souris timidement, puis pousse la porte avec mon pied pour nous laisser entrer.

Les marches, qui nous conduisent au troisième étage, se succèdent rapidement, si bien qu'il ne nous faut que quelques secondes pour nous retrouver devant la porte de ma chambre. Dans ma tête, c'est l'inspection éclair. N'étant pas du genre bordélique, je sais même que tout est ordonné comme quand je suis parti ce matin, mais je me fixe aux détails pour ne pas me laisser bouffer par la panique.

Doucement, je pousse cette nouvelle porte pour pénétrer dans la chambre plongée dans le noir. Seule la lune éclaire les seize mètres carrés tristounets qui me servent de maison depuis déjà trop longtemps. Sauf qu'à l'inverse de d'habitude, la pièce a une aura différente. Elle n'a plus rien de triste, car Zia y est avec moi.

Tandis que j'allume la lampe de chevet posée près de mon lit à même le sol, Zia jette un coup d'œil rapide à ce qui me sert de logement.

Comme je m'y attendais, de la petite kitchenette à mon lit fait au carré, tout est nickel. Soulagé de ne pas la voir fuir en courant, elle se tourne vers moi pour me sourire.

— Il n'y a pas de déco, ce n'est pas très grand, mais j'ai le nécessaire pour vivre ou étudier…

Plutôt que de me répondre, Zia se baisse vers la lampe de chevet pour l'éteindre et nous plonger à nouveau dans la nuit. S'avançant vers l'alcôve où se trouvent les trois fenêtres qui donnent sur la mer, elle ouvre celle du milieu pour faire entrer le vent dans ses cheveux.

Face à moi, je la regarde enlever son débardeur avec lenteur avant de faire glisser son short et sa culotte sur ses pieds. De là où je suis, la vue est magnifique. Elle, nue, juste éclairée par le reflet de la lune qui sublime ses épaules, qui met en lumière sa poitrine, tend sa main vers moi pour que je la rejoigne dans ce petit coin où personne ne pourra nous déranger.

Face à elle, face à la mer en arrière-plan, je me sens soudain vulnérable. Cette vue prend une nouvelle signification pour moi. Il est temps de mettre le passé de côté pour avancer vers mon avenir. Et mon avenir, c'est elle.

— Tout est parfait ! murmure-t-elle avant de soulever mon tee-shirt pour me l'enlever. Ça ne peut pas être plus parfait, Honey.

Sur la pointe des pieds, elle s'approche de ma bouche pour la goûter tandis que la pointe de ses seins caresse doucement mon torse. Des étoiles plein les yeux, elle me demande :

— Redis-le encore.

Il ne me faut qu'une seconde pour comprendre ce qu'elle désire, et pour la première fois de ma vie, les mots me paraissent simples à prononcer.

Tout en souriant contre sa bouche, je sépare les syllabes pour les faire résonner dans la nuit :

— Je t'aime, Zia.

29
ZIA

Dimanche 16 août

Un rayon de soleil caresse ma joue. Je me réveille doucement en écoutant le chant des mouettes qui s'activent au-dessus des vagues.

M'étirant doucement sous le drap blanc aux senteurs d'amande, je me sens en forme, heureuse et terriblement amoureuse.

Je ne sais pas quelle heure il est, mais nous n'avons pas dû dormir beaucoup. Ce qui est certain, c'est que si les mouettes sont encore là, c'est qu'il doit être tôt. Trop tôt pour se lever.

Au moment où je roule sur le côté pour me blottir contre Cam, je ne le sens pas dans le lit. Il n'est pas là. Le tour de l'appart étant vite fait, je suis seule dans l'unique pièce qui constitue sa chambre.

Comme les toilettes et la salle de bains sont sur le palier, je ne m'inquiète pas, il ne va pas tarder à revenir pour me faire l'amour comme il l'a fait cette nuit.

Oh, cette nuit… Putain, quelle nuit, oui !

Depuis l'instant où il m'a retrouvée vers la grande roue jusqu'à maintenant, il n'y a pas une seconde où je n'ai pas eu l'impression d'être l'héroïne de mon histoire préférée. Il m'a traitée comme une princesse, il m'a aimée comme une âme-sœur, il m'a protégée comme une fleur rare. Jamais je ne m'étais sentie aussi femme qu'entre les bras de Cameron. Dans ses yeux, j'ai vu tout ce que je voulais trouver chez un homme. Dans ses gestes, j'ai trouvé tout ce dont j'ai toujours rêvé. Il a été tendre, il a été doux, il a été puissant, il m'a renversée corps et âme. Il m'a complètement fait tourner la tête.

Encore nue sous le drap frais, je frissonne de plaisir en l'attendant. Même si nous avons fait l'amour plusieurs fois, je ne me sens pas encore rassasiée de son corps. J'en veux plus. J'en ai besoin.

Pendant que j'arrange mes cheveux, que je défroisse mon visage pour me montrer plus présentable, je compte les secondes en attendant son retour.

Un bruit dans le couloir me fait sursauter, mais telle une déesse grecque qui s'apprête à se faire peindre, je dispose négligemment le drap sur mon corps pour en faire un tableau presque érotique. Prête à simuler mon réveil, je referme les yeux en faisant semblant de dormir… Sauf que personne ne vient.

Au bout d'une minute, je me relève et pars à la recherche de mes fringues.

Aux pieds des fenêtres, dans cette petite alcôve trop romantique, je ramasse ma culotte et mon short pour les enfiler. Quand je me redresse pour passer mon débardeur par-dessus ma tête, je l'aperçois au loin, assis sur la plage, la tête recroquevillée sur ses genoux.

Le voir ainsi me fend le cœur, il a l'air si triste, presque désemparé. Chaussant mes sandales pour aller le rejoindre, je m'arrête une seconde en frôlant son bureau.

Si je suis ici et qu'il est là-bas, c'est qu'il me fait confiance pour que je reste seule chez lui… Alors, pourquoi briser cette confiance en fouillant dans ses affaires derrière son dos ?

Sur mes épaules, ma bonne et ma mauvaise conscience se disputent mes faveurs. La bonne me dit que si j'aime Cameron alors je dois attendre qu'il se livre de lui-même. La mauvaise affirme que c'est justement parce que je l'aime que je dois chercher les réponses dont j'ai besoin pour résoudre le mystère Evans.

Avant de me décider, je jette un coup d'œil vers la plage où il est toujours… Un petit coup d'œil furtif ne fera de mal à personne après tout. Je serai rassurée de savoir qu'il est un mec tout à fait normal, et lui n'en saura jamais rien !

C'est décidé, la mauvaise conscience a remporté le débat. D'une main experte en fouillage de chambre, pour l'avoir fait plusieurs fois dans celle de Sloan afin de récupérer cette merde qu'il fume tous les soirs, je retourne les papiers qui sont très bien triés.

Étant donné le sérieux de Cam, je ne suis même pas étonnée de voir à quel point il est organisé. Cours de droit pénal, cours de droit des affaires, divers papiers qui viennent de la maison de retraite de sa grand-mère, relevés de comptes avec de belles sommes…

Interloquée par l'argent qu'il a sur son compte en banque, je jette un énième coup d'œil à cette chambre qui me paraît ridiculement petite par rapport à ses moyens. Avec ce qu'il gagne au bar, il pourrait tout à fait se trouver un appartement digne d'un étudiant en droit… Tout du moins plus confortable.

Quoi qu'il en soit, sur son bureau, rien de ce que j'ai trouvé ne fait de Cameron le bad boy que m'a décrit Tyler.

Poussée par la curiosité, j'ouvre les placards de la cuisine, mais n'y découvre aucune réponse à mes questions. Rien ici n'est étrange pour un mec de son âge.

Dans son armoire, je retrouve des vêtements que je l'ai déjà vu porter. Sans réfléchir, je renifle son parfum encore présent sur certains de ses tee-shirts. Leur senteur me met en émoi et réveille mes bas instincts. Pour autant, je fais taire mon envie pressante pour continuer à le découvrir.

À côté des fringues de tous les jours, je repère quelques costumes qui doivent lui aller à la perfection, hormis les marques onéreuses de haute qualité, rien qui ne semble suspect pour un étudiant en droit ou un futur avocat.

Quitte à aller au bout de mes investigations, et presque de manière compulsive, je regarde sous le lit, dans son sac de sport, dans le meuble de la télé… Mais rien, rien, rien. Il ne me reste que la table de chevet à fouiller avant de pouvoir le rejoindre le cœur plus léger.

La petite poignée me résiste, mais en tirant d'un coup sec, je réussis à l'ouvrir pour en laisser échapper le contenu.

Là, juste à mes pieds, s'étalent des liasses de billets plutôt conséquentes, un lingot d'or qui me paraît être vrai, bien que je n'en aie jamais vu de ma vie, et au milieu de tout ça, il y a un livre.

En le prenant sur le sol, je m'assois sur le lit avec le cœur qui bat à dix mille. Devant moi, j'ai toute une réalité qui se met en place, une réalité à laquelle je ne peux croire.

En entrouvrant le livre d'une main tremblante, je laisse échapper un petit cri de détresse quand une photo s'envole pour se poser sur la moquette. Les yeux fermés, je n'ose les rouvrir pour voir qui est dessus.

Après avoir compté jusqu'à trois, je prends mon courage à deux mains pour la récupérer. La bouche ouverte, une larme roule sur ma joue à cause du choc.

Je suis là, avec ma famille, à poser pour cette photo que je n'avais pas envie de prendre. Dans ma tête, c'est comme si, avec ce dernier élément, je venais de reconstruire le puzzle de ma vie depuis le jour de ce cambriolage.

Pour en avoir le cœur net, j'ouvre le livre à la première page, là où mon auteur préférée m'avait fait une dédicace. C'est bien le mien. Il y a mes annotations de toutes les couleurs, mes passages favoris que j'ai surlignés, les cœurs que j'ai dessinés dans la marge pendant le moment à la fête foraine… Tout y est, même plus encore. Cameron a lu mon livre, il l'a griffonné lui aussi en notant quelques mots çà et là, et moi, je ne sais plus ce que je ressens.

Tyler avait raison, Cameron est bien un menteur… Au-delà de ça, il est même un voleur. Il est celui qui est venu cambrioler ma maison, celui qui a fait sombrer mon père dans la dépression, celui qui nous a privés, Sloan et moi, de l'argent de nos études… Il est celui que je m'étais juré de détruire si un jour je croisais son chemin. Pourtant, ici, dans sa chambre, je ne peux même pas imaginer cesser de l'aimer une seconde.

Trop de questions se bousculent dans ma tête pendant que je remets tout ce que je viens de trouver à sa place initiale. Comment Cameron m'a trouvée et pourquoi il l'a fait ? Qu'est-ce qu'il me veut aujourd'hui ? Pourquoi Tyler savait pour la face cachée de son associé ? Dois-je lui avouer que je suis au courant ? Va-t-il me faire du mal en plus de me briser le cœur ?

Comme un zombie en mode automatique, je sors de la chambre en tentant de ne pas m'écrouler sous le poids de cette révélation. Trop de bourdonnements dans ma tête pour avoir une pensée cohérente, les yeux remplis de larmes et le cœur qui saigne, je me laisse guider par mes pas, sans même me rendre compte que je me dirige vers la plage.

Après quelques pas dans le sable, je suis debout, à côté de lui, avant de me laisser tomber.

— Pourquoi es-tu déjà réveillée ? me demande-t-il sans même me regarder. Tu avais encore le temps de dormir.

— Tu n'étais plus là…, dis-je d'une voix étranglée au moment où il passe son bras autour de mes épaules pour me réchauffer.

Sa peau fraîche sur la mienne chaude me fait frissonner. Sauf que je ne sais pas si c'est à cause de la température que je tremble ou à cause de l'homme qui vient de me prendre dans ses bras.

La boule dans ma gorge m'empêche de lui parler. Je voudrais crier, lui hurler dessus, je voudrais pouvoir le frapper, mais rien ne se passe, je suis juste perdue.

— Zia…, commence-t-il d'une voix grave qui me glace le sang. Tu ne peux pas rester avec moi, je ne suis pas quelqu'un de bien pour toi. Je ne te mérite pas.

Tandis que je retiens ma respiration pour ne pas craquer, ma tête commence à tourner au moment où j'essaie d'imaginer un monde où Cameron Evans n'existerait pas.

Un monde où il n'est pas ne peut être concevable. Sans lui, mon cœur ne battrait plus la chamade, sans lui je ne ressentirais plus tous ces picotements qui fourmillent de mes orteils jusqu'à la racine de mes cheveux. Sans lui à quoi bon croire encore que les histoires des romans peuvent vraiment se réaliser ? Je suis une grande rêveuse, une utopiste peut-être, mais il a réussi à me faire penser que j'étais unique et que je méritais de vivre un amour exceptionnel… Comment pourrais-je le rayer de ma vie et laisser le reste s'effondrer maintenant que j'ai touché du doigt le véritable amour ? Mon premier amour…

— Je suis assez grande pour choisir avec qui je veux être, Cameron.

Comme seule réponse, il me serre plus fort, le regard toujours fixé sur la mer.

Nous restons ainsi pendant de longues minutes. Muets. Perdus dans nos pensées. Apeurés par le destin qui s'affiche devant nous.

Je ne suis pas dans son esprit, mais maintenant, je sais ce qui le tourmentait autant depuis notre rencontre : devoir tout me dire ou garder ce secret qui le ronge ?

Il a affirmé que son passé de « bad boy » était derrière lui, mais commet-il encore ce genre de délit aujourd'hui ? Si c'était le cas, je ne pourrais… Je n'ose même pas y penser…

— Zia ? me demande-t-il alors que je me contente d'un son guttural pour toute réponse. Est-ce que tu veux rencontrer ma grand-mère ?

Prise au dépourvu par sa demande, je me redresse pour lui faire face.

— Selon les médecins, il ne lui reste que quelques semaines à vivre, quelques mois tout au plus, m'explique-t-il en laissant filtrer le sable à travers ses doigts. Je lui ai promis que je l'emmènerais faire un pique-nique à la plage avant la fin de l'été. Je crois que c'est le jour idéal pour le faire. Il va faire beau et chaud…, s'arrête-t-il avant de poser ses lèvres sur ma joue. Et puis, je voudrais qu'elle te rencontre. Je voudrais qu'elle sache que je ne suis plus tout seul pour affronter la suite, que tu vas être avec moi…

Ses mots sont un véritable crève-cœur. Cameron n'a rien d'un cambrioleur. Comment peut-il en être un quand on sait à quel point il est sensible ? Voler les gens nécessite d'être froid et calculateur. Cameron n'est pas comme ça, il en est même tout le contraire. Il est gentil, dévoué à sa grand-mère, à ses associés, au bar… Il aide tout le monde, mais qui l'aide lui ?

— C'est une excellente idée ! dis-je en feignant un enthousiasme qui sonne faux. Avec tout ce que tu m'as raconté sur elle, j'ai hâte de la rencontrer.

Le sourire qu'il me lance me donne envie de m'effondrer. Définitivement non ! Cet homme, qui me caresse du regard, qui me tend sa main pour que je le suive, cet homme ne peut pas être celui qui a fait vivre un cauchemar à ma famille ou à d'autres que nous. Je ne peux le croire.

Avec une joie communicative, il me propose un programme que je ne peux refuser. Douche crapuleuse, petites courses en amoureux et pique-nique jusqu'au coucher du soleil avec la seule autre femme qu'il aime… Je ne sais pas si je vais pouvoir garder tout ça pour moi, cependant, j'ai envie d'essayer.

***

— Est-ce que cette place vous convient, Nana ? demandé-je en installant un grand plaid sur le sable.

— C'est parfait, ma chérie ! lance-t-elle en passant une main dans mon dos comme si elle me connaissait depuis toujours. Si vous saviez quel bien ça fait de pouvoir revoir la mer, de prendre un aussi grand bol d'air… J'en rêve depuis si longtemps !

Heureux de l'avoir près de lui, Cameron la serre dans ses bras par-derrière pour contempler l'océan avec elle. Leur joie fait plaisir à voir, surtout qu'elle est dans un bon jour selon Cam. Qui suis-je pour gâcher ce moment avec mes doutes ?

Pendant que je m'occupe de l'installation du pique-nique, Cam emmène Nana vers le bord de l'eau. Les pieds nus dans le sable, ils profitent des vagues pour se tremper les orteils en riant.

Perdue dans mes pensées, je me refais le film de ce moment sous la douche. J'avais envie de lui, très envie même… Mais ça ne m'a pas suffi pour oublier ce qu'il nous a fait. Plus agressive que d'habitude, Cameron a bien senti que quelque chose clochait. Je me suis seulement contentée de nier quand il m'a posé la question.

Quand on est passé chez moi pour que je me change, j'ai affronté le regard de mes parents sans broncher. Mécontents que j'aie découché sans les prévenir, ils n'ont rien dit devant Cameron, mais je sais que je ne perds rien pour attendre.

Me faire engueuler ne m'inquiète pas plus que ça. Je ne suis pas le genre de fille qui désobéit en temps normal, alors je devrais m'en tirer avec une simple réprimande. Ce qui me dégoutte le plus, c'est de devoir les fixer dans les yeux alors que je connais l'identité de la personne qui nous a volé une partie de nous-mêmes…

Le soleil suit sa course d'est en ouest et la journée défile en nous faisant profiter de sa chaleur. Nana est radieuse.

Avec les grosses lunettes de soleil rondes et le chapeau de paille très hollywoodien que je lui ai débusqué dans les affaires de ma mère, elle a une allure de star sexagénaire qui lui va à merveille. Pour immortaliser l'après-midi, je nous mitraille de photos en mettant de côté mes pensées négatives pour profiter de l'instant présent.

Bien que je fasse mon possible pour qu'il ne ressente pas mes doutes, Cam sent que je suis plus loin de lui. À chaque fois qu'il m'approche, j'ai le droit à un « ça va ? », un « tu t'amuses bien ? », ou un « on rentre quand tu veux… ». Il est aux petits soins pour moi, alors que moi, j'ai de plus en plus de mal à le toucher, à l'embrasser, à le laisser m'aimer.

Plus concentrée sur sa grand-mère que sur lui, j'écoute les histoires qu'elle me raconte pour en apprendre plus sur son petit-fils. Selon elle, il a été un enfant parfait, qui faisait quelques petites bêtises comme tout un chacun, mais qui a toujours été aimant et serviable… Comme il l'est toujours aujourd'hui.

— Je mangerais bien une bonne glace ! annonce Nana en donnant un coup de coude à Cam.

Comprenant le message, Cameron nous demande quel parfum nous ferait plaisir avant de partir en acheter.

Seule avec Nana, je pressens que cette demande n'a rien de fortuite. Elle veut s'entretenir avec moi. Après un court silence, elle me dit :

— Je te sens distante avec lui, Zia. Est-ce que ça va entre vous ?

Cameron m'avait prévenue qu'elle était la femme la plus perspicace, la plus observatrice qu'il connaisse. Je confirme ! Elle m'a cernée sans même savoir.

— Tu n'es pas obligée de me répondre, ma chérie ! lance-t-elle en remarquant mon trouble. Cependant, je voudrais que tu m'écoutes. Je ne sais pas tout des activités de mon petit-fils, j'ai lâché le fil il y a bien longtemps en perdant la boule, tu sais… Par contre, ce que je peux te dire sur lui, c'est que même s'il est plutôt secret, il est aussi entier et fidèle. Sache que tu es la première jeune fille qu'il me présente ! Enfin, de ce que je me souviens ! annonce-t-elle pour me faire sourire. Ce que je veux te dire, c'est que s'il t'a présentée à moi, c'est parce qu'il doit vraiment tenir à toi. De mémoire, c'est la première fois qu'il tombe amoureux, crois-moi…

Troublée par ce qu'elle me raconte, je me sens encore plus perdue. Ne pouvant même pas articuler un mot pour la réconforter, j'essaie tout de même de retenir mes larmes pour ne pas l'affoler.

— Mais si j'avais réussi à percer son secret… Comment faire pour passer au-delà de ça ?

— Voilà tout le drame de la vie… À toi de sonder ton cœur pour savoir si tu es capable de voir plus loin. Si tu ne l'es pas, alors ne le laisse pas croire que vous avez un avenir en commun. Cameron a déjà tellement perdu à ce jour que je ne suis pas certaine qu'il puisse vivre une nouvelle perte. Si tu ne peux l'aimer tel qu'il est ou quoi qu'il ait fait, dis-le lui au plus vite pour ne pas abîmer son cœur déjà si fragile.

Au moment où je m'apprête à lui répondre, Nana me fait signe de me taire en posant son index sur sa bouche. Cameron, avec trois glaces dans les mains, nous rejoint avec le sourire.

— Je me demandais où tu étais passé ! déclare Nana pour changer de sujet. Pourquoi tu te balades avec ça ? Il n'est plus l'heure de manger une glace, il est l'heure de rentrer, je commence à fatiguer.

Secouant la tête de dépit, Cam, avec douceur, aide sa grand-mère à se relever en lui tendant tout de même sa glace.

— Tu pourras la manger dans la voiture, Nana. On va te raccompagner à la maison de retraite…

30
CAMERON

Dimanche 16 août

— Comment tu fais pour payer cette maison de retraite ? me demande Zia en remontant dans la voiture après avoir raccompagné ma grand-mère. C'est la plus chère de toute la ville, ça doit te coûter une fortune !

Bousculé par cette question à laquelle je ne m'attendais pas, je fais ronronner le moteur de la voiture en enclenchant la première vitesse.

Zia est distante depuis ce matin, son comportement d'aujourd'hui n'a rien à voir avec celui qu'elle avait la veille. J'ai beau vouloir me convaincre du contraire, j'ai un mauvais pressentiment quant à ce changement d'humeur radical.

Ce matin, quand je suis parti sur la plage, j'avais besoin de réfléchir. Après la nuit blanche que je venais de passer, après cette nuit avec elle, je me voyais mal me réveiller à ses côtés comme si de rien n'était.

J'ai eu envie de tout lui dire, de lui avouer ce que j'avais fait, mais je n'ai pas réussi. En sortant et en la laissant seule, j'avais l'espoir qu'elle tombe sur le livre, j'ai même failli le laisser bien en évidence sur le bureau, mais je me suis dit que c'était trop flagrant. En trouvant « mon trésor », elle allait apprendre qui j'étais vraiment et j'allais savoir ce qu'il adviendrait de nous. Sauf qu'il est dix-neuf heures, que nous venons de passer une journée avec ma grand-mère, à rire, à nous amuser et qu'elle ne m'a rien dit.

Peut-être n'a-t-elle pas osé fouiller… Mais pourquoi mettre de la distance entre nous dans ce cas ?

— Si je réside à l'auberge de jeunesse, c'est justement parce que je veux pouvoir subvenir aux besoins de ma grand-mère. Les frais sont très élevés en effet, mais j'estime qu'elle s'est occupée de moi une bonne partie de ma vie, alors elle mérite que je fasse tout pour elle. Même si pour ça, j'ai dû me frotter à l'illégalité. Aujourd'hui, avec les revenus du bar, je pourrais me prendre un meilleur logement, mais pour quoi faire ? Avec plusieurs pièces pour y vivre seul ? Je n'en vois pas l'intérêt pour le moment.

Mes mots sonnent comme des aveux, et Zia les entend. À voir la larme qui coule sur sa joue, je comprends qu'elle a découvert ce si gros secret que je m'efforce de lui cacher depuis le début. Toute la journée, elle a gardé tout ça pour elle pour que je puisse profiter de ce dernier jour, mais l'heure du verdict a sonné.

— Tu as ouvert la table de chevet ? demandé-je en arrêtant la voiture sur le bas-côté avant de poser mon front contre le sien avec douceur.

Avec sa main, elle caresse ma joue en murmurant un « oui » à peine audible.

Je savais qu'on en arriverait là un jour, mais au fond de moi, j'espérais que ce serait un jour très lointain… Pas tout de suite. Pas comme ça. Pas juste après nous être enfin trouvés.

— Je suis tellement désolé, Zia ! murmuré-je en m'effondrant en larmes. Si tu savais comme ça me bouffe. Bien avant de te rencontrer, je n'en pouvais déjà plus d'être ce que je suis. Ça me rendait malade, mais je n'avais pas d'autre solution. Voler les gens, ça me fait vomir, Zia. Mais si je l'ai fait, c'est pour apporter les meilleurs soins à ma grand-mère. Maintenant, j'en ai fini avec ça. Je ne veux plus être ce que je suis. Je veux être quelqu'un de bien. Pour toi. Parce que tout a changé le jour où je t'ai croisée sur le campus.

— Tu savais qui j'étais ? me demande-t-elle en fermant les yeux pour ne plus me voir.

— Non, j'en savais rien. Mais en te voyant, j'ai su que je devais racheter ma faute. C'est pour ça que je t'ai proposé de venir bosser au bar. Je ne prévoyais pas de tomber amoureux de toi, Zia. Je pensais pouvoir l'éviter. Mais ça a été plus fort que moi… Et maintenant, j'ai tout gâché.

— Tu sais, je peux comprendre pourquoi tu as été obligé de le faire, mais tu as raison, tu as tout gâché, lance-t-elle en m'embrassant du bout des lèvres. Tu n'aurais jamais dû me laisser découvrir ton secret. Parce que maintenant que je sais, je ne peux plus être avec toi, Cameron. Même si je t'aime, déclare-t-elle en m'embrassant à nouveau, je ne pourrai jamais oublier ce que tu as fait à ma famille. Ce que tu m'as fait à moi.

31
CAMERON

Vendredi 21 août

Ses mots dans ma tête, encore et encore. Comme si ça tournait en rond sans jamais s'arrêter.

Un matin de plus à rester au lit plutôt que d'avoir envie de la retrouver au bar. Un matin de plus où je préfère fuir plutôt que de l'affronter.

Je ne veux plus voir son regard fuyant, je ne veux plus subir son jugement. Je n'ai plus la force de le faire pour le moment.

Depuis le temps que ça me rend malade et que j'attends le retour de bâton, on peut dire que c'est brutal. Bien sûr, ça ne l'est pas physiquement. Mais à l'intérieur, j'ai l'impression qu'elle a tout broyé sur son passage et c'est uniquement de ma faute.

Les yeux rivés sur cette alcôve où elle m'est apparue nue, je ne cesse de redéfinir les courbes de son corps, les traits de son visage du bout des doigts.

Pourquoi me laisser vivre un moment de tel bonheur tout ça pour vivre l'exact opposé le lendemain ? Comme une réponse à ma question, le claquement de la portière de ma voiture retentit dans ma tête et le souvenir des derniers mots résonne encore : *ce n'est pas parce qu'on ne peut plus être ensemble que je vais cesser de t'aimer. Sois tranquille, ton secret est à présent le mien.*

Un bruit retentit, la scène se rejoue encore… Sauf que ce n'est pas ma portière que j'entends dans ma tête, le son est bien réel cette fois, il provient de ma porte.

— Cameron, ouvre ! gronde la voix de Ruben derrière la fine planche de bois. Il faut qu'on parle.

Et voilà que le deuxième moment que je redoutais le plus arrive enfin. La confrontation avec le boss.

Habillé d'un simple short de sport, la tête en vrac à cause de l'herbe que m'a filée Zach, je me lève péniblement pour aller ouvrir à mon pote. Quand il entre, il n'a même pas l'air en colère contre moi. Connaissant Zach, il a dû lui toucher deux mots sur la situation pour sauver ma peau.

— Alors, Cam ! On se fait du souci pour toi ! lance-t-il en s'assoyant sur ma chaise de bureau tandis que je retrouve ma place sur le lit. Ça fait quand même cinq jours qu'on ne t'a pas vu au bar. Zia non plus d'ailleurs.

Étonné d'apprendre que Zia ne s'est pas rendue au travail non plus, je comprends que je la dégoûte au point de ne plus vouloir se présenter au bar.

— On ne va pas tourner autour du pot, Rub. J'imagine que tu as compris ce qui se passait.

— Qu'est-ce que tu crois ? Tu crois que je ne vous connais pas ? Pour Zia, en tout cas pour son identité, je sais tout depuis le début. Noah m'avait tout dit, même si j'aurais préféré que ce soit toi qui le fasses. Par contre, en parlant avec Zach, j'ai compris qu'il y avait plus avec cette fille que tu ne voulais l'admettre… Tu aurais dû m'en parler, Cameron. On est potes depuis tellement d'années, je sais tout ce que tu as vécu, tu crois vraiment que j'aurais pu t'en vouloir d'être tombé amoureux ?

— Je ne sais plus ce que je dois croire pour être honnête. Voler les gens, ça me bouffe depuis si longtemps que dans mon esprit c'est le grand bordel. Je ne sais plus où j'en suis…, dis-je en enfouissant ma tête dans un coussin pour crier un coup. J'en peux plus de cette vie, Rub. J'en peux plus. Je me dégoûte, je peux plus me voir dans un miroir tellement je me dégoûte. C'est devenu trop difficile. J'arrive plus à assumer.

En larmes devant mon boss, Ruben se rapproche de moi pour me prendre dans ses bras. Faire preuve d'autant de lâcheté me fout les boules, mais cette fois, c'est fini, je ne peux plus faire machine arrière.

Tandis qu'il me tapote le dos pour me réconforter, je prends une grande inspiration pour lui dire ce que j'ai sur le cœur depuis un moment :

— C'est fini pour moi, Rub. J'arrête tout, je raccroche. Je ne veux plus faire de cambriolage. Je récupère ce qui me revient du bar et je me range dans une vie normale.

— J'étais sûr que tu me dirais ça, mon pote ! annonce-t-il en se reculant un peu pour mieux me voir. Ça fait un bail que Zach me dit que tu n'es pas bien, que tu devrais arrêter. Alors, je t'ai devancé, ajoute-t-il pour attiser ma curiosité. J'en ai parlé avec les autres et on est tous d'accord, on te rend ta liberté à condition que tu fasses un dernier coup avec nous.

Les informations circulent en accéléré dans mon cerveau. Ils sont d'accord pour me rendre ma liberté… Pourquoi, j'étais emprisonné jusqu'à aujourd'hui ?

— Si je refuse, vous allez faire quoi ? demandé-je en fronçant les sourcils. Vous allez me dénoncer ? Me foutre une balle ? C'est quoi le délire ?

— Arrête de raconter n'importe quoi, Cam. T'es notre pote. T'es même comme un frère pour nous. Le seul qu'on dénoncerait ou qu'on pourrait buter, c'est Ty, à la rigueur… Et encore, on ne prendrait pas le risque pour un mec comme lui. Si tu refuses, on ne te fera rien, espèce de connard ! On te propose ça pour avoir de quoi te mettre au vert pendant longtemps. C'est un gros coup, et on a besoin du meilleur pour le faire. Je ne vois pas comment on pourrait s'en sortir sans toi.

— C'est quoi ce coup ? m'informé-je pour savoir dans quoi il souhaite m'embarquer.

— Je n'ai pas encore tout finalisé, mais ça se passera le dernier dimanche du mois, dans huit jours. Je ne peux pas t'en dire plus pour le moment, mais je me suis bien renseigné sur le gars et quand tu sauras qui c'est, tu n'auras aucun scrupule à lui piquer tout le pognon qu'il entasse quelque part dans son manoir.

— Tu sais quoi, dis-je en lui tendant ma main pour qu'il la serre. J'accepte, mais à une seule condition.

Sur la réserve, Ruben me serre la main sans même connaître le prix que je demande en échange. Tandis que je lui explique mon plan, j'entrevois enfin l'avenir.

Avec ce dernier coup, je raccrocherais en étant en règle avec mes potes, mais j'aurais aussi réussi à honorer ma promesse envers Zia. Après ça, il ne me restera plus qu'à payer ma dette à la société. Je pourrais enfin devenir un homme honorable. En paix avec lui-même.

32
ZIA

Vendredi 28 août

— Tiens, une revenante ! me sort Neil quand je passe la porte du bar pour effectuer mon service du jour. Je ne pensais plus te voir traîner ici !

— Ruben m'a appelée hier pour me demander de venir jusqu'à la fin du mois. Je voulais démissionner, mais comme il reste des touristes et que je me suis engagée jusqu'à la reprise des cours… Me voilà !

Content de me revoir, Neil fait le tour du bar pour venir me serrer dans ses bras. Étonnée par ce débordement d'affection soudain, je ne me sens pas la force de le repousser. Pourtant, sa compassion m'écœure, à croire qu'il savait que ça finirait comme ça. Reculant d'un pas pour le dévisager, je me repose cette question qui m'avait déjà effleuré l'esprit : et si Neil était un complice de Cameron ?

— Désolé, je ne voulais pas te brusquer, me dit-il en caressant ma joue doucement. C'est juste que… je me suis dit que tu avais peut-être besoin de réconfort. Puisque tu n'es pas venue de la semaine et que Cameron non plus, j'en ai déduit qu'il y avait eu un problème entre vous, alors…, balbutie-t-il gêné. Un peu de réconfort fait toujours du bien.

— Cameron n'est pas venu ? questionné-je, stupéfaite. Pourquoi ? Ruben ne m'en a pas parlé, je ne savais pas !

Même si j'avais voulu faire semblant de ne pas être au courant, je n'aurais jamais aussi bien joué la comédie. Apprendre que Cam n'est pas venu bosser de la semaine me retourne l'estomac. S'il n'est pas venu dans SON bar, c'est à cause de moi. Pour ne pas m'y croiser. Pour ne plus me voir… Et ça fait un mal de chien.

OK, j'ai fait la même chose de mon côté. Ne plus venir, c'était une façon de lui montrer qu'il avait tout foutu en l'air, et que plutôt que de le balancer aux flics, j'allais prendre mes distances juste parce que je l'aime. Mais je ne pensais pas que l'inverse était vrai aussi. Se pourrait-il qu'il m'aime au point d'aller jusqu'à laisser tomber le bar ?

— Si tu n'étais pas au courant de l'absence de Cameron, reprend Neil en me tirant de ma réflexion, pourquoi il n'est pas venu, lui ? Vous m'avez laissé galérer tous les deux pendant presque quinze jours ! J'ai même dû me taper Ty au service ! Une vraie plaie ! affirme-t-il en haussant les sourcils avant de secouer la tête. Personne ne me dit rien, ici ! Ça commence vraiment à me gaver !

Sans attendre une quelconque réponse de ma part, Neil rejoint son bar en râlant tandis que je pousse jusqu'aux vestiaires pour y poser mes affaires.

Chacun dans notre coin, lançant parfois un regard sur l'autre quand nos interrogations prennent plus de place que notre travail, nous enchaînons la journée sans presque nous adresser un mot.

Toujours souriante, toujours professionnelle avec les clients, je fais ce pour quoi je suis payée, mais le cœur n'y est plus. Être ici sans lui n'a pas la même saveur, n'a plus le même intérêt. Il était mon envie de me lever le matin, il était mon envie de me maquiller, de me faire jolie pour lui, il était mon oxygène pour affronter mes dures journées. Sans lui, à quoi bon continuer ?

Vers dix-huit heures, Ty fait son entrée en me lançant un regard menaçant qui me donne des frissons. Neil, aux aguets, attire mon attention pour me signaler qu'il est là en cas de problème. Même si ça me soulage un peu de le savoir, je ne me sens pas aussi rassurée qu'en présence de Cameron. Alors plutôt que d'avoir à le croiser, je refais le tour des tables inoccupées pour les nettoyer à nouveau.

À dix-neuf heures, c'est au tour de Zach de faire son apparition. Un immense sourire aux lèvres, il s'approche de moi comme si de rien n'était pour me dire :

— T'as le bonjour de Sofia. Elle voudrait bien te contacter, mais elle n'ose pas le faire. Peut-être que tu pourrais l'appeler en premier ?

Sa requête le met mal à l'aise, pourtant, il exécute la mission que lui a donné ma meilleure amie à la perfection. D'un léger signe de tête, je lui confirme que je le ferai peut-être avant qu'il ne m'attrape par l'avant-bras pour ne pas me laisser m'éloigner.

— C'est moi qui te ramène ce soir. Sur ordre de Cameron.

— Laisse tomber, Zach. Je vais me débrouiller, pas la peine de te prendre la tête pour moi.

— D'une, je ne me prends pas la tête pour toi, je vais le faire avec plaisir, car je t'aime bien et que je ne veux pas qu'il t'arrive quoi que ce soit en pleine nuit. De deux, je l'ai promis à Cam. Donc, c'est non négociable ! déclare-t-il en se tenant droit comme un i, la main sur le cœur pour me montrer qu'il honorera sa promesse. Et puis, je crois qu'il faut qu'on parle un peu tous les deux…

Comprenant qu'il ne me laissera pas filer à la fin du service, je le remercie, mais coupe court à la conversation. S'il pense qu'il va me retourner le cerveau pour plaider la cause de son pote, il rêve… En tout cas, je ne le laisserai pas faire, car je sais qu'il peut y arriver.

Le dernier coup de minuit vient de sonner, je suis déjà en train de ranger la terrasse.

Il reste encore quelques personnes au bar, mais Neil a l'air de pouvoir les gérer seul alors comme toujours à la fin du service du vendredi soir, je le préviens que je pars à la réserve pour voir si nous avons de quoi affronter le week-end.

Il ne me faut que quelques minutes pour compter le nombre de bouteilles et savoir que nous avons largement de quoi faire. Moi qui pensais pouvoir me cacher là un petit moment, je me retrouve le cul posé sur une caisse de soda, à me rappeler la dernière fois que Cam m'a embrassée dans cette pièce.

Prise par l'émotion, je me remets à pleurer pour la millième fois de la semaine. Jamais une histoire si courte n'aura été aussi intense. Pour le coup, ma vie ressemble d'un peu trop près à un roman d'amour, j'en regrette presque de ne pas avoir eu la chance de vivre une petite histoire bien tranquille qui se serait mieux finie que cette fin que je suis en train de subir.

Désemparée, je récupère mon portable dans la poche arrière de mon jean avec l'envie de l'appeler. Oui, c'est vrai qu'il a volé ma famille, mais l'argent, je m'en tape… C'est le geste qui me reste encore en travers de la gorge. Il a gâché une période de ma vie… Sauf que depuis deux mois, il la rend tellement belle. Il me l'a dit, il veut se racheter, il veut devenir un homme bien, pour moi. Alors qui suis-je pour lui refuser d'avoir une vie meilleure ?

Caressant doucement son visage sur l'écran, je n'imagine pas passer une semaine de plus sans lui. Il me manque tant. Ses caresses, ses baisers, sa douceur… Comment pourrais-je vivre sans ça maintenant que j'y ai goûté ?

Inutile que Zach me ramène ce soir, j'ai un détour à faire par l'auberge. Il faut que je lui parle.

Bien décidée à me sauver avant que Zach ne me repère, je récupère mes affaires aux vestiaires avant de prendre la direction de la sortie. En passant devant le bureau, la voix grave de Tyler attire mon attention et les mots qu'il vient de dire à Zach m'arrêtent net.

— Il va tout foutre en l'air pour une vulgaire gonzesse de passage. Tout ce qu'on a construit ! Tu sais aussi bien que moi que c'est inadmissible, Zach. Pour moi, c'est comme une trahison ! Ce mec, c'est un faux-frère !

Par l'entrebâillement de la porte, je les observe se disputer. Zach, serein, est assis sur le bureau à regarder le décoloré faire les cent pas dans la pièce. Pour une raison que j'ignore, cette tête de nœud sans cervelle à l'air d'être stressée. En colère.

De quoi parlent-ils quand ils évoquent ce qu'ils ont construit ? Qui est ce « on » dont il parle ? Maintenant que j'ai entendu ça, impossible de bouger de ma place, j'ai besoin d'en savoir plus sur ce qui se passe ici, sur lui.

— Arrête d'en faire une histoire personnelle, et surtout arrête de te mettre des idées à la con dans la tête. Ils ne sont plus ensemble depuis le moment où tu les as surpris. Cam te l'a dit, alors arrête de faire une fixette sur elle ! Tu sais très bien qu'il ne décroche pas à cause de Zia, déclare-t-il en soutenant le regard de son pote avant de se lever pour le contourner afin de se mettre entre la porte et Tyler. Il décroche parce qu'il ne supporte plus de faire ça. Ce n'est pas vous trahir que de vouloir vivre une vie normale, une vie où tu ne flippes pas de te faire rattraper par les flics à chaque instant. Si ? Il veut être un autre homme, alors laisse-le prendre ses décisions. Surtout que Rub a convenu d'un accord avec lui. Il vous accompagne dimanche, mais pour lui, c'est le dernier coup ! annonce-t-il en me laissant bouche bée. S'il le fait, c'est en tant que frère justement, pour ne pas vous laisser dans la merde, mais après ça, il se retire. C'est son choix, tu n'as pas à revenir dessus.

— Pourquoi il se retire du bar aussi ? Hein ! Tu m'expliques ? Je te le dis, moi, il va nous foutre dans la merde à cause… C'est quoi ce bruit ?

Et merde ! Mon sac vient de cogner contre la porte. D'une main, je le bloque contre ma cuisse, mais Tyler a déjà repoussé Zach pour passer.

Trop rapide pour que je puisse partir sans être repérée, je me dirige en direction du vestiaire comme si de rien n'était pour lui faire croire que je viens tout juste d'arriver.

Juste avant d'entrer dans la pièce, il m'attrape par le poignet pour que je me retourne.

— Qu'est-ce que tu fous là, toi ! gronde-t-il en cognant son front contre le mien afin de m'effrayer. T'étais en train de nous espionner ? Tu fouinais, c'est ça ?

Au moment où je m'apprête à lui répondre, Zach sort du bureau à son tour pour éloigner Tyler de moi.

— Laisse-la répondre, espèce de brute ! plaisante-t-il en remarquant mon visage mortifié. Tu vois bien que tu lui fous la trouille !

— J'ai rien entendu, putain ! bredouillé-je en reculant d'un pas une fois qu'il se décide enfin à me lâcher. J'ai rangé toute la salle, j'ai fait l'inventaire pour le week-end, et il ne reste que deux ou trois mecs au bar. Du coup, j'allais chercher mes affaires pour partir. J'ai rien entendu, je te dis !

La peur au ventre, face à son regard de tueur, je ne peux m'empêcher de me mettre à pleurer. Ce mec me glace le sang depuis le début. C'est un tordu, il est fourbe, et je suis certaine qu'il pourrait faire du mal à quelqu'un. Me faire du mal à moi.

— OK, Zia ! On te croit, annonce Zach en repoussant Ty pour me serrer dans ses bras afin de mettre de la distance entre ce con et moi. Je vais te ramener si tu es prête. OK ?

— Oui, on y va.

Toujours à l'abri, sous le bras de Zach, il me conduit vers la sortie avec hâte. Bien qu'il veuille me faire croire qu'il est détendu, je sens la tension qui émane de son corps. Une fois arrivés dehors, il me relâche enfin, me laissant à nouveau respirer.

Dans un silence de mort, il me conduit vers sa voiture et m'ouvre la portière passagère pour me laisser monter.

Après avoir mis le contact, il prend la route en écoutant mes indications pour le conduire chez moi. Il faut croire que Zach ne faisait pas partie de l'expédition « maison des Rice » ! Au bout de quelques kilomètres, il rompt le silence pesant qui s'est installé entre nous :

— Alors, tu as envie d'en parler ?

— Parler de quoi ? lancé-je en feignant l'ignorance.

— De ce que tu as entendu… Ne fais pas l'innocente, je t'ai vue, c'est pour ça que je me suis placé devant Ty. Je ne voulais pas qu'il te remarque.

Prise en flagrant délit de mensonge, je n'essaie pas de le contredire. Pourquoi faire puisqu'il m'a vue ?

— J'en ai entendu suffisamment pour comprendre que quelque chose se prépare pour dimanche… Et que Cameron y participe.

Ma voix s'éteint en prononçant son prénom, mettant la puce à l'oreille de Zach sur mon état d'esprit torturé.

— Ça te fait quoi de le savoir ? me demande-t-il alors que je m'attendais plutôt à ce qu'il me menace.

— Je ne sais pas… Ça m'énerve, ça me révulse aussi… Mais plus que tout, je crois que ça m'effraie. J'ai peur pour lui, Zach. Je ne veux pas qu'il y aille.

Sans m'en rendre compte, j'ai attrapé sa main posée sur le levier de vitesse pour la serrer de toutes mes forces.

Non, je ne veux pas qu'il se rende dans une nouvelle maison pour voler l'argent des gens qui s'y trouvent. Je veux qu'il reste avec moi. Pour toujours.

— C'est la dernière fois, Zia. Après ça, il arrête tout. Demain, il y a même une réunion au bar pour signer les papiers de la fin de notre collaboration. Il se retire, il arrête tout, vraiment tout. Et il le fait pour toi ! annonce-t-il en se garant devant ma maison. Je ne devrais pas te le dire, mais depuis qu'il t'a rencontré, il est enfin heureux. Zia, je ne l'ai pas revu comme ça depuis que sa famille est partie. Tu es ce qui lui manquait pour avoir le cran de tourner la page. Ces derniers mois, il n'était plus que l'ombre de lui-même. Il était rongé par la culpabilité, il ne savait pas comment faire pour mettre un stop à cette vie qu'il exécrait. Tu as été la pièce manquante, alors ne le laisse pas tomber. Je t'assure qu'il rachètera sa faute et même plus encore. Laisse-lui le temps de te le prouver.

De plus en plus perdue dans mes pensées, je sors de la voiture sans même dire au revoir à mon chauffeur.

Il y a moins d'une heure, j'étais prête à passer l'éponge sur le passé de Cam afin de nous donner une chance de vivre notre amour. Maintenant que je sais ce qu'il prévoit de faire, je ne peux le laisser accomplir ce dernier cambriolage sans lui dire que je suis au courant.

Demain, je lui parlerai. Je lui donnerai une dernière chance de pouvoir se ranger pour de bon. Je lui donnerai une chance de construire un nous… S'il me choisit moi.

33

ZIA

Samedi 29 août

Il est seize heures, quatre des six associés viennent de se poser à une table au fond du bar pour boire un café. Il ne manque plus que Zach et Cam à l'appel.

Les visages sont fermés, l'ambiance n'a pas l'air très festive, et de loin, je jette quelques regards curieux pour voir ce qu'il se passe, mais préfère me tenir éloignée d'eux. De là où nous sommes, impossible d'entendre ce qui se dit à cette table. Pour autant, Neil, aussi curieux que moi, mais en nettement moins discret, les observe ouvertement en continuant de préparer les consos que je lui ai demandées.

Au bout de quinze minutes d'attente à guetter la porte du bar, Cam arrive avec sa tête des mauvais jours, sans même me remarquer, suivi de près par Zach qui lui demande de se calmer. Je ne sais pas ce qui se passe et si ça a quelque chose à voir avec le comportement de Tyler hier soir envers moi, mais les yeux de Cameron ne sont pas juste braqués sur le décoloré, ils lui foncent carrément dessus.

En moins de temps qu'il ne faut pour le dire, Cameron attrape Ty par le col de son polo pour le relever et le plaquer contre le mur derrière lui. L'avant-bras enfoncé dans sa gorge, Cam pose son front contre celui de son associé en le menaçant.

Malgré la distance qui nous sépare, chaque mot résonne en moi pour me faire frissonner :

— La prochaine fois que tu touches à un seul de ses cheveux, je te bute ! T'as compris espèce de connard ? Je te bute !

Alors que Zach empoigne Cam par les épaules pour le faire reculer, Ty retombe sur sa chaise, tentant de reprendre sa respiration en tapant du poing sur la table.

Ameutés par l'arrivée fracassante de Cameron, par le bruit des chaises et par les hurlements, certains clients s'avancent à l'intérieur pour savoir ce qui se passe. Pour couper court à leur curiosité, je les repousse avant de fermer les portes de la terrasse à la hâte pour qu'ils ne puissent entendre ce qui va suivre.

— Qu'est-ce qui te prend de réagir comme ça pour une gonzesse, Evans ! T'as pété un plomb ou quoi ? s'énerve Tyler en se redressant d'un coup pour faire voler sa chaise. Il est où ton problème ? Elle a réussi à te retourner la tête en te faisant une pipe ? C'est quoi, c'est une magicienne de la queue ?

Rouge de colère, Cameron repart au combat en fonçant tête devant pour éclater son front dans le nez de son associé.

— Waouh, les mecs ! On va se calmer là ! intervient Ruben en se glissant entre eux. Je vous rappelle qu'on n'est pas là pour ça ! Si vous avez des comptes à régler, vous le ferez plus tard ! Ouais, c'est ça, à partir de lundi vous pourrez vous taper dessus comme ça vous chante ! gronde-t-il d'une voix que je n'avais jamais entendue. En attendant, vous allez fermer vos gueules et on va aller dans le bureau. Le premier qui l'ouvre, c'est moi qui m'en occupe !

Étonnamment, aucun des deux n'ose contredire Ruben. Ils filent même la queue entre les jambes comme deux clébards effrayés.

Juste avant d'entrer dans le bureau, Tyler s'arrête une seconde pour me toiser du regard. Son visage furieux me glace le sang. Il a l'air en colère contre moi alors que je ne lui ai jamais rien fait à part d'avoir repoussé ses avances.

Derrière lui, Cameron le pousse avec force pour qu'il entre plus vite. Lui aussi me lance un regard, mais cette fois, ça me fend le cœur. Il a fait ça pour moi, pour me protéger. Il l'a fait par amour.

Quand la porte se referme sur la bande d'associés devenue plus qu'étrange à mes yeux, les derniers éléments du puzzle viennent se mettre en place dans ma tête. Après avoir assisté à une telle scène, plus besoin d'un dessin pour enfin comprendre ce qui se passait dans ce bar.

34
CAMERON

Samedi 29 août

— J'ai du mal à croire qu'on en soit arrivé là, les gars ! annonce Ruben en prenant place autour de la table de réunion. Puisque vous ne pouvez plus vous voir, je crois que cette réunion tombe à pic ! Ce que je vais vous annoncer risque de vous étonner, mais avec l'annonce du départ de Cameron, nous avons dû réfléchir à la situation afin de prendre les mesures qui s'imposent.

— Aujourd'hui, reprend Lenny pour suppléer son frère, il n'y a pas que Cameron qui va quitter le bar. On s'est concertés en début de semaine pour prendre une décision difficile. Puisque Cam quitte la team, on pense qu'il est temps que le bar devienne l'unique propriété du clan Chang.

— Pardon ? s'offusque Tyler en jetant le stylo avec lequel il passait ses nerfs. Personne ne m'a demandé mon avis à moi, je ne suis pas du tout d'accord avec ça !

— Tu n'as pas le choix. Les papiers sont prêts. Aujourd'hui, Cam, Zach et toi allez les signer.

— Vous nous prenez pour des cons ! Vous voulez garder le business pour vous et nous foutre à la rue ! Allez-vous faire foutre, je ne signerai pas ces papiers ! Dis leur Zach, que ce n'est pas normal !

Zach, ennuyé, garde la tête baissée pour ne pas avoir à affronter Ty. S'emparant de la feuille pour la signer, il ne prend même pas la peine de relire les petites lignes du contrat.

Bien qu'il ne m'ait pas averti de cette décision, je n'y vois aucun inconvénient. De toute façon, pour moi, c'était déjà acté, alors à mon tour, je récupère la mienne pour la signer. Remarquant les chiffres annoncés dans les bénéfices à récupérer, je reste choqué par le montant qui s'étale sur le papier. Au moment où je relève les yeux vers Ruben pour le questionner, il me fait comprendre que c'est dans mon intérêt de me taire au travers d'un mouvement presque imperceptible de la tête.

Sans réfléchir, je griffonne mon nom en bas de la feuille sans daigner lire les termes de l'arrangement. Connaissant Lenny et Ruben, tout est en règle, je n'en ai pas le moindre doute. Retournant la feuille pour la rendre au boss. Je regarde Tyler avec défiance.

Je sais ce qui doit traîner dans sa tête maintenant ! S'il en est arrivé là, c'est par ma faute et il va vouloir me le faire payer !

— Signe, Tyler ! répète Ruben d'une voix dure. Sache qu'on ne fait pas ça qu'à cause du départ de Cam. Ça fait un moment qu'on pense à raccrocher les cambriolages nous aussi, annonce-t-il alors que Lenny et Noah hochent la tête pour confirmer. Le départ de Cameron n'est que l'occasion de le faire. Il est temps pour les frères Chang de passer à autre chose. Alors autant vous l'annoncer aussi, le cambriolage de demain sera notre dernier à tous.

— C'est quoi votre problème ? Vous avez assez d'argent alors vous voulez devenir des mecs convenables ? lance-t-il hargneux. Avec votre passif, inutile de croire que vous le deviendrez ! Vous êtes tous des escrocs, c'est dans vos gênes !! En attendant, moi je n'ai pas assez de fric ! J'en veux plus ! Vous ne pouvez pas me laisser tomber !

— Et bien si, Tyler. C'est fini pour nous, reprend Noah pour soutenir son frère. Il est temps d'avancer. Au poste, j'ai l'impression que l'étau se resserre et que la chance pourrait tourner du jour au lendemain. Je ne pourrais pas protéger vos culs indéfiniment. Et puis, on m'a proposé une promotion que je ne peux refuser. Quand je l'aurai acceptée, je ne pourrai plus être votre allié. Je ne m'en donne plus le droit.

— Quel beau discours de faux-cul ! Ça veut dire quoi ? Que quand tu étais un petit flic de merde, tu avais le droit de voler des gens sans avoir d'acquis de conscience, mais que maintenant que tu vas être gradé, t'es un mec meilleur ? Laisse-moi rire, Noah ! s'offusque Tyler en se redressant d'un bond. Vous êtes une belle bande d'hypocrites ! Je pensais que Cameron était le pire, je me trompais. Lui, il se fait enfiler par une gonzesse. Moi, c'est par vous que je me fais enfiler, et ça me débecte !

— Concrètement, je me tape de ce que tu penses de moi ! Je ne compte pas faire ma vie en fonction de ta gueule, Tyler ! Maintenant, à toi de voir ! On te propose un dernier coup avec nous. Si tu acceptes, ça roule. Après ça, chacun sa route. Si tu refuses, alors signe ce papier et casse-toi ! Par contre, je te préviens ! N'envisage même pas de nous balancer pour te venger ou une connerie dans le genre… Ça pourrait te coûter cher.

Comprenant que mes potes d'enfance nous tiennent tous par les couilles, Ty s'empare du stylo et survole le contrat avant de le signer. Tel un taureau rempli de haine, j'ai l'impression qu'il ne va pas tarder à cracher de la fumée par les narines.

Une fois sa signature apposée, il se redresse en me bousculant volontairement. D'une main sur ma cuisse pour me calmer, Zach me fait signe de ne pas bouger de ma chaise.

— Je ne te remercie pas, faux-frère ! beugle-t-il à mon attention avant de toiser Ruben avec colère. Envoie-moi l'adresse et l'heure par texto, je serai là demain pour prendre ma part et après ça, ciao ! Je veux plus voir vos gueules !

Dans un grand claquement de porte, Tyler sort du bureau sans se retourner. Par précaution, Zach le suit dans le bar pour s'assurer qu'il ne fasse pas d'esclandre, tandis que Ruben me demande de rester encore quelques minutes.

— Tu as lu le contrat ? me demande-t-il en me rendant la feuille.

— Pour quoi faire ? Je te fais confiance, dis-je en lui rendant le papier.

— Cam, on ne veut pas que tu quittes le bar. C'est toi qui t'es le plus investi dans cet endroit, alors on ne peut pas te laisser tout plaquer sur un coup de tête.

— Mais si c'est ma décision ? Vous ne pouvez pas aller contre ça…

— Non, on ne peut pas. C'est pour ça qu'on a mis une clause à la fin. Tu n'es plus propriétaire du bar, mais tu en restes un actionnaire. La somme que tu as vu notée dans les bénéfices qui te reviennent est bien pour toi, m'explique-t-il en la désignant avant de passer aux lignes du dessous. Par contre tu n'en toucheras que dix pour cent tout de suite et le reste dans cinq ans afin de les faire fructifier. Tu penses que tu as assez de blé pour voir venir, ce qui est certainement le cas pour le moment, par contre, je ne voudrais pas que tu te retrouves en galère dans cinq ou dix ans. Je ne dis pas que ça sera le cas, je dis juste que j'ai pris la liberté de mettre cette clause, même si ça implique que tu ne m'adresses plus la parole parce que tu ne comprends pas ma décision, justement parce que je te considère comme un frère. C'est une sécurité, pour être à l'abri.

Comprenant là où il veut en venir, je ne suis même pas perturbé par cette clause. Il l'a fait pour moi, pour mon bien.

En tant que banquier réputé dans tout le Sussex, je suppose qu'il a eu raison de réfléchir de cette manière. Je ne manque pas d'argent, ni pour aujourd'hui, ni pour demain. Les bénéfices du bar, je n'en ai pas besoin pour le moment. Mais comme il l'a dit, peut-être qu'un jour je serai heureux de l'avoir signée, cette clause.

La porte du bureau me fait sursauter. Zach, tout sourire, nous informe que Ty est bien parti. En se rasseyant à côté de moi, il en profite pour me taper dans le dos avec joie.

— Alors, t'es au courant pour la clause Fishersgate ?

— Vous êtes sérieux ? Vous lui avez donné un nom ! m'étonné-je en les regardant tous. Et toi, t'étais au courant, mais tu ne m'as rien dit !

— Ça faisait partie du plan pour éjecter Ty, répond Lenny en soufflant un gros coup. Lui n'a pas cette clause. Il n'est pas de notre quartier, il n'est pas notre frère ! Et il fallait qu'on le vire du bar avant d'avoir des problèmes.

— Des problèmes ? Par rapport à Zia ? Vous avez peur qu'elle nous balance ?

— Non, rien à voir avec Zia, reprend Noah pour me rassurer. Par contre, j'ai déjà reçu deux plaintes pour harcèlement auxquelles je n'ai pas pu donner suite. Cet été, deux femmes se sont présentées pour attester des méthodes louches que Tyler utilisait pour les draguer. J'ai essayé d'étouffer un peu les faits, mais il est une bombe à retardement pour nous. On ne peut pas le garder si on ne veut pas s'attirer d'ennuis.

— Du coup, il vaut mieux qu'il pense que c'est de ma faute ou de celle de Zia…

— Il ne fera rien contre vous, il sait que s'il bouge un orteil, on le fait plonger ! annonce Ruben, sûr de lui. Demain, il fait le coup avec nous, après bye-bye. C'est toi qui as raison, Cam. On a eu de la chance jusqu'à aujourd'hui, mais le vent peut tourner à chaque seconde. Il est temps de mettre ça derrière nous et de nous ranger. Tu nous as ouvert les yeux.

Étonné d'avoir eu autant d'effet sur eux, je me tourne vers Zach pour savoir ce qu'il en est pour lui.

— J'arrête aussi ! lance-t-il en levant les bras pour se dédouaner de tout problème. J'ai assez de blé pour tenir très, très longtemps ! Tu m'as fait culpabiliser avec tes leçons de morale, alors comme toi, je raccroche… Et puis, ajoute-t-il en hésitant, je crois que je vais reprendre mes études, moi aussi. Avoir quelques bagages, c'est toujours valorisant !

— C'est pas plutôt parce qu'il y a du Sofia là-dessous ? le charrié-je en riant. Ne me dis pas que mon Zach a de nouveau le cœur qui bat !

En voyant son visage pâlir, je sens que j'ai visé juste. Savoir que mon meilleur pote a enfin fait le deuil de son premier amour me fait bizarre puisqu'il s'agissait de ma sœur, mais me ravit en même temps. Zach mérite d'être heureux. Il en a besoin autant que moi.

— Si je comprends bien, après le coup de demain, on redevient tous des mecs bien ? demandé-je en envisageant déjà le futur radieux qui se profile pour nous.

— C’est ça ! Tous des gars bien ! répète Ruben en se levant pour prendre une bouteille de Whisky et cinq verres. On va même trinquer aux gars bien de Fishersgate !

— Avant de trinquer avec vous, j’ai un dernier service à te demander, Noah…

35
ZIA

Samedi 29 août

À la fin de leur réunion, Cameron ne m'a pas adressé la parole. Bien que j'aie essayé de l'intercepter pour lui parler, il a préféré rester avec Neil au bar pour m'éviter. Par contre, Ruben m'a demandé de le rejoindre dans le bureau.

C'est grâce à ma discussion avec lui que j'ai appris que Cameron, Zach et Tyler n'étaient plus propriétaires du *King's bar*, qu'il était désormais la propriété exclusive des frères Chang. Il m'a demandé, au vu des circonstances, de revoir mes positions sur mon envie d'arrêter de bosser pour eux.

Pour me donner envie de rester, il m'a offert l'augmentation de salaire que Cameron m'avait promis au bout de six mois avec effet immédiat. Il m'a aussi annoncé que lui et ses frères prendraient en charge le paiement de mes frais d'inscription à l'université, avec tacite reconduction pour chaque année où je resterais à leur service pendant mes études. L'offre est alléchante, surtout quand on sait que les frais d'inscriptions représentent presque un quart de la somme à payer pour pouvoir étudier dans de bonnes conditions.

Ce qui me laisse plus dubitative, c'est que je ne sais pas s'il fait ça parce qu'il a peur que je les balance ou juste parce que je fais du bon boulot. Quoi qu'il en soit, il m'a donné ma soirée pour y réfléchir. Lundi, je dois le rappeler afin de lui donner ma réponse.

En réalité, j'ai bien envie d'accepter. Maintenant que je ne serai plus obligée de supporter les regards salaces de Tyler, et que Cameron va être accaparé par son stage, rien ne m'empêche de rester. Et puis, gagner 2 500 £ pour ne bosser que quelques heures le week-end, pendant les vacances et les jours fériés, ça ne se refuse pas !

***

— Tu rentres tôt, ma chérie ! me dit ma mère en me voyant jeter mon sac sur le banc de l'entrée. Tu ne devais pas faire la dernière grosse soirée des vacances ?

— Si, mais Monsieur Chang m'a donné ma soirée. Ce soir, les associés passent leur dernier service ensemble. D'ailleurs, il m'a aussi offert une augmentation à partir du mois prochain. Je vous expliquerai ça plus tard, j'ai bien envie d'aller me prendre un bain pour le moment.

— Pourquoi dernier ? me demande mon père, attentif depuis le canapé. Ils mettent fin à leur collaboration ?

— Zach et Cameron arrêtent à ce que j'ai compris, dis-je en restant la plus évasive possible au moment où je monte les premières marches des escaliers pour échapper à la conversation. Ils veulent se concentrer sur leurs études ou un truc comme ça.

— Un truc comme ça ? s'inquiète ma mère en me retenant par le poignet, pleine de compassion. Tout va bien avec Cameron ? Il s'est passé quelque chose entre vous.

— Des divergences d'opinions…

— Suffisantes pour mettre un terme à votre histoire ?

— C'est probable, maman. Mais ne t'en fais pas, je vais bien.

Au moment où elle monte une marche de plus pour me prendre dans ses bras, quelqu'un sonne à la porte. Depuis son canapé, mon père se demande de qui il peut bien s'agir, pendant que ma mère me lâche pour aller ouvrir.

Le cœur tambourinant dans ma poitrine, je croise les doigts derrière mon dos en espérant que Cam m'attende derrière cette porte.

Le battant s'ouvre sur Noah. Étonnée de le voir ici, accompagné par un homme en uniforme, ma mère le laisse entrer avec plaisir.

Noah, en plus d'être l'un des associés, a été un super flic dans l'affaire de notre cambriolage. Quand j'y repense, il s'est surtout bien foutu de notre gueule ! Car si lui ignore que j'ai tout compris de leur vrai business, moi je sais qu'il a joué un rôle important dans le vol de notre maison.

— Monsieur et Madame Rice ! annonce-t-il avec le sourire. Et Zia…, ajoute-t-il avec un clin d'œil à mon égard. Je suis heureux de vous revoir en de telles circonstances.

Curieux de voir les policiers chez nous, il les invite à entrer dans la maison, en s'avançant dans le hall pour les accompagner jusqu'au salon.

— Que nous vaut le plaisir de votre venue, sergent Chang ? Je vous offre quelque chose à boire ?

— Merci à vous, mais je ne vais pas m'éterniser. Je suis de service au bar ce soir pour fêter le départ de trois de nos associés. Ce soir, on bosse entre hommes, c'est pour cela que Zia a sa soirée, explique-t-il en répétant ce que mes parents savent déjà. C'est aussi pour ça que je n'ai pas mes habits de policier. Le central m'a appelé pour m'annoncer la bonne nouvelle, et comme j'ai suivi votre dossier, je voulais vous prévenir de vive voix.

Ma mère, excitée par l'annonce à venir, serre la main de mon père avec force, les yeux pleins de larmes. Mon père, le souffle court, attend la suite de l'annonce en croisant les doigts.

— Nous avons enfin mis la main sur le cambrioleur qui est venu chez vous, et chez d'autres. Après une perquisition à son domicile, nous avons retrouvé une très grosse quantité de liquidités. Il faisait partie d'un réseau bien organisé que nous comptons vivement démanteler, nous informe-t-il avec un sourire hypocrite. Bien que l'enquête soit toujours classée confidentielle, nous allons faire le nécessaire pour rendre l'argent aux banques dans les plus brefs délais afin qu'il soit recrédité sur votre compte sans tarder. Je ne vous dis pas que ce sera effectif demain, mais vous recevrez un virement dans la semaine, précise-t-il en souriant face à mes parents surexcités.

— Vous voulez dire qu'on va retrouver nos 70 000 £ dans leur intégralité, Sergent ? s'enquiert mon père en soufflant de soulagement. Vous ne vous imaginez pas à quel point vous nous rendez heureux ! s'exclame-t-il en le prenant dans ses bras pour le remercier. Comment va se passer la suite ? Je veux dire… Doit-on nous rendre au poste pour modifier notre plainte ?

— Alors oui, les 70 000 dans leur intégralité, et non, vous n'avez rien à faire. Je me charge de tout ! leur précise Noah en évitant mon regard inquisiteur. Je vous déconseille de vous lancer dans des démarches onéreuses auprès d'un avocat. L'affaire est toujours en cours, et nous allons nous servir de ce type pour viser plus haut. Ce que je vous conseille, c'est de profiter de la vie en oubliant ce cambriolage. Nous gérons le reste.

Trop heureux pour voir la mascarade autour de cet argent tombé du ciel, mes parents sautillent comme des enfants un jour de Noël. Moi, je ne suis pas dupe.

Bien que le geste me touche, je sais qu'il n'est pas tout à fait désintéressé. Cameron est derrière tout ça. Il a missionné Noah de venir ici pour nous annoncer la bonne nouvelle, j'en mettrais ma main à couper !

Après des adieux chaleureux, ma mère referme la porte alors que mon père se précipite sur la cave pour en sortir une bouteille de champagne. Tout en la débouchant, il se félicite de la nouvelle en arrosant ma mère au passage qui se colle à son dos en gloussant.

Voir mes parents rire aux larmes me secoue plus que ça ne le devrait. Ils sont à nouveau heureux, ils dansent comme des fous, ils font des projets pour mon frère, pour moi, pour eux… Et c'est à Cameron que je le dois.

Dans ma tête, c'est encore plus le bordel. Je suis contente de les voir si euphoriques, mais un doute persiste toujours au fond de moi. Si les associés sont une bande organisée, comme l'a souligné Noah, ça veut dire qu'ils ont tous profité de cet argent. Pourtant, j'ai la nette impression que Cameron est le seul à avoir remboursé sa dette, et ça, j'ai besoin d'en avoir le cœur net !

Après une soirée à rire avec ma famille, je prétexte une fête imprévue que je ne dois absolument pas rater. Mes parents, sur leur petit nuage, ne font déjà plus attention à moi quand je sors par la porte principale sans même leur donner une heure de retour.

Dehors, je réfléchis à ma situation. Il est vingt-trois heures. À cette heure-ci, les bus ne passent plus et marcher jusqu'au centre-ville, seule dans la nuit me fait peur. Je pourrais demander à Cameron de venir me chercher, je suis sûre qu'il le ferait, pourtant, je ne veux pas qu'il sache que j'arrive. Je veux le prendre au dépourvu. Je veux qu'il ne puisse pas se préparer aux questions qui vont lui arriver en pleine tête.

Ma seule option reste Sofia. Après tout, elle me doit bien ça !

— Salut, déclare-t-elle à la première sonnerie. Tu…

— J'ai pas le temps de t'expliquer, mais j'ai besoin de toi. Tu peux venir me chercher pour m'emmener en ville. C'est assez urgent.

Ma voix est nette, sans bavure. Elle résonne comme un ordre.

— Tu ne comptes pas me dire pourquoi ? me demande-t-elle, inquiète. Je vais venir, Zia, mais il va falloir qu'on se parle à un moment ou à un autre.

— Je le sais, So. Je te promets qu'on le fera quand j'aurai réglé un problème qui ne peut pas attendre. Tu vas venir alors ?

— Je suis déjà en route !

***

— Merci, Sofia ! dis-je en ouvrant la portière avant de sortir. On mange ensemble lundi, c'est promis !

Sur le trottoir, devant le bar encore ouvert, Zach s'approche de la voiture pour nous retrouver.

— On rentre, ma belle ? lance-t-il à ma copine en se penchant sur la vitre encore ouverte.

Heureuse de retrouver son mec, elle lui lance un baiser par la fenêtre pour lui donner envie d'ouvrir la porte. Jamais je n'avais vu Sofia aussi mièvre. Fini son béguin pour Cam, Sofia est à nouveau amoureuse… Mais pour combien de temps ?

— Il est encore dedans ? demandé-je à Zach en tapotant son dos pour lui rappeler que je suis encore à côté de lui.

— Oui, il y est ! annonce-t-il en se redressant. Je ne lui ai pas dit que tu arrivais, comme tu l'as demandé, Zia.

— Merci, Zach. Passez une bonne soirée, les salué-je en m'éloignant en direction du bar.

— Zia, me rappelle-t-il avant que je n'entre. Il fait tout ça pour toi ! Laisse-lui le bénéfice du doute !

36
ZIA

Dimanche 30 août

00 h 02

Au moment où je passe la porte du *King's*, je le repère immédiatement. Accoudé au bar avec les autres, il porte son verre à sa bouche en tournant machinalement la tête vers la personne qui vient d'entrer. Quand il me voit, son visage change du tout au tout. Détendu une seconde avant, le voilà maintenant crispé et anxieux.

D'un geste de la main, je lui demande de me rejoindre dehors, ce qu'il fait sans se faire prier.

La nuit est plus fraîche ce soir. Au large, un orage gronde sur la mer, nous offrant un spectacle des plus splendide. Si on avait été dans un livre, je suis certaine que les protagonistes auraient fait l'amour comme des bêtes avec l'orage en arrière-plan, avant de devoir faire un choix crucial pour leur vie. Si seulement on était dans un roman… La réalité est tellement plus glauque. Pas de sexe torride, pas de pleurs sous la pluie. Dans la vraie vie, il n'y a que deux idiots qui ont fait n'importe quoi, et qui se retrouvent face à un choix décisif… Ne reste plus qu'à savoir ce qu'il choisira.

— Il fait frais ce soir. On ne devrait pas rester dehors. On pourrait aller discuter ailleurs, annonce-t-il en posant sa main sur le bas de mon dos comme il a l'habitude de le faire.

Le frais, moi, je ne le sens plus ! En un seul contact, il vient de chauffer tout mon être. Impossible de m'enfermer avec lui si je ne veux pas m'embraser. Je dois garder la tête froide et les idées claires si je veux mener cette conversation de front.

— On va quand même aller sur la plage. Il n'y en a pas pour longtemps.

— Comme tu veux, cède-t-il en traversant derrière moi. Je te suis.

Fouler le sable me fait du bien. Pour profiter de ce massage naturel, j'ôte mes chaussures et entame mon chemin vers le bord de l'eau.

— Tu sais tout de même que c'est dangereux d'être sur une plage en plein orage, m'informe-t-il en avançant dans mes pas. Je ne suis pas tant attaché à la vie, mais j'avais pas prévu de mourir ce soir…

— Alors quoi ? lancé-je en faisant volte-face pour me retrouver nez à nez avec lui afin de pointer mon index sur sa poitrine. Alors quoi, Cameron ? Le soir du cambriolage de la maison de mes parents, il y avait un orage aussi, tu as fait demi-tour pour autant ? Je ne crois pas ! Alors, on va s'asseoir ici et on va parler ! ordonné-je en me laissant tomber sur le sable. Ça prendra le temps que ça prendra, mais on va mettre cartes sur table ! C'est bien clair ?

Au son de ma voix, Cameron ne cherche même pas à me contredire. Avec tout ce que je sais sur lui, il a conscience qu'il n'est pas en position de force pour négocier. Plutôt que d'épiloguer, il se pose en face de moi, les avant-bras sur les genoux pour m'écouter.

— Je veux que tu sois franc avec moi, Cameron. C'est toi qui as envoyé Noah chez moi ce soir ?

Se frottant les cheveux en zieutant le sable, mon voleur de petit copain n'ose soutenir mon regard. Après quelques secondes d'un silence pesant, juste entrecoupé par les éclairs menaçants du lointain, je me penche en avant pour lui taper le mollet. Hors de question que je lâche l'affaire, j'ai besoin d'avoir des réponses à mes questions. Je les veux maintenant.

— Qu'est-ce que ça changerait si c'était vrai ? Ou si c'était faux d'ailleurs ? m'embrouille-t-il. Est-ce que si c'était le cas, tu reviendrais sur ta décision de ne plus être avec moi ?

Confuse, c'est à mon tour de baisser la tête. Maintenant que mes parents ont retrouvé une partie de leur perte, est-ce que ça change quelque chose ?

— Oui, ça change, murmuré-je en me recroquevillant sur moi avant de détourner mon attention sur les vagues qui s'agitent à quelques mètres de nous. Tu as dit que tu voulais te racheter, mais je ne pensais pas que tu allais rembourser l'argent. D'où il sort ce fric d'abord ? Tu files de l'argent volé aux gens que tu as volé pour te sentir mieux. Ça n'a pas de sens, Cameron. Pourquoi l'avoir pris dans ce cas ?

— Je ne sais pas comment te faire comprendre ce que je ressens, Zia. Je ne vois pas comment je peux te l'expliquer…

— Essaie au moins, dis-je en le touchant du bout du pied. J'ai besoin de comprendre, Cam. J'ai besoin de te comprendre.

Le visage caché par ses mains, il se frotte le front en prenant une grande inspiration. Prêt à déballer tout ce qu'il a sur le cœur, il s'avance vers moi pour caler ses jambes entre les miennes. J'aimerais lui dire de rester à sa place initiale, car cette proximité me fait perdre mes moyens, mais j'en suis incapable.

Alors, quand il récupère ma main pour y déposer un baiser, je le laisse faire en serrant les dents pour ne pas craquer et le prendre dans mes bras.

— Si j'ai commencé à cambrioler les gens, c'était pour garantir une bonne vie à ma grand-mère. Je te l'ai dit, il fallait que je paie mes études, que je subvienne aux dépenses du quotidien… Ce n'est pas une excuse, c'est clair, mais c'était pour assurer mon avenir et celui de Nana. C'était de l'argent facile, si facile qu'il m'est devenu difficile d'arrêter, se justifie-t-il en inspirant profondément. Sauf qu'au fil du temps, j'ai commencé à me sentir trop coupable de mes actions. J'ai donc tenu une sorte de liste avec les noms de mes victimes. Je m'étais promis, quand j'en aurais les moyens, de leur envoyer un courrier avec une somme d'argent en guise de remboursement, raconte-t-il en jouant nerveusement avec mes doigts. Mais avec le temps, les noms sont devenus trop nombreux. Ça me rendait malade, pourtant, je ne pouvais laisser tomber si je voulais garantir les soins de Nana.

Toujours aussi mal de me raconter tout ça, ses gestes deviennent presque des tics nerveux. Tantôt il se frotte un sourcil, tantôt il se mord l'intérieur de la joue. Raconter les faits tels qu'ils sont, est une épreuve pour lui, mais moi, j'ai besoin de savoir.

— Grâce à l'achat du bar, reprend-il en évitant toujours mon regard, j'ai pu mettre de l'argent de côté, payer ma dernière année d'étude et régler les frais de la maison de retraite jusqu'à la fin d'année. Je pensais pouvoir commencer à rembourser les autres personnes au compte-goutte jusqu'à ce que je tombe sur toi au campus. Quand je t'ai reconnue, je me suis donné un objectif, celui de t'aider pour que tu ne souffres d'aucune difficulté dans ton cursus scolaire à cause de moi. Rembourser tes parents était donc la première étape. J'ai demandé à Noah de se pointer avec l'un de ses potes afin de faire plus vrai. S'il recevait l'argent dans le cadre d'une enquête en cours, c'était moins louche que de le trouver sur le pas de la porte…

— Cet argent, c'est donc les bénéfices que tu as touché du bar ?

— C'est ça ! murmure-t-il en posant son regard charbonneux sur moi. La deuxième étape, c'était de te donner ça…

Enfouissant sa main dans sa poche pour en sortir une clé pendue au bout d'une ficelle avant de me la tendre, il la dépose au creux de ma main pour que je la referme sur le métal réchauffé par son corps.

— Zach devait te la faire passer dans la semaine prochaine, mais puisqu'on est là, autant que je te la donne.

— C'est quoi ? La clé de ta chambre à l'auberge ?

— J'aurais aimé te dire qu'il s'agit de la clé qui ouvre mon cœur, mais ça fait vraiment trop pitié ! ironise-t-il alors que j'aurais tellement souhaité que ce soit le cas. Je ne souhaite pas te dire ce que cette clé ouvre ce soir, ajoute-t-il en prenant son téléphone pour taper un texto. Ce que je peux te dire, c'est que je t'avais fait une promesse concernant ton contrat. Tu pourras découvrir de quoi il s'agit en te rendant à l'adresse que je viens de t'envoyer.

Trop étonnée par cette annonce, mon esprit percute à toute allure. Quelle promesse m'avait-il faite ? Est-ce qu'il parle de la fameuse prime à laquelle il avait fait allusion ? Ne pouvant patienter pour savoir de quoi il retourne, je récupère mon téléphone dans mon sac pour lire son message. D'un geste rapide, il l'intercepte pour m'en empêcher.

— Tu verras ça plus tard, Zia, lance-t-il en levant le bras en l'air pour éloigner le téléphone de ma portée. Tu as d'autres questions ? Si c'est le cas, c'est maintenant ! annonce-t-il en même temps qu'un coup de tonnerre résonne au-dessus de nos têtes en me faisant sursauter.

— Tu m'as dit que tu voulais tout arrêter, Cam, commencé-je d'une voix fuyante. Pourquoi tu vas remettre ça alors ?

Surpris que je sois au courant, il se lève rapidement avant de faire les cent pas devant moi.

— Comment tu le sais, Zia ? Qui te l'a dit ? gronde-t-il en me fixant avec colère.

Me relevant à mon tour, j'ôte le sable de mes jambes en prenant tout mon temps pour choisir mes mots.

— J'ai entendu Tyler en parler hier. Il ne sait pas que je suis au courant, mais moi, j'ai tout compris. Je sais que tu n'es pas le seul dans cette histoire. J'ai compris que Tyler et les frères Chang faisaient aussi partie de la bande.

— Et alors ? crie-t-il alors que l'orage résonne encore non loin de nous. Qu'est-ce que tu vas faire ? Tu vas nous dénoncer ?

— Non… non, bredouillé-je en me rapprochant de lui pour attraper son tee-shirt alors que le vent se met à souffler fort dans mes cheveux. Non, je ne vous dénoncerai pas si tu n'y vas pas. Je ne veux pas que tu y ailles, Cameron ! Je te l'interdis !

Le ciel a changé de couleur autour de nous. Plus sombre et plus clair à la fois, il est strié de toutes parts par des éclairs iridescents. Le vent, froid et puissant, gifle mon visage tandis que des gouttelettes de pluie commencent à parsemer ma peau dénudée.

En voyant l'expression implorante de mes traits, il ne supporte pas de m'avoir mise dans un tel état. Ne pouvant me laisser comme ça, il pose ses mains avec délicatesse sur mes joues avant de coller son front au mien.

— Je leur ai promis de les aider une dernière fois. Ils ont besoin de moi, mais après ça, je te jure que c'est fini. Je veux être une nouvelle personne pour toi. Un homme bien, sur qui tu peux compter. Je veux être celui que tu connais aujourd'hui, pas celui que j'étais hier. Il faut que tu me croies, Zia !

Le tonnerre gronde tout près, alors que la pluie redouble sur la plage. Mes cheveux commencent à être mouillés, mais aucun de nous deux ne bouge. Les yeux dans les yeux, ses mains autour de mon visage, c'est comme-ci le temps venait de s'arrêter autour de nous.

— Si tu le fais, Cam, je ne pourrais pas te le pardonner ! Comment pourrais-je vivre avec ça sur la conscience ? C'est impossible, dis-je alors que mes larmes se mêlent à la pluie. Si tu le fais, je serai obligée de vous dénoncer, Cameron… Alors, reste avec moi, je t'en supplie !

Au moment où je prononce ces mots, comme si la sentence venait d'être rendue, un éclair frappe les rochers à une centaine de mètres de nous. Surpris par le grondement retentissant, Cameron m'attrape par les épaules pour me prendre dans ses bras avant de me glisser à l'oreille :

— Fais ce que tu dois faire, Zia. Si tu penses qu'il faut qu'on en passe par là pour que tu puisses imaginer passer ta vie avec moi, alors fais-le. La prison ne changera jamais ce que je ressens pour toi !

Serrée contre son corps chaud, je ne peux plus retenir cette envie qui me ronge. Comme un aimant, sa bouche attire la mienne dans un baiser tourmenté.

La passion se mêle à la peur au point d'avoir envie de le dévorer sur place. Nos langues emmêlées, nos lèvres scellées, plus rien n'a d'importance à mes yeux que ce baiser.

Trempés jusqu'aux os, la météo ne compte plus. Que l'orage s'abatte sur nous et tous nos problèmes seront réglés. Plus de cas de conscience, plus de voleurs, plus de volés, plus d'argent sale, plus de dénonciation… Juste de l'amour, un amour infini.

Plus prudent que moi, Cameron me prévient que la mer se déchaîne, que la plage n'est plus un endroit sûr. Moi, je voudrais rester ici, affronter les éléments pour ne pas avoir à subir la tempête qui se prépare pour le soir à venir. Survivre à un orage me paraît plus facile que d'avoir à le dénoncer… Si je dois en arriver là, jamais je ne m'en remettrais. Je ne pourrais rester avec lui s'il le fait, mais je ne pourrais plus jamais me regarder dans une glace si je me tais…

Prise dans la tourmente de mes sentiments, je ne réagis pas quand il me tire par la main en courant afin de retourner vers le trottoir.

Je me laisse faire comme une marionnette impuissante, je ne veux plus réfléchir. Je ne veux que lui. Pour toujours.

Sous une pluie battante, il m'entraîne derrière lui en se retournant pour me regarder. Si c'est notre dernière soirée ensemble, je veux être heureuse de me retrouver là, avec lui, vivants et libres.

Prise d'un fou rire incontrôlable, je m'arrête au milieu de la route déserte en lâchant sa main. La pluie bat sur mon visage, me ragaillardit. Elle me donne envie de tourner sur moi-même, encore et encore, en faisant jaillir de nulle part, ce vieux proverbe de Sénèque, que ma mère adorait me dire quand j'étais petite.

Alors que je m'arrête de tourner, Cameron m'observe comme si j'étais une folle échappée d'un asile. Prenant ses mains dans les miennes, je le lui récite en souriant :

— La vie, ce n'est pas d'attendre que les orages passent, c'est d'apprendre comment danser sous la pluie !

— Quoi ? s'écrie-t-il alors qu'un coup de tonnerre résonne au-dessus de nos têtes. C'est de faire quoi ?

— C'est de danser sous la pluie ! crié-je en prenant son visage entre mes mains pour l'attirer à nouveau vers moi. Je veux danser avec toi, Cam. Maintenant, après l'orage… Je veux qu'on danse jusqu'à la fin de notre vie.

Les yeux écarquillés par ma folie soudaine, il se met à rire en renversant sa tête en arrière.

— Tu lis trop de livres d'amour, Zia Rice ! Tu me fais faire n'importe quoi !

Alors que je me sens bête d'être partie dans mon délire, Cameron place sa main dans mon dos pour entamer une valse au rythme des grondements. Étonnée qu'il ait pris Sénèque au pied de la lettre, je me laisse porter par ses pas de danse qui me transportent dans un autre monde.

Il a l'air radieux. Il sourit, il rit, il vit. Il est heureux. Et je l'aime.

05 h 47

L'orage ne gronde plus dehors, et même si le vent souffle encore contre les persiennes, tout est redevenu calme à l'extérieur.

À l'intérieur aussi le silence règne. Seul le doux son de ses doigts sur ma peau me tient encore éveillée. Avec son biceps en guise de coussin, j'embrasse son torse pour la millième fois, pendant que sa main me caresse tendrement.

Concentrée sur le mouvement de ses doigts contre mon épaule, je repère la forme de cœur qu'il dessine inlassablement.

Suspendre le temps. Tout arrêter : le monde, les gens, les cambriolages. Pour rester ici, ensemble, dans cette position. Pour faire l'amour à chaque seconde. Pour le garder juste pour moi.

14 h 26

— Tu sais que demain, tu as rendez-vous à la fac pour ton inscription, Zia. Je ne veux pas que tu rentres tard ! m'engueule ma mère en répétant le même refrain depuis cinq minutes.

— Tu ne vas pas me mettre un couvre-feu, non plus ! dis-je en cachant ma honte à Cameron, toujours nu sur le lit.

— Non, mais je te demande de rentrer. Je suis ta mère, et c'est encore moi qui décide il me semble !

— OK, abdiqué-je en soupirant pendant que ma main ne peut se retenir de caresser le cul bombé du beau métis qui me tourne le dos. Je rentre bientôt.

Sans lui laisser le temps de répondre, je raccroche au nez de ma mère pour profiter du temps qu'il me reste avec lui.

Depuis que l'on est rentré cette nuit, on n'a pas arrêté de baiser. Tantôt sur le lit, dans l'alcôve contre la fenêtre, sur le petit évier de sa kitchenette ; tantôt sur son bureau ou à même le sol, on a même été jusqu'à le faire sous la douche située sur le palier… Jamais suffisamment rassasiés, on n'a pas pris le temps de parler.

Pour se dire quoi d'abord ? On s'est tout dit cette nuit, sur la plage. Si on reprend la discussion, on va encore tomber dans un conflit sans fin… Autant attendre demain matin pour savoir comment je vais réagir.

Enfin… À quoi bon me voiler la face, il a beau être un cambrioleur en passe de commettre son dernier délit, jamais je ne pourrais le dénoncer. La seule chose qui me reste à faire, c'est de lui laisser croire que je suis capable d'en arriver là juste pour qu'il laisse tomber le plan de ce soir.

Pour l'heure, inutile de se prendre la tête. Je préférerais nettement refaire l'amour…

Alors que j'embrasse la chute de ses reins pour remonter jusqu'à sa nuque, Cam lâche son portable sur le bord du lit pour laisser retomber sa tête sur le matelas.

Appréciant le massage que je suis en train de lui faire sans un mot, il fixe le mur, l'air concentré.

— À quoi tu penses ? demandé-je en glissant ma langue sur les marques rouges laissées par mes doigts sur sa peau.

— Je vais changer d'appart ! annonce-t-il en se retournant d'un coup sec pour que je me retrouve à cheval sur lui. Puisque demain je deviens un homme bien, je dois prendre un nouveau départ et oublier ma vie d'avant. Du coup, je me disais qu'on aurait pu le prendre ensemble cet appart…

Déconcertée par sa demande, je le scrute sans réagir. À l'intérieur, c'est l'explosion de joie ! Bien que ça semble être une pure folie, je suis prête à sauter le pas avec lui.

Cependant, face à son air sérieux, je réalise qu'il vient de me fournir une excellente excuse pour lui faire du chantage.

— Franchement, j'ai très envie de te dire oui, mais je ne vois pas comment ça serait possible puisque cette nuit tu vas finir en prison…

Malgré l'amusement dans ma voix, Cam ne me sourit pas. Toujours aussi réfléchi, il se redresse en me gardant fermement serrée contre son corps. Prêt à remettre ça, il me soulève à bout de bras pour m'installer sur lui. Remuant à peine pour me montrer qu'il va me torturer à petit feu, il caresse ma joue du bout des doigts avant de poser ses lèvres sur mon cou.

— Je suis sérieux, Honey. On pourrait vivre ensemble, assure-t-il en s'enfonçant en moi avec lenteur. On pourrait faire l'amour tous les jours, on pourrait apprendre à danser sous la pluie tous les deux.

Envoûtée par le mouvement lascif de son bassin, mes fesses tapent contre ses cuisses à chaque aller-retour dans un bruit qui m'excite encore plus.

Clap-Clap-Clap, encore et encore, pour nous laisser sans voix.

— Et si…, souffle-t-il… Je finis vraiment… en prison… Alors, on repoussera… notre emménagement…

— Tais-toi ! ordonné-je en posant ma main sur sa bouche pour qu'il arrête de parler. Si tu n'y vas pas ce soir, je te jure que demain, on cherchera notre chez nous…

Excité par ma proposition, il me retourne en me maintenant d'un bras avant de s'enfoncer pleinement en moi pour me faire crier.

19 h 14

Devant la maison de mes parents, Cameron m'embrasse avec retenue. Il semble stressé de me laisser, il a peur de ce qui va se passer s'il s'en va.

Dans le même état que lui, je l'attrape par la nuque avec force pour le maintenir contre moi.

— Ne fais pas le con, Cameron. Je te le demande une dernière fois, n'y va pas ! S'il te plaît…

Ma voix déraille sous le coup de l'émotion. Elle est suppliante, pleine de trémolos. Ne pouvant passer à côté de la peur qui me submerge, il m'embrasse à nouveau en dessinant un cœur sur ma poitrine.

— On se voit demain, Honey. Ça va être une journée de folie, je te le promets !

— Dis-le-moi encore, Cam ! lancé-je en dessinant un cœur à mon tour.

— Je t'aime, Zia.

— Je t'aime, Cameron.

37
CAMERON

Dimanche 30 août

19 h 16 :

Elle vient de sortir de la voiture, me regarde depuis le bord du trottoir avec des larmes qui coulent sur ses joues, et moi je suis à deux doigts d'abandonner pour rester avec elle.

Sauf que dans ma main, mon téléphone vibre en affichant le nom de Ruben. Le rendez-vous pour le brief était prévu chez lui à dix-neuf heures, je suis à la bourre.

— Je suis sur la route, j'arrive dans un quart d'heure ! l'informé-je avant de raccrocher sans donner plus d'explications.

Après un dernier regard à celle qui fait battre mon cœur, je fais demi-tour pour prendre la route. Dans le rétroviseur, je la vois se recroqueviller sur elle-même, en pleurs. Savoir que je la déçois encore me fout les boules, mais j'ai fait une promesse à mes potes et je dois la tenir. Partir, c'est prendre le risque qu'elle me quitte définitivement, mais je n'ai pas le choix.

Quand j'arrive devant la maison de Rub, mes mains sont tremblantes, mon souffle est court. Ce que je m'apprête à faire ne me plaît pas, mais pire encore, je n'ai pas envie de voir la tronche de Tyler.

Hier, quand il est parti, il était si énervé qu'il a prétendu vouloir nous rejoindre sur place. Après négociation avec Ruben par téléphone, il a bien voulu revoir ses positions afin de procéder comme on l'a toujours fait. Ça n'empêche que je n'ai pas envie de le voir. Il a beau avoir été un pote pendant de nombreuses années, il a tout foutu en l'air en posant la main sur la femme que j'aime.

Même si je sais que l'heure n'est pas aux règlements de compte, j'entre dans cette maison que je connais par cœur avec la rage au ventre.

Tous attablés pour boire un verre, l'ambiance n'a pas l'air aussi pesante que je me l'étais imaginé. Toujours sur la même dynamique que dans la nuit, deux cadavres de champagne sont déjà sur la table. À croire qu'ils n'ont pas cessé de faire la fête depuis que je les ai quittés.

— Enfin ! clame Ty en me voyant arriver. On a bien cru que tu allais te dégonfler !

Comme si rien ne s'était passé hier, il se lève pour venir me serrer dans ses bras afin de me saluer. Sa sympathie sonne faux, cet enfoiré fait semblant d'être content de me voir. Ça pue l'hypocrisie à plein nez !

— Prêt pour notre dernier coup ensemble, frangin ?

Plutôt que de lui répondre, je récupère la chaise encore vacante et m'installe autour de la table pour connaître les directives de la sortie.

Pour la dernière fois de ma vie, j'écoute Ruben nous donner des ordres précis sur la façon d'entrer, sur la position des caméras, sur tout ce qui pourrait nous mettre des bâtons dans les roues. Enthousiaste comme pas une fois il ne l'a été auparavant, Ty gigote sur sa chaise comme un gosse pressé de partir en récré.

Pour avoir côtoyé pas mal de mecs en plein trip en traînant avec Zach, il n'est pas difficile de comprendre que Ty est complètement shooté. Et ça, c'est pas un bon plan.

Par des coups d'œil discrets, j'essaie de faire comprendre à Ruben qu'on a un problème, mais rassurant, il m'indique sa montre en tapotant dessus pour me faire comprendre qu'on a encore du temps devant nous.

Après nous avoir fait un schéma de la maison, Lenny nous balance l'identité du mec que l'on va visiter cette nuit sur une tablette.

Selon lui, Pierce Price est un businessman new-yorkais qui s'est payé une maison dans le Sussex. Officiellement, il a réussi grâce à la chaîne de club de strip-tease qu'il a créée aux États-Unis, officieusement, ce mec n'est rien de plus qu'un mac. Quand il débarque dans son manoir près de Eastbourne, c'est très souvent pour faire tourner des filles et de la dope.

Bien que ça ne change rien à ce que je m'apprête à faire, ça a au moins le mérite de me déculpabiliser un peu… Et comme-ci cette simple phrase m'aidait à absoudre mes fautes, je me répète en boucle : c'est la dernière fois… C'est la dernière fois… C'est la dernière fois.

23 h

C'est l'heure du départ. Embarqué dans la voiture avec Ty, je fais signe à Lenny et Ruben qui restent sur place pour gérer depuis les ordinateurs. Quand j'y pense, en les voyant tout souriants sur le pas de la porte de la maison de Rub, je me dis qu'il est vraiment temps de mettre un terme à tout ça. Eux vont être bien tranquilles ici, pendant que moi, je vais me taper le shooté de service, pas encore redescendu de son nuage.

Comme à chaque fois, je m'installe au volant de la voiture « spéciale braquage » que le boss nous dégote toujours avant une nouvelle visite. Appréciant l'effort qui a été fait sur celle-là, je contemple cette pure merveille old school, rapide et racée. Cette *Porsche 911 Carrera* noire fait de moi un enfant dans un magasin de jouets.

Écoutant les ronronnements du moteur pendant que Ty rentre les coordonnées de la maison dans le GPS avec difficulté, je profite de l'instant pour envoyer un message à Zia. Dans ce SMS, je ne laisse que l'adresse où nous nous rendons.

Comme je lui ai dit qu'elle devait faire ce qui lui semblait être le plus en accord avec ses convictions, je vais jusqu'au bout de mes idées. Elle m'aime, je sais très bien qu'elle ne se servira pas de cette adresse pour me livrer aux flics… En tout cas, je l'espère.

23 h 30

Quand je me gare là où Rub nous a demandé de le faire, à quelques mètres de la maison perdue dans la forêt, bien à l'abri des autres habitations, je sors de la voiture en regrettant de ne pas avoir pris mon portable pour vérifier si Zia avait répondu à mon message. Mais la procédure est la procédure, inutile de prendre des risques en gardant un traceur GPS ambulant sur moi.

Suivant les instructions à la lettre, nous entrons dans une propriété en grimpant contre un mur qui donne sur le pool-house du manoir. Un pool-house aussi grand que l'ancienne maison de Nana…

Nana. En pensant à elle, j'ai un pincement au cœur. Trop occupé par les baisers de Zia pendant la journée, j'ai oublié, pour la première fois depuis qu'elle se trouve dans cette maison, de lui rendre visite. Avec un peu de chance, elle ne s'en sera même pas aperçue. Si elle s'en est souvenue, ça va être ma fête demain…

En souriant, je contourne l'immense piscine pour m'approcher de la porte de service. Comme prévu, l'alarme est coupée et la porte cède avec une facilité déconcertante. Sans aucun problème, nous pénétrons dans l'immense demeure aux allures de château avec notre plan bien en tête.

— On est entré, Red ! dis-je à Ruben pour le prévenir de notre avancée. Green part à l'étage pendant que je fouille le bas.

D'un signe de main, j'indique la direction à Ty pendant que j'entre dans le salon guindé et prétentieux.

Partout, des meubles d'un autre temps jouxtent les fabrications contemporaines dans un rendu ridicule. Aux murs, une multitude d'œuvres en tous genres envahissent l'espace, donnant une impression d'étouffement à la pièce.

Minutieusement, j'inspecte les points clés comme je le fais toujours. Derrière les tableaux, en tâtant les doublures de canapé, en glissant ma main sous les meubles… Toutes les cachettes y passent, mais je fais chou blanc. Dans la cuisine, idem. Dans les chambres du bas, rien. Mon seul espoir réside désormais dans ce bureau rempli de livres.

Pendant une seconde, je flâne devant les tranches où se succèdent les noms des ouvrages avant de m'arrêter sur un livre qui attire mon attention. *Roméo & Juliette* dans une version de collection. Il n'y a peut-être pas de lingots ici, en tout cas, il y a une vraie fortune en éditions originales de toutes sortes.

Caressant du bout des doigts la couverture en cuir épais du roman, je pense à la joie de Zia si elle possédait un tel chef-d'œuvre dans sa bibliothèque.

D'un rapide coup d'œil autour de moi pour m'assurer que je suis seul, j'enfonce le vieux manuscrit dans mon sac en sachant que cette prise-là, je ne la partagerai pas.

Tandis que je survole d'autres couvertures, je tombe sur un bouquin qui me semble plus rigide que les autres. En tirant dessus pour l'extraire de la bibliothèque, le meuble change de face dans un mouvement rotatif digne d'un film d'aventures.

Sur les étagères qui s'étalent devant moi, des liasses de fric sont empilées à côté de sachets de cachetons.

— Green, si tu n'as rien trouvé là-haut, rapplique ! J'ai trouvé la planque.

— T'as trouvé quoi ? demande Lenny, enthousiaste.

— Un meuble magique caché dans une bibliothèque ! lui indiqué-je, évasif, afin de garder un peu de suspense pour quand on rentrera. Il y a pas mal de cash. Peut-être 100 ou 150 000. Il y a aussi pas mal de sachets de drogue. Ecsta, amphèt, LSD, MDMA… On embarque ou pas ?

— Non, ne prends que le cash. On ne va pas se faire chier avec la dope. J'ai pas envie de me faire chopper pour des cachets si près de la retraite ! plaisante Ruben au moment où Ty rapplique dans le bureau.

Heureux de ma trouvaille, il fourre sa main dans sa poche pour planquer un téléphone. Ce connard a dû trouver une tablette là-haut et compte se la jouer solo sur la vente. Grand bien lui fasse ! Moi, ça ne m'intéresse plus.

Pendant qu'il me tend le sac de sport pour y mettre les billets, son regard reste concentré sur la centaine de sachets qui recouvrent les étagères.

— Tu l'as entendu, on laisse ça là ! dis-je pour lui remettre les pendules à l'heure.

Pas de réponse. Il me regarde enfourner les dernières liasses dans le sac, puis me laisse le fermer avant de prendre son propre sac pour y glisser la drogue.

— Qu'est-ce que tu fais, Green ? Red a dit non ! Remets ça où c'était ! grogné-je d'une voix ferme pour qu'il se reprenne en main.

— Ferme ta gueule, espèce de branleur. C'est à cause de toi si tout le monde raccroche. Et tu sais quoi, moi tu me niques tout mon business. Tu te l'es joué solo sur ce coup, tout ça parce que ta queue a trop frétillé pour une pétasse ! Alors, va te faire foutre, moi, je prends la part qui me revient de droit à cause de tout ce qu'on va louper par ta faute !

— Arrête, Green ! braille Ruben dans l'oreillette. Ne prends pas cette merde et sortez. Le temps du contrôle des caméras arrive bientôt à expiration, il faut que vous sortiez de là !

— Repose ça ! ordonné-je à Tyler en le saisissant par l'épaule.

D'un geste brusque, il se retourne et me colle une droite puissante dans la mâchoire.

— Putain, mais t'es malade ou quoi ? hurlé-je en frottant ma joue endolorie. Qu'est-ce qui te prend ?

— Qu'est-ce qui se passe les gars ? demande Ruben, inquiet. C'était quoi ce bruit ?

Alors qu'il récupère son oreillette pour la jeter au sol, Ty écrase sa basket sur l'objet qui explose en mille morceaux.

— À quoi tu joues, Green ? T'as pété un plomb là ! Reviens vite sur terre ou tu vas nous attirer des problèmes !

Même si mon poing me démange, je me retiens de lui sauter à la gorge pour lui mettre une bonne raclée. Ce n'est ni le lieu ni le moment de s'attarder. On doit partir d'ici et vite fait.

— On se casse ! crié-je en embarquant le sac rempli de billets alors qu'il récupère les derniers sachets de came.

S'il les veut tant que ça, il n'a qu'à les prendre. Après tout, ce n'est pas mon problème. J'aime autant me barrer d'ici et mettre tout ça derrière moi.

— J'ai dit on se casse, Green !

— Putain, les mecs, il se passe quoi entre vous ? Pourquoi il ne te suit pas ? s'inquiète Ruben alors que j'atteins le pool-house.

— Il a pété son oreillette, il est en train de ramasser toute la drogue. Je ne sais pas ce qui lui prend, mais je le sens mal. Je te préviens, s'il ne me suit pas tout de suite, je me casse sans lui !

Envisageant la situation de son côté, Ruben reste muet pendant que je cherche Ty du regard. Ce connard n'est plus dans mon champ de vision et comme il a foutu en l'air son oreille, je n'ai plus de moyen de le joindre.

La situation commence à m'échapper, le stress monte en moi comme un volcan qui va entrer en éruption.

N'y tenant plus, je pose le sac de sport au pied du mur avant de faire marche arrière pour aller le retrouver. Juste avant d'entrer dans la maison, il déboule en courant, laissant tomber un ou deux sachets de cachets au passage. Alors que je m'apprête à l'engueuler pour m'avoir fait attendre, cet abruti me pousse violemment contre le sol pour se mettre à courir vers le sac. C'était un piège, il veut nous la faire à l'envers et se barrer avec le sac.

Sentant l'adrénaline envahir mon cerveau pour se répandre dans chacune de mes veines, je me relève afin de lui courir après pour l'empêcher de nous prendre ce qui nous revient à tous.

Fondant sur lui comme un chien enragé, je l'attrape par la gorge pour le repousser de toutes mes forces. S'il croit qu'il va pouvoir se barrer comme ça sans que je ne bouge le petit doigt, il se goure. Je ne le laisserai pas faire.

— Laisse tomber, Evans ! Tu ne fais pas le poids contre moi ! s'exclame-t-il en ouvrant ses bras pour me montrer qu'il est prêt à en découdre.

— Pourquoi tu fais ça ? Tu vas pas nous planter un couteau dans le dos maintenant ! Réfléchis Ty ! Si on se barre maintenant on s'en sort, si tu préfères te battre, on plonge tous les deux !

— C'est toi qui as provoqué tout ça, Cameron ! Tu nous as abandonnés le premier, juste pour une putain de paire de seins ! C'est toi qui veux te racheter une conduite, mais rêve pas trop, t'es un putain de voleur… Et le voleur va se faire voler !

— Les mecs, vous devez partir tout de suite ! me crie Noah dans l'oreillette. Je suis appelé sur le cambriolage du manoir. Le central a reçu un appel anonyme avec l'adresse exacte. Barrez-vous, ils ne vont pas tarder à arriver !

Le temps que l'information percute mes neurones, sans m'en rendre compte, une larme roule sur ma joue alors que mes lèvres s'entrouvrent pour prononcer le prénom de Zia.

— Quoi ! hurle Ty en s'approchant de moi pour me prendre par le col. Ta pute nous a dénoncés ?

Dans son regard, je peux contempler la rage profonde qui recouvre ses pupilles alors que moi, ce que je ressens, c'est une profonde détresse qui envahit mon cœur.

Zia m'a trahi, elle m'a vendu aux flics. Par la même occasion, elle a balayé d'un revers de main les belles paroles qu'elle a prononcées aujourd'hui.

Oui, je lui ai confié qu'elle devait faire selon son cœur, mais je pensais qu'elle m'aimait plus que ça, qu'elle surpasserait sa conscience pour être avec moi.

Par un simple appel, elle met fin à nos projets, elle met fin à notre relation, elle met fin à notre amour.

Ty, en colère, me file un coup de boule en plein dans le nez, laissant le sang se répandre dans ma bouche et le long de mon cou. Sonné par le choc, je le regarde cavaler vers le mur du pool-house sans moi.

Malgré la douleur, je me mets à courir à mon tour pour le rattraper quand le son des sirènes de police commence à résonner au loin. Stoppé par le bruit redondant qui emplit mes oreilles, je fais un tour sur moi-même pour réaliser ce qui est en train de se passer. Noah n'a pas menti, les flics arrivent. Ils arrivent même vite.

Dans mon oreillette, je perçois les voix de Ruben et de Lenny se mélanger. Alors que je dépasse Ty dans une course folle pour rejoindre le mur, je fais abstraction de leurs paroles, j'oublie Zia pour essayer de sauver ma peau.

En mode automatique, j'empoigne le sac pour le balancer de l'autre côté du mur quand la main de Tyler m'arrête dans mon élan.

— Ce sac est à moi ! annonce-t-il en me remettant une nouvelle droite en plein dans mon nez déjà ensanglanté.

Vacillant sur mes jambes, je tente de me rattraper aux parois du pool-house pour me maintenir debout. Devant moi, les étoiles valsent à un rythme frénétique pour me donner un haut-le-cœur. Sans prévenir, je me plie en deux pour me mettre à vomir dans la piscine. Le contenu de mon estomac mêlé au sang colore l'eau bleutée d'une teinte jaune orangé qui me redonne la nausée.

Alors que les sirènes sont de plus en plus proches, le bruit des baskets de Ty contre le mur attire mon attention. Ce fumier est en train de se faire la malle avec le sac, mais surtout sans moi. Encore étourdi par le dernier coup qu'il m'a mis, je retourne vers lui en titubant.

Avec les dernières forces qu'il me reste pour sortir mon cul de là, j'attrape son pied avant qu'il ne puisse le passer de l'autre côté du mur.

— Tu ne me feras pas plonger avec toi, Cameron ! Voilà ce que ça fait de faire confiance à une femme ! crie-t-il alors qu'un bruit de verre se fait entendre à l'autre bout de la maison. T'as l'impression de la baiser, mais c'est elle qui te baise ! T'auras plus qu'à te branler en prison ! C'est bien fait pour ta gueule !

Se débattant pour que je le relâche, il prend de l'élan avec sa jambe libre avant de l'éclater contre mon visage. Le choc est si violent que je tombe à la renverse dans la seconde.

Quand ma tête finit sa chute contre la dalle carrelée du pool-house, un bourdonnement envahit mon cerveau. Black-out total.

38
CAMERON

Lundi 31 août

00 h 12

Toujours au sol, j'ouvre un œil sur une foule de pieds qui bougent devant moi. Ma tête me lance, le sang dans ma bouche m'empêche de respirer.

J'entends une voix en hauteur qui annonce que je viens de me réveiller. Je veux me relever pour voir ce qui se passe exactement, mais mes mains sont entravées par des menottes et un mec me maintient les pieds.

Des genoux se rapprochent de ma tête et une main relève mon menton.

Face à moi, le visage de Noah s'affiche, à moitié caché par une lampe qui éblouit mes pupilles.

— T'en fais pas, mon pote, me glisse-t-il à l'oreille pendant qu'il m'aide à me relever. On va te sortir de là.

Dans l'impossibilité de bouger, Noah m'assoit sur le sol tandis que l'un de ses collègues s'avance avec une trousse de premiers secours pour soigner les blessures que Ty m'a faites au visage.

Ty… Paniqué, avec la tête engourdie, je regarde autour de moi pour le trouver avec des menottes aux poignets, mais il n'est pas là. Je suis seul, et lui, il s'est barré.

— On dirait que le voleur s'est fait doubler ! plaisante le type qui applique de l'antiseptique sur mon nez sans aucune douceur. C'est pas une super représentation de l'expression « l'arroseur arrosé », boss ?

— Ça veut surtout dire qu'il avait un complice qui s'est barré avec le magot et qui l'a laissé pour mort sur le sol. Je fais un appel au central pour qu'ils balancent des flics sur la route. T'avais quoi comme bagnole ? me demande Noah en tapant dans mon pied pour faire croire qu'il ne me connaît pas.

— Une *911 Carrera* noire ! balbutié-je en sentant le goût du sang couler au fond de ma gorge avant de cracher au sol.

Après m'avoir remercié pour ma réponse, Noah s'éloigne afin de lancer son appel. Me rappelant que je suis moi aussi connecté, je réalise que mon oreillette n'est plus à sa place. Il a dû s'en charger quand j'étais encore dans les vapes.

Toujours sonné, mais bien conscient de la merde dans laquelle je suis, un homme s'approche de moi au moment où deux autres me relèvent pour me mettre face à lui.

— Veuillez décliner votre identité, me demande l'homme avec un calepin dans la main.

Alors qu'il écrit mon nom sur son papier, mes pensées se tournent vers celle qui m'a mis dans cette situation…

OK, Ty s'est barré avec le fric en me laissant tomber. Même si je le déteste pour ce qu'il vient de me faire, même si je n'aurais jamais agi comme lui, je peux comprendre qu'il ait voulu sauver sa peau en profitant de la situation. Mais elle ? Pourquoi elle a fait ça ? Elle vient de foutre ma vie en l'air alors qu'elle prétendait m'aimer. Au final, Tyler avait raison, elle m'a bien baisé !

Alors que l'homme face à moi m'énonce mes droits en m'informant de ma garde à vue immédiate et des risques que j'encours, je revois son visage, son sourire, le cœur qu'elle a tracé sur ma poitrine.

Plus je pense à elle, plus l'air se raréfie dans ma poitrine au point de ne plus pouvoir respirer.

Elle m'a trahi…

Zia m'a trahi.

STOL'N TRUTH

LIVRE 2

On dit que la roue tourne…
On ne sait jamais jusqu'à quel point.
Si c'est avec elle, alors moi, je veux qu'elle tourne
jusqu'à la nuit des temps.

C.Z.Evans

REWIND
ZIA

Dimanche 30 août

Recroquevillée sur le trottoir devant la maison de mes parents, je regarde la bagnole de Cam s'éloigner en sanglotant. Il est parti sans tenir compte de mon avis. Il est parti en me laissant dans le doute, face à mes convictions. Face à moi-même. Comment peut-il être sûr que je n'appellerai pas les flics pour le dénoncer ? L'amour ne donne pas le droit de tout laisser passer !

Pourtant, je suis là, avec mon téléphone sous les yeux, prête à le faire. Mon doigt s'agite, ma main tremble, tout mon corps frissonne… Comment trouver la force de dénoncer l'homme qu'on aime ? L'amour nous rend aveugles. L'amour nous fait devenir con. L'amour nous rend complices… Je ne veux pas être complice d'un tel acte.

Malgré les larmes qui brouillent ma vision, j'appuie sur la touche « appeler » de mon écran. Une sonnerie, deux sonneries, trois sonneries… Quand mon interlocuteur décroche enfin, je bredouille quelques mots à peine audibles. Je ne sais même pas si on m'a compris.

La porte de la maison claque. Surprise, je sursaute en laissant tomber l'objet sur le sol. Immobile, médusée, mon regard oscille entre mon téléphone qui s'est éteint à cause du choc et cette route qui me laisse encore un semblant d'espoir de le voir réapparaître pour me dire que j'avais raison…

Sans un mot, des mains douces et réconfortantes s'enroulent autour de mes épaules pour calmer mes pleurs. D'un geste lent, ma mère laisse glisser sa paume sur mes cheveux afin d'apaiser les soubresauts de mon corps.

Nous restons là une heure, peut-être plus, jusqu'à ce qu'elle rompe ce silence presque rassurant qui nous englobait jusqu'alors.

— Tu veux partager avec moi ce qui te fait aussi mal ? Tu veux qu'on en parle ?

— Je ne suis pas certaine d'avoir la force de tout expliquer. Je n'en ai pas le droit.

— Tu sais que tu peux tout me dire, ma chérie. Je suis là pour toi. Je t'aiderai quoiqu'il se passe. Simple dispute ou peine de cœur, on s'en remet toujours, je te le jure !

— Justement non, maman. Je ne peux pas tout te dire. Pas ça en tout cas.

Paniquée à l'idée qu'elle perce à jour mes craintes les plus profondes, je ramasse mon téléphone et m'éloigne de cette femme qui me connaît par cœur. Je voudrais tout lui avouer, je voudrais lui demander conseil, mais si je le fais, elle sera complice au même titre que moi. Et ça, ce n'est pas envisageable.

Je me suis mise dans cette galère en voulant à tout prix connaître le secret de Cameron, à moi de m'en sortir. Seule.

Malgré son regard confus, elle me laisse partir en direction de la maison sans me retenir. Elle n'a pas conscience de la gravité de la situation. Pour elle, il ne doit s'agir que de simples déboires amoureux, rien de plus que de vagues souvenirs piquants qu'elle a probablement vécus. Elle est à mille lieues d'imaginer que sa fille doit faire un choix qui pourrait conduire quelqu'un en prison.

REWIND
CAMERON

Dimanche 30 août

Les poignets maintenus par ces foutues menottes qui me lacèrent la peau, le policier me relève pour que je le suive au poste.

Alors que le flic pose sa main sur mon crâne pour me faire asseoir dans la voiture, je contemple la forêt illuminée de bleu à cause des gyrophares qui tournent au-dessus de nous. Cinq bagnoles de poulets et une douzaine de mecs armés juste pour moi. Cette situation surréaliste que je redoutais depuis tant d'années vient tout juste de se produire, tout ça à cause d'elle.

Puis-je lui en vouloir ? Après tout, j'étais tellement sûr de ses sentiments pour moi que je lui ai fourni le nécessaire pour me faire coincer. Mais quel con ! J'ai cambriolé sa maison, je l'ai conduite dans cette impasse, je l'ai presque prise en otage, la rendant complice de mes actes... À quoi je m'attendais ? On n'est pas dans l'une de ses putains d'histoire à l'eau de rose qu'elle adore. L'amour ne gagne pas toujours. Il n'est pas plus fort que la rancune. La preuve, elle s'est vengée, et moi, j'ai tout perdu.

Malgré la trahison de Ty, j'ai tout de même du bol dans mon malheur. Je sais que mes autres potes vont tout faire pour me sortir de là. D'ailleurs, quand il en a eu l'occasion, Noah m'a confirmé qu'il s'occupait de faire le nécessaire. Il m'a aussi parlé d'une garde à vue de quarante-huit heures maximum, peut-être d'un procès à comparution immédiate avec un sursis pour flagrant délit ensuite, mais selon lui, les charges retenues contre moi devraient être minimes.

Par chance, et bien qu'il nous ait doublés sur ce coup, Tyler avait pris soin de refermer la bibliothèque secrète où étaient entassés les billets et les sachets de dope. Hormis l'effraction et le livre que j'ai pris sur les étagères, rien d'autre ne m'accable puisque les flics n'ont pas trouvé la planque... Si ce n'est les marques qui recouvrent mon visage. Là aussi, pas de gros bobos. Juste des bleus ou des bosses qui finiront par disparaître d'ici quelques jours.

Ils m'ont déjà posé des questions sur ce qui s'était passé dans ce jardin, mais j'ai fermé ma bouche. Je pourrais dénoncer mon complice pour qu'il se fasse coincer lui aussi, mais ça ne fait ni partie du plan qu'on devait suivre en cas d'arrestation, ni de notre code d'honneur.

Je voulais racheter mes fautes et virer cette culpabilité de ma tête, puisque je vais passer en jugement, ce sera chose faite. Mon seul regret, c'est de ne pouvoir tout avouer à Nana avant qu'elle ne l'apprenne par quelqu'un d'autre.

Je n'ai pas été la voir, car j'ai préféré passer du temps avec Zia... Aujourd'hui, je ne sais même pas quand je pourrai lui rendre à nouveau visite. Négliger ma grand-mère pour une fille qui m'a trahi... C'est ce que je supporte le moins dans toute cette merde.

Le trajet m'a semblé trop court pour arriver au poste de Brighton. Si court que je n'ai même pas eu le temps de prendre pleinement conscience de ce qui risquait de m'arriver dans les jours à venir.

Dans quelques minutes, on m'enfermera dans une cellule minuscule où je serai face à moi-même. Une introspection dont je me serais bien passé.

Tout est calme dans les locaux de la police. Seuls sont présents le flic de l'entrée et deux ou trois autres dans les bureaux. Moi qui m'attendais à être noyé dans la masse, il faut croire que la ville n'est pas si diabolique que ça.

Toujours avec les mains dans mon dos, un policier de près de deux mètres appuie sur le fer froid des menottes pour me conduire à ma cellule. Mon esprit de survie m'aurait probablement soufflé de chercher un moyen pour m'échapper, sauf qu'au vu de la masse de muscles qui me fouille, je fais profil bas.

Je ne dis pas que je n'aurais pas ma chance contre lui. Mes nombreuses années de boxe, mon agilité et ma force m'aideraient sûrement à lui mettre deux ou trois bons coups. Mais avec ses épaules de déménageur et son cou de taureau, j'aime autant ne pas me frotter à lui.

Après m'avoir ôté mes lacets et mes effets personnels, autant dire rien puisque j'étais en mission, le gars me pousse dans les quatre mètres carrés qui vont me servir de dortoir pour les quarante-huit heures à venir.

Conscient de n'être plus qu'un rat pris au piège, je me résigne et m'allonge sur la couchette en béton, les avant-bras sous la tête, les yeux fixés au plafond. Il n'y a plus que ça à faire.

Le froid de mon nouveau lit anesthésie mon cerveau au point de ne plus avoir aucune notion de l'heure. Depuis combien de temps suis-je ici ? Une heure, deux, trois ? Je ne sais même plus.

Le calme dans le commissariat m'indique qu'il fait toujours nuit, pourtant, dans le couloir que j'ai emprunté pour venir, le bruit d'un pas qui veut se faire plus léger qu'il ne l'est, me tire de ma torpeur.

Devant les barreaux de ma cellule, Noah glisse sa tête avec prudence.

— J'ai de mauvaises nouvelles, mon frère, annonce-t-il en zieutant le bout du couloir pour ne pas se faire chopper. Ils savent qu'on se connaît, ils m'ont déchargé de ton dossier. Mais ne t'en fais pas, Cam, on gère !

— C'était couru d'avance. Il leur fallait juste le temps de faire le lien, répliqué-je en m'approchant des barres d'acier. Tu devrais repartir alors. Je ne voudrais pas que tu t'attires des problèmes !

— C'est calme ce soir, il n'y a qu'un seul mec dans la cellule d'à côté, et vu comme il est bourré, il y a peu de chance qu'il se rende compte de ma présence.

Pour me rassurer davantage, il m'explique aussi que le flic censé surveiller les caméras du couloir vient tout juste de partir fumer une clope. Il nous reste donc quelques minutes pour parler sans attirer l'attention.

— Vous avez pu contacter Ty ? demandé-je en sentant les douleurs de mon visage se réveiller.

— Non, pas de nouvelle. On s'est fait doubler comme des bleus. On n'a rien vu venir, putain ! grogne-t-il en surveillant toujours les environs. Ruben n'a pas encore réussi à le localiser, mais il y travaille. Il a tout nettoyé avec Zach. N'aie aucune crainte là-dessus !

— OK, je vous fais confiance. J'espère que tu as raison et que je vais m'en sortir avec une tape sur les doigts.

— Je l'espère aussi ! Dans le doute, on va te trouver le meilleur avocat du coin ! Rub a un de ses clients dans ses contacts, il l'appellera aux aurores ! Je vais essayer de trouver un moyen pour continuer à te donner les avancées de l'enquête, mais dès qu'il y aura plus de monde ici, je vais être sous surveillance, alors fais profil bas, mon pote ! Et pas un mot tant que l'avocat n'est pas à côté de toi.

— T'inquiète ! Je sais comment je dois me comporter. Je l'ai vu dans mes cours !

— Sauf que là, ce n'est ni un cas sur une feuille ni un exercice, Cam. Ton futur est en jeu !

Passant sa main dans ses cheveux pour mieux cacher son anxiété, Noah amorce un léger mouvement de la main. Je ne perçois aucun son dans ce couloir, pourtant, je suis certain qu'il fait signe à quelqu'un.

— Elle a insisté pour te voir, m'annonce-t-il alors que Zia apparaît sous mes yeux.

Quand je l'aperçois, les émotions fusent de toutes parts dans ma tête. Elles sont si intenses qu'elles se rentrent dedans en faisant des étincelles qui me grillent les neurones. À la fois heureux et en colère, j'ai envie de la rassurer autant que de l'insulter. Si je suis enfermé dans cette cage, c'est de sa faute.

Le visage soucieux, les yeux bouffis, la bouche tremblante, elle me regarde de ses iris devenus sombres et sans expression. Comment ose-t-elle se présenter ici après ce qu'elle m'a fait ? Si elle voulait vérifier que sa vengeance a fonctionné, qu'elle se rassure, ça a marché du tonnerre !

— Cam..., amorce-t-elle en posant ses doigts sur les barres qui s'érigent entre nous.

— Ferme-là ! Je ne veux plus rien entendre de ta bouche !

Mon ton est dur, ma voix vacille sous le coup de l'émotion, mais le pire, c'est ce doigt que je pointe sur elle. Accusateur, menaçant, il est ma dernière protection pour ne pas flancher. La bouche sèche, le souffle coupé, je sens les larmes me monter aux yeux quand elle recule d'un pas en posant sa main sur ses lèvres pour retenir ses émotions.

— Je croyais que tu m'aimais, Zia, grogné-je en balayant les mots qui allaient sortir de sa bouche d'un coup de main. Je croyais que nous deux, toi et moi, c'était plus fort que mon passé, plus fort que ça. Mais tu m'as trahi ! Et pour ça, je ne peux plus te regarder en face. Je ne veux plus jamais te voir !

— Mais Cameron...

— Il n'y a pas de mais ! crié-je alors que Noah m'intime de la fermer. Barre-toi ! Dégage ! Tu n'es plus rien pour moi !

Plutôt que de lui cracher davantage ma haine au visage, je frappe dans le mur de toutes mes forces afin d'extérioriser ma rage. Le coup est si violent qu'il résonne dans tout mon corps pour me sonner. Malgré la douleur qui irradie dans mon bras, hors de question de lui montrer que je suis touché, prêt à m'écrouler par sa faute, je la fixe droit dans les yeux en serrant les mâchoires.

Face à ma colère, Noah est perdu. Lui qui pensait me faire du bien en la faisant venir, vient tout juste de me donner le dernier coup. Le coup fatal. Celui qui me scie les jambes pour me mettre plus bas que terre.

Après l'avoir fait sortir à la hâte par la porte de derrière, il revient vers moi, le regard vitreux. Sans lui laisser le temps de prononcer un mot, je le chope par le col malgré la grille qui nous sépare.

— Pourquoi tu l'as fait venir ? Pourquoi t'as fait ça ? grondé-je d'une voix sinistre. C'est elle qui m'a balancé. Elle a appelé les flics, putain…

Abasourdi par mes mots, Noah me regarde m'effondrer au sol sans me rattraper. Recroquevillé sur mes genoux, je ne peux retenir plus longtemps les larmes qui me menaçaient depuis des heures.

Alors que je lui explique ce qui s'est passé plus tôt dans la soirée, Noah se baisse à mon niveau pour poser sa main sur mon épaule.

— On a cherché le signal du téléphone qui nous a appelés, Cam. Ce n'était pas son portable, il n'était pas dans la zone. C'est un homme qui nous a prévenus. Même si mes collègues ne le savent pas encore, tout porte à croire que c'était Ty.

1
ZIA

Vendredi 2 octobre

Assise au volant de ma voiture, je tapote le cuir neuf qui entoure le large cercle. Les mains à dix heures dix, une vitesse enclenchée, je n'arrive pas à appuyer sur les pédales pour me mettre à rouler.

Déjà vingt minutes que je pèse le pour et le contre afin de savoir si je dois me rendre à ce foutu procès. Affronter son regard haineux, faire face à sa rage, à sa tristesse, observer les menottes à ses poignets… Comment pourrais-je trouver le courage de m'y rendre ? Il a été clair avec moi quand il m'a craché au visage ces mots qui restent englués dans ma tête : *dégage ! Tu n'es plus rien pour moi !*

Noah m'a assuré qu'il ne pensait pas ce qu'il a affirmé, Zach a essayé de me réconforter en mettant tout ça sur le compte de l'urgence de la situation, sauf qu'eux, ils n'ont pas vu son regard, ils n'ont pas vu ses gencives blanchir sous la pression de ses dents serrées. Ils n'ont pas vu ses mains frapper le mur en béton armé de la cellule sans même vaciller. Tout aurait été si différent s'il m'avait écoutée !

Prise par ces tremblements qui ne me quittent plus depuis qu'il a été incarcéré, je me refais le film de ces deux derniers mois en vitesse accélérée pour la énième fois de la matinée.

L'annonce de son arrestation dans les journaux, le visage crispé de mon père quand il a compris qui était à l'origine de notre cambriolage, la gifle qui m'a projetée contre le mur quand je lui ai balancé qu'il avait accepté l'argent d'un vol, les pleurs de ma mère en me voyant faire mes bagages… Comment une simple goutte d'eau a fait déborder tout un vase.

Quelle belle bande de faux jetons ! Tous autant qu'ils sont, ils mentent. Ils me mentent.

Je ne sais quels stratagèmes Ruben et les autres ont utilisé pour relier les affaires entre elles, mais personne n'a recontacté mes parents après la venue des deux flics le lendemain de l'arrestation, pour rejoindre le banc des victimes.

Pour tout dire, mon père n'a même pas cherché à se montrer. Se porter partie civile aurait voulu dire rendre l'argent donné par Cameron pour attendre un réel dédommagement. Perdre deux fois 70 000 £ n'était pas envisageable pour lui, il a fermé sa gueule, il a joué les faux-culs alors qu'il me demande de ne plus jamais revoir celui que j'aime. Que son vœu soit exaucé, c'est Cameron qui ne désire plus me voir, ça n'empêche que pour moi, mon père est devenu un moins que rien. Un homme sans conviction. Un homme qu'on peut acheter.

Cameron a beau être le voleur dans l'histoire, il a plus d'intégrité que la totalité de ses victimes.

Bien que je sois en froid avec mes parents depuis deux mois, mon frère me tient au courant de la situation à la maison. Je ne lui ai pas dit où je vivais pour le moment, car je sais que mes parents chercheraient à me faire revenir chez nous… Sauf qu'il n'y a qu'ici que je me sens chez moi, maintenant.

Pour autant, ça nous a rapprochés, Sloan et moi. Je ne veux pas rompre le lien avec lui.

Avant toute cette histoire, j'étais la seule à comprendre ce qui lui arrivait, à gérer son addiction comme je le pouvais. Savoir qu'il est face à deux adultes qui ne comprennent plus rien, car ils sont devenus trop hypocrites pour ouvrir les yeux me fait peur. Lui qui pensait maîtriser sa consommation devient de plus en plus instable, et pour ça, je ne peux pas lui lâcher la main. Il a besoin de moi.

Alors, je gère de mon mieux, mais de loin. On se donne souvent rendez-vous à la crêperie en bas de l'auberge. Sloan ne sait pas que je fais si peu de chemin pour le rejoindre, il a juste l'impression que c'est un endroit à nous.

Tout à l'heure, après notre petit-déj' du vendredi matin, il m'a dit que je devais me rendre au procès. Selon lui, non seulement ça me servirait pour mes études de pouvoir suivre un cas pratique en direct, mais surtout, il a compris que j'en avais besoin.

Depuis notre virée en voiture, le soir de l'arrestation, il a beaucoup changé avec moi. De petit frère encore puéril, il est devenu frangin protecteur.

Ce soir-là, j'attendais sur la terrasse que Sofia vienne me récupérer pour me conduire à l'adresse que Cam m'avait envoyée. Sloan, depuis son balcon, fumait son joint, tranquille, en me posant des questions auxquelles je n'avais aucunement l'intention de répondre. Où j'allais ? Pourquoi je sortais en douce ? Pourquoi j'avais l'air si triste ?

Quand elle s'est garée devant la maison, j'ai sauté du premier étage sans réfléchir, devant les yeux effarés de mon frère. Écrasée sur le sol comme une merde, Sloan, choqué que j'aie eu le cran de le faire, a bondi à son tour pour s'assurer que j'allais bien.

Il m'a aidée à me relever et m'a conduite vers la voiture avant de m'en refuser l'accès. Son corps, déjà trop musclé pour un jeune de son âge, a fait barrière pour m'empêcher de partir si je ne lui fournissais pas une explication. J'ai bien essayé de le pousser, de m'énerver, allant même jusqu'à le frapper devant l'urgence de la situation, mais sans succès. Aussi buté que moi, il a même fini par m'obliger à l'emmener avec nous si je ne voulais pas qu'il me balance à nos parents.

Pressée par le temps, je l'ai laissé nous accompagner. Après tout, c'était toujours mieux que de rester plantés devant la baraque en attendant que mes parents se rendent compte du bruit à l'extérieur. Et quand Sofia m'a demandé de lui raconter ce qui se passait, j'ai déballé toute l'histoire, depuis le début, en oubliant complètement sa présence.

Sans pouvoir m'arrêter, j'ai tout sorti : comment j'ai découvert la double vie de Cam, comment j'en suis tombée amoureuse, comment j'ai appris qu'il était celui qui nous avait cambriolés, comment il m'a laissée sur le trottoir avec cette putain d'adresse entre les mains juste après une nuit entière à se faire des promesses, comment il a tout gâché en y allant sans m'écouter… Mais surtout, j'ai déballé mes doutes, ce foutu dilemme et mes peurs. Sur le coup, le seul truc que Sloan a retenu, c'est que c'est Cam qui l'avait balancé à mon père en posant son sachet de beuh sur le bureau du paternel. Bien que la situation ne s'y prêtait pas vraiment, je n'ai pas pu m'empêcher de rire en voyant sa tête dans le rétroviseur intérieur. Il était outré par mon récit, peut-être un peu en colère de s'être fait dénoncer, il était abasourdi, mais surtout, il avait peur pour moi.

Quand on est arrivés près de la maison de la future victime, pas devant l'entrée pour ne pas se faire repérer, mais par un petit chemin sur l'arrière de la propriété, j'ai demandé à Sofia de s'arrêter pour appeler Cam. Comme je n'arrivais pas à mettre la main sur mon portable, j'ai pris celui de Sofia pour le contacter, en vain. Il ne décrochait pas. Ma dernière solution pour l'empêcher de commettre une bêtise, c'était de rentrer dans l'enceinte de la demeure.

Sortie de la voiture pour me rendre vers le mur du jardin, Sloan a essayé de me retenir, mais je lui ai ordonné de rester à l'intérieur. Après avoir appuyé sur la fermeture centralisée de sa clé, Sofia m'a suivie à l'extérieur pour me raisonner. Elle m'a retenue pour que je ne gravisse pas ce foutu mur pendant près de cinq minutes, en tout cas, jusqu'à ce qu'on perçoive des sirènes retentir au loin.

À la fois surprises et paniquées à l'idée de tomber nez à nez sur des flics, elle m'a tirée à l'intérieur de la voiture pour me forcer à partir. Tremblante, je suis restée pétrifiée en imaginant la police rentrer dans la baraque alors que Cam y était encore.

Au moment où j'ai commencé à pleurer, à une trentaine de mètres de nous, j'ai vu une silhouette passer par-dessus cette haute barrière pour s'enfoncer dans la forêt en courant.

Comme si on venait de me mettre sous respirateur, j'ai compris qu'il venait de sortir et qu'il allait être sain et sauf jusqu'à ce qu'une voiture sorte de nulle part, les phares braqués sur nous pour nous foncer droit dessus.

Plus réactive que moi, Sofia a enclenché une marche arrière pour retrouver la route principale alors que je maudissais Cameron de nous faire face de la sorte. Mais après quelques mètres, alors que Sofia ne faisait que de répéter qu'on allait se faire chopper et que Sloan était tétanisé sur son siège arrière, la voiture s'est rapprochée et j'ai vu la tête de celui qui la conduisait. Ce n'était pas Cameron, mais le décoloré.

Et pendant une seconde, j'ai eu cette lueur d'espoir en pensant qu'il n'y avait peut-être pas été !

Quand Sofia nous a déposés devant la maison. Papa et maman nous attendaient. Moi, tremblante, une tête à faire peur, j'ai préféré monter dans ma chambre directement pour ne pas avoir à subir un interrogatoire, mais mon père ne l'a pas entendu de cette oreille. Il voulait qu'on règle le problème tout de suite. Selon eux, ils ne reconnaissaient plus leur gentille petite fille chérie. J'étais devenue mystérieuse et inconsciente depuis que j'étais avec Cameron. Ils ne toléraient plus que je parte en pleine nuit ou que je découche pour rejoindre mon mec.

Sloan, en soutien, leur a expliqué qu'on avait juste fait une petite balade, car je n'étais pas dans mon assiette. Il n'a pas évoqué le cambriolage en cours, ou ce dont on avait été témoins. Ma mère, plus clémente que mon père, nous a laissés rentrer en nous promettant d'avoir une bonne grosse discussion familiale au petit matin. Sauf que moi, j'avais d'autres projets.

Je ne l'ai pas remercié pour tout ce qu'il a fait pour moi ce soir-là. Même s'il ne peut s'en rendre compte, sa présence a mis un frein à ma folie. S'il ne nous avait pas accompagnées, qui sait quelle connerie j'aurais pu faire ? Sauter ce mur et me retrouver avec Cameron, les menottes aux poignets ?

Alors, c'est vrai, il a raison. Je pourrais me rendre au procès pour assister à la première audience. Ça me servirait probablement pour mes cours. Mais je ne suis pas en état de le faire. Je tremble trop, je pleure trop, je réagis au quart de tour, je prends la mouche pour un rien… Même au bar, Neil m'a demandé de me calmer tant j'étais à fleur de peau. Alors, que serais-je capable de faire dans une salle de tribunal, quand mon état émotionnel sera directement confronté à celui qui m'a mise dans une telle situation ? Je pourrais avoir envie de me ruer sur lui pour l'embrasser alors que lui ne souhaite plus me voir, je pourrais crier au moment de l'annonce de sa peine, pire encore, je pourrais me rouler par terre en hurlant à l'injustice… Il n'a pas besoin de me voir me donner en spectacle de la sorte. Il n'a pas besoin que j'aggrave son cas.

Le front qui tape contre le cuir chaud, les mains toujours solidement serrées autour du volant, je me dégoutte. Je me dégoutte, car je ne suis pas capable de lui apporter mon soutien après tout ce qu'il a fait pour moi.

Mes doigts, crispés comme ceux d'une vieille femme pleine d'arthrose, se portent machinalement à la petite clé pendue autour de mon cou. De la pulpe de mon index, je caresse le métal blotti non loin de mon cœur. Non, c'est une évidence. Je ne le mérite pas.

2
CAMERON

Vendredi 2 octobre

En entrant dans la salle du procès, mes yeux effectuent un rapide tour de la pièce pour voir si elle est là. Étant donné le peu de personnes présentes, je ne peux me tromper, elle est aux abonnés absents. Pas étonnant avec ce que je lui ai mis dans la tronche le soir où elle est venue me voir au poste. J'étais tellement persuadé que c'était elle qui m'avait dénoncé, comment aurais-je pu savoir que Ty avait fait le boulot à sa place ?

Le résultat est le même, quoi qu'il en soit, elle m'avait prévenu. Si je faisais ce cambriolage, alors notre histoire était finie. Elle a tenu sa promesse. Elle n'est pas là. Et c'est moi qui ai facilité son choix.

Tandis que je prends place sur le banc des accusés, mon avocat salue le juge comme s'ils étaient de grands potes de bringue. Je trouve ça déplacé dans de pareilles circonstances, mais qu'importe, si cela peut jouer en ma faveur, je suis preneur.

Profitant de ce moment de flottement pour refaire un tour de salle du regard, je recherche désespérément un visage amical auquel me raccrocher. Mais hormis la greffière, les deux avocats, le juge et moi, il n'y a personne. À qui dois-je en vouloir ? À mes potes qui ont suivi mes consignes à la lettre ou à moi qui leur ai demandé de ne pas venir ?

En effet, les laisser assister au procès était dangereux pour chacun d'entre eux. Déjà que le lien était facile à faire à cause du bar, et qu'ils ont eu leur lot de contrôles en tous genres pendant ces deux derniers mois, je n'allais pas en plus leur demander de brandir une pancarte avec écrit « libérez notre complice, il est autant coupable que nous ! ». Puisque je me suis fait prendre, et même si c'est de la faute d'un connard décoloré, c'est à moi de porter le chapeau afin de mettre un terme à tout ce bordel.

Assis sur ma chaise d'accusé, sous le regard inquisiteur de ceux qui m'entourent, mon avocat me rejoint pour faire un point rapide pendant que le juge prend connaissance du dossier.

— On est toujours d'accord ? On plaide coupable et on minimise la peine en évoquant le simple vol d'un livre ? C'est bien ce qu'on a convenu, Cameron ?

D'un hochement de tête, je lui confirme les faits. À notre connaissance, la partie adverse n'a pas fait mention de la cachette dans la bibliothèque ni de l'argent et des substances illégales qui ont été dérobés.

Selon mon avocat, je devrais m'en sortir avec du sursis, et peut-être des travaux d'intérêts généraux. J'espère qu'il a raison.

— Vous le connaissez bien, ce juge ?

— J'ai plaidé quelques fois dans sa cour. Je vous préviens, il n'est pas tendre. Mais on va vous sortir de là, haut la main, je suis serein.

Confiant, rassuré, j'écoute l'exposition des faits quand le jugement commence. Sont évoqués l'entrée avec effraction (alors que nous sommes passés par le jardin), le vol (d'un livre officiellement), les dégradations commises dans la maison suite au passage du voleur (ce qui m'épate d'ailleurs puisque nous faisons toujours très attention à ne rien casser ou déranger pour aller droit au but). Le juge hausse les sourcils face à la perte de temps qui se profile devant lui. Un cas banal pour un homme de son statut.

— Monsieur le juge, mon client est en dernière année de droit. Cette année, il devait faire son stage afin de devenir l'un de mes futurs confrères. Seulement voilà, les frais de scolarité exorbitants ont poussé ce jeune orphelin à commettre l'irréparable. Pour pouvoir faire face aux dépenses que lui imposent l'école et la maison de retraite spécialisée de sa grand-mère, il a dû vendre la maison familiale, mais ce n'était pas suffisant. Mon client sait que ce qu'il a fait était une erreur monumentale, mais qui n'a jamais agi pour sa survie ou celle de ses proches ?

— Il y a d'autres moyens de gagner de l'argent qu'en faisant un cambriolage, Maître Altwirck, rétorque le juge. Vous comme moi avons subi le coût de ces études, nous savons qu'elles sont onéreuses. Est-ce pour autant que nous nous sommes tournés vers l'illégalité ? Trouvez de meilleurs arguments, cher Maître ! Vous ne m'aurez pas en me faisant verser une larme.

Après un bref exposé de ma vie pour en rajouter un peu dans le pathos, mon avocat cède la parole à son homologue. Celui-là ne mâche pas ses mots et me recouvre d'adjectifs tous plus lamentables les uns que les autres. Sa plaidoirie est pitoyable jusqu'à ce qu'il me fixe avec intérêt en exposant son dernier argument :

— Enfin, le vol ne se résume pas à un livre poussiéreux trouvé au milieu de centaines d'autres. Encore une fois, bien qu'il n'ait pas pu prendre l'avion pour se présenter devant nous aujourd'hui, mon client m'a confirmé l'existence d'un coffre secret qu'il m'a envoyé vérifier dans la journée d'hier ! annonce-t-il en s'avançant vers le juge pour lui porter une pièce à inclure au dossier. Voici,

Monsieur le Juge, l'attestation d'un huissier qui vient agrandir les charges retenues contre le coupable. Mon client assure qu'il y avait près de 200 000 $ en espèce dans ce coffre ainsi que de nombreux effets personnels, mais lorsque nous l'avons ouvert, il était vide.

Lisant le document à voix haute pour savoir ce qu'il comportait, le juge nous informe que le coffre a bien été ouvert en présence d'un huissier. Ce dernier atteste du vide trouvé sur les étagères sans pouvoir confirmer qu'il y avait effectivement de l'argent ou tout autre objet de valeur à l'intérieur.

— Très bien, Maître Linwood. Ce coffre a bel et bien l'air d'exister. Maintenant, vous savez comme moi que Monsieur Evans n'avait dans son sac qu'un livre de valeur. Comment pouvoir affirmer qu'il s'est donc emparé de l'argent de votre client ?

— Quand Monsieur Evans a été trouvé, reprend l'avocat adverse, il avait le visage tuméfié, couvert de bleus et de bosses en tous genres. C'est marqué noir sur blanc dans le dossier, il n'y a qu'à relire. Ma supposition est donc la suivante : Monsieur Evans était accompagné d'un complice. Ils ont tous deux trouvé l'argent caché dans le coffre. En entendant la police arriver, le complice a pris peur, il a frappé Monsieur Evans pour s'en sortir avec en prime une grosse somme juste pour lui. En clair, Monsieur Evans s'est fait doubler.

Agacé sur ma chaise sans pouvoir ouvrir la bouche pour me défendre, je secoue nerveusement la jambe au point d'attirer l'attention de mon avocat.

— Cameron, calmez-vous. Il n'a rien si ce n'est une photo misérable d'un coffre vide. Ça ne veut rien dire !

— Maître Altwirck, qu'avez-vous à répondre à ça ? lui demande le juge alors qu'il m'intime de me contenir.

— Je répondrais qu'il ne s'agit que de supposition sans bien fondé. Maître Linwood a trouvé un coffre vide. Excellent. Cela n'apporte rien à l'enquête puisque mon client n'avait aucun billet ou aucun autre effet personnel appartenant à la victime en dehors de ce livre.

— Dans ce cas, comment expliquez-vous les lésions sur le visage de votre client ? Il a dit dans sa déposition, je cite : *j'ai trébuché dans l'escalier central, et me suis retrouvé face contre terre.* Croyez-vous qu'une simple chute dans un escalier puisse meurtrir les chairs à ce point ? lance-t-il à Altwirck avant de se retourner vers moi. Monsieur Evans, vous êtes sous serment, je vous le rappelle. Vouloir protéger un complice est honorable. On connaît tous cette histoire de code d'honneur que les malfrats utilisent pour se protéger les uns les autres. Sauf que, ce qu'il faut comprendre, Monsieur Evans, c'est qu'aujourd'hui, vous êtes sur le banc des accusés et que je suis celui qui donnera la sentence. Vous faire doubler n'a pas suffi ? Vous n'éprouvez aucun désir de vengeance, là, assis sur votre chaise ?

Un désir de vengeance ? Bien sûr que si ! Je voudrais retrouver cet enfoiré et lui faire bouffer ses billets un par un. Je voudrais aussi lui mettre la tête au carré comme il l'a fait avec moi, mais surtout, je voudrais lui arracher le cœur pour lui montrer à quel point ça fait mal de croire qu'un être qu'on adore, qu'on aime plus que tout, nous a trahis. Sauf que je ne balancerai pas son nom pour deux raisons. D'une part, ils n'ont aucune preuve de ce qu'ils avancent, et d'autre part, si je balance Ty, alors les autres tomberont avec lui, car le lien sera bien trop facile à dénouer.

Aujourd'hui, Ruben, Zach et Lenny se sont chargés de rendre clean tous les dossiers, toutes les affaires, toutes les rentrées d'argent. Ils ont nettoyé mon appart, mes comptes, ils ont fait ce qu'il fallait pour que rien ne nous relie dans le monde du crime. Même pour Tyler. Cet abruti décoloré a beau être le plus malhonnête de nous tous, s'il se fait prendre, c'est tout le groupe qui risque gros. Bien plus gros que ce que j'encours actuellement.

D'un signe de tête, je fais comprendre au juge que je n'ai rien à dire de plus pour ma défense. Résigné, il hausse les sourcils en comprenant que je ne suis pas plus intelligent que tous ceux qui sont passés sur cette chaise avant moi.

— Soit, Monsieur Evans. Si vous pensez que prendre pour votre complice en vaut la peine, alors je vais vous rendre mon verdict.

L'ambiance dans la pièce a changé. Elle s'est alourdie, elle est devenue pesante. Presque étouffante.

Ma cage thoracique, comprimée par le stress, se soulève de plus en plus difficilement. Après avoir fait deux mois au centre pénitentiaire de transition de Brighton, dans l'attente de mon procès, j'ai peur d'entendre la sentence. Je ne veux pas me retrouver en prison. Je ne veux pas être enfermé entre quatre murs sans pouvoir rendre visite à ma grand-mère tous les jours, sans pouvoir finir mes études, sans revoir le sourire de Zia.

Le juge articule des mots que je n'entends plus. Il parle de complicité, de vol, de preuves, il parle de punition, il parle de repentance, mais tout ça me semble si loin. Il parle, parle encore, mais je suis devenu hermétique à tout ce qui se passe autour de moi. Il n'y a plus que ce boum-boum dans ma poitrine, ce bruit sourd qui recouvre tout le reste jusqu'à ce qu'Altwirck me secoue, le regard maussade. Il prononce le chiffre quatre que je lis sur ses lèvres, mais que je n'entends pas. Quatre, ça veut dire quoi ? Quatre jours, quatre semaines, quatre mois ?

Les policiers entrent dans l'enceinte du tribunal pour me remettre les menottes. Le bruit du métal qui se referme sur mes poignets me ramène à la réalité, à cette nuit où j'étais allongé sur le sol alors qu'ils me maintenaient, mais que Noah me disait que ce n'était qu'une formalité. Pris au piège, je me laisse conduire vers la sortie alors que mon avocat continue de mouvoir ses lèvres.

— C'est une peine trop lourde pour les charges qui ont été retenues. C'est démesuré, s'offusque-t-il. C'est inadmissible, on va faire appel, Cameron ! On ne va pas se laisser faire, je vous le jure ! clame-t-il alors que nous arrivons vers un fourgon de police. Je contacte Ruben dès que j'arrive au bureau et on va tout faire pour vous ! Ne vous en faites pas, ça va bien se passer !

Alors que le flic m'ordonne de monter dans le fourgon, je reste tétanisé. Tout va trop vite, tout s'accélère, j'ai l'impression de ne plus maîtriser quoi que ce soit. Ma vie m'échappe, mais je ne suis qu'un simple spectateur de ce qui est en train de se passer. Je ne peux rien faire pour arrêter ce cauchemar.

Comprenant que je ne suis plus moi-même, l'avocat exige de pouvoir me parler une seconde avant notre départ. Pas vraiment chaud pour le laisser faire, le flic grogne, mais laisse Altwirck s'approcher de moi.

— Cameron, vous avez compris ce que le juge a dit ? me demande-t-il en claquant des doigts près de mes yeux pour attirer mon attention.

Toujours aussi perdu, toujours aussi sonné, je fixe un point devant moi sans même le voir.

— Cameron, avez-vous compris la sentence ? Avez-vous entendu pour les quatre années fermes de prison à Fekes[18] ?

Le chiffre quatre tourne en boucle dans ma tête, percutant tous mes neurones au passage. Je viens de prendre quatre putains d'années à cause de Tyler. Quatre ans de prison.

[18] Le nom de la prison a été modifié dans le cadre du roman.

REWIND
ZIA

Lundi 31 août

Depuis près de vingt minutes, il n'y a plus un bruit dans la maison. Mes parents se sont enfin endormis, il est temps de faire ce pour quoi je vais me faire engueuler demain matin : sortir en douce.

À pas feutrés, je longe le couloir qui dessert les chambres pour atteindre l'escalier. Comme un fantôme errant, je survole presque le sol tant j'essaie de me faire légère pour ne pas être repérée. Stressée, flippée, oppressée par toutes ces craintes qui me labourent le cerveau, je ne respire même plus pour me fondre dans le décor.

En bas, tout est éteint, plongé dans la pénombre. J'aurais pu utiliser la lampe torche de mon portable s'il était tombé sur la terrasse comme je le pensais, mais quand je suis rentrée tout à l'heure, j'ai eu la désagréable surprise de ne pas remettre la main dessus. J'ai fouillé partout dans ma chambre pourtant, presque frénétiquement, j'ai même hésité à ressauter pour aller vérifier dans l'herbe du jardin, mais j'aime autant descendre par l'escalier pour ne pas me retrouver coincée en bas.

En passant devant la cuisine, sur le plan de travail, je vois clignoter une petite lumière verte qui me semble familière.

Il est là, tout seul, alors que je n'ai aucune idée de la façon dont il a pu atterrir à cet endroit. Mes souvenirs d'avant notre virée nocturne sont trop flous pour me remémorer quoi que ce soit. Impossible de me rappeler de ce que j'ai pu faire avant de partir pour rejoindre Sofia. Peut-être l'ai-je posé là en venant chercher un verre d'eau après tout…

Mon portable en main, je continue ma mission camouflage en rejoignant l'entrée. L'alarme a été mise, celle qu'ils ont fait installer après le passage de Cameron en décembre. Ce n'est pas ça qui va m'arrêter.

Pour avoir vu papa taper le code à de nombreuses reprises, je pose mon index sur les touches pour déverrouiller la porte de cette prison.

Bien que je sois consciente que ça risque d'empirer mon cas, je récupère les clés de la voiture de ma mère pendues dans la boîte à clés juste à côté de l'alarme. Il me faut un moyen de transport pour rejoindre Cameron tout de suite, je n'ai plus le luxe d'attendre l'arrivée de Sofia. Je dois partir, et dois le faire maintenant.

Tandis que j'enclenche la marche arrière pour sortir de la cour, mes pensées partent dans tous les sens.

Puisqu'il ne s'est pas rendu au cambriolage avec Ty, il doit être chez lui. C'est là que je vais aller. J'ai besoin de savoir pourquoi il ne répond pas à mes appels.

En arrivant en bas de l'auberge, il est très tard. La crêperie doit être fermée depuis un bail et la population a complètement déserté la rue.

Quand je relève la tête pour jeter un coup d'œil à sa fenêtre, mon cœur manque d'exploser dans ma poitrine. Cet enfoiré était bel et bien là depuis le début, mais il n'a pas trouvé normal de me prévenir. Quelle espèce d'idiot peut bien laisser mariner sa copine dans un moment pareil ?

À la fois rassurée de le savoir en sécurité, et en colère pour m'avoir fait un coup pareil, je gravis les marches quatre à quatre afin d'arriver plus vite dans sa chambre.

Sur le palier, devant le studio de Cam, un rail de lumière colore le tapis d'accueil élimé par le temps, allant jusqu'à se perdre sur les premières marches de l'escalier. Des bruits s'échappent de la porte entrouverte, comme s'il était en train de faire le ménage là-dedans. Qui fait du rangement à plus de deux heures du matin ?

Avec prudence, je repousse délicatement la légère planche de bois qui lui sert de porte d'entrée pour me retrouver nez à nez avec Zach. En même temps, nous crions de stupeur en apercevant l'autre.

— Putain, Zia ! Tu m'as foutu la trouille ! me lance-t-il en posant sa main sur son cœur pour en apaiser les battements. Qu'est-ce que tu fous-là, bon sang ?

— C'est toi qui m'as fait peur ! C'est la piaule de Cam ici, pas la tienne ! Pourquoi t'es là, alors que lui n'y est pas ? demandé-je en jetant un regard rapide dans la petite pièce.

Ses joues, rougies par l'effort qu'il était en train d'accomplir avant mon arrivée, virent au blanc. Au transparent même.

— Zach, qu'est-ce qui se passe ? Où est Cameron ?

Malgré la lenteur avec laquelle j'ai posé mes questions, ma voix semble éraillée. Sentant la panique m'envahir, je me cramponne à la poignée de porte pour ne pas flancher.

— ZACH..., répété-je plus fort en sentant les larmes me monter aux yeux. OŪ EST CAMERON ?

Abattu, le meilleur ami de mon mec s'affaisse sur le sol en prenant sa tête dans ses mains pour se cacher. Je ne comprends rien à ce qui se passe, cependant, je le ressens au plus profond de moi. Il est arrivé quelque chose à Cam.

Avec empressement, je me jette sur Zach pour ôter ses mains qui le protègent de la réalité. L'empoignant par les épaules pour le secouer, je lui ordonne de cracher le morceau. Je veux savoir, j'en ai besoin.

Au bout de quelques secondes, Zach me repousse violemment, si bien que mes fesses heurtent le sol dans un bruit sourd. Ses traits sont crispés, son teint est livide, sa mâchoire tremble sous le coup de l'émotion. Déglutissant avec peine, il pose son regard empli de pitié sur moi avant de bégayer des mots qui resteront gravés dans mon esprit à jamais :

— Il s'est fait chopper, Zia ! Les flics l'ont choppé, ils l'ont embarqué au poste.

Le monde s'écroule autour de moi. Ses paroles sonnent comme s'il venait presque de m'annoncer la mort de Cameron.

Putain, mais qu'est-ce qui s'est passé ? J'ai vu Tyler s'enfuir. Je l'ai vu, Sofia l'a vu aussi. Je suis certaine que Cameron n'était pas dans cette foutue bagnole, et pour cause, il devait encore être à l'intérieur quand nous étions devant le mur d'enceinte de la villa. J'étais si près de lui, j'aurais peut-être pu l'aider... Mais je suis partie en espérant le retrouver ici... Où est-il maintenant ? Qu'est-ce que les flics lui ont fait ?

Mes neurones s'entrechoquent pour exploser en mille questions. Les « si » fusent de toutes parts tandis que Zach s'arrache presque les cheveux sans oser me regarder.

Soudain, le souvenir des liasses de billets cachées dans sa table de nuit me revient en mémoire. Zach est là pour une raison bien précise, il vient récupérer les preuves de la culpabilité de Cam.

Alors que ma vision de la situation est de plus en plus nette, je tente de reprendre ma respiration pour organiser mes pensées. Si je peux aider à minimiser l'affaire, je dois le faire. Parce que je l'aime.

— Dis-moi comment je peux t'aider, Zach !

— Hors de question ! grogne-t-il en reprenant ses esprits pour se remettre au boulot. Tu bouges de là où tu deviens complice au même titre que moi ! Dégage, Zia ! Je ne plaisante pas !

— Ne sois pas con, je suis déjà complice ! J'ai failli le dénoncer, mais je n'ai pas pu me résoudre à le faire. Je veux l'aider, je te jure... S'il te plaît.

Effaré par mes aveux inattendus, Zach s'arrête net pour me dévisager. Pour le rassurer, j'esquisse un mouvement de fermeture éclair sur mes lèvres, mais Zach se contente de hocher la tête de détresse.

— Le mieux que tu puisses faire, c'est de rentrer chez toi et d'attendre la suite. Il n'y a rien pour toi ici.

Fermant la porte du placard qu'il était en train de vider pour me faire face une seconde, Zach se baisse pour récupérer un sac de sport rempli de billets à ses pieds.

— D'ailleurs, il n'y a plus rien pour moi non plus ! On bouge !

Joignant le geste à la parole, il me pousse vers la sortie avant de fermer la porte à clé comme il a dû la trouver à son arrivée. Lorsqu'il passe à côté de moi pour atteindre l'escalier, il s'arrête avant de poser son pied sur la première marche.

— Ne reste pas là, et surtout, ne me suis pas ! me prévient-il d'un ton sévère. Il ne manquerait plus qu'on nous trouve ensemble avec un sac rempli de pognon pour finir derrière les barreaux nous aussi !

Alors qu'il m'ordonne de passer devant lui pour être certain de me voir déguerpir de là, il me retient par l'épaule en se mordant la lèvre à cause du stress de la situation. D'une voix plus douce, plus apaisante, il me prévient :

— Si on te pose des questions, tu n'as jamais mis un pied ici, Zia. On ne s'est pas vu ce soir, OK ? Tu étais avec So, et moi, je trouverai bien un truc. On est d'accord ?

Les mots, coincés dans ma gorge, n'arrivent pas à sortir, alors par dépit, je secoue la tête pour lui montrer que j'ai compris.

— Tout va bien se passer, reprend-il en pressant sa main gantée sur ma clavicule. Ruben va le faire sortir très vite. On va le sortir de là !

Avec cette brève tentative pour me rassurer, Zach pense avoir réussi à apaiser mes craintes. Sauf que rien ne pourra les amoindrir tant que je ne l'aurai pas vu. J'ai besoin de le voir. Il le faut.

Mon portable dans la main, je recherche fébrilement le numéro de Noah dans mon répertoire, les doigts tremblants. Quand je vois son prénom apparaître, je ne peux m'empêcher de penser que je fais une erreur. Je devrais écouter le conseil de Zach et juste rentrer à la maison en attendant d'en apprendre plus... Mais je ne peux m'y résoudre.

— Zia ? Pourquoi tu m'appelles maintenant ? Je ne peux pas te parler ! lance-t-il après la première sonnerie.

— Laisse-moi le voir, Noah. Je t'en supplie !

Moi qui m'attendais à un refus catégorique, je suis surprise de ressentir de l'embarras dans son soupir. Ma voix, plus implorante que je ne l'aurais voulu, a le mérite de le faire hésiter.

— Comment tu sais qu'il est là ? Qu'est-ce que tu sais exactement ? demande-t-il nerveux.

— Je te le dirai si tu me laisses le voir.

Son silence est long, trop long. Il m'angoisse, me fait douter. Et si cet appel pouvait causer ma perte ?

— J'ai été déchargé de l'affaire, Zia. J'ai pas le droit de lui parler ! annonce-t-il en me laissant bouche bée. Mais… ramène-toi dans la rue derrière le central, je vais voir ce que je peux faire.

2 ANS ET 10 MOIS PLUS TARD

3
ZIA

Dimanche 2 juillet

Le stress monte en moi à mesure que j'approche de la scène improvisée dans le *King's Bar*. Quelle idée saugrenue que de vouloir fêter mon départ en grande pompe de cette façon ? À croire que je suis devenue indispensable ici !

— Ne t'en fais pas, ma beauté ! susurre Neil au creux de mon oreille en arrivant dans mon dos par surprise. Imagine que c'est un exercice de plaidoirie, et tu vas tous les bluffer !

Il a raison. Prendre la parole en public est un art difficile à maîtriser. Plus j'aurai de facilité dans ce domaine, mieux je pourrai exceller aux yeux de mes maîtres de stage. Enroulant ses bras autour de ma taille par-derrière, Neil colle sa bouche à mon cou avec douceur. Tandis qu'il parsème ma peau de mille baisers furtifs, je sens la tension envahir son corps. Il sait très bien que tout le monde nous attend dans le bar, baiser dans la remise n'est pas approprié… Enfin… Pas aujourd'hui.

— Tu as le temps pour un petit coup vite fait sur un fût de bière, moussaillon ? demande-t-il en soulevant le bas de ma jupe pour le faire remonter le long de ma cuisse.

— D'une, nous savons tous les deux que nous n'avons pas le temps ! lancé-je alors qu'il descend sa braguette pour contredire ma théorie. Et de deux, le trip capitaine/moussaillon… il faut que tu arrêtes avec ça ! C'était drôle une fois… Et encore, parce qu'on était vraiment bourrés ! Mais là, ça ne m'excite plus du tout !

Tandis qu'il glisse un doigt dans ma culotte, je sens son sourire triomphant contre ma nuque. Foutu corps qui n'obéit qu'à mes hormones au lieu d'écouter ma raison !

— Tu as beau dire ce que tu veux, moussaillon, je sens que tu es prête pour un coup d'épée !

Sans me donner le droit de répondre à ce cliché monumental du mec qui compare son sexe à une longue lame aiguisée, Neil plaque sa main sur ma bouche pour me faire taire avant de me pencher en avant d'un geste brusque.

Les mèches de ma frange rabattues sur mes yeux m'aident à oublier où nous nous trouvons, si bien que je le laisse s'introduire en moi avec autant de facilité que le ferait une dague dans un fourreau. À son contact, je me cambre pour lui offrir un angle d'attaque plus aisé. Plus vite il aura eu son compte, plus vite je pourrai passer à autre chose.

Soumise au désir forcé qui commence à monter en moi, je tente de mordiller l'intérieur de sa paume pour l'obliger à libérer ma bouche. Quand je le mords un peu plus fort, il réagit instantanément en ôtant sa main pour venir la claquer sur mes fesses dans un bruit sourd. Il n'y a pas été fort, il sait que je n'aime pas ce genre de pratique, par contre, quand il glisse ses doigts dans mes cheveux pour les empoigner avec force, je sens mon ventre se tordre de plaisir.

J'aime quand il fait ça, j'aime quand il m'agrippe de cette manière. J'aime ça parce que Cam… Non… Hors de question ! Effacer le visage de mon ex pour ne penser qu'à Neil. Je suis avec Neil, je suis avec Neil, je… Et puis merde !

Est-ce qu'un jour je serai capable de me faire sauter sans repenser à Cameron ? Est-ce qu'un jour je pourrai me concentrer jusqu'au bout sans revoir son putain de visage ? Est-ce que je suis maudite ? C'est bien possible…

Après l'incarcération de Cameron, il m'a fallu deux ans pour sortir la tête de l'eau et envisager que ma vie était devant moi. Neil n'était qu'une passade pour me remettre le pied à l'étrier, mais il a finalement réussi à prendre la place de celui dont je ne voulais plus prononcer le nom.

À force de tendresse et de mots doux, il a réussi à me faire comprendre que je pouvais encore éprouver des sentiments pour quelqu'un, et c'est le cas, je l'aime beaucoup. Il me fait rire, il me dorlote, il me pousse à me dépasser, que ce soit dans mes études ou dans notre vie de tous les jours. Si je suis mieux dans ma tête aujourd'hui, c'est en grande partie grâce à lui. Je lui en suis tellement reconnaissante…

Sauf que sexuellement… Ce n'est pas vraiment ça. Voilà déjà un an que nous sommes ensemble et la seule fois où j'ai réussi à prendre mon pied correctement, c'est celle où on a fait une soirée pirate au bar, que l'on a fini la tête à l'envers et que son trip de capitaine/moussaillon m'a donné un orgasme.

Neil est un homme merveilleux. Doux et attentionné, il est aussi beau comme un Dieu, et c'est pour lui que j'étais venue bosser au bar au départ. Je crois qu'il a toutes les qualités pour rendre une femme heureuse et épanouie, sauf que je fais un gros blocage sur le sexe.

Impossible de baiser sans qu'un geste ou une caresse me rappelle Cameron. Ce type m'a fait du mal, tant de mal. J'ai tout tenté pour l'oublier, pour tourner la page, mais c'est comme si mon corps était encore sien même après tout ce temps.

Derrière moi, Neil me balance un dernier coup de reins en grognant, avant de s'étaler sur mon corps couché sur le fût métallique et froid. Encore une fois, la fin est arrivée sans que je ne ressente rien. Pas d'effusion de sentiments, pas de satisfaction, pas d'euphorie liée à la montée d'endorphines post-coïtale, rien. Juste une fin, pleine de frustration et d'énervement… Pendant que Neil embrasse mon épaule dénudée en remontant sa braguette, je sens la colère m'envahir comme à chaque fois. Oui, je suis en colère… Contre lui parce qu'il ne me comprend pas, contre Cameron parce qu'il me hante comme un fantôme qui ne veut pas partir, contre moi, car j'ai beau dire que la page est tournée, c'est évident qu'il y a un blocage que je dois réparer.

Alors, pour ne pas décevoir celui qui ne cherche qu'à me faire du bien, pour ne pas lui montrer ma souffrance ou ma rancœur, je plaque un sourire sur mon visage en lissant mes vêtements pour lui faire croire que tout va bien. Mais au fond de moi, je suis toujours aussi dévastée.

— On y va, ma beauté ? lance-t-il plus comme un ordre que comme une question en s'emparant de ma main pour me conduire dans le bar. Époustoufle-les tous comme tu m'époustoufles moi.

Au moment où il dépose un baiser sur mon front, il me pousse au bout du couloir pour que je me retrouve devant tous ceux qui m'attendent de pied ferme.

— Enfin ! s'exclame Ruben qui m'accueille à bras ouverts pour me montrer à l'assemblée ? Voici la reine du jour !

Levant mon bras au ciel comme si je venais de gagner un combat de boxe, Ruben me sourit avec fierté tout en continuant son discours rempli d'éloges à mon égard.

Face à moi, une petite foule compacte applaudit pour me féliciter. Zach, Sofia et Mona sont là, à côté d'eux, Lenny, Ashley et leurs triplés, Noah et son nouveau mec, ainsi que mes futurs patrons du cabinet Altwirck & Duncall, quelques habitués du pub, mais surtout mon frère.

Depuis qu'il a posé ses sales petites pattes dans cette taverne prisée par la jeunesse brightonienne, Sloan a pris ses quartiers sur mon lieu de travail. Toujours poli et serviable, bon client qui a su se faire une place de choix dans le cœur des barmans, ce petit malin a imposé sa présence, non seulement auprès de Neil, mais aussi auprès de mes boss et amis. Aussi, c'est tout naturellement que Ruben et les autres lui ont proposé mon job quand je leur ai annoncé que je devais arrêter.

Je suis contente pour lui, il va pouvoir mettre de l'argent de côté tout en continuant ses études comme je l'ai fait avant lui. Il va s'amuser, profiter de la vie, et en plus il sera choyé comme un roi.

Il faut dire ce qui est, si je pars, ce n'est pas parce que j'en ai assez de travailler ici. Non, je pars parce que je n'ai pas le choix. Comme je vais commencer mon stage chez A&D en septembre, mes horaires et mon boulot ne seront plus compatibles avec le bar. Je cède ma place à contrecœur, tout en sachant que mon frère tombe dans le meilleur endroit possible.

— Maintenant que j'ai tout dit, termine Ruben en me serrant dans ses bras, je vais te laisser la parole avant d'avoir envie de me mettre à chialer comme un gosse.

À mon tour, je me place face à toutes ces personnes qui gravitent dans mon univers de près ou de loin avec un pincement au cœur. Voilà une étape importante dans ma vie, mais ceux qui comptent le plus ne sont pas là.

Parfois, je me demande comment aurait été mon présent si mes parents, Nana ou Cameron en faisaient toujours partie…

— OK… Déjà, je dois tous vous remercier pour votre venue ! Ça ne se voit pas encore, car comme mon patron, je me retiens de verser ma petite larme, mais à l'intérieur, c'est une véritable cascade de bonheur.

Pour illustrer mes propos, je dessine doucement un cœur sur mon cœur. Ce geste, bien qu'il soit tout à fait à propos à l'instant même, n'est pas pour tous ces gens. Il est bien trop intime, trop personnel. Il n'appartient qu'à lui.

— Voilà déjà trois ans que j'arpente le carrelage de ce bar tous les week-ends, toutes les vacances, il est temps de passer la main. Comme vous le savez peut-être, je viens de finir mes études de droit avec un peu d'avance, et je vais pouvoir effectuer mon année de stage au sein du très réputé cabinet Altwirck & Duncall… Messieurs, je vous remercie une fois encore de me donner cette chance ! dis-je à l'intention du clan des avocats réfugié dans un coin de la pièce.

Avec sa coupe de champagne dans une main, Maître Altwirck lève son verre dans ma direction et annonce :

— Remerciez plutôt vos notes exceptionnelles aux épreuves de validation ainsi que la force de persuasion de votre ancien patron !

Le clin d'œil qu'il fait à Ruben ne m'étonne guère. A&D est le cabinet qui recrute le major de promo en temps normal. Bien que j'aie obtenu une note proche du dix-neuf sur vingt, je ne suis pas la major cette année… Mais personne ne résiste à Ruben Chang ! Ce magnat de la finance, si influent dans tout le Sussex, et même de l'Angleterre, n'allait pas laisser sa petite protégée se contenter d'un cabinet moins renommé…

D'un hochement de tête, je remercie mon nouveau patron avant de me tourner vers l'ancien.

— Ces dernières années, tu as été plus qu'un boss pour moi. Parfois professeur pour m'enseigner les subtilités de la gestion d'entreprise, souvent père pour m'épauler ou me remettre dans le droit chemin, tu as surtout été un ami qui m'a aidée, qui m'a soutenue quand j'en avais besoin. Il en est de même avec les deux autres frères Chang, continué-je en attirant Lenny et Noah près de moi. Merci d'avoir été là tous les trois. Vous avez été de véritables grands frères pour moi ! Même si je dois aujourd'hui voguer vers d'autres horizons, le *King's Bar* restera à jamais mon port d'attache ! J'espère que vous prendrez soin de mon imbécile de petit frère comme vous l'avez fait avec moi, car comme tu l'as dit un jour Zach, ici, c'est une belle et grande famille !

La vue floutée par les larmes qui menacent de débarquer, je balaie les perles d'eau coincées au bord de mes yeux d'un revers de la main.

Touchés par mon bref discours, les frères Chang m'encerclent, accompagnés par Zach et Sloan pour un câlin collectif.

Tous mes mots étaient vrais, ils étaient tous pensés, ils étaient voulus. Sans les frères Chang, sans Neil, sans Zach et Sofia, je me serais retrouvée seule au monde après l'arrestation de Cameron.

Quand je repense à cette période noire de ma vie, j'en ai encore la chair de poule. Les mots de Cameron qui m'ont brisé le cœur, ce soir-là dans sa cellule, la dispute avec mes parents le lendemain, ma fugue, l'incarcération de Cam, puis la mort de Nana quelque temps plus tard… Tout ça m'a conduit vers une lente descente dans les ténèbres… Sans eux, je ne m'en serais jamais remise.

— Et si on trinquait ? demande Lenny en levant son verre pour porter un toast. À la famille, aux amis, à l'avenir. On ne sait pas où on sera dans le futur, mais on sait qu'on sera toujours ensemble !

De bon cœur, je tape dans sa coupe pour faire tinter nos verres. L'avenir s'annonce radieux… Enfin, je l'espère au moins pour eux.

L'après-midi touche à sa fin en ce premier dimanche de juillet. Privatiser le bar en cette période d'affluence touristique juste pour faire cette petite fête était déjà un superbe cadeau en soi, pour autant, pendant que tout le monde s'amuse dans la salle, les frères Chang sont dans leur bureau avec Zach pour me préparer une dernière surprise.

Sofia, dans la confidence, me retient en jouant avec la corde sensible : Mona. Je ne peux rien refuser à cette chipie. Avec les cheveux blonds de sa mère et l'air malicieux de son père, elle ressemble à une véritable poupée, et depuis sa naissance, je n'ai qu'à lui jeter un petit coup d'œil pour me sentir irrémédiablement attiré par ce petit ange.

Mona est née il y a six mois à peine.

Qui aurait pu parier sur le couple Zach/Sofia pour nous offrir un petit être aussi divin ? Pas moi. Surtout pas quand on sait comment ils ont fait connaissance !

Il faut dire qu'ils n'évoquent jamais vraiment leur rencontre avec moi. Ils ne le font pas, car ils savent que s'ils abordent le sujet, ils devront aussi parler de Cameron.

Je ne leur ai jamais demandé de ne pas le mentionner devant moi, mais à la vue de mon état en entendant simplement son prénom, tout le monde a préféré l'effacer de nos discussions. Tout du moins, quand je suis dans les parages. Si on avait pu en parler librement, peut-être que ce secret de polichinelle aurait été de moins en moins lourd à porter…

En tout cas, à cause (ou grâce) au piège que Cameron avait tendu à Sofia à l'époque, Zach et ma meilleure amie se sont croisés dans de bien étranges circonstances. J'en ai voulu à Cam d'avoir tenté de duper Sofia, mais j'en ai encore plus voulu à Sofia d'avoir essayé de me séparer de lui. Pendant quelque temps, on s'est évitées avec So, mais même si on a jamais vraiment évoqué le problème, elle a été présente pour moi dans les pires moments de ma vie. Elle a toujours été comme une sœur pour moi. On ne reste jamais longtemps en froid avec sa sœur.

Toujours est-il que si la vie s'est arrêtée pour moi, elle a continué pour Zach et Sofia. Plus proches de jour en jour, plus amoureux aussi, ils se sont construit un petit cocon rien qu'à eux, jusqu'à y inviter une toute nouvelle petite personne.

Quand Sofia m'a annoncé sa grossesse en juin de l'année dernière, elle était tout juste enceinte de deux mois. Même si j'étais vraiment très heureuse pour elle, je n'ai pas pu m'empêcher d'éprouver un pincement au cœur. Ce bébé en fabrication, cette vie qu'elle avait avec Zach, ça aurait pu être celle de Cam et moi. Et puis, j'ai compris que je devais arrêter de tout rapporter à lui. Après tout, j'étais avec Neil depuis peu, c'est avec lui que j'aurais dû avoir envie de cet enfant… Mais non. Impossible de m'imaginer porter l'enfant de Neil… Alors, j'ai reporté toute mon attention sur ma meilleure amie, sur ce petit bout à venir.

On a vécu chaque étape de sa grossesse ensemble, chaque événement. Je crois même que Zach m'a détestée quand Sofia a préféré me faire assister à l'échographie pour connaître le sexe plutôt que lui. Jalousie qu'il a très vite oubliée cependant, quand ma meilleure amie m'a forcée à assister aux cours de préparation à l'accouchement avec elle en me faisant passer pour sa femme. Zach, bien content de ne pas avoir à se taper ces « conneries de gonzesses », comme il dit, a compris qu'il ne servait à rien de rivaliser, au contraire, on pouvait tout à fait se compléter.

Le jour de l'accouchement, un soir glacial de janvier, on s'est relayé au chevet de Sofia pendant l'attente. Une attente longue. Très longue. Il a fallu à Mona plus de vingt-deux heures pour pointer sa jolie frimousse, et même si c'est Zach qui a assisté à sa naissance, quand je l'ai vue, j'ai tout de suite aimé cette petite merveille.

Aujourd'hui, je crois, non, je sais, que je ne souhaite pas avoir d'enfant. Je suis la tata comblée de Mona, je n'ai pas besoin d'en avoir un à moi. Pour l'heure, je n'en ai pas parlé à Neil, car nous n'avons encore jamais abordé la question, mais je sais que c'est le genre de décision qui peut mettre à mal un couple. Tout comme mon refus constant de venir vivre avec lui… Pourvu qu'il ne me repose pas encore la question ce soir après toute l'euphorie de cette journée ! Je ne sais plus quelle excuse trouver pour le faire patienter.

Au loin, j'aperçois Zach qui cherche Sofia des yeux. D'un seul regard, il lui fait comprendre que je peux venir, si bien qu'elle me pousse vers le bureau avec entrain.

Assis derrière ce bureau en chêne massif qui n'a pas changé depuis mon premier jour ici, Noah me tend un paquet à bout de bras.

— C'est pour toi ! m'annonce-t-il avec un clin d'œil.

Alors qu'il me refourgue le colis, je le déballe avec précaution. Je ne sais pas à quoi m'attendre avec eux. Ils ont souvent la folie des grandeurs, mais moi, je me contente de peu.

Après avoir enlevé le papier cadeau joliment fait, j'ouvre le couvercle de la boîte pour y découvrir son contenu. À l'intérieur, trois autres paquets bien enveloppés sont éparpillés. Dans le premier se trouve ma première vraie robe d'avocate. Tout excitée à l'idée de la porter pour plaider, je la renifle pour m'imprégner de son odeur. Elle va en remporter des affaires cette beauté ! Dans le deuxième paquet, je trouve un magnifique cartable noir qui hume bon le cuir de qualité. Enfin, dans le troisième paquet, deux billets d'avion sont enregistrés à mon nom. Destination à choisir, billets non datés… Un champ des possibles devant moi.

— On s'est dit que des vacances bien méritées s'imposaient avant d'entamer ta nouvelle vie ! m'interrompt Ruben dans ma contemplation. Pas de date, pas de lieux, c'est à toi de choisir où et quand. Et le plus tôt sera le mieux !

— Waouh… Je… Je ne sais pas quoi dire ! Vous êtes fous, vous n'auriez pas dû !

— Ça, c'est la bonne partie…, annonce Lenny en se rendant vers la porte pour la fermer afin de nous isoler du reste de la fête. On a un truc à te dire, on ne sait pas trop comment t'annoncer ça… D'ailleurs, on s'est longuement concerté pour savoir si on devait le faire ou pas.

Sa façon de se gratter les trois poils qui lui poussent sous le menton ne me dit rien qui vaille.

Au centre de la pièce, je me sens soudain oppressée avec leurs yeux braqués sur moi.

— Vous me faites peur, crachez le morceau ! lâché-je en implorant Sofia du regard avant de me recentrer sur Ruben.

— On n'a rien dit à Neil, on ne savait pas ce que tu comptais faire de l'information, mais…

— Quoi ? Qu'est-ce qui se passe ?

— Il y a eu une audience de libération conditionnelle, Cameron doit sortir demain...

REWIND
ZIA

Trois ans plus tôt
Lundi 31 août

— Zia..., m'appelle une voix en me secouant. Zia, lève-toi ! Il faut qu'on parle.

La tête en vrac et le corps mou, je tâtonne sur ma table de nuit à la recherche de mon portable.

— Mam, dis-je d'une voix plaintive, j'ai rien dormi de la nuit. Laisse-moi s'il te plaît. Juste une heure ou deux.

Trop fatiguée pour me lever après cette nuit atroce, je remonte la lourde couette sur mon visage pour cacher les dégâts causés par mes larmes. Je ne me suis pas encore regardée dans un miroir, mais inutile de le faire, je sens que mes yeux sont bouffis sans même avoir besoin de les ouvrir.

— Dis-lui de sortir fissa, ou c'est moi qui monte ! hurle mon père depuis le bas de l'escalier. Et je te jure que ça ne va pas se passer de la même manière !

Le ton employé par mon paternel n'a rien d'habituel. Grave et menaçant, il laisse comprendre l'urgence de la situation, ce qui ne m'atteint pas pour autant. Plus rien ne peut m'atteindre après ce que m'a balancé Cameron à la gueule : dégage ! Tu n'es plus rien pour moi ! Comment a-t-il pu me dire ça ? Comment peut-il croire que je suis celle qui l'a dénoncé ? Même si je ne cautionnais pas ses agissements, jamais je n'aurais pu lui tendre un tel piège. Jamais.

Repenser à cette scène surréaliste me donne un haut-le-cœur. La bile au bord des lèvres, je réprime cette envie de vomir quand ma mère me secoue une nouvelle fois pour me faire bouger.

— T'as entendu ton père, Zia ! annonce-t-elle, fébrile. Lève-toi et suis-moi. On doit te parler !

La mort dans l'âme, je m'assieds sur le bord du lit, sors mes jambes de ma couverture chaude et douillette, puis passe mes mains sur mon visage pour me réveiller.

— C'est quoi cette tête à faire peur, ma fille ? braille ma mère en m'empoignant l'épaule pour me faire réagir. Je ne sais pas ce qui se trame dans ta tête, mais je te jure qu'on va te remettre les idées en place avec ton père ! Hors de question que tu foutes ta vie en l'air pour un mec comme ça !

Surprise par ses mots, je redresse la tête pour comprendre de quoi elle parle, ses yeux me lancent de tels éclairs que je saisis tout de suite l'ampleur du problème. Je ne sais pas comment, je ne sais pas par qui, mais ils savent tout, c'est certain.

Tandis que je me lève pour rejoindre le couloir qui dessert les chambres, je m'arrête devant la porte de Sloan. Il n'y a que lui qui était au courant. Il ne m'aurait pas trahie, il n'aurait pas pu !

— Vous avez vu Slo ce matin ?

— Non ! m'informe ma mère en me poussant pour que j'avance. Et tais-toi, il dort encore. Cette histoire n'a rien à voir avec lui. Inutile de lui en parler.

Si ce n'est pas par mon frère, par qui ont-ils pu l'apprendre ? À mesure que les marches défilent sous mes pieds nus, je sens mon cœur s'emballer de plus en plus. Cette confrontation ne me dit rien qui vaille, le ton de mon père, le regard de ma mère non plus !

Je ne sais pas comment je vais pouvoir me sortir de toute cette merde sans avoir plus de problèmes. Un cœur brisé n'est pas déjà une punition suffisante ?

En arrivant dans le salon où mon père fait les cent pas, je le regarde frapper son poing gauche dans sa paume droite avec frénésie. De mémoire, je ne me rappelle pas déjà l'avoir vu dans une telle colère. Abattu, triste, effondré, oui… C'est comme ça qu'il était après le cambriolage. Mais énervé comme il a l'air de l'être… Jamais.

— Assied-toi ! m'ordonne-t-il sans même un regard.

M'exécutant sans broncher, je prends place dans le fauteuil qu'il me désigne du doigt alors que lui et ma mère s'installent sur le canapé qui me fait face.

Le silence qui s'empare de la pièce est pesant, gênant, angoissant. Je n'ose pas lever les yeux pour savoir s'ils me dévisagent, je n'ose pas bouger un muscle sous peine de m'attirer les foudres qui me menacent de trop près.

Au bout de quelques secondes de souffles bruyants, et autres raclements de gorge irrités, mon père ouvre enfin la bouche pour me scier les jambes.

— Depuis quand t'es au courant ?

Je m'attendais à un « est-ce que tu es au courant ? » avec lequel j'aurais pu broder, mais là, on est déjà passés au stade supérieur de l'interrogatoire.

Mentir en essayant de les tromper sur ce que je sais ne servira à rien. Ils ont été renseignés par une tierce personne, et moi, je suis complètement prise de court.

Soumis au stress de cette question, mes genoux se mettent à trembler malgré moi. Il ne fait pas froid, pourtant, je frissonne. Chacun de mes poils se hérisse, ne laissant aucun doute sur ma complicité dans cette histoire.

— De quoi tu parles, papa ? Je ne...

Ne me laissant pas le temps de finir ma phrase, mon père se redresse d'un coup pour effectuer le mètre qui le sépare de moi. Dans un geste rapide que je n'ai même pas le temps de voir venir, il fait claquer sa paume contre ma joue dans un son cinglant.

Choquée par ce qu'il vient de faire, je ne ressens pas immédiatement la douleur de la gifle qui vient de me brûler la peau. Par automatisme, j'appose mes mains sur ma joue chaude pour apaiser la douleur qui m'a coupé le souffle. Non pas la douleur physique, mais la douleur de l'âme. Jamais mes parents n'avaient levé la main sur moi, ou sur mon frère. Jamais. Et ce geste brise quelque chose en moi.

Tandis que ma mère résonne mon père en lui affirmant qu'il va trop loin, ce grand bonhomme massif se laisse à nouveau tomber sur le canapé en tirant sur ses cheveux pour canaliser sa colère.

— Ne m'oblige pas à le refaire, Zia ! Réponds à ma question ou je t'en remets une ! lance-t-il en faisant référence à cette baffe humiliante. Depuis quand sais-tu que ce Cameron n'est qu'un putain de voleur ? reprend-il en serrant les dents pour ne pas se remettre à hurler.

Passant ma main sur mon visage pour reprendre contenance, j'essuie rapidement les larmes qui ont coulé jusqu'à se perdre sur ma chemise de nuit.

— Alors ! crie-t-il en tapant sur la table basse avec fracas.

— Cameron ne m'a rien dit de lui-même, je l'ai compris toute seule il y a quinze jours !

Nouveau choc sur la table, mon père fulmine en apprenant la nouvelle.

— Quinze jours, Zia ! beugle-t-il comme un veau qu'on égorge. Quinze jours, putain ! Et à aucun moment tu n'as trouvé utile de nous en parler ? Putain, mais qu'est-ce qui ne va pas dans ta petite tête de gamine écervelée ? C'est l'amour qui te rend aveugle à ce point ?

— Calme-toi, Joey, murmure ma mère en posant sa main sur l'avant-bras de mon père. Hurler ne résoudra rien. Zia, on veut que tu nous expliques pourquoi deux policiers sont passés ce matin pour nous dire que Cameron a été interpellé cette nuit en plein cambriolage.

— C'est lui qui est venu chez nous ? enrage mon paternel en me tuant du regard. Est-ce que c'est lui ?

— Pourquoi des policiers sont venus ici ? Je n'ai rien fait. Je lui ai même dit de ne pas y aller hier soir ! lâché- je en sanglotant, oubliant presque la présence de mes parents.

Un grognement sourd me rappelle à l'ordre.

— Zia, est-ce que oui ou non, c'est Cameron qui nous a cambriolés ? répète-t-il en écrasant ses doigts sur son menton jusqu'à faire blanchir sa peau sous la pression.

— Non… Oui… Oui, putain, c'est lui ! avoué-je en fondant en larmes. Mais il voulait tout arrêter. C'était le dernier. Il voulait rentrer dans le droit chemin. C'est pour ça qu'il m'a employé au bar. Il voulait racheter sa faute. Il s'est racheté envers vous aussi.

— De quoi tu parles ? demande ma mère avec une inquiétude non feinte. Tu parles des 70 000 £ ? Ne me dis pas que tu parles de ça, Zia… C'est l'inspecteur Chang qui…

— Et merde ! Putain ! s'exclame mon père en s'affaissant au fond du canapé. L'inspecteur Chang est dans le coup, lui aussi ?

Comme si le piège se refermait de plus en plus autour de moi, je sens la boule dans ma gorge grossir jusqu'à ne laisser plus qu'un minuscule filament d'air passer. Je ne peux pas tous les balancer. Même si Cameron ne veut plus de moi, il a besoin d'eux pour se sortir de là. Je ne peux pas tous les faire plonger juste à cause de Tyler qui a voulu les doubler.

— Noah n'a rien à voir avec ça. Cameron a envoyé l'argent au commissariat dans une enveloppe anonyme. Noah ne savait rien.

— Chang nous a affirmé qu'ils avaient choppé le voleur, réfléchit ma mère en me scrutant de son œil sévère. Pourquoi aurait-il menti ?

— Pour protéger son pote, Sarah ! Pour quelle autre raison d'après toi ? Ce que je comprends par contre, c'est que ton petit copain nous a bien foutu dans la merde, Zia !

Mon sang ne fait qu'un tour dans mon petit corps déjà tendu par l'angoisse alors que mon père se relève pour m'affronter.

OK, les agissements de Cameron sont illégaux. OK, il n'aurait jamais dû rentrer chez nous, ou chez n'importe qui d'autre pour voler. Mais il voulait changer de vie. Il a tout fait pour. Pour moi.

Offusquée par l'hypocrisie de mon père, je me redresse, les jambes droites, le doigt accusateur pour leur faire face.

— N'importe quoi ! Il vous a rendu votre fric parce qu'il voulait se racheter ! En quoi vous a-t-il mis dans la merde ? Il ne vous a pas mis dans la merde, il a essayé de réparer ses torts !

— Il a fait de nous ses complices, Zia ! De toi aussi, espèce d'idiote ! clame-t-il avec un regard méprisant que je ne lui connaissais pas. Et toi, tu le protèges encore ! Il a baisé ma fille presque sous mes yeux, ce salopard ! Il m'a baisé moi alors que tu savais ! Tu devrais avoir honte de toi, ma pauvre fille !

Face à la violence de ses propos insultants, sans réfléchir, je lui rends cette gifle qu'il m'a mise quelques secondes plus tôt en y mettant toute ma force. Encore une fois, un bruit sourd résonne dans la pièce alors qu'un silence de mort nous enveloppe de son poids étouffant.

— Tu es consignée dans ta chambre jusqu'à nouvel ordre, Zia ! Ce connard t'a corrompue, il t'a rendue aveugle ou stupide, je ne sais même plus, alors c'est fini, je t'interdis de le revoir ! On va limiter les dégâts pendant qu'on le peut encore. Je veux que tu me rapportes ton portable immédiatement, il est confisqué ! annonce-t-il en me prenant par les épaules avec force. Et je veux aussi que tu m'écrives une belle lettre de démission, car à partir de maintenant et jusqu'à ce qu'on me foute dans la tombe, tu ne mettras plus un pied dans ce bar !

Piquée à vif par les directives de mon père, je le repousse violemment en essayant de capter le regard de ma mère pour y trouver un peu d'aide. Sauf qu'elle reste dure et froide. Elle est d'accord avec lui.

— Hors de question que je démissionne ou que je reste coincée ici comme si j'étais une gamine de trois ans qu'on punit dans sa chambre ! Je suis majeure, ce qui veut dire que je suis libre de faire ce que je veux, vous ne pouvez pas m'empêcher d'être avec l'homme que j'aime ! Et pour ta gouverne, je suis aussi libre de me faire baiser par qui je veux que ça te plaise ou non !

Ma voix est fière et assurée. Inébranlable. Mon père, lui, semble offensé que je lui tienne tête de la sorte.

Au moment où il relève la main pour me gifler une nouvelle fois, il se ravise, pose son front contre mon front et grogne :

— Tu oses me parler comme ça, espèce de..., se retient-il de finir pour contenir la fureur qui ne demande qu'à jaillir. Tant que tu vivras sous mon toit, petite ingrate, tu devras te plier à mes règles ! Tu m'obéis, que ça te plaise ou non, à TOI !

— T'es un sacré faux-cul quand même ! Moi, je dois faire une croix sur toutes mes libertés et toi tu vas garder le fric alors que maintenant tu sais d'où il vient. C'est quoi ? Deux poids deux mesures ? le provoqué-je en l'affrontant

avec aplomb. Tu as toujours été la personne que j'admirais le plus au monde, mais tu sais quoi, tu me déçois, papa !

Furieuse, je fais volte-face pour reprendre le chemin de ma chambre. Dans l'escalier, Sloan me regarde sans comprendre ce qui se trame ici.

Arrivée à sa hauteur, je m'arrête une seconde pour le serrer dans mes bras. Même s'il ne le sait pas encore, il va terriblement me manquer ce petit merdeux.

D'un pas décidé, sans un mot, je rejoins ma chambre pour y débusquer la valise qui est coincée sous mon lit depuis toujours.

Avec force, je l'extirpe de sa cachette avant de la jeter sur ma couette. Dépoussiérant rapidement le dessus, je l'ouvre, puis me plante devant mon dressing. Impossible de faire entrer un aussi gros tas de bordel dans un si petit bagage, mais tant pis, je dois en mettre le maximum.

Prise d'une frénésie incontrôlable, je vire les cintres au sol avant de foutre les fringues en boule dans ma valise. Par chance, je retrouve un sac de voyage au fond de mon placard que je remplis également avant de blinder mon sac de cours de sous-vêtements. En plus de mes habits, je récupère mes produits de beauté, mon sac à main avec tous mes papiers, mon chargeur de téléphone, mon ordinateur portable ainsi que deux ou trois livres auxquels je tiens.

Les bras chargés, les poumons gonflés à bloc, je dévale l'escalier en percutant les poteaux à de nombreuses reprises.

Mon frère et ma mère, attirés par le bruit de tout mon fatras, me retrouvent dans le hall d'entrée. Ce qu'ils y trouvent les laisse bouche bée.

Voir ma mère aussi abattue me brise le cœur, mais puisqu'elle ne veut pas comprendre, puisqu'elle n'est plus de mon côté, elle ne mérite pas que je reste.

— Zia, qu'est-ce que tu fais ? me demande-t-elle avec une voix tremblante.

— Puisqu'on ne peut plus se comprendre, je n'ai plus rien à faire ici. Je préfère partir que de rester et supporter l'hypocrisie de celui qui se dit être mon père.

Comme on dit communément, quand on parle du loup, on en voit la queue, à l'énonciation de son appellation, mon géniteur fait irruption dans le hall pour finaliser ce quatuor médiocre que l'on appelle « famille ».

— Tu réagis comme une gamine, Zia. Rien d'étonnant au final, puisque c'est toi qui nous déçois tellement !

Ses mots me percutent comme un coup de poing dans les côtes. Je suis décevante, je suis complice de vol, je suis amoureuse d'un cambrioleur, j'en suis même sa traînée... Eh oui, papa, je ne suis plus ta petite fille chérie ! J'ai grandi et je vais faire ma vie, sans toi !

— Pense ce que tu veux, papa ! Sache que si tu balances Cameron, je dirai aux flics que tu as accepté de l'argent blanchi. On verra ce qu'ils pensent de ça !

— Tu ne feras pas ça, Zia ! On est une famille !

— Une famille ? T'as même pas cherché à comprendre... Ta seule solution c'est de me punir, de m'enfermer dans une cage... Mais je ne suis plus une enfant. Je prends mes décisions et je les assume. D'ailleurs, la première que je prends, c'est de partir d'ici.

Au moment où je passe le seuil de la porte, j'entends ma mère demander à mon père de me retenir. Sa réponse me file un haut-le-cœur.

— Où veux-tu qu'elle aille ? Maintenant que celui chez qui elle pourrait vivre va aller en taule, elle n'aura nulle part où loger. Elle rentrera avant ce soir quand elle comprendra qu'elle ne peut pas survivre sans nous. C'est une certitude !

4
ZIA

Dimanche 2 juillet

— T'es sûre que tu ne veux pas rentrer avec moi ? J'en ai marre de devoir te laisser dormir dans cette piaule pourrie alors qu'on pourrait avoir notre chez nous.

— Je ne te demande pas de monter, Neil ! lancé-je d'une voix sèche. D'ailleurs, j'ai vraiment envie de rester seule ce soir. Si ça ne te dérange pas.

Mon ton ressort plus sec que je ne l'avais envisagé et ma réponse ne colle pas avec ses attentes. Surpris par ma réaction, Neil m'attrape par le cou pour me coller à lui avant de me demander d'une voix douce :

— Qu'est-ce qui cloche, ma beauté ? C'est le collier que je t'ai offert, il ne te plaît pas ? On pourra aller le changer, tu sais !

— Rien à voir avec le collier, il est très bien ! dis-je en touchant l'écrin posé sur mes genoux comme si je voulais le lui prouver. C'est juste que je suis fatiguée, la journée a été longue, tu comprends… Et je crois que j'ai besoin d'être un peu seule pour réfléchir.

Volontairement, je ne dévoile pas la nouvelle que j'ai apprise quelques heures plus tôt. Savoir que Cameron va sortir demain m'a scotchée sur place au point que je n'ai pas encore digéré l'information. Bien sûr, je savais que ce jour finirait par arriver. Il devait même arriver l'année prochaine, et je me disais que j'avais encore le temps de voir venir… Mais l'apprendre de cette façon, si soudainement, je ne pensais pas que ça me ferait aussi mal.

— Si c'est pour réfléchir à ma proposition d'emménager chez moi, alors tu as carte blanche ! lance-t-il en m'enserrant de ses bras puissants. Tu as toute la nuit pour faire tes cartons et partir de ce taudis. On sera tellement bien tous les deux dans ce nid qui n'attend que toi…

La bienveillance et l'amour de Neil me fendent le cœur en deux. S'il savait que j'ai surtout besoin de prendre du recul par rapport à lui, à nous, à notre futur.

Le retour de Cameron dans nos vies ne signifie pas que j'envisage de le revoir. Après tout, quand je suis venue pour lui rendre visite en prison, il n'a même pas daigné se déplacer pour me parler. Envoyer un gardien me dire que le détenu Evans ne voulait plus entendre parler de moi m'a brisée. Je n'ai donc aucune raison de le revoir. Cependant, son retour implique qu'il lui faudra un endroit où vivre… Et moi, ça va faire trois ans que je squatte sa chambre à l'auberge de jeunesse… Son retour n'implique pas seulement un changement de domicile, il entraîne une remise en question globale. Une remise en question qui nécessite un temps de réflexion.

— Oui, je vais y réfléchir…

— Vraiment ? me demande-t-il, ébahi.

— Oui, vraiment ! L'heure est venue de prendre des décisions. Laisse-moi faire le point une nuit ou deux, demandé-je en relevant la tête pour embrasser son menton. Juste une nuit ou deux, OK ?

— Tout ce que tu veux, Zia. Je t'ai attendue pendant deux ans avant que tu ne me cèdes, je peux bien patienter deux nuits pour passer toutes les autres avec toi, jusqu'à la fin des temps…

N'importe quelle fille tuerait pour avoir ce genre de déclaration, pourtant moi, ça me fait peur.

J'aime Neil. Je l'aime pour tout ce qu'il a fait pour moi, je l'aime pour sa patience, pour sa persévérance, je l'aime pour m'avoir sauvée du puits sans fond dans lequel j'étais en train de couler. Mais de là à l'aimer jusqu'à la fin des temps… je ne sais pas. Je ne sais plus.

Quand Cameron a refusé de me voir au parloir, deux semaines après son incarcération, j'ai commencé à partir en vrille. Le cœur brisé par ma famille et par l'homme que j'aimais, j'ai plongé dans une spirale infernale sans même voir que je sombrais. Pendant deux ans, j'ai alterné les phases de dépression et les phases de pure folie. Tantôt cloîtrée à l'auberge sans même sortir de mon lit sauf pour me rendre en cours, tantôt enchaînant les sorties pour me mettre la tête à l'envers, je suis passée par des périodes diamétralement opposées qui ont miné mon esprit autant que mon corps. L'alcool et le shit ont fait des ravages sur mon mental. La première année, j'ai perdu beaucoup de poids, pour finir par n'être plus que l'ombre de moi-même. L'année d'après, j'en ai tellement pris que je ne ressemblais plus qu'à une petite boule qui avait du mal à se traîner.

Dans chacune de mes phases, Zach, Sofia et les autres étaient là pour me sermonner, pour m'aider ou pour me ramener vers la réalité. Mais ils avaient tous leur vie en dehors de mes problèmes, si bien que parfois ils avaient du mal à comprendre pourquoi j'étais dans un tel état. Le seul qui a toujours été là pour moi, pour me dire que je méritais mieux que les larmes, mieux que les remords, les regrets ou la peine, c'est Neil.

Pendant deux ans, il m'a soutenue à bout de bras, cachant mes exploits à mes patrons, me réveillant à huit heures en débarquant à l'auberge pour m'emmener en cours, me préparant des repas pour que je reprenne des forces. Il a été un ami fidèle, il a été ma roue de secours, l'épaule solide sur laquelle je pouvais pleurer. Enfin, il l'a été jusqu'au jour où il en a eu marre d'être transparent à mes yeux…

Quand il m'a annoncé qu'il allait démissionner pour partir travailler en France, j'ai pris conscience que si lui aussi me quittait, alors je n'aurais plus eu aucune raison de vivre. Ce jour-là, je l'ai embrassé si longtemps que mes lèvres m'ont brûlée. Je lui ai demandé de rester, car sans lui je n'étais plus rien. Et c'est ce qu'il a fait. Il est resté en me faisant promettre de retrouver une vie normale avec lui. Le deal était simple, il restait si on devenait un couple. Un vrai couple.

Trop apeurée à l'idée de me retrouver seule avec mes démons, j'ai accepté le deal.

Neil m'a aidée à me reconstruire. Grâce à lui, j'ai travaillé plus dur à la fac pour rattraper mon retard, j'ai retrouvé une vie équilibrée faite de sorties sans excès, de sport, et d'une alimentation équilibrée. Grâce à lui, j'ai retrouvé confiance en moi, même s'il m'a toujours manqué un bout de moi-même. Grâce à lui, ça fait un an que je suis sortie de la dépression, de la boulimie ou de l'anorexie, de la fête à outrance, des excès en tous genres. Ça fait un an que je me sens bien, même si je ne me sens pas pleinement vivante.

Sauf qu'il a raison, plus les années passent et plus nous sommes confrontés à des choix. Vivre une vie tranquille avec un homme qui m'aime ou vivre avec l'image d'un homme qui m'a aimée il y a bien longtemps ?

— Glace, séries et bouquins ? me demande-t-il en souriant.

— GSB… C'est la base, tu me connais bien !

— Dis-moi quand tu te sens prête à débarquer chez nous, on se fera une soirée spéciale GSB *After*[19]. Après ça, tu ne pourras plus jamais vivre sans moi !

Reconnaissante de sa façon de me choyer comme si j'étais une pièce rare, je me redresse pour l'embrasser une dernière fois, puis sors de la voiture. D'un geste empressé, je lui envoie un baiser avant de traverser la route qui me sépare de l'auberge.

Dehors, il fait nuit noire, à l'intérieur, ce n'est pas mieux. Comme d'habitude, la lumière du couloir ne fonctionne plus, et c'est à tâtons que je monte les marches pour arriver jusqu'à mon palier.

---

[19] Soirée 'Glace, séries et bouquins' spéciale *After* (film, roman d'Anna Todd).

Enfonçant ma clé dans la serrure de cette porte qui me semble de plus en plus légère au fil du temps, je pénètre dans le seul endroit où je me sente réellement chez moi après le bar.

Ici, rien n'a changé depuis que Cameron a déserté. Parfois, j'ai eu envie de refaire la décoration pour apporter un peu de bonheur à la pièce, mais à chaque tentative, je me suis dégonflée. Cette chambre a une âme spéciale, une aura particulière telle qu'elle est, et je n'ai jamais pu me résoudre à la rendre différente.

Même si je vis ici depuis bientôt trois ans, j'ai toujours la sensation de le sentir dans ces murs, de voir sa silhouette dans l'alcôve, ou de l'entrevoir sur la plage au lever du soleil. Combien de fois mes visions ont été si intenses que je me suis effondrée en pleurs en comprenant qu'il ne s'agissait que des vues de mon esprit ? Je ne pourrais même pas les compter.

J'aurais pu changer de vie. Oui, c'est vrai. En trois ans, j'aurais pu changer de vie mille fois, me dégoter un petit appart confortable ou même une maison immense, mais je n'ai rien fait. Hormis cette histoire avec Neil, c'est comme si ma vie était restée entre parenthèses pendant trente-six mois et que quelqu'un qui me ressemble avait pris ma place pour faire comme si. Sauf que depuis l'instant où j'ai appris qu'il allait sortir, j'ai l'impression de m'extirper enfin de ce tombeau que je m'étais construit moi-même. Une lumière au bout du tunnel, de l'air qui emplit à nouveau mes poumons. Je reprends vie.

5
CAMERON

Dimanche 2 juillet

— Alors, c'est le grand jour demain ! Pas trop stressé ? me demande le vieux Charly depuis la couchette supérieure.

— Un peu. Comment on fait pour reprendre une vie normale quand on sait qu'on a déjà tout fait foirer ?

— Ah ça, mon petit… Si j'avais la réponse, je te la donnerais sans problème. Sauf que tu sais bien que je n'ai plus à me poser cette question depuis longtemps. Moi, la vie normale…

Touché par les mots de mon compagnon de cellule, je donne un coup de pied dans le matelas supérieur pour le faire réagir. Avec lui, c'est toujours le même discours. Même s'il dit vrai, il n'en reste pas moins que sa vie ne va pas s'arrêter de sitôt. Les gars comme lui, c'est de la vraie carne, ils enterrent les gars comme moi.

Dans d'autres circonstances, peut-être aussi dans une autre vie, j'aurais pu présenter Charly à Nana. Ils sont faits du même bois, ils ont été fondus dans le même moule. Des durs à cuire, des puissants, des vaillants… Enfin, avant.

— Qu'est-ce que tu vas faire en premier, petit ? Je serais toi, j'irais faire un tour au vieux bar à strip-tease de Fishersgate. Avec ta belle gueule, je suis certain que tu n'auras même pas besoin de payer pour fricoter avec une gazière. Elles seront toutes à tes pieds !

Sa blague a le mérite de me faire sourire. Grivois comme il est, je ne doute pas une seconde qu'il dit vrai. Même si le sexe m'a manqué ces dernières années, même si les moments pour se soulager ont été peu fréquents au fil de ces longs mois, ce n'est pas ma priorité, et il le sait.

— N'oublie pas de lui acheter des roses pour moi, fiston ! me sort Charly avec sérieux. Ta grand-mère a dû être une femme émérite, il lui faut bien ça !

— Compte sur moi ! Elle en aura des centaines pour orner sa tombe. C'est le moins que je puisse faire après l'avoir laissée tomber comme ça.

Le silence retombe dans notre minuscule cellule bétonnée. Repenser à Nana me fait toujours le même effet : culpabilité, tristesse, dégoût de soi… Elle est morte sans moi. Elle est morte à cause de moi. Et ça, je ne pourrai jamais me le pardonner.

Comprenant que plus rien ne sortira de ma bouche à ce sujet, Charly enchaîne avec la deuxième problématique qui me hante depuis bientôt trois ans.

— Et pour ta donzelle, là ? Tu vas lui montrer le livre ?

— On en a déjà parlé, mon vieux ! Tu radotes ! le charrié-je pour éluder un peu ce passage que je n'ai pas envie d'aborder. Je ne sais pas encore comment je vais lui expliquer pour le bouquin. Je ne sais même pas si je vais la revoir. Après tout ce temps, après ce que je lui ai fait, je ne crois pas qu'elle sera là à m'attendre demain matin à huit heures tapantes devant les portes de la prison, tu vois !

— Ce n'est pas parce qu'elle se tape un autre mec qu'elle ne t'aime plus, Cameron. Elle ne peut pas t'avoir oublié. Pas après ce que vous avez vécu ensemble… Enfin, si on considère que tout ce que tu dis dans ton livre est vrai.

Secouant la tête pour chasser ce vieux gâteux de mes pensées, je ferme les yeux pour ne pas songer à Zia, à sa nouvelle vie. L'imaginer dans les bras de ce queutard de Neil me fout les boules. Il ne mérite pas une perle comme elle, tout comme je ne la mérite pas non plus.

Mais ne pas penser à elle est peine perdue. Comme chaque putain de soir, elle est présente dans ma tête, bien incrustée sous mes paupières. Je la vois si bien que je pourrais presque la toucher. Du bout des doigts, j'essaie d'attraper cet hologramme qui n'apparaît que dans ma tête, mais comme à chaque fois, il disparaît dans un nuage de poussière juste sous mes yeux.

Je l'ai souvent imaginée avec trois ans de plus. Elle qui était déjà superbe à dix-huit ans, doit l'être encore plus à vingt-deux. Je sais qu'elle est passée par des phases difficiles à cause de moi, Zach m'en a vaguement parlé, et je m'en veux tellement pour ça. Toute la souffrance que j'ai insufflée aux gens que j'aime alors que ce soir-là, si je l'avais écouté, tout aurait été si différent…

Pour la dernière fois de mon existence, je m'endors en imaginant ce qu'aurait été cette vie aujourd'hui. Je serais un avocat réputé, Zia serait en train de finir ses études et nous vivrions dans un superbe appart avec vue sur la mer. Je l'aurais déjà demandée en mariage, elle aurait dit oui bien entendu, et nous serions en train de préparer le grand jour avec tous les gens qui nous sont chers… Tout aurait été parfait, mais ce rêve a une fin. Demain, je retrouve ma liberté. Demain, j'aurai payé ma dette à la société. Demain, je deviendrai un autre homme. Un homme au cœur brisé, mais un homme bien. Demain, je recommence tout depuis le début. Plus seul que jamais.

REWIND CAMERON

Trois ans plus tôt

Samedi 17 octobre,

Déjà deux semaines que je suis arrivé dans mon nouveau lieu de vie, deux semaines que je tourne en rond dans cette cellule avec pour seule compagnie un vieux puant qui ressemble plus à un clochard qu'à un mec qui a tué un homme de sang-froid. J'en suis presque à regretter le confort et le calme de ma super piaule de détention provisoire.

Plongé dans mon mutisme, allongé sur une couchette miteuse, je ressasse les événements qui m'ont conduit ici pour la millième fois au moins : Zia qui me demande de rester, l'arrivée éméchée de Tyler, notre départ pour la villa à visiter, sa trahison, les flics qui m'embarquent, moi qui hurle sur Zia parce que je suis persuadé qu'elle les a prévenus, le procès, le verdict, l'arrivée dans cette cellule, ma rage, ma peine, mon dégoût, mes remords, mes regrets, ma peur de vivre dans un milieu hostile, l'odeur de ce mec qui pionce toute la journée, mon silence, ma vie, ma décadence, mon agonie.

La sonnerie des visites retentit dans les couloirs de la prison. Mon compagnon de cellule ne bouge pas d'un iota, il sait que personne ne viendra le voir. Il pourrait profiter de ce temps pour prendre l'air, mais non, il reste là, être vivant qui attend sa mort. Son agonie.

Ne supportant plus de respirer cet air qui m'étouffe, qui me donne envie de vomir, j'enfile les baskets sans lacets qu'on nous laisse porter pour sortir, puis me dirige vers cette porte ouverte sur un semblant de liberté.

Personne pour moi aujourd'hui, mon nom n'a pas été appelé. Les visites n'ont lieu que deux jours par semaine, le mercredi et le samedi. La semaine dernière, j'ai cru que Zia serait la première à venir me voir, mais elle ne l'a pas fait. Quelque part, j'étais content qu'elle ne vienne pas. Avec les horreurs que je lui ai balancées dans la tronche, je n'aurais pas su quoi lui dire, ni même comment m'excuser.

Par contre, Zach, puis Ruben sont passés. Ils n'avaient pas de bonnes nouvelles quant à l'avancée de mon dossier en appel, pour autant, les voir était une vraie bouffée d'oxygène.

Ruben, grâce à son bras long et à ses relations diversifiées, m'a donné le nom d'un mec avec qui me mettre bien pour ne pas avoir d'ennui ici. Selon lui, ce Charly aurait les gardiens dans sa poche, il serait un peu le parrain de cette prison. Si on est l'un des protégés de Charly, on est intouchable. Je veux être intouchable. Surtout quand je vois les mecs du style hooligan aux gros bras et aux crânes chauves qui me regardent comme un bon petit goûter métissé.

Avec les quelques reportages télé que j'ai vus sur la vie en prison et ce qu'on a étudié en cours de droit, j'ai des idées bien précises de ce qui peut m'attendre dans cet endroit si je me rapproche plus d'un groupuscule ou d'un autre. Bien que nous ne soyons pas dans une prison de haute sécurité, la survie reste la même. Si je me trompe de cible, je pourrai au choix devenir la pute d'un de ces gros costauds recouverts de tatouages d'extrême droite ou bien me faire embobiner par un mec qui voudrait que je me fasse exploser dans un centre commercial le jour de ma sortie au nom de je ne sais quel Dieu. Charly me paraît être une planche de salut beaucoup plus raisonnable, alors je n'ai pas d'autre choix que de lui mettre la main dessus.

Traversant la promenade sans lever les yeux vers un côté ou un autre, je me dirige vers l'endroit que Ruben m'a indiqué. « Va au fond de la cour, vers un homme aux cheveux longs grisonnants. Il aura peut-être une tresse m'a-t-on dit, mais surtout, tu le reconnaîtras à sa cicatrice sur la joue. ». Hier, j'ai commencé mes investigations sous les regards curieux de mes compagnons de galère, mais aujourd'hui, je sais exactement où aller.

Arrivé vers ma cible, je redresse enfin la tête en tendant ma main vers ce fameux Charly qui assurera ma protection.

— Toi, tu dois être le petit protégé de Ruben ! annonce-t-il en me serrant dans ses bras pendant de longues secondes.

Cette promiscuité me met mal à l'aise, pourtant, il ne me faut qu'une seconde pour comprendre l'utilité de cette accolade bien trop longue à mon goût.

— Plus ils verront qu'on est proche, moins ils t'approcheront.

Conscient de ce qu'il est en train de faire pour moi, je lui rends son embrassade en lui tapant dans le dos. Cette étape de mon séjour ici, bien qu'elle me semble trop facile pour être vraie, me rassure un peu.

— Alors, j'ai cru comprendre que tu t'étais fait doubler par ton complice, me demande-t-il en me montrant une place à côté de lui. Putain, c'est moche ! Et le code d'honneur alors ? Même chez les brigands on ne respecte plus le code d'honneur ? Où va le monde, ma parole !

Surpris qu'il en sache autant sur mon compte, je me contente de confirmer pour le moment. Même si j'ai une bonne douzaine de questions à poser à ce mec, inutile de se presser. Du temps, on en a largement devant nous pour faire connaissance.

Comme s'il lisait dans mes pensées en ce qui le concerne, Charly entame une brève explication sur son accueil envers moi :

— Tu dois sûrement te demander pourquoi j'ai accepté de te prendre sous mon aile, jeune Padawan[20] *! C'est simple, Ruben Chang veille sur mes intérêts à l'extérieur alors je vais veiller sur les siens à l'intérieur.*

— Vos intérêts ?

— Il n'est pas que mon banquier dehors, il est aussi celui qui gère la totalité de mes finances, celui qui permet à ma famille de pouvoir vivre confortablement. Du coup, je lui suis bien redevable, et tu es l'occasion parfaite de lui prouver que je suis reconnaissant pour tout ce qu'il fait pour les miens.

Comprenant mieux pourquoi Rub m'a orienté vers ce type, je relâche enfin un peu la pression que j'ai emmagasinée depuis mon arrivée. Si ce mec a le bras aussi long ici que Ruben l'a dehors, alors je peux avoir l'esprit tranquille. Même si mon avenir est incertain, savoir que quelqu'un assure ma sécurité me réconforte.

— Je vais te trouver un poste à l'imprimerie avec moi, je vais essayer de te faire changer de cellule aussi... Quoique tu ne risques rien pour le moment avec le gros Marco, plaisante-t-il en faisant allusion à mon collègue de cellule. En attendant, ne fais pas de vague, reste avec nous quand on est dehors, ne cherche pas les problèmes et tout se passera bien. On est d'accord ?

— On est d'accord ! dis-je en checkant le poing qu'il me tend.

— Je ne plaisante pas le Padawan ! Tu es là depuis quinze jours, tu commences à comprendre comment se passe le jeu ici. On a beau n'être que dans une prison de catégorie B niveau 1[21] *avec des détenus ordinaires qui n'ont commis que de petits délits, il y a une hiérarchie à respecter ou des règles à suivre comme partout si tu ne veux pas te faire trouer la peau ou péter le cul. Les nouveaux sont vulnérables comme dans n'importe laquelle des prisons de ce pays, ils doivent faire leurs preuves. Méfie-toi, ils t'attendent au tournant alors surveille toujours tes arrières, petit !*

---

[20] Référence aux apprentis *Jedi* dans *'Star Wars'*.

[21] Prison de catégorie B niveau 1 au Royaume-Uni : prison fermée qui ne nécessite pas un maximum de sécurité pour des détenus peu dangereux.

Ses mots ont le mérite de me foutre les jetons. Je ne suis qu'un cambrioleur à la con qui tape deux ou trois soirs par semaine dans un sac de frappes. Hormis quelques bagarres sans grandes conséquences, je n'ai jamais vraiment été confronté à la violence. Ici, je sais que tout peut partir en vrille en un quart de seconde à cause d'un regard de travers ou d'un mot mal compris. Je ne souhaite pas me battre ou utiliser la violence. Je veux juste filer droit et purger ma peine en m'en sortant sans encombre. Juste ça.

— Le détenu CE145F est attendu au parloir. Il doit se présenter immédiatement dans la zone des visites ! clame la voix dans le micro en interrompant notre conversation.

Pas encore vraiment habitué à ces combinaisons de chiffres et de lettres qui nous ont été attribués, je ne réagis pas immédiatement. Mais quand Charly pose son index sur l'étiquette cousue sur mon tee-shirt pour me faire bouger, il me prévient :

— C'est toi le CE145F, fiston ! Tu devrais y aller ou bien ils vont se faire un plaisir de te priver de ta visite.

Une visite ? Pour moi ? Ruben et Zach m'ont dit qu'ils repasseraient, mais j'ai du mal à croire qu'ils vont se pointer ici toutes les semaines. Ils ont mieux à faire.

Le cœur tambourinant dans ma poitrine, mon intuition se met au radar. Arpentant le chemin qui me mène à la zone des visites, mon pressentiment est de plus en plus fort. C'est elle. Je le sais. Je le sens.

Arrivé devant le garde qui doit me fouiller pour avoir le droit à cette entrevue, je commence à paniquer. Bien sûr que je voudrais la voir si c'est elle, mais j'ai tellement honte de moi. Honte de ne pas avoir suivi son conseil, honte d'avoir merdé sur toute la ligne, honte de lui avoir parlé aussi mal la dernière fois que l'on s'est vus.

— Vous savez qui c'est ? demandé-je au gardien en serrant les dents.

— Une jeune femme ! me répond-il, sans fioriture.

Pris de panique, j'essaie de trouver de l'air pour respirer, mais la culpabilité qui s'empare de moi est plus forte que ma volonté. J'ai peur. Peur de savoir pour quelle raison elle est là. Peur de la confrontation, peur de l'entendre me dire qu'elle me quitte, qu'elle ne peut plus aimer un voleur.

Après l'angoisse, c'est la lucidité qui s'empare de mon esprit. Qu'est-ce que je lui impose en venant dans une prison ? C'est ce que je veux pour elle ? Jamais de la vie ! Je ne suis pas digne d'une fille comme Zia. Elle doit me sortir de sa vie, elle vaut tellement mieux que ça, que cette existence derrière une vitre, qu'un amour derrière les barreaux. Oui, elle mérite mieux que tout ça, elle mérite mieux que moi !

— Dites-lui que je ne souhaite pas la voir. Dites-lui qu'elle ne revienne plus jamais ici !

— Vous êtes sûr ? me questionne-t-il sans aucun jugement dans le regard.

— Oui, j'en suis sûr…

6
CAMERON

Lundi 3 juillet

— Prends soin de toi, Evans ! me sort le maton accompagné d'une tape amicale en ouvrant la porte d'un monde que je ne connais plus. La célébrité t'attend, mon pote ! N'oublie pas mon exemplaire dédicacé quand ton bouquin sera sorti !

— Je n'y manquerai pas, Eli ! dis-je en tapant dans sa main avec sympathie. Je ne te dis pas « Au plaisir »... Ou alors ce sera au détour d'une bière dans un bar !

— Au plaisir, l'écrivain ! plaisante-t-il en reprenant mes mots. Si on avait que des détenus comme toi... Enfin, tu sais ce que je veux dire, hein !

Malgré cette guerre intérieure constante qui oppose les gardiens aux prisonniers, Eli est l'un de ceux qui ont toujours été super avec moi. Même si je n'ai eu que peu de problèmes pendant mon parcours au sein de la prison, j'ai toujours pu compter sur son soutien pour me sortir des rares mauvaises passes dans lesquelles Charly n'a pas pu m'aider. Inconsciemment, mes doigts se posent sur mon tee-shirt pour frôler la cicatrice qui orne mon flanc depuis deux ans et demi. Ce jour-là, j'ai fini à l'infirmerie pendant quinze jours, mais ça en valait la peine.

Tandis que les portes du pénitencier se referment sur moi après des adieux chaleureux et des promesses que l'on ne tiendra pas, j'avance sur le trottoir avec un poids sur mes épaules de plus en plus pesant. Une nouvelle vie commence, un nouveau départ, et je ne sais même pas ce que je dois faire, ni par où commencer.

Les yeux perdus dans le vague, un sifflement qui provient de l'autre côté de la route me sort de ma torpeur. Ils sont là, plantés comme quatre cons qui me font signe, et des larmes me montent aux yeux. Ils sont venus, mes amis, mes frères, la seule famille qu'il me reste.

Heureux de les retrouver après une telle absence, je cours les rejoindre pour les serrer dans mes bras. Même si je les ai vus presque chaque mois, ils m'ont beaucoup trop manqué.

— Ça me fait tellement de bien de vous revoir, les mecs ! Vous ne pouvez pas vous imaginer !

— Je crois que si, au contraire ! lance Zach en me serrant plus fort. On a du temps à rattraper, mon frère ! À partir de maintenant, je ne te lâche plus !

Ému par nos retrouvailles, de multiples questions me viennent en tête, mais rien ne réussit à sortir de ma bouche. Les larmes aux yeux, la gorge serrée, je les dévisage avec émotion en ressassant toutes les étapes de leurs vies que j'ai ratées : le coming-out tardif de Noah, la naissance des triplés de Lenny, le début de calvitie de Ruben et surtout la naissance de la fille de mon frère de cœur. Me dire que je ne pourrai jamais revenir en arrière pour vivre tout ça avec eux me mine au point que ces foutues larmes se mettent à couler toutes seules.

Oui, j'ai loupé tous ces condensés de bonheur, mais je suis aussi passé à côté du plus important… Nana.

Le contrecoup de ce retour à la vie réelle me frappe de plein fouet. Les jambes tremblantes, je m'accroche à Zach pour ne pas montrer que je suis sur le point de flancher. Mais ces cons ne me connaissent que trop bien, ils savent que je me sens coupable de n'avoir pu soutenir ma grand-mère quand elle était en train de s'éteindre, ils savent que je me sens responsable de son départ, que je me sens fautif.

Comme si nous étions tous les cinq en train de marcher sur des œufs, Lenny ressent le malaise au-dessus de ma tête. Plutôt que de me laisser entamer ma nouvelle vie avec de mauvaises pensées, il passe sa main sur mes cheveux rasés de près pour faire mine de les ébouriffer, avant de tenter une approche réconfortante et ainsi effacer le voile de tristesse qui vient de recouvrir mes pupilles :

— On a tous pris notre journée pour la passer avec toi, mon pote ! Passer du temps avec de vrais hommes, ça me changera des trois terreurs qui nous bouffent tout notre oxygène !

— J'ai hâte de les rencontrer tes trois monstres ! Je suis certain qu'ils sont bien plus sympas que tu ne le prétends !

— Les cinq premières minutes sûrement, ironise-t-il en ouvrant la portière du SUV de Ruben pour que je m'y engouffre. De toute façon, tonton Cam a pas mal de temps à rattraper, alors avec Leslie, on a décidé de te les laisser quinze jours pour partir aux Maldives. C'est bon pour toi ?

— Tu auras Mona pour le quota féminin ! surenchérit Zach en s'asseyant à côté de moi. Tu vas voir, c'est tout sa mère…

À l'évocation de Sofia, je ne peux m'empêcher de me crisper à cause de notre passé commun. Zach, sentant le malaise naissant, me rassure par un clin d'œil amical avant de poser son bras sur mes épaules.

Même si on en a parlé quelques fois ensemble au parloir, les savoir ensemble, parents, bientôt mariés, me fait toujours aussi bizarre. Après tout, j'en connais bien plus sur Sofia que je ne le devrais. Pour autant, ils forment un joli couple sur lequel je n'aurais jamais parié un billet. La vie nous réserve parfois de belles surprises.

— Tout ce que vous voulez, les gars ! J'ai besoin de voir du monde, d'entendre des rires, j'ai besoin d'une bonne dose de bonheur pour me changer de ces dernières années ! Alors, pour compenser mon absence, je peux tout faire, même du baby-sitting !

— Tu n'as rien à compenser, Cam ! me reprend Ruben en se retournant pour mieux me voir. C'est plutôt à nous de nous racheter ! Tu as pris pour nous tous, et je n'ai même pas de mot pour te dire à quel point je t'en suis reconnaissant. On t'en sera toujours redevables.

Sa voix, pleine de trémolos, me hérisse le poil. Après presque trente-six mois de rétention, je ne saurais dire si j'ai mérité mon sort plus qu'eux. Après tout, nous étions tous coupables et nous savions très bien ce qu'on encourait en jouant avec le feu. C'est tombé sur moi, pas de bol. Je ne peux m'en prendre qu'à moi, je ne suis pas un innocent.

Dans cet habitacle rempli de non-dits, on sait tous ce qu'il en est. Pour autant, je ne souhaite pas qu'ils aient l'impression de me devoir quoi que ce soit. Même si j'ai été enfermé pendant de longues semaines, ils ont fait tout ce qu'ils ont pu pour m'assurer une vie correcte à ma sortie. Ruben a veillé sur mes intérêts financiers afin que mon argent soit en sécurité, bien dissimulé je ne sais où, Lenny et Noah m'ont tenu informé de mon dossier, de la vie qui continuait son chemin à Brighton, ils m'ont fait parvenir de quoi avoir quelques petits bonheurs de temps en temps. Zach m'a rendu visite aussi souvent que possible, entre ses études, sa copine et maintenant sa fille, il a tenu compagnie à Nana quand je n'étais plus là pour le faire, il a aussi fait de son mieux pour gérer son départ vers un nouveau monde, et pour me l'apprendre…

Mais ce n'est pas tout. Ils ont tous géré le bar afin que nos profits soient lucratifs et surtout, ils ont payé mon avocat pour qu'il fasse du bon boulot… Enfin, bon boulot, tout est relatif ! S'il avait été le meilleur, jamais je n'aurais mis un pied en taule…

Il n'y a qu'un point sur lequel ils sont restés flous. Un seul sujet qu'ils n'ont pas vraiment abordé, dont ils se sont contentés de m'en dire le moins possible : Zia.

Même si Zach m'a donné les grandes lignes, il n'est pas rentré dans le détail. Elle a vécu une passe difficile pendant quelques mois, mais elle a fini par s'en remettre dans les bras d'un autre. J'ai eu du mal à accepter qu'elle refasse sa vie avec Neil, je me suis senti trahi. Pour autant, je comprends qu'elle ait eu besoin de tourner la page. Après tout, c'est de ma faute. Je lui ai dit que je ne voulais plus la revoir, j'ai été odieux avec elle, mais je l'ai fait, car elle méritait mieux que moi.

Bien sûr, j'ai envie de la revoir, il le faudrait d'ailleurs, juste une fois au moins, même si c'est une mauvaise idée. Je suis toujours amoureux d'elle, plus que jamais même, parce qu'elle a vécu dans un coin de ma tête à chaque seconde, parce qu'elle m'a inspiré, qu'elle m'a aidé sans en avoir conscience, parce qu'elle m'a sauvé de cet enfermement bien plus qu'elle ne le saura jamais… Et pour toutes ces raisons, je ne peux lui imposer mon retour. Elle a voulu changer de vie, elle a fait un choix, et je dois m'y tenir. Je m'y tiendrai, coûte que coûte, après lui avoir fait part de mon projet.

— On commence par quoi, frérot ? demande Zach en me mettant un coup de coude pour me sortir de mes pensées. On a pas mal d'administratifs à régler pour te remettre dans le bain.

— D'abord, je voudrais…, commencé-je en tapant l'épaule du conducteur pour lui donner ma première directive. Arrête-toi chez le premier fleuriste que tu croises, je voudrais aller sur la tombe de ma grand-mère.

Un bref coup d'œil dans le rétroviseur pour m'observer, je perçois l'inquiétude de Ruben dans son regard. *Oui, mon pote, on va au cimetière. Ça va être difficile, mais si tu savais comme j'en ai besoin.* Inutile de lui dire ce que je ressens, il oscille la tête pour confirmer notre destination.

Arrivés devant le cimetière, un bouquet de dahlias, d'iris et de roses blanches dans la main, je regarde ses fleurs préférées se jouxter dans un mélange de couleurs qu'elle aurait adoré.

Après un bref signe à mes amis pour me donner du courage, je prends la direction de l'emplacement qu'ils m'ont indiqué.

Tout est calme, tout est paisible dans les allées à une heure aussi matinale. La rosée recouvre les herbes vertes autour des tombes qui ne sont pas encore inondées par le soleil et le silence qui règne ici me semple presque rassurant. Pas de brouhaha, pas de cris d'hommes apeurés ou en colère, pas de bruit de matraque contre les barreaux en fer des cellules. Oui, tout est tranquille et ça ne doit pas plaire à Nana !

Après quelques recherches, je trouve enfin la nouvelle et dernière demeure de ma grand-mère. Ce n'est pas le grand luxe, c'est même assez rudimentaire, toutefois, c'est accueillant, rassurant, c'est à son image. Michelle Evans n'était pas une femme trophée, une femme bling-bling. Elle aimait les choses simples et authentiques, elle préférait avoir peu, mais avoir vrai. Son plus beau trésor, c'était sa famille, c'était moi. Et je crois que c'est exactement ce que retransmet sa sépulture.

Le jour où j'ai préparé son enterrement, alors qu'elle était encore vivante, avait été le plus difficile de toute ma vie… Enfin, c'est ce que je croyais à l'époque, puisqu'il n'a été qu'une formalité par rapport à l'annonce de sa mort elle-même. J'avais essayé de tout prévoir dans les moindres détails. De la tenue qu'elle devait porter aux plaques funéraires, je ne voulais rien laisser au hasard. Il faut croire que j'ai eu du nez.

Et voilà que je me retrouve devant cette stèle que j'ai imaginée de A à Z, une stèle dont j'ai peaufiné le moindre petit élément pour qu'elle se sente aimée et entourée jusqu'à la fin de son voyage.

Zach m'avait montré une photo du rendu final, le jour de son enterrement, mais le temps gris et brumeux ne lui rendait pas hommage. Aujourd'hui, caressé par un rayon de soleil chaleureux, le gris du tombeau me rassure. Quoi qu'il arrive maintenant, elle reposera en paix pour toujours.

Alors que le mot fin tourne en boucle dans ma tête, je me laisse tomber au pied de sa tombe sans même tenter de stopper les larmes qui coulent sur mes joues.

Je voudrais lui parler, lui dire à quel point je suis désolé, à quel point j'ai honte de l'avoir déçue, de l'avoir abandonnée, mais j'en suis incapable. Alors, plutôt que de chercher à me confondre en excuses, je dépose les fleurs près de la plaque où est gravé dans le marbre « La plus belle Nana de mon cœur, avec tout mon amour, Cameron » et je lui murmure un « je t'aime » qu'elle entend peut-être de là où elle est.

Si proche de son enveloppe corporelle, mais tellement loin de son âme, je reste près d'elle pendant un temps que je ne saurais quantifier.

Mes joues sont sèches quand des pas résonnent dans les cailloux de l'allée centrale. Je ne me retourne pas, mais je ressens l'hésitation dans les bruits qui ont stoppé.

Du coin de l'œil, je repère Zach qui me regarde pantois, les mains dans les poches sans savoir quoi faire. D'un léger signe de tête, je lui donne la permission d'approcher, ce qu'il fait instantanément.

Toujours accroupi, il pose sa main sur mon épaule avant de me rejoindre au plus près de la tombe.

— Je devais te laisser un temps pour te recueillir, mais je voulais que tu saches que tu n'es pas seul, Cam. On a toujours tout traversé ensemble. Je suis là pour toi, mon frère.

Tandis que je pose ma main sur la sienne pour le remercier, j'essaie d'imaginer ce jour où il était là et moi non. Cette idée me coupe le souffle un instant.

Conscient de mon désarroi, Zach m'entoure de son bras pour que j'enfouisse ma tête au creux de son cou. Même si elle n'effacera pas ces trois dernières années, cette accolade me fait du bien. Il a toujours été mon pilier, mon phare dans la nuit, et je sais qu'il ne ment pas quand il me jure qu'il sera toujours là. Il l'a déjà prouvé.

— J'ai nettoyé et fleuri sa tombe tous les mois, m'annonce-t-il pour me rassurer. Je voulais qu'elle soit parfaite pour le jour où tu viendrais la voir pour la première fois.

— Tu ne peux pas imaginer à quel point je t'en suis reconnaissant, Zach ! Je n'ose même pas penser à ce qui aurait pu se passer si elle ne t'avait pas eu pour l'accompagner. Merci, mon frère.

— Il y a une autre personne que tu devras remercier, Cam. Même si tu avais tout prévu et que je n'ai pas eu grand-chose à faire en réalité, quelqu'un m'a aidé, enfin, a surtout aidé Nana après que tu… Enfin tu sais quoi.

Gêné par son aveu, Zach me lâche, puis se redresse. Imitant son geste, je lui fais face pour comprendre de quoi il peut bien parler.

— Tu n'as jamais trop posé de question sur elle ou sur ce qu'elle devenait, et j'ai respecté ton choix de vouloir la laisser tranquille, mais maintenant que tu es sorti, il y a pas mal d'éléments que je vais devoir t'expliquer sur Zia. Je crois que de nous tous, c'est elle qui a le plus morflé, Cam. Pourtant, malgré sa souffrance, elle a accompagné Nana jusqu'à son dernier souffle.

Abasourdi par ce qu'il est en train de me raconter, je le scrute, les sourcils froncés, pour essayer de comprendre ses mots.

— De quoi tu parles ? Tu m'as dit qu'elle avait été mal en point un temps, mais qu'elle avait réussi à tourner la page sur moi, sur notre histoire. Pourquoi tu dis qu'elle a accompagné ma grand-mère jusqu'à la fin ? Je ne comprends pas…

Inspirant un grand coup pour commencer son explication, j'entrevois une nouvelle fois l'hésitation tendre son corps.

Pendant une seconde, j'imagine que ce qu'ils me racontaient tous au parloir n'était que du vent, qu'ils minimisaient les faits sciemment pour que je ne souffre pas au fin fond de ma cellule. Pendant une seconde, sans même savoir ce qu'il en retourne, je me sens trahi.

— Ce qu'il faut que tu comprennes, Cam, c'est que tout ce qu'on ne t'a pas dit, on l'a fait pour ton bien. Ce n'est pas qu'on voulait te cacher des choses. C'est juste qu'on voulait te préserver, tu comprends ?

— Arrête de tourner autour du pot, Zach. Je sors de trois putains d'années de prison, j'ai vu des trucs que je ne vous souhaite jamais de voir, j'ai subi des trucs que je ne vous souhaite jamais de subir, alors n'essaie pas de prendre des pincettes avec moi, car la carapace que j'avais avant d'être enfermé n'a plus rien à voir avec celle que j'ai maintenant. J'ai perdu assez de temps pour en perdre encore aujourd'hui !

— Comment ça, tu as subi des trucs ? s'inquiète-t-il en attrapant mon avant-bras pour me faire cracher le morceau. À chaque fois que je suis venu, tu m'as certifié que tout allait bien, Cam !

— Peut-être que j'ai fait comme vous. Peut-être que j'ai masqué certains aspects plutôt moches de la détention pour vous préserver…

REWIND
CAMERON

Trois ans plus tôt

Mercredi 2 décembre

— J'en peux plus de ce mec ! grommelé-je en posant mon plateau sur notre table habituelle en fixant mon regard sur le chauve qui me dévisage depuis que je suis arrivé ici.

— Ne le laisse pas t'atteindre, on l'encule, ce crâne d'œuf ! me prévient Charly en engouffrant son repas à la vitesse de l'éclair. Si tu te bas contre lui, son groupe va se faire un plaisir de faire péter une générale ! Pense à mes vieux os, p'tit !

— Je suis curieux de savoir comment tu te bats ! Avec toute la muscu que tu te tapes, je ne me fais pas de soucis pour tes vieux os !

— Possible que je ne sois pas trop naze, c'est vrai ! Mais ce n'est pas pour ça que j'ai envie de leur mettre une branlée aujourd'hui ! Maintenant, bouffe ! Ça va être froid ! m'ordonne-t-il en désignant le repas peu ragoûtant qui orne mon plateau.

En silence, j'enfourne une fourchette dans ma bouche tout en essayant d'occulter le blanc-bec qui me scrute toujours.

Depuis que j'ai atterri à Fekes, ce Cliff machin-chose ne cesse d'épier mes moindres faits et gestes. Charly m'a prévenu que lui et son groupe étaient les plus bagarreurs de cette prison plutôt tranquille, et effectivement, j'ai eu l'occasion de le voir s'en prendre à des mecs sans aucune raison apparente.

Jusqu'à maintenant, il ne m'a pas approché de trop près grâce à la présence de Charly. Il sait que s'il me touche, il y aura des représailles que ses épaules, pas suffisamment solides, ne pourront assumer. En plus, comme Charly me l'avait promis, il m'a fait changer de cellule par je ne sais quel miracle pour que je puisse partager la sienne. Ce qui fait qu'entre le travail à l'imprimerie, nos repas ensemble, et notre cellule partagée, je ne me suis jamais retrouvé seul nulle part.

Je me doute que ce n'est qu'une question de temps avant que je ne doive faire mes preuves, mais pour être honnête, le plus tard sera le mieux…

Après le repas de midi, l'heure de la promenade sonne enfin. Malgré le froid qui me glace le sang, respirer l'air frais de l'extérieur me fait un bien fou, surtout avant de retourner charbonner jusqu'au soir.

Ici, le temps passe plutôt vite. Je ne sais pas comment ça se passe dans les autres prisons du pays, mais nous avons la chance de pouvoir travailler de longues heures durant afin d'oublier notre condition de prisonnier.

Grâce à Charly, encore, j'ai intégré le nouveau projet de l'imprimerie. À ce que j'ai compris, le directeur a passé un accord avec une maison d'édition en septembre afin de faire imprimer les livres dans nos locaux. L'imprimeur apporte le matériel d'impression : machines, rouleaux de feuilles, encres... et la prison fournit la main d'œuvre pas chère. En bref, c'est un projet intéressant où chacun y trouve son compte.

La mise en place a été rapide, et je suis arrivé juste à temps pour avoir la dernière place. Alors, c'est vrai que c'est très loin d'être au niveau de mes études de droit, mais ça me plaît. Tout du moins, ça me permet de ne pas trop penser. Le seul hic, c'est qu'il fait une chaleur écrasante dans l'imprimerie, et que même en ce début de mois de décembre, sortir en tee-shirt dans la cour me fait un bien fou.

L'autre avantage proposé à travers ce projet, c'est que la maison d'édition va nous organiser des ateliers encadrés d'écriture. Une responsable éditoriale va venir une fois par semaine à partir de janvier pour nous enseigner l'art de l'écriture.

Bien que je ne pense pas que ça me soit vraiment utile, je me suis inscrit pour y participer. C'est toujours un peu de temps en moins à passer enfermé entre quatre murs.

— Plus que dix minutes ! nous informe Eli, le nouveau gardien, en approchant vers nous d'un pas décidé. Evans, suis-moi une minute. Ton avocat veut te voir en urgence.

Étonné par la nouvelle, je lui emboîte le pas en ne sachant pas vraiment à quoi m'attendre. Pourquoi Altwirck veut me voir en urgence ? A-t-il réussi à déposer notre requête en appel plus rapidement que prévu ? Vais-je sortir d'ici ?

En longeant les murs qui me ramènent vers l'intérieur du bâtiment, j'entrevois presque une lueur d'espoir dans tout ce brouillard.

Dans le corridor encore exposé au froid, Maître Altwirck m'attend avec un papier à la main. Pas de rendez-vous dans une salle juste entre nous, mais une rencontre rapide au détour d'un couloir, ce n'est pas normal.

L'avocat me serre la main chaleureusement, mais son visage est crispé, ses muscles sont tendus. Il est nerveux. À partir de là, tout s'enchaîne à une vitesse fulgurante. Le gardien qui demande s'il peut disposer, l'avocat qui lui dit de rester pour je ne sais quelle raison, puis les mots qui brisent mon cœur.

— Michelle Evans, votre grand-mère est décédée cette nuit des suites de sa maladie. En conformité avec les indications que vous avez transmises à vos proches, mais aussi en fonction des dispositions que vous aviez prises avec les pompes funèbres Glastor & Son, l'enterrement a été programmé pour samedi. Je sors d'un rendez-vous avec le directeur, Cameron, et je dois vous informer que vous allez pouvoir vous y rendre le jour J sous réserve d'une conduite exemplaire jusque-là. Je ne doute pas une seconde de votre exemplarité dans de telles circonstances, je vous escorterai personnellement ainsi que deux gardiens…

Voyant que je ne réagis pas à ses propos, le regard rivé dans le lointain, Altwirck presse mon épaule avant de reprendre :

— Je vous adresse toutes mes condoléances. J'ai appris que votre grand-mère était votre dernière famille, et je suis vraiment désolé pour vous.

Il peut bien dire ce qu'il veut, je n'entends plus rien. Ma tête tourne, mon cœur s'emballe, Nana est morte. Ma vue se brouille, ma respiration est coupée, Nana est morte et je n'étais pas à ses côtés. Mes jambes lâchent, je m'effondre au sol alors que deux bras me retiennent pour que ma tête ne heurte pas le béton. C'est le vide. Nana est morte.

Quand je me réveille, un pâle rayon de soleil tente de traverser le store baissé qui me fait face. Un coup d'œil rapide autour de moi m'indique où je me trouve. Un homme vêtu d'une blouse blanche me tourne le dos, il prépare une boîte avec quelques cachets qu'il glisse à l'intérieur. J'essaie de me remémorer la raison de ma présence ici, et je regrette aussitôt d'avoir voulu fouiller mes pensées. Nana est morte et je ne la reverrai jamais.

Pris de panique, je me redresse d'un bond, mais des menottes me tordent les poignets pour me maintenir à ma place.

Pas vraiment surpris par mon réveil, le médecin se retourne pour me faire face. Plutôt âgé, l'homme aux traits creusés par les années me réconforte à l'instant où j'entrevois sa tête. Je ne sais pour quelle raison, mais la sérénité que je lis sur son visage m'apaise immédiatement. Alors, pour lui montrer que je ne compte pas faire d'esclandre, je me rallonge en même temps qu'il s'approche de moi.

— J'ai appris pour votre grand-mère, Cameron. On vient de m'expliquer votre situation.

— Qu'est-ce qui s'est passé ? demandé-je alors qu'il s'assied sur le bord de mon lit pour m'ausculter.

Essayant de ne pas fléchir avec cette lumière aveuglante dans les yeux, je le laisse m'observer sous toutes les coutures pour être sûr que je vais bien.

— Cette nouvelle a été un gros choc, m'explique-t-il en détachant mes menottes. Un choc tel que vous êtes tombé dans les vapes. Physiquement, vous allez bien. Pas de problèmes détectés. Maintenant, ce que je veux savoir, c'est comment vous vous sentez à l'intérieur ?

J'essaie d'ouvrir la bouche pour m'exprimer, mais rien ne sort. Impossible de parler, impossible de penser, c'est le vide dans ma tête.

— OK... Je crois que vous devriez aller vous reposer dans votre cellule cet après-midi. J'ai déjà prévenu l'imprimerie et le directeur, ils n'y voient aucun problème. Eli va vous raccompagner, lance-t-il en faisant un signe au gardien qui fait le pied de grue dans l'encadrement de la porte. C'est bon, vous pouvez y aller.

Tandis que mon geôlier pousse la porte battante pour me laisser un passage, je descends de la table d'auscultation avant d'enchaîner un ou deux pas en titubant.

— Voici quelques anxiolytiques, m'annonce le médecin en me tendant une boîte juste avant que je ne sorte. Deux par jours, pendant une semaine. Inutile de tous les prendre d'un coup, ils ne vous tueront pas. Ils vous assommeront quelques heures tout au plus. Ça vous aidera à passer le cap.

Même si je ne compte pas les prendre, je récupère la boîte pour la ranger dans ma poche. Me mettre dans un coma cérébral artificiel ne m'apportera rien, je dois intégrer la nouvelle, je dois la digérer, je dois surtout apprendre à vivre avec même si ça me brise le cœur.

Sans un mot, le nouveau gardien m'accompagne dans le dédale de couloirs qui compose la prison. Ne connaissant pas le chemin, je le suis en silence, l'esprit ailleurs, quand Cliff et sa bande de cons croisent notre route.

— Que faites-vous ici, Messieurs ? leur demande Eli en leur barrant le passage. Vous devriez être à vos postes de travail plutôt que d'errer dans les couloirs sans raison.

La voix du gardien se veut nette et claire, mais il ne trompe personne, il n'est pas serein face à ces quatre gros balèzes aux muscles surgonflés.

— On s'inquiétait pour Evans, M'sieur. On l'a vu s'écrouler devant son avocat, alors on voulait savoir si ça allait.

Inutile de polémiquer mille ans. Je sais pourquoi ils sont là, ils savent que je sais et Eli, quant à lui, comprend qu'il va se retrouver en plein milieu d'une bagarre corsée.

— Il va très bien ! Alors, retournez au boulot avant que je ne prévienne mes collègues, annonce-t-il d'une voix de plus en plus tendue tout en prenant son talkie-walkie pour appeler la cavalerie.

— Ah… Je sais pas trop, Eli ! hésite le chauve en se rapprochant du gardien aux épaules larges et carrées. Tu es peut-être nouveau ici, mais tu sais comme moi comment ça marche. Ferme les yeux cinq minutes et je te serai redevable…

— Fermer les yeux sur quoi ? répond le maton en posant la main sur sa matraque. Je ne fermerai les yeux sur rien du tout. Vous le touchez, je vous fous mon taser dans le cul. C'est bien clair ?

— Je vois qu'on a le même objectif, alors ! On veut tous les deux fourrer un truc dans le cul de quelqu'un !

D'un signe de tête à ses trois acolytes, Cliff leur ordonne de s'emparer du gardien tandis que cet enfoiré m'approche à grands pas. Encore un peu à l'ouest, sonné par un cacheton que le doc a dû me refiler quand j'étais dans les pommes, j'arme mes poings pour passer à l'attaque.

Même si je ne suis pas très vaillant sur le moment, impossible de laisser cet enfoiré approcher de mon cul ou de quoi que ce soit d'autre de mon corps.

— Alors, ma petite beauté métissée, me balance-t-il en pleine face tandis qu'Eli lui crie de ne pas me toucher. Je suis sûr que tu n'as jamais vu le loup. Je l'ai su à la seconde où je t'ai vu !

— Je ne compte pas le voir ! grogné-je en envoyant mon poing dans ce tas de muscles imposant.

Mes doigts craquent sous le choc, la douleur est vive, mais j'enchaîne avec d'autres uppercuts qui atteignent leur cible sans la faire flancher.

Ce mec est une montagne, et même si je suis solide sur mes appuis, je n'arrive pas à l'atteindre comme je le voudrais, quand soudain, il m'attrape par l'avant-bras, me retourne et me plaque contre le mur. Face contre béton, je me débats sans réussir à me délivrer tandis que du côté du gardien, c'est le même combat.

Alors qu'une pointe s'introduit dans mon flan suffisamment pour m'arracher un cri, l'homme derrière moi frotte son sexe dur sur mes fesses.

— L'avantage de faire ça aujourd'hui, ma petite pétasse, c'est que ta grand-mère ne saura jamais que t'as fait ton coming-out en prison.

Ses mots agissent sur moi comme un coup en pleine tête, et c'est surpuissant que je réussis à lui mettre un bon coup de boule en plein nez.

Sous la douleur de l'impact, mon assaillant recule d'un pas, me laissant ainsi une mince chance de m'extirper de ses bras. Conscient que sa proie vient de se libérer, cet enfoiré m'attrape par la nuque et m'introduit sa lame acérée sur quinze bons centimètres dans le côté en traçant une ligne droite vers le bas.

Je sens ma peau s'ouvrir sous mon tee-shirt avant même que le sang ne se répande sur le tissu gris.

Pris de cours par ce qu'il vient de faire, le mec relâche son attention une seconde. Une brève seconde largement suffisante pour réussir à lui mettre un coup de coude puissant dans le menton. La tête en arrière, il la replace avec un sourire malsain aux lèvres. Les yeux rivés sur moi, il revient à la charge pour me démolir.

Les coups pleuvent, ils se succèdent à une cadence infernale. Rendre coup pour coup, ne pas laisser la douleur envahir mon esprit, ne pas le laisser gagner.

Pantelant, le cœur qui bat à tout rompre, nous nous relevons en même temps pour nous retrouver front contre front. On sait tous les deux que le prochain qui frappera réussira à faire vaciller l'autre. Et puisque je dois faire mes preuves, c'est le moment ou jamais…

Plus jeune, plus vif que lui, je profite de mon énergie pour prendre l'avantage. D'une poigne de fer autour de sa gorge, je serre sa glotte de ma main gauche tout en armant mon poing droit pour atteindre ma cible.

Le choc est saisissant, l'armoire à glace tressaute, s'ébranle, et s'étale alors que ses trois compères relâchent le gardien pour prendre la fuite en vitesse. À mon tour, je fléchis, ma vue se brouille et mille chandelles dansent devant mes yeux.

Quand je m'écroule au sol, une flaque de sang s'est déjà répandue autour de moi. Je ne pourrai peut-être pas me rendre à l'enterrement de Nana, par contre, il se pourrait bien que je la rejoigne bien plus vite que prévu.

7
CAMERON

Lundi 3 juillet

Assis dans la voiture qui file en direction du centre-ville, je digère les informations qu'ils m'ont cachées jusqu'à maintenant.

Comment ont-ils pu me faire croire que tout allait presque bien pour Zia alors que c'était loin d'être le cas ? D'abord, sa présence devant la maison pour venir me « sauver » le soir du cambriolage, puis l'enchaînement de merdes en tous genres : la dispute avec ses parents, son départ de la maison familiale, son dévouement pour s'occuper de ma grand-mère, son anorexie, sa boulimie, ses excès… Elle était en perdition et c'est Neil qui l'a sauvée. Pas moi. Non, moi, j'ai juste été l'élément déclencheur de cette chute vertigineuse vers les abysses.

Il est près de midi et Ruben voudrait que l'on règle quelques détails administratifs avant d'aller manger. Pour fêter mon retour entre nous, ils ont réservé dans l'un des meilleurs restaurants de la ville.

Je ne sais pas si je me sens de m'y rendre. Me mêler à nouveau à la population m'angoisse un peu, faire face à la foule est une épreuve difficile que je ne suis pas certain de pouvoir gérer.

Comme s'il entendait mes pensées, Zach me serre l'avant-bras avec fermeté en murmurant :

— Ça va bien se passer ! On est là…

Je ne pensais pas que ma nervosité était aussi palpable, mais il faut croire que ces années d'emprisonnement n'ont pas été suffisantes pour muscler mon jeu d'acteur.

Devant la banque dont Ruben est devenu le directeur l'an dernier, il effectue un créneau parfait qui suscite en moi une interrogation débile qui ne m'avait pas effleuré jusqu'à présent : suis-je encore capable de conduire après trente-six mois sans tenir un volant ?

Une question absurde en entraînant une autre, mon esprit se met à partir dans tous les sens. Ai-je encore toutes mes capacités gustatives pour pouvoir bouffer autre chose que cette infâme bouillie qu'on nous servait au réfectoire ?

Puis-je encore tenir une conversation éclairée sur la politique, l'économie ou le droit après n'avoir entendu que des insultes ou des mots familiers pendant tout ce temps ? Suis-je encore capable de passer une soirée entière à boire ou à danser sans vaciller en boîte de nuit ? Pire encore, suis-je toujours capable de faire l'amour ?

Enfin, ces deux dernières questions n'ont plus lieu d'être pour le moment. Mes potes sont tous pères de famille ou presque. Ils ne sortent plus ou très peu, ils font moins la fête… Et puis, en ce qui concerne mes capacités sexuelles, qu'est-ce qu'on s'en fout en réalité ? Je n'ai plus personne à qui faire l'amour.

Plutôt que de spéculer sur ce que je suis encore capable de faire ou non, je me laisse entraîner à l'intérieur de la banque par un Ruben déterminé. Il me parle de portefeuille d'actions, de fonds placés, de gestion de patrimoine, mais je n'écoute pas. Oui, il a dû gérer mon argent à la perfection, je n'en ai aucun doute. Sauf que, aujourd'hui, est-ce que ça m'est encore utile ? Nana n'est plus là, et je n'ai plus d'études à payer… Au final, tous ces cambriolages, tous ces gens dépouillés et blessés… à quoi ça a servi ? À rien.

Assis face à cet homme qui vient d'enfiler son costume de banquier, je ravale ma salive en encaissant ce constat d'échec flagrant. Il pourrait bien me dire qu'il a tout perdu en faisant de mauvais placements que ça ne changerait rien à la donne.

— Il faut que je te réexplique tout depuis le début pour que tu comprennes ce que j'ai fait. À chaque action, chaque étape, je n'ai pensé qu'à ton intérêt, et j'espère que ça te conviendra.

D'un hochement de tête, je lui fais comprendre que oui, quoi qu'il ait fait, ça me convient. Mon sourire, bien que timide, va dans ce sens aussi, pourtant à l'intérieur, je me fiche éperdument de la suite.

— Pour commencer, tu dois savoir que le soir de ton arrestation, Zach a foncé chez toi pour récupérer l'argent que tu avais laissé à l'appart. Le lingot, les billets, les montres… Il a tout pris. Ce même soir, j'ai nettoyé tes comptes pour n'y laisser que ce qui était nécessaire, comme de quoi payer ta caution au cas où, de quoi avoir un fond pour approvisionner une cantine[22] suffisante en prison, ou même de quoi indemniser la victime. Pour le reste, j'ai ouvert un compte au nom de ta grand-mère avant sa mort et j'y ai versé le montant de tes espèces, mais aussi tout ce qu'on a pu revendre pour toi, à savoir le lingot et les montres.

[22] Cantine en prison : compte approvisionné qui permet d'acheter des produits nécessaires (gels douche, cigarettes, produits de consommation alimentaire…).

Jusque-là, rien d'étonnant venant de Rub. Il est prévoyant, il est cartésien, il va à l'essentiel.

— Il y a trois ans, sur ce compte, annonce-t-il en me montrant un papier rempli de chiffres que je n'ai pas envie de lire, tu avais donc près de 50 000 £[23]. Mais aujourd'hui, lance-t-il en posant une nouvelle feuille sur la précédente alors que j'écarquille les yeux de stupéfaction, ton capital a été multiplié par trente, et plus encore !

— C'est de la pure folie ! Que dis-je, c'est du pur génie ! reprend Zach en attirant mon attention. On l'a tous suivi sur ce coup-là, un coup légal, précise-t-il avec un clin d'œil. Et on s'est fait des couilles en or, Cam ! Des couilles en or !

Ébahi par ce que j'entends, je récupère le papier sur le bureau pour avoir une idée de ce que peut bien représenter cette multiplication par trente… Le chiffre me brûle les yeux. Sur mon compte, il y a un peu plus de 1 500 000 £[24]. Plus d'un million et demi de livres sterling, bordel de merde !

— Et encore, ce chiffre ne prend pas en compte les dividendes qui t'ont été versés dans le cadre du *King's bar*, rajoute Ruben alors que je ne me suis pas encore remis de la nouvelle. Sur un autre compte, je crois que tu dois avoir 150 000 £[25] à peu près. C'est ça, les gars ? Ça faisait presque 50 000 chacun par an ?

— De mémoire, c'est bien ça ! reprend Lenny en s'approchant de moi. Je sais que cette somme doit te faire tourner la tête, Cam. Apprendre qu'on est millionnaire le jour de sa sortie de prison, ça doit faire un peu peur. Mais rassure-toi, on n'a vraiment rien fait d'illégal, à part camoufler tes comptes pendant quelques mois, ironise-t-il en serrant les dents. Aujourd'hui, tout est à ton nom, tout est limpide et en règle. Il n'y a aucune anguille sous roche, rien qui ne t'apportera de problèmes.

— Comment vous avez réussi à faire fructifier l'argent d'une façon aussi exponentielle ? m'étonné-je sans vraiment réaliser ce qui se passe.

— C'est grâce à Glen, reprend Noah.

— Glen, ton copain ? demandé-je en repensant à ce jour au parloir où il m'a annoncé qu'il avait rencontré quelqu'un.

— Oui, c'est ça… Quand je l'ai rencontré, il venait de monter sa start-up à Londres. Une petite boîte informatique qui ne paie pas de mine, mais qui a

---

[23] 56 429 € selon le cours du change du moment.

[24] 1 658 857 € selon le cours du change du moment.

[25] 165 885 € selon le cours du change du moment.

inventé une application géniale pour les voyages. Une espèce de carnet de voyage en ligne, consultable aux quatre coins de la Terre, enfin bref, il t'expliquera ça mieux que moi quand tu le verras. Toujours est-il que pour se lancer, il a eu besoin d'un capital de départ que nous lui avons fourni en fonction de nos possibilités. Ruben, Lenny, Zach, Zia, toi et moi…

— Zia ?

Étonné d'entendre son prénom en de telles circonstances, je percute en repensant à la clé que je lui avais laissée un soir sur la plage.

— Oui, Zia. Elle a participé à une moindre mesure en nous donnant l'équivalent d'un an de salaires qu'elle avait mis de côté. Cela étant, ça lui a permis de se faire un joli pactole, de quoi se faire plaisir en tout cas.

Voilà qui répond à ma question, la clé ne lui a pas servi.

— Enfin, tout ça pour dire que l'application a connu un succès sans précédent, et que nous avons tous gagné le jackpot ! reprend Zach pour doubler Noah qui met trop de temps à raconter l'histoire. J'étais déjà à l'abri quand j'ai arrêté de dealer, mais maintenant, je préfère te dire que je suis un sympathique petit rentier à la retraite !

Devant son air de jeune vieux friqué, je ne peux m'empêcher d'éclater de rire. Un rentier à la retraite, c'est beau pour un ancien gosse paumé de Fishersgate qui a connu le trafic de drogue beaucoup trop tôt…

Déposant devant moi un certain nombre de feuillets noircis d'encre, Ruben me sourit en me tendant un stylo.

— Tu n'as plus qu'à signer ici pour reprendre tes biens, mon ami ! Que dis-je, signe ici, future star de la littérature ! Car avec tous les droits d'auteur qui vont te pleuvoir dessus, ce n'est pas millionnaire que tu vas être, c'est multimillionnaire !

— Ouh là… Pas trop vite, banquier ! Ça m'étonnerait que je sois la future poule aux œufs d'or de Brighton ! J'ai rendez-vous avec l'éditrice demain matin pour savoir ce qu'elle compte faire de mes écrits, alors pas la peine de s'enflammer, ils peuvent tout aussi bien finir au fond d'une poubelle !

— Te connaissant, tu ne nous as peut-être pas chié de l'or, mais tu nous auras au moins pondu un best-seller ! m'encourage Lenny en me tapant l'épaule avec joie.

Alors qu'ils font des pronostics pour savoir ce que j'ai bien pu écrire comme connerie en prison, je signe les papiers qui me remettent dans le bain des billets et de l'économie. Même si je n'ai rien fait pour gagner cet argent, je me retrouve avec un compte rempli de zéro, et je ne sais même pas à quoi ça va bien pouvoir me servir. Devenir rentier comme Zach ? Quel intérêt si je n'ai personne avec qui profiter de la vie. Découvrir le monde grâce à l'application qui me permet de voir venir… Pourquoi pas ? Après tout, j'ai perdu assez de temps entre quatre murs pour ne pas avoir envie de m'enfermer à nouveau.

Pas d'attache, pas d'obligation, je suis libre d'aller où je veux… Ce pourrait même être mon nouvel objectif à présent… Le Tibet comme l'aurait aimé mon père ? La Jamaïque comme l'aurait voulu ma sœur ? L'Afrique du Sud pour honorer ma grand-mère ou la Thaïlande pour prier ma mère ? C'est tout un champ de possibles qui s'offre à moi… Le cœur plus léger d'avoir peut-être trouvé un nouveau but à ma vie, je griffonne une espèce de signature que je n'ai plus l'habitude de faire.

— Maintenant que la paperasse est réglée, il est temps d'aller trinquer à nos retrouvailles ! déclare Ruben en fourrageant mes cheveux avec enthousiasme.

***

Après un repas gargantuesque que je n'ai pas pu finir dans un restaurant prisé des Lanes, suivi d'un digestif pour bien le faire passer, nous nous dirigeons vers le bar en flânant dans les rues bondées de touristes.

Le retour à la vie normale a une saveur douce-amère que je ne saurais décrire. Autant j'appréhendais mon premier bain de foule, autant je me sens comme un poisson dans l'eau au milieu de cette masse anonyme qui ne me remarque même pas.

L'atmosphère entre mes amis et moi est à présent moins pesante qu'à ma sortie. Même si on a été séparés pendant de longs mois, je les retrouve comme avant, les délits en moins. Ces trois années les ont fait mûrir, ils sont plus sages, je préfère ça. Je n'aurais pas eu envie de les voir plonger comme moi.

Et à moi, qu'est-ce qu'elles m'ont fait ces trois années ? Elles m'ont délivré de mes démons, elles m'ont confronté à mes torts, et elles m'ont considérablement coûté, aussi bien en temps qu'en amour.

Alors oui, je suis bien plus riche qu'avant, mais à quel prix ?

Finalement, cette foule me correspond bien plus que je ne le pensais. On a beau être entouré, on n'en reste pas moins seul pour autant. Car quand cette journée sera finie, que chacun retournera à ses occupations quotidiennes, qu'est-ce que j'aurai moi, à part de la solitude et deux énormes vides à combler ?

Qu'importe ce qu'il se passera quand la lumière s'éteindra et que je fermerai les yeux, je n'entendrai plus les cris des hommes enfermés, je n'entendrai plus les insultes proférées contre les matons, je n'entendrai que le murmure de mes regrets et les maux de mon âme. Car au final, c'est tout ce qu'elles m'ont apporté ces années… De la douleur, des tourments… Et le souvenir d'un unique rayon de soleil qui ne brillera plus jamais pour moi.

En arrivant au bout des Lanes pour prendre sur King's Road, je reste bouche bée par ce spectacle qui m'avait tant manqué. Face à moi, la mer, calme et lumineuse, s'étend à perte de vue. Sur le sable, des groupes épars bravent la chaleur du début d'après-midi en lézardant au soleil. Combien de fois ai-je rêvé de faire comme eux pendant les canicules d'été où j'étais enfermé entre les murs chauds de la prison ? Mille fois ? Dix-mille fois ? Un nombre beaucoup trop imposant pour pouvoir l'estimer !

Pris d'une pulsion subite, je traverse la route avant de me mettre à courir en direction de cette mer qui m'attire comme un aimant. Sans perdre de temps, j'ôte mes vêtements en continuant ma course folle au milieu des touristes allongés. Certains se redressent pour me voir faire, d'autres râlent pour avoir été éclaboussés par le sable. Mais je m'en tape. Je me fous des réprimandes, je me fous des regards curieux, je veux juste plonger dans le bleu azur de l'eau et me laisser submerger par les vagues pour ne plus penser.

Je ne garde que mon tee-shirt sur moi avant de jeter le reste de mes fringues à une dizaine de mètres de la première vague, mes potes me rejoignent en riant. Zach, aussi fou que moi, se déshabille à son tour, et c'est en même temps que nous nous élançons vers la mer en hurlant comme nous le faisions quand nous étions gamins. D'abord les pieds, puis les mollets, pour enfin me jeter tête baissée dans cet océan toujours aussi frais.

Quand mon corps tout entier rentre en contact avec le liquide salé, je sens toutes les tensions qui me nouent depuis des lustres s'envoler. Plus rien n'existe autour de moi, plus rien ne compte.

J'effectue quelques brasses au large avant de revenir vers le rivage, là où Zach m'attend. Radieux, il me regarde nager dans sa direction en se servant de sa main comme visière, mais lorsque j'arrive près de lui, cet enfoiré m'attaque par surprise. S'ensuit une bagarre mémorable à coup d'arrosages, de croche-pattes sous-marins et autres traîtrises du genre, devant une bande de gosses hilares.

Là, j'ai l'impression de retrouver ma vie, mon insouciance. Là, je revis, je respire, je réalise que je suis vraiment un homme libre.

Bien que cet instant n'était pas prévu au programme, les gars prennent le temps de profiter avec moi. Pour tout dire, ils se sont même baignés alors que Ruben a avoué ne pas l'avoir fait depuis au moins six ou sept ans.

Au bout de deux bonnes heures à discuter de tout et de rien sur la plage ou à mater les femmes en train de bronzer, Lenny nous propose de prendre une bière au *King's* pour profiter de la fin d'après-midi.

Il est près de dix-sept heures, la terrasse est pleine, et la serveuse embauchée pour l'été a l'air dépassée.

Quand nous entrons à l'intérieur, j'ai l'impression de n'être jamais parti d'ici. Tout est à la même place, rien n'a changé. Quelque part, ça me fait du bien de voir cet endroit hors du temps, même si j'ai l'impression de voir Zia partout. Enfin, cette Zia d'il y a trois ans.

Derrière le bar, un visage connu m'interpelle. Il est toujours là, à servir avec ce sourire qui les fait toutes tomber, avec sa gueule d'ange. Toujours aussi beau gosse, Neil prépare une commande sans avoir remarqué notre arrivée.

Oui, rien n'a changé, mais pourtant, tout est différent à présent.

Presque mal à l'aise de me retrouver devant le nouveau mec de mon ex, j'avance en restant un peu en retrait des autres. Je n'ai aucune idée de la réaction qu'il va avoir envers moi. Après tout, avec mon retour impromptu, je pourrais représenter une menace pour lui. Je pourrais revenir avec pour objectif de récupérer celle que j'aime, mais après ce que les autres m'ont raconté, je n'en ferai rien. J'ai perdu ma place dans son cœur, j'ai raté mon tour. Elle m'avait prévenu, c'est bien fait pour ma gueule.

Quand le barman redresse la tête, il aperçoit d'abord ses patrons. Jovial comme à son habitude, il les salue avec entrain avant de poser son regard sur moi.

Son faciès, d'abord enjoué, vire au blanchâtre. Son regard d'azur s'assombrit comme s'il venait de se retrouver nez à nez avec un fantôme.

Tandis qu'il jette le torchon posé sur son épaule contre le comptoir pour faire le tour du bar, je baisse la tête une seconde pour me préparer à la confrontation qui va suivre.

Contre toute attente, Neil s'approche de moi, et malgré son hésitation, il me prend dans ses bras pour m'accueillir.

Bien que la situation me semble étrange, que cette étreinte me paraisse presque de trop, je lui rends son accolade en tapotant timidement son dos. Après tout, depuis combien d'années sommes-nous amis maintenant ?

— Putain, Cam ! déclare-t-il en me maintenant par les épaules à bout de bras pour mieux me détailler. Ça fait tellement de bien de te revoir, si tu savais ! Après tout ce qui s'est passé, j'étais…

— Oui, ça fait un bail ! répliqué-je en me dégageant de ses mains avec habileté pour remettre une distance entre nous.

La gêne doit se lire sur mon visage, car Zach, en sauveur, s'immisce entre nous pour me filer une bière. Heureux de cette intrusion, j'avale une gorgée en venant m'accouder au comptoir alors que Neil reprend sa place derrière le bar. Un léger froid s'abat sur nous, mais les gars embrayent avec la fréquentation du bar et la recette du jour.

Profitant de la fin de la discussion de ses boss pour revenir sur moi, Neil me questionne sur ma libération :

— Je ne savais pas que tu devais sortir, c'est vraiment super pour toi !

— Libération conditionnelle, comme quoi la bonne conduite a du bon !

— Pour être honnête avec toi, Cam, hésite-t-il un instant, avec les sourcils froncés pour marquer son inquiétude, Zia n'est pas au courant. J'ai peur que la nouvelle la perturbe…

— Si elle l'est. On lui a dit hier à la fête, nous interrompt Zach. Elle ne t'en n'a pas parlé ?

Les joues de Neil virent au cramoisi. Inutile de répondre à cette question, la réponse se lit sur son visage.

Le voir dans cette situation délicate me trouble plus que ça ne le devrait. Il vient de comprendre qu'elle a omis de lui parler de ma sortie, et visiblement, ça ne l'enchante guère. Pour tout dire, je n'aimerais pas être dans sa tête à cet instant précis.

— Elle a dû le faire, mais on s'est vite couché après cette grosse journée. J'avoue que je n'ai pas vraiment fait gaffe à tout ce qu'elle m'a dit.

De plus en plus gêné par la tournure de la conversation, Neil reprend son torchon afin de frotter les verres avec énergie en me tournant le dos pour masquer son trouble.

Je devrais passer outre, penser à moi, à me reconstruire, mais je n'y parviens pas. Pour lui, je suis une menace, sauf que je ne suis pas de retour avec pour objectif de me faire des ennemis. J'ai eu mon compte de ce genre de conneries en prison.

— Écoute Neil, je sais que vous êtes ensemble depuis un an, l'informé-je en captant son attention pour qu'il se retourne. Tu as été là pour elle quand elle en avait besoin, alors que je suis celui qui lui a fait du mal. Elle a tourné la page, et moi, je ne veux que son bien alors ne t'en fais pas, je ne vais pas chercher à la revoir, ni à te la prendre si c'est ce qui t'inquiète.

D'un mouvement brusque, il daigne enfin faire volte-face avant de fixer son regard dans le mien.

— Tu n'as aucune idée des épreuves qu'elle a traversées par ta faute, Cameron. Moi, j'étais là à chaque seconde, à chaque changement d'humeur, à chaque pleur. Alors, effectivement, j'apprécierais que tu ne cherches pas à la revoir. Elle a assez morflé, et maintenant qu'elle va mieux, je n'ai pas envie de la récupérer à la petite cuillère encore une fois à cause de toi !

Son ton, bien que cinglant, n'est pas ce qui me dérange le plus dans sa façon de me répondre. Le doigt accusateur qu'il pointe sur moi a le don de faire monter la pression d'un cran, si bien que je me lève de mon tabouret pour lui montrer qu'il n'a pas à m'accuser de la sorte.

Voyant le drame se pointer, Zach et Noah tentent de dérider la situation en s'interposant entre nous.

— Je crois qu'il est grand temps que je te présente Mona ! annonce Zach en me prenant à partie. D'ailleurs, tu ne le sais pas encore, mais la chambre de tonton Cam est prête, elle t'accueillera aussi longtemps que tu en auras besoin !

Tu sais quoi, clame Neil en tapant ses poings sur le bar, Zia emménage avec moi. Alors, je te conseille de garder tes distances ! Tu m'as bien compris ?

T'as raison, je ne sais pas par quoi elle est passée après moi. Je suis conscient d'avoir fait des dégâts, mais j'ai payé pour ça, dis-je en poussant Zach pour soutenir le regard perçant du barman, alors ne me menace pas !

— Arrête de faire le mec qui ignore à quel point elle a eu du mal à remonter la pente. Ne me fais pas croire que tu n'as pas suivi sa vie derrière tes barreaux ! lance-t-il avec véhémence. Maintenant qu'elle est prête à passer à autre chose, ne viens pas foutre la merde dans mon couple, Evans ! T'as fait assez de dégâts comme ça !

REWIND
ZIA

Un an plus tôt

Samedi 25 juin

J'ai la tête à l'envers, je crois bien que c'était le verre de trop.

Je pourrais appeler Sofia pour qu'elle vienne me chercher, mais dans son état, je n'ai pas envie de me battre avec elle pour savoir laquelle ira le plus vite aux chiottes pour vomir.

Surtout que je n'ai pas vraiment envie de la voir en ce moment. Je n'en reviens toujours pas, ma meilleure amie est enceinte, elle est heureuse, elle est amoureuse, et moi je fais quoi ? Je me bourre la gueule avec des connards de la fac que je n'apprécie même pas, alors que je devrais être à sa place ! C'est Cameron et moi qui devrions être en train d'afficher notre bonheur aux yeux du monde !

Putain, mais pourquoi ce n'est pas lui et moi ? Pourquoi ?

Plutôt que de me laisser abattre, je vide la bouteille qui me fait face d'un trait, avant de faire défiler les noms sur mon téléphone. Le seul qui va pouvoir m'aider ce soir, c'est Neil. Après tout, il a bien dit qu'il ferait tout ce qu'il peut pour apaiser mon cœur, alors c'est le moment. J'ai besoin d'apaisement !

Il ne lui faut que deux sonneries pour faire résonner sa voix endormie dans mon oreille presque sourde.

— Neil ? Tu dors ? hurlé-je dans mon haut-parleur pour dépasser le volume sonore qui parvient encore jusqu'aux chiottes de la boîte.

— Zia, ne crie pas comme ça ! Je ne suis pas sourd, bon sang !

À l'écouter grogner de cette façon, je ne peux me retenir de rire. Tu m'étonnes qu'il n'est pas sourd… Avec toutes les gonzesses qu'il ramène chez lui, il n'a pas besoin de s'adonner aux plaisirs solitaires d'un vrai célibataire !

— Zia, reprend-il en insistant sur mon prénom comme le ferait un père prêt à enguirlander son ado qui a fait le mur, il est quatre heures du mat'. Tu devrais être couchée, bordel !

— Je vais y aller si tu viens me chercher ! Neiiiiiillllll, je ne suis pas en état de conduire ! Viens s'il te plaît !

Le souffle sans fin qui s'abat sur mon tympan ne me dit rien qui vaille, je vais me prendre une brasse, c'est certain !

— Putain, Zia ! Tu fais vraiment chier ! râle-t-il alors que je perçois le bruit d'une couette qui se soulève. C'est la troisième fois cette semaine ! J'en peux plus moi !

— Je te jure que c'est la dernière fois, Cap'taine ! dis-je pour l'amadouer. Tu ne vas quand même pas laisser ton petit moussaillon dans l'embarras. Je sais que tu ne me ferais pas ça !

Les bruits qui frémissent à l'autre bout du fil m'aident à visualiser ce qu'il est en train de faire. Je l'imagine en train de remonter son jean sans même prendre la peine de porter un boxer, j'entrevois son tee-shirt glisser sur ses abdos saillants pendant qu'il se baisse pour enfiler ses baskets sans se soucier d'un quelconque manque de chaussettes... Oui, je l'imagine très bien et cette vision a le mérite d'éveiller mon petit côté pervers.

Après tout, ça va bientôt faire deux ans que je n'ai pas baisé... Pourquoi rester fidèle à un mec qui ne veut plus de moi, pourquoi toujours retenir un homme qui se plie à mes moindres demandes et qui ne rêve que d'une chose : me chatouiller le pistil... Au diable Cameron et sa langue magique, au diable ses doigts habiles et son pénis prodigieux... Ce soir, je veux du sexe ! Ce soir, je veux être la fleur de Neil, je veux qu'il me butine, je veux qu'il me pollinise, je veux qu'il me lèche le pétale jusqu'au lever du soleil !

— Je suis au One Kiss, je t'attends devant, ma petite abeille !

— Ma petite abeille ? Mais qu'est-ce que tu racontes, Zia ? Moi, j'en ai marre de venir à ton secours à chaque fois que tu claques des doigts ! J'arrive, je te ramène chez moi et on va avoir une petite explication toi et moi !

— Tout ce que tu veux, joli bourdon ! Fais vite !

Sans attendre sa réponse, je lui raccroche au nez en sortant des chiottes nauséabondes de la boîte de nuit. Dans le couloir, deux filles se roulent des pelles à n'en plus finir. Pendant une seconde, j'imagine que la petite abeille qu'il me faut n'est ni Neil ni Cameron... Et si je tentais avec une gonzesse ? Après tout, mon cœur fonctionnerait comme le sien, elle me ferait sûrement moins mal que Cam... Pendant que je bloque devant les deux amoureuses aux langues entremêlées, l'une d'elles me regarde du coin de l'œil avant de s'arrêter.

— Bzzz bzz, bzzzz bz bzzzz ?

En plein trip apicole jusqu'au bout, la meuf me parle dans un langage que je ne saisis pas.

— Alors, tu veux te joindre à nous, beauté ? lance-t-elle en m'attrapant par le poignet cette fois. Quand il y en a pour deux, il y en a pour trois !

Le cachet blanc sur sa langue agit comme une invitation sur mes sens. J'approche de la bouche de la demoiselle, langue tendue, prête à succomber à son invitation, mais un homme me bouscule si fort que je m'affale au sol sans comprendre ce qu'il m'arrive.

Recroquevillée dans un coin pour ne pas gêner le passage, je regarde les jambes passer devant moi en essayant de me rappeler ce que je devais faire. Encore une fois, je suis seule. Seule, paumée et défoncée. Et lui, il n'est pas là !

Au bout d'un moment, après un laps de temps qui m'échappe, un visage connu apparaît, un corps s'accroupit devant moi. Ce n'est pas Cam, ça ne sera plus jamais lui et moi, je suis pitoyable de me mettre dans un état pareil pour un fantôme de mon passé.

Avec prévenance, Neil passe son bras sous mes genoux pour me soulever tandis que je me sens enfin en sécurité. Lovée au creux de ses bras, je pose ma tête sur son torse et me laisse porter à travers la salle encore pleine de gens. Les lumières m'aveuglent, le son me hérisse le poil, je ne veux pas rester ici. Agrippée à son sweet comme une sangsue en manque, je le laisse m'emporter. Qu'importe le lieu, il peut bien aller où il veut, je m'en fous. Plus rien n'a d'importance.

***

Un mal de crâne carabiné me vrille le cerveau. Impossible d'ouvrir les yeux tant j'ai mal à la tête.

Plongée sous la lourde couette pour ne pas être gênée par le soleil qui transparaît à travers mes paupières, j'inspire et j'expire à un rythme lent pour réprimer l'envie de vomir qui retourne mon estomac.

L'odeur des draps qui effleure mes narines n'est pas étrangère à ma nausée. Ce n'est pas celle de ma lessive. Et si je ne retrouve pas cet effluve d'amande que j'aime tant, ça veut dire que je ne suis pas chez moi.

Avec précaution, je passe la tête par-dessus le drap pour savoir dans quel merdier je me suis fourrée. Même après deux ans à faire n'importe quoi, je ne me suis jamais retrouvée chez un inconnu un lendemain de beuverie. Cette fois, c'est clair, j'ai touché le fond et je ne pourrais pas aller plus bas.

Paniquée à l'idée d'avoir échoué chez un psychopathe en manque de cul, je réalise que je suis en sous-vêtements. Oh putain de bordel de merde ! Je crois que je me suis fait violer. Mon portable, vite...

Tandis que je cherche mon téléphone du bout des doigts, en tâtonnant au pied du lit, la grosse bestiole qui dort à côté de moi ne semble pas être réveillée par mon petit corps qui se faufile sur le côté.

Comme mes mains ne trouvent rien, je glisse un peu plus sur ma gauche afin de me retrouver au bord du lit, mais encore imbibée d'alcool, je dégringole au sol dans un bruit fracassant.

Surpris par le bruit, l'homme avec qui j'ai partagé ma couche quelques heures se redresse en sursautant. Pour ne pas qu'il me voie, j'essaie de m'engouffrer sous le sommier, mais les quelques kilos que j'ai pris sur les fesses ces dernières semaines m'empêchent de me planquer comme je le voudrais.

— Qu'est-ce que tu fais ? Si tu cherches tes affaires, je les ai laissées dans le salon, elles puaient trop la clope et l'alcool !

Bien que je ne connaisse pas l'odeur des draps, cette voix je la reconnais. C'est celle de Neil.

Alors que je remonte doucement ma tête pour m'assurer qu'il s'agisse bien de lui, je me retrouve en face de ses yeux azur et de son sourire moqueur. Rassurée de ne pas avoir fini ma nuit chez un gros pervers déglingué, je saute sur le lit pour le serrer dans mes bras avant de reculer d'une fesse pour camoufler ma poitrine encore vêtue de son soutien-gorge, avec le drap.

— Je t'ai déjà vue en maillot de bain, Zia ! me charrie-t-il en tirant sur le drap. Pourquoi tu m'as sauté dessus ? Il fallait me dire que t'étais d'accord, j'aurais tenté ma chance en rentrant ce matin !

— C'était juste pour te remercier, tête de con ! lancé-je en me tournant pour ne plus voir sa face. J'ai cru que j'étais tombée chez un violeur ou je ne sais quoi encore ! Mais non, finalement c'est encore pire, je suis chez un connard narcissique !

— Le connard narcissique t'a tout de même sorti du couloir où tu t'étais endormie. Complètement amorphe et défoncée, ma beauté !

Je sais qu'il tourne ça à la dérision pour que je ne puisse pas avoir honte de moi, mais en voyant son regard s'assombrir, je comprends à quel point je fais pitié.

Je suis tombée bien bas. J'ai besoin d'aide pour me sortir de là.

En silence, je me recouche sur le côté, remonte le drap jusqu'à mon menton et lui fais face. Il est temps d'affronter la vérité, je suis prête à encaisser.

— Vas-y. Balance ce que tu as à dire, tu en crèves d'envie !

Mes mots sont crus pourtant ma voix est douce comme du miel. Je ne veux pas m'engueuler avec lui, au contraire, je crois qu'il est le seul à pouvoir me sauver à présent.

— Tu n'es plus une enfant, Zia, et je ne suis pas ton père. Je ne compte pas te faire un énième sermon sur ton comportement, il n'y a qu'à voir ta tête pour savoir que tu as compris. Oui, tu merdes plein pot, oui, je suis encore là pour t'aider aujourd'hui, peut-être demain, mais ça ne sera pas indéfiniment, Zia. Ça fait deux ans que je fais tout pour te prouver que je tiens à toi, deux ans que je te soutiens, que je fais profil bas en attendant que tu ouvres enfin les yeux sur moi, mais j'en ai marre, déclare-t-il d'un ton solennel. J'en ai marre de mettre ma vie entre parenthèses pour une femme qui ne me voit pas. On m'a proposé un boulot en France, et je crois que cette fois, je vais m'en aller, Zia !

Scotchée par ses mots, mon unique réaction est de me jeter sur lui pour l'embrasser.

Notre baiser est chaste, presque pudique, pourtant il semble réconfortant. Il est surtout nécessaire pour que Neil ne me laisse pas tomber. J'ai besoin de lui, il ne peut pas partir et me laisser seule ici. J'ai besoin de ses bras solides pour me sortir de cet abysse infernal, j'ai besoin qu'il me fasse oublier le voleur métissé qui est parti avec mon cœur.

Consciente que je suis sur le point de le perdre lui aussi, je recule un peu afin de prendre son visage en coupe dans mes mains.

— Tu ne peux pas partir, car je te vois, Neil. Je ne vois plus que toi.

Malgré la douleur qui me transperce le cœur, je repose mes lèvres sur les siennes pour lui donner un baiser beaucoup plus profond cette fois, plus intense.

Sa main remonte le long de mes fesses pour venir dégrafer mon soutien-gorge, et bien que ça me glace le sang, je me laisse faire sans lui montrer le trouble qui naît en moi.

Quand sa jambe se glisse entre les miennes, que son bassin se colle à mon ventre et que son érection grandissante se frotte à ma peau, je n'ai plus qu'une solution pour tout oublier, pour lâcher prise. Je ferme les yeux et dans ma tête, c'est Cameron qui prend le relais.

8
ZIA

Lundi 3 juillet

Une journée entière à rester enfermée dans quinze mètres carrés alors que le soleil a brillé du matin au soir est une bonne raison pour sombrer doucement dans la folie.

Dans cette alcôve que j'affectionne tant, je regarde les derniers touristes quitter la plage pendant que le soleil se couche sur la mer.

J'aurais pu sortir aujourd'hui, j'aurais pu profiter de ce mois de vacances qui s'étale devant moi, mais j'ai eu peur de le faire. Avec ma chance, à peine aurais-je eu mis un pied dehors que je serais tombée sur l'ex-grand amour de ma vie… Enfin, ex-grand amour… Même après une journée entière de réflexion, je ne sais toujours pas où je peux caser Cameron Evans dans ma liste ! Colonne « ex » ? C'est une évidence puisqu'il ne voulait plus de moi. Colonne « grand amour » ? J'ai beau prétendre le contraire, je crois qu'il était vraiment le grand amour de ma vie, celui qu'on ne croise qu'une fois, celui qu'on ne pourra jamais remplacer. Sauf que coupler *ex* et *grand amour* me chiffonne… Même s'il ne veut plus de moi, il aura toujours sa place dans mon cœur.

Aussi, j'ai bien peur que le croiser fasse ressurgir en moi des sentiments que j'essaie d'enfouir depuis trois ans en vain. Mieux vaut jouer la prudence en restant cloîtrée à la maison, sinon, j'ai bien peur qu'en le revoyant, je change d'avis aussi sec en ce qui concerne cette décision importante que je viens de prendre.

En fouillant dans les placards de la kitchenette pour me dégoter un truc à manger, je réalise qu'ils sont presque vides et que le peu qui s'y trouve encore ne m'inspire pas des masses. Affublée de mon plus beau survêtement, je descends les trois étages qui me séparent de la crêperie et de son odeur divine.

Marita, toujours fidèle au poste, prépare une commande pour un homme qui attend patiemment devant le snack. Le visage sombre, les traits tirés et l'œil morne, Marita s'affaire aux fourneaux sans même se rendre compte de ma présence.

— Coucou ! lancé-je doucement pour ne pas lui faire peur.

Rien, pas de réaction. Pour qu'elle se rende compte de ma présence, je réitère mon salut, plus fort cette fois, elle sursaute en lâchant la poêle qu'elle tenait dans la main.

Dans un bruit fracassant, le poêlon rentre en contact avec le sol tandis que la pâte à crêpe, pas encore cuite, s'étale sur les carreaux de ciment bleutés venus tout droit de la région d'Algarve, au Portugal.

Gênée de s'être fait surprendre, Marita se confond en excuses avant de s'agenouiller au sol pour nettoyer le bazar.

— Je suis vraiment désolée, Marita. Je ne voulais vraiment pas te faire peur !

— Ne t'en fais pas, ma chérie. J'étais un peu distraite. C'est de ma faute ! lâche-t-elle en remettant une crêpe à cuire.

La mine dépitée de Marita me rend soucieuse. Cette femme que je croise tous les jours depuis près de trois ans n'a jamais eu l'air triste ou désemparée, pourtant, aujourd'hui, je lui découvre un masque que je ne l'avais jamais vu porter.

— Est-ce que tu vas bien ?

— Tout va bien ! ment-elle en me tournant le dos pour que je ne la voie plus.

— Arrête de raconter des salades ! Je te connais maintenant ! Je suis sûre que quelque chose ne va pas !

— Je pourrais t'en dire autant, ma chérie ! Tu as vu ta tête ce soir ? C'est la libération de Cameron qui te met dans cet état ?

— Comment es-tu au courant de ça ? demandé-je en fronçant les sourcils. Je ne l'ai appris qu'hier !

— Je suis passée le voir il y a quinze jours. C'est lui qui m'a dit que la commission des libérations conditionnelles devait se réunir jeudi dernier. Si tu me demandes comment je le sais, j'en déduis qu'il ne va pas tarder à sortir.

Je n'arrive pas à croire qu'elle était au courant, mais qu'elle ne m'a rien dit !

Bien sûr, je savais qu'elle rendait visite à Cam une fois par trimestre, mais elle ne m'avait pas parlé de cette visite, et encore moins de la commission de délibération. Enfin, pour être honnête, elle a arrêté de me parler de lui à partir du moment où je lui ai annoncé pour Neil et moi. Pour elle, le renouveau passait par une abstraction totale du passé, alors j'imagine qu'elle ne m'a rien dit pour me protéger.

C'est assez étrange, mais Marita a été comme une seconde mère pour moi. Après mon départ de la maison familiale, j'ai passé beaucoup de temps à la crêperie, notamment pour prendre le petit-déjeuner du vendredi avec Sloan. On a appris à se connaître, on a passé de longues soirées à discuter au début, je l'ai même parfois aidée à faire face aux nombreuses commandes les soirs d'affluence. Alors, j'avoue que j'aurais aimé qu'elle me parle de la sortie potentielle de Cameron, surtout quand elle sait que j'occupe sa chambre depuis trois ans ! Tout comme j'aimerais qu'elle me dise ce qui la travaille au point de lui créer une quatrième grosse ride sur le front.

— Il est sorti aujourd'hui, dis-je en baissant la tête pour ne pas capter son regard empathique. Alors moi, je n'ai pas mis le nez dehors de toute la journée pour ne pas lui tomber dessus.

— Je suis contente qu'il soit enfin tiré d'affaire. Ce n'était vraiment pas un endroit pour un jeune homme aussi bien que lui ! affirme-t-elle en lançant sa crêpe en l'air d'une main de maître. Cela étant, je comprends que ça te chiffonne, ma chérie. Tu dois être un peu perdue.

— Je n'ai aucune raison de l'être ! Tout est très clair dans ma vie, je suis avec Neil et je vais rester avec Neil. Cameron ne voulait plus de moi, je ne vois pas pourquoi ce serait différent parce qu'il est enfin libre.

— Peut-être qu'une discussion vous ferait du bien, déclare-t-elle avec toute la lucidité que lui confère son âge vieillissant. Ne passe pas à côté de ton histoire à cause de vos non-dits. Tu dois être certaine de tes sentiments si tu veux avancer dans la vie, mais surtout pour ne pas être un jour rattrapée par ton passé. Comme moi.

— Comment ça comme toi ?

Au moment où elle s'apprête à me répondre, l'homme entre à nouveau dans la petite échoppe pour récupérer sa commande. Tandis que Marita finit de fermer le sachet en papier et qu'elle encaisse le règlement, je l'observe afin de comprendre ce qu'il se passe. Rien n'est différent autour de nous, si ce n'est cette grosse pochette qui trône sur le plan de travail plein de farine un peu plus loin.

En plissant les yeux, je réussis à distinguer les lettres qui se jouxtent sur le document : A&D… Altwirck & Duncall, tout comme le cabinet que j'intègrerai à partir du vingt-et-un août.

Quand le client s'en va, Marita tente de noyer le poisson sur son humeur en me proposant ma crêpe préférée, une nordique. C'est Cameron qui m'avait fait goûter cette petite tuerie le dimanche de son arrestation. Du saumon, de la crème fraîche, des rondelles de pommes de terre et de l'aneth… J'ai beau avoir goûté toutes celles de la carte, c'est cette recette que je préfère.

— D'accord pour la crêpe, mais je veux savoir ce qui te mine d'abord ! Un jour, une drôle de dame m'a dit que de mettre des mots sur un problème aidait à trouver une solution, dis-je en faisant référence à ma première visite ici.

— Quelle femme éclairée ! approuve-t-elle de son accent chantant. Mais c'est compliqué, Zia. Je ne voudrais pas t'ennuyer avec ça !

— Au contraire ! Tu ne m'ennuies pas, tu m'aides à ne plus penser… Tu n'imagines pas le bien que ça va me faire !

— Si tu le dis…

Alors que je m'installe sur le tabouret qui fait face au comptoir, elle occupe ses petits doigts potelés en découpant le saumon qui va garnir mon repas du soir pour ne pas montrer le stress qui l'enveloppe.

— C'est à cause de mes parents, annonce-t-elle en évitant soigneusement mon regard. Mon père est mourant et ma mère n'arrive plus à tout gérer chez nous. Elle m'a supplié de rentrer au pays.

Pour une nouvelle, c'est assez inattendu. Je ne savais pas que les parents de Marita étaient toujours vivants, je ne savais pas non plus qu'elle envisageait de repartir un jour.

— Tu as envie de rentrer, toi ?

— C'était prévu, mais pas avant une bonne dizaine d'années. Pas avant ma retraite, annonce-t-elle en s'arrêtant de cuisiner.

— Qu'en dit ton mari ?

— Il veut rentrer lui. Il ne travaille plus depuis deux ans et il commence à s'ennuyer ici. Comme nous n'avons pu avoir d'enfant, il n'y a rien qui nous retient à Brighton hormis cette crêperie et l'auberge. Le fruit d'un dur labeur. Trente ans d'une vie.

— Alors qu'est-ce qui te retient ?

— Lino me met la pression pour que j'accepte l'une des offres de ce dossier, mais rien ne me plaît. Ce n'est pas une question d'argent, c'est juste que je ne veux pas partir en vendant à n'importe qui. Tourner la page est déjà un crève-cœur, je veux que ce lieu garde son âme. Qu'il ne devienne pas un énième hôtel hors de prix ou un steak house pour bobo en manque de plage.

Tandis que je l'écoute parler de cet endroit que j'aime tant, je réalise qu'il pourrait devenir exactement ce qu'elle est en train d'énoncer. Plus d'alcôve, plus de crêpe nordique, plus de souvenirs, ni pour Cameron ni pour moi… Hors de question !

— Et si tu trouvais un acheteur qui aime cet endroit autant que toi, tu vendrais avec le cœur plus léger ?

— Sans aucun doute, mais à qui ?

— À moi ?

Ce que je suis en train de lui proposer n'a aucun sens. Je ne connais pas le prix de vente, je ne sais même pas de combien je dispose, mais ça me donne envie. Me lancer tête baissée dans un projet fou, avoir quelque chose à moi, un lien avec lui qui ne pourra jamais disparaître…

— Comment ferais-tu pour te payer ça, Zia ? Ça représente un gros investissement aujourd'hui, ce n'est plus comme à mon époque où Brighton n'était pas une station balnéaire prisée et qu'un bâtiment comme ça valait une bouchée de pain.

— Combien ?

— L'avocat a fait une estimation à 1 200 000 $[26].

— Ah oui, quand même…, bredouillé-je, déçue. Je n'ai pas autant d'argent, c'est certain.

— Ce n'est qu'une estimation, Zia. Rien ne m'empêche d'évaluer le prix moi-même.

— Et comment ? Tu ne vas tout de même pas te priver d'une telle somme ! Comme tu le dis si bien, cet immeuble ne vaut plus ce qu'il valait avant… C'est le prix du marché.

— Il y a le prix du marché, mais il y a aussi le prix du cœur. Je ne cours pas après l'argent à tout prix, tu sais. La crêperie nous a rapporté de quoi couler des jours heureux pour les cent ans à venir alors avec Lino, on ne manquera de rien, c'est une certitude. Ce que je veux surtout, c'est partir d'ici en étant sûre d'avoir trouvé la meilleure personne pour cet endroit. Alors, je suis prête à négocier…

Alors que Marita dépose ma crêpe devant moi, je reste silencieuse en envisageant mes différentes possibilités. Ce que j'ai de côté pourrait me servir d'apport, pour le reste, je pourrais voir avec Ruben pour bénéficier d'un crédit avec un tôt attractif. Reste à savoir jusqu'à combien elle serait prête à descendre.

— Tu sais quoi, je vais voir avec Ruben dès qu'il peut me recevoir à la banque ! Je vais lui demander à quoi je peux prétendre, et je te ferai la meilleure proposition possible !

— Quant à moi, répond-elle avec ce sourire que j'adore, je ferai traîner mes propositions en attente, et je gère mon mari !

Au moment où elle fait le tour du comptoir pour venir me serrer dans ses bras, mille idées fourmillent déjà dans mon esprit. Mille idées pour le futur, mais une seule pour le présent. Si je réussis à racheter l'immeuble, Marita s'en ira. Et ça, ça me fend le cœur.

---

[26] 1 327 086 € selon le cours du change du moment.

Devant moi, à côté de cette crêpe dont elle seule a le secret, mon portable vibre et le nom de Neil apparaît sur l'écran. Racheter les lieux avec lui pourrait être la solution. Il pourrait tenir la crêperie pendant que je bosse au cabinet… Sauf que cette option ne me satisfait pas. Cet endroit, il ne l'aime pas comme moi. Le seul qui pourrait avoir cette prétention, c'est Cameron, pas Neil.

— Réponds-lui ! Il va se poser des questions ! annonce Marita à l'instant où un groupe de jeunes entre dans le petit restaurant. En plus, j'ai du boulot !

Avec un clin d'œil et un sourire, je récupère ma crêpe avant de rappeler mon copain.

Il décroche à la troisième sonnerie, au moment où je passe la porte pour sortir et prendre l'air :

— Salut, j'ai une bonne nouvelle à t'annoncer ! lui dis-je avant qu'il ne prononce un mot.

— Ouais c'est ça ! J'ai ma petite idée sur la bonne nouvelle ! déclare-t-il froidement. Grand, métis, beau gosse et tout droit sorti de prison… C'est pas ça ta nouvelle ?

Muette en entendant la description parfaite de Cameron, je comprends que mon ex est passé au bar et que Neil n'était pas au courant de cette sortie.

— Tu comptais me le dire quand, Zia ? Après l'avoir revu peut-être ?

— Pas… Pas du tout ! Je ne l'ai appris qu'hier, à la fête ! Je ne l'ai pas vu, et je ne compte pas le voir. Tu le sais !

— Je ne sais plus rien, Zia ! Tu ne me mets pas dans la confidence, tu préfères rester seule pour faire le point, tu me remballes à chaque fois que je te demande de vivre avec moi… J'en ai marre. Ça ne peut pas continuer comme ça, Zia ! Tu dois choisir. C'est lui ou c'est moi !

Sentir la souffrance dans sa voix me fend le cœur. Neil ne mérite pas qu'on hésite pour lui, au contraire, il a tout fait pour moi. Il m'a sauvée, alors je lui suis redevable.

Bien que ce choix ne soit pas celui du cœur, il reste celui de la raison. Je ne dois plus hésiter.

— C'est toi ! affirmé-je avec précipitation avant de changer d'avis. Je viens vivre avec toi…

REWIND
ZIA

Trois ans plus tôt

Lundi 31 août

— Quelle merde ! lâché-je en frappant du pied dans un mur non loin de moi. Merde, merde, merde !

Bien que ma motivation pour partir loin de ces gens hypocrites soit à son paroxysme, le trajet qui doit me conduire vers mon indépendance prend fin à un peu moins de deux kilomètres de la maison de mes parents.

Avec mes bagages sous les bras, je suis à bout de souffle, je n'en peux plus. Les valises sont trop lourdes, elles pèsent une tonne, et il me reste encore un bon kilomètre à faire avant d'arriver au prochain abri de bus. Bordel ! Pourquoi ne me suis-je pas assise à celui qui se trouve à deux cents mètres de la maison ? J'avais peur qu'ils viennent me récupérer en voiture, je me suis royalement plantée ! Il n'y a pas eu l'ombre d'une bagnole sur le chemin harassant de ma liberté !

Toujours énervée, mais aussi attristée par la tournure des événements, je sens la culpabilité m'envahir en plus de toutes ces émotions négatives qui me submergent depuis mon départ.

Prenant mon courage à deux mains pour effectuer les mètres qu'il me reste encore à parcourir, j'empoigne mes valises en occultant les larmes qui me brouillent la vue.

Dans ma tête, c'est toujours la même rengaine. Non, mes parents ne sont pas des gros cons profiteurs, ils vont vite se rendre compte de leur bêtise et vont s'excuser pour leur comportement. Non, Cameron ne voulait pas m'envoyer chier cette nuit, il était juste sous le coup de la pression et tout va s'arranger dès qu'il va sortir. En plus, je serai là à l'attendre. Il aura besoin de moi, je dois être là.

Quand j'arrive enfin à l'arrêt tant désiré, je dépose mes grosses valises encombrantes sur le sol avant de me laisser tomber sur le banc pour attendre le bus.

Celui-ci ne met pas longtemps à arriver, et comme un départ vers une nouvelle vie, je monte avec mes bagages en direction du centre-ville.

Pendant le trajet, mon frère m'appelle deux fois, mais je ne lui réponds pas. Il va vouloir faire l'indic pour mes parents en me demandant où je compte aller, sauf que je ne veux pas le leur dire pour le moment. Même Sofia n'en saura rien, elle leur balancerait ma destination, elle craint trop mon père pour lui refuser quoi que ce soit !

Enfin, peut-être qu'avec un peu de temps et de recul, ils comprendront pourquoi je ne leur ai rien dit. Peut-être... En attendant, ils peuvent toujours courir !

— Centre-ville ! annonce le conducteur en s'arrêtant le long de la promenade.

Stressée de devoir porter mes valises à nouveau, je descends pour me rendre vers la soute en freinant des quatre fers. Le chauffeur de bus, qui ne souhaite visiblement pas perdre de temps, sort en même temps que moi pour virer mon farda de son coffre. Sans au revoir, sans mot de politesse, il remonte dans son véhicule en me laissant sur le bas-côté.

La vue de la plage soulage un peu mon mal-être passager, cependant, pas suffisamment pour oublier pourquoi je suis ici.

Chargée comme une mule, je me remets en marche pour atteindre mon ultime point de chute.

Le trajet me semble long et laborieux, un peu comme ces « mud run »[27] *à la mode où Sofia veut tout le temps me traîner, pourtant, après de gros efforts, j'arrive enfin à destination.*

Devant l'auberge de jeunesse où Cameron loue une chambre depuis longtemps, je me retrouve très bête. Comment vais-je rentrer chez lui alors que je n'ai pas la clé ?

Puisque Zach était là cette nuit, c'est qu'il doit posséder ce fichu pass. Sauf que si je le lui demande, il mettra ma meilleure amie au courant, et ça, je ne peux me le permettre pour le moment.

Épuisée, déprimée, perdue, mon corps me lâche, mon cœur craque. Tandis que les larmes envahissent mes joues, je m'effondre sur mes valises pour laisser éclater ma détresse une nouvelle fois.

Il est à peine neuf heures du matin, mais maintenant que les touristes se sont tous fait la malle, la route des plages est encore déserte, alors je reste là, seule, à attendre je ne sais quoi qui puisse me dire ce que je dois faire.

La réponse me vient assez vite finalement, quand une femme tapote mon épaule pour me demander si je vais bien.

---

[27] Mud run : course dans la boue.

— Qu'est-ce qui t'arrive, ma jolie ? Tu t'es perdue ?

Cet accent n'est pas celui d'une Anglaise de pure souche. Non, il est plus chantant, plus doux. Il est mélodieux et rassurant. Son sourire est rassurant lui aussi. En fait, tout chez cette dame d'une cinquantaine d'années est rassurant.

Devant ma difficulté à articuler deux mots, la femme saisit une chaise sur la terrasse de la crêperie qui occupe le rez-de-chaussée de l'auberge, avant de dégager les mèches de cheveux qui camouflent mon visage inondé.

— On pourrait rentrer à l'intérieur pour que tu me racontes ce qui ne va pas. Tu sais, parfois mettre des mots sur un problème aide à trouver une solution.

Sans vraiment savoir pourquoi je lui fais confiance, je la laisse prendre l'une de mes valises pendant que je la suis avec les deux autres.

Tandis qu'elle ouvre la crêperie, elle me retourne pour me faire un clin d'œil.

— Ne t'en fais pas, je suis la propriétaire de l'immeuble, annonce-t-elle pour me faire comprendre qu'elle n'est pas en train de commettre un délit. Je m'appelle Marita, et toi ?

— C'est vous les crêpes nordiques ? Un pur délice, Madame ! lui dis-je en faisant référence à celle que Cam m'a fait goûter la veille. Je m'appelle Zia.

— Zia ? Comme la Zia de Cameron ? me demande-t-elle en s'arrêtant net.

— La Zia de Cameron ? Il vous a parlé de moi ?

— Et comment, ma chérie ! Il ne fait que parler de toi depuis plus de deux mois ! Enfin... Je ne suis peut-être pas censée te dire ça..., grimace-t-elle pour cacher sa gaffe. Tu viens lui rendre visite ?

Sa question me prend de court, je ne sais quoi lui répondre. Dois-je lui dire qu'il a été arrêté cette nuit ? Dois-je mentir ou fuir en courant pour ne pas lui attirer plus de problème ? Au lieu de trouver une réponse à mes questions, j'éclate une nouvelle fois en sanglots, mais la réaction de Marita n'a rien de comparable avec celle à laquelle je m'attendais.

Cette femme, pleine de compassion, me prend dans ses bras, puis me fait asseoir à une table avant de se poser à mes côtés :

— Dis-moi ce qui ne va pas, Zia. Tu sais, je connais bien Cameron depuis le temps qu'il vit ici, et je sais qu'il peut parfois être dur à cerner.

— Ce n'est pas ça, Madame ! C'est que...

Une nouvelle fois, je me demande si j'ai le droit de me livrer à cette femme que je ne connais pas.

Choisissant mes mots avec soin, je lui explique ma situation. L'arrestation de Cameron, ce qu'il était en train de faire, je lui raconte la dispute avec mes parents, mon départ et cette envie d'attendre celui que j'aime chez lui... Je n'arrive plus à m'arrêter de parler.

Marita m'écoute avec attention, elle hoche la tête, semble compatir, et bien que je suis intarissable, je ne peux m'empêcher de penser que je devrais me taire.

À la fin de mon long monologue, mes larmes ne coulent plus, ma bouche est devenue sèche. Mon hôte, empathique, m'apporte un verre d'eau que je bois d'une traite avant de la scruter pour savoir ce qu'elle pense.

— Je me suis toujours bien entendue avec Cameron, commence-t-elle en se mordant la lèvre. J'ai même beaucoup d'affection pour lui. C'est un gentil garçon, toujours poli, toujours serviable... Et c'est vrai que je me suis toujours demandé comment il réussissait à faire front avec sa grand-mère en maison de retraite, ses études à payer, sa chambre ici... Je comprends mieux maintenant.

Son regard a changé. De très jovial, il est devenu plus triste, et ma peur d'avoir fait une erreur en lui racontant tout me prend de plus en plus aux tripes.

— Je garderai votre secret, jolie Zia. Cameron ne risque rien avec moi, annonce-t-elle en caressant ma joue comme le ferait une mère avec sa fille. J'espère qu'il va vite sortir. Même s'il a commis un délit, il n'a pas sa place dans un tel endroit. Et toi, tu vas aller où alors ? Ne crois-tu pas que tu devrais encore parler avec tes parents ? Vouloir quitter le nid du jour au lendemain, c'est un risque, Zia. Es-tu prête à le prendre pour un garçon ?

— Oui. Je crois que oui. Je l'aime vous savez. Je l'aime vraiment !

— OK... lance-t-elle, dubitative. Tu as la clé de sa chambre ?

Gênée de lui répondre que non, elle revient avec le fameux sésame entre les mains.

— On n'a plus qu'à monter tes valises !

Alors qu'elle m'accompagne au troisième, je n'arrive pas à croire que je vais m'installer chez Cam. Je n'aurais jamais imaginé que ça se passe dans de telles conditions, mais voilà, les faits sont là...

En entrant dans la chambre, je retrouve son odeur à peine le seuil franchi. L'émotion me submerge à nouveau, mais je me retiens de pleurer, préférant le faire quand elle ne sera plus là. Elle m'a déjà bien assez supportée comme ça.

— Tu sais où me trouver si ça ne va pas, Zia. Je suis en bas jusque tard le soir au cas où tu voudrais une petite nordique pour remplir cet estomac qui gargouille !

— Merci, Marita ! Je ne sais pas comment vous remercier ! Vous n'étiez pas obligée de me laisser monter, alors vraiment, merci !

— Cameron est presque comme un fils pour moi... Quelle personne serais-je si je laissais sa jolie petite amie dormir dehors, ma chérie ?

Couvée par son regard maternel, Marita me caresse la joue comme s'il s'agissait d'un geste familier entre nous. Je me serais méfiée de quiconque aurait été aussi avenant avec moi, mais avec elle, toutes mes barrières se sont fait la malle. Si Cameron avait suffisamment confiance en elle pour lui raconter sa vie, alors je peux me fier à elle sans me poser plus de questions.

— Je vous paierai le loyer, n'ayez aucune crainte ! dis-je pour la rassurer à mon tour.

— Je n'ai aucune crainte ! La chambre est déjà payée jusqu'à la fin de l'année, alors autant qu'elle serve au cas où Cameron... Enfin..., se reprend-elle en faisant une prière silencieuse. Tout ira bien, j'en suis sûre !

Après avoir glissé le double de la clé dans ma main, Marita tourne les talons pour repartir vers la crêperie en me laissant seule avec moi-même.

Les valises posées au milieu de la pièce, je ne prends même pas la peine de les défaire, préférant me vautrer dans le lit parfumé aux senteurs de Cameron.

L'odeur de l'amande, associée à celle de la peau de celui que j'aime, emplit mon nez et me fait frissonner. Hier encore, nous étions ici tous les deux, en train de faire l'amour. S'il m'avait écoutée, on serait encore là, sous les draps, à profiter l'un de l'autre. Mais au lieu de ça, il me laisse dans le brouillard complet... Et je ne sais pas comment je vais réussir à le supporter.

Anéantie, je ferme les yeux en imaginant son corps près du mien. Le coussin serré entre mes bras, je l'emprisonne de toutes mes forces pour que plus jamais il ne s'en aille...

9
CAMERON

Lundi 3 juillet

Allongé sur le lit king size de la chambre d'ami qui m'a été attribuée, je scrute le plafond sans réussir à trouver le sommeil. Je ne sais pas si c'est le matelas trop moelleux, toute cette place juste pour moi, l'oreiller qui sent bon le frais ou si c'est le silence qui m'oppresse, mais impossible de fermer l'œil.

Ce soir, Zach et Sofia ont été des hôtes géniaux. Ils m'ont accueilli à bras ouverts, ils ont aussi fait preuve d'une grande hospitalité en m'offrant le gîte et le couvert alors qu'ils n'étaient pas obligés de m'aider. Comme l'a dit Zach, j'en aurais fait autant pour lui, car il est mon frère, mais maintenant, ils ont une vie à eux. Une vie qu'ils façonnent pour leur fille. En plus de leur amour et de leur complicité qui crèvent les yeux, ils ont un objectif commun, ils ont un but, celui de tout donner pour Mona.

Mona… J'ai encore du mal à croire qu'il ait appelé sa fille du prénom de ma sœur. Même après ses visites au parloir, même après l'avoir entendu une vingtaine de fois ce soir, je suis toujours aussi surpris quand ils le prononcent.

En même temps, quel meilleur hommage pouvait-il faire à ma sœur ? Il a donné le prénom de son premier amour au véritable amour de sa vie… L'histoire ne pouvait pas être plus belle.

Ce qui m'interpelle le plus, c'est que Sofia puisse avoir approuvé. Cette fille n'était pas aussi conciliante quand on s'est connus. Il faut croire que la maternité peut changer une femme. Ce qui est vraiment le cas ici, car Sofia n'a jamais été plus épanouie que maintenant. Elle est resplendissante, elle respire le bonheur autant que mon pote, et je suis vraiment heureux pour eux. Même si quelque part je les envie.

Je sais qu'il n'existe aucun moyen de remonter le temps, sinon ma vie aurait été bien différente de ce qu'elle est aujourd'hui. Ma famille n'aurait pas péri dans un accident de voiture, je serais avocat, probablement marié avec Zia et peut-être même père moi aussi… Tout aurait été si différent si j'avais fait les bons choix.

Les minutes défilent, le silence a envahi la maison depuis un moment, et ce calme trop serein me fait peur. Je ne peux trouver le sommeil sans les bruits de couloirs, sans entendre les pleurs de mes voisins de cellule, alors j'essaie d'imaginer ce petit bébé endormi dans son couffin, paisible et serein, mais ça m'affole. Je viens de passer trois ans loin de la paix et de la sécurité, je ne sais même pas si je vais pouvoir réapprendre à vivre autrement.

Ce constat m'effraie. Les membres tendus, le cœur qui tambourine dans ma poitrine, tout dans cette pièce me fait peur. L'odeur du propre, le confort du matelas… J'étouffe. Rien à voir avec une simple métaphore, j'étouffe littéralement, j'ai besoin d'air, je dois sortir pour respirer, pour ne pas me faire happer par cet endroit qui m'angoisse.

Sans réfléchir, j'enfile le jogging et le tee-shirt que je portais ce soir avant de me rendre sur le balcon pour prendre une grande dose d'oxygène. Au fur et à mesure que l'air emplit mes poumons, mon cœur se calme jusqu'à retrouver un rythme normal. L'extérieur, la liberté. Ne plus jamais me sentir enfermé, ne plus jamais être emprisonné.

Du premier étage de la villa cosy de Zach, je regarde le jardin parfait à l'image du bonheur de mon ami. Encore une fois, je suis heureux pour lui. Il vit désormais dans un joli quartier, calme et tranquille. Un quartier de parents responsables et rangés. Un quartier à deux pas de celui où vivait Zia.

Quand nous avons fait la route tout à l'heure, j'ai d'abord cru que Zach m'amenait à la villa des Rice. J'ai compris que ce n'était pas le cas seulement quand il a tourné une rue avant.

Me savoir si proche d'elle a tourné en boucle dans ma tête toute la soirée. Même si elle compte emménager chez Neil, je ne sais pas si elle vit encore chez ses parents. Je n'ai pas osé poser la question, d'autant plus que Sofia et Zach ont bien pris soin d'éviter le sujet « Zia Rice »…

Hormis le fait qu'elle soit à présent avec Neil et que mon arrestation a été difficile à supporter, je n'ai aucune idée de ce qu'elle est devenue. Je m'étais promis de lui faire parvenir un exemplaire de mon livre quand j'en aurais un, pour après la laisser vivre sa vie. Finalement, je ne sais même plus si c'est une bonne idée. Elle a enfin réussi à tourner la page, à aller de l'avant, qui suis-je pour réduire ses efforts à néant et l'enfermer avec moi dans un passé dont elle ne veut plus ? Elle a fait ce qu'il y avait de mieux à faire, et je devrais probablement en faire de même…

Après avoir enfilé mes baskets, j'évalue la hauteur qui me sépare du sol. Je n'ai pas effectué ce genre de cascade depuis un bail, mes articulations doivent être quelque peu rouillées, mais impossible de traverser cette maison que je connais à peine sans prendre le risque de réveiller tout le monde.

Alors, ni une ni deux, je prends mon courage à deux mains pour effectuer ce saut, avant de me retrouver sur mes deux pieds comme au bon vieux temps.

Bien que le choc soit un peu brutal pour mes chevilles, je n'ai pas perdu mes vieux réflexes. La muscu intensive de la prison aura eu quelques avantages.

Zach me l'a d'ailleurs fait remarquer ce matin. Moi, je ne fais plus attention à mon apparence depuis un moment, mais c'est vrai que j'ai changé. C'est même une évidence. Tant physiquement que dans ma tête.

Alors que je sors de la propriété sans me faire remarquer, je réalise que je n'ai rien à me reprocher. Je suis un homme libre sur le papier, même si je ne le serai plus jamais vraiment au plus profond de moi.

Mes pas s'enchaînent mécaniquement, ils me conduisent sans même que mon cerveau n'ait besoin de leur donner d'ordre. Ils savent où ils doivent se rendre, ils sont guidés par mon cœur.

Il me faut parcourir deux kilomètres à peine pour arriver à mon point de chute. Quelques minutes de marche qui me ramènent de nombreux mois en arrière.

Devant la villa des Rice, je m'arrête, les bras ballants, l'esprit vide. Je regarde cette maison familière qui n'a pas changé.

Toutes les fenêtres sont éteintes. Ils doivent probablement dormir à poings fermés, sans se douter une seconde qu'un ex-taulard rôde devant chez eux… Et moi, je me revois toutes ces nuits où j'hésitais à entrer par la terrasse de sa chambre pour lui avouer mon amour.

Zia doit être là, derrière ces murs. Si proche et si loin de moi… Lui dire adieux sans même la voir, tourner la page sans caresser une dernière fois sa joue, tirer un trait sur elle sans goûter une dernière fois ses lèvres… Comment pourrais-je vivre sans elle alors qu'elle a imprégné chacune des parcelles de ma peau ?

Je sais que je devrais partir, que je n'ai plus rien à faire là, mais je ne parviens pas à faire demi-tour. Les yeux rivés sur la fenêtre de sa chambre, j'attends un signe. En fait, je ne sais pas vraiment ce que j'attends. Qu'elle allume ou peut-être même qu'elle sorte sur sa terrasse, car elle a senti ma présence ? Juste un signe pour me dire qu'elle ne m'a pas oublié…

— Personne ne t'a prévenu ? résonne une voix derrière moi qui me fait sursauter. Si tu cherches ma sœur, tu ne la trouveras pas ici !

Tandis que je me retourne pour tomber sur Sloan, le petit frère de Zia, je suis surpris de reconnaître les traits d'un jeune homme qui a bien changé. Un poil plus grand que moi, avec une allure plutôt athlétique, celui qui me fait face n'a plus rien du gamin de quinze ans que j'ai rencontré il y a trois ans.

Arrivant de l'angle de la rue, le jeune Rice s'avance vers moi d'un pas décidé, mais à cause de la nuit qui nous recouvre, je n'arrive pas à savoir s'il arrive en ami ou en ennemi.

— Qu'est-ce que tu fais là, Evans ? Je ne suis pas sûr que mon père serait ravi de te revoir devant sa porte, tu sais !

Alors qu'il se plante devant moi en me tendant sa main pour me saluer, je la lui serre avec plaisir.

— J'étais chez Zach, qui habite à deux pas. J'arrivais pas à dormir, dis-je pour me dédouaner de toutes accusations potentielles. Je suis arrivé là sans vraiment y réfléchir…

Ses premiers mots me reviennent en tête, qu'a-t-il voulu dire par « personne ne t'a prévenu » ?

— Je ne pensais pas tomber sur ta sœur, reprends-je pour m'expliquer, et encore moins sur toi, Sloan ! D'ailleurs, tu as sacrément changé !

— Toi aussi ! répond-il en faisant allusion à ma musculature plus présente ou à ma barbe naissante, avant de baisser les yeux, gêné. Je suis vraiment désolé pour ce qui t'est arrivé. J'ai cru comprendre que tu avais fait les mauvais choix, mais tu ne méritais pas ça.

— Tu n'as pas à être désolé, tu n'y es pour rien ! lâché-je alors qu'il détourne le regard avant de s'asseoir sur le trottoir. J'ai fait des erreurs, j'en ai payé le prix. C'est comme ça. Quand on joue avec le feu, soit on gagne, soit on perd… c'est une bonne leçon, crois-moi !

— En effet, je veux bien te croire ! lance-t-il pensif, au moment où je prends place près de lui. Même si, pour avoir suivi l'affaire de loin, il m'a semblé que tu n'étais pas le seul à être fautif. Tu as des nouvelles de ce Tyler ? Tu dois avoir les nerfs contre ce connard !

— Au début, oui ! Je pense que j'aurais pu l'étriper ! Mais après avoir fait de la prison, j'essaie juste de me reconstruire sans penser aux gens qui ont pu me nuire ou me faire souffrir. Je viens de perdre trois ans de ma vie pour de la merde, ça remet les idées en place ! Aujourd'hui, je préfère vivre que de ruminer ma colère. Ça ne me mènera à rien.

— Ma sœur fait partie de ceux qui t'ont fait souffrir ? me demande-t-il sans aucune animosité.

Étonné par sa question, je baisse la tête pour fixer le bitume sous mes pieds. Est-ce qu'elle m'a fait du mal ? Oui, bien sûr ! Savoir qu'elle est avec Neil me fait du mal, ça me déchire le cœur même. Mais je lui en ai fait bien plus encore… Et ça, je ne pourrais jamais me le pardonner.

— Ta sœur… C'est la personne qui m'a fait le plus de bien dans ma vie…

— Oh là ! s'exclame-t-il en me repoussant de l'épaule. Je ne faisais pas allusion aux trucs sexuels qu'elle a pu te faire !

— Rien à voir ! dis-je en riant. Ta sœur, c'était ma planche de salut ! Je voulais tout arrêter pour elle, je voulais me ranger, devenir un mec bien… J'ai réagi trop tard, mais c'est vraiment ce que je souhaitais pour elle. Aujourd'hui, elle est heureuse avec un autre, et c'est tant pis pour moi.

La voix éraillée, je stoppe mon monologue pour ne pas montrer à quel point Zia est et restera ma plus grosse faiblesse. Ensemble, elle me rendait plus fort, mais sans elle, je ne suis rien.

— Tu as dit qu'elle ne vivait plus ici… T'as raison, je n'étais pas au courant. En même temps, je crois que mon entourage a minimisé pas mal d'informations concernant ta sœur, quand ils ne les ont pas carrément évincées !

— Elle ne vit plus là. Elle est partie le lendemain de ton arrestation après une grosse dispute avec mes parents.

Plongé dans ses souvenirs, Sloan regarde au loin alors que la conversation de ce matin au cimetière avec Zach me revient à l'esprit. La dispute avec ses parents, il m'en a vaguement parlé, sauf que j'étais trop distrait pour réaliser ce que ça impliquait pour Zia. Une chose est sûre, c'est qu'il ne m'a rien dit sur l'endroit où elle a vécu ensuite.

Sans même avoir besoin de les lui poser, Sloan reprend son discours en répondant à chacune de mes interrogations :

— Quand deux flics sont venus nous avertir de ton arrestation, mes parents ont demandé à Zia si elle était au courant de… de tes activités. Elle leur a dit qu'elle l'était depuis peu, mais elle a surtout pris ta défense en leur expliquant que tu raccrochais. Ils lui ont demandé si l'argent qu'ils avaient récupéré venait de toi, et là, c'est parti en vrille. Le ton est monté, mon père a même giflé ma sœur ! De fil en aiguille, elle a fini par faire ses valises. J'ai bien essayé de la retenir, puis de la faire revenir à la maison, mais elle m'a évité pendant quelque temps. Même si ça a été dur à l'époque de la voir quitter la maison, je crois que cette épreuve nous a rapprochés. Aujourd'hui, je suis sa seule famille puisqu'elle ne parle toujours pas aux parents, et si tu veux mon avis, cette histoire avec Neil…, commence-t-il en me fixant droit dans les yeux. Ce n'est qu'une passade. Elle ne m'en a jamais parlé, mais vu comme elle a morflé, je ne crois pas qu'elle puisse réellement avoir tourné la page sur toi.

Entendre ce genre de mots dans la bouche du mec qui est le plus proche d'elle après son nouveau mec me file la chair de poule. Se pourrait-il qu'il dise vrai et qu'elle pense toujours à moi ? Impossible d'en avoir la certitude sans lui poser la question… Ce que je ne ferai pas pour ne pas m'interposer dans sa nouvelle relation.

— En tout cas, heureusement qu'elle avait ta piaule à l'auberge, sinon je ne sais pas où elle aurait fini !

— Tu veux dire qu'elle a vécu dans ma chambre après son départ ?

— Ouais, mon pote ! Je ne l'ai pas su tout de suite, car elle ne voulait pas que je la balance aux darons, mais elle avait bien posé ses valises là-bas ! D'ailleurs, je dois peut-être lui filer un coup de main pour les rapatrier chez Neil dans la matinée, si lui n'est pas dispo pour l'aider.

Scotché par ses confidences, je réalise que, d'une part, les gars m'ont caché pas mal d'informations importantes, mais aussi que Zia a vécu chez moi pendant tout ce temps.

Elle est avec Neil depuis un an, et elle attend ma sortie pour aller vivre avec lui… Pourquoi ? Est-ce seulement pour me rendre mon minuscule appart et enfin commencer sa nouvelle vie sans regarder vers son passé ? Ou est-ce parce qu'elle a peur de me tomber dessus si je rapplique là-bas ? Quoi qu'il en soit, savoir qu'elle est restée à l'auberge tout ce temps me remplit d'émotions. Elle a tourné la page sur notre relation, mais elle n'a pas totalement fait une croix sur moi. Avec de telles informations, impossible de ne pas la revoir pour être certain que tout est définitivement fini entre nous !

Voyant le trouble naître en moi, Sloan se racle la gorge, gêné par le silence qui vient de s'installer.

Au bout de quelques minutes, alors qu'il s'amuse avec les petits cailloux qui bordent le trottoir, il reprend la parole :

— Tu sais, je dois te remercier, Cameron…

— Me remercier de quoi ? demandé-je, surpris.

— Le jour de ton arrestation, j'ai compris que la vie pouvait basculer en un instant. Il y a trois ans, je fumais de l'herbe comme un dingue, je commençais même à toucher à des substances beaucoup plus nocives ! Je faisais des trucs pas clairs pour pouvoir me payer tout ça… Mais grâce à toi… Enfin, indirectement… J'ai compris que ce genre de merde pouvait m'attirer beaucoup plus de problèmes que ce que je pensais.

— T'entends quoi par des trucs pas clairs ?

— Voler de la thune à mes parents, revendre des trucs à droite à gauche pour me faire du blé, squatter dans des endroits pas nets… Pas de gros délits, mais de quoi me prendre un bon coup de bâton sur les doigts. Quand j'ai appris que tu allais payer le prix cher, alors que tu ne faisais pas ça que pour toi, ça m'a vachement refroidi. Je crois que ça m'a même remis la tête à l'endroit ! Et pour être honnête, arrêter la drogue m'a permis de pouvoir soutenir ma sœur de mon mieux quand elle en a eu besoin.

— Ravi que ça ait pu servir à quelqu'un ! ironisé-je en lui donnant un coup d'épaule amical. Trêve de plaisanterie, à l'époque ta sœur m'avait confié qu'elle se faisait du souci pour toi et pour ta consommation de plus en plus importante. Je lui avais promis de l'aider à te sortir de cette merde, j'ai pas eu le temps de le faire, mais…

— Mais, t'as tenu ta promesse ! C'est derrière moi tout ça. Et pour toi aussi maintenant ! Tu sais ce que tu vas faire ?

— Je ne suis pas encore sûr de ce dont j'ai vraiment envie. Pour mes études d'avocat, c'est mort. On a rarement vu un avocat avec un casier, dis-je en plaisantant pour dérider la question pesante de mon avenir incertain. J'ai bien un projet qui pourrait se concrétiser demain, j'attends de voir ce que ça donne avant de me prononcer, mais si ça fonctionne, je pourrais remercier le milieu carcéral pour ma reconversion !

— Un projet top secret ?

— Pas top secret, mais j'en saurai plus demain ! On m'a dit que t'allais bosser au bar à la rentrée, on aura le temps d'en reparler !

— Avec plaisir ! Tu sauras où me trouver ! lance-t-il en se levant avant de m'offrir sa main pour m'aider à me relever à mon tour. Ça aussi, Zia va avoir du mal à tourner la page !

— De quoi ? Le bar ? Ce n'est qu'un job d'étudiant, si elle a l'opportunité de faire autre chose, c'est bien, ça veut dire qu'elle avance !

— Mais ce bar a été un peu comme une seconde famille pour elle. Et puis, c'était le dernier lien qu'elle avait avec toi. Je sais que tu n'as pas voulu la voir quand tu étais en prison, mais maintenant ?

— Mais maintenant quoi ? Ce n'est pas parce que je suis sorti que je dois venir foutre le bordel dans sa vie ! Elle mérite d'être heureuse, je n'ai pas le droit de venir la perturber encore une fois. Comme tu l'as dit, elle a morflé à cause de moi, je ne veux plus la faire souffrir !

Alors qu'il commence à s'éloigner en direction de la maison de ses parents, il stoppe devant le portail, et sans me regarder, il me met en garde une dernière fois avant de disparaître :

— C'est vrai que tu as fait des conneries par le passé, on ne peut pas le nier, mais arrête d'être con, sinon, tu vas passer à côté de ta vie… Et quand je dis « vie », je sous-entends plutôt « Zia », mec !

Comme avant son arrivée, je me retrouve seul, planté dans la rue, face à cette maison qui ne m'est désormais d'aucune utilité puisque Zia ne s'y trouve plus.

À l'auberge ! Je n'arrive pas à réaliser qu'elle a vécu à l'auberge pendant trois ans, et que personne n'a daigné m'en parler avant ce soir ! Pourquoi me l'avoir caché ? J'aurais pu lui écrire pour lui dire à quel point j'ai été idiot, à défaut de le lui dire en face !

De la même façon qu'à l'aller, mes pas me ramènent vers la maison de Zach sans que mon esprit n'ait besoin de leur en donner l'ordre.

Pendant deux kilomètres, je rumine en repensant à tous ces gens qui auraient pu me dire à quel point la vie de Zia était partie en vrille à cause de moi. Même Marita était au courant ! Elle qui est passée me voir si souvent, n'a jamais évoqué la location de ma chambre par Zia ! Elle a intérêt à tout me déballer demain midi pendant notre brunch !

En attendant, j'ai beau essayer de leur trouver des circonstances atténuantes à tous, ça me reste tout de même en travers de la gorge !

Je ne sais pas encore ce que je vais faire concernant Zia, mais une chose est sûre, c'est que je vais demander des comptes aux autres ! En commençant par Zach quand il sera levé…

10
CAMERON

Mardi 4 juillet

La tête en vrac après cette nuit quasi blanche, je file sous la douche qui se trouve dans la salle de bains de ma chambre. Je n'avais pas pensé à ce détail depuis ma sortie, mais quel plaisir de pouvoir prendre une douche tout seul, dans un lieu accueillant et calme, de pouvoir se délasser autant de temps qu'on le souhaite, de profiter de l'eau bouillante pendant de longues minutes sans entendre un gardien nous hurler dessus pour que l'on se « speed le cul » !

Une pluie chaude s'abat sur ma tête pour couler le long de mon dos, et le souvenir de ma dernière douche en tant qu'homme libre me revient en mémoire pour me fendre le cœur. Cette douche, je l'avais prise avec Zia dans la minuscule salle de bains commune de l'auberge. Bien que le lieu ne se prêtait guère à nos ébats, ce fut un moment hors du temps. Un instant volé qui s'imprègne désormais dans ma tête comme un souvenir plus douloureux qu'agréable.

Ce jour-là, on parlait de vie commune, de recherche d'appartement, on parlait d'avenir et d'amour… Sauf que je suis seul dans cette douche qui appartient à mon pote, et que dans mon futur, elle prendra ses douches avec un autre.

Tenace, incrusté dans chacun de mes neurones, le corps de Zia se reforme devant moi comme un hologramme presque palpable.

Bien que mon activité sexuelle ait été un vaste désert aride pendant trois ans, mes fonctions primaires reprennent le dessus quand j'imagine ses seins dressés contre mon torse. La main contre mon sexe, j'enclenche un léger mouvement d'avant en arrière en fixant son corps dans mes rétines, mais la magie n'opère pas. L'excitation est là pourtant, l'envie de la prendre n'a même jamais été aussi pressante, sauf que mon bras se bloque et ce début d'érection retombe comme un soufflé.

Elle n'est plus à moi. Jamais je ne pourrai la posséder à nouveau. Mon cœur et mon corps le savent si bien qu'ils ne laissent pas à mon esprit le plaisir de se soulager, ni même par une ébauche d'illusion pour le satisfaire.

Si ça se trouve, après trois ans de prison, je ne serai peut-être même plus capable d'honorer une femme si je ne peux plus bander…

De toute façon, à quoi ça me servirait d'avoir la trique si ce n'est pas pour la satisfaire elle ? Plus à rien, j'en ai bien peur. Qui voudrait se taper un ex-taulard complètement paumé, et toujours amoureux de son ex ?

Blasé par ce constat brutal, j'écourte ma première douche pour aller me sécher rapidement, avant d'enfiler un jean et un tee-shirt pour me rendre à mon premier rendez-vous de la journée avec Jess, mon éditrice.

Dans la cuisine, Sofia est en train de préparer un biberon pour Mona en se tortillant de gauche à droite. La voir dans sa cuisine est une sensation étrange à laquelle j'espère vite m'habituer. Après tout, je n'étais pas là, mais la vie a continué, je dois m'y faire.

Alors que je lui lance un bonjour rapide pour qu'elle ne soit pas choquée par ma présence quand elle se retournera, c'est une tout autre réaction qui m'attend. Au moment où elle m'aperçoit, son visage s'illumine.

Précipitamment, elle récupère sa fille pour me la mettre dans les bras sans me demander mon avis, avant de me lancer :

— Le bibi est prêt ! Tu n'as qu'à t'installer dans un fauteuil pour lui donner ! Je suis désolée, mais j'ai beaucoup trop envie de pisser !

Sur ce, elle se met à courir dans l'escalier, puis disparaît en me laissant seul avec un petit poupon de six mois et une connaissance quasi inexistante en ce qui concerne le fait de donner un biberon à un nourrisson.

Joyeuse et souriante, bébé Mona me regarde de ses grands yeux marrons avant de lever sa minuscule main vers mon menton pour frotter ma barbe.

Le contact de sa peau contre la mienne a un pouvoir presque magique. Ce petit corps apaise mes maux instantanément, et même si je n'y connais rien en biberon, je m'installe dans l'un des confortables fauteuils du salon avec confiance.

Tandis que j'approche la tétine de sa bouche, la demoiselle s'en empare avec voracité au point de me faire rire.

Rire.

Un verbe que je n'avais pas employé depuis un bail !

Les occasions de rire en prison sont assez rares. Certes, on essaie de détendre l'atmosphère avec des blagues ou des anecdotes, mais ça faisait longtemps que je n'avais pas ri de si bon cœur.

Regarder Mona engloutir son lait est plaisant. C'est même agréable. Elle m'étudie de ses grands yeux avides de nouveautés alors que j'essaie de lui faire de stupides grimaces pour la faire sourire. Le pire dans tout ça, c'est que ce jeu entre nous fonctionne à m'en faire perdre toute notion de temps.

— Je vois que ma fille a réussi à te dérider un peu, elle au moins ! me lance Zach, sarcastique.

— Pas sûr qu'il y ait beaucoup de personnes qui se lancent dans des one-man show le jour de leur sortie de prison ! rétorqué-je au moment où il s'approche de moi pour me checker la main. Laisse-moi un peu de temps pour redevenir drôle !

— Je ne voudrais pas t'offenser, mon pote, mais… tu ne l'as jamais vraiment été ! Sérieux, concentré, studieux, raisonnable, oui… Mais drôle… non !

Alors qu'il se fout ouvertement de moi, je lui montre mon majeur pour lui faire comprendre que sa parole n'a que peu de valeur. Si sa fille rit aux éclats en me voyant faire le pitre pour elle, alors ça me suffit largement !

— Au fait ! Tu sais que tu n'es plus obligé d'escalader les balcons pour entrer ou sortir d'une maison ! me lance-t-il en se posant dans le siège en face de moi. La porte est accessible à toute heure du jour ou de la nuit ! Je peux même te faire un double des clés si ça peut te dissuader de te prendre encore pour un cambrioleur !

Pris en flag ! Moi qui pensais avoir été discret, je me suis bien planté !

— Comment tu le sais ?

— Les caméras, Evans ! Je traîne avec des voleurs depuis mon adolescence, autant te dire que j'ai pris mes précautions !

Son humour caustique me fait sourire. Des caméras ! Je suis con, j'aurais pu m'en douter !

— Je sortirai par la porte la prochaine fois ! dis-je en guise d'excuse.

— Du coup…, hésite-t-il un instant. T'es sorti pour faire quoi ?

Son visage crispé me met sur la piste de ses pensées. Le « pour faire quoi » ne fait pas référence à une action, mais plutôt à une personne. Après tout, à part Sloan, je n'ai pas croisé âme qui vive dans le quartier. En tout cas, rien qui ne mérite d'être mentionné, ou qui ne nécessite une justification.

— Je n'arrivais pas à dormir. C'est étrange, mais c'était vraiment trop calme… Enfin, tu vois quoi… Pas comme en prison.

— J'imagine qu'il va te falloir quelques nuits pour retrouver un sommeil tranquille.

— J'imagine aussi… En tout cas, je ne pourrai plus jamais dormir aussi bien qu'elle ! lancé-je pour dédramatiser la situation, en caressant du bout des doigts la douce joue du bébé qui s'endort à présent dans mes bras.

— Tu sais, Cam… Je ne pourrai jamais vraiment comprendre ce que tu as vécu en prison, mais… je veux que tu saches que je suis là si tu as besoin d'en parler.

Pendant une seconde, j'ai envie de lui demander pourquoi il ne m'a rien dit au sujet de Zia. Pourquoi je n'ai pas su qu'elle avait vécu chez moi pendant tout ce temps, pourquoi il a minimisé la crise qu'elle a traversée, pourquoi il m'a tenu à l'écart de la vie de la personne qui comptait le plus pour moi… Mais à quoi bon déterrer des cadavres là où ça n'a plus lieu d'être. Elle a changé, j'ai changé, et ce n'est pas Zach qui est fautif de tout ça. Si je lui pose toutes ces questions, il va me dire qu'il l'a fait pour mon bien, et je suis certain qu'il le pense vraiment. Après tout, il est comme mon frère.

— Je sais, Zach ! Ne t'en fais pas, je vais bien ! le rassuré-je avant de regarder ma montre avec délicatesse pour ne pas réveiller la belle endormie. Et d'ailleurs, j'ai rendez-vous avec mon destin dans trente minutes ! Il faut que j'y aille !

Avec précaution, je me relève pour m'avancer vers mon ami afin de lui rendre ce petit corps tout chaud qui me réconfortait jusqu'alors.

Zach a de la chance ! Avec ce mini lui dans sa vie, il sait maintenant quel sens lui donner. Oui, il a de la chance !

Complètement gaga de la bouille d'ange qui roupille, il récupère sa fille sans la réveiller avant de la coller contre son torse. Le grognement qui s'échappe de la minuscule bouche me fait sourire, mais c'est le gros pet qu'elle lui lâche sous le nez qui me donne le plus la pêche ! À voir la tête de dégoût qu'il tire en essayant de chasser l'odeur nauséabonde qui vient d'envahir son espace, je me dis que, finalement, j'ai encore un peu de temps devant moi avant de subir ce genre de désagréments.

À pas feutrés, je sors de la maison par la grande porte cette fois, avant de me diriger vers ma voiture. Les gars l'avaient récupérée pour moi, et l'ont gardée dans un garage pendant trois ans.

Peut-être qu'ils ne pourront jamais comprendre ce que j'ai vécu en prison, en attendant, moi, je ne pourrai jamais leur exprimer à quel point je suis reconnaissant de tout ce qu'ils ont fait pour moi pendant mon absence.

Quand je grimpe dans ma voiture, l'atmosphère qui emplit mes narines me revient en pleine tête. Elle n'a pas changé. C'est la même que la dernière fois que je l'ai conduite. Une senteur de cuir mêlée aux effluves fruités de Zia.

Comment l'habitacle a-t-il pu conserver ce parfum aussi longtemps ? Je sais que la voiture n'a pas bougé pendant tout ce temps, mais tout de même, c'est assez dingue de retrouver les mêmes odeurs.

Derrière le volant, je retrouve enfin cette liberté qui m'a tant manqué. Mettre le contact, entendre le moteur ronronner, passer une vitesse et partir à l'aventure…

Les étapes de démarrage se succèdent sans que mon esprit n'ait besoin de se poser de question. Conduire, c'est comme marcher, ça ne s'oublie pas.

Tandis que je sors de la propriété des Davis, je prends la route qui mène au centre-ville. Après avoir appuyé sur le bouton *on* de l'autoradio, je zappe d'une station à l'autre jusqu'à trouver une musique qui me plaise. Le son à fond dans la bagnole, je profite des basses qui résonnent dans mes oreilles en réalisant que la musique est primordiale dans la vie. *Putain, comme ça m'avait manqué !*

Le trajet vers les Lanes est bien trop court pour que je puisse profiter pleinement de ce moment de détente, si bien que je me promets de me faire une petite virée en solo très rapidement. Après tout, je peux me le permettre, personne ne m'attend nulle part.

Arrivé près de mon point de rendez-vous, je galère à trouver une place en ce début de mois de juillet. C'est sûr qu'en prison, on n'a pas besoin de se prendre la tête avec les touristes et les embouteillages !

Il me faut presque vingt minutes pour me dégoter un parking pas encore pris d'assaut par les vacanciers. Bordel, mais que viennent-ils donc faire dans le centre de si bonne heure, un mardi matin ?

En m'engouffrant dans les rues commerçantes, je comprends vite pourquoi les parkings affichent tous complet. J'aurais dû m'en souvenir, mais ce genre de détail m'est sorti de la tête depuis un bail.

Au milieu des étals du marché qui s'étendent dans les rues piétonnes, je prends le temps de rejoindre le café où Jessica m'attend.

La revoir en dehors des murs de Fekes me rend fébrile. C'est comme si je devais mélanger deux mondes qui n'ont rien à faire ensemble. Pour autant, elle va peut-être changer ma vie, alors impossible de ne pas mixer les univers.

Quand j'arrive devant le café qu'elle a choisi, je la cherche du regard sans la voir. J'ai quelques minutes de retard à cause de ma traversée, mais pas suffisamment pour qu'elle soit déjà partie.

J'entre pour jeter un œil à l'intérieur, je ressors, scrute les gens de la terrasse, mais rien. Enfin, rien jusqu'à ce qu'une femme aux cheveux longs, vêtue d'un tailleur cintré qui sculpte son corps à la perfection se plante devant moi.

— Jess ! Waouh ! Je ne t'aurais jamais reconnue si tu n'étais pas venue vers moi !

Quand j'ai rencontré Jessica Stanhart le jour de notre premier stage d'écriture, j'ai trouvé que c'était une très jolie femme. À l'inverse de tous les autres, je n'ai jamais cherché à me la taper, et pour cause, même si j'ai été ignoble avec Zia, mon cœur n'a jamais été disposé à s'intéresser à une autre qu'elle !

Cela étant, j'ai vite compris qu'elle n'était pas là pour s'amuser et qu'aucun des mecs de Fekes n'arriverait à s'attirer les faveurs de la belle responsable éditoriale. Ils auraient eu beau faire de leur mieux pour lui plaire, Jess est une carriériste telle qu'elle est obnubilée par son travail et rien d'autre.

Pour ma part, puisqu'il n'y avait aucun jeu de séduction entre nous, j'ai vite sympathisé avec elle. Drôle, gentille, et vraiment très pro, elle m'a aidé à me transcender dans mes écrits. Si je suis parvenu à écrire tout un manuscrit, ce n'est pas que grâce à mon amour pour Zia, c'est aussi parce que Jessica ne m'a pas lâché. Elle a su déceler en moi un talent dont je n'avais jamais soupçonné l'existence. Et elle a bien fait, car ce livre m'a permis de tenir le coup ! Sans lui, je ne sais pas ce que je serais devenu !

— Aïe ! Aïe ! Aïe ! Mais regardez-moi cette beauté ! dis-je en étreignant ma future boss avant de la suivre à travers les tables pour aller nous asseoir. La prison ne te va vraiment pas au teint ! Tu es resplendissante à la lumière du jour !

— Merci, beau gosse ! Je ne te retourne pas le compliment, tu as une tête de déterré ! Ta sortie ne s'est pas bien passée ?

Au moment où elle lève le bras pour interpeller la serveuse, je commence à lui narrer le court récit de ma liberté retrouvée. Attentive comme un poisson rouge dans un bocal, Jess tapote sur ce fichu portable greffé à sa main en continu tout en tendant une oreille pour m'écouter.

Quand je finis mon monologue sur ma rencontre avec Sloan, elle se retourne enfin vers moi avec un sourire victorieux aux lèvres.

— La voilà, la fin de ton histoire ! Ils vécurent heureux et eurent beaucoup d'enfants ! ironise-t-elle en sirotant une espèce de jus de légumes bio qui me file la gerbe. Trêve de plaisanterie, je t'avais dit que tu la retrouverais ! J'te l'avais dit ou j'te l'avais pas dit ?

— Oui, tu l'as dit… Mais pour le moment, il n'y a rien de fait. Ce n'est pas parce qu'elle a habité chez moi qu'elle m'aime toujours !

— Alors, il faut que tu en aies le cœur net, Cameron ! Tu me parles de cette Zia depuis des mois, tu es dingue d'elle ! De ma vie, je n'ai jamais entendu une histoire aussi folle que la vôtre alors je t'interdis de laisser passer ta chance ! Tu dois lui dire ce que tu ressens pour elle, peu importe sa réponse ! Si elle t'aime toujours, alors j'avais raison et on pourra peut-être se faire un second tome ultra romantique, mais si c'est le contraire, dans ce cas-là, on prévoira une très grosse tournée à travers le Royaume-Uni pour tourner la page, avant de s'attaquer à la France et aux States !

— Tu vois loin pour cette histoire, Jess ! Je ne suis pas certain que ça plaise autant que ça !

— Laisse-moi rire ! Un beau gosse qui écrit une histoire d'amour aussi prenante… C'est le succès assuré ! lâche-t-elle en posant un manuscrit sur la table. D'ailleurs, tu as choisi les prénoms que tu voulais donner à tes personnages ? Je t'ai imprimé la version originale, mais j'ai besoin des noms de substitutions pour la présentation au comité de lecture.

— Quand a lieu la réunion déjà ?

— D'ici une vingtaine de jours ! Ça te laisse moins de quinze jours pour m'envoyer ta proposition avant que je me mette en mode chacal. Tu es mon poulain, Cam ! Avec toi, je sais qu'on va aller loin, alors je te jure que je ne lâcherai pas le steak ! On va tous les mettre sur le cul !

— Je n'ai aucun doute sur ton efficacité à me vendre ! Tu l'as déjà fait auprès du directeur de la prison pour les heures sup en écriture ! dis-je en récupérant l'ouvrage qui trône sur la table.

— Prends en soin ! annonce-t-elle en posant sa main sur la mienne. Il vaudra des millions un jour !

— T'es vraiment tenace ! plaisanté-je. J'espère que tu dis vrai ! J'espère surtout qu'elle ne va pas me l'envoyer à travers la tronche le jour où elle tombera dessus !

— Tu t'es décidé à lui faire lire ou tu préfères l'esquiver jusqu'à la sortie ?

— Mon choix n'est pas encore arrêté… Tout est si compliqué !

— Je crois surtout que c'est toi qui te compliques la vie, Cameron ! De quoi tu as peur exactement ?

Parler à cœur ouvert avec Jessica me semble plus facile à faire qu'avec Zach. Il est mon meilleur ami, pourtant, avec son œil extérieur, elle me donne un avis plus objectif. Elle a lu le livre, elle a découvert mes pensées les plus intimes. Même si Zach me connaît depuis un temps infiniment long, le regard neuf de Jess m'aide à y voir plus clair.

— Et si elle n'aimait pas du tout ce que j'ai fait d'elle dans le livre ou ce que j'ai imaginé à sa place ? Et si elle m'en voulait d'avoir déballé notre vie sur la place publique ? J'ai déjà si peu de chances de la reconquérir, ça pourrait les ruiner à zéro !

— Tu t'es lancé dans la romance, car elle adore ça, tu t'es basé sur des souvenirs qu'elle t'a racontés, tu as écrit un livre pour lui prouver à quel point tu l'aimes… Merde, Cameron ! Ouvre les yeux ! Quel homme fait ça de nos jours ? Le romantisme se perd, alors quand les lectrices apprendront qu'elles ont été tes motivations, je te garantis que tu auras des milliers de Zia à tes pieds !

Alors que je m'apprête à rétorquer, Jess pose son doigt sur ma bouche pour me faire taire. Ce geste, bien trop personnel, me surprend. Jessica n'est pas le genre de femme à se laisser aller à des élans de promiscuité. Du moins, c'est ce que j'ai cru comprendre d'elle en prison. Mais à la voir aussi apprêtée, aussi féminine et aussi tactile, je commence à me dire que je me suis peut-être trompé sur son compte.

— Je sais ce que tu vas me dire ! Tu ne veux pas de milliers de Zia, tu n'en veux qu'une… Et bla-bla-bla ! Alors vraiment, Cameron, si tu veux avancer dans la vie, tu dois la revoir, tu dois jouer cartes sur table pour savoir si tu as encore une chance avec elle… Sinon, j'ai bien peur que tu finisses par t'emprisonner dans cette relation. Et là, ça n'aura plus rien de romantique, ça deviendra toxique !

Les mots se propagent dans ma tête à la vitesse d'une rumeur en prison. Elle n'a pas tort. Maintenant que je suis un homme physiquement libre, je dois aussi libérer mon esprit. Et pour ce faire, il n'y a pas pléthore de solutions, il n'y en a qu'une. Je dois revoir Zia, et ce, le plus vite possible !

— T'as raison ! lâché-je alors qu'elle pose sa main sur la mienne en me souriant. Je dois la revoir pour savoir ce qu'il en est, sinon, ça va me bouffer.

— Je te laisse quinze jours pour clarifier ta situation avant de boucler mon programme de promotion ! lance-t-elle pour dérider la situation. Qu'importe comment cela va finir, je serai là pour toi !

REWIND
CAMERON

Deux ans plus tôt

Lundi 4 janvier

— Messieurs, nous vous avions annoncé que si l'imprimerie fonctionnait bien, avec une équipe sérieuse et impliquée, nous pourrions envisager de vous offrir un atelier d'écriture une fois par semaine ! Aujourd'hui, je suis ravi de vous annoncer que l'imprimerie remporte un franc succès et que nous sommes fiers de votre implication au sein de cette nouvelle entreprise ! annonce l'homme qui nous toise de son mètre quatre-vingt-dix et quelques. Aussi, pour honorer ma promesse, nous accueillerons Miss Stanhart dans quelques minutes !

Tandis que le directeur de la prison nous fait un speech sur la suite des événements, avec un sourire plus que satisfait aux lèvres, je ne peux m'empêcher de détailler la longueur de sa barbe grise. Je ne sais pour quelle raison je pense à quelque chose d'aussi futile, mais ce type a des poils au menton si longs qu'ils touchent presque son torse.

Depuis que je suis en prison, j'ai perdu l'habitude de me raser tous les jours. À quoi bon être rasé de près, ou même juste être présentable, quand on passe ses journées avec un vieux lascar ou toute une ribambelle de mecs plus crades les uns que les autres !

Pendant une seconde, l'idée de devenir l'un de ces mecs crades me terrifie. Est-ce qu'on devient de plus en plus sale au fur et à mesure de nos années de prison ? Si c'est le cas, je vais vite virer ces trois poils naissants qui pointent au-dessus de ma lèvre !

Par chance, je suis plutôt du genre imberbe, alors avant que je ne possède une barbe comme celle du dirlo, je serai sorti d'ici.

D'ailleurs, ce mec est toujours en train de parler, et sa façon de me fixer ne m'inspire pas des masses. J'aurais meilleur compte à l'écouter si je ne veux pas m'attirer de problèmes inutiles. Pour une fois qu'il raconte un truc intéressant… Il ne faudrait pas louper ça !

Après quelques mois derrière les barreaux, j'ai compris qu'il adorait faire des phrases. De longues phrases monotones et plates, avec un pouvoir soporifique hors du commun… Sauf qu'il a aussi un autre super pouvoir non négligeable, il repère très vite les décrocheurs et n'hésite pas à les mettre à l'amende devant tout le monde.

Je ne souhaite plus trop faire de vagues, ici. Je préfère nettement passer inaperçu.

Après mon altercation avec ce crétin de chauve extrémiste, je suis devenu une espèce de star éphémère : « le mec qui a fracassé Cliff »... Peut-être que j'ai réussi à lui filer deux ou trois bons coups qui l'ont un peu amoché, en attendant, à cause de ce connard, je me retrouve avec une balafre de quinze centimètres sur le flanc gauche.

Bien sûr, après une telle attaque gratuite sur son petit protégé, Charly ne l'a pas laissé s'en tirer comme ça. Même s'il se fout de ma gueule en parlant de ma cicatrice de guerre, il a quand même donné une sacrée leçon à mon agresseur.

Après une bagarre générale dans la cantine, Charly a réussi à faire croire que Cliff était l'instigateur de la cohue qui régnait dans le self. En plus des coups qu'il a pris dans la gueule, Cliff s'est vu enfermé pendant quinze jours au mitard. Ça, c'est pour la partie officielle... Pour la partie officieuse, il a écopé d'une interdiction formelle de m'approcher avec un prix sur sa tête au cas où il dérogerait à l'interdiction. Autant dire que tous les mecs de Fekes, gardiens compris, sont à l'affût des moindres faits et gestes de cet abruti, et que je suis entouré de bodyguards en manque de thunes...

— Rappelez-vous bien, insiste le directeur en fronçant les sourcils pour montrer qu'il ne plaisante pas, Miss Stanhart est là pour vous aider. Si j'apprends que l'un d'entre vous a eu un geste déplacé envers elle, alors je ne prendrai aucun risque et j'interdirai les ateliers d'écriture. J'ai été fier de vous jusque-là, montrez-moi que je peux l'être encore en vous faisant confiance !

Les yeux rivés sur moi pour une raison que j'ignore, le directeur a appuyé sur chacun des mots comme s'il voulait me les graver dans la tête.

Ne pas toucher à Miss Stanhart... OK, pas de problème... Par contre, pourquoi moi ?

En jetant un coup d'œil rapide aux détenus inscrits aux sessions d'écriture, je comprends vite pour quelle raison j'étais la cible de ses mises en garde. Je suis le plus jeune du groupe. Grisonnants, marqués par le poids des années, tous les autres ont dépassé le demi-siècle depuis un bail, et la prison n'a pas été clémente en leur donnant un coup de vieux supplémentaire.

Alors certes, je suis le plus jeune, le moins fané, mais me taper la nana qui va nous sortir un peu de notre quotidien est la dernière de mes envies. Pour être franc, l'idée ne m'avait même pas effleuré l'esprit !

En tout cas, elle ne m'avait pas effleuré jusqu'à ce que je comprenne que Miss Stanhart était plus proche de mon âge que de celui de mes potes de galère.

— Bonjour à tous, et bienvenue dans cet atelier que je vais avoir plaisir à animer ! annonce la belle trentenaire avec un sourire éclatant. Nous nous verrons une fois par semaine, alors j'espère que ce moment pourra être pour vous une parenthèse enchantée, une bouffée d'oxygène dans votre quotidien. Sachez que c'est un challenge pour moi aussi, car c'est une première. Première fois que je mets les pieds dans une prison, mais aussi première fois que j'anime un atelier. J'espère que nous pourrons nous entraider dans cette nouvelle aventure, mais ce que j'espère surtout, c'est que les trois heures que nous passerons ensemble vous aideront à envisager la vie sous un nouveau jour.

Vêtue d'un jean informe et d'un pull beaucoup trop grand pour son corps frêle, la responsable éditoriale nous observe un par un pour voir nos réactions. Malgré son discours enjoué, et ses jolies pommettes rosées, l'euphorie n'a pas gagné la pièce. Au contraire, chacun regarde le cahier posé devant lui en attendant la suite des événements. En même temps, on ne peut pas dire que nous ayons été bien renseignés sur l'objectif de ce groupe. Nous ne savons pas quel va être notre but, nous n'avons aucune idée de ce que cette femme attend de nous, la seule information dont on soit sûrs, c'est que cet atelier va nous permettre de rester trois heures en moins dans notre piaule... Et ça, ça n'a pas de prix.

— Afin que nous puissions nous mettre au travail, je vais donc demander au directeur et aux gardiens de bien vouloir nous laisser.

Étonné par cette requête qui ne devait pas être prévue au programme, le directeur de la prison bredouille un « mais on avait dit que... », avant de se raviser pour ne pas perdre la face. Contente de son petit effet-surprise, Miss Stanhart le reconduit vers la porte avec un signe de main amical.

À voir la tête de déterré du chef des lieux, se faire prendre au dépourvu de la sorte n'était pas dans ses plans. Pour autant, il embarque avec lui les deux gardiens qui devaient assurer la sécurité de la demoiselle. Demoiselle qui, une fois seule avec sa dizaine d'élèves, frappe dans ses mains pour attirer notre attention sur la suite des événements.

— Messieurs ! annonce-t-elle avec assurance, avant de rentrer dans le vif du sujet. Je tiens à mettre les points sur les i d'emblée. Je suis OK pour vous offrir un peu plus de liberté en virant la clique de baraqués qui vous surveille, mais c'est donnant-donnant. Ce que j'attends de vous en retour, c'est un respect total pour ma personne, et un travail de qualité. Je sais que vous n'aurez pas tous le même niveau, cependant, je suis là pour vous aider à améliorer votre

écriture, que ce soit pour refaire votre CV ou votre lettre de motivation, ou carrément pour écrire un bouquin. Pour commencer, je pense que nous devrions faire un tour de table rapide, où vous pourrez me faire part de vos attentes, de vos objectifs. Cela me permettra d'orienter le travail, en groupe ou en individuel, afin de vous aider au mieux.

Sans traîner, Miss Stanhart qui s'empare des tables du premier rang pour former un u, est vite suppléée par deux hommes.

La disposition de la salle enfin faite, nous nous asseyons tous dans ce pour commencer les présentations.

D'abord polie, elle nous demande qui veut être le premier à se lancer, mais voyant qu'il n'y a pas foule au portillon, elle commence la première :

— Comme vous le savez déjà, je suis Jessica Stanhart, responsable éditoriale de Book Of Fame, la maison d'édition qui détient l'imprimerie dans laquelle vous travaillez. J'exerce mon métier depuis mes vingt-cinq ans, et cela fait déjà cinq ans que je suis dans l'entreprise. Découvrir de nouveaux talents est une véritable passion, voyager au travers des livres, découvrir des mondes inconnus… C'est mon quotidien, mais c'est aussi un rêve de petite fille. Aujourd'hui, avec cet atelier, j'espère pouvoir vous aider dans votre quotidien, mais aussi pour votre futur. Et qui sait… Je découvrirai peut-être une perle parmi vous !

***

— Voilà, notre première séance touche à sa fin ! annonce Jess qui nous a demandé de l'appeler ainsi. Merci de m'avoir fait part de vos remarques et de vos attentes, elles vont me permettre de donner une direction à cet atelier !

Tandis que les autres détenus sortent de la salle après l'avoir remerciée, Jessica m'interpelle au moment où je m'apprête à partir.

— Cameron, c'est bien ça ? me redemande-t-elle alors que j'oscille de la tête pour confirmer. Je voulais te dire que j'ai été très impressionnée par la qualité de la lettre de motivation que tu avais écrite pour faire partie de l'atelier. On sent l'homme érudit derrière les mots !

— Un homme érudit ne se serait pas fait prendre dans un cambriolage ! répliqué-je, ironique. Mais merci !

— Je voudrais en apprendre plus sur toi. Et pour ce faire, j'aimerais te donner un travail pour la prochaine séance… Enfin, si ça t'intéresse !

Sa demande me surprend. Pourquoi voudrait-elle en savoir plus sur moi ?

Après les mises en garde du directeur, j'ai l'impression de tomber en plein milieu d'un test dangereux. C'est quoi le deal ?

Je sais que la prison a tendance à nous rendre paranos, mais imaginons que le directeur soit de mèche avec Cliff, et qu'il ait missionné l'éditrice pour me séduire...

N'importe quoi ! C'est l'emprisonnement qui te fait partir en couille, Evans !

Pour autant, il ne sert à rien de prendre des risques inutiles...

— En apprendre plus sur moi ? Je ne crois pas que ce soit nécessaire. Il n'y a pas grand-chose à savoir !

— Au contraire, j'ai senti que tu n'étais pas un détenu comme les autres. Je dirais même plus, je crois que tes mots parlent pour toi, Cameron. J'en ai vu des histoires passées, je peux te dire que ta plume est excellente, et que bien travaillée, elle pourrait plaire au grand public.

— Vous voulez dire que je devrais écrire un bouquin ?

Avant de poser sa main sur mon avant-bras face à mon air dubitatif, Jessica se ravise pour me sourire avec sincérité. Dans son regard, je ne vois aucun signe de séduction, juste un véritable intérêt pour mes écrits.

— Je veux dire que tu VAS écrire un bouquin, et que je vais t'y aider !

11
ZIA

Mardi 4 juillet

— Et voilà, dernier carton ! annonce Neil en refermant le coffre d'un geste enthousiaste.

Le déménagement a été rapide, une heure à peine pour tout emballer et tout descendre. En même temps, il faut dire qu'à part mes fringues, mes livres et mes cours, il n'y avait rien à moi dans cette chambre.

Accoudé sur le toit de ma voiture, Neil m'attend avec un sourire radieux aux lèvres. Ce changement de vie le rend euphorique alors que pour moi, c'est tout l'inverse.

Peut-être que j'ai récupéré toutes mes affaires, pour autant, j'ai l'impression d'y laisser le plus important : mon cœur.

La gorge serrée, l'estomac noué, je caresse la clé qui a été mienne pendant près de trois ans. Malgré les hauts et les bas que j'ai traversés ici, si c'était à refaire, je le referais encore et encore.

— Tu devrais la laisser dans la boîte aux lettres !

Le rictus victorieux de mon petit ami me prend aux tripes. Il est vraiment sérieux ? Oui, c'est vrai que je déménage pour vivre avec lui, mais il sait ce que cet endroit représente pour moi, pourquoi se joue-t-il de mes sentiments de cette manière ?

Les larmes au bord des yeux, je réponds à sa remarque par un semblant de hochement de tête. Je sais qu'il ne va pas approuver la suite, mais qu'importe… Vivre avec lui ne veut pas dire perdre ma liberté pour autant !

— Je repasserai ce soir quand Marita aura ouvert la crêperie ! Je ne peux pas partir d'ici en lui laissant la clé n'importe comment, comme si elle était n'importe qui !

Mon ton froid lui fait perdre la face. Il sait qu'il m'a vexée, et qu'il a tout intérêt à la jouer fine s'il ne souhaite pas que je fasse demi-tour dans la seconde.

Pendant notre courte discussion d'hier, nous n'avons pas vraiment parlé de mes motivations pour le rejoindre. Hormis le fait qu'il m'ait mis au pied du mur, il n'a pas cherché à en savoir plus. Il a eu ce qu'il voulait, voilà tout. Ça lui suffit.

Sauf que pour y avoir pensé toute la nuit, je ne suis pas certaine que ça me suffise à moi.

— T'es sérieuse, Zia ! On aurait pu se faire notre première soirée en tant que couple qui vit ensemble, mais toi, tu préfères revenir voir la gardienne de l'immeuble !

Malgré son air courroucé, il se rapproche de moi pour m'enlacer de toutes ses forces.

Depuis son appel, je sens bien qu'il est contrarié. Je peux comprendre que le retour de Cameron ne soit pas étranger à son attitude possessive, par contre, son manque de confiance flagrant pourrait vite me taper sur le système. Il n'a jamais été comme ça en un an de relation, ce n'est pas parce qu'on va vivre ensemble qu'il peut s'octroyer un quelconque droit sur moi. Si je veux passer voir Marita ce soir, je n'ai pas besoin de sa permission pour le faire !

— Tu sais très bien qu'elle n'est pas qu'une simple gardienne d'immeuble pour moi, Neil ! Elle est une amie chère à mon cœur…

Les sanglots qu'il entend dans ma voix ont le mérite de lui remettre les idées en place. Câlin comme il l'a toujours été depuis l'officialisation de notre couple, il serre ma taille plus fort avant d'embrasser ma joue avec délicatesse.

— Désolé, ma beauté ! chuchote-t-il à mon oreille avant d'en mordiller mon lobe. Je sais à quel point quitter cet endroit est un crève-cœur pour toi, et je suis conscient des efforts que tu fais pour nous ! Passe la soirée avec Marita, mais demain soir, je te veux juste pour moi !

Heureuse de constater que je n'ai pas récupéré mes affaires pour rien, je l'enlace à mon tour avant de poser ma tête sur son épaule pour y trouver du réconfort.

Neil est un homme solide, un homme en qui je peux avoir confiance. Jamais il ne ferait quoi que ce soit qui me fasse souffrir… Jamais il ne finirait en prison, lui. Il m'a sauvée en me repêchant au fond du gouffre, c'est à mon tour de lui montrer qu'il compte à mes yeux. Tout du moins, c'est à mon tour de lui prouver qu'aujourd'hui il est plus important que Cam, même s'il ne réussira jamais à le remplacer vraiment.

***

Une fois mon dernier carton presque vidé dans le dressing prévu pour moi, je regarde le résultat final avec un pincement au cœur. Au fond de la boîte, il ne reste qu'un seul objet : le livre que Cameron m'avait volé.

Impossible de l'ouvrir depuis qu'il a déserté. Impossible de relire cette histoire que j'ai tant aimée, que j'ai vécue corps et âme, qui m'a fait vibrer à de si nombreuses reprises. Chaque page griffonnée de ses mots était même devenue une torture.

Pour tout dire, ce n'est pas moi qui l'ai mis dans le carton, c'est Neil. Je comptais le laisser dans la chambre de l'auberge pour l'oublier… Mais comme tout ce qui tourne dans ma tête est confus depuis dimanche, quand il m'a posé la question si je voulais l'emporter ou pas, je n'ai pas réussi à lui dire de le laisser sur place.

Assise sur le bord du lit, je caresse la couverture du bouquin du bout des doigts en me remémorant toutes les émotions qu'il m'a fait ressentir.

La douce sensation qui m'enivre quand je pense à Cameron au moment où il devait être en train de le lire, résume tout à fait mon état d'esprit actuel : je ne sais même plus si je suis heureuse ou si je ne le suis pas.

Comme souvent, c'est dans ces moments-là que j'éprouve le besoin de parler avec ma mère.

Bien que notre relation n'ait pas bougé d'un iota depuis mon départ de la maison, et que la rancœur ait réussi à endurcir nos cœurs, je me demande toujours ce que Sarah me dirait dans de telles circonstances. Elle a toujours été de bons conseils, elle a toujours eu les mots justes, ceux qui vous aident à éclaircir l'horizon, à voir au-delà des nuages… Il faut croire que cette faculté n'a pas été inscrite dans mon patrimoine génétique, car moi, je n'ai aucune clairvoyance en ce qui concerne ma vie, mes sentiments ou mes états d'âme.

Si j'étais elle, je me dirais que j'ai fait le bon choix en venant vivre avec Neil. Je me dirais aussi que c'est un homme avec une situation confortable, avec des principes et des valeurs, un homme en qui je peux avoir confiance. Oui, si j'étais elle, je me dirais qu'il était vraiment ma meilleure option.

Sauf que pour être honnête, elle me dirait aussi que le cœur a ses raisons que la raison ignore, et qu'il faut parfois faire des erreurs pour trouver sa moitié dans ce monde.

Ma mère a toujours été une fervente supportrice de l'amour. Elle m'avait donné son goût pour les romans où les histoires sont toujours plus belles les unes que les autres, elle avait partagé avec moi sa passion pour les contes où tout se termine toujours bien… Mais pour quoi faire ? La réalité n'est pas du tout le reflet de ces histoires parfaites. Au contraire, il n'y a rien de féérique dans notre réalité. Je dirais même qu'aujourd'hui, j'ai perdu le goût d'y croire.

Le cœur gonflé par cette utopie qui a bercé toute mon adolescence, je jette le bouquin au fond d'un tiroir en espérant ne jamais avoir à retomber dessus. À présent, je suis une adulte, et les adultes, ça ne rêve plus !

— Ça y est, tu as fini ? me demande Neil en se présentant dans l'encadrement de la porte nu comme un vers.

— Je peux savoir ce que tu fais ?

Avec un sourire coquin aux lèvres, il s'approche de moi avant de m'allonger sur le lit. La situation a l'air de l'exciter, alors que moi, elle ne me fait aucun effet. Ce serait même tout l'inverse. Le voir arriver de la sorte ne fait que confirmer ma théorie sur le fait que le rêve n'existe plus pour moi.

Neil a beau être fait comme un Dieu grec, son corps n'éveille rien en moi. Les muscles saillants, le V sur son bas ventre, son torse lisse et épilé au poil près… Rien ne m'émoustille, rien ne me fait fantasmer. Il a beau avoir des yeux magnifiques et un visage parfait, cela ne change rien au fait qu'il n'est pas *lui*.

À l'inverse de toutes mes vaines tentatives pour réprimer le souvenir de Cameron afin de faire correctement l'amour avec Neil, cette fois, je ferme les yeux et me laisse guider en pensant à cette peau métisse qui me fait tant frissonner.

Et puis, j'attends que ça passe…

Une vingtaine de minutes plus tard, Neil sur le dos, hors d'haleine, caresse mon ventre dans un mouvement de métronome, alors que mes yeux sont fixés sur le réveil posé sur la table de chevet.

Il est près de vingt heures, Marita a dû prendre son service depuis plus d'une heure. Moi qui voulais la voir avant que la cohue ne s'empare de son échoppe, c'est raté !

Sans donner plus d'explication à celui dont je partage désormais le lit, je me redresse avec hâte pour filer sous la douche. Maintenant qu'il a eu ce qu'il voulait, je vais pouvoir sortir sans trop de prise de tête.

Alors que l'eau ruisselle sur mon corps, je ferme les yeux en imaginant ce que peut bien faire Cameron depuis sa sortie. Après les derniers mots qu'il a eus pour moi, j'imagine qu'il a tourné la page et qu'il a réorganisé sa vie. Qui sait, il fait peut-être même partie de ces mecs qui trouvent l'amour en prison par le biais de relations épistolaires avec des femmes en manque de sensations fortes avec de gros caïds.

Pendant une seconde, je réfléchis à la réaction que j'aurais si je lui tombais dessus par hasard dans la rue. Comment réagirais-je en le voyant ? Est-ce qu'il a changé ? Est-ce qu'il est couvert de tatouages désormais ?

Alors que la vision d'un dessin sur son dos s'imprime dans mon esprit, je sens mon entre-jambes s'échauffer. Dans ma tête, tout semble réel. Si réel que je laisse glisser mes doigts sur les lignes qui parsèment son épiderme tandis que le jet d'eau vient chatouiller mon intimité avec délice.

De la racine de ses cheveux jusqu'à ses fesses rebondies, j'entrevois chaque recoin de ce corps que j'ai trop peu exploré. Ces caresses, bien qu'imaginaires, m'émoustillent de plus en plus.

L'extase est si proche que je suis forcée de mordre mon poing pour ne pas crier. Sauf que même avec cette stratégie illusoire, les sons qui sortent de ma gorge sont trop graves pour ne pas attirer l'attention de Neil.

— Tout va bien, ma beauté ? lance-t-il en ouvrant la porte de la salle de bains à la volée.

Prise au dépourvu, je ramène le pommeau de douche au-dessus de ma tête pour donner le change, mais à l'intérieur, j'ai l'impression que tout mon corps est en ébullition.

— Oui… C'est juste que je…, bredouillé-je avec peine tant les mots restent coincés au bout de mes lèvres.

— Ne me dis pas que tu t'es encore brûlée ! Zia, je t'ai déjà expliqué qu'il fallait tourner les deux boutons en même temps ! râle-t-il en pénétrant dans la douche à son tour pour régler la température qui était idéale jusqu'alors. C'est pas si chaud que ça…

Son air étonné me met en panique. Trouver une excuse. Mentir une fois de plus. Jouer la comédie.

Du bout des doigts, je caresse son torse avant de me rapprocher de son corps encore sec. Les yeux clos, j'imagine à nouveau que c'est Cameron qui se trouve dans cette douche avec moi pour que l'envie renaisse entre mes jambes.

Ravi de me sentir aussi émoustillée, Neil fait dévaler ses doigts de mon épaule jusqu'à mes seins, m'arrachant un petit cri au passage.

Si dans le lit j'ai été du genre passive, cette fois, je n'ai pas l'intention de lui laisser le contrôle. J'ai besoin de prendre mon pied en pensant à Cam. J'en ai un besoin urgent et Neil va être l'enveloppe de ce fantasme.

Je déteste l'idée de me servir de lui comme d'un objet pour faire taire le feu qui me consume de l'intérieur, mais qu'importe. Il pensera qu'il m'excite, et moi, je pourrai finir ce que j'ai commencé toute seule. C'est un marché équitable, il me semble ! Et puis, qui le saura à part moi ? Personne. Surtout pas Neil.

12
ZIA

Il est déjà plus de vingt-deux heures quand j'arrive devant la devanture de la crêperie. Perdre près de deux heures avec Neil sous la douche m'aurait mis de mauvaise humeur si ça n'avait pas été aussi bon.

C'est vrai qu'il n'était pas celui que je désirais, pour autant, j'ai pris mon pied comme peu souvent ces derniers temps. Et si je peux me permettre l'expression : « ça fait du bien par où ça passe ».

Dans le petit restaurant bondé, une masse de personnes attend d'être servie. Sans réfléchir, j'entre et bouscule les clients pour me frayer un passage vers Marita qui sue à grosses gouttes devant la quantité de travail qui s'étale face à elle.

— Un coup de main ?

— C'est pas de refus ! balance-t-elle en soufflant pour se ventiler le visage.

Par habitude, je noue un tablier autour de ma taille avant de me laver les mains pour me mettre aux fourneaux.

Inutile de préciser qu'à deux, ça avance beaucoup mieux ! En l'espace de trente minutes, le dernier client quitte le restaurant tandis que Marita me tape sur l'épaule avec force pour attirer mon attention :

— Tu aurais dû arriver bien avant ! me sort-elle, sérieuse, alors que je m'attendais à un « merci de m'avoir sauvé la mise ».

— Désolée, j'étais… occupée. Si j'avais su que tu avais besoin d'un coup de main, je serais effectivement venue plus tôt. Tu aurais dû m'appeler !

— Je sais, ma chérie… J'ai failli le faire avant de réaliser que ça y est, tu avais quitté le nid ! annonce-t-elle avec une pointe d'émotion dans la voix. Maintenant que tu ne vis plus là, je ne peux plus me permettre de te déranger dans ta nouvelle vie, Zia.

— Ne dis pas n'importe quoi ! Tu sais à quel point tu comptes pour moi. Toi et cette crêperie !

Émue, Marita me serre dans ses bras pour cacher son visage miné par la tristesse. Très fort, elle me fait valser de gauche à droite pour me faire rire, mais je comprends que ce n'est qu'une tentative de diversion pour masquer sa peine.

— Bon, et alors ! Que me vaut cette visite nocturne ? demande-t-elle en me relâchant pour entamer le rangement du plan de travail. Tu devrais être avec ton joli barman pour votre première soirée en tête à tête !

— C'est ce qu'il m'a dit, sauf que je voulais te rendre ça…

La main dans la poche arrière de mon jean, je sors la clé de ma chambre, enfin, de la chambre que j'ai occupée ces dernières années, avant de la lui tendre.

— Zia… Ça aurait pu attendre, tu sais. À moins que…

Laissant sa phrase en suspens pour mieux me scruter, les yeux de Marita sondent mon âme pour y chercher une vérité que je tente de lui cacher.

C'est dingue comme cette femme me connaît. Je ne dirais pas qu'elle me comprend comme une mère, mais c'est tout comme.

— À moins que quoi ? Ne va rien t'imaginer, Marita. Je voulais simplement passer te rendre la clé en main propre. Après tout ce temps, mais aussi après la proposition que je t'ai faite hier, je ne pouvais pas me permettre de la laisser dans la boîte aux lettres comme n'importe quel autre jeune de passage !

— Dans ce cas, je répète donc que ce n'était pas urgent ! insiste-t-elle en percevant mon hésitation à lui dire la vérité. Tu aurais pu me la donner demain !

— C'est vrai, j'aurais pu ! Mais qu'est-ce que ça change ?

— Ça change que si tu as envie d'en parler, tu sais que je suis là, Zia !

Secouée par ses mots, c'est à mon tour de la prendre dans mes bras pour lui cacher mon visage crispé. Le nez niché dans le creux de son cou, je lui murmure :

— Est-ce que tu l'as revu ?

Un instant, Marita reste silencieuse pendant qu'elle me frotte le dos avec vigueur. Pour autant, elle ne m'offre aucune réponse à ma question. Qu'est-ce que cela peut-il bien dire ? Oui, elle l'a revu, mais préfère ne pas m'en parler, ou non, il n'est pas venu la voir et cela la perturbe autant que moi ?

J'aimerais l'interroger à nouveau sur Cameron, mais ne souhaitant pas la brusquer, je lui demande juste si je peux monter une dernière fois dans la chambre pour m'assurer de n'avoir rien oublié.

Sans surprise, elle me laisse le champ libre avant de plaisanter en m'ordonnant de déposer la clé dans la boîte aux lettres cette fois-ci. Pour l'heure, elle va vite finir son rangement et rentrer se coucher, car la journée a été rude avec l'afflux de juillettistes fraîchement débarqués sur les plages brightonniennes.

Après un dernier « bonne nuit », suivi d'un baiser sur la joue rondelette de cette femme que j'adore tant, j'emprunte la porte privée qui donne sur le hall de l'immeuble.

Grimpant les marches deux par deux pour arriver au plus vite, mon cœur s'apaise immédiatement quand je franchis le seuil de la petite chambre.

Bien entendu, je n'avais rien oublié ce matin, si ce n'est mes souvenirs, mon cœur et mon oxygène. Et comme si j'étais restée en apnée depuis que j'ai quitté la pièce onze heures plus tôt, j'ai l'impression de pouvoir respirer à nouveau.

Tout ici m'est familier. De la kitchenette, au bureau, en passant par l'odeur des draps, j'aime tout et plus encore.

Près de l'alcôve où j'ai laissé les fenêtres ouvertes, l'air marin emplit mes poumons à mesure que je m'approche de celle du milieu.

Face à moi, l'océan s'étale jusqu'à se perdre dans la nuit qui vient de tomber. Ciel et mer ne font plus qu'un, et moi, je me demande comment je vais réussir à me passer de cette vue.

L'appartement de Neil est spacieux, moderne, bien équipé, mais il manque cruellement d'âme. Pas de charme de l'ancien, pas de vécu, pas de vue idyllique sur l'horizon. Pas de vue tout court.

Les yeux attirés par une tache plus foncée qui se dessine sur le sable, j'éteins la lumière avant de plisser les yeux pour mieux distinguer ce qui se trouve sur la plage.

Un dos… Un sweat foncé… Une capuche… Plus je regarde, plus je me rends compte que cette tâche est en réalité une silhouette. Une silhouette masculine plus précisément.

Une explosion de suppositions m'arrive en pleine tronche pour me couper à nouveau le souffle. Et si c'était lui ? Assis, seul sur le sable, ça pourrait être lui ! C'est même tout à fait son genre de se poser sur la plage en pleine nuit !

Concentrée sur ce corps immobile face à la vaste étendue d'eau, je reste figée, aux aguets du moindre mouvement. Je ne sais pas combien de temps je reste prostrée de la sorte, mais les secondes et les minutes ne comptent plus. Il n'y a que ce corps qui me fascine et qui m'effraie en même temps.

Aller le voir serait un risque que mon cœur est prêt à prendre, ne pas y aller est un ordre de mon cerveau… Toujours cette fichue balance qui me tétanise, qui me pousse dans mes retranchements.

Ce n'est que lorsque la silhouette se relève que je comprends qu'il m'est impossible de laisser passer cette chance.

Sans réfléchir davantage, je m'élance dans la chambre, dévale les escaliers en trombe, traverse la route sans même regarder si une voiture arrive, et je cours sur le sable. Je cours comme une folle pour m'approcher de cette personne qui s'éloigne le long de la plage. Je cours pour retrouver celui que j'ai perdu, pour lui parler une dernière fois, pour le revoir même si lui n'en a pas envie.

Avec du sable plein les baskets, c'est essoufflée que j'arrive enfin à sa hauteur. De près, il me paraît plus grand, plus fort, comme s'il avait changé d'apparence depuis la dernière fois que je l'ai vu.

L'homme de dos n'est plus qu'à quelques mètres à peine, mais ne m'ayant pas entendue arriver, il continue son chemin loin de moi. Alors, pour qu'enfin nous puissions nous retrouver, je réunis mes dernières forces pour l'interpeller :

— Cameron, arrête-toi ! C'est moi… Ta Zia.

13
ZIA

Mon cœur bat à quinze milles dans ma poitrine, mes jambes ont du mal à soutenir mon poids et mes pieds ne peuvent plus faire un pas.

Entre le moment où je l'ai interpellé et l'instant où il se décide enfin à se retourner, j'ai l'impression que s'écoule une décennie. Mais quand, à la lueur de la pleine lune, il se retourne enfin, la pression s'échappe de mon corps telle une fumée dans une cheminée.

Quelle conne !

— Désolé, mais vous devez faire erreur ! annonce une voix grave dans un français impeccable.

L'homme d'une quarantaine d'années m'observe dans la pénombre avant de faire volte-face pour reprendre sa balade nocturne. Foutus touristes !

Dépitée, je le regarde s'éloigner, le cœur au bord des lèvres. Je ne sais pas si ce qui me mine le plus c'est de me sentir ridicule ou bien d'être triste de ne pas être tombée sur lui. Même si j'essaie de me prouver le contraire, j'ai envie de le revoir, de savoir qu'il va bien. J'ai envie de voir s'il ne m'a pas oubliée.

Je dois être lucide, tout du moins, je dois arrêter de me voiler la face, je suis toujours amoureuse de lui, et rien ne pourra jamais changer ça.

Les yeux humides, le souffle encore court, je fais demi-tour en essayant de trouver des excuses à ma connerie. Oui, j'ai cru que c'était lui, mais ça ne justifie pas d'être partie sans fermer la porte de la chambre ou celle de l'immeuble, ça ne justifie pas d'avoir voulu lui sauter dessus à la première seconde, ça ne justifie pas d'être ici plutôt que dans mon nouveau chez-moi.

Quand je traverse la route pour gagner l'intérieur de l'auberge, la crêperie est fermée, il n'y a plus âme qui vive à l'intérieur. Inutile de s'attarder ici. Cette fois, l'objectif est clair : je remonte, je ferme tout, et laisse cette foutue clé dans la boîte aux lettres sans me retourner.

Avec bien moins d'entrain qu'à la première montée, je gravis les escaliers une seconde fois sans me presser. Une marche après l'autre, j'essaie de m'imprégner des lieux pour la dernière fois jusqu'à ce qu'un bruit retentisse un étage plus haut.

Croiser quelqu'un maintenant est la dernière de mes envies, mais puisque l'auberge affiche complet jusqu'à la fin de l'été, c'était assez inévitable.

La tête baissée, les yeux fixés sur les pierres d'origine qui servent de marches, je remonte sans regarder devant moi, quand tout à coup, ma tête bute contre les fesses d'un homme posté devant mon étage.

— Vous pourriez faire attention ! braillé-je à l'inconnu en relevant doucement la tête. On n'est pas censé squatter dans l'escalier !

Au moment où le type se retourne, mon regard se pose sur la main de l'homme qui me fait presque face. Bien serré entre ses doigts métissés, il tient un livre qui lui échappe pour finir sur le sol, juste à mes pieds.

— Je suis vraiment désolé, je…, lance-t-il en se baissant à mon niveau avant de s'arrêter de parler.

Quand nos yeux se croisent, j'ai la sensation de recevoir une décharge de deux-cent trente volts à travers le cœur. Tous mes organes vitaux cessent de fonctionner, tous mes sens sont en alerte maximale. Il est là, devant moi.

Cameron est là.

Bouche bée, je regarde cet homme que je connais par cœur, un homme bien différent de mes souvenirs. Plus fort, plus abîmé, mais plus beau aussi, il se redresse, puis me surplombe de toute sa hauteur, aussi muet que moi.

Dans ses yeux, je suis sûre de pouvoir lire la même émotion que dans les miens. Une joie mélangée à une certaine crainte. Il me dévisage comme s'il voyait une revenante, mais l'éclat que je saisis est formel. On a peut-être fait un bond de presque trois ans en avant, mais rien ne changera jamais entre nous. La même étincelle que la première fois, la même attraction. C'est une évidence.

Il ne me suffit que d'un regard pour savoir que je suis prête à tout plaquer pour lui. Neil, mes études, Sloan, l'auberge, Sophie, Mona, le bar… Rien n'a jamais été plus important que lui, et rien ne le sera jamais !

D'un mouvement presque imperceptible de la tête, Cameron reprend ses esprits avant de se baisser une nouvelle fois pour ramasser le livre qu'il a laissé tomber. Sur la couverture, je réussis à saisir un titre qui ne me dit rien : STOL' n LOVE. Alors comme ça, il s'est mis à la littérature romantique quand, ironie du sort, j'ai arrêté d'en lire, et surtout d'y croire !

En réalité, on s'en fout de ses lectures ! Cameron Evans est enfin devant moi, et moi, j'ai l'impression de flotter au-dessus de mon propre corps, de n'être qu'une spectatrice de la scène la plus perturbante de ma vie.

— Salut ! lance-t-il timidement alors qu'il est toujours accroupi devant moi.

« Salut ! », « Salut ? » Il est sérieux là ? On ne s'est pas vus depuis trois ans et le mec se contente d'un pauvre « Salut » !

À l'intérieur, mon cœur a recommencé à cogner fort dans ma poitrine, et je ne sais plus si je suis heureuse de le retrouver ou si je suis en colère contre lui. Les émotions qu'il m'inspire sont contradictoires. J'ai envie de lui sauter dessus pour l'embrasser, j'ai envie de lui expliquer à quel point il m'a manqué, à quel point ma vie n'avait plus de sens sans lui, mais en même temps, j'ai envie de lui arracher les yeux, de lui coller mon poing en pleine face ou même de le mordre jusqu'au sang pour lui faire comprendre qu'il a merdé sur toute la ligne !

Au lieu de ça, je me contente d'un « Salut » à mon tour. Un « Salut » merdique, un « Salut » stupide dans lequel je glisse à la fois toute ma haine et tout mon amour.

Alors que j'ouvre la bouche pour lui parler à nouveau, aucun son ne sort de ma gorge. Les muqueuses asséchées, le souffle coupé, la langue pâteuse, je sens le stress monter en moi à une vitesse fulgurante.

Et pour une raison que je ne comprends pas, je fais demi-tour en urgence pour m'enfuir loin de lui.

Encore une course dans les escaliers tournants, encore une route traversée sans prendre la peine de regarder à gauche ou à droite, encore du sable plein les godasses, mais peu importe, je cours comme une dératée. Sans but, sans point de chute. Je cours en m'approchant du bord. Je cours en sentant les larmes salées qui coulent sur mes joues. Je cours en entendant mon prénom résonner dans l'air vivifiant d'une nuit anglaise.

Au bout de quelques mètres, mon allure diminue, et je n'entends plus les appels. Quand je m'apprête à me retourner pour voir s'il a abandonné, des bras m'encerclent et me serrent fort. Très fort. Trop fort.

Je suis hors d'haleine et lui aussi. Son nez enfoui dans mes cheveux aspire toute mon essence, sa bouche goûte ma pommette, et sa main, qui sert toujours ce foutu bouquin, me maintient contre lui avec fermeté. Je voudrais me laisser aller à l'attirance incontrôlable de son corps contre le mien, je voudrais me retourner pour me lover dans ses bras, pour l'embrasser jusqu'à la fin des temps, mais mon envie de le frapper est plus forte que tout le reste.

D'un geste violent, je m'extirpe de ses bras avant de lui coller une gifle majestueuse. Le claquement cinglant retentit sur la plage alors que Cameron recule d'un pas.

N'en reste pas là, Cam. Reprends-moi dans tes bras, je t'en supplie. Et ne me lâche plus jamais. Ma supplique intérieure ne parvient pas jusqu'à lui. Au contraire, il me regarde hébété, presque inexpressif.

— Je… Excuse-moi, je… Et merde ! balbutie-t-il, tout aussi perdu que moi. Marita m'a dit que tu étais en haut, et je voulais te donner ce livre. Je ne pensais pas tomber sur toi, je voulais seulement le laisser devant ta porte pour que tu le trouves.

Il ne pensait pas tomber sur moi ? Alors quoi, il est venu poser un bouquin au pied de cette porte qui n'est même plus à moi et il ne comptait même pas se manifester ! Pourquoi ?

Alors qu'il me tend le livre pour que je le prenne, je revois ce titre sur la couverture. « STOL' n LOVE »… L'amour volé… Written[28] by C.Evans.

L'incompréhension recouvre mon visage. C'est quoi ce délire ?

— Qu'est-ce que c'est ? demandé-je d'une voix timide.

— À défaut de pouvoir continuer mes études en prison, je me suis lancé dans une nouvelle aventure, me sort-il avec ce demi-sourire qui me fait fondre comme neige au soleil. Je voudrais que tu le lises, mais pas seulement. Je voudrais savoir ce que tu en penses avant sa publication.

La main glissée dans ses cheveux ultra-courts, il fait mine de se gratter le crâne, mais je reconnais ce geste. C'est un tic qu'il a quand il est stressé. Et toujours ce sourire en coin… Cameron a peut-être une barbe naissante et des épaules plus solides, il est toujours le même malgré tout. Il est resté ce mec gentil et tendre qu'il était avant de me quitter. Ce mec qui a fait battre mon cœur à la première seconde.

— Sa publication ? reprends-je pour ne pas lui montrer que sa bouche me met en émoi. Tu veux dire que tu vas être publié ? Tu es devenu écrivain ?

— Écrivain, c'est un grand mot…, murmure-t-il pour cacher sa gêne. Je n'ai pas la prétention de dire que j'en suis un. C'est juste que j'ai écrit cette histoire et que j'ai eu la chance d'être remarqué par les bonnes personnes.

— Toujours aussi modeste !

— Modeste ? Ce n'est pas le premier mot que j'emploierais pour me définir. Con, naze, débile… Ça me va nettement mieux, tu sais.

— Pourquoi te flageller ainsi ? C'est formidable d'écrire un livre. Ce n'est peut-être pas ce que tu espérais dans la vie, mais c'est une super opportunité !

— Je ne parlais pas du livre, Zia ! annonce-t-il avec sérieux. Je parlais de moi. J'ai été minable parce que je ne t'ai pas écouté ce soir-là. J'ai été un vrai connard ensuite avec toi… Et je m'en veux tellement, si tu savais. Ce livre, c'est mon excuse pour toi, car les mots que je pourrais dire ne seront jamais assez profonds pour te faire comprendre à quel point j'ai été merdique. Ton avis compte pour moi. Tu comptes pour moi.

[28] Écrit par C.Evans.

Sous le choc des quatre derniers mots qu'il vient de prononcer, je n'arrive plus à soutenir ce regard qui me transperce de part en part. Pour cacher ma détresse, j'ouvre le bouquin à la première page, et surprise par l'épigraphe, je lis les phrases inscrites à voix haute :

— *Des mots arrangés, des faits romancés, des personnages magnifiés. Je ne suis pas elle, elle n'est pas moi, pourtant, j'ai réussi à sonder son cœur. Et voilà ce que j'y ai trouvé. Qu'importe ce que le futur nous réserve, elle restera à jamais ce dessin sur ma poitrine. C.Evans*… Waouh, dis-je en relevant la tête vers lui pour essayer de comprendre ce qui se passe. Ce livre, il parle de… Il parle vraiment de moi ?

— De toi… De nous, Zia. De notre rencontre, de notre histoire. Enfin, il parle de notre « nous » d'avant.

La peine que je lis sur ses traits me brise le cœur. Il a l'air si vulnérable. Encore plus que je ne le suis moi.

Prise d'une envie subite de l'enlacer, je fais un pas en avant pour céder à mon désir avant de faire machine arrière. Ce tout petit geste, bien qu'imperceptible, il l'a vu, il l'a senti aussi fort que je le sens, et plutôt que de me laisser m'éloigner trop loin, il recule d'un pas à son tour comme pour me prouver qu'il ne tentera rien qui ne puisse m'offenser.

Plus à l'aise avec cette insignifiante distance entre nous, il se laisse aller à contempler la mer avec admiration.

— Comme ça m'a manqué tout ça ! déclare-t-il en fixant l'horizon. Le bruit des vagues, les embruns qui te caressent le visage, ce parfum d'iode dans l'air… C'est tellement bon de pouvoir en profiter à nouveau !

Le livre serré contre ma poitrine, je l'observe pendant qu'il me décrit cette nature que je redécouvre à travers ses yeux. Pour moi, il n'y a rien de plus beau au monde que son visage parfait, mais il a raison. Quand on peut profiter de toute cette beauté au quotidien, on ne se rend même plus compte de la splendeur des éléments qui nous entourent. Bien que je ne puisse imaginer ce que ça fait d'être privé de cette vue, je réalise à quel point il a dû souffrir, enfermé entre quatre murs.

— Ça te dit de faire quelques pas avec moi ? me demande-t-il en pointant son menton en direction du *Brighton Palace Pier* toujours illuminé.

— Je ne sais pas, Cameron. Je ne crois pas que ce soit très raisonnable, dis-je en serrant le livre plus fort encore. Et puis, il est tard. Il faut que je rentre.

— Je comprends, Zia. Tu as ta vie avec Neil maintenant, et je ne suis pas là pour vous mettre des bâtons dans les roues ! murmure-t-il en s'asseyant sur le sable. Excuse-moi de t'avoir proposé ça, ce n'était pas correct de ma part.

Ses bras entourent ses genoux de la même façon que la première fois où nous avons discuté sur la plage. Notre service était fini et il m'avait proposé de venir admirer le feu d'artifice avec lui. Ce soir-là, j'ai cru qu'il n'avait aucune attirance pour moi, mais je me trompais sur toute la ligne.

Prise par l'émotion de ce souvenir, je me laisse tomber malgré moi sur le sable, à une distance raisonnable de lui. Tous deux silencieux face à la lune qui se reflète dans l'eau, l'atmosphère se fait de plus en plus pesante. Pleine de non-dits, pleine de reproches, pleine de questions, pleine d'attentes, elle nous emprisonne dans son manteau lourd de sous-entendus sans nous en laisser le choix.

Au bout d'un temps qui m'a paru être une éternité, Cam rompt enfin ce silence oppressant :

— Je ne sais pas exactement quel a été ton rôle dans sa vie, mais je te remercie d'avoir été là pour ma grand-mère quand je n'ai pas pu m'occuper d'elle.

Je savais qu'un jour où l'autre j'aurais à aborder ce sujet avec lui. Même si nous ne nous étions pas reparlé tout de suite, un jour il aurait su que je suis celle qui l'a accompagnée dans ses derniers instants.

— Je n'ai été qu'une main tendue vers elle, tu sais. Je n'ai pas fait grand-chose si ce n'est l'écouter quand elle en avait besoin.

— C'est tout ce que moi je n'ai pas pu faire, Zia. Je m'en veux tellement pour ça aussi !

— Si je peux t'aider à te sentir mieux, sache que je suis heureuse que tu ne l'aies pas vue dans ses derniers jours, lancé-je en tournant la tête vers lui pour voir sa réaction. Au moins, tu as gardé une belle image de ta Nana. Ce dernier jour que tu as passé avec elle était le plus beau, Cam. Un sourire, un rire, une étreinte, elle t'a tout donné, car elle pressentait la suite. Sache aussi qu'elle ne t'en voulait pas. Au contraire, quand elle se souvenait de ce qui s'était passé, elle était fière d'être ta grand-mère, car c'est grâce à toi qu'elle a pu vivre si longtemps.

— Oui, mais j'aurais dû être à son chevet pour son dernier jour. J'aurais dû porter son cercueil jusqu'à sa dernière maison, sauf que je n'étais pas là pour elle !

À l'instant où il termine sa phrase, ses épaules se relâchent d'un coup, libérant dans le même laps de temps toutes les émotions qu'il retenait jusqu'alors.

Le visage caché dans ses mains, Cameron se met à pleurer comme un enfant inconsolable, et mon cœur se brise une nouvelle fois.

Bouleversée par toute sa tristesse, je ne peux retenir les larmes qui s'accumulent à la lisière de mes cils. Cette femme était remarquable, elle était toute sa vie. Je ne peux que comprendre toute la souffrance qu'il garde en lui depuis son décès.

Plus question de réfléchir au bien et au mal de notre situation, les émotions sont trop fortes pour ne les garder que pour nous. Alors, dans un geste tendre, je viens le prendre dans mes bras pour partager sa peine.

Sa tête posée sur mon épaule, le visage enfoui dans mon cou, je sens ses larmes couler sur ma peau tandis qu'il passe ses bras autour de ma taille pour me serrer contre lui.

Comme si nous n'avions jamais été séparés, je caresse ses cheveux courts dans un mouvement familier et apaisant qui l'aide à se calmer. Même si mon cœur bat à tout rompre, je sens que je suis à ma place entre ses bras.

Nous restons ainsi longtemps, jusqu'au moment où il murmure contre mon cou :

— Raconte-moi, Zia. Raconte-moi comment elle est partie.

REWIND
ZIA

Trois ans plus tôt

Lundi 30 novembre

— Merci d'être venue aussi vite, Mademoiselle Rice ! Comme nous ne pouvions plus prévenir son petit-fils, nous nous sommes dit que quelqu'un devait être à ses côtés.

— Vous avez eu raison ! C'est pour ça que je vous avais donné mon numéro après tout ! dis-je au médecin en charge de Nana. Vous avez été évasif sur les médicaments qu'elle a ingérés. Vous pouvez m'en dire plus ?

— Après l'avoir couchée, l'infirmière de nuit l'a laissée pour faire sa ronde, comme tous les soirs. Sauf que quand elle a eu fini d'aller visiter les autres patients, Madame Evans était dans la pièce des soignants en train d'ingurgiter des cachets en pagaille. L'infirmière n'a pas su dire combien elle en a avalé, mais Madame Evans pensait être une enfant de cinq ans qui volait des bonbons à sa mère. Difficile de savoir combien de temps elle est restée là avant qu'on ne la trouve.

Abasourdie par les propos du médecin, je me masse la tempe pour éloigner la migraine qui commence à poindre à l'horizon.

Comment, dans une unité Alzheimer, peut-on laisser ce genre de pièce ouverte alors que l'on sait très bien que les patients sont susceptibles de faire la moindre connerie sans même s'en rendre compte ?

— OK... Vous me dites donc que l'infirmière a laissé la pièce où l'on stocke les cachets ouverte, et que Michèle a pu prendre n'importe quoi qui se trouvait là-bas ? Expliquez-moi comment c'est possible ?

Alors que le médecin se met à souffler en se grattant le front, des ridules d'inquiétude apparaissent au coin de ses yeux. Comme moi, il est conscient de la faute professionnelle commise par sa collègue. Comme moi, il sait que cette erreur d'inattention a mis la vie de Nana danger.

Même si les gestes de premiers secours ont été faits, qu'elle a subi un lavage d'estomac presque aussitôt après avoir été trouvée, rien ne peut confirmer que les cachets qu'elle a gobés ne risquent pas de la tuer.

— Je ne me l'explique pas, Mademoiselle. Je n'ai pas de réponse à vous donner sur ce qui s'est passé, et j'en suis fort désolé. Sachez que la direction a

été prévenue et que nous avons fait le nécessaire pour mettre la vie de Madame Evans hors de danger, annonce-t-il en blêmissant de plus en plus. Comme nous ne savions pas si vous alliez rester à son chevet cette nuit, nous vous avons installé un lit dans sa chambre. Bien entendu, ce couchage d'appoint est aux frais de l'établissement. Nous passerons la voir toutes les heures, mais une sonnette est à votre disposition au cas où... Enfin, pour n'importe quelle raison !

Sa façon de s'exprimer est si saccadée que j'ai du mal à le suivre. Sa respiration rapide démontre toute l'appréhension qu'il a à tenir cette conversation.

J'ai envie de lui crier dessus, de hurler à l'erreur médicale, à l'incompétence de cette infirmière, mais, en jetant un coup d'œil au bout du couloir, je la vois, assise à même le sol en train de pleurer. Elle est consciente de ce qu'elle a fait. L'accabler plus encore ne changera rien à la situation, elle le sait déjà.

— Très bien ! Je vais rester ici ce soir, et plus s'il le faut ! dis-je d'une voix rude alors que mes yeux restent fixés sur cette pauvre femme en pleurs. Par contre, je veux être mise au courant de tout. Résultats, examens, je veux tout savoir !

— Très bien, Mademoiselle ! annonce le médecin qui n'ose plus soutenir mon regard. Vous le serez à la seconde. Je m'en porte garant.

Conscient que je ne suis même pas de la famille de Nana, l'homme est prêt à tout pour éviter les poursuites coûteuses à la maison de retraite. Dans ma tête, loin de moi l'envie de les foutre au tribunal. Je veux juste qu'ils fassent tout leur possible pour garder Nana en vie.

Elle est le seul lien qui m'unisse encore à Cam, et à force de venir lui tenir compagnie au fil des jours, j'ai appris à la connaître et à l'aimer comme ma propre grand-mère. Je l'adore, j'ai besoin d'elle. J'en ai trop besoin pour ne pas sombrer.

***

Mercredi 2 décembre, deux heures du matin

Bip... Bip... Bip... L'alarme stridente qui résonne dans la chambre d'hôpital me réveille en sursaut. Par réflexe, je regarde le moniteur relié à Nana pour m'apercevoir avec stupeur que la ligne de l'électrocardiogramme est complètement plate.

En panique, je me lève du lit pour me précipiter dans le couloir sombre et désert à la recherche de quelqu'un pour m'aider. Alertées par l'écran de contrôle dans leur salle de garde, deux infirmières sortent de la pièce du fond avant de se mettre à courir dans ma direction.

— Que s'est-il passé ? me demande la première qui me bouscule pour entrer sans même écouter la réponse.

— Je… Je dormais et je… Le bip… Le couloir…, bégayé-je, perdue, au bord des larmes.

La seconde infirmière passe la porte à son tour avant de me la fermer au nez.

Je n'ai pas le droit d'entrer, je n'ai pas le droit d'être près d'elle.

Le souffle court, je me laisse glisser le long du mur pour m'accroupir. Concentrée sur les mots qui s'échappent de la chambre, je commence à envisager le pire.

« Appelez le médecin de garde », « Sortez le défibrillateur », « Merde, on la perd. On la perd ! ». Des bruits sourds et métalliques, des chocs. Dans ma tête, j'imagine les scènes que j'ai pu voir dans des films ou des séries, et j'envisage le pire.

Un médecin avec les traits tirés court à son tour dans le couloir. Il rentre dans la chambre sans me jeter un seul coup d'œil.

« Elle est en insuffisance cardiaque ! » « Son pouls est trop faible, il faut la choquer encore ! », « Prêtes, on envoie ! » Encore le son d'un corps qui se soulève, mais qui retombe. Nana le savait en se couchant hier soir. Elle m'avait pourtant prévenue !

La discussion que l'on a eue me revient en pleine tête comme une gifle cinglante. Elle m'a dit qu'elle était fatiguée, qu'elle n'avait plus la force de lutter. Et moi, j'ai plaisanté. Je lui ai fait comprendre qu'elle divaguait, qu'elle avait encore tellement de temps devant elle. Alors elle m'a confié qu'elle aurait aimé connaître la suite de notre histoire, à Cam et à moi. Elle a dit que deux belles âmes comme les nôtres ne pouvaient être séparées, qu'elles étaient faites pour briller ensemble, pour briller fort. Elle a même été jusqu'à me faire promettre de donner son prénom à notre fille si un jour nous en avions une. Elle était sûre d'elle, elle était confiante, et surtout elle était plus lucide que jamais.

Je me souviendrai toujours des mots qu'elle a prononcés avant de me souhaiter une bonne nuit :

« Je te remercie pour tout ce que tu as fait pour moi depuis le départ de mon petit-fils. Il a trouvé une véritable perle, et j'espère qu'il saura prendre soin de

toi comme tu le mérites. Quand je viendrai à disparaître, dis-lui qu'il a été comme un fils pour moi. Que je l'attendrai là-haut avec son père, sa mère et Mona. Mais en attendant, bats-toi pour lui, car c'est un homme d'exception ! Crois-moi, il en vaut la peine ! »

Comme les nuits précédentes, je l'ai embrassée sur le front, j'ai remonté sa couverture jusqu'à ses frêles épaules, et je lui ai promis de me battre. Encore et encore.

Sauf que j'ai lamentablement échoué !

14
CAMERON

Depuis le premier jour où elle lui a rendu visite, jusqu'à son entrevue avec Zach pour mettre en place les détails de l'enterrement de Nana, il s'est passé quatre mois. Quatre mois où elle a pris soin de ma grand-mère à ma place, quatre mois où elle est venue la voir presque tous les jours malgré ses études, malgré le bordel que j'avais laissé dans sa vie. Quatre mois où elle m'a suppléé par amour alors que je l'avais traitée comme une merde… Ce qu'a fait Zia pour ma famille a une valeur inestimable. Ce qu'a fait Zia pour moi n'a pas de prix.

Malgré ma gorge serrée et les sanglots dans ma voix, je tiens à lui montrer à quel point je lui suis reconnaissant. Elle aura beau dire le contraire, je lui serai redevable jusqu'à la fin de ma vie.

— Jamais je ne pourrais te remercier suffisamment pour ce que tu as fait pour elle. Pour moi. J'ai une dette envers toi, Zia. Qu'importe ce dont tu as besoin, un service, de l'aide, de l'argent, dis le mois et je ferai tout ce qui est en mon pouvoir pour t'aider !

Les yeux rivés sur la mer calme et sereine, elle esquisse un sourire qui me donne des frissons. La voir sourire m'avait tellement manqué ! Comment pourrais-je laisser la seule femme que j'aime dans les bras d'un autre sans me battre pour elle ? Zia mérite un homme bien, et moi, je suis tout l'inverse de ça… Pourtant, bien que ce soit très égoïste, je ferai tout pour reconquérir son cœur. Tout pour passer le reste de ma vie à ses côtés.

— Ne parle pas trop vite, Cameron Evans ! J'ai un projet sur le feu, mais il est encore trop tôt pour en parler.

— Tu éveilles ma curiosité ! dis-je en la poussant d'un léger coup d'épaule pour revoir ce sourire si parfait. J'ai hâte d'en savoir plus !

— Pour le moment, c'est un secret entre Marita et moi, mais si ça ne fonctionne pas comme je l'envisage, alors je pourrais avoir besoin de toi…

— Marita ? Tu parles de la vente de l'immeuble ?

Étonnée par ma question, Zia se tourne vers moi pour voir ma réaction. Je ne sais pas ce qu'elles avaient convenu avec ma vieille amie, mais il est évident qu'elle n'a pas su tenir sa langue !

— Je n'en reviens pas qu'elle t'en ait parlé ! Ça devait rester entre elle et moi tant que je n'avais pas vu Rub pour discuter de ce que je pouvais lui proposer !

— Pourquoi ? Tu veux racheter l'immeuble ? demandé-je, encore plus étonné qu'elle.

— Elle ne te l'a pas dit ? D'ailleurs, quand est-ce que tu l'as vue ? Elle ne m'a pas dit que tu étais passé !

— Pour être honnête, c'est moi qui lui ai demandé de ne pas t'en parler au cas où elle te croiserait. Je ne savais pas si tu souhaitais me revoir, et comme tu avais refait ta vie, je ne voulais pas… Enfin bref. Elle m'a juste annoncé que l'immeuble était en vente, car elle comptait rentrer au Portugal avec son mari. Elle m'a aussi dit qu'elle avait quelqu'un sur le coup alors je n'ai pas cherché à en savoir plus.

— Tu ne voulais pas quoi, Cameron ? me questionne-t-elle en appuyant sur les mots pour comprendre où je souhaitais en venir.

— Je ne voulais pas… Je ne crois pas qu'on devrait aborder ce sujet. Tout ça, c'est du passé. On a changé. Tu as changé. Inutile de remuer le couteau dans la plaie.

— C'est trop facile de dire ça ! s'énerve-t-elle en se relevant d'un bond. Tu te pointes ici pour me filer ton bouquin, tu me remercies pour Nana, mais tu ne souhaites pas remuer le passé ? Tu sais ce que j'ai vécu, moi ? Est-ce que tu as une toute petite idée de ce par quoi je suis passée à cause de toi ?

— Non, Zia, lâché-je en baissant la tête pour ne plus subir son regard de feu. Je sais que je t'ai fait beaucoup de mal, et j'en suis tellement, mais tellement désolé… Sauf que rien de ce que je pourrais dire ou faire n'effacera ces trois dernières années.

— Effectivement, on ne pourra jamais effacer ces trois ans de souffrance, déclare-t-elle. On ne peut rien faire pour le passé, mais on peut changer notre futur, Cam.

Dos à moi, elle regarde le lointain en laissant sa phrase flotter dans l'air comme s'il s'agissait d'une prophétie qu'il me faut décrypter.

Qu'entend-elle par « notre futur » ? Un futur où elle sera plus heureuse sans moi ou un futur où je suis avec elle ?

N'ayant pas le courage d'entendre sa réponse, je laisse le silence s'installer entre nous.

Au bout d'une minute ou deux, elle fait demi-tour, ramasse le livre resté sur la plage, puis se plante devant moi en me regardant d'en haut.

— Sache que j'ai libéré la chambre de l'auberge, et qu'elle te revient de droit. Les clés sont sur la porte.

Après un pas pour me dépasser, suivi d'un deuxième et d'un troisième, elle stoppe à nouveau, et sans se retourner cette fois, elle m'annonce :

— Rendez-vous ici dimanche soir, à la même heure ! Je te donnerai mes impressions sur ton livre.

Pas un mot de plus. Elle reprend sa route en direction de la promenade en me laissant seul sur la plage.

***

Elle est partie depuis près d'une heure, mais je suis toujours posé à la même place, les yeux dans le vague, à ruminer cette conversation en dents de scie.

La revoir a été mille fois plus intense que toutes ces fois où j'ai imaginé nos retrouvailles, allongé dans ma couchette, juste au-dessus de Charly en train de ronfler.

Revoir les si beaux traits de son visage, toucher sa peau du bout des doigts, entendre sa voix, son rire… Tout a été plus fort, plus brutal aussi. J'aurais dû attendre, ou au moins mieux me préparer. Peut-être qu'en laissant passer plus de temps, j'aurais pris davantage de recul sur son histoire avec Neil. Au lieu de ça, je n'ai plus qu'une idée en tête, la retrouver encore et encore, la conquérir à nouveau.

Un homme raisonnable laisserait tomber, arrêterait de lui gâcher la vie comme il l'a déjà fait par le passé. Un homme raisonnable rentrerait chez lui, se coucherait et prierait pour que le jour d'après soit meilleur que le précédent… Je crois que je ne suis plus un homme raisonnable. Je l'ai été bien trop longtemps en suivant des études avec assiduité, en bossant dur, et ce même si c'était illégal, pour subvenir aux besoins de ma grand-mère, en étant un homme plein de remords en quête de rédemption. Aujourd'hui, j'ai perdu la seule famille qui me restait, j'ai perdu trois ans de ma vie, et j'ai perdu la seule femme que j'ai jamais aimée, tout ça pour quoi ? Pour payer ma dette à la société. Comble de l'ironie, je suis désormais un homme riche, mais personne avec qui en profiter.

Alors, c'est fini ! Fini d'être raisonnable, d'être sérieux ! Je veux profiter de la vie, je veux rire, je veux faire l'amour sur la plage, je veux partir en voyage et pourquoi pas rénover une auberge… Je veux faire tout ça. Je veux le faire avec elle !

Ragaillardi par cette prise de décision, je me lève, passe la main sur mon jean pour me débarrasser du sable et avance doucement vers l'eau. En chemin, je jette mon tee-shirt au sol, vire mes baskets et mon jean avant de rentrer dans cette mer calme et presque chaude, avec plaisir.

Seul à des kilomètres à la ronde, je nage quelques brasses pour m'éloigner du bord en admirant la côte éclairée par des centaines de lumières. Putain ce que ça m'a manqué !

Fini de passer à côté de ma vie, à partir de maintenant, je compte bien profiter de chaque seconde ! Et ma première grande décision va être de découcher de chez Zach pour retrouver ma petite chambre d'étudiant. Bordel, elle m'a manqué elle aussi !

Au bout d'une quinzaine de minutes à barboter dans un silence royal, je gagne le bord de mer avec mes affaires sous le bras. En arrivant sur la promenade, un groupe de demoiselles passent près de moi en me reluquant de la tête aux pieds. Juste vêtu de mon boxer, je réalise que je n'ai pas pris la peine de me couvrir, mais qu'importe. Si profiter, c'est aussi se faire mater par quatre gonzesses toutes plus jolies les unes que les autres, alors je prends !

— Salut ! me lance celle qui a de faux-airs de Zia. Elle était bonne ?

Son clin d'œil aguicheur, qui n'a rien de discret, me fait sourire. Avant Zia, je l'aurais laissé m'approcher pour me faire des avances, je l'aurais sautée, je l'aurais aussi fait jouir… Mais tout est si différent aujourd'hui. Envisager de faire l'amour à une autre me semble impossible. Il n'y a quelle. Alors si elle ne veut plus de moi, ma seule issue sera de rentrer dans les ordres…

— Ça te dit d'y retourner avec nous ? enchaîne-t-elle en mordillant sa lèvre. On allait justement se faire un bain de minuit…

— Désolé… Je suis l'homme d'une seule femme !

Sur cette phrase toute faite, tout de même fier de moi, je traverse la route pour gagner la porte de l'auberge.

Dans mon dos, j'entends la fille crier : si tu changes d'avis, je suis au grand hôtel, chambre 127 !

Amusé par tant d'audace, je sors mon portable de la poche de mon jean avant de grimper les marches qui mènent au troisième étage. Tandis que je tape un SMS à l'intention de Zach pour lui dire que je ne rentrerai pas cette nuit et que je passerai récupérer mes affaires dans la journée du lendemain, j'arrive devant cette porte que j'ai ouverte un millier de fois.

Entrebâillée, je la pousse en grand pour me retrouver face à tant de souvenirs. Rien n'a changé ici, y compris le parfum de Zia qui flotte encore dans l'air.

Comme elle l'avait annoncé, les clés sont dans la serrure et les fenêtres sont restées ouvertes. Tandis que je m'avance vers cette alcôve où nous avons fait l'amour la veille de mon arrestation, mes nouvelles résolutions se transforment en certitudes. Nous referons l'amour ici, j'en suis sûr.

15
ZIA

Mercredi 5 juillet

Assise derrière mon volant, sur un parking désert entre Cameron et Neil, je lève la tête du roman une seconde pour regarder l'heure.

Et merde ! Déjà trois heures du matin, Neil va se demander où je suis passée. Le connaissant, il va peut-être même croire que j'ai replongé dans mes travers d'avant, et il y aurait de quoi ! S'il apprenait que j'ai passé une partie de ma soirée avec mon ex, et l'autre à lire son bouquin, je me prendrais une bonne engueulade bien méritée !

Il faut dire que j'ai quitté Cam il y a plus de quatre heures maintenant, mais impossible de rompre réellement ce lien qui nous unit. Alors plutôt que de rentrer, j'ai préféré me garer sur le premier parking venu pour découvrir ce livre qui parle soi-disant de moi.

Au-delà de son talent pour l'écriture, de ses mots justes et bien choisis, Cameron n'avait pas menti. Il parle bien de moi, mais pas que. Ce bouquin, c'est moi, c'est lui, c'est le bar et nos amis. C'est notre histoire, notre rencontre, nos émotions, la naissance de notre amour, nos sentiments, les obstacles qui se sont glissés entre nous, tout ce qui fait qu'aujourd'hui on est nous, et que c'est si difficile d'avancer.

Je ne sais pas s'il a écrit ce roman pour lui, comme une thérapie nécessaire pour tourner la page sur un amour bien trop compliqué, ou s'il l'a écrit pour moi, pour me prouver à quel point il m'aime et ne peut vivre sans moi, mais pour ma part, je n'ai pas besoin qu'on me conte mon passé avec de beaux mots pour comprendre qu'à l'intérieur, je suis complètement chamboulée.

Chaque phrase est un coup de poing dans le bide qui me retourne l'estomac, chaque page est un pas de plus vers cette fin que je connais déjà par cœur, mais que j'appréhende tant. Je n'en suis qu'au moment où il me rattrape dans la grande roue pour me dire qu'il m'aime, mais au vu du choc qui se prépare par la suite, je voudrais avoir le don de changer les mots, de changer notre destin.

Sauf que je suis impuissante. Je n'ai pas le pouvoir d'influer sur le cours de l'histoire, ni dans ce bouquin ni dans le passé… Alors, à contrecœur, je referme les pages qui vont me hanter toute la nuit pour reprendre la route de cette vie qui a tant changé depuis que les mots ont été couchés sur le papier.

En arrivant sur le parking de la copropriété de Neil, je lève machinalement les yeux vers l'étage de mon nouveau chez-moi. La lumière de l'appartement est encore allumée, une ombre passe devant la baie vitrée du salon avant de regarder par le rideau. Quand il m'aperçoit, Neil ferme le store, puis toutes les lumières s'éteignent une à une. Il est en colère, c'est évident.

Le troisième étage à présent plongé dans la nuit, je ferme ma voiture sans quitter la façade des yeux. Troisième étage comme à l'auberge, mais aucune fenêtre avec alcôve, juste du très récent, du beau, mais sans charme, du déjà-vu.

Je crois que si je devais comparer Cameron et Neil, je pourrais utiliser une métaphore avec ces deux bâtiments.

Comme cette résidence de standing, Neil est moderne, il en jette par son envergure ou par sa beauté presque « show-off »[29]. Mais au-delà de l'apparence tape-à-l'œil, il n'y a pas de surprise. On prend l'ascenseur, on sait où on va. Et qu'est-ce qu'on trouve ? Du pratique, du facile, du optimisé, du confort, du standard… Du banal… Rien qui nous transcende vraiment.

À l'inverse, Cameron représente tout le charme de l'ancien. Sa façade est un peu craquelée, mais toutes ces fenêtres qui ressortent du mur démontrent la complexité et la beauté du bâtiment. Quand on voit l'extérieur, on ne sait pas ce que l'intérieur peut nous réserver, on ne sait pas à quoi s'attendre. Alors, on entre avec une légère appréhension, mais une fois qu'on a emprunté l'escalier tortueux, on tombe sur des pièces lumineuses et chaleureuses à nous couper le souffle. On tombe sous le charme…

Moi, ce soir, je prends cet ascenseur alors que je n'ai qu'une envie, c'est de monter et descendre l'escalier sans jamais m'arrêter. Face au miroir qui orne l'une des parois du cube qui m'emmène chez moi, je contemple le reflet d'une femme perdue. Restée lovée dans le confort rassurant qui manque un peu de saveur ? Ou bien gravir à nouveau les marches une à une, pour retrouver la chaleur du soleil filtrée à travers les persiennes vieillottes d'un endroit avec une âme telle qu'elle nous emporte avec elle ?

Trop tard pour faire demi-tour, les portes s'ouvrent et m'invitent à quitter ce dernier sas de décompression. Il est temps de rentrer pour affronter celui que je ne veux pas blesser, car il ne le mérite pas.

Dans le noir, je tâtonne contre les murs en direction de cet endroit qui m'est à la fois familier et étranger. J'ai dormi quelques fois ici avant d'emménager,

[29] Show off : frime.

mais je n'ai jamais pris la peine de vraiment m'acclimater au lieu. Peut-être qu'inconsciemment, je savais déjà que ça ne servirait à rien ?

En entrant dans la chambre avec la vue d'un chat à moitié myope, je bute contre l'encadrement de la porte et me mets à jurer entre mes dents. Je sais que Neil ne dort pas puisque je l'ai vu derrière le rideau, pourtant, sa respiration coupée ferait presque penser qu'il est plongé dans les bras de Morphée. Surprise par ce jeu d'acteur que je ne lui connaissais pas, je file en direction de la salle de bains située au fond de la chambre pour me démaquiller et me mettre en pyjama.

En temps normal, ce genre d'action ne me prend que cinq minutes, tout au plus, mais ce soir, je fais traîner, je retarde le moment où je vais devoir me glisser dans des draps à l'odeur qui ne m'est pas coutumière tout en repensant à la peau de Cameron qui a frôlé la mienne ce soir, à son souffle dans mon cou, à ses bras autour de moi…

Tandis que je mordille ma lèvre en touchant mon épaule, dernier endroit qu'il a effleuré, je me mets à sourire comme une ado lors de ses premiers émois. Pas un sourire radieux et enjôleur, non, un bon vieux sourire mièvre de midinette. Le genre de sourire que je n'ai pas arboré depuis bien longtemps.

— Tu comptes te coucher dans longtemps ? grogne la voix de Neil depuis le lit. La lumière me gêne.

Entendre sa voix fait disparaître les fossettes sur mes joues. Son ton est si dur que la culpabilité m'envahit en un quart de seconde.

Bon sang, mais qu'est-ce que je suis en train de faire ? Je pense à un homme qui m'a laissé tomber, qui m'a fait du mal, alors que j'ai celui qui m'a sauvé la vie qui m'attend dans le lit. Neil est un gars bien. Il ne mérite pas que je lui fasse du mal.

Rongée par toutes les pensées qui m'ont traversé l'esprit ce soir, j'éteins la lumière pour venir me coucher près de lui. Au moment où je me glisse sous la couette, il me tourne le dos en embarquant la moitié du drap avec lui.

— Alors…, commence-t-il, plein de sous-entendus. Tu rentres tard, c'était bien avec Marita ?

— C'était super ! rétorqué-je en raclant ma gorge afin de cacher la gêne engendrée par ce mensonge nécessaire pour éviter l'explosion nocturne. On a beaucoup discuté, elle va me manquer.

— Te manquer ? Tu ne comptes pas la revoir ?

— Je vais avoir du mal à le faire. Elle vend l'auberge, elle s'en va retrouver son Portugal natal.

— OK.

Son « OK » n'est pas franc. Cette annonce ne lui fait ni chaud ni froid, il se fout complètement de savoir que le départ de cette femme chère à mon cœur me touche de plein fouet… Même si j'ai eu le temps de digérer la nouvelle depuis lundi.

Le silence retombe dans la pièce pendant quelques secondes avant qu'il n'allume la lumière pour me scruter de ses yeux azur. Son visage semble plus fermé que jamais, son regard sévère fixe le trajet entre mon cou et le creux de mes seins avec attention. *Et merde !* Je ne suis vraiment pas d'humeur à me forcer à baiser. La soirée a été riche en émotions et j'ai eu mon compte de frissons pour ce soir !

— Je vois que tu ne portes toujours pas le collier que je t'ai offert dimanche ! constate-t-il froidement en bloquant sur la clé suspendue à la chaîne qui entoure mon cou. T'as qu'à le dire s'il ne te plaît pas, j'irai me faire rembourser !

Pas un mot de plus. Il éteint à nouveau la lumière pour nous plonger dans une nuit pleine de non-dits, et moi, je sens les larmes s'accumuler au coin de mes yeux.

Enlever cette clé, ce serait enlever un autre petit bout de mon cœur… Sauf qu'à force d'en virer des morceaux, un jour, il n'y aura plus de cœur.

REWIND
ZIA

Trois ans plus tôt

Mercredi 2 septembre

Allongée dans le lit aux senteurs d'amande mêlées à celle de sa peau, je triture cette petite clé que Cameron m'a donnée dimanche, en repensant à ce qu'il m'a dit : j'aurais aimé te dire qu'il s'agit de la clé qui ouvre mon cœur, mais ça fait vraiment trop pitié ! S'il savait comme il a tort… Moi, ça ne m'aurait pas fait pitié, au contraire, ça m'aurait fait frémir, ça m'aurait envoyé au septième ciel avec un aller sans retour. Peut-être que l'idée était trop clichée pour lui, mais pour moi, elle était juste la représentation ultime du romantisme mode guimauve que j'adore.

En attendant, je n'ai plus que ce morceau de métal autour du cou et cette adresse dans mon téléphone pour me rattacher à celui qui ne veut pas me voir.

Je n'ai aucune nouvelle de lui depuis son arrestation. Noah ne répond pas au téléphone, Ruben n'est pas passé au bar ces deux derniers jours et Zach m'a esquivé quand il m'a vue. Je ne comprends rien à ce qui se passe, et personne pour m'expliquer ce qu'ils sont en train de faire à Cam. Je n'ai plus que cette clé pour me raccrocher comme je peux à lui.

Ni une ni deux, je me redresse avec l'idée précise de savoir ce qui se cache derrière cette serrure. S'il y a une clé, c'est qu'il y a une porte. Je dois absolument découvrir ce que Cam a laissé pour moi derrière cette porte !

Encore en jogging, pas douchée, avec la gueule en vrac et des cernes jusqu'au milieu des joues, je sors du studio en courant. Mon téléphone dans la main pour en activer le GPS, je rentre l'adresse à laquelle je dois me rendre, le cœur battant.

Au fil des rues qui se succèdent, j'arrive dans le quartier des affaires de Brighton. Un peu étonnée de me retrouver ici, moi qui m'attendais à finir dans un chemin dérobé sombre et mal fréquenté, je continue les quelques pas qu'il me reste à parcourir pour me retrouver devant l'une des succursales de la Bank of England.

Qu'est-ce que je fous là ? Pourquoi cette clé me mènerait-elle à l'intérieur de cette banque ?

Le souffle court, je me remémore d'abord les quantités d'argent qui s'étaient étalées devant moi le jour où j'avais découvert le secret de Cam, puis, dans un flash foudroyant, j'entrevois ce lingot d'or qui me coupe la respiration.

Bordel, Cameron ! Qu'as-tu foutu dans cette banque ?

La peur au ventre, avec ma tronche défaite, je passe le portique de sécurité, bien encadré par deux gorilles aux airs menaçants, en me disant qu'ils savent déjà pourquoi je suis ici.

La salive se fait rare dans ma gorge, si bien que je me mets à toussoter tant mes muqueuses sont asséchées. Le rouge me monte aux joues à mesure que le stress gagne mon corps, j'ai chaud, si chaud que des gouttes commencent à perler sur mon front.

Paumée au milieu du grand hall, anonyme parmi la foule, mes yeux parcourent l'immense pièce jusqu'à ce qu'une main se pose sur mon épaule par-derrière.

Dans un dernier battement, mon cœur s'arrête comme si je venais de braquer cette banque, mais le sourire d'une dame blonde me ramène à la réalité avec douceur.

— Je peux vous aider ? Vous avez l'air complètement perdue !

Sa voix maternelle apaise immédiatement mon rythme cardiaque irrégulier. Presque rassurée d'être tombée sur elle, je jette un coup d'œil au badge qui orne sa poitrine opulente. « Heidi Igfact – Accueil ».

Tandis que je tente de lui expliquer pourquoi je suis là, impossible de parler. Alors pour ne pas plus attirer l'attention sur moi, je lui montre la clé en espérant qu'elle comprenne ma demande.

— C'est la première fois que vous venez ouvrir votre coffre ? demande-t-elle, amusée. Ça fait toujours ça la première fois !

— C'est…

Vite… Trouver un mensonge qu'elle pourra gober. Vite… Ne pas passer pour la petite amie d'un mec qui cambriole des maisons et qui vient de se faire chopper. Vite.

— C'est un héritage de mon grand-père, raconté-je en baissant les yeux avant de les essuyer rapidement d'un revers de main pour simuler la tristesse d'un deuil. Il est décédé des suites d'une longue maladie la semaine dernière, et il m'a donné cette clé avec votre adresse sans aucune autre indication.

— Je suis navrée pour la perte de votre grand-père, Miss. Et si vous voulez bien me suivre, nous allons faire les vérifications d'usage avant de vous conduire à votre coffre.

Choquée qu'elle ait pu gober ce mensonge, je la suis au travers des dédales de la banque sans poser plus de questions.

Lorsque nous arrivons devant un homme derrière un guichet, la femme lui explique brièvement la situation avant qu'il ne m'adresse la parole. Sa grosse moustache lui cache la moitié du visage, au point que je sois obligée de me concentrer pour comprendre ce qu'il me dit :

— Je vais avoir besoin de vos noms, prénoms et date de naissance, Miss.

— Zia Rice, née le 18 décembre 2001, dis-je avant d'attendre la suite.

— Très bien. J'aurais maintenant besoin d'une pièce d'identité pour confirmation.

Par chance, j'ai pris mon sac et mes papiers avant de sortir de chez moi. Je fouille dedans une seconde pour en sortir mon passeport et mon permis de conduire avant de les tendre au moustachu. Satisfait de ce qui s'y trouve, l'homme regarde sa collègue pour lui confirmer qu'elle peut reprendre son chemin et me laisser y aller seule. Alors qu'elle me salue avant de retourner à ses affaires, le moustachu s'adresse une nouvelle fois à moi :

— Coffre 52B36, vous le trouverez dans la septième salle au bout du couloir de gauche. Douzième colonne sur votre droite dans la pièce. Ça va aller ?

— C'est parfait ! répliqué-je alors que je me sens à nouveau perdue en regardant le nombre de portes qui se succèdent devant moi.

— Au cas où vous auriez un problème, vous savez où me trouver !

Je ne peux m'empêcher de penser que si je me perds dans ce labyrinthe, je ne risque pas de le retrouver, mais plutôt que de lui montrer que je suis complètement paumée, je me contente de lui sourire et d'avancer en scrutant les portes.

Arrivée au bout du couloir, je prends celui de gauche avant de commencer à compter les numéros. 1... 2... 3... 4... 5... 6... et 7. Plantée devant une porte blindée rouge, j'entends un bip déclencher l'ouverture de la serrure sans même l'avoir touchée. Surprise de cette synchronisation, je relève la tête pour me retrouver face à une caméra. Je me disais bien que c'était trop facile d'arriver jusque-là.

Après un bref coup d'œil autour de moi, je constate que le couloir est bardé de caméras. Impossible de faire un casse ici, on est fliqué à chaque pas.

La porte s'ouvre toute seule sans que j'aie besoin de la pousser, si bien que j'entre dans la septième salle en ayant presque le tournis à la vue du nombre de coffres qui s'affichent sous mes yeux.

Je ne sais pas combien il y en a. Des centaines, plutôt des milliers. Plus de mille petits rectangles métalliques qui forment des lignes et des colonnes à en perdre la tête. Plus de mille secrets qui se cachent en attendant que leurs propriétaires daignent les révéler au grand jour.

En ce qui me concerne, le secret n'est pas le mien, mais celui de Cameron. Je ne suis que la propriétaire d'une clé sans importance.

Douzième colonne en partant de la droite. Encore une fois, je compte pour arriver à l'emplacement annoncé. Une fois devant la bonne rangée, je commence ma recherche en partant du coffre le plus haut, 52B00... Mon regard parcourt les nombres jusqu'à parvenir à celui qui me concerne. 52B36. Le voilà.

Mes mains sont moites. Sur mes bras, la chair de poule a recouvert ma peau, et les doigts tremblants, j'approche la clé de la petite serrure. Un quart de tour suffit à ouvrir le minuscule accès vers l'intérieur.

Une boîte en métal. Voilà ce que contient mon coffre. Sur mes gardes, j'attrape les bords du coffret pour le tirer vers moi. À cause de son poids non négligeable, je suis obligée de le maintenir à deux mains jusqu'à la table mise à disposition pour ne pas le faire tomber.

Face à cette boîte dont j'ignore le contenu, je ne sais plus quoi faire. L'ouvrir ou faire demi-tour. Ai-je vraiment envie de savoir ce qui se trouve à l'intérieur ? Je ne sais même plus.

La clé serrée suffisamment fort pour faire blanchir les jointures de ma main, je me concentre sur ce grand rectangle métallique pour tenter d'y voir à travers. Et après une grande inspiration, je me lance enfin.

Le cerveau sur off, j'ouvre le couvercle en fermant les yeux avant de les rouvrir sur ce que j'avais tant redouté de trouver.

Des billets. Des tonnes de billets de toutes les coupures. Un lingot d'or. Putain. Un lingot d'or. Je ne sais pas combien il y a d'argent là-dedans, mais je m'en fous ! La seule question qui me vient c'est : c'est quoi ce bordel, Cam ? Putain, c'est quoi ?

Je fouille sous les billets pour attraper un papier blanc qui dépasse sur le fond.

Juste une feuille blanche pliée en deux avec mon prénom inscrit dessus.

De plus en plus fébrile, je regarde l'écriture de Cam qui orne la lettre avant de la déplier en soufflant pour ne pas tourner de l'œil.

Zia,

Je ne savais pas trop comment te donner tout ça sans passer pour un fou, mais si tu as pu ouvrir la boîte, c'est que je t'ai donné la clé…

Ne prends pas peur en découvrant son contenu, il ne s'agit que de quelques livres que je t'avais promis lors de ton entretien d'embauche.

Tu dois te dire que je suis réellement cinglé, mais rappelles-toi ! Ce jour-là, je t'avais promis une prime. Alors, c'est vrai que je ne t'avais pas annoncé de montant, mais voilà… C'est bien pour toi. C'est pour te remercier de ton travail exemplaire au King's, c'est pour te remercier d'avoir changé ma vie et de m'avoir fait comprendre que je pouvais être quelqu'un de bien.

Cet argent est à toi ! Je te vois déjà paniquer, mais ne prends pas peur, tout est en règle. Il y a exactement 20 000 £ en liquide et pour le lingot, il te faudra suivre le cours de l'or pour savoir quand le vendre. La banque est au courant. Tu n'auras qu'à leur donner des instructions quand tu décideras que c'est le bon moment.

Ce n'est pas énorme, mais ça t'aidera à payer une partie de tes études ou même cette voiture que tes parents t'ont promise. Je n'ai pas besoin de te le dire, car je sais que ce sera le cas, mais fais-en bon usage. L'argent, ça monte vite à la tête et ça peut nous faire sombrer.

J'espère pouvoir t'aider, te guider au mieux, alors si tu as besoin de moi, n'hésite pas à m'appeler ! Je serai toujours dispo jour et nuit pour toi !

Je t'aime,
Cameron

Les larmes aux yeux, la mâchoire serrée, je replie le papier pour le reposer dans la boîte avec rage. Non, tu ne peux pas me guider ! Non, je ne peux plus t'appeler jour et nuit, Cam ! Tu m'as menti, et ton argent, je n'en veux pas !

Je ne t'ai jamais aimé pour ça et je ne compte pas commencer maintenant !

En refermant le couvercle pour ranger le coffre dans son emplacement, je me fais la promesse de ne jamais toucher à cet argent si ce n'est pas pour en profiter avec lui. Cette somme, elle doit servir pour quelque chose d'important. Elle doit représenter le début de notre vie ensemble !

16
CAMERON

Mercredi 5 juillet

Le cri des mouettes filtre à travers les persiennes et me réveille. Enroulé dans les draps, je me retourne en m'étirant avec un sourire aux lèvres. Je ne sais pas pourquoi, mais ce matin, je suis de bonne humeur.

Hier soir, revoir Zia m'a redonné espoir. Je sais que ça risque d'être long et laborieux, mais je suis confiant quant à ce qui concerne la tournure des événements. Le fait qu'elle me donne rendez-vous pour le dimanche me prouve qu'il y a toujours un lien spécial entre nous. Un lien indélébile, indéfectible. Un lien que je vais m'évertuer à reconstruire fil par fil pour le rendre encore plus solide.

Même si la retrouver insinue briser le cœur d'une tierce personne, je suis prêt à prendre ce dommage collatéral sur ma conscience. J'ai beau apprécier Neil, il n'en reste pas moins qu'il m'a pris la femme de ma vie. La reconquérir n'est qu'un juste retour de bâton.

Zia n'est pas le seul élément qui contribue à ma bonne humeur. Cette nuit, j'ai dormi comme un bébé.

Chez Zach, j'avais tout le confort possible. J'avais un ami sur qui compter, une chambre à disposition, mais ce n'était pas chez moi. Ici, j'ai retrouvé mon confort spartiate, mais familier, j'ai retrouvé le petit air marin qui me fait frissonner au matin alors que la nuit a été chaude, j'ai retrouvé les odeurs de lessive mêlées au doux parfum de Zia qui flotte encore dans les placards et sur les oreillers. Grâce à tout ça, c'est la première fois depuis trois ans que je dors d'une traite, sans cauchemar, sans aucune crainte, et putain ce que ça fait du bien !

Les muscles détendus, l'esprit léger, je récupère mon portable sur la table basse pour voir l'heure qu'il est. Pas étonnant que mon estomac gargouille de cette façon, il est déjà plus de midi ! C'est l'heure de manger !

Heureux, je me lève et me rends dans la salle de bains commune. À cette heure-ci, je suis au moins sûr que ce ne sera pas la cohue pour aller se doucher.

Comme prévu, la pièce est vide, elle est pour moi tout seul.

On dit que les vieilles habitudes ont la vie dure, c'est assez vrai, car, spontanément, je tourne le bouton pour régler l'eau chaude sans même m'en apercevoir. Le temps que l'eau arrive à bonne température, je prépare mes affaires sur un tabouret non loin de moi, puis entre sous la douche fumante pile au bon moment.

Alors que je commence à me savonner vigoureusement pour sortir au plus vite, je réalise que rien ne presse. Je ne suis plus un prisonnier qui doit speeder pour se laver, mais en plus, je n'ai rien de prévu aujourd'hui si ce n'est de prendre le temps de vivre… Alors, afin de profiter au mieux de cette vie retrouvée, je me mets à chantonner sous la douche, enchaînant au passage quelques pas de danse pour voir si je suis encore capable de remuer du bassin comme je le faisais par le passé.

Pour la première fois depuis trois ans, je me sens vraiment libre.

Au bout d'un moment, habillé, parfumé et rasé de près, je récupère ma trousse de toilette et m'empresse de sortir de mon petit appart pour me rendre au rez-de-chaussée.

Quand j'ai croisé Marita, en venant voir Zia cette nuit, elle a exigé que je lui raconte tout le lendemain. Il est vrai que je suis ravi de passer du temps avec elle, retrouver cette petite bonne femme hors du commun me fait du bien, mais pour être honnête, si je ne passe pas la voir, je risque de me prendre les foudres de cette véritable mère poule surprotectrice. Autant dire que l'idée de la contrarier n'est pas prévue au programme de la journée.

Plutôt que d'emprunter la porte qui mène du hall à la crêperie, je fais le tour afin de passer par l'entrée principale du restaurant. Entendre le son de la clochette ravive de nombreux souvenirs dans ma tête. Je connais ce lieu depuis si longtemps qu'il est un endroit incontournable de ma vie.

Les yeux perdus sur le décor qui n'a pas changé depuis la première fois où j'y ai mis les pieds, je comprends pour quelle raison Zia souhaite le racheter. Elle n'y a vécu que trois ans, pourtant ce sont trois années fortes en émotions, trois années fortes dans la construction de soi. Comment pourrions-nous laisser cet immeuble dans les mains d'un autre alors qu'il représente tout pour nous. Des rires, des larmes, de l'amour, de la colère, des années de vie qui sont incrustées au plus profond de notre être.

Quoi qu'elle ait en tête, je suivrai Zia dans son projet. Je veux en faire partie, car ici, c'est chez moi aussi.

— Ah bah enfin ! me sermonne la voix rude de ma mama portugaise préférée. Je t'attendais plus tôt, moi ! Genre à l'ouverture !

Alors que je m'apprête à répondre, elle me coupe la parole en me jetant un tablier à la tronche.

Le restaurant n'est pas bondé, pour autant, je comprends tout de suite que je vais devoir mettre la main à la pâte si je ne veux pas me faire engueuler.

— En même temps, si tu ne débarques que maintenant, c'est peut-être parce que la soirée s'est prolongée ? lance-t-elle en tapant ses mains de joie, faisant voler de la farine dans tous les sens. Oh, que c'est bon signe tout ça !

Tandis que je me retiens de rire face à autant d'euphorie, je comprends à quel point mon histoire avec Zia lui tient à cœur. Elle m'a vu tomber amoureux pour la première fois, elle m'a donné des conseils pour la séduire (des conseils pourris au passage), elle nous a préparé des crêpes, elle a même recueilli celle que j'aime pour ne pas la laisser à la porte. Quelle personne ferait ça sinon une mère ?

Au moment où elle appuie son index blanchi sur mon nez, je réalise que Marita a été une mère de substitution pour moi. Ma vraie maman n'étant plus, Nana qui n'était plus capable de s'occuper de moi, c'est tout naturellement que je me suis tourné vers Marita. Elle a été la figure maternelle qui m'a manqué toutes ces années, et rien que pour ça, je ne peux pas lui laisser vendre l'immeuble à quelqu'un d'autre qu'à moi.

Pris d'une montée de tendresse incontrôlable, je passe outre la présence des gens qui nous entourent pour serrer cette drôle de femme dans mes bras. Étonnée par cette effusion d'amour soudaine, Marita râle comme elle le fait toujours avant de me rendre mon étreinte.

Ce câlin improvisé a un effet rassurant sur moi. Oui, Marita va retourner vivre au Portugal, mais ce n'est pas pour autant que je vais la perdre.

Quand elle se redresse pour me faire face, ses yeux brillent comme des diamants. Elle est émue tout comme je le suis. Je ne l'avais jamais serrée dans mes bras et j'ai été con d'attendre aussi longtemps pour le faire. On ne devrait jamais hésiter à embrasser ceux qu'on aime.

Pour camoufler ses émotions, elle me frappe le torse en prononçant une phrase qui restera gravée dans ma tête :

— Vous vous êtes bien trouvés tous les deux ! annonce-t-elle en parlant de Zia. Deux belles âmes qui iront loin, j'en suis certaine.

En pleine méditation sur ce qu'elle vient de dire, je reprends la confection des crêpes pendant qu'elle s'attelle aux commandes. Entre deux clients, Marita ne perd pas le nord. Sa curiosité maladive reprend le dessus sur le boulot, et voilà qu'elle se met à me bombarder de questions : de quoi avez-vous parlé ? Vous vous êtes embrassés ? Va-t-elle quitter Neil pour se remettre avec toi ? Les minutes passent, et les réponses qui s'enchaînent ne lui plaisent pas assez. Selon elle, j'aurais dû lui dire ce que je ressentais. Selon elle, j'ai perdu assez de temps pour avoir à m'encombrer avec des formalités ou avec la bienséance. Selon elle, j'aurais dû rentrer avec Zia pour régler tout ça sur l'oreiller, car, toujours selon elle, rien ne vaut un gros câlin crapuleux pour se retrouver.

Amusé par ses réactions, nous finissons le service vers quatorze heures devant une bonne crêpe nordique plus que méritée. Au moment où je prends ma première bouchée, un numéro inconnu apparaît sur l'écran de mon téléphone.

Quand je décroche pour découvrir qui m'appelle, je ne sais sur qui je vais tomber.

— Salut Cameron ! annonce l'homme dont la voix ne me dit rien. Il faut que je te parle, mec ! Ça urge !

Face à mon air soucieux, Marita me questionne silencieusement sur l'identité de mon interlocuteur, sauf que j'ai beau tenter de reconnaître cette voix, rien ne me vient.

Pendant une seconde, mon ventre se crispe en imaginant que ce connard de Cliff m'a retrouvé à l'extérieur, alors pour en avoir le cœur net, je demande, avec un brin d'agressivité dans la voix, qui se trouve au bout du fil.

— C'est Sloan. Le frère de Zia !

Mon sang ne fait qu'un tour, ma gorge se noue. Il est arrivé quelque chose à Zia et je dois savoir ce que c'est !

— Tu es où, Sloan ? J'arrive tout de suite !

— Chez mes parents. Fais vite, je t'attends !

Au moment où je raccroche, Marita me voit changer de couleur. Son visage, souriant un instant plus tôt, se fige en attendant de savoir ce qui se passe.

— C'était le frère de Zia. Il dit qu'il faut qu'il me parle et que c'est urgent.

— Il est arrivé quelque chose à Zia ? me demande-t-elle aussi soucieuse que moi.

— J'en sais rien ! Il n'a rien ajouté de plus !

— Alors, vas-y ! me gronde-t-elle. Qu'est-ce que tu attends ?

Sans prendre le temps de finir ma crêpe, j'embrasse Marita sur la joue avant de filer en direction de la sortie. Ma voiture est garée au parking souterrain du long de la plage, si bien qu'il ne me faut pas courir longtemps avant d'y arriver.

En une minute, je suis derrière le volant et m'apprête à sortir du parking pour gagner le front de mer. En deux, je m'insère dans la circulation pour me rendre chez les Rice.

Le cœur tambourinant dans ma poitrine, de multiples scénarios me viennent en tête. J'imagine une dispute avec Neil qui tourne mal, un accident de voiture dans la nuit, rien que des scènes catastrophes incluant un drame à la fin.

Quand j'arrive enfin à destination, Sloan m'attend déjà sur le bas-côté. Il n'a pas l'air en panique comme je le suis moi. On dirait même qu'il est content.

Au moment où je m'arrête près de lui, il se met à me sourire comme si nous étions de vieux amis qui ne s'étaient jamais quittés. Je ne sais pas ce qui se trame, ni même ce que me vaut cette entrevue imprévue, mais je le laisse s'installer sur le siège passager avant de lui demander la raison de son appel.

Au moment où je lui pose la question, il me fait un signe de la main pour me faire taire. Surpris par son comportement étrange, je le regarde faire sans comprendre. Mais lorsqu'il rentre la ville de notre destination, je suis complètement largué.

— Qu'est-ce que tu veux qu'on aille foutre à Penkridge[30] ? C'est à trois heures de route d'ici !

— Tu avais d'autres plans pour la journée ? me demande-t-il, confiant.

— Non... Rien ! Mais j'ai du mal à saisir ce qu'on va bien pouvoir foutre là-bas ! J'ai cru qu'il était arrivé quelque chose à ta sœur, moi !

— Pas que je sache ! De toute façon, il n'est pas question de Zia, là ! Je veux te montrer un truc super important. Et plus vite on sera parti, plus vite on pourra rentrer.

Les yeux fixés sur l'autoradio dans lequel il est en train d'enfourner sa clé USB, Sloan a tout prévu pour son road-trip. Je n'ai aucune idée de ce qu'il compte faire dans cette ville à plus de trois cents kilomètres de nous, mais soit... Moi qui voulais me faire une virée en voiture, je suis servi.

Alors que j'enfonce la clé dans le contact, je le vois fredonner une chanson que je ne connais pas du coin de l'œil. Autant trois ans auparavant, cet ado boutonneux n'avait rien à voir avec sa sœur, autant aujourd'hui, il lui ressemble de plus en plus. Le même visage poupon, la même couleur de cheveux, les mêmes mimiques. Si Zia voulait savoir à quoi elle ressemblerait si elle était un homme, elle n'aurait qu'à jeter un œil à son frère !

— C'est parti alors, on y va ? s'enthousiasme Sloan en me tapant l'épaule.

— Je ne sais pas où tu m'emmènes, mais ça a intérêt à en valoir la peine !

— Ne t'en fais pas, ça en vaut carrément la peine !

---

[30] Penkridge : ville située dans le centre de l'Angleterre, près de Birmingham.

***

Enfin, le panneau de la ville de Penkridge apparaît sous nos yeux. Le GPS qui affiche le petit drapeau de l'arrivée, nous annonce que nous ne sommes plus qu'à quelques mètres de notre point de chute.

Pendant tout le trajet, Sloan n'a pas voulu me dire où nous nous rendions, ce qui signifie que j'arrive dans un endroit sans savoir pourquoi j'y suis, et ce que je vais y faire. Par contre, cette petite escapade a eu le mérite de nous offrir l'occasion de mieux nous connaître. Il n'est plus le gamin que j'ai connu il y a trois ans. Celui qui s'enfumait la tête pour échapper à je ne sais quoi. Aujourd'hui, il a la tête sur les épaules, il sait ce qu'il veut faire de sa vie, même si ses parents ne lui en laissent pas l'occasion.

Il y a deux ans, il a voulu quitter le cursus scolaire classique pour commencer une formation en cuisine. Apparemment, il est passionné par l'art culinaire depuis son plus jeune âge, mais n'a jamais vraiment évoqué cette passion avec ses parents. Quand il leur a demandé de faire cette formation, ses parents se sont foutus de lui et ont refusé ce brusque changement de direction sous prétexte qu'il avait des facilités qu'il devait exploiter à fond.

Joey Rice, qui m'a un jour avoué qu'il aurait aimé que son fils soit un homme comme moi, a dû revoir ses exigences à la hausse. À l'époque, il ne savait pas que j'étais un voleur, quel piètre exemple pour son rejeton ! Mais de là à ne pas vouloir le laisser faire ce qu'il aimait, il y a des limites.

À l'inverse de Zia, Sloan ne s'est pas rebellé contre l'oppresseur. Il a continué ses études sans moufeter, sauf qu'aujourd'hui il se retrouve dans une impasse. Il ne sait plus ce qu'il veut faire. Il est même prêt à tout arrêter juste pour bosser au bar. Quelle connerie !

Même si j'ai essayé de lui faire comprendre qu'un job d'étudiant n'était pas une vocation, je me suis retrouvé face à un mur.

Il y a trois ans, j'ai promis à Zia que j'aiderais son frère, ma promesse est toujours d'actualité. Même si ce n'est plus par rapport à la drogue, ce gamin a besoin d'un coup de main, et je m'engage à le lui donner.

« Vous êtes arrivé à destination », me coupe le GPS dans le fil de mes pensées.

Tandis que j'arrête le moteur devant une baraque quelque peu délabrée, je suis de plus en plus paumé.

Située à la lisière de la ville, la maison, qui semble dater d'un autre siècle, est perdue dans une petite forêt à l'abri des regards indiscrets. Dans le jardin, des carcasses de voitures s'entassent çà et là au milieu des pneus et des chiens qui aboient comme des fous.

Les volets sont fermés, on dirait qu'il n'y a plus personne qui vit ici. Bordel, mais qu'est-ce qu'on fout là ?

— Tu vas me dire ce qu'on fiche ici, Slo ? C'est quoi cette baraque ? Elle est à qui ?

Le visage enjoué de Sloan se transforme pour devenir plus sérieux. Concentré sur la devanture de la demeure, il fixe les ouvertures, à l'affût du moindre mouvement.

— Sloan ! C'est la maison de qui, putain ?

Avalant sa salive avec difficulté, il me regarde enfin pour me donner une réponse qui me glace le sang :

— C'est la propriété de Tyler Ward, Cam ! Après que l'on se soit vu lundi soir, je n'arrivais pas à dormir. Je repensais à ce mec, à ce qu'il t'avait fait, et j'ai commencé à taper son nom sur le net. De sites de recherche en sites de recherche, j'ai trouvé un élément par-ci puis un autre par-là. Je ne dis pas que ça a été difficile, je crois qu'un gosse de primaire aurait pu trouver… Mais voilà… Quand je suis enfin tombé sur son adresse, du moins la maison a été enregistrée au nom de sa mère après son achat il y a deux ans, je me suis dit que tu aimerais savoir où il s'est caché pendant tout ce temps.

Abasourdi par les propos qu'il me tient, je mets du temps à réaliser que je me trouve devant chez Ty.

Je savais qu'il avait de la famille dans le centre du pays, je ne savais pas où c'était exactement, et pour être honnête, je n'en avais plus rien à faire.

Le cœur partagé en deux, j'observe à nouveau les lieux, tandis que l'insalubrité de cet endroit me saute aux yeux. Putain de merde ! Avoir volé autant de fric, avoir balancé un pote pour finir dans un taudis pareil, c'est ce qu'on appelle un mauvais retour de karma !

Mais au final, ce qui m'intrigue le plus, ce n'est pas tant le mec qui vit dans ce bouge, c'est plutôt celui qui m'y a emmené.

— Slo, explique-moi ce qu'on fout ici ?

— J'ai pensé que tu aurais voulu le revoir.

— Pourquoi ?

— Parce qu'il t'a pris trois ans de ta vie ! lance-t-il avec un agacement que je ne comprends pas. Quoi ? T'as pas envie de te venger, de lui exploser la gueule pour ce qu'il t'a fait ? s'écrie-t-il d'une voix chevrotante. Moi j'en ai envie !

— Je ne comprends rien, Slo ! Qu'est-ce qui te fait croire que j'avais l'intention de me venger ? Qui t'a mis cette idée en tête ?

— Tu vas me dire que tu as ce mec à portée de main et que tu ne vas rien faire ?

— Putain, mais c'est quoi ton problème ? Est-ce que j'ai déjà parlé de vengeance avec toi ? Jamais ! Si j'avais voulu faire quelque chose à ce type, ça fait longtemps que je l'aurais fait, crois-moi ! crié-je presque pour le faire réagir. Depuis l'intérieur de la prison, on peut faire faire tout ce qu'on veut. Donner des ordres, faire buter des gars ou je ne sais quoi d'autre encore. Si je ne l'ai pas fait, c'est parce que je devais payer ma dette à la société, moi aussi. Ty m'a pété la gueule, après ça il s'est barré, et m'a laissé porter le chapeau… OK, je suis au courant ! Mais si je le bute maintenant, qu'est-ce que ça fait de moi ? Un meurtrier, mais certainement pas un mec réglo qui a juste voulu se venger. Comme tu dis, j'ai perdu trois ans à cause de ce connard. Il est hors de question que je perde un jour de plus à cause de lui !

Face à moi, le gamin se décompose de plus en plus, jusqu'à se laisser tomber au sol en pleurant. Sa réaction me laisse stupéfait. Pourquoi est-il dans un tel état ? Qu'est-ce qui se passe que je ne sais pas ?

— Je veux savoir si c'est lui qui t'a dénoncé ! geint-il sans même me regarder.

— Pourquoi, qu'est-ce que ça change ? On sait très bien que c'est lui ! L'histoire s'arrête là. On rentre.

Alors que je fais volte-face pour remonter dans la voiture, Sloan reste accroupi sur le sol, le visage couvert de larmes.

— Parce que si ce n'est pas lui qui t'a dénoncé, ça voudrait dire que c'est de ma faute !

REWIND
SLOAN

Trois ans plus tôt

Dimanche 30 août

Perdu entre la fumée devant moi et la nuit qui s'étale sur les toits, je savoure la dernière taffe de mon bédo en me balançant au rythme des sonorités électro qui pulsent dans mes oreilles. Ce soir, j'avais vraiment besoin de fumer pour décompresser. Entre les cours, ma meuf et les darons, je suis à bout, tout me prend la tête en ce moment. Me rouler un pétard, c'est ma seule échappatoire, mon moment de calme à moi.

Même Zia commence à me fliquer. Elle qui se disait compréhensive et ouverte, elle est de plus en plus sur mon dos. Si elle savait comme ça me gave ! Après tout, vu le nombre de fois où elle fait le mur dans la semaine, elle est loin d'être un modèle à suivre en matière de grande sœur exemplaire.

D'ailleurs, ce soir n'échappe pas à la règle. Tapi dans l'ombre pour qu'elle ne me remarque pas, je l'observe tanguer d'un pied sur l'autre, prête à bondir du premier étage pour se rendre je ne sais où avec son nouveau mec dès que sa caisse tournera au coin de la rue.

En y regardant de plus près, je la trouve plus agitée que d'habitude. Tandis qu'elle zieute sa montre en jurant entre ses dents, je sors de ma cachette pour en savoir plus sur ses plans du soir :

— Tu comptes vraiment sauter du premier ?

Surprise par ce son qui sort de nulle part, Zia se retourne vers ma voix avant de m'apercevoir. Malgré la pénombre qui nous cache, je la vois d'abord crisper ses mains sur la rambarde de sa terrasse avant de remarquer les traits soucieux qui marquent son visage.

— Tu sors encore avec Cameron, ce soir ? Vous allez où ? demandé-je alors qu'elle semble de plus en plus nerveuse.

— Ça ne te regarde pas, Slo. Tu ferais mieux d'arrêter de fumer cette merde et d'aller te coucher !

Alors que des phares inondent le ciel de lumière au bout de la rue, ma sœur s'agrippe plus fort au garde-corps avant de l'enjamber pour se retrouver de l'autre côté. À bout de bras, elle fait face au vide avec hésitation.

— T'es folle ou quoi ? Ne saute pas, tu vas te péter un truc !

— Fous-moi la paix, Slo ! Va te coucher, je t'ai dit ! me prévient-elle avant de s'élancer dans le vide pour retomber quasi à plat ventre sur l'herbe.

Pendant une seconde, il n'y a plus de son, plus d'image provenant du rez-de-chaussée. Paniqué à l'idée qu'elle se soit réellement blessée, je franchis la barrière de mon balcon comme elle l'a fait avant moi pour sauter sans réfléchir.

Par chance, je me réceptionne mieux qu'elle, et l'aide à se relever. Une fois sur pieds, Zia me regarde avec cet air qu'elle a depuis qu'on est tout petit de « ne dis rien aux parents ». J'ai beau être le plus jeune de nous deux, il n'en reste pas moins que je suis le plus futé. Zia a toujours eu le chic pour se faire prendre la main dans le sac alors que j'ai toujours su me sortir de toutes les situations par une petite pirouette agile. Elle a vite compris que, sur les coups fourrés, j'étais le meilleur de la fratrie, si bien que quand elle me fait ce genre de grimace paniquée, je sais qu'elle s'est mise dans de sales draps.

Une main sous son coude, l'autre autour de sa taille, j'aide ma grande sœur à se relever avant de la conduire vers la voiture qui est venue la chercher. À l'intérieur, ce n'est pas Cameron qui l'attend, c'est Sofia. Moi qui pensais qu'elles étaient en froid, j'avais tout faux.

Arrivés vers la bagnole avec une Zia qui boîte sous le bras, je m'interpose entre elle et la portière pour jauger une dernière fois la situation avant de la laisser partir.

Comme sur la terrasse, le visage de ma sœur est figé. Les sourcils froncés, les lèvres pincées, Zia fuit mon regard, elle refuse de m'affronter. Sauf que même si elle est plus vieille que moi, il n'en reste pas moins que je la dépasse d'une bonne tête, et sûrement d'une dizaine de kilos ou plus.

Comprenant qu'elle ne peut pas s'enfuir sans mon accord, elle ne trouve pas mieux que de se mettre à me frapper dans le ventre pour me faire bouger. Stable sur mes appuis, les abdos contractés, j'encaisse les coups sans ciller alors qu'elle commence à baisser la garde.

— Rêve pas, sœurette ! T'iras nulle part si tu ne déballes pas tout !

— Putain, tu fais chier, Slo ! Barre-toi, j'te dis !

— Je ne bougerai pas, tant que tu persisteras à ne rien dire !

Au bord des larmes, Zia me somme de la laisser monter en voiture, mais je ne bouge pas d'un poil. Au bout de trois minutes de négociations inutiles, elle rend les armes.

— On a déjà perdu assez de temps, laisse-moi partir !

— Alors, je viens avec toi !

— Hors de question, Slo ! Tu restes ici !

— Zia ! braille Sofia depuis l'intérieur. On fait quoi ? On y va ou pas ?

Prise entre deux feux, ma sœur ne sait plus où donner de la tête. Son visage reflète encore plus l'anxiété, ce qui ne va pas en me rassurant. Si elle croit que je vais capituler juste parce qu'elle est à deux doigts de chialer, c'est mal me connaître. Pire encore, elle devrait savoir que je vais aller à l'encontre de sa volonté.

— Le deal a changé, Sister ! Je viens avec vous ou tu ne bouges pas d'ici !

— T'es complètement à l'ouest, Slo ! Va te faire foutre et dégage !

— Mieux encore, m'emporté-je pour la faire enrager, je viens avec toi ou je balance tout aux parents !

Dépitée, mais consciente que je serais plus con qu'elle ne peut l'être, Zia m'indique la portière arrière comme un signe d'acceptation.

À la fois excité par cette virée nocturne, et tourmenté par l'air soucieux de ma sœur, je rejoins une place à l'arrière sans me faire prier.

Calé au fond de mon siège en cuir, j'observe la route que Zia indique à sa copine en comprenant que nous sortons de la ville. Je ne sais pas où on se rend, mais à voir le comportement des deux pilotes de devant, j'ai une mauvaise intuition.

— Alors, tu comptes tout me dire ou tu vas rester évasive comme au téléphone ? demande Sofia en jetant quelques coups d'œil de biais à ma muette de frangine.

Au bout d'une longue minute, Zia se décide enfin à ouvrir la bouche, mais sa réaction me glace le sang. Quand elle s'effondre en pleurs, je suis complètement paumé. Si ce Cameron lui a fait du mal, je jure de lui péter la gueule pour lui faire comprendre qu'on ne touche pas à ma sœur !

— Si je te raconte tout, promets-moi de fermer ta gueule et de ne jamais révéler ce que je vais te dire ! sanglote-t-elle alors que Sofia tente de l'apaiser sans quitter la route des yeux.

Alors qu'elle semble avoir oublié que j'étais dans la voiture avec elles, Zia se lance dans une histoire à dormir debout. Du moment où elle a découvert la photo, son livre et un paquet de pognon dans la table de nuit de Evans, jusqu'à ce qu'il la dépose devant chez nous ce soir, j'ai le droit à un récit détaillé des agissements de ce type.

Choqué par ce que je viens d'entendre, je réalise que cette virée n'a plus rien de drôle, et que, au-delà de faire chier Zia, nous courons tous les trois droit sur les problèmes. Soudain, les derniers mots de Zia me reviennent en tête.

— C'est lui qui m'a dénoncé pour la fumette? dis-je alors qu'elles sursautent en se remémorant ma présence dans le même habitacle qu'elle.

Un coup d'œil de Zia dans le miroir du pare-soleil me donne ma réponse sans qu'elle n'ait besoin de prononcer un mot.

— Putain ! L'enflure !

— C'est pas ça le plus important, Slo ! Il pourrait avoir des problèmes, et moi, je ne veux pas qu'il en ait !

— C'est pour ça qu'on se rend sur les lieux d'un cambriolage en pleine nuit ! ironisé-je en la fixant dans le petit miroir de courtoisie. Tu sais ce que tu risques toi à savoir tout ça sur lui ? Je ne suis peut-être qu'en seconde, mais j'ai regardé assez de séries policières pour savoir que t'es sa foutue complice, Zia !

— Pour le coup, il n'a pas tort ! rétorque Sofia en prenant un chemin sur la droite qui nous fait quitter la route principale.

— On y est ! déclare Zia en regardant le mur que nous longeons dans la nuit.

— Qu'est-ce qu'on va faire sur place ? On va pas rentrer dans la baraque quand même !

— Bien sûr que non, So ! lance-t-elle en fouillant frénétiquement dans son sac à main. Et merde ! J'ai pas pris mon portable ! Passe-moi le tien !

— Tu vas faire quoi avec ? s'inquiète Sofia, sur ses gardes.

— Je veux juste lui dire que je suis là, et qu'il ne faut pas qu'il fasse ça ! annonce-t-elle en saisissant le portable que son amie lui tend avant de chercher le numéro de son mec dans le répertoire. C'est le répondeur ! Tu fais chier, Cam ! Il faut que je le prévienne d'une façon ou d'une autre !

Dans un élan de stupidité, Zia ouvre la portière pour sortir, mais je la rattrape in extremis depuis l'arrière pour la clouer à son siège.

— T'as pété un plomb ou quoi? hurlé-je pour qu'elle réalise qu'elle s'apprête à faire une connerie.

— Arrête, Slo ! Je veux juste lui faire comprendre que je suis là !

— T'es cinglée, ma parole ! Je te l'interdis !

— Qu'est-ce que tu veux m'interdire, espèce d'idiot ! braille-t-elle en plantant ses ongles dans mes paumes. T'as trois poils aux couilles et tu penses

que tu peux m'interdire quoi que ce soit ! Tu peux toujours aller le dire aux parents !

Dans un regard complice, Zia me griffe au sang juste avant de se précipiter hors de la bagnole en même temps que sa copine. Le bip de la fermeture me ramène sur terre. Elles viennent de m'enfermer à l'intérieur et je n'ai plus aucune marge de manœuvre pour les empêcher de faire n'importe quoi.

Dehors, Sofia tente de raisonner Zia en la forçant à remonter en voiture, mais trop focalisée sur son mec cambrioleur, ma sœur ne l'écoute plus.

La main sur mon portable, je fais ce qui me semble le plus intelligent dans une situation aussi merdique, en envoyant un texto à mon paternel. Lui saura peut-être quoi faire.

SMS de Sloan, pour 'Dad', 23 h 36 :

[Help ! On a un problème !
Zia a pété un plomb ! Son mec est en train de cambrioler une baraque et elle veut l'en empêcher !]

SMS de 'Dad' pour Sloan, 23 h 37 :

[Quoi ??? Vous êtes où ?]

Un appel manqué de 'DAD'

Pris au dépourvu, je vois l'appel entrer sans pouvoir décrocher. Plutôt que de le rappeler et de prendre la foudre, je me contente de répondre à ses questions par messages.

Après lui avoir donné l'adresse, et un semblant de résumé, mon père m'ordonne de rapatrier Zia dans la bagnole et de déguerpir de là sans attendre.

SMS de 'Dad' pour Sloan, 23 h 40 :

[Rentrez tout de suite à la maison ! Je m'occupe du reste !]

SMS de Sloan pour 'Dad', 23 h 42 :

[Qu'est-ce que tu vas faire ?]

SMS de 'Dad' pour Sloan, 23 h 44 :

[Je m'en occupe ! RENTREZ TOUT DE SUITE !!!!!]

La panique s'empare de moi au moment où Zia et Sofia se figent à l'extérieur. Dans leurs yeux, ce n'est plus simplement du stress que je vois, c'est carrément de la peur.

À partir de ce moment, tout s'enchaîne. Le bip d'ouverture des portes, les filles qui remontent à l'intérieur, une marche arrière en vitesse, une voiture qui nous fonce dessus, un retour à la maison dans un silence de mort et l'arrivée en fanfare avec les darons devant la porte à nous attendre...

Tout a été si vite que je n'ai pas compris ce qui se passait vraiment, si bien que je me retrouve au centre d'un conflit entre mes parents et ma sœur en étant complètement paumé.

Mon père, qui savait exactement où on se trouvait et pourquoi on s'y trouvait, hurle comme un putois uniquement parce que nous avons fait le mur et que Zia m'a embarqué avec elle. Il hurle, car il en a marre qu'elle sorte en douce pour retrouver son mec, il hurle parce qu'elle a changé. Et moi je les regarde crier sans réagir parce que je ne comprends pas pourquoi il ne lui dit rien.

Pour apaiser les tensions, je finis par expliquer que Zia n'était pas en forme, qu'elle avait besoin de prendre l'air, que l'on s'est juste baladés. Comme mon père, je ne mentionne ni le cambriolage, ni les SMS que l'on s'est échangés un peu plus tôt.

Excédée par les cris inutiles à une heure pareille, ma mère renvoie ma sœur dans sa chambre en lui promettant d'avoir une grosse explication le lendemain. Discrètement, elle me retient par le bras pour que je reste près d'elle, et quand Zia semble hors de portée, ils se tournent vers moi en me fixant avec insistance.

— Maintenant, il va falloir que tu balances ! me prévient mon père en fronçant les sourcils. Raconte-nous tout ce que tu sais, et surtout, n'oublie aucun détail !

17
CAMERON

Les mots de Sloan agissent sur moi comme une claque en pleine gueule.

De sa faute ? Comment ça pourrait être de sa faute ? Il n'était pas sur place avec nous, et Noah m'a affirmé que l'appel provenait d'un homme présent sur la zone, pas d'un gamin tranquillement posé chez lui !

— Qu'est-ce que tu racontes ? T'as pété un plomb, Sloan ! lancé-je en l'aidant à se redresser. Pourquoi… Comment ça pourrait être de ta faute ? T'étais même pas là !

Le regard fuyant, il me tourne le dos avant de repartir vers la voiture sans un mot. Troublé par son comportement, je le rattrape par le bras pour l'en empêcher. S'il croit qu'il peut s'en sortir comme ça, il se plante ! Je ne compte pas en rester là.

— Qu'est-ce que t'entends par « c'est de ma faute » ? Qu'est-ce que t'as fait, mec ?

Encore une fois, il baisse les yeux pour ne pas subir mon interrogatoire. Rongé par l'impatience, je le secoue pour le faire parler, mais seules les larmes qui coulent sur ses joues me renseignent sur sa culpabilité.

Alors qu'un chien sort de la maison en aboyant comme un enragé, j'entrevois une silhouette s'avancer sous le perron. Pas encore tout à fait dans notre ligne de mire, je pousse Sloan à l'intérieur de la voiture, puis regagne ma place à la hâte avant de me retrouver face à mon ex-complice.

Si Sloan ne m'avait pas fait cette révélation étrange, peut-être que de voir celui qui m'avait envoyé en taule m'aurait fait sortir de mes gonds, mais maintenant que les langues se délient, je ne suis plus sûr de rien, et encore moins de la culpabilité de Ty.

Attachant ma ceinture en vitesse, j'enclenche une marche arrière pour nous sortir de là. Plus vite nous reprendrons la route, plus vite je pourrai avoir sa version des faits, puisqu'à partir de cet instant et pour les trois heures à venir, ce petit branleur est coincé avec moi !

Prostré dans son mutisme quand j'atteins la nationale, Sloan regarde la route en mordant ses lèvres. Par un coup d'œil furtif, sa ressemblance avec sa sœur me frappe une seconde fois, au point de me faire dévier de la route.

— Fais gaffe, putain ! braille-t-il en se tournant vers moi pour me tuer du regard.

— S'il faut qu'on ait un accident pour que tu retrouves l'usage de la parole, on est mal barré ! ironisé-je en scrutant ma trajectoire pour ne pas réitérer. Maintenant que je sais que tu parles toujours, tu vas pouvoir cracher le morceau !

— T'es pas obligé de prendre ce foutu ton condescendant, Evans ! Je vais te le dire de toute façon… Ça fait trois ans que ça me bouffe, alors crois-moi, j'ai hâte que ça sorte !

À l'inverse de ses mots, tout dans son langage corporel insinue le contraire. Peut-être qu'il garde ce secret depuis tout ce temps, mais si j'en crois la façon qu'il a de se tenir renfrogné sur son siège, je ne suis pas certain qu'il ait vraiment envie de le partager avec moi.

Qu'importe, maintenant qu'il en a trop dit, il va falloir qu'il déballe la totale. Il n'a plus le choix.

— OK, je t'écoute. Libère-toi !

Ma façon de me foutre de lui ne lui sied guère, si bien qu'il se tasse un peu plus en grognant :

— Je vais te le dire, mais arrête de me prendre pour un débile ! C'est déjà assez dur comme ça !

— Plus dur que trois ans de prison ? J'en doute ! grogné-je en mimant une grimace de dégoût.

— C'est bon là ! s'emporte-t-il en tapant contre la portière d'un coup sec. J'ai compris !

Un silence gênant s'installe entre nous tandis qu'il se remet à fixer la route qui défile sur le côté. J'ai conscience de l'avoir un peu brusqué, mais merde après tout ! Si c'est lui qui m'a envoyé en taule, j'ai tout de même le droit de savoir comment, et surtout pourquoi !

Au bout de cinq minutes, peut-être plus, tant ce moment m'a paru long, Sloan ouvre enfin la bouche pour commencer son explication :

— Si j'ai cherché à retrouver Tyler, c'est parce que ce soir-là, il se pourrait que j'aie été sur place et que j'aie prévenu quelqu'un.

Cette entrée en matière ne satisfait aucune des questions qui me martèlent la tête. J'ai envie de lui hurler de tout déballer sans attendre, j'ai envie de le secouer pour avoir sa version de l'histoire, mais pour ne pas le braquer une nouvelle fois, je me contente de hocher la tête pour lui signaler que j'attends la suite.

— Ce soir-là, reprend-il le regard flou, quand j'ai vu Zia sauter par la fenêtre, je pensais qu'elle allait te rejoindre. Sauf que quand je lui ai posé des questions, j'ai bien senti qu'un truc clochait, alors de fil en aiguille, je me suis incrusté dans sa virée avec Sofia pour venir te voir. Au début, je ne savais pas ce qui se passait, même si, connaissant ma sœur, une simple engueulade ne l'aurait jamais mise dans cet état. C'est quand elle a raconté toute l'histoire… Enfin, quand elle s'est confiée sur tes activités à Sofia, que j'ai compris qu'on allait te rejoindre sur le lieu du cambriolage…

— Attends… attends…, bredouillé-je en lui coupant la parole, estomaqué. T'es en train de me dire que le soir où je me suis fait arrêter, vous étiez là, toi, Sofia et ta sœur ? Tu te fous de ma gueule ? Pourquoi je n'ai jamais entendu parler de ça ? Pourquoi je ne l'apprends que maintenant ?

Après une seconde d'hésitation, les genoux de Sloan se mettent à trembler sous l'effet du stress. De toute évidence, il devait croire que j'étais au courant de cette partie de l'histoire.

— Pourquoi, pourquoi ? Qu'est-ce que j'en sais, moi ? La seule explication que je peux te donner, c'est que Zia voulait te rejoindre pour te dissuader de commettre ce vol. Elle a essayé de t'appeler avec le portable de Sofia, mais elle tombait directement sur le répondeur. Je pensais que tu le savais déjà ! Que quelqu'un te l'avait dit !

— Qui allait me le dire ? Ta sœur ? Je l'ai envoyée chier quand elle est venue me voir ! Alors non, je n'en savais rien ! dis-je en imaginant ce qu'elle avait voulu faire pour moi malgré les risques qu'elle encourait alors. Je lui avais filé l'adresse au cas où elle aurait pris la décision de me balancer, c'est d'ailleurs ce que j'ai pensé au début, mais certainement pas pour qu'elle se pointe là-bas avec tous les dangers que ça impliquait !

— Il faut croire qu'elle ne l'avait pas compris comme ça ! reprend-il en me jetant un coup d'œil rapide pour tâter le terrain avant la suite. Toujours est-il que quand elle est sortie de la voiture afin de tenter d'escalader le mur de la maison pour te voir, j'ai paniqué. Je n'avais que quinze ans à l'époque, je ne savais pas quoi faire pour aider ma sœur, alors j'ai fait ce que tout ado de mon âge aurait fait à ma place, j'ai…

— T'as prévenu tes parents ! m'exclamé-je en assemblant certaines pièces du puzzle qui se dessinent doucement dans ma tête. T'as prévenu tes parents, putain !

La main sur le front pour masser ses tempes, Sloan prend une grande inspiration qui ne fait que confirmer mes dires.

Quand il a annoncé que ça pouvait être de sa faute, il ne voulait pas dire que c'était lui directement, mais ceux qui sont censés tout faire pour leur progéniture. Et c'est ce qu'ils ont fait…

— J'ai prévenu mon père par message. Je me souviens qu'il m'a demandé des explications plus précises, et c'est à ce moment-là que j'ai compris que je faisais une connerie, déclare-t-il en essuyant une larme perdue sur sa joue. Sauf que c'était trop tard. Il savait ce que tu t'apprêtais à faire, et lorsqu'il m'a dit qu'il s'en occupait, j'ai compris qu'il avait prévenu les flics au moment où j'ai entendu les sirènes se pointer.

Soufflé par cette révélation inattendue, je ressasse le départ de Ty dans ma tête, seconde par seconde, pour m'assurer de la véracité des propos de Sloan. Tout pourrait coller, à un détail près.

— Il y a un truc qui cloche avec ta version, Sloan. Noah a dit que l'appel provenait de la zone. Tu y étais avec Zia et Sofia, mais puisque tu n'as fait que prévenir ton père qui était chez lui, ça ne peut pas être lui… Sauf si…

— Sauf s'il nous a suivis quand on est parti de la maison ! lance-t-il comme s'il y avait déjà pensé à de nombreuses reprises. Je crois… Enfin, je suis sûr que c'est ce qu'il a fait ! Ce soir-là, Zia avait oublié son portable, et l'adresse était dessus. À notre retour à la maison, je pensais subir un interrogatoire, mais ce qui m'a le plus troublé en arrivant, c'est que la voiture de mes parents n'était plus garée à la même place. Et eux nous attendaient sous le perron de pied ferme.

— Pourquoi ils auraient fait ça ? questionné-je en réfléchissant à voix haute. Je leur avais rendu leur argent, qu'est-ce qu'ils avaient à y gagner ?

Le scénario qui se met en place dans ma tête tient la route cette fois. Le père a compris qui était le mec qui avait cambriolé sa baraque. Pour se venger, il suit sa fille à l'adresse que le type lui a indiquée et prévient les flics pour qu'il se fasse coffrer. Comme personne ne sait qu'il est là, tout retombe sur le complice qui a pris la fuite. Ni vu ni connu, le père a mené à bien sa petite vendetta, mais il a aussi récupéré son pognon au passage… C'était tout bénef pour lui, sauf que quelque chose me chagrine encore dans cette affaire.

— Zia savait pour les messages avec ton père ?

— Dans la voiture, j'étais trop stressé pour le lui avouer. Elle était bouleversée, et moi, j'étais conscient d'avoir fait une énorme connerie, murmure-t-il entre ses lèvres. Putain, Cameron ! Je suis tellement désolé d'avoir fait ça ! Si tu savais ! Je ne pensais pas que mon père préviendrait les flics. Je ne pensais pas que tu finirais en taule. J'avais quinze ans, putain, et j'avais peur !

Voir ce gosse se remettre à pleurer me fait presque culpabiliser. Pour autant, cela n'apaise en rien la colère qui monte en moi. Je ne suis pas en colère contre Sloan. Comme il l'a dit, il n'était qu'un enfant à cette époque. Un gosse qui s'est trouvé au mauvais endroit, au mauvais moment. Non, ce qui me fait enrager, c'est cet enfoiré de Rice qui m'a berné. Il me la mise profond et j'ai rien vu venir.

Le pire dans cette histoire, c'est qu'il a roulé sa fille pour l'éloigner de moi, et que son plan de merde a marché du feu de Dieu.

— C'est pour ça que Zia s'est pris la tête avec tes parents alors. C'est pour cette raison qu'elle est partie de chez vous !

Tandis que l'histoire s'écrit dans mes méninges, la tête dépitée de Sloan me rappelle à l'ordre. Il ne m'a pas tout dit.

— C'est pas pour ça ? demandé-je pour qu'il me crache le fin mot de l'histoire.

— Ça fait trois ans que je cache la vérité à Zia, bégaye-t-il en enfouissant son visage entre ses mains pour cacher sa honte. Putain, ça fait trois ans que je lui mens ! Comment tu voulais que je lui dise la vérité ? Mon père a fait ce qu'il jugeait bon de faire pour ses enfants. Même si elle refuse de le voir depuis tout ce temps, il a gardé le secret pour qu'elle continue à me voir… Jamais il n'en a reparlé. Mais si elle apprenait ce que j'ai fait, elle me rayerait de sa vie moi aussi. Je ne peux pas lui dire, Cameron. Je ne peux pas !

Bien que je sois la seule véritable victime de tout ce coup monté, j'ai presque de la peine pour Sloan.

Quand j'ai rencontré Zia sur le campus, il y a quatre ans, j'ai senti que cette fille changerait ma vie. J'ai aussi senti qu'elle causerait ma perte. Ce que je ne savais pas par contre, c'est que c'est sa famille qui me punirait pour tout ce que j'ai pu faire de mal dans ma vie.

Aujourd'hui, je suis un mec clean, j'ai payé ma dette. C'est à présent au tour de Sloan d'assumer ses actes s'il veut pouvoir se libérer du poids qui lui pèse sur le cœur.

— Tu dois lui dire la vérité !

— Comment ? souffle-t-il d'une manière à peine audible. Comment je pourrais lui faire ça ?

— À toi de tout lui avouer, sinon, je le ferais à ta place. Tu as jusqu'à dimanche…

18
ZIA

Jeudi 6 juillet

La vibration de mon portable sur le métal de la table de chevet me tire d'un sommeil profond. Sur l'écran, la tronche de mon frère s'affiche, mais je n'ai pas du tout envie de lui répondre. En même temps, pourquoi il m'appelle à sept heures du mat' celui-là ? Il est fou s'il pense que je vais décrocher.

Tandis que je tente de retrouver une position confortable dans le lit, la respiration posée de Neil me ramène à notre coucher de cette nuit. Voilà que nous commençons tout juste notre vie de concubins et nous sommes déjà en froid.

Je dois dire que ça m'arrange assez. Moins il me parlera, plus j'aurais du temps pour essayer de réfléchir à la situation. C'est un peu le bordel dans ma tête et la lecture de ce bouquin n'arrange rien au chaos qui me guette.

Couchée sur le côté extérieur du lit, je regarde ce fameux livre qui me nargue depuis le sol. Le « Stol'n Love » en caractère gras qui orne la première page résume plutôt bien notre amour atypique. Un voleur qui tombe amoureux, un voleur qui dérobe un cœur… Mon voleur… Mon cœur.

Curieuse de découvrir la suite d'une histoire que je connais déjà, j'entrouvre un peu plus le store à proximité, suffisamment pour pouvoir lire sans réveiller l'homme avec qui je partage désormais un lit.

Après un coup d'œil à cette chambre que je ne considère pas comme étant la mienne, je me mets à regretter le lit confortable de ma chambre à l'auberge. Cam doit être couché dedans à l'heure qu'il est. Je me demande ce qu'il est en train de faire. Est-ce qu'il dort encore ? Est-ce qu'il est seul ?

Pour ne pas l'imaginer vautré dans les bras d'une pétasse blonde à gros seins, j'ouvre le livre en tournant les pages avec agacement. Si cet enfoiré m'a trompé, alors…

La réalité me prend à la gorge pour m'étouffer. S'il m'a trompée ! N'importe quoi ! Cameron n'est plus à moi. Il est libre de fourrer sa queue dans n'importe quel trou sans que je ne puisse avoir mon mot à dire.

Ce constat me révulse. Il me file la gerbe. Je ne veux pas qu'il fourre son sexe n'importe où. Le seul endroit où il a le droit de le mettre, c'est chez moi, nulle part ailleurs !

Pour stopper ce délire de jalousie mal placée, je me jette à corps perdu dans ma lecture. Une heure, deux heures… Il ne me reste plus qu'une vingtaine de pages avant de lire la fin. Pressée d'y parvenir, mais en même temps, triste de finir ma lecture, je m'oblige à reposer le livre pour remettre les pieds sur terre.

Avant, quand je dévorais les romans comme on dévore un paquet de bonbons au cinéma, les bonnes histoires me mettaient dans le même état. Accrochée aux pages comme une moule sur un rocher, si je m'identifiais suffisamment aux personnages, je pouvais rester des journées entières à lire sans décoller de mon lit. Aujourd'hui, la sensation est encore pire. Je suis le personnage. Je suis la demoiselle qu'il faut conquérir. Je suis celle qui joue les timorées alors qu'elle brûle d'ardeur pour l'homme qui la courtise. Et lui, il est ce prince charmant qui fait rêver. Celui qui hante nos nuits pendant les jours qui suivent la lecture. Devoir me séparer de ce récit est un crève-cœur. Pour l'avoir déjà vécu une fois dans la réalité, le vivre dans le virtuel est une seconde claque. Ça fait mal, ça blesse, ça laisse des traces, pourtant, malgré la douleur qui me laboure les entrailles, je voudrais le lire et le relire pour revivre le bonheur que j'ai vécu mille fois encore.

La mort dans l'âme, je repose le livre sur le sol avant de me lever pour aller me doucher. Je n'ai rien de prévu aujourd'hui, mais j'ai le sentiment qu'il va me falloir trouver une activité à l'extérieur très vite si je ne souhaite pas que ça tourne au vinaigre ici. Quand je serai prête, j'appellerai Sofia pour lui proposer une balade avec Mona. Parler avec elle pourrait m'aider à y voir plus clair…

Avec agilité, je m'extirpe du lit pour filer à la salle de bains. Comme la veille, des flash-back de Cam et de moi sous la douche me reviennent en pleine tête pour éveiller le feu qui brûle à l'intérieur. Repoussant les images torrides de nos ébats loin, très loin dans les tréfonds de ma mémoire, j'active la vitesse supérieure pour ne pas succomber à l'envie d'un plaisir solitaire sur fond de peau métisse.

La serviette enroulée autour de mon corps, les cheveux savamment enturbannés pour ne pas les laisser couler sur mes épaules, je ressors de cette salle de bains aux allures de sauna pour faire baisser ma température corporelle proche de la lave en fusion.

En travers sur le lit, Neil a la tête baissée vers le sol de mon côté.

— Ça va ? Je ne te dérange pas ? grogné-je d'une voix grave qui a le mérite de le faire sursauter.

Le bruit sourd du pavé qui retombe sur le parquet ne laisse aucune place au doute. Il était en train de fouiller dans mes affaires.

Honteux de s'être fait prendre la main dans le sac, il se redresse en choisissant la technique de l'attaque pour justifier son geste.

— C'est quoi ce ramassis de conneries ? me lance-t-il à la tronche comme une insulte. Où tu l'as eu ? Qui te l'a donné ?

— Ramassis de conneries ? répété-je, offusquée, en faisant le tour du lit pour récupérer l'objet de toutes les attentions. Ramassis de rien du tout ! C'est de ma vie que tu parles ! Et personne ne t'a donné le droit d'y toucher.

Sous la force de mes cris, le visage de Neil se fige. Malgré cette apparence d'homme fort et dur, je sais que je l'ai blessé, lui qui a tant fait pour moi ces dernières années. Envahie par la culpabilité, je le regarde se décomposer sans pouvoir bouger. En tant que petite amie, je devrais m'approcher de lui, le serrer dans mes bras, et le rassurer en lui disant que je l'aime, que jamais rien ne nous séparera. Sauf que ces mots-là, je ne suis pas certaine de les avoir déjà pensés. Bien sûr que j'ai de l'affection pour lui, mais je dois me rendre à l'évidence, jamais il ne me fera vibrer comme l'écrivain dont je tiens l'œuvre au plus près de mon cœur. Jamais je ne pourrais l'aimer comme j'aime Cameron Evans.

— T'as changé Zia. Ça ne fait que quatre jours qu'il est revenu dans nos vies, mais ce type a déjà foutu le bordel.

— Ne raconte pas n'importe quoi ! m'emporté-je alors que je sais qu'il a parfaitement raison. Cameron n'a rien à voir là-dedans. C'est juste que…

— J'aurais beau tout faire pour toi, j'aurais beau te donner ma vie sur un plateau, jamais je ne lui arriverai à la cheville ! lance-t-il de la même façon que l'on mettrait le coup de grâce à un condamné à mort.

Je devrais lui dire qu'il a raison, que je ne pourrai jamais lui offrir tout ce qu'il attend de moi, car je l'offre déjà à un autre. Je devrais mettre fin à cette histoire maintenant avant de le faire souffrir davantage. Pourtant, entre la réalité et les « je devrais », il y a un abysse profond. Je ne sais pas si c'est un manque de confiance en moi, la peur de le blesser, la pitié ou la peur de le regretter, mais je ne dis rien. Pire encore, je m'assieds sur le lit à côté de lui, pose ma tête sur son épaule et serre ses doigts dans les miens comme pour lui dire qu'il est celui que je choisis.

C'est vrai que je ne souhaite pas lui faire du mal… Je ne le souhaite pas, car je lui suis tellement redevable. Mais, c'est inévitable. Ce n'est qu'une question de jours, peut-être même d'heures avant d'avoir enfin les couilles de mettre un terme à cette histoire qui n'a plus aucun avenir.

Conscient de ce sursis qui nous est offert, Neil reste collé à moi. Il caresse mon avant-bras comme j'adore qu'il le fasse, et sans un mot, il prend ce qu'il a à prendre avant qu'il ne soit trop tard.

Je ne sais pas combien de temps nous restons côte à côte sans parler, mais le vibreur de mon portable vient troubler ce silence confortable qui ne fait que retarder l'échéance. Au bout de la deuxième salve de vibrations, je relâche sa main afin de récupérer mon téléphone.

Encore une fois, la tête de mon frère. C'est rare quand il insiste autant.

Après avoir prévenu Neil qu'il me faut rappeler Sloan, celui-ci me fait un signe du menton en guise de confirmation avant de quitter la chambre. Son visage triste me fend le cœur, et l'impression d'être une personne horrible m'envahit des pieds à la tête, jusqu'à faire remonter la bile au bord de mes lèvres. On ne pourra pas continuer comme ça longtemps. Je vais devoir faire un choix et vite.

Les yeux fixés sur l'encadrement de la porte où se trouve encore mon petit copain, je tape machinalement sur les touches de mon portable pour rappeler Sloan. Il ne lui faut même pas une sonnerie pour décrocher, et là encore, ce genre de comportement n'est pas dans ses habitudes. Il se passe quelque chose.

Au bout du fil, le souffle haletant, la voix chevrotante quand il prononce mon prénom, j'imagine déjà qu'il est arrivé malheur à mes parents.

— Zia, répète-t-il une seconde fois. Il faut que je te parle, c'est urgent.

— Slo, dis-moi ce qui se passe ! T'es bizarre, qu'est-ce qui t'arrive !

Un blanc à l'autre bout du combiné me file des frissons. C'est sûr, il s'est passé quelque chose.

— Je dois te parler, mais je ne souhaite pas le faire au téléphone. Tu peux venir à la maison ?

— Slo, dis-moi au moins si c'est grave ! Tu me fais flipper là !

— Je préfère te le dire en face. Je t'attends.

S'en suit le bip bip caractéristique qui résonne quand on vient de se faire raccrocher au nez.

Toujours devant moi, Neil, inquiet par cette conversation qui n'en était pas une, me scrute avec intérêt pour tenter de comprendre ce qui se passe.

— C'était…, débuté-je en fronçant les sourcils pour essayer de décrypter ce morceau d'échange que nous venons d'avoir. C'était mon frère. Il dit qu'il veut me voir immédiatement.

19
ZIA

Quand j'arrive devant la maison de mes parents, mon frère est assis sur les marches du perron à m'attendre. Le regard perdu dans le vide, les traits tirés, il ne me remarque que lorsque je me gare sur le trottoir en face de la propriété. Impossible de mettre un pied chez eux, c'est à lui de venir jusqu'à moi. Alors je sors du véhicule et m'installe contre le capot.

Comprenant que je n'irai pas plus loin, Sloan se lève au ralenti avant d'entamer le court chemin qui nous sépare. Il disait que c'était urgent, qu'il fallait qu'il me parle, pourtant sa démarche me démontre le contraire. Il fait durer ses pas pour retarder l'échéance, et je ne comprends pas pourquoi. S'il pouvait venir à reculons, je suis sûre qu'il le ferait.

Il prend tant de temps pour me rejoindre que je ne peux retenir ce souffle d'exaspération qui me brûle déjà les lèvres.

— Enfin ! lâché-je quand il parvient à ma hauteur pour me faire la bise. Tu me demandes de me pointer ici fissa, et toi tu fais durer le suspense ! Accouche maintenant que je suis là !

— T'es pas obligée de m'agresser, Zia ! C'est déjà assez difficile comme ça !

Sa réplique me surprend. Qu'est-ce qui est assez difficile ? Devoir se lever si tôt, traverser une route ou venir discuter avec moi ? Je sais qu'il est en vacances, et qu'il a arrêté la fumette depuis un bail, pourtant, on dirait vraiment qu'il est défoncé.

— T'as vu ta tête, frangin ? T'as fumé toute la nuit ou quoi ? demandé-je, presque glaciale.

— N'importe quoi ! Tu sais mieux que personne que je ne fume plus. Surtout que tu sais très bien pourquoi !

Avec son air de chien battu mixé à ses traits épuisés, je prends pitié de mon petit frère avec ironie. La main dans cette mèche trop longue, je fourrage ses cheveux pour le mettre encore plus en rogne qu'il ne l'est déjà.

— Arrête, merde ! braille-t-il en replaçant sa touffe de cheveux maintenant hirsute. Il faut qu'on parle, et je n'ai franchement pas envie de rire. J'ai rien dormi de la nuit tellement j'ai cogité à tout ça. Il fait vraiment chier Cameron !

Alors qu'il prononce ce prénom qui sort de nulle part, je marque un temps d'arrêt avant de le dévisager. S'il veut me parler de quelque chose en rapport avec Cam, c'est qu'ils se sont parlé. Peut-être même qu'ils se sont vus. Depuis quand mon petit frère squatte-t-il avec mon ex ? Cette histoire ne me dit rien qui vaille.

— Attends, attends, attends ! dis-je en lui coupant la parole pour qu'il se taise. Pourquoi tu parles de Cam ? Et pourquoi il fait chier ? C'est quoi cette embrouille ?

Gêné par mes questions, Sloan baisse les yeux. D'un seul coup, ce grand gaillard massif me semble se transformer en une espèce de chamallow grillé à la texture molle et fondue.

Presque apathique, Sloan se laisse tomber sur le rebord du trottoir pour s'y avachir. Les épaules basses, la tête entre ses mains, il regarde le sol sous ses pieds sans bouger. Et sans que je m'y attende, son corps se met à tressaillir à cause de ses larmes.

Troublée par la tournure des événements, je ne perds pas une seconde pour m'asseoir à côté de lui et le prendre dans mes bras. Je ne sais pas ce qui le perturbe à ce point, mais pour qu'il se mette à pleurer, c'est que la situation doit être grave.

— Eh Slo ! lâché-je en le serrant contre moi tandis qu'il pose sa tête sur mon épaule. Je suis là maintenant. Dis-moi ce qui se passe.

La main autour de ses larges épaules pour qu'il se blottisse contre moi, je sens son corps tendu par le stress. Le sentiment de détresse qui se dégage de lui est oppressant, je n'ai plus affaire à l'homme majeur qu'il est devenu, je retrouve ce gamin qu'il était encore il y a à peine trois ans, quand il s'est écroulé après mon départ de la maison.

— Arrête de pleurer et raconte-moi ! Tu commences à me faire flipper !

— Si je te dis la vérité, Zia, tu ne voudras plus jamais m'adresser la parole ! balance-t-il comme une grenade sur le point de m'exploser à la gueule.

— Qu'est-ce que tu racontes, putain ? Je ne comprends rien, Slo ! Bien sûr que non ! Je ne pourrais jamais tirer un trait sur toi. T'es mon frère, mon sang !

— Tu l'as bien fait avec les parents ! argumente-t-il en se redressant pour me faire face.

Dans ses yeux, ce ne sont plus ses iris qui me scrutent, c'est la peur. Il ne plaisante pas. Ce qu'il a à me dire pourrait vraiment ruiner notre relation, et c'est pour cette raison qu'il est dans cet état.

— C'est pas pareil avec toi, tenté-je pour le rassurer alors que je ne sais même pas à quoi me préparer. Tu dois me dire ce qui se passe, Slo. Et ce que Cameron vient faire dans tout ça.

Essuyant ses yeux d'un revers de main, Sloan se détache de moi pour reprendre forme humaine. Les épaules relevées, mais le regard toujours en berne, il fixe un point au loin pour ne plus avoir à subir mes coups d'œil inquisiteurs.

En plus d'être pesant, le silence qui s'installe entre nous n'est pas habituel. Même si on n'est pas toujours d'accord, même si on s'engueule parfois, il n'y a jamais eu de blanc aussi intense entre nous. Le mystère qu'il fait autour de ce qu'il a à me dire est lourd de sens. Sloan a un secret qu'il ne m'a jamais confié, et je sens que le voile va bientôt être levé.

Un premier soupir m'indique que je frôle la vérité, un second me hérisse le poil. Je vais détester ce qu'il a à m'avouer.

— J'ai vu Cameron hier. On a passé l'après-midi ensemble…

— Quoi ? Pourquoi ? m'étonné-je en lui coupant la parole encore une fois. Vous n'êtes pas potes alors pourquoi vous passez du temps ensemble ? Vous avez parlé de moi ?

Secouant la tête face à toutes les questions qui dévalent sur lui, Slo me pose brutalement la paume de sa main sur la bouche pour me faire taire.

— Désolé de te dire ça, Zia, mais ferme-là ! C'est déjà pas facile alors si tu me coupes toutes les trente secondes, je ne vais pas m'en sortir ! C'est bon, je peux enlever ma main ? s'inquiète-t-il tandis que je secoue la tête pour confirmer. OK, alors non, je ne suis pas pote avec lui et non, on n'a pas parlé de toi. C'est bon, je peux t'expliquer maintenant ?

Surprise par ce ton ordonnateur que je ne lui connaissais pas, je reste coite alors qu'il cherche ses mots pour reprendre la parole.

Au bout de quelques secondes, il rompt enfin ce nouveau silence pour faire exploser la grenade :

— En réalité, c'est la seconde fois que je vois Cameron depuis sa sortie. La première, c'était le soir même. Il était devant la maison, un peu paumé, et pensait que tu vivais encore là. Je lui ai expliqué que ce n'était pas le cas, mais surtout, le revoir a fait remonter en moi des émotions que j'essayais d'enfouir depuis bien trop longtemps !

Les yeux grands ouverts par cette révélation, j'entrevois enfin le fameux secret. Putain de bordel de merde !!! Mon frère est amoureux de l'homme de ma vie depuis des années ! Les mains tremblantes, le cœur au bord des lèvres, je ravale la bile qui vient de monter dans ma gorge pour ne pas vomir sur le trottoir. Mon frère est gay, et je n'ai rien vu venir ! Oh putain de bordel de merde !

— Pourquoi t'es blanche comme ça d'un coup ? Tu vas bien ? me demande-t-il en passant ses doigts devant mes yeux pour me faire revenir à la réalité.

— Pourquoi tu ne me l'as pas dit avant ? J'aurais mérité de savoir ! m'agacé-je en retenant les sanglots qui menacent de couler à flots.

— Je ne t'ai encore rien dit, Zia ! À quoi tu penses pour être dans cet état ?

— À toi et Cam…

L'image qui se fixe dans ma rétine fait remonter cette bile une nouvelle fois dans ma bouche. L'estomac noué, je me penche en avant avec la nette impression que je vais dégobiller.

— T'es sérieuse ? me coupe Slo dans mon élan ? T'as vraiment cru que j'étais amoureux de ton ex ? Mais Zia ! Je ne suis pas gay ! T'es grave toi !

La pression descend d'un coup dans tout mon corps pour me mettre à plat subitement. Je ne connaissais l'expression « montagnes russes émotionnelles » que de nom, j'en connais maintenant les effets. La bouffée de chaleur qui m'a envahie une minute plus tôt vient de se transformer en sueur froide.

Pourquoi ils se sont vus ?

— Les émotions dont je parle remontent au soir de son arrestation, Zia ! me rassure-t-il en partie avant d'annoncer la suite. Quand je l'ai revu, j'ai repensé à ce soir-là, à ce que j'ai fait. J'ai voulu être sûr que ce n'était pas de ma faute alors j'ai cherché Tyler sur les réseaux.

— Tyler ? Qu'est-ce qu'il vient foutre dans l'histoire, lui ? questionné-je en sentant la chair de poule me hérisser le poil à l'écoute de son prénom.

Le coup d'œil sévère que mon frère me jette a le mérite de me rappeler à l'ordre. Je dois fermer ma bouche si je veux savoir la suite. Les mains en l'air pour me dédouaner de toute parole à venir, je lui fais signe pour qu'il reprenne ses explications.

— Soit tu me laisses finir, soit je me tais ! me prévient-il en fronçant les sourcils.

Consciente qu'il ne va plus rien laisser passer, je fais mine de fermer la fermeture imaginaire sur ma bouche avant d'en jeter la clé comme une gosse de six ans.

— J'ai effectué des recherches pour retrouver Tyler à Penkridge. Une ville à trois heures d'ici, au nord. J'avais besoin d'y aller, de le voir en face pour avoir la confirmation qu'il était bien celui qui avait dénoncé ton mec. Alors, j'ai appelé Cameron en lui demandant de venir me chercher, et je l'ai obligé à nous conduire à Penkridge. J'étais étonné qu'il le fasse sans trop poser de questions, mais quoi qu'il en soit, on est arrivé là-bas, devant la maison de Tyler, et j'ai craqué. Je lui ai tout déballé !

— Déballé quoi, Slo ? Je ne comprends rien à ton histoire ! m'inquiété-je en sentant mes mains se mettre à trembler de plus en plus. Tu lui as déballé quoi ?

— Tout, Zia ! Toute la vérité ! s'exclame-t-il en se levant d'une traite pour commencer à faire les cent pas. Je lui ai dit que ce soir-là, j'étais venu avec Sofia et toi aux abords de la maison pour l'empêcher de faire une connerie. Je lui ai dit que tu avais essayé d'escalader le mur pour le trouver et que j'avais paniqué, enfermé dans la voiture. Je lui ai avoué pour les messages que j'ai envoyés à papa, pour les réponses qu'il m'a données. Je lui ai dit pour le « je m'en occupe » qui me hante depuis trois putains d'années… Je lui ai tout dit !

Abasourdie, perdue, presque lessivée par ses mots, j'essaie de trouver un sens à tout ça sans pour autant y voir un soupçon de réponse. Quels messages ? Putain, quels messages ?

— Attends, lui lancé-je en me levant à mon tour pour lui faire face. T'es en train de dire que ce soir-là, dans la voiture, t'étais en train de tout balancer à papa sur ce qu'on était en train de faire ? Tu insinues que tu as balancé Cam à papa, et que c'est lui qui a appelé les flics ?

Toute cette histoire me paraît surréaliste ! Apprendre, trois ans après, qu'il y avait peut-être une autre version de l'histoire qui m'était encore inconnue jusqu'alors me scie les jambes. Je détestais ce Tyler pour nous avoir gâché la vie depuis tout ce temps, alors que les vraies causes de notre séparation étaient mon frère et mon père ?

Avec difficulté, j'avale ma salive pour faire passer l'information, alors que mon cœur tambourine dans ma poitrine. Si cette nouvelle me retourne à ce point, je n'ose imaginer l'impact qu'elle a eu sur Cam.

— Rassure-moi, Slo, dis-moi que vous avez parlé à Tyler et qu'il vous a confirmé qu'il était bien le responsable de l'arrestation de Cam !

Le visage caché entre ses mains pour ne pas m'affronter, Sloan me tourne le dos sans répondre à ma question. D'un geste brutal, je lui fais faire demi-tour avant d'ôter ses mains avec rage.

— Je n'avais que quinze ans, Zia ! Je ne savais pas comment réagir à tout ce bordel ! Prévenir les parents était la seule alternative que j'ai trouvée pour ne pas t'attirer de problème !

— Putain, j'y crois pas ! crié-je en levant les mains au ciel. T'es en train de me dire que si mon mec a fini en prison, c'est de votre faute ? Et que pour couronner le tout, ça fait trois ans que vous me prenez pour une conne ?

— J'en sais rien, Zia ! On n'en a jamais reparlé avec papa. Pas une fois ! Moi, ça fait trois ans que je vis avec ce doute, et ça me bouffe. Tu ne peux pas savoir à quel point ça me bouffe !

— T'as pas eu l'air de beaucoup regretter pendant tout ce temps ! grondé-je avec dédain.

Dans ses yeux, la tristesse a remplacé la peur. On pourrait presque croire qu'il porte la misère du monde sur ses épaules tel un martyr. J'aurais pu avoir pitié de son petit air d'oisillon blessé si à cause de lui je n'avais pas touché le fond comme ça a été le cas.

— J'ai voulu te le dire un million de fois au moins. Mais comment connaître le degré d'implication de papa puisqu'on n'en a jamais reparlé. J'étais perdu, Zia. Je m'en voulais tellement !

— Tu sais quoi ? Moi, je ne vais pas vivre dans le doute comme tu l'as fait tout ce temps ! Moi, je vais avoir des couilles, et je vais aller poser la question ! dis-je en le défiant du regard. Car tu sais, petit frère, être un homme, c'est pas avoir deux poils au menton et faire un mètre quatre-vingt-dix ! Être un homme, c'est porter ses « cojones » même si on a peur ! Et là, je peux te dire que tu n'es pas un homme !

Tandis que je le laisse sur place pour traverser la route qui me sépare de la maison de mes parents, je l'entends me quémander de l'attendre. Augmentant ma vitesse pour le distancer, j'arrive face à la porte en me demandant si je dois frapper ou non. Cette baraque n'est plus la mienne depuis longtemps, je ne suis même pas certaine d'y être la bienvenue à présent.

Qu'importe, la rage qui m'anime est plus forte que la raison. D'un coup sec, j'ouvre, puis pousse la porte qui claque contre le mur avec fracas.

Ameutée par le bruit, les cheveux blonds de ma mère apparaissent au coin du couloir qui mène au salon.

La revoir, toujours aussi belle, me coupe dans mon élan. Elle est celle qui m'a le plus manqué, celle dont j'ai eu si souvent besoin, sauf qu'elle était du mauvais côté de la balance depuis le début. Elle savait, mais elle ne m'a rien dit.

— Zia ! Qu'est-ce que tu fais là ? bégaye-t-elle sous l'effet de la surprise fracassante de mon entrée. Joey ! crie-t-elle avant de s'avancer vers moi, bras tendus. Ma chérie, je suis si heureuse de te voir !

Alors qu'elle s'approche trop près de moi, j'ai un mouvement de recul involontaire. J'aurais envie qu'elle me serre dans ses bras, qu'elle caresse mes cheveux en me disant que tout va bien se passer, mais mon corps refuse cette proximité.

Troublée par ma résistance à venir vers elle, elle regarde mon frère derrière moi pour trouver les réponses aux questions qu'elle se pose, quand soudain, elle relève les yeux sur celui qui a brisé ma vie.

— Zia ! On ne t'attendait pas…, lance-t-il en descendant les marches presque au ralenti. On ne t'attendait plus !

Le regard attiré par cette voix que je connais par cœur, je redresse la tête pour regarder celui qui me racontait des histoires quand j'étais petite ou qui me chantait des chansons pour m'endormir.

À l'inverse de ma mère, on peut dire que le temps ne l'a pas épargné. Il a vieilli. Les cheveux blancs ont envahi son crâne, et de fines ridules parsèment désormais son front.

J'aime à croire qu'il a pris un coup de vieux à cause de tout le souci qu'il s'est fait pour moi. Ce serait un juste retour de bâton !

— Que nous vaut l'honneur de ta présence ? lâche-t-il, acerbe. Ça fait quoi ? Quelque chose comme trente-quatre mois, si je ne me trompe pas !

— Joey, arrête ça ! le prévient ma mère en tendant une nouvelle fois sa main vers moi, en vain. Laisse-la parler. S'il te plaît.

Descendant les marches qui le séparent de nous, mon père s'avance vers moi sans me lâcher des yeux. Une fois à ma hauteur, les lèvres pincées, les poings serrés, il me frôle avant de partir en direction du salon.

— Tu connais le chemin pour venir t'asseoir ! balance-t-il comme une pseudo invitation à la discussion.

— Est-ce que c'est toi qui as prévenu les flics le soir de l'arrestation de Cameron ? craché-je hors de moi.

Ma question a le mérite de le stopper net sur place.

Dans le hall, la famille Rice ne bouge plus d'un pouce. Chacun à sa place, les regards se croisent, les bouches sont closes, et les non-dits nous entourent tous.

Alors qu'il se retourne pour me dévisager, une nouvelle ligne fait irruption sur le front déjà bien garni de mon père. L'œil terne, la mine défaite, il savait que ce jour viendrait, alors que je l'ignorais totalement.

Face à son hésitation à me répondre, je bombe le torse, braque mon regard sur lui et réitère ma question avec aplomb :

— Est-ce que, oui ou non, tu es celui qui a foutu ma vie en l'air ?

REWIND
JOEY RICE

Trois ans plus tôt

Dimanche 30 août

— Arrête de t'inquiéter pour elle, chérie ! dis-je en lui ôtant la main de la bouche pour qu'elle arrête de se ronger les ongles. On a tous vécu au moins une peine de cœur dans nos vies pour savoir que c'est dur, mais pas insurmontable !

Tandis que ma femme se glisse entre mes bras pour venir orner mon cou avec les siens, je la serre contre moi pour apprécier ce doux moment.

— Je ne sais pas, Joey ! murmure-t-elle en lovant sa tête sur mon épaule. Elle a l'air tellement retournée. Je ne l'avais jamais vue comme ça ! Tu sais qu'elle l'aime vraiment ce garçon, et puis ce qu'elle m'a dit, c'était bizarre.

— Dans ce cas, on remonte la voir, et on exige qu'elle nous explique ce qui se passe ! Tu sais que je ne le sens plus vraiment le Cameron depuis le retour de l'argent. Lui et ses potes, c'est pas clair tout ça !

— Arrête de te faire des films ! On n'est pas dans un blogbuster américain ! Il est très bien ce Cameron, et ta fille l'aime. Elle n'a jamais été comme ça avec un autre garçon, il va falloir t'y habituer !

Alors qu'elle me pince la hanche pour me faire sourire, je repense à cette petite fille que je serrais dans mes bras il n'y a encore pas si longtemps. La petite fille à son papa, la seule qui me voyait comme un héros. Maintenant qu'elle n'a d'yeux que pour ce type, je ne suis plus que le vieux père qu'on embrasse avant de partir retrouver son amoureux. Il lui a volé son cœur, et même s'il l'a brisé, elle ne sera plus jamais mon bébé. Elle est une femme. C'est le plus difficile à digérer.

— OK, alors on ne fait rien ce soir, on voit comment elle est demain ! De toute façon, il est vingt-deux heures, elle doit encore se morfondre dans son lit, mais d'ici une heure elle dormira, et demain sera un autre jour !

Amusée par mes paroles, Sarah me caresse doucement la tête avant de reprendre sa place sur le canapé pour finir de regarder le film.

Au bout de trente minutes, alors que nous somnolons tous les deux sur le sofa, le moteur d'une voiture qui démarre me tire de mon sommeil.

— Chérie, t'as entendu ? Il y a une voiture devant chez nous.

Sarah laisse échapper un grognement rapide, mais déjà trop endormie pour avoir entendu quoi que ce soit, je la repousse pour me rendre à la fenêtre près de la porte d'entrée.

Dehors, une voiture stationne à côté de la mienne. Deux silhouettes discutent devant, mais sans mes lunettes, impossible de savoir de qui il s'agit.

Après un aller-retour furtif jusqu'à la table basse pour récupérer mes lunettes, je me penche à nouveau vers la fenêtre pour enfin voir qui se trouve dehors, mais la voiture est repartie, et il n'y a plus personne.

Curieux de voir si Sloan a encore fait le mur, je sors de la maison pour en faire le tour.

Depuis ce foutu cambriolage, le moindre bruit à l'extérieur me réveille. J'ai besoin d'être rassuré malgré les caméras, j'ai besoin de m'assurer qu'il n'y a personne chez moi hormis ma famille. Ce soir n'échappe pas à mes doutes.

Sous la terrasse de Zia, une lumière attire mon regard dans l'herbe. Tandis que je me baisse pour récupérer l'objet qui clignote, je comprends que ce n'est pas Sloan qui est sorti ce soir, mais bel et bien ma fille. Son portable dans la main, je fixe l'écran déverrouillé avec une furieuse envie de regarder à l'intérieur pour découvrir ses secrets. Peut-être que je pourrais y trouver les réponses aux questions que je me pose sur son mec.

Partagé entre ma curiosité et la voix de ma femme dans ma tête qui me sermonne de ne pas céder à la tentation, je ferme les yeux un instant pour faire un point rapide avec moi-même. En tant que père responsable et soucieux du bien-être de ses enfants, c'est la raison qui l'emporte. J'ai besoin de savoir si ma fille est en sécurité avec ce type, je dois être certain qu'il ne lui fera pas de mal…

Mes doigts effleurent le verre une première fois, tandis que mon cœur bat à tout rompre comme si j'étais en train d'effectuer un délit passible de prison. Sur l'écran d'accueil, une photo de Zia dans les bras de son copain sur la plage. Rien de malsain, juste deux personnes qui sourient et qui s'aiment, sans aucune hésitation. Dans ses photos, de nombreux clichés de celui qui m'a volé mon petit bébé : lui avec une vieille dame, lui dans un lit, abdos saillants… Petit connard, va ! Quel homme normal possède un ventre taillé de cette manière ? Lui sur la plage, lui au bar…. Lui, lui, lui, et encore lui ! Ah non… Enfin une photo de Sarah et moi, puis une autre de ma fille et moi... Elle ne m'a donc pas complètement oublié !

Après avoir épluché photo après photo, je jette un coup d'œil à ses appels, à ses réseaux sociaux, sans rien trouver d'anormal pour une jeune femme de son âge.

Ses messages, par contre, se révèlent être plus loquaces. Je tombe d'abord sur le dernier qu'elle a reçu. Un texto de Cameron, évidemment. Ce que je découvre est assez étrange, il n'y a pas une, mais deux adresses sans autre explication, précédées par des échanges succincts de « je t'aime » ou de « tu me manques ». Au moment où je vois un message de Zia où elle précise qu'elle a encore envie du corps de cet apollon, je ferme les yeux malgré moi pour ne pas imaginer de quoi elle parle. Mon bébé est, et restera, mon bébé à jamais. Une petite fille innocente.

Zappant vite sur d'autres textos, je découvre des messages de Sloan, de ma femme et de moi-même. Rien de bizarre, jusqu'à ce que j'ouvre un SMS de Sofia. Une photo presque porno de cette gamine au sang chaud dans les bras d'un mec. C'est étrange, car elle précise que ce mec est Cameron, mais quiconque connaît Cameron pourrait facilement savoir qu'il ne s'agit pas de lui. Loin de moi l'idée de prendre sa défense, mais il est métis, et le gars sur la photo ne l'est pas du tout, même si on n'en voit peu. Comme ils disent à la télé, voici le côté diabolique des portables : faire croire n'importe quoi à n'importe qui sur base de photos trafiquées ou d'informations erronées…

Satisfait par mes recherches infructueuses, je reviens tout de même sur les deux adresses qu'il a envoyées à ma fille. L'une d'elles est à quelques kilomètres de Brighton alors que l'autre est en plein centre-ville. Il s'agit sûrement d'une boîte ou d'un bar à la mode, peut-être un endroit où ils se sont rendus ce soir.

Pas rassuré à l'idée qu'elle soit sortie sans son téléphone, et sans nous prévenir qui plus est, je rentre à la maison pour récupérer la clé de ma voiture. Si je fais l'aller-retour rapidement pour avoir une petite conversation avec elle, Sarah ne s'apercevra même pas que je suis parti.

Ni une ni deux, je récupère la clé avant de filer vers la voiture.

Il ne me faut que dix minutes pour me rendre à l'adresse indiquée. Garé devant la plus grosse banque de la ville, je regarde la rue déserte autour de moi pour réaliser qu'il ne se passe rien du tout ici. Par acquit de conscience, je vérifie une nouvelle fois l'adresse dans les messages de Zia avant de revoir la seconde que Cameron lui a envoyée. Celle-ci est trop loin pour que je puisse m'y rendre sans que Sarah ne s'en rende compte, alors, embêté de devoir rentrer en aillant fait choux-blanc, je tente de joindre Cameron par le biais du téléphone de Zia.

Une sonnerie, deux sonneries, trois sonneries dans le vide. Personne ne répond. Je recommence une nouvelle fois, puis deux, puis trois, mais rien. Je ne sais pas où ils sont, ni ce qu'ils font, mais ce qui est sûr, c'est que Zia va m'entendre à son retour. Sortir n'est pas un problème. Nous ne lui avons jamais interdit quoi que ce soit, alors pourquoi faire le mur pour retrouver son mec ?

À nouveau dans la voiture pour rentrer chez moi, je pousse le moteur afin d'arriver au plus vite.

Quand je passe la porte d'entrée, Sarah s'étire dans le hall avant de me demander pourquoi je n'étais plus avec elle sur le canapé.

— J'ai entendu du bruit dehors, alors j'ai fait le tour pour m'assurer qu'il n'y avait pas de soucis ! raconté-je en passant sous silence l'épisode où je sillonne la ville à la recherche de ma fille. J'ai trouvé ça dans l'herbe.

— Le portable de Zia ? Elle l'a perdu ?

— Je ne sais pas, il était près de sa terrasse. Tu crois qu'elle l'a fait tomber ? demandé-je avec innocence.

S'emparant de l'objet en grognant, Sarah monte les marches qui mènent à l'étage avant de se rendre tout droit dans la chambre de Zia.

— Elle n'est pas là ! me renseigne-t-elle rouge de colère. J'y crois pas ! Elle a fait le mur !

— Elle n'est peut-être pas bien loin ! tenté-je pour apaiser les tensions qui montent chez ma femme.

— Loin ou pas, je m'en tape ! On ne l'a jamais empêchée de sortir, alors pourquoi passer par la terrasse ? C'est n'importe quoi ! Elle va m'entendre !

Dans sa colère, Sarah ouvre la porte de Sloan avec fracas. Son visage vire au rouge en une seconde, tandis que je comprends sans qu'elle n'ait besoin de parler.

Les deux silhouettes devant la maison, c'était celles de mes deux enfants. Ils sont tous les deux sortis en douce, et cette fois, ça va barder. Sloan n'a pas le droit de sortir encore, alors pourquoi sa sœur l'a-t-elle embarqué avec elle ?

— Ne me dis rien, chérie ! Il est sorti aussi ! déclaré-je alors que le bip de mon portable résonne dans la poche arrière de mon jean.

— Qu'est-ce qu'il y a, Joey ? C'est qui ?

— C'est lui justement ! dis-je en découvrant le texto de mon fils.

— Qu'est-ce qu'il dit ? Ils sont où ?

Tandis que mes yeux roulent sur les lettres qui se succèdent, je relis le message une seconde fois avant de le lui lire à voix haute :

— Il demande de l'aide. Il dit que Zia a pété un plomb, et qu'elle veut empêcher Cameron de cambrioler une maison ! Je lui renvoie un SMS pour savoir où ils sont !

— Quoi ? s'insurge Sarah en dévalant l'escalier pour me prendre le téléphone des mains. C'est quoi cette connerie ?

Alors qu'elle porte le portable à son oreille, je la regarde blanchir sous l'effet du message.

— Qu'est-ce que tu fais ?

— D'après toi, je l'appelle ! lance-t-elle avec véhémence avant de reprendre le smartphone en main pour envoyer un texto. Il ne répond pas, ce petit merdeux !

— Calme-toi, Sarah ! Il doit y avoir une explication à tout ça ! lancé-je en tentant de reprendre le téléphone sans succès alors qu'un bip résonne à nouveau. Qu'est-ce qu'il dit ?

— C'est l'adresse où ils se trouvent, dit-elle en la lisant à voix haute alors que je fais le lien avec celle que je n'ai pu vérifier. Il dit aussi que c'est Cameron qui avait cambriolé notre maison, et que c'est lui qui nous a remboursé ce qu'il nous a pris.

— Putain, Sarah ! Je t'avais dit que je ne le sentais pas, ce gosse ! Il nous a bien roulés ! Dis-leur de rentrer immédiatement à la maison ! Il ne faut pas qu'ils soient vus là-bas !

Sarah tape le message pour Sloan.

— Comment ça « on s'occupe du reste » ? demandé-je en lisant son message.

— C'est exactement ce que me demande ton fils ! lance-t-elle suite à la réception d'un nouveau SMS. Qu'est-ce que tu crois, Joey ? J'appelle les flics !

Alors qu'elle tape frénétiquement sur le clavier de mon écran, je réussis à lui reprendre le portable au moment où elle appuie sur envoi.

— Il faut prévenir la police, Joey ! Ils sont peut-être en danger !

20
ZIA

— C'est moi qui voulais dénoncer Cameron ! reprend ma mère en me fixant droit dans les yeux. Ton père n'y est pour rien, Zia. Au contraire, il a essayé de me convaincre de ne pas le faire.

Surprise par ce retournement de situation inattendu, je jette un coup d'œil à Sloan qui semble aussi perdu que moi. Lui qui pensait que c'était mon père depuis le début avait tout faux. C'est ma mère la responsable de ma vie foutue.

— Comment ça, il a essayé de te convaincre de ne pas le faire ? Je ne comprends plus rien ! Que ce soit toi ou lui, qu'est-ce que ça change ? Avez-vous prévenu les flics, oui ou non ?

— Tu devrais venir t'asseoir pour qu'on en discute, Zia, reprend mon père en m'indiquant le canapé du salon. Toi aussi Sloan. Venez.

Obéissants, nous passons à côté de ma mère qui nous talonne.

Dans ce salon qui n'a pas changé d'un poil, je retrouve les odeurs rassurantes de mon enfance en réalisant à quel point ça m'avait manqué. Prise dans le tourbillon de ces trois dernières années, je n'ai jamais repensé à la maison, à mes habitudes, ni même à ma chambre. Pas une fois, je n'ai voulu ressasser ces moments où je m'installais sur le canapé à côté de ma mère pour regarder un film d'amour, pas une fois je me suis surprise à rêver des discussions qu'on avait avec mon père dans ces fauteuils confortables tout en disputant une partie d'échecs. Non, tout cela, je l'avais enfoui dans un coin de ma tête pour ne pas craquer, pour leur montrer que j'étais plus forte qu'ils ne le pensaient. Mais maintenant que je me pose dans ce sofa toujours aussi moelleux, à la place que j'occupais, je sens monter les larmes plus vite qu'elles ne le devraient.

Me retenant de pleurer pour leur prouver que je suis toujours la fille de caractère qui a quitté leur toit il y a trois ans, je fais front sans baisser la garde.

— Alors, je vous écoute ! Qui commence ?

Troublée par la sévérité de mon ton, ma mère, assise en face de moi, baisse la tête pour ne plus subir mon regard incendiaire. Mon père, qui a remarqué la gêne de sa femme, me fait face avec aplomb avant de prendre la parole :

— Si tu veux vraiment la vérité, personne n'a appelé la police, Zia ! lance-t-il alors que Sloan se redresse d'un coup, presque sur le qui-vive. Ce soir-là, quand on a reçu les messages de ton frère, on s'est fait beaucoup de souci pour vous. On était à deux doigts d'appeler la police quand il nous a affirmé que vous aviez quitté la zone du cambriolage.

— Vous vous foutez de moi pour arranger la situation ! dis-je en les pointant d'un doigt accusateur. Sloan vous envoyait des messages, et comme par hasard, les flics se sont pointés à la bonne adresse, au bon moment, pour embarquer Cameron. J'ai longtemps cru que c'était Tyler qui l'avait balancé, comme tout le monde d'ailleurs, sauf que tous les trois, vous aviez votre petit secret bien caché. Une vendetta parfaite pour le cambriolage de votre maison.

— Je ne te cacherais pas que c'est ce qu'on s'est dit au départ. Œil pour œil, dent pour dent. Sarah voulait prévenir la police, car elle avait peur pour vous. Moi, je le voulais juste pour ma petite vengeance personnelle comme tu dis, mais ce n'est pas ce qui s'est passé. Comme vous étiez parti du lieu du cambriolage, nous savions que vous alliez rentrer sains et saufs. Ce qui pouvait arriver à Cameron n'était pas de notre ressort, Zia. Nous ne l'avons pas conduit en prison, si c'est ce pour quoi tu es venue nous adresser la parole aujourd'hui !

Troublée par ces dernières révélations, la piste de mes parents en tant qu'indic tombe à l'eau pour mon plus grand soulagement. Que je me sois engueulée avec eux est une chose, savoir qu'ils auraient pu être à l'origine de l'emprisonnement de Cameron en est une autre. Jamais je n'aurais pu leur pardonner si ça avait été à cause d'eux. Jamais.

— Il y a un truc que je ne pige pas, déclare Sloan en nous regardant tour à tour. Si ce n'est pas vous qui avez prévenu les flics, pourquoi votre voiture n'était pas à la même place quand on est rentrés ? Et pourquoi n'avoir jamais abordé le sujet après ?

Tandis que ma mère se frotte le front pour trouver une réponse plausible, mon père mordille ses lèvres nerveusement. Ils ont bien quelque chose à se reprocher, mais quoi ?

— Quand j'ai entendu une voiture démarrer, ce soir-là, je suis sorti pour voir ce qui se passait dehors. Sarah dormait sur le canapé, alors j'ai fait le tour de la maison en silence. Je suis tombé sur ton portable, Zia. Je dois t'avouer que j'ai fouillé dedans. J'avais des doutes sur Cameron, à juste titre pour le coup, je voulais savoir si ce type te traitait bien. J'ai vu ces adresses qu'il t'a envoyées, alors je me suis rendu à la plus proche en espérant t'y trouver. C'était celle d'une banque où tu ne te trouvais pas de toute évidence, donc je suis rentré à la maison sans comprendre pourquoi il te les avait envoyées, nous explique mon père pour lever le brouillard autour de toute cette histoire. Pour ce qui est de ne jamais en avoir parlé avec toi, Sloan, nous avons estimé que tu étais trop jeune à l'époque pour t'impliquer encore plus dans cette affaire.

— Sauf que moi, ça fait trois ans que tout ce bordel me bouffe ! Trois ans que je suis persuadé d'être celui qui a fait enfermer Cameron ! Ça m'a rendu malade si longtemps ! geint mon frère tandis que ma mère récupère sa main sur son genou pour l'embrasser.

— On est désolés, Sloan. On n'avait pas conscience que ça te perturbait à ce point. Pourquoi n'es-tu pas venu nous en parler avant ?

— Quand j'ai revu Cameron, c'est comme si ça m'avait explosé à la gueule. Il fallait que je raconte tout à Zia. Je ne pouvais plus vivre avec ce poids.

— Cameron est sorti ? s'enquiert mon père en me fixant avec insistance. Il est sorti quand ?

— Lundi, répond mon frère avant moi. Je l'ai croisé devant la maison, il pensait croiser Zia.

— Comment ça ? s'étonne-t-il sans me lâcher du regard. Il n'était pas au courant que tu étais partie de chez nous ? Tu nous as laissé pour lui Zia, et nous, c'est pour toi qu'on ne l'a pas dénoncé, parce qu'on savait que tu l'aimais !

Troublée par cette nouvelle révélation, je les regarde chacun leur tour pour comprendre. Ils ne l'ont pas dénoncé parce que j'étais amoureuse de lui ? Pourquoi ?

Devant mon air perdu, ma mère se rapproche jusqu'à se mettre à genoux devant moi. Les yeux remplis de larmes, elle pose sa tête sur mes cuisses, alors que je reste tétanisée par cette proximité dont je n'ai plus l'habitude.

— Mon bébé, sanglote-t-elle, on n'a rien fait pour toi. Qu'importe ce que Cameron nous avait fait ou avait fait à d'autres, il était celui qui faisait battre ton cœur, alors ton père n'a pas voulu qu'on le livre à la police pour ne pas te briser. La discussion du lendemain, ton départ, tout ça nous a abîmés au-delà de ce que tu imagines. On a essayé de te retrouver pour te dire de rentrer à la maison. On voulait t'expliquer qu'on t'aiderait à faire sortir Cameron de cette mauvaise passe, qu'on se servirait de son argent pour lui payer un avocat, s'il le fallait. Malgré notre rancœur envers lui, il était celui qui te rendait heureuse, pour rien au monde on ne t'aurait privée de ça !

Cette fois, mes larmes dévalent mes joues sans pouvoir s'arrêter. Ce ne sont pas de simples pleurs, c'est une véritable cascade qui déferle sur ma peau.

Dans le même état que moi, ma mère mouille mes genoux de ses larmes, et, ne supportant pas de la voir ainsi, je glisse ma main dans ses cheveux pour tenter de la réconforter malgré les doutes qui m'assaillent encore.

— Pourquoi m'avoir poussée à ne plus le voir le lendemain de son arrestation ? finis-je par leur demander au bout de quelques secondes. Pourquoi avoir provoqué cette dispute qui nous a menés là où nous en sommes aujourd'hui ?

— On pensait que ce n'était qu'une question de temps pour que tout le monde se calme. On était persuadé que tu étais avec lui, que tout se passait bien pour toi, jusqu'à ce qu'on apprenne que Cameron allait passer en jugement. On a bien essayé de poser des questions à ton frère, mais par loyauté, il n'a jamais craché le morceau sur ce que tu devenais, explique mon père en essuyant les larmes au coin de ses yeux. Et puis, un jour, je suis passé au bar. Tu étais avec le barman en train de fermer la boutique quand je t'ai entendu parler de nous en des termes atroces. Je ne ressortirais pas les mots que tu as employés ce jour-là, mais je peux te dire qu'un parent qui entend son enfant dire qu'il a été rayé de sa vie, et qu'il devrait être mort à la place d'une autre personne dont je ne connais même pas l'existence, ça ne donne plus envie de faire le premier pas…

Dans mon esprit, cette foutue discussion me revient en pleine face. C'était le lendemain de l'enterrement de Nana. J'étais dévastée à cette époque, je commençais ma lente descente vers les abysses, et je me souviens avoir eu des mots très durs envers mes parents. Sentiment d'abandon, haine contre le monde entier, je voulais entrer en guerre contre toutes les personnes qui auraient dû me soutenir, Cameron y compris.

Je ne me rappelle pas avoir vu quelqu'un près de nous ce soir-là, mais vu les termes utilisés, je ne peux que croire ce qu'il me dit.

Moi qui pensais qu'ils n'en avaient rien eu à faire de moi toutes ces années, je réalise qu'ils étaient aussi mal que moi, et que je les ai fait souffrir comme eux m'ont fait souffrir. Les non-dits, la lâcheté, la fuite… Tout ça peut détruire une famille. On en est la preuve vivante.

— Vous auriez aidé Cameron, même après avoir eu connaissance qu'il était celui qui nous avait cambriolés ? demande mon frère, sceptique.

Ma mère, toujours dans la même position, ne réagit plus. Elle profite de ce moment qui semble presque sur un fil. Un mouvement pourrait tout foutre en l'air. Conscient de la nécessité de cet instant dans un éventuel processus de retrouvailles, c'est mon père qui prend à nouveau la parole.

— Quand on a appris que c'était lui, le voleur, je ne vais pas vous cacher que j'ai eu des envies de meurtre. Mais pour avoir parlé avec Cameron quelques fois, je ne pouvais revenir sur cette sorte d'estime que j'avais pour lui. Un gamin de son âge, qui se retrouve orphelin si jeune, qui doit prendre en charge les frais d'hospitalisation de sa grand-mère, et qui mène de front ses études et ses projets pour s'en sortir, je me suis dit que je ne pouvais nier toute l'admiration que j'avais pour lui. Oui, il est passé par des chemins frauduleux pour garder la tête hors de l'eau, mais qu'aurais-je fait à sa place ? Devant tant de difficultés ? J'en sais fichtrement rien !

— Je repose donc ma question : pourquoi avoir voulu me séparer de lui ? Pourquoi avoir voulu me mettre dans une espèce de bulle pour me couper du monde ? Si on en avait parlé posément, tout aurait été différent…

D'un soupir las, mon paternel semble prendre encore dix ans dans la gueule. La mine déconfite, il secoue la tête comme pour me dire qu'il n'a pas la réponse à mes questions.

— On l'a fait pour toi, Zia…, murmure ma mère en relevant doucement la tête vers moi. Cette nuit-là, tu es montée dans ta chambre pendant que nous sommes restés dans le salon pour parler. On devait trouver une solution rapide, mais aussi radicale pour que tu ne sois pas associée à tout ce bordel. Quand on est monté se coucher, il n'y avait pas un bruit dans ta chambre, mais quand au bout d'une heure, je t'ai entendue pleurer toutes les larmes de ton corps, j'ai dit à ton père qu'il fallait agir pour ta protection. Au final, on a juste réussi à t'éloigner de nous…

— Ce que ne te dit pas ta mère, c'est qu'on a paniqué aussi. Quand les flics ont sonné à la porte, on a eu peur d'être accusés de complicité. On t'en a voulu de nous avoir caché des faits aussi importants, de nous plonger dans toute cette merde sans avoir eu la bonne idée de nous prévenir. On s'est retrouvés devant le fait accompli, enfin surtout moi, alors il a fallu réagir à chaud.

Par réflexe, je touche la joue qu'il avait giflée, sentant presque encore la morsure cinglante qui m'avait claqué la peau.

— Pour ça aussi je suis navré ! déclare mon père en scrutant la main sur ma joue. Jamais je n'aurais pensé frapper l'un de mes enfants, mais ce jour-là, tu cherchais tous les moyens pour me pousser à bout, pour me mettre cette vérité en pleine tête. J'ai craqué. C'est sûrement un peu tard, mais excuse-moi. Pardonne-moi pour toutes ces années d'absence, pour ces années où nous avons baissé les bras, alors qu'on aurait dû se battre pour toi ! Je suis tellement désolé !

Contre toute attente, c'est au tour de mon père de s'effondrer sous mes yeux. Le cœur lourd de le voir aussi fragile, je me redresse, puis m'avance vers lui avant de presser son épaule pour lui montrer que je suis revenue. J'ai mis du temps, je ne pensais pas le faire dans de telles circonstances, mais je suis là.

Avec ce geste en guise de réconciliation, mon père redresse sa tête baignée de larmes vers moi. Submergée par l'émotion, je me laisse tomber près de lui.

Moins d'une seconde plus tard, ses deux bras forts m'encerclent les épaules pour m'attirer contre lui, suivis par deux autres corps qui se jettent sur nous pour un câlin familial comme on avait l'habitude d'en faire par le passé.

Entre rires et larmes, les liens se ressoudent millimètre par millimètre, remplissant une partie de mon cœur de tout l'amour qui lui faisait cruellement défaut jusqu'alors.

Après de longues embrassades, l'ambiance est redevenue plus légère chez les Rice. Peut-être que nos relations prendront du temps pour se reconstruire comme avant, mais la première pierre de l'édifice a été posée après des années d'incertitude.

Encore à table avec ma mère après un déjeuner banal digne d'une famille on ne peut plus normale, elle me scrute avec un demi-sourire que je connais bien. Avant, quand on était proches, elle était ma confidente, encore plus que ne l'était Sofia. Elle m'écoutait me plaindre. Elle me conseillait sur tout, sur rien. Elle validait mes choix ou les réfutait. Elle subissait mes sautes d'humeur ou mes peines de cœur… Elle était là, à chaque étape de ma vie. Sauf qu'elle a loupé trois ans, et que je ne suis plus celle que j'étais avant. J'ai changé, j'ai mûri, j'ai appris… Même si j'ai toujours autant besoin d'elle.

— Est-ce que tu as du temps à passer avec moi aujourd'hui ? me demande-t-elle, timide.

— À quoi tu penses ? Shopping, spa ?

— Non, rien de tout ça… Toi, moi, une promenade sur la plage, et trois ans de nos vies à rattraper… Ça pourrait faire un programme sympa, tu ne crois pas ?

— Si… Je crois que c'est le programme idéal pour une telle journée !

***

Allongée sur le sable pour finir le récit de ces trois ans de solitude, je regarde les nuages me survoler en y cherchant des formes connues. Couchée sur le côté, près de moi, je sens le regard rassurant de ma mère se poser sur cette gamine qu'elle ne connaît plus.

Pendant mon très long monologue, je l'ai entendue souffler, puis retenir sa respiration, je l'ai entendue grogner, puis essuyer sa joue l'instant d'après… Je lui ai tout détaillé : mes bas et mes très bas, le fond du tunnel, mes doutes, mes peurs, et mes toutes petites victoires face à la noirceur de ma vie. Je lui ai parlé de Nana, de Marita et de Sloan, de Sofia et de Mona, de cette jalousie qui m'a envahie au fil de la grossesse de ma meilleure amie. Je lui ai retracé mon parcours, mes études, mes projets d'avenir. J'ai évoqué ma dernière entrevue avec Cameron, celle avec Nana, je lui ai expliqué ma relation avec Neil, et mon esprit tordu pendant qu'il me fait l'amour. Je lui ai confessé mes sentiments pour Neil, mes sentiments pour Cameron, je lui ai même raconté en détail notre histoire, celle qui se trouve dans le livre qu'il a écrit pour moi… Quand je m'arrête enfin de parler, ma mère replace une mèche de cheveux qui me tombe sur le visage. Un geste insignifiant entre une mère et sa fille, sauf que la caresse sur ma joue qui suit me file des frissons.

— Waouh…, lance-t-elle tandis que je tourne la tête de son côté. Tu as vécu tout ça, et moi je n'étais pas là pour t'aider ! Si tu savais comme ça me fend le cœur, ma chérie.

— On ne pourra pas revenir en arrière, maman. Le passé est ce qu'il est, maintenant il va falloir aller de l'avant.

— Tu penses que tu peux aller de l'avant avec ce Neil ? Je ne veux pas me faire l'avocat du diable, mais je ne suis pas certaine que tu trouveras le bonheur avec lui. Quand tu évoques Cameron, on sent bien qu'il se passe un truc particulier qu'il n'y a pas avec l'autre. Je ne connais pas ce jeune homme, mais je connais ma fille. Tu es toujours amoureuse de Cameron, et c'est évident qu'il l'est toujours de toi !

Surprise par cette analyse rapide de la situation, je me redresse sur un bras pour mieux la scruter. À nouveau, elle repousse cette foutue mèche rebelle, mais à l'inverse de la première fois, j'apprécie cette caresse délicate et apaisante

— Sauf que maintenant, il est persuadé que vous êtes à l'origine de son arrestation. Jamais il ne me pardonnera ça !

— Même si nous avions été les indics, en quoi aurais-tu été responsable de nos actes ? Au contraire, tu lui as prouvé ta fidélité en partant de la maison. Je crois qu'il n'y a pas de plus belle preuve d'amour, ma chérie. Il serait fou de laisser filer une femme telle que toi !

Rassurée par ses mots, je récupère sa main posée sur la serviette pour l'embrasser. La facilité avec laquelle je prends cette initiative m'impressionne, les vieilles habitudes ont la vie dure. Elles sont ancrées en nous.

— Qu'est-ce que je dois faire alors ? Quitter Neil et retourner voir Cameron ? Mais s'il ne veut plus de moi ? Si je me fais des films sur nous ? Je ne pourrais pas le supporter une deuxième fois…

— Je ne pense pas que ce soit le cas, Zia. Mais si toutefois je me trompais sur ses intentions, cette fois, je serais là pour toi. Tu ne seras plus jamais seule, ma fille. Plus jamais, je te le promets…

Malgré le flot de larmes qui a déjà été versé dans la journée, je ne peux me retenir de pleurer encore une fois. Tout cet amour m'a cruellement manqué. La femme forte que je suis censée être se rend compte qu'elle ne l'était peut-être pas tant que ça.

— Tu dois vivre, Zia. Même si tu commets des erreurs, même si ça peut faire mal, tu dois vivre pour ne jamais rien regretter. On a déjà assez bâclé notre vie pour continuer à le faire !

— Et papa, il dirait quoi si je me remettais avec Cameron ? Il m'en voudrait ?

Le sourire éclatant de ma mère me met du baume au cœur. Dans ses traits, aucune crainte, aucune rancœur, elle est confiante. Je veux être comme elle.

— Cameron a payé sa dette à la société, il a le droit à une seconde chance, tant dans la vie qu'en amour. Ton père ne dira rien, car il veut le meilleur pour toi. C'est ce qu'il a toujours voulu, même s'il n'a pas su te le dire. Alors si tu l'aimes toujours, fonce sans hésitation. Ne pense pas à ton père ou à moi. Ne pense pas aux regards des gens, ni à ce qu'ils attendent de toi. Pense à lui, pense à toi, pense à tout ce temps qui vous fait défaut. Pense à l'avenir, à cette belle histoire que vous allez écrire à deux…

***

Sur le lit de la chambre de ma mère, mon portable vibre pour la troisième fois. Le prénom de Neil s'affiche encore sous mes yeux, mais je retourne le téléphone pour ne plus le voir.

Tandis que je fouille dans le placard de ma mère pour me trouver une tenue ni trop sexy ni trop prude, je repense à ce que je vais dire à Cameron quand je vais le voir. Cette discussion sur la plage m'a ouvert les yeux, j'ai perdu assez de temps pour me faire chier avec mes états d'âme ou ma conscience. Neil a été sympa avec moi, il a été présent quand j'en avais besoin, mais inutile de rêver, il n'arrivera jamais à remplacer Cameron. Ce mec, je l'ai dans la peau matin et soir, dès que j'ouvre un œil ou dès que je le ferme. Je respire Cameron, je vis Cameron, je mourrais Cameron s'il le fallait.

Je ne sais pas dans quel but j'y vais exactement, mais c'est décidé, je dois aller le voir.

Ma mère a raison, notre vie est à présent devant nous. Il est temps de la reprendre en main, même si pour cela je vais devoir briser un cœur innocent.

21
CAMERON

Dans la salle de bains commune de l'étage, je finis de prendre une bonne douche avant de regagner ma chambre pour une soirée tranquille devant un film.

Après une journée chargée avec Jess dans les locaux de la maison d'édition, pour se mettre d'accord sur la couverture, sur le titre définitif, sur les remerciements ou autres détails d'impression, j'avais besoin de me poser un peu.

Cette soirée en tête à tête avec la télé est ma première depuis ma sortie. Elle est même la première depuis des années ! Choisir le programme sans que quelqu'un ne râle va me faire bizarre, mais après l'escapade tordue d'hier avec Sloan, je crois que ça va me faire le plus grand bien.

Pendant que la pizza réchauffe dans le four, j'enfile un boxer à la hâte avant de tamiser la lumière pour me vautrer sur le lit. Les bons effluves de pâtes, de sauce tomate et de champignons grillés parviennent jusqu'à mon nez pour titiller tous mes sens.

La bouffe en prison, ça se résume à des plats basiques et mal faits. Pas de junkfood, pas de gras à saturation, pas de sel à outrance… Et certainement pas de pizzas surgelées mal garnies, mais pourtant si délicieuses.

Pendant que je zappe de chaîne en chaîne pour trouver un film intéressant, je tente de mettre mon cerveau sur off pour ne plus penser à Zia et sa famille. Après les révélations de la vieille, j'avoue que je n'ai plus le cœur à la voir pour le moment. Apprendre que c'est son père qui m'a vendu aux flics m'a mis un sacré coup derrière la tête. Ça a peut-être même remis en question tout ce que j'espérais avec elle.

Après de tels aveux, comment continuer à aimer la fille du mec qui m'a gâché la vie ? Je ne vois pas comment je pourrais faire abstraction.

Et merde ! Pourquoi tenter de me voiler la face ? Jamais je ne pourrais cesser de l'aimer, même si c'est elle qui avait passé ce foutu coup de fil.

Perdu dans mes pensées les plus tortueuses, je perçois du bruit sur le palier sans prendre la peine de m'en soucier. Certainement un pensionnaire de l'auberge qui part faire la bringue dans les bars de Brighton. Vu l'heure qu'il est, les anciens doivent être couchés et la jeunesse prend le relais.

Je pourrais y aller moi aussi. Après tout, je suis encore jeune même si j'ai l'impression d'avoir déjà vécu mille vies. Mais avec qui sortir ? À présent, mon entourage n'est formé que de pères de famille qui préfèrent passer du temps avec leurs gosses à la maison qu'avec leurs potes en boîte… Qui les blâmerait pour ça ? Pas moi, je ne peux que les comprendre.

Un coup résonne sur ma porte, m'obligeant à tourner la tête en direction du bruit. Une erreur ? Ça aurait pu être le cas, mais un second coup martèle le bois léger, suivi d'un troisième, plus mesuré cette fois. Pas de doute, quelqu'un est en train de frapper à ma porte.

Tandis que je me lève pour aller ouvrir au visiteur inconnu, j'essaie de deviner qui peut bien avoir envie de me voir à cette heure-ci. Entrouvrant la porte pour découvrir l'identité du visiteur, je reste scotché en voyant Zia se tenir droite comme un i, les mâchoires serrées, en train d'attendre que je lui ouvre.

Aussi surprise que moi quand elle m'aperçoit, alors que c'est elle qui est venue jusque-là, elle s'apprête à parler quand je lui referme la porte au nez sans ménagement.

Dans mon esprit, c'est l'embrouille totale. J'ai fermé, car subitement, j'ai repensé à Sloan, à son père, aux trois années de ma vie gâchées à cause d'eux. À la façon dont je dois réagir avec elle, même si elle n'y est pour rien.

Conscient de ce que je viens de lui faire, j'entrouvre à nouveau la porte pour m'excuser, mais sa beauté me coupe le souffle. Cette robe noire qui sculpte son corps à la perfection, la façon dont elle a lissé ses cheveux qui lui arrivent désormais aux épaules, le maquillage léger qui sublime les traits de son visage… Elle est toujours aussi belle. Non, elle l'est encore plus.

L'autre nuit, sur la plage, je n'ai pu distinguer d'elle que ce que la lune m'a laissé entrevoir, mais ce soir, à la lueur de la lumière du palier, je la revois avec ces trois années de plus. Une femme magnifique, attirante. Une femme qui me bouscule, qui me fascine. La seule femme qui sache faire battre mon cœur.

— J'ai appris pour Sloan et mon père, annonce-t-elle en calant son pied divinement souligné par cet escarpin à talon qui laisse entrevoir ses ongles vernis de rouge. Il faut que je te parle, Cameron. C'est important.

Voyant la détresse sur son visage, j'entrouvre un peu plus la porte pour m'accouder à l'encadrement sans la laisser entrer. Tandis que ses joues se mettent à rosir quand ses yeux se posent sur moi, je réalise que je ne suis vêtu que d'un simple boxer et que la vision de cette déesse en robe m'a filé une demi-molle impossible à dissimuler.

Amusé par le pouvoir que mon corps exerce sur elle, je décide de rester presque nu rien que pour le plaisir de la voir se décomposer davantage.

Alors que je tente de ne pas sourire en me mordant l'intérieur de la joue, Zia ne peut s'empêcher d'effectuer des allers-retours rapides entre mon visage et le bas de mon ventre. Elle a bien compris qu'elle m'attirait toujours autant, et à sa façon de me bouffer des yeux, je crois que mon excitation la perturbe plus qu'elle ne me perturbe moi.

— Vas-y ! dis-je froidement pour que son regard revienne se poser sur ma bouche. Je t'écoute !

Au moment où elle se mord la lèvre discrètement pour masquer son trouble, je n'ai qu'une envie, c'est de l'attraper et de l'allonger sur mon lit. Je voudrais virer cette robe, je voudrais embrasser son cou, lécher ses seins… Je voudrais lui faire l'amour, encore et encore, jusqu'à ce qu'elle me supplie d'arrêter. Elle peut bien dire ce qu'elle veut, à cet instant précis, il n'y a rien qui compte plus qu'elle et moi, et toutes ces foutues années à rattraper.

Mon érection grandissante au fur et à mesure que mes pensées s'égarent sur son anatomie, je ne remarque même pas que je me suis mis de côté, exposant le tatouage qui orne ma taille pour dissimuler la cicatrice qui remonte jusqu'à mes côtes. Zia l'a vu, elle. Les yeux rivés sur l'encre noire qui s'est incrustée dans ma chair, elle retient son souffle, presque scotchée par ce qu'elle voit.

— C'est… Euh… balbutié-je tandis que je ne trouve pas les mots adéquats à ce moment lourd de sous-entendus.

Elle glisse son regard sur mes abdos, remonte lentement sur mon torse, pour finir par se perdre sur mes lèvres. Ses joues ne sont plus roses, elles sont rouge vif. La vue de mon tatouage l'a troublée, et même si trois ans nous ont séparés, je sais ce qui se passe dans sa tête à cet instant. Elle est dans le même état que moi. La même envie irrépressible à satisfaire. Le même besoin qu'on ne peut museler. C'est viscéral, omniprésent, animal. Ça va bien au-delà de la raison ou de l'explicable. C'est comme ça, elle fait partie de moi et je fais partie d'elle…

Les mains tremblantes, elle se retient au mur pour ne pas fléchir, mais je la sens hésitante, indécise. Je ne demande qu'à ce qu'elle succombe à cette attraction qui nous caractérise tant, je n'attends qu'un signe, un geste pour la serrer à nouveau dans mes bras, pour la couvrir de baisers. Mais sa retenue l'éloigne de moi d'un pas.

Plus sage que je ne le suis, elle reprend ses esprits en réitérant ses mots :

— Je dois vraiment te parler, Cameron. C'est important. Je t'assure.

La contrariété qui émane de sa voix me décontenance. Elle n'est pas venue pour me sauter dessus, elle est vraiment là pour un sujet grave.

Hormis la dénonciation faite par son père, le seul sujet qui pourrait avoir de l'importance serait la fin définitive de notre histoire. Je l'imagine déjà me dire qu'elle ne pourra plus jamais me voir à cause de son amour inconditionnel pour ce connard de barman… Alors puisque ce soir elle s'apprête à graver le point final de notre relation sinueuse, la séduction n'est plus de mise. Avec un souffle bruyant, je lui montre mon mécontentement, mais finis par récupérer un short et un tee-shirt sur mon lit afin de me couvrir. La porte ouverte pour qu'elle rentre à son tour, je m'installe sur la petite table de la kitchenette et l'invite à me rejoindre.

Pourquoi est-elle venue me rendre visite apprêtée de la sorte ? Je fais peut-être fausse route depuis le début en fait ! Pas d'attraction incontrôlable, pas d'amour infini, juste son mec qui l'attend en bas pendant qu'elle vient me faire des excuses pour le comportement de son paternel.

Dégoûté, j'attends qu'elle soit assise pour me relever et m'adosser au meuble de la cuisine. Inutile de me faire des films en étant trop près d'elle. À part souffrir plus que ce n'est le cas depuis trois ans, cela ne m'apportera rien.

— Tu devrais éteindre le four ! me prévient-elle en désignant la pizza qui noircit derrière la vitre. Ça sent le cramé !

Réalisant qu'elle dit vrai, je récupère un gant posé non loin de moi pour m'emparer du plat à la hâte. La chaleur qui se dégage du coffre me brûle presque la main si bien que je jette le plat dans l'évier avant de faire couler l'eau sur ma paume endolorie.

— Ça va ? s'inquiète-t-elle en s'approchant de moi pour vérifier l'étendue des dégâts.

Avec son corps collé au mien quand elle récupère ma main dans la sienne, elle réussit à me filer la chair de poule. Je ne pourrais jamais supporter une telle promiscuité avec cette fille sans que mon esprit ou mon corps ne s'emballe.

Pour ne pas céder à la tentation de l'embrasser, c'est à mon tour de reculer d'un pas en reprenant ma main pour ne plus la laisser me toucher.

— Oui, ça va. Rien de grave, affirmé-je pour la rassurer avant de prendre un torchon pour panser la brûlure. Je n'avais pas faim de toute façon. Alors, tu veux parler de quoi ?

Reprenant place autour de la petite table, elle me fixe de ses grands yeux noisette et je me liquéfie sur place. Tandis que je me racle la gorge d'un coup sec pour qu'elle abrège mes souffrances rapidement, je finis par m'asseoir en face d'elle, luttant pour garder mon self-control alors que mon corps et mon esprit ne demandent qu'à exploser.

— OK, reprend-elle en baissant les yeux vers ses doigts qui tapent frénétiquement sur la table. Je voulais te dire que Sloan m'a confié ce qu'il avait fait le soir de ton arrestation. Je tiens à m'excuser pour ça, je n'étais pas au courant pour les messages, et encore moins pour ce qui s'est passé après. Il m'a tout raconté hier, et si moi j'ai été choquée par son récit, je n'imagine pas à quel point tu as dû l'être aussi.

Nerveuse, sur la réserve, Zia me parle comme si nous étions deux personnes inconnues qui échangeons pour la première fois. Je déteste cette gêne que je sens en elle, je déteste cette distance qu'elle nous impose.

— J'ai été surpris, en effet. Mais après une nuit à ruminer tout ça, je me dis que ça ne change rien à l'histoire. Que ce soit ton père ou Tyler, le résultat est le même !

— Pour moi, ça change tout au contraire. J'étais tellement en colère ce matin que je suis allée voir mes parents pour lever le voile sur toute cette affaire…

Étonné qu'elle soit allée parler avec eux après trois ans de silence radio, je la regarde tortiller ses doigts en attendant de connaître la suite.

— Quand je leur ai demandé si mon père avait appelé les flics ce soir-là, je ne m'attendais pas à un tel retournement de situation…

Sa phrase en suspens me remplit de doutes. Quel retournement ?

— Ce n'est pas mon père qui a voulu appeler la police, c'est ma mère. C'est elle qui était sur le point de composer le numéro…

— Impossible que ce soit ta mère, c'est un homme qui a prévenu le commissariat ! l'informé-je en lui coupant la parole.

— Oui, effectivement. Et cet homme, ce n'est pas mon père. Il a empêché ma mère de le faire, car il savait que ça me briserait de l'apprendre. Il a compris que tu étais celui qui nous avait volé l'argent, mais il a aussi compris pourquoi tu l'avais fait. Il ne voulait pas te livrer à la police. Ça n'a jamais été son intention…

— Donc, si je comprends bien, c'est bien Tyler qui m'a balancé…

Les poings serrés, je me retiens de frapper la table d'un coup sec pour ne pas faire peur à Zia. On était devant chez lui. J'aurais pu lui en coller une pour ce qu'il m'a fait.

— C'est bien lui…, reprend-elle dans un murmure compatissant.

À l'intérieur de mon cerveau, la haine et l'indifférence se disputent mes faveurs. On a remué tout ça pour rien, à la différence près qu'à présent, Sloan doit se sentir mieux dans ses baskets. Connaître enfin la vérité a dû lui enlever ce poids insupportable sur la poitrine. Tant mieux pour lui. Pour moi, ça ne change rien. Ça ne me fera pas revenir en arrière, ça ne me fera pas récupérer Zia ou ça ne fera pas ressusciter Nana.

— Il fallait que je te le dise pour que tu ne me détestes pas plus que ce n'est déjà le cas, annonce-t-elle pour me piquer au vif.

— Te détester ? Pourquoi je te détesterais ?

Son regard se voile, ses lèvres se mettent à trembloter, m'insufflant à nouveau cette envie de la prendre dans mes bras pour lui dire que jamais je ne pourrais la détester.

Au lieu de ça, elle redresse la tête en me souriant pour se redonner une contenance.

— Au fait, joli le tatouage ! lance-t-elle pour changer de conversation et revenir sur un sujet qui lui semble plus facile. Je peux le revoir ?

— Le revoir ? Je… Je ne sais pas, Zia…, bégayé-je, confus.

— Je t'ai déjà vu torse nu, Cam. Ne fais pas ton timide ! se moque-t-elle tandis que je retrouve la Zia désinvolte du passé, celle que j'aime tant.

— Ce n'est pas une question de timidité, Zia, dis-je en me levant pour ôter mon tee-shirt alors qu'elle quitte la table à son tour pour s'approcher de moi. C'est juste que…

Hypnotisée par le dessin qui recouvre mon flanc, elle passe son doigt sur le tatouage alors que je ferme les yeux pour ne pas voir sa réaction.

Dans un souffle bruyant, je la sens porter ses mains à sa bouche pour retenir ses mots. Dans un murmure, elle prononce mon prénom avec tant de pitié que ça me brise le cœur.

— C'était juste pour éviter CE genre de réaction…

Alors que je rouvre les yeux pour voir son air abattu, je suis surpris de découvrir des larmes couler sur ses joues.

Les mains toujours devant sa bouche pour masquer le choc, elle me regarde avec douceur et compassion avant de se jeter à mon cou sans prévenir.

REWIND
CAMERON

Deux ans plus tôt

Jeudi 18 mars

— Alors, c'est le grand jour ? me demande Charly en sautant de son lit pour venir me coller un baiser sur la bouche en riant.

— Arrête, putain ! lui dis-je en le repoussant de toutes mes forces. Faut vraiment que t'arrêtes de faire ça ! T'as un sérieux problème avec ta bouche !

— Je suis en manque de lèvres charnues ! plaisante-t-il en se rendant aux toilettes de la chambre. Et faute d'autre personne dans cette piaule, je ne peux embrasser que toi !

Tandis qu'il pose « sa pêche » du matin, comme il dit, je me recouvre de ma couette pour ne pas avoir à subir les odeurs nauséabondes du cul de mon compagnon de cellule.

M'habituer à lui dans la chambre a été facile, devoir vivre avec ses nombreuses pauses « caca », nettement moins.

C'est le gros problème de la promiscuité en prison. Zéro intimité pour aller aux WC, et surtout la nécessité de vivre avec zéro pudeur. Au début, faire mes besoins devant les autres ne m'était pas possible, aujourd'hui, je n'ai plus le choix si je veux éviter l'occlusion intestinale.

— Alors, lance-t-il en feuilletant une revue sur le trône, tu as trouvé ton dessin ou toujours pas ?

— Toujours la même idée, reste à voir si elle est réalisable.

— Vu la taille de ta balafre, j'espère que tu vois les choses en grand, car il va falloir de la matière pour cacher ça.

Machinalement, je passe mon doigt sur la cicatrice encore gonflée qui s'étend de mes côtes à ma hanche. Déjà que cet enfoiré ne m'avait pas loupé, il a fallu que le chirurgien qui m'a recousu fasse de la merde pour finir le travail !

Vingt centimètres de balafre boursoufflée et rougie par le frottement du tee-shirt. Un mauvais souvenir pour la tête, une catastrophe pour les yeux !

Par chance, Charly connaît un type qui fait des tatouages de malade. Il m'a rencardé avec lui, et hormis le prix de l'encre et deux ou trois paquets de clopes, il fait ça pour passer le temps. Quand il a vu l'étendue des dégâts, il a bien compris qu'il allait avoir de belles heures de boulot devant lui.

Passer le temps avec une activité qu'on aime en prison, ça n'a pas de prix, alors le gars ne m'a demandé que deux paquets en plus de l'encre.

Hier, le docteur de la prison m'a enfin donné son aval pour faire le tattoo. Selon lui, je cicatrise assez mal, d'où la cicatrice en relief, alors il faudra que je sois vigilant avec le dessin. Il n'était pas vraiment chaud pour que je le fasse, car les conditions d'hygiène sont assez approximatives et la blessure trop récente, mais qu'importe, je ne supporte plus de voir ce coup de canif me lacérer la chair à chaque fois que mes yeux se posent sur cette entaille qui fait désormais partie de moi.

Les dérogations pour se rendre dans d'autres cellules que la nôtre sont assez rares. Charly me certifie que le directeur m'a à la bonne. Moi, je crois plutôt que l'intervention de Jess pour « amoindrir le choc post-traumatique » a plaidé en ma faveur. En même temps, j'ai la nette impression que ses arguments étaient plutôt bien trouvés. Selon elle, la une du magazine de sa maison d'édition avec des gros titres sur les conditions de vie en prison, ça n'aurait pas fait une bonne pub à Lewes. Il a sûrement cédé par peur des représailles… Enfin, c'était sans compter sur l'interrogatoire qu'il m'a fait passer avant de me donner son accord : suis-je proche de Miss Stanhart ? Que se passe-t-il entre nous ? Les cours particuliers qu'elle me donne sont-ils une excuse pour des parties de jambes en l'air intempestives alors que tous les autres détenus sont au travail ? J'en passe et des meilleures…

Mes réponses étaient courtes, sans détour, radicales. Malgré qu'elle soit attirante, il a bien compris que je ne toucherais pas à un seul cheveu de cette jeune femme. Et c'est vrai !

Jess l'a compris, elle aussi. Au départ, j'ai pensé qu'elle s'insurgeait contre la prison pour que je la remarque. Sa façon de minauder, la manière dont elle réagit quand elle me frôle, cette envie de me venir en aide comme si j'étais un chaton blessé. J'apprécie ce qu'elle fait pour moi, je lui en suis même très reconnaissant, mais j'ai préféré être clair avec elle. Je lui ai raconté mon histoire, la place qu'occupe Zia dans ma vie, même si je ne suis plus sûr qu'elle accepte d'en refaire partie un jour, je lui ai dit à quel point j'ai cette fille dans la peau… Elle a compris. Pour autant, elle ne me laisse pas tomber. Comme elle se plaît à le répéter, elle a repéré un « je-ne-sais-quoi » dans mes écrits qui lui ont donné envie d'en voir plus. Elle m'a même proposé de poser les mots de cette histoire d'amour sur papier. Au départ, j'étais assez réticent à le faire, ne me voyant pas conter ma vie à une personne qui n'a pas besoin de la connaître, mais en repensant au roman préféré de Zia, je me suis pris au jeu. J'ai déjà griffonné une trentaine de pages en me basant sur le même modèle d'alternance de points de vue. Tantôt je raconte ma version des faits, tantôt j'imagine comment Zia l'a vécu, et j'aime ça. Je ne dis pas que je pourrais devenir un romancier pour midinette en manque d'amour, mais relater notre histoire me fait du bien, j'ai besoin de poursuivre cette aventure pour expliquer comment j'ai atterri ici.

Le claquement des lourdes clés retentit contre la porte en fer, il est déjà sept heures. En temps normal, je devrais aller prendre mon petit-déjeuner avec les autres avant de commencer mon service à l'imprimerie, mais comme me l'a si bien rappelé Charly, c'est un jour spécial. Le directeur ne m'a octroyé qu'une journée pour mon projet de tatouage, si ce n'est pas suffisant, je devrai me contenter de ce que j'ai eu, ce qui, selon lui, est déjà bien au-delà de ce qu'on put avoir les autres détenus.

— Evans ! s'exclame Eli en ouvrant la porte, un grand sourire aux lèvres. J'espère que tu es prêt, tu vas douiller aujourd'hui !

Après être passé devant le miroir rudimentaire pour remettre mes cheveux courts en place, je serre la main du gardien avec qui j'ai pu tisser quelques liens en toute discrétion depuis l'agression.

Bien que ce soit contre le règlement, ce morceau de notre vie nous a rapprochés. Maintenant qu'il a pris ses marques dans la prison, il sait quand et comment il peut se montrer plus amical avec Charly ou moi. Il suffit d'un petit rien pour nous rendre la vie plus agréable, deux minutes en plus sous la douche, un dessert supplémentaire rapporté en douce dans nos chambres, un mot sympa, un sourire… Toutes sortes de petites attentions qui pourraient lui coûter sa place, mais qu'il effectue avec plaisir.

Pour avoir longuement discuté avec lui lorsqu'il me surveillait à l'infirmerie après la bagarre, j'ai appris beaucoup sur sa vie. Avec du recul, je ne comprends toujours pas pourquoi un mec si gentil fait un boulot aussi dur. Eli n'est pas un mauvais bougre, au contraire, il serait plutôt catalogué dans les bonnes pâtes, mais comme tout le monde, il avait besoin d'un boulot qui le fasse vivre, et pour un homme qui n'a pas fait de longues études, surveillant pénitentiaire, c'était une opportunité à ne pas rater. La sécurité de l'emploi, un salaire satisfaisant, de l'activité physique, ou encore du temps libre pour voir grandir ses enfants. Jamais il n'aurait pensé devenir maton un jour, surtout qu'il n'est pas comme les autres gardiens, mais ainsi est faite la vie. Comme il me l'a confié un soir, à croire que l'histoire était écrite… Il devait faire ce boulot pour me sauver la vie.

Avec une tape sur l'épaule pour me motiver, Eli m'emboîte le pas en direction de la cellule du tatoueur.

— Alors, tu sais ce que tu vas faire ? me demande-t-il tout bas, curieux de connaître ma réponse.

— J'ai une idée, mais je dois d'abord voir si c'est réalisable !

— T'as intérêt de me montrer le résultat, annonce-t-il en longeant un nouveau couloir de l'aile ouest avant de s'arrêter devant la porte 206B. J'étais quand même là le jour où cet abruti de Cliff a commencé l'œuvre d'art !

La remarque d'Eli me fait sourire. Il y a de ça quelques semaines, je n'aurais pas pu plaisanter de cette histoire, mais aujourd'hui, et parce que c'est lui, je prends la blague avec plus de philosophie. Après tout, une page va se tourner à mesure que l'encre va couler sur ma peau.

22
CAMERON

Pendue à mon cou pour me serrer contre elle, elle enfouit son visage contre moi afin de sécher ses larmes. Ses bras m'entourent avec une intensité qui me surprend. Cette étreinte n'est pas juste une réaction face au choc, c'est plus que ça. C'est comme l'air qu'on respire, c'est vital.

D'abord pris de court par cet élan d'affection inattendu, je finis par glisser mes mains dans son dos pour la maintenir contre moi.

Il n'y a plus rien qui compte en ce monde que son cœur qui résonne contre le mien.

Le temps s'est suspendu pour nous laisser nous retrouver, pour renaître tels deux phénix qui n'attendaient que ça, et pendant une seconde, je réalise que cette chance pourrait être la seule qui me soit offerte.

Alors que ses doigts frôlent nerveusement la grande roue qui masque ma cicatrice, j'éloigne mon buste d'un centimètre à peine pour mieux la regarder. Je ne sais pas vraiment ce que je cherche. Fixer chacun des traits de son visage dans ma rétine ou lui demander pardon dans un simple regard ? Peu importe ce que j'attends réellement, car ses yeux m'implorent de la même manière.

Les mains posées sur ses joues, je la maintiens à bout de bras avec cette envie furieuse de la rapprocher à nouveau. Nos souffles courts à l'unisson, on connaît la suite. C'est plus fort que la raison, plus fort que la sagesse ou la logique, c'est plus fort que nous. Impossible de lutter.

Inutile d'attendre un mot, inutile de perdre encore du temps, notre chance, elle est là, elle est maintenant.

Au moment où je m'approche d'elle pour retrouver sa bouche après trois ans de manque, elle s'élance sur moi avec la même envie brûlante. Quand nos lèvres se touchent, c'est une véritable explosion qui éclate en moi. L'électricité circule à une vitesse hallucinante dans tout mon corps, éveillant à nouveau chaque parcelle de ma peau à la vie. À l'intérieur, c'est le feu, à l'extérieur, je suis assoiffé. Assoiffé d'elle, de sa langue, de son cou, de ses épaules… J'embrasse tout ce qui s'approche de ma bouche, je goûte, je lèche, je mords, je dévore. J'en veux plus. J'ai besoin de plus.

Ses mains se fondent dans mes cheveux, elles caressent, elles griffent, puis descendent dans mon dos pour se perdre sur le tissu du short qui la sépare de mes fesses.

Tout va vite. Si vite que je n'ai même pas conscience de la porter pour la plaquer contre le mur. D'un coup d'œil rapide, je m'assure que la porte est bien fermée pour nous offrir cette intimité dont nous avons tant besoin. Elle et moi, seuls au monde. Elle et moi contre le reste du monde.

Alors que nos bouches se cherchent à nouveau pour ne plus se séparer, je m'empare de sa langue pour nous emmêler. Les yeux dans les yeux, je la sens sourire contre mes lèvres. Un sourire qui efface trois années de peine et de doutes.

Sa main, vorace, descend le long de mon torse pour venir se cacher dans mon sous-vêtement. Elle me sourit encore, elle ne cesse de sourire.

Toute cette vigueur que je pensais ne plus jamais connaître, renaît avec Zia. Elle est ma kryptonite, l'unique élément dont j'avais besoin pour redevenir moi.

Poussé par cette force qu'elle me procure, je la soulève jusqu'au lit avant de la rejoindre avec empressement.

Aussi pressée que moi, Zia se déshabille à la hâte, offrant à mes yeux le plus beau corps du monde. Avec cette habitude qu'elle a de ne jamais porter de soutien-gorge, je me réjouis de tomber nez à nez avec cette poitrine qui m'a tant fait fantasmer pendant tous ces mois d'abstinence. Avec la même rapidité, elle dégage le bas de sa robe sur ses cuisses, pour la faire glisser le long de ses jambes, dans un mouvement provocant qui me met l'eau à la bouche.

La gorge nouée, je prends le risque de plonger une nouvelle fois mes yeux dans les siens, mais ils sont vite attirés par ses lèvres qui me mettent en transe.

— Prends-moi, Cam, murmure-t-elle en fixant la roue sur la jetée qui orne mes côtes. Prends-moi et ne me relâche plus jamais !

Cette fois, je la regarde, ces foutues larmes sont revenues assombrir son regard. J'ai envie de tout arrêter. J'ai envie de la serrer fort contre moi pour lui dire à quel point je regrette de ne pas l'avoir écoutée ce soir-là, à quel point je l'aime, et à quel point je ferais tout pour qu'elle n'ait plus jamais mal. Je voudrais la protéger, la chérir, l'aimer jusqu'à mon dernier souffle, mais elle en a décidé autrement.

Alors que je m'apprête à m'allonger près d'elle pour la prendre dans mes bras et calmer cette tempête qui risque de nous faire chavirer tous les deux, elle me repousse sur le lit, baisse short et boxer dans un geste prompt, et s'abat sur moi comme le ferait un animal sur sa proie. Sans protection, sans préavis, elle me plonge dans ses abysses, elle m'absorbe tout entier pour se remplir de mon corps.

Si mon cœur a souffert ces dernières années, il n'y a rien de comparable avec ce qu'elle a vécu. Elle est en colère, elle a mal. Tout dans ses mouvements transpire la souffrance qu'elle a endurée. Ses coups de bassin, sa façon de crisper ses doigts sur les draps, sa tête rejetée en arrière, les râles qu'elle émet à chaque assaut. Pour la première fois de ma vie, je me fais baiser par une femme, et cette femme est juste en train de me faire payer pour ce qu'elle a vécu sans moi.

Paniqué à l'idée que je puisse la perdre à nouveau après ça, je la retourne d'un geste vif pour me retrouver au-dessus d'elle. Oui, elle a le droit d'être en colère. Oui, elle a le droit de me détester pour tout ce que je lui ai infligé. Mais moi, je veux lui montrer comme je l'aime. Elle doit savoir que mes sentiments n'ont jamais changé, que le Cam d'hier est toujours le même aujourd'hui, en plus amoché.

Ralentissant la cadence effrénée qu'elle m'a imposée une seconde plus tôt, je reprends possession de son corps à mon rythme.

Allongé sur elle de tout mon poids, j'impose une nouvelle danse. Plus sensuel, plus tendre, chacun de mes gestes, chacun de mes regards a pour but de lui prouver qu'il n'y a qu'elle. Qu'il n'y a jamais eu qu'elle.

Tandis qu'elle se fait plus douce, elle fixe son regard noisette dans le mien, et je la retrouve enfin. Ma Zia.

Comme si on ne s'était jamais quittés, on retrouve notre tempo, celui qui nous transporte tous les deux. Si bien qu'il ne me faut qu'une poignée de minutes pour avoir envie de tout lui donner. Par respect pour elle, par amour même, je me concentre sur son plaisir à elle. Cramponné aux draps, je puise dans mes dernières forces pour la faire parvenir à l'orgasme. La tête en arrière, les doigts ancrés dans mes hanches, je la sens se contracter autour de moi pour m'offrir ce feu vert tant attendu, celui de la délivrance.

Trois ans d'abstinence plus tard, je me laisse tomber sur le matelas moelleux comme je l'ai fait le matin de mon arrestation. Comme si l'histoire se répétait, même si les enjeux ont radicalement changé, elle se niche au creux de mes bras pour y trouver le calme et le réconfort dont elle a besoin. Embrassant mon téton en souriant contre ma peau, elle finit par laisser ses doigts courir contre ma cicatrice.

La sensation de sa paume sur cette partie si sensible de mon corps m'apaise instantanément. J'ai trouvé mon antidouleur, moi qui l'ai attendu si longtemps.

— Qu'est-ce qui s'est passé ? murmure-t-elle avec une gravité dans la voix que je ne lui connaissais pas.

Perturbé par la lumière au plafond qui nous aveugle, j'appuie sur l'interrupteur pour nous plonger dans la nuit. Les fenêtres de l'alcôve sont ouvertes, et un air frais vient nous caresser la peau avec délice. Ce moment ne pourrait pas être plus parfait si on pouvait mettre de côté le fait que je vais plomber l'ambiance avec cette histoire de merde.

— Est-ce que tu as faim ? demandé-je pour changer de sujet. La pizza doit être froide maintenant. Je peux nous la réchauffer.

Malgré la légèreté que je mets dans mes propos, Zia ne rigole pas avec moi. Mon rire gêné ne trompe personne. Même pas moi !

Doucement, elle se hisse jusqu'à ma joue pour me forcer à la regarder. Dans la pénombre, juste éclairée par le reflet de la lune au loin, je la trouve plus belle que jamais. Et cette fois, c'est à mon tour de sentir les larmes embuer ma vue.

— Tu n'es pas obligé de me le dire si c'est trop dur, reprend-elle avec cette tendresse qui lui est propre. Je ne sais pas ce que tu as vécu là-bas, Cam. J'aurais voulu pouvoir t'aider à traverser tout ça…

Ses mots sonnent comme des reproches. Des reproches bien mérités. Mais si on veut pouvoir aller de l'avant, il faut arracher ce pansement sur la plaie, sinon nos cœurs ne pourront jamais cicatriser.

— Je suis tellement désolé, Zia. Si tu savais comme je regrette de ne pas être venu à ce putain de parloir. J'ai eu besoin de toi à chaque seconde que j'ai passé derrière ces putains de barreaux, mais j'avais si peur de te faire du mal en t'emportant avec moi dans cette spirale… Je ne pouvais pas te faire subir ça, je n'en avais pas le droit !

La gorge sèche, je m'arrête de parler, car les mots restent coincés dans mes entrailles. Je sais que je devrais les laisser sortir comme j'aurais dû le faire avec mes parents, mais j'ai peur pour moi cette fois. Une trouille viscérale qui me prend les tripes et qui me dit que je vais souffrir encore si j'en dis plus.

— Tu n'aurais pas dû choisir pour moi, Cameron, on n'est pas dans ton livre ! J'ai su dans quoi je m'embarquais à la seconde où j'ai découvert ce que tu cachais dans ta table de nuit ! grogne-t-elle en se redressant pour me toiser de haut. Je préférais prendre le risque de te suivre plutôt que de prendre celui de perdre, mais toi, tu ne m'as pas laissé le choix !

Sans que je m'y sois préparé, Zia me frappe le torse avec vigueur. Non pas un, mais plusieurs coups successifs que je suis obligé de calmer par mes bras en guise de camisole de force.

— Tu m'as laissée tomber, geint-elle sur ma clavicule. Tu m'as laissée tomber, et tu m'as brisée en mille morceaux, putain ! Comment je devais faire, moi, pour reconstruire le puzzle ? crie-t-elle contre ma peau. Comment je devais faire sans toi ?

— Dis-moi ce que je dois faire, Zia. Dis-moi ce que tu attends de moi aujourd'hui ! dis-je en la serrant plus fort alors que ses larmes se mêlent à sa salive pour couler sur mon torse. Je ferai tout ce que tu veux. Dis-moi ce que tu veux et je le ferai…

Dans le même état qu'elle, je sens mes larmes couler sur mes joues sans que je puisse faire quoi que ce soit pour les arrêter. Ouvrir son cœur, c'est prendre le risque de ne plus pouvoir stopper ce qui doit en sortir, et c'est exactement le moment que nous vivons. Les plaies sont à vif, les cœurs sont sur le point de s'arrêter de battre, mais l'espoir et l'amour sont toujours là. Il ne reste plus qu'à croiser les doigts pour que ce soit suffisant pour tout réparer.

23
ZIA

— Je ne sais pas ce que je veux, Cameron… C'est tellement confus dans ma tête depuis que j'ai appris pour ta sortie ! lui dis-je en me relevant pour m'approcher de la fenêtre ouverte. Même si c'était involontaire, t'as foutu un gros bordel dans ma vie, il y a trois ans. J'ai eu des bas, beaucoup de bas, mais j'ai fini par m'en sortir. Et voilà que ça recommence… Avec toi, je suis tout le temps perdue.

Toujours assis sur le bord du lit, il fixe le sol avec inquiétude. Je ne sais pas si c'est par gêne, par honte ou par peine, mais le voir dans cet état me retourne l'estomac. Je voudrais le serrer dans mes bras, lui promettre de tout reprendre à zéro pour qu'on s'en sorte ensemble. Mais quelle personne serais-je si je recommençais une histoire sans en avoir clôturé une autre ?

Retrouver Cam, ça veut aussi dire tromper Neil. J'aurais déjà dû attendre de mettre un terme à cette histoire sans avenir, mais putain ce que c'était bon ! C'est comme si toutes mes sensations charnelles avaient été mises en sommeil en attendant le retour divin. Là où Neil a échoué neuf fois sur dix, Cameron n'a eu besoin que d'une seule tentative pour me faire atteindre l'extase. Avec une telle alchimie sous les yeux, comment pourrais-je encore me voiler la face ? Il est fait pour moi. Corps et esprit, il est mon âme-sœur et l'a toujours été. Personne ne peut lutter contre une telle évidence, pas même la gentillesse et la dévotion de Neil.

Alors que je me penche à la fenêtre pour scruter la mer calme au loin, je sens son corps se coller au mien. Nus et démunis face à l'immensité de l'océan, je repense à ce dessin qui orne désormais son corps. Cette grande roue qui surplombe le *Brighton Palace Pier*, cette femme, debout sur le sable, les yeux rivés sur l'infini… Ce tatouage, c'est nous, c'est notre histoire. Pourquoi l'avoir encré dans sa peau à part pour cacher cette blessure sortie de nulle part ?

— J'imagine que tu as fait ce tatouage pour dissimuler la cicatrice, lancé-je sans le regarder. Dis-moi comment tu as fait pour te retrouver avec ça !

Dans la quiétude de la nuit, Cameron s'accoude au rebord de la fenêtre sans un mot. À la fois proche de moi physiquement, mais si loin dans ses pensées, je profite de son silence pour passer à nouveau mon doigt sur la zone noircie par l'encre. Le relief de la blessure glisse sous la pulpe de mon index, et depuis ses côtes jusqu'à sa taille, je dessine le chemin qui serpente son flanc tandis qu'il tressaille centimètre après centimètre.

Au bout de longues secondes d'attente, il enfouit son visage entre ses mains pour se cacher de moi. Cette pudeur m'émeut autant qu'elle m'énerve, il n'a pas à avoir honte de quoi que ce soit, encore moins avec moi.

— Hey…, lâché-je du bout des lèvres en me tournant vers lui pour ôter ses mains. Tu peux tout me dire, Cam. Je suis là pour toi maintenant !

Éclairés par les étoiles, j'ai l'impression de faire un bond dans le temps. Un bond qui me ramène trois ans en arrière quand il m'a emmenée ici pour la première fois. Comme ce soir-là, il était en proie à ses démons, comme ce soir-là, il était rempli de doutes et d'hésitation, mais comme ce soir-là, à la lueur de la lune, nous avons fait l'amour et j'ai su qu'il serait spécial pour moi. Rien n'a changé, les sentiments restent les mêmes, la retenue est identique, et l'amour est toujours là. Décuplé, profond, infini… Juste un peu plus abîmé.

— Je ne crois pas que tu puisses supporter ça, Zia…, annonce-t-il en posant son front contre mon front avant de plonger ses iris d'ébène dans les miens.

La tendresse qui émane de sa voix me rassure. Il a peur pour moi, il veut me protéger, sauf que moi, je veux pouvoir l'aider à oublier. Je veux être là pour lui.

— J'ai appris à être forte, Cameron. Arrête de décider pour moi ! lancé-je presque fâchée de voir à quel point l'histoire se répète.

— OK… Mais ne m'interromps pas s'il te plaît. Si je commence, je dois tout te dire d'une traite ou je ne suis pas certain de pouvoir finir.

Cette mise en garde me hérisse le poil. Le sérieux de son intonation, sa façon de presser mon visage entre ses mains, son corps tendu par le stress. Il a peut-être raison de vouloir me protéger, je ne suis pas si forte que ça.

Malgré la peur qui me ronge, j'acquiesce, puis le laisse commencer son récit :

— Ce jour-là restera gravé dans ma tête à tout jamais. J'étais avec Éli, un nouveau surveillant, je venais d'apprendre la mort de Nana, j'étais bouleversé. Il m'a conduit à l'infirmerie, et en sortant, un comité d'accueil nous attendait. On s'est fait chopper dans un coin par quatre gros caïds de la prison. Parmi eux, il y avait Cliff, un mec qui me tournait autour depuis quelque temps. Il m'avait prévenu qu'il m'attraperait à un moment où à un autre, alors je ne sortais jamais seul, j'étais toujours accompagné. Sauf que ce jour-là, l'infirmier m'a filé des cachetons pour apaiser le choc. Cet enfoiré de Cliff a profité de ma faiblesse pour essayer de me violer, lance-t-il alors que le mot résonne en boucle dans ma tête au moment où l'image se fixe dans mon subconscient. Je me suis battu comme j'ai pu, je lui ai donné des coups pour qu'il ne parvienne pas à ses fins, et voyant que j'avais le dessus, il a sorti une lame qu'il m'a plantée là, m'explique-t-il en prenant ma main pour la poser sur la cicatrice pendant que des larmes ruissellent sur mes joues. Il a enfoncé le couteau au plus profond avant de le remonter autant qu'il a pu. La douleur a été si violente que je me suis évanoui. Je me souviens juste de m'être réveillé à l'hôpital de la prison, avec Éli pour compagnon d'infortune. Il m'a sauvé la vie. Sans lui, j'aurais pu me vider de mon sang dans ce couloir désert. Sans lui, je ne serais plus là pour te prendre dans mes bras aujourd'hui.

Joignant le geste à la parole, il m'attire à lui, me serre fort, si fort que je peine à respirer. Mais qu'importe, je pourrais perdre connaissance mille fois juste pour rester une seconde de plus dans ses bras.

Un baiser sur la tempe me ramène sur terre, loin de cette violence, loin de ce cauchemar. Un baiser sur le front, un autre sur le bout du nez, pour finir par attraper mes lèvres qui n'appartiennent qu'à lui.

Cameron avait déjà assez morflé par le passé, il ne méritait pas ça. Il mérite d'être heureux, d'être aimé, il mérite une seconde chance, il mérite que je fasse tout mon possible pour le réparer.

***

Une douce brise caresse mon pied pour remonter le long de ma jambe. Perdue au milieu des draps à l'odeur que je connais par cœur, je m'étire comme un nourrisson après une nuit de sommeil réparateur. Tournant la tête vers le mur pour apercevoir le réveil, je suis rassurée de constater qu'il n'est que six heures du matin. Contente d'avoir quelques heures de sommeil supplémentaires devant moi, j'attrape mon oreiller, le cale sur l'autre côté avant d'effectuer un demi-tour pour me retrouver face à face avec lui.

D'un seul coup, tout me revient en tête. La nuit que l'on vient de passer, les quatre ou cinq fois où on a fait l'amour, les confidences, les orgasmes, les pleurs… Trop d'émotions qui m'ont conduite à m'endormir dans ses bras, lessivée.

En le voyant somnoler aussi profondément, je n'ai pas le cœur à le réveiller. Il a l'air si serein. Ses traits sont moins crispés, son visage a retrouvé cette douceur que j'aime tant chez lui. Troubler ce sommeil paisible est au-dessus de mes forces.

Doucement, je dépose un baiser sur ses lèvres entrouvertes avant de me lever sans faire de bruit. Rassemblant mes affaires éparpillées au pied du lit, j'enfile ma robe à la hâte avant de prendre un morceau de papier sur le bureau.

Rendez-vous dimanche soir sur la plage.
On pourra parler de ton livre, et bien plus encore…

Lui laisser ce message me fend le cœur. Je voudrais rester ici pour le voir se réveiller, je voudrais décrypter son sourire quand il m'apercevra auprès de lui. Mais si je reste, si je vois ses yeux s'éclairer en me sachant toujours là, alors je ne pourrai plus partir, ce sera au-dessus de mes forces de le laisser encore.

Avant dimanche, je dois avoir une discussion avec Neil, lui expliquer qu'il ne pourra jamais être l'homme de ma vie, malgré toutes les qualités qu'il possède. Je sais qu'il va être anéanti, mais après cette nuit, je ne pourrai plus faire semblant. Plus jamais.

Après un dernier coup d'œil sur celui qui fait battre mon cœur, je referme la porte sans un bruit.

Dans les escaliers, mon esprit est pris entre deux feux. D'un côté, j'ai cet homme avec qui je rêve de faire ma vie, celui avec qui je veux me réveiller tous les matins, celui avec qui je veux faire l'amour chaque nuit. Et de l'autre, j'ai ce barman au grand cœur. Celui qui m'a ramassée à la petite cuillère, qui a tenté de recoller chaque morceau malgré la complexité de la tâche, celui qui se voit vieillir près de moi alors que pas une fois je ne me suis imaginée faire ma vie à ses côtés.

Plus la balance penche, plus mon cœur se remplit de culpabilité. Devoir annoncer notre rupture à Neil me rend malade, mais devoir être loin de Cam encore plus, alors même si ça m'angoisse, je dois prendre la bonne décision et affronter mon avenir.

Arrivée sur le trottoir qui longe la mer, je prends une seconde pour admirer ce décor qui s'illumine sous mes yeux. Il me paraît différent. Plus beau, plus lumineux, plus attirant. Les yeux pleins d'étincelles, je me rends compte que je ne voyais plus rien, tout avait disparu avec Cam. Ma joie de vivre, l'avenir, l'amour, la beauté du paysage… Il a fallu son retour pour virer les œillères qui m'ont obscurci la vue pendant tout ce temps. La vie mérite d'être vécue, elle est devant nous.

Euphorique, je longe la promenade pour retrouver ma voiture à une centaine de mètres de là. Le cœur léger, les bras ballants, je repense à sa bouche qui m'embrasse, à ses doigts qui me caressent, à son corps contre le mien, à son souffle dans mon cou. Je suis si heureuse que j'en oublie presque le monde qui m'entoure.

La vibration dans mon sac me rappelle à l'ordre. Cam a dû se rendre compte de mon départ précipité, mais je n'ai plus le temps de faire demi-tour.

Quand je regarde le nom s'afficher sur l'écran, mon cœur s'emballe, ma gorge se noue. Neil.

Au moment où je décroche, je sens déjà la peine dans son souffle. Le salut qu'il prononce me file la chair de poule. Il sait tout, c'est évident.

— Tu es où, ma beauté ? Je me suis fait du souci toute la nuit ! Tu aurais pu m'appeler !

Surprise que la conversation ne parte pas dans les aigus, je m'arrête une seconde afin de m'asseoir sur le banc juste à côté de moi.

Que dois-je lui répondre ? Lui dire un mensonge, lui sortir la vérité ? Il ne mérite pas d'être confronté à cette réalité tout de suite. Il mérite plus d'attention.

— Je… C'est vrai, j'aurais dû le faire ! bégayé-je alors qu'il me coupe la parole avant d'avoir plus d'explications.

— Heureusement que ton frère m'a dit que tu étais chez tes parents ! Sur le coup, je n'y ai pas cru étant donné la situation, mais avec du recul, j'ai compris que tu avais enfin fait le premier pas avec eux. Je suis fier de toi, Zia.

La tournure de la conversation me laisse perplexe. Comment Sloan a-t-il eu la présence d'esprit d'inventer un tel bobard pour me sauver les fesses ?

— Mer… Merci, balbutié-je maladroitement alors que j'ai l'impression que mon nez s'allonge comme celui du pantin de bois.

— J'imagine que tu vas passer la journée avec ta mère ? Vous devez avoir du temps à rattraper ! me questionne-t-il alors que je regarde partout autour de moi pour m'assurer qu'il n'est pas là quelque part à m'espionner.

— Effectivement, on a pas mal de choses à se dire. Ça ne te dérange pas si je reste avec elle ?

— Tant que tu rentres ce soir, ça me va ! Je te prépare un bon petit plat comme tu les aimes, ça te convient ?

Neil est du genre prévenant d'habitude. Aux petits soins, toujours à l'écoute, il est un homme attentionné, presque digne d'un conte de fées. Mais sa manière de me parler aujourd'hui me gêne. J'ai l'impression qu'il en fait trop, qu'il se doute de ce que j'ai fait cette nuit, et qu'il fait l'autruche alors qu'au fond, il est dévasté. Peut-être que je fais fausse route, car je culpabilise, ou parce que j'ai la sensation d'avoir le mot infidèle écrit en noir sur le front…

Un dîner, c'est le mieux pour amener ma décision en douceur. Ce soir nous parlerons, et demain, je m'en irai. On se quittera bons amis, car il est un homme intelligent. Il sait que ça nous dépasse.

— OK, on fait comme ça, dis-je en tentant de maîtriser le vacillement de ma voix.

— Parfait ! On se retrouve autour d'un dîner comme ça on pourra prendre le temps de parler. Je crois qu'on en a besoin.

On en a besoin ? Cette fois, c'est sûr, il est au courant, sinon pourquoi me dirait-il ça ?

Alors qu'il raccroche en me laissant cette épée de Damoclès au-dessus de la tête, je ne peux m'empêcher de repenser à Cameron, nu dans les draps aux senteurs d'amande. Si j'étais une vilaine fille, je rebrousserais chemin pour le rejoindre dans le lit et me prélasser à ses côtés jusqu'à ce que le soir arrive. J'en crève d'envie, je ne désire que ça… Pour autant, je me résonne en reprenant ma route jusqu'à la voiture. Ma mère sera sûrement heureuse de passer la journée avec moi. Après tout, Neil a raison, j'ai du temps à rattraper avec elle aussi.

24
ZIA

Vendredi 7 juillet

La journée a filé à une allure de dingue. Surprise de me voir revenir ce matin, ma mère m'a embarquée dans une virée shopping spécial « rattrapage de trois ans de fringues manquées ». Ce qui a bien marché d'ailleurs, le coffre est rempli de sacs que je n'ai même pas la force de sortir.

J'ai profité de ces instants volés pour lui raconter que j'ai passé la nuit avec Cameron, et que ce soir, je m'apprête à quitter Neil.

Elle n'a émis aucun jugement sur la chronologie des événements, qui, j'en ai bien conscience, auraient dû se passer dans le sens inverse. Elle a compris que je culpabilisais déjà assez comme ça, et avec sa douceur de mère, elle m'a rassurée en m'expliquant que parfois la vie ne se déroule pas comme on l'avait prévue. Il arrive souvent qu'on prenne des chemins détournés, des voies à sens unique, des raccourcis ou des « raccourlongs »[31]… Mais qu'au final, on arrive toujours exactement là où on doit se rendre.

Dans mon cas, Cameron est mon point de chute, ma terre promise. Pour parvenir jusqu'à lui, il m'a fallu affronter des sens interdits (le vol), des voies sans issue (la prison), des routes en travaux (ma chute dans les abysses) et même des hors-pistes (Neil), mais cette fois-ci, la route est enfin dégagée, et je sens que le trajet va enfin pouvoir se poursuivre sans encombre !

Quoi qu'il en soit, ces métaphores routières n'enlèvent rien au fait que je suis en train de me garer sur mon futur ex-parking, que j'ai l'estomac noué et que mes doigts n'arrivent pas à se stabiliser tant ils tremblent.

Accoudé à la rambarde du balcon, Neil me fait signe quand il me voit sortir de la voiture. Il me sourit, pourtant, ses épaules basses et ses mains agrippées à la ferraille le trahissent. Je le connais, il est capable de jouer la comédie juste pour me faire croire qu'il va bien, mais je suis certaine qu'il est aussi stressé que moi.

Prenant mon temps pour remonter, mais surtout pour retarder l'échéance, je relis le texto que Cam m'a envoyé une demi-heure plus tôt :

---

[31] Raccourlong : route qu'on imagine être un raccourci, mais qui s'avère être plus longue que le chemin d'origine.

SMS de 'Cam' pour Zia, 19 h 26 :

[Je sais que je dois être patient, et que dimanche sera vite là, mais je ne sais déjà plus comment faire pour dormir sans toi ! Si tu ne trouves pas le sommeil, tu peux toujours me rejoindre, ma porte restera ouverte. Juste au cas ou…]

Agissant comme un leitmotiv pour tourner cette page qui devient de plus en plus pesante, je respire un grand coup avant d'ouvrir la porte.

L'odeur qui s'insinue dans mes narines, à peine le seuil passé, me met l'eau à la bouche. Il faut dire qu'une virée shopping avec ma mère se résume souvent à un parcours du combattant dans les magasins : pas de pause déjeuner, à peine le temps de boire un coup ou d'aller aux petits coins. Aussi, sentir les effluves de ce qui me semble être ce plat à base de coco, de riz et de gambas qu'il m'a déjà concocté une fois, réveille mon appétit malgré la boule qui pèse sur mon estomac.

— J'espère que tu as faim, ma beauté ! lance-t-il depuis la cuisine. J'ai cuisiné pour un régiment.

Tandis que j'ôte mes chaussures dans l'entrée, il apparaît près de moi, uniquement vêtu d'un tablier. Un coude posé contre le mur, l'autre en appui sur la hanche, Neil bombe le torse comme un super-héros en représentation. En temps normal, j'aurais pu me mettre à rire devant une scène aussi ridicule. L'humour de Neil représente une grosse partie de son charme. Il a beau savoir qu'il est très sexy, il n'en reste pas moins qu'il utilise plus l'autodérision comme arme de séduction que son physique d'Apollon. J'aime cette partie de lui. Cameron n'est pas aussi drôle, il est plus torturé, plus mystérieux, moins accessible. Il faut croire que nous sommes complexes, nous les gonzesses, on préfère se prendre la tête avec ce genre de spécimen bancal plutôt que de céder à la facilité…

Toujours est-il que ce genre de plan « cul-nu sous tablier » ne m'a jamais trop excitée. Ce soir encore pire que les autres jours, je me redresse en déposant un simple baiser sur sa joue avant de le dépasser pour aller m'asseoir sur le canapé.

— J'ai mes règles, l'informé-je pour couper court à ce fantasme qui me laisse de marbre.

— Tes règles ? Tu ne les avais pas il y a deux semaines déjà ? s'inquiète-t-il en venant se poser près de moi, les burnes collées au canapé en cuir.

— Et ? lancé-je plus directive que je ne le veux. Ça arrive parfois ! Le stress, la fatigue… La femme n'est pas montée comme une horloge suisse, il arrive au corps féminin de dérailler de temps en temps !

Surpris par ma réponse sèche et catégorique, Neil se penche vers moi pour m'embrasser, mais j'esquive son baiser en lui offrant uniquement ma joue. C'est assez con à avouer, mais si je le laissais me toucher ou m'embrasser, j'aurais l'impression de tromper Cameron. Et ça, je ne me le permettrais jamais.

— Je comprends ton stress, ma beauté, annonce-t-il contre toute attente. Revoir…, commence-t-il avant de marquer une pause qui me laisse sans voix, tes parents après une si longue dispute, ça doit être une épreuve difficile. Je vais aller me rhabiller, et on passera à table pour que tu me racontes tout ça ! J'ai hâte de savoir ce qui t'a poussé à aller les voir…

À mon tour d'être surprise par sa réponse. Le mec se fait remballer, pourtant il reste avenant et patient. Pire encore, il feint la décontraction pour me déconcerter. Il sait, ça ne peut pas être autrement ! Car s'il n'est pas en train de jouer double jeu avec moi, je viens peut-être de découvrir le premier vrai défaut de Neil : il s'échappe, il fuit la réalité.

Trop attirée par les effluves qui me chatouillent le nez, je profite de son absence pour me rendre en cuisine.

Bingo ! Le plat est bien celui auquel j'avais pensé. Affamée, je plonge la spatule en bois dans la marmite qui mijote encore à feu doux afin d'en sortir une grosse cuillerée. Je sais que ça ne se fait pas, mais j'ai si faim que je pourrais gober l'intégralité de la cocotte en fonte. Deux cuillères, puis trois, j'ingère la nourriture comme je le faisais pendant ma phase de boulimie. Je n'apprécie pas le plat en lui-même, je me contente de me remplir pour calmer les battements de mon cœur.

Comme pendant cette difficile période de ma vie, je me jette sur la bouffe pour apaiser le stress qui me ronge. Cette fois, ce n'est pas Cameron qui me met dans cet état, mais bel et bien celui qui m'en avait sorti.

Quand ses pas résonnent dans le couloir, je repose la cuillère avec hâte, essuyant au passage les commissures de mes lèvres pour qu'il ne se doute de rien. Proche du feu, je fais semblant de remuer le plat alors qu'il me regarde faire avec un sourire enjôleur.

— Si tu savais comme j'aime t'admirer quand tu cuisines !

— Tu ne m'as pas admirée souvent alors, je lui réponds du tac au tac. Les fois où j'ai cuisiné pour toi doivent se compter sur les doigts d'une main.

— Et alors ? Ce n'est pas le nombre de fois qui compte, c'est tout l'amour que tu y mets !

Gênée par cette remarque qui ressemble plus à un sous-entendu qu'à un véritable compliment, je lâche la cuillère dans le plat avant de changer de stratégie. Si lui a décidé de la jouer mielleux, moi, je vais être exécrable. Après tout, j'ai le droit, j'ai mes règles.

— Bon alors, on bouffe-là ? J'aimerais bien aller me coucher. Je suis claquée.

Les yeux ronds comme des calots, Neil n'est pas juste étonné par ma façon de répondre, il l'est aussi par ma brusquerie. Jamais, jusqu'à présent, je ne m'étais adressée à lui de la sorte.

— Euh… OK. C'est prêt de toute façon !

Alors que nous mangeons dans un silence de mort, je ne fais aucun compliment sur ce plat qu'il a réussi à la perfection. Malgré les saveurs qui ravissent mes papilles, j'avale tout rond, je ne prends même pas la peine de mâcher.

Scotché par mes manières plus que mauvaises, Neil me fixe de ses yeux azur avec un regard de chien battu qui me fend le cœur.

Oui, je veux tourner la page sur notre histoire, mais non, je ne veux pas le faire souffrir. Sauf que je dois me rendre à l'évidence ! Si cette rupture est nécessaire pour que je puisse enfin retrouver celui que j'ai toujours aimé, pour Neil, ça va être une grande claque. Retarder l'échéance n'arrangera rien, au contraire, ça ne fera que creuser le fossé en rendant le pas de plus en plus difficile à faire.

— Tu as une faim de loup ce soir ! me coupe-t-il dans mes pensées.

La bouche pleine, je le regarde avec la ferme intention de lui dire toute la vérité. Mais ses yeux plus sombres que d'habitude, plus abattus aussi, me poussent vers une culpabilité dévorante.

— Che crois qu'il faut qu'on che parle…

Le riz amassé dans ma bouche forme une boule si compacte que je n'arrive plus à prononcer comme il faut. Je enfin amorcé la conversation, sauf qu'à voir sa tête, il n'a rien compris à ce que je lui ai dit.

Péniblement, je mâche la délicieuse mixture qui se transforme doucement en pâtée informe pour la faire glisser dans ma gorge. Quand je déglutis enfin, j'ai l'impression d'avoir couru un semi-marathon tant l'effort a été intense.

Me cacher derrière de fausses excuses ne m'apportera rien, je dois me conduire en adulte, et le temps est venu de le faire.

— J'ai dit : je crois qu'il…

Ne me laissant pas le temps de finir ma phrase, il s'empare de mon assiette en m'indiquant qu'il est l'heure de passer au dessert avant de faire le tour de la table pour me coller un baiser goût coco sur les lèvres.

Et merde ! À quoi il joue, bordel ? M'empêcher de parler ne changera pas la donne. Il faudra qu'il entende ce que j'ai à lui dire d'une manière ou d'une autre.

Une minute plus tard, le voilà revenu avec un banana bread et un pot de crème anglaise. L'enfoiré ! Il avait prévu son coup ou quoi ?

— Tu sais, ma puce, annonce-t-il en se rasseyant face à moi avec ce sourire charmeur qui m'a toujours fait craquer chez lui, je dois t'avouer quelque chose…

Surprise par la tournure de la conversation, je le laisse me servir une copieuse assiette de ce dessert qui me tend les bras en restant muette. Je ne sais pas ce qu'il a à m'avouer, mais ce qui est certain, c'est qu'il est en train de m'acheter à coup de nourriture. Il connaît mes points faibles depuis l'arrestation de Cam, et ce qui ne devrait plus m'atteindre aujourd'hui, continue de fonctionner, car il est en train de me prendre par les sentiments.

— Tu sais, reprend-il en s'asseyant pour me fixer, je suis un pauvre con avec toi. J'ai essayé de faire abstraction de la sortie de Cameron en me disant que maintenant on était ensemble, et que rien ne pourrait nous atteindre, mais je sens bien que tu es perturbée ces derniers jours. Revoir tes parents, savoir qu'il est libre et que tu peux tomber sur lui à n'importe quel moment… lance-t-il alors que je repense à la bouche de Cam sur mes seins.

Tomber sur lui est un faible mot. Je voudrais lui tomber dessus, encore et encore. Sur la plage, dans l'appart, dans la voiture… N'importe où pourvu que la chute soit toujours aussi divine.

Penser à nos ébats de la veille me file la chair de poule. Neil est en train de livrer son ressenti sur la situation, et moi, je ne pense qu'à revivre un nouvel orgasme dans les bras de celui qui réchauffe mon entre-jambes comme personne ne l'a jamais fait.

— … je crois que ça te perturbe plus que je ne l'aurais imaginé, continue-t-il en léchant sa cuillère d'une manière suggestive qui me coupe l'appétit. Je voulais m'excuser, Zia. Je n'ai pas pris le temps de savoir comment tu vivais tout ça. Et je ne l'ai pas fait parce que j'ai terriblement peur de te perdre…, annonce-t-il comme s'il laissait une massue me tomber sur la tête.

Alors qu'il repose sa cuillère sur la table pour enfouir son visage entre ses mains, je vois l'homme qui m'a tenu la tête hors de l'eau à bout de bras s'effondrer sous mes yeux. Le corps secoué par des sanglots qui me nouent la gorge, je ne sais plus quoi faire. Je ne peux rester avec lui juste parce qu'il me fait de la peine, mais en même temps, Neil ne mérite pas ça. Faire semblant une nuit de plus… Je ne crois pas que ce soit la solution, pourtant, coupable, faible et lâche, je fais le tour de la table pour le prendre dans mes bras. Ce soir, je dormirai encore avec Neil, mais demain, ce sera la fin.

25
CAMERON

Dimanche 9 juillet

Les yeux fixés sur le plafond depuis deux bonnes heures, je garde la main sur mon portable au cas où il se mettrait à vibrer. Depuis vendredi soir, les minutes se résument à attendre des nouvelles de Zia étant donné qu'elle n'a pas répondu à mon dernier message, celui où je laissais ma porte ouverte pour qu'elle vienne me retrouver.

Je ne sais pas ce que je dois penser de son silence. Bien qu'elle soit toujours avec Neil, je pensais qu'après la nuit que l'on a passée tous les deux, tout allait changer pour nous. J'ai vraiment eu le sentiment de la retrouver comme la toute première fois. Comment pourrais-je me résigner à croire que c'était en fait la dernière fois ?

De rage, j'empoigne le téléphone d'une main ferme pour le jeter contre le mur. Les larmes aux yeux, je m'assieds sur le lit pour me prendre la tête entre les mains. Les ongles plantés dans mon crâne, je serre les dents pour ne pas m'effondrer. C'est pourtant très clair. Elle avait besoin de tourner la page sur nous, et cette nuit était son remède pour y parvenir.

Mon cœur tambourine si fort dans ma poitrine que j'en suis presque à souhaiter qu'il s'agit d'une putain de crise cardiaque. J'imagine déjà les gros titres : « Mort d'amour, le jeune écrivain ne pourra jamais finir son histoire ». Une pub du tonnerre pour Jess et le roman si prometteur dont elle rêve.

Mes poumons étouffent, mes veines sont prêtes à exploser. Sortir, fuir, ne plus penser. J'attrape le bas de survêtement posé sur mon bureau à la hâte avant de l'enfiler aussi vite que possible. Sans prendre la peine d'enfiler un tee-shirt, ni même de fermer ma porte à clé, je m'élance dans les escaliers, puis me mets à courir comme un robot. Courir, fuir, ne plus penser. Les foulées se succèdent, mais ne sont pas suffisantes pour apaiser la souffrance qui brûle sous ma poitrine. Les secondes, les minutes s'enchaînent pour me faire perdre toute notion du temps. Je cours, encore et encore, sans m'arrêter, sans reprendre mon souffle. Je cours sans but, juste pour oublier un instant qu'elle est avec lui. Je cours pour anesthésier mon corps et mon esprit. Je cours parce que ça fait trop mal. Partir, fuir, ne plus penser.

Au bout de deux heures à peu près, torse nu, transpirant, je ne sais plus si c'est de la sueur qui coule sur mes joues ou si ce sont des larmes. Le même liquide salé, la même brûlure au coin de mes yeux, le même goût dans ma bouche.

D'un coup, je stoppe mes pas pour regarder le décor qui m'entoure. Perdu dans mes pensées, paumé le long de la nationale, dans les plaines qui bordent les limites de la ville, je prends la route dans le sens inverse pour rentrer à l'auberge.

À cause du rythme plus lent, mes pensées les plus sombres ne tardent pas à reprendre possession de mon esprit. Des visions de la bouche de ce type sur ce corps que je vénère me filent la gerbe. C'est si violent que je suis obligé de m'arrêter sur le bas-côté pour vomir le contenu de mon estomac totalement vide.

D'un revers de main, j'essuie la bile restée dans mes commissures en ne sachant quoi faire à présent. Si elle tourne la page, qu'est-ce que je dois faire, moi ?

Quand j'arrive à l'auberge, le front de mer est en pleine ébullition. À moitié à poil au milieu des touristes en maillot, je passe inaperçu. Personne ne sait que je viens de passer quatre heures à repousser mes limites juste pour éviter de penser à cette réalité qui me tue un peu plus à chaque seconde. Ma longue marche ne m'a même pas été salutaire, je n'ai pas réussi à trouver la réponse à cette question qui m'obsède : pourquoi m'avoir donné une chance de la retrouver si c'était pour mieux partir après ? La seule hypothèse que j'aie pu poser, c'est qu'elle a fait ça pour se venger de moi. C'était sa manière à elle de me faire souffrir comme elle a souffert quand j'ai été arrêté… Je ne vois que ça.

Devant la crêperie prise d'assaut, j'essaie de me frayer un chemin pour rentrer chez moi quand la petite voix de Marita m'interpelle :

— Evans ! Tu vois bien que j'ai besoin d'aide, là !

Malgré moi, un rictus forcé fait enfin son apparition sur mon visage. Cette bonne femme aura toujours le don de me faire sourire. C'est un pouvoir magique qu'elle a, une aura spéciale.

Même si je n'ai pas le cœur à me joindre à elle pour le moment, je prends tout de même la direction du comptoir pour lui prêter main-forte.

Arrivé près d'elle, elle me balance un tablier à la tronche en soufflant :

— J'ai pas demandé un gogo danseur, Cameron ! Quoiqu'avec toi ici, je pourrais attirer toutes les minettes de la plage !

Encore une fois, je souris malgré moi. Sacrée Marita !

— Au fait, tu me feras penser à te donner un colis à la fin du service ! Ma vieille mémoire commence à me faire défaut !

— Ta veille mémoire ? Depuis quand es-tu devenue vieille, toi ? demandé-je avant d'embrayer sur cette histoire de colis. Qui t'a donné un colis pour moi ? Zia ?

— Sauf si elle faisait un bon mètre quatre-vingt-dix avec une barbe épaisse et des cheveux blonds, je ne crois pas que c'était elle ! se moque-t-elle de moi en m'envoyant une assiette que je rattrape in extremis. Un coursier, Cameron ! Qui veux-tu que ce soit ?

— Un coursier un dimanche ? J'en doute ! dis-je en sentant le doute m'envahir.

Grand, blond avec de la barbe… Si on oublie ce dernier point qui semble ne pas correspondre, je n'ai qu'un seul mec grand et blond dans mes connaissances, c'est Tyler. Et pour une raison que j'ignore, ce colis ne me dit rien qui vaille.

***

— Je ne sais pas ce qu'il y a là-dedans, mais je trouve ça bien léger ! déclare Marita en s'asseyant en face de moi avant de me tendre le carton. Promets-moi que tu ne trempes dans rien de louche, Cam ! lance-t-elle en le reprenant contre sa poitrine.

— Non, Mama, bien sûr que non ! Qu'est-ce que tu vas imaginer ?

D'une caresse maternelle sur la joue après avoir posé le colis sur la table, elle me regarde de ses yeux remplis d'amour. Peut-être que Marita n'est pas ma mère de sang, pourtant elle tient ce rôle à la perfection depuis un bail. Nous étions déjà proches avant, mais avec ce séjour en prison, j'ai trouvé en elle un vrai pilier dans ma vie. Imaginer qu'elle puisse partir et me laisser derrière elle me crève le cœur, mais qui suis-je pour elle pour lui demander de rester ?

— Attends avant de l'ouvrir, m'ordonne-t-elle en posant ses doigts sur le scotch. On a déjà parlé de la vente de l'auberge, Cameron. Tu sais que Zia voudrait la racheter, mais j'ai peur que son apport ne soit pas suffisant. Les banques sont exigeantes, et même si Ruben lui monte un dossier solide, je ne sais pas si elle aura les reins assez costauds pour supporter un tel emprunt…

— Qu'est-ce que tu attends de moi ? demandé-je en entrevoyant déjà sa requête.

— Je n'ai confiance qu'en vous deux ici, Cameron. Vous êtes les deux seules personnes au monde à aimer cet endroit comme je l'aime… Je veux que tu l'aides. Je ne te parle pas d'argent, Zia a des ressources, elle trouvera la somme, j'en suis certaine. Mais je veux que tu l'épaules dans cette affaire. Je veux qu'elle soit à vous deux.

— Je ne suis pas certain qu'elle veuille me laisser l'aider, Marita. Tu lui as déjà dit tout ça ? Elle t'a répondu quoi ?

— Je n'ai pas encore eu l'occasion de le faire avec tous ces touristes ! râle-t-elle en pointant du doigt la plage farcie de baigneurs blancs comme neige. Et pourquoi penses-tu qu'elle n'accepterait pas ton aide ? Qu'est-ce que tu me caches ? Vous vous êtes revus depuis l'autre soir ?

Ne voulant pas la contrarier avec mes doutes, je balaie ses peurs en lui promettant d'essayer d'aider Zia. Après tout, elle a raison, cet endroit, je l'aime, car c'est ma maison. Personne ne me prendra ma maison, je ferai tout ce qu'il faut pour que ça le reste longtemps.

Rassurée par mes promesses, Marita me donne enfin la permission d'ouvrir ce paquet qui m'intrigue.

À l'intérieur du carton, un sachet noir fermé par un cordon me laisse encore dans mes interrogations. Dénouant le lien avec précaution, j'entrouvre le paquet en plissant des yeux pour réaliser ce qui se trouve devant moi.

Tandis que j'étale une grosse liasse de billets et une dizaine de sachets remplis de poudre blanche sur la table, les yeux de Marita passent de l'amour maternel à la rage.

— Cameron ! gronde-t-elle en tapant du plat de la main sur le bois de la table. Tu m'as promis que…

— Je t'arrête tout de suite ! Je ne sais pas ce que c'est que cette merde ! dis-je en repoussant l'argent et la drogue loin de nous. Putain de bordel de merde, c'est quoi cette putain de connerie !

— Arrête de jurer, Cameron Evans ! lance-t-elle en effectuant un signe de croix sur son front. Il y a peut-être un mot dans le sac, t'as regardé ?

Reprenant ses esprits plus vite que moi, Marita s'empare du colis pour en virer le sachet noir. Dessous, épinglée au carton, une feuille blanche noircie par l'encre m'est adressée :

— *Salut vieux pote ! Je ne savais pas comment fêter ta sortie alors je me suis dit qu'un petit colis ferait l'affaire…*, commence-t-elle à lire de son accent incompréhensible avant que je ne lui prenne le papier des mains.

— *Je sais que tu as pris pour nous tous, et que c'est en grande partie de ma faute...*, reprends-je à sa place. *Bon OK, c'est de ma faute, mais que veux-tu ? Vous alliez me la faire à l'envers alors j'ai pris les devants. Quoi qu'il en soit, voici la moitié du butin de ce jour. J'ai beau être un voleur, il n'en reste pas moins que j'ai un code d'honneur. Voici la moitié de l'argent, et la moitié de la drogue que j'ai récupérés ce soir-là. Fais-en bon usage ! Je serais toi, je planquerais la dope ou je la revendrais très vite. Comme tu sais où j'habite, je ne serais pas contre une petite descente de flics dans ton appart histoire de te savoir à nouveau derrière les barreaux. Enfin, tu comprends où je veux en venir... J'aurai toujours un coup d'avance ! PS, si j'étais toi, je m'éloignerais de cette fille et de sa famille. Ils portent la poisse !* Mais c'est quoi ce merdier ? dis-je à voix haute alors que Marita reste muette.

D'un geste vif, elle récupère les sachets posés en vrac entre nous avant de se rendre vers le lavabo de la cuisine. Comme une folle, elle déchire les doses une par une pour laisser leur contenu se répandre dans les canalisations.

Arrivée au dernier sachet, elle relève enfin la tête vers moi, les yeux remplis de larmes, les doigts poudrés de blanc.

— Je suis désolée, mais il est hors de question que tu retournes en prison. Tu entends ? Jamais !

Surpris par cet élan d'amour, je me lève pour la rejoindre et la serrer dans mes bras, fort, très fort, jusqu'à ce qu'elle se laisse enfin aller sur mon épaule.

— Tu as fait ce qu'il fallait ! murmuré-je en guise de soutien.

— Et l'argent ? Il y a combien sur cette table ? s'inquiète-t-elle en détournant son visage vers le tas de billets.

— Je dirais 1 500 £, peut-être 2000. Apparemment, la crêperie a fait une excellente recette aujourd'hui ! De quoi fermer tôt et prendre ta soirée !

D'un geste de la tête, elle approuve la solution avant de me serrer à son tour, puis de s'éloigner pour récupérer la monnaie. Fébrile, elle s'avance vers la table en me tournant le dos pour me cacher ses émotions. Marita est une femme forte, peut-être la femme la plus forte que je connaisse après Nana, mais elle n'est pas infaillible, et elle vient même de me montrer ses limites.

Oui, il n'y a pas à tergiverser sur son rôle dans ma vie, cette femme est bien ma mère de cœur.

26
CAMERON

— C'est quoi cette urgence qui nécessite une réunion de crise au bar ? braille Zach en entrant avec sa fille dans les bras avant de se raviser face au monde qui se trouve à l'intérieur. Et merde, je pensais que les clients étaient tous dehors !

Confus d'avoir parlé si fort, mon meilleur pote fait profil bas en nous rejoignant à la table.

Il est près de vingt heures et je suis content que les gars aient répondu à cet appel de dernière minute. En même temps, je suis peut-être l'unique destinataire du paquet, mais ils sont aussi concernés que moi. Si Tyler souhaite me faire plonger à nouveau, il se pourrait que je ne sois pas sa seule cible. Il vaut mieux qu'ils soient tous au courant.

Ça fait à peine dix minutes que nous sommes là à siroter un soda, mais c'est déjà dix minutes avec des yeux braqués sur moi.

Derrière son bar, Neil me fixe d'un air enragé. L'image est telle que d'ici une seconde ou deux, il aura sûrement les mâchoires relevées et la bave qui coule. Quand je suis arrivé, il a dit bonjour aux autres, mais m'a prodigieusement évité. J'avais envie de lui dire : *espèce de connard, fais pas cette gueule, c'est toi qu'elle a choisi !* Mais j'ai plus urgent à régler pour le moment. J'ai un mec au cul qui ne souhaite que de me voir retrouver ma cellule à Lewes, et ça, c'est même pas envisageable.

— Maintenant qu'on est tous là, je crois qu'on devrait aller dans le bureau ! ordonné-je en jetant un coup d'œil à la ronde. Il y a des oreilles qui traînent ici.

Sans vouloir citer personne, Zach se retourne instantanément vers Neil qui nous scrute en essuyant un verre.

— J'emmène Mona avec moi, plaisante-t-il pour détendre l'atmosphère. Je vous jure que c'est une tombe, cette gamine. Elle garde tous les secrets mieux que personne !

Ne voulant pas montrer à quel point cette histoire de colis m'inquiète, je m'approche du bébé pour lui sourire. Juste de la voir si calme apaise mon âme et mon cœur qui bat à cent à l'heure. Voilà le but d'une vie. Se sentir en paix avec soi-même au travers du plus beau regard du monde. Certains hommes ne pensent pas à la paternité, ils attendent que ça leur tombe dessus comme Zach.

Mais pour un type comme moi, qui a perdu sa famille depuis de nombreuses années, c'est juste un objectif précieux pour continuer à croire en la vie. J'ai vu tellement d'hommes revêtir des habits de façade en prison, juste pour montrer à leurs enfants à quel point ils étaient forts… Je ne suis pas une midinette en mal d'amour, je suis réaliste. Les enfants donnent un sens à la vie, une raison de se battre, de se dépasser… Et moi, je veux ce que Zach a. Je veux quelqu'un à faire sourire, quelqu'un à câliner, quelqu'un qui donne un sens à ma vie. Mais plus que tout, c'est avec Zia que je voudrais ça.

Avec une boule dans la gorge, je referme la porte quand tout le monde est à l'intérieur, et pour chasser ce futur qui n'existera jamais pour moi, je me lance dans cette histoire de colis. Pas de fioriture, juste des faits. Le déroulé exact de ce qu'il s'est passé quand Sloan m'a demandé de l'emmener devant chez Ty, sa révélation sur les parents Rice, la réception du colis, la lecture des mots écrits noirs sur blanc et un putain de gros point d'interrogation au-dessus de chacune de nos têtes.

— Ce que je ne comprends pas, déclare Lenny en se frottant la tête, c'est que je l'ai cherché et que je ne l'ai pas trouvé ! Comment Sloan a réussi alors que j'ai échoué ?

— On s'en fout de ça ! annonce Noah. Le plus important c'est qu'il n'a pas fini de nous faire chier, cet abruti. Je te rassure, Len, j'ai fait des recherches avec les fichiers de la police, j'ai creusé et je ne l'ai pas trouvé non plus.

— Oui, on s'en fout ! reprend Ruben. Pour moi, c'est du flan ! Il fait ça pour nous faire flipper. C'est une assurance pour qu'on lui foute la paix, et c'est ce qu'on va faire. S'il dit qu'il a un coup d'avance sur nous, ça veut dire qu'il nous surveille. Qui, où, quand ? J'en sais rien, mais on laisse tomber. Ce mec ne vaut pas la peine que Cam retourne derrière les barreaux. Et nous non plus d'ailleurs ! Il est bien plus coupable que nous, et ça, il le sait.

Le silence s'installe doucement dans le groupe tandis que les yeux s'égarent à la recherche d'une solution à ce problème quelque part dans la pièce. Perdus dans nos pensées, c'est Mona qui rompt le suspense en nous lâchant un pet bruyant pour nous faire rire. Je n'y connais pas grand-chose au bébé, mais est-ce vraiment normal qu'elle pète autant ?

Quoi qu'il en soit, son intervention a le mérite de tous nous remettre les idées au clair. Oui, on ne tentera rien pour faire taire Tyler, les gars ont beaucoup trop à perdre. Il n'a plus rien contre nous. La drogue est dans les égouts de Brighton, la thune appartient désormais à la crêperie, et le morceau de papier est en train de cramer dans la poubelle du bureau.

Faire une croix sur ce mec soulage une partie de mes maux. Bien sûr, tout n'est pas réglé dans ma vie, mais il reste un dernier espoir que je ne compte pas rater. Si Zia ne vient pas au rendez-vous ce soir, alors je ferai ce que j'ai promis à Marita. J'aiderai à gérer l'auberge de loin, mais j'essaierai surtout de remettre ma vie sur des rails moins tordus. Ce sera difficile, mais je n'aurai pas d'autre choix que d'avancer sans elle.

— Alors, on est d'accord ? Ce colis n'a jamais existé, dis-je en posant ma main dans le vide au centre de la pièce, Ty est un fantôme du passé !

Les mains du clan de Fishersgate s'apposent les unes sur les autres dans une promesse solennelle. Laissons les spectres là où ils sont, nous on est bien vivants et on compte le rester.

Pour détendre l'atmosphère, mais aussi pour célébrer cette décision, Ruben sort le douze ans d'âge, resté planqué dans le bureau. Cinq verres qui trinquent, cinq hommes amis depuis toujours et pour toujours.

— Noah, tu penseras à récupérer le *Beretta*[32] à l'armurerie et à le remettre à sa place. Il n'est plus dans le coffre.

— J'ai cru que tu étais allé le chercher, répond-il en plissant les yeux. OK, j'irai. J'ai du mal comprendre ce que…

— C'est quoi ce bordel ? Vous avez un flingue que vous gardez ici ? Pourquoi ? le coupé-je dans la fin de sa phrase.

— Depuis la nuit de ton arrestation, on avait un peu peur de ce que pouvait nous réserver Ty, alors par précaution, on a caché un flingue ici. Personne ne le sait, explique Lenny. Juste nous. Juste au cas où.

Étonné par cette information, je ne cherche pas à rebondir dessus et laisse la conversation suivre son cours. Après tout, j'aurais peut-être approuvé à l'époque. Ty est cinglé, on ne sait pas de quoi il est capable.

Au bout d'une bonne demi-heure à bercer Mona, Zach s'excuse de nous laisser tomber dans notre discussion sur les différents colts, pour aller mettre sa fille au lit. Avant de rejoindre le couloir, tel un mime, il nous check de sa main libre.

À peine la porte passée, sa voix résonne dans le bureau :

— Bonne soirée, Neil. Tu pars aussi ?

Alors que les autres ne prêtent aucune attention à la conversation du couloir, moi, c'est tout le contraire. Mes sens se décuplent pour me permettre d'avoir

---

32 Petit pistolet.

une attention accrue. Les oreilles pointées vers lui, j'attends la riposte de Neil pour avoir enfin les réponses à mes questions sur elle.

— Oui, je ne vais pas tarder à partir. Zia doit m'attendre à la maison. Bonne soirée, et embrasse ta femme ! lance-t-il à mon meilleur pote comme s'il était devenu le sien.

D'abord, ma meuf, ensuite Zach… Qu'est-ce qu'il cherche se connard ? À me voler ma vie ?

Agacé par la brève conversation du corridor, je me lève à mon tour en prétextant un rendez-vous. Surpris par mes propos, les gars me chambrent et me questionnent sur l'identité de mon rencard. Volontairement muet sur ce que j'ai de prévu ensuite, je garde pour moi le jeu qui va se dérouler dans peu de temps. Car c'est bien d'un jeu qu'il s'agit finalement. Zia a mon avenir entre ses mains, c'est elle la maîtresse du game. Elle vient je gagne, elle ne vient pas, je perds tout.

Au moment où je sors, je tombe nez à nez avec mon plus grand ennemi. Oubliés les Tyler ou les Cliff, celui qui me pourrit le plus la vie aujourd'hui, c'est Neil.

Bombant le torse comme un coq dans une basse-cour, le mec me toise du regard, fronce les sourcils, et me dépasse sans un mot. Il a beau être mon rival, il n'en reste pas moins que c'est Zia qui a fait son choix. Lui n'y est pour rien.

Bien que mon poing me démange dans ma poche, même si je rêve de lui refaire le portrait pour avoir pris ce qui m'était le plus précieux au monde, je ravale ma fierté de mâle en prenant la direction de la sortie.

Il n'est que vingt-et-une heures. Le rendez-vous était fixé à vingt-deux, pour autant, je prends tout de même le chemin qui me mène vers mon destin.

Le soleil est couché, mais son rayonnement colore le ciel d'un dégradé de rose qui sublime le paysage.

Arrivé à l'endroit exact où nous nous sommes revus jeudi, je me laisse tomber sur le sable encore chaud, face à une mer d'huile sans fin. Les touristes ont commencé à déserter la plage, mais les restaurants et les bars sont pleins. Derrière moi, l'auberge, majestueuse, se dresse dans des teintes d'orange, tandis qu'une petite lumière dans la crêperie est encore allumée. Incorrigible Marita ! Elle a quand même ouvert ce soir.

Secouant la tête en esquissant un rictus amusé, je m'allonge sur le sable, les mains derrière la tête pour regarder ce que les nuages ont à m'offrir ce soir. Des formes diverses, la liberté, l'infini, un cœur… Un cœur ? Non, je ne rêve pas, c'est bien un cœur ! Tout du moins un nuage en forme de cœur. Je ne suis pas superstitieux, mais ça, ça ne peut-être qu'un signe.

27
ZIA

Garée devant l'auberge, je regarde les minutes défiler sur mon tableau de bord. Le rendez-vous était fixé à vingt-deux heures, et il est vingt-deux heures sept, mais je n'arrive pas à sortir de la voiture pour le rejoindre.

Sur le trottoir d'en face, Marita est en train de servir les derniers clients de la soirée. Elle ne m'a pas remarquée, et pourtant, j'aurais tellement voulu qu'elle le fasse pour venir me donner un coup de pied au cul et me sortir de ma caisse.

Je ne sais pas ce qui m'empêche d'ouvrir cette porte. La peur d'affronter mon destin ? Les doutes qui m'assaillent depuis vendredi ? Cette culpabilité qui me ronge les sangs ?

Même si je suis désormais une femme libre, je m'en veux tellement d'avoir causé de la peine à Neil. Il ne méritait pas ça. Et puis, je m'en veux de ne pas avoir répondu à Cam depuis son dernier message. Tout s'est enchaîné si vite depuis une semaine que j'avais besoin de temps pour moi. Du temps pour savoir ce que je voulais vraiment.

Même si mon père approuve le tournant que je souhaite donner à ma vie, il m'a conseillé de rester sur mes gardes. L'intuition paternelle ou juste de la jalousie parce qu'il sait que quoi qu'il dise et quoi qu'il se soit passé entre nous ces dernières années, Cameron est celui qui lui a volé son bébé…

Et puis merde ! Le temps est trop précieux pour que j'en gaspille une seconde de plus loin de lui. Son livre entre les mains, je relis l'épigraphe qui m'est adressé :

Des mots arrangés, des faits romancés, des personnages magnifiés…

Je ne suis pas elle, elle n'est pas moi, pourtant, j'ai réussi à sonder son cœur.

Et voilà ce que j'y ai trouvé…

Qu'importe ce que le futur nous réserve,
Elle restera à jamais ce dessin sur ma poitrine…

Machinalement, je dessine un cœur sur ma poitrine. Un geste simple, et pourtant si intime. Un geste qui n'appartient qu'à nous.

Le sourire aux lèvres, des étoiles plein les yeux, je me regarde une dernière fois dans le rétroviseur pour voir les miracles que ma mère a faits sur moi. Le maquillage sublime mes traits, surligne ma bouche et met en valeur mes yeux. Elle m'a faite belle pour lui. Elle sait qu'il est le seul et l'unique.

Le cœur gonflé à bloc, je maintiens le livre contre ma poitrine avant de sortir enfin de la voiture. La nuit est fraîche ce soir, pourtant la fête bat son plein sur le *Brighton Palace Pier*.

Sous un ciel clair et parsemé d'étoiles qui entourent une lune pleine et ronde, avec un fond lointain de musique électro qui pulse au rythme des manèges, je quitte la sécurité du trottoir pour m'aventurer sur ce chemin sableux qui me mène vers mon futur. Je ne sais pas de quoi il sera fait, mais si toutes ces constellations sont le signe de notre vie, alors elle sera étincelante.

Un pas après l'autre, je me rapproche de cette silhouette allongée sur le sable dont je connais les contours par cœur. Sans un bruit, je me poste au-dessus de lui en mordillant ma lèvre pour être la plus sexy possible. En mode ingénue-arrivée-là-par-hasard, j'attends qu'il ouvre ses yeux en sentant ma présence pour voir sa réaction.

Ses paupières toujours closes ne tressaillent pas à mon approche. Se pourrait-il qu'il se soit endormi ici en m'attendant ?

Amusée par ce constat évident, je racle ma gorge une première fois, sans succès. Au second raclement, Cam ouvre enfin les yeux pour découvrir ma tête à l'envers. Surpris de me retrouver ainsi, il se redresse d'un coup pour me faire face.

À voir l'incertitude dans ses yeux, je suis certaine qu'il pensait que je ne viendrais pas. C'est de ma faute aussi. J'aurais dû lui répondre.

Sourire timide, mains moites et croisées sur le livre qui me sert de bouclier, j'ai l'impression d'être une gamine craintive et maladroite devant son crush de récré. Nous avons passé la nuit ensemble il y a si peu de temps. C'était chaud, c'était brûlant, c'était vital, et malgré ça, on dirait deux empotés qui ne savent pas comment réagir face à l'autre.

Les mains glissées dans les poches arrière de son jean, il s'approche de moi avec retenue pour déposer un baiser sur ma joue. Un simple contact, furtif et gauche, qui me file la chair de poule et des papillons dans le ventre.

C'est comme si c'était notre tout premier rencard. Celui où on se cherche maladroitement, celui où on crève d'envie de s'embrasser, mais où on ne tente rien parce qu'on attend que l'autre fasse ce foutu premier pas. Un rencard qui me ramène quelques années en arrière, dans sa voiture, au bar, ou à la fac… Ce Cameron, beau comme un Dieu, avec un sex-appeal de dingue, mais toujours sur la réserve. Ce Cameron dont je suis tombée amoureuse au premier regard.

Pour dédramatiser la situation, je lui montre son livre. On est là pour ça après tout.

Tandis que je m'assieds près de là où il était quelques secondes plus tôt, il me rejoint, laissant une toute petite distance entre nous. Mur invisible pas suffisamment grand pour ne pas se toucher, juste ce qu'il faut pour frôler ma peau avec son coude et me donner des frissons.

— Alors…, lance-t-il pour rompre ce silence qui s'éternise par ma faute.

— Alors, tu es doué ! Très doué ! affirmé-je en tournant la tête vers lui pour voir si c'est ce qu'il attendait comme réponse. Je comprends pourquoi ton éditrice mise tout sur toi !

Déçu par ma réponse, il esquisse un sourire contraint avant de me remercier. Il ne voulait pas connaître mon avis sur sa façon d'écrire, il voulait mon ressenti sur l'histoire. Plus timide encore, je mords ma lèvre plus fort alors qu'il pose sa joue sur son bras pour mieux me dévisager

— C'est tout ?

— Non, bien sûr! dis-je pour me rattraper. J'adore l'histoire, tu penses bien ! Même si j'apporterais quelques modifications à mon personnage.

Surpris par cette remarque, il se redresse, aux aguets.

— Quel genre de modif' ?

— Je crois que tu minimises drôlement les sentiments de la Zia du livre pour Cameron. Alors oui, tu l'as écrit en te mettant à ma place, mais tu es loin de la réalité, tu sais… Sans vouloir te manquer de respect.

De plus en plus étonné, il hausse les sourcils avant de passer sa langue sur ses lèvres, alors que j'imagine déjà ses méninges chercher la faille.

— Ce que je veux dire…, reprends-je pour m'enfoncer davantage. La façon dont tu exprimes les sentiments de la Zia du livre est très masculine. Tu vas droit au but. Elle l'aime et point. Il n'y a pas que ça. Nous, les femmes, nous sommes composées de nuances, de rondeurs, de plus de profondeur. Tu dois exprimer toutes ces facettes quand c'est elle qui parle.

— Peut-être que la vraie Zia pourrait me dire ce qu'elle ressent pour le Cameron du livre dans ce cas-là. Je crois que j'ai besoin de mots clairs pour comprendre la complexité du personnage.

Me sentant prise au piège avec cette demande trop directe, je détache mon regard de lui pour le plonger dans le bleu marin de l'océan. Je sais ce qu'il attend de moi. Je sais ce qu'il veut entendre. J'ai envie de le lui dire, mais une partie de moi me suggère de le faire mariner un peu. Sûrement la voix de mon père qui résonne dans mes méninges.

— Pourquoi tu as écrit ce livre, Cam ? Qu'est-ce qui t'a poussé à le faire ?

Pas vraiment surpris par ma question, il reprend sa position, créant un mur plus épais encore, l'amenant trop loin de moi.

— Je voulais que ton personnage rejoigne celui de tes héroïnes préférées. C'est un peu ma façon de te demander pardon.

Cette explication me glace le sang. Me demander pardon de quoi ? De ne pas m'avoir écoutée ? D'avoir gâché trois ans de nos vies ? De m'avoir laissé tomber ? J'ai payé pour ces conneries et lui aussi.

— Je dois avouer que je t'en ai voulu parfois. Souvent même. Il y a eu des jours plus difficiles que d'autres, mais on a déjà payé le prix fort tous les deux.

— Je n'ai jamais voulu tout ça, Zia. Si j'avais su, je n'y serais jamais allé. Je serais resté avec toi comme tu me l'avais demandé, lance-t-il d'une voix hésitante. Si j'avais été moins sûr de moi, moins con, rien de tout ça ne se serait passé. Je suis tellement dé…

— Il sort quand ? le coupé-je dans ses excuses, pas prête à les entendre sans vaciller.

— Zia, il faudra bien qu'on en parle si on veut mettre ça derrière nous. Enfin, si tu es bien là pour ça…

— Qu'est-ce que tu insinues par « si je suis là pour ça » ?

Tandis qu'il passe sa main dans ses cheveux pour s'aider à chercher ses mots, je remarque la veine dans son cou qui pulse à un rythme rapide. Je suis peut-être super stressée, mais il l'est tout autant et je ne fais rien pour l'aider à ne plus l'être. Pourquoi vouloir éluder cette conversation alors qu'il a raison. On est là pour ça.

— On a passé la nuit ensemble et le lendemain plus de nouvelles. Je cogite depuis vendredi à notre situation. Je ne sais pas à quelle sauce tu vas me bouffer, et j'ai besoin de le savoir. Pourquoi tu es là ? Qu'est-ce que tu as fait depuis vendredi ?

Au pied du mur, je ne peux plus faire marche arrière. Confrontée à la réalité, je prépare une réponse rapide dans ma tête avant de la lui sortir à voix haute.

— Quand je suis rentrée, vendredi soir, j'avais la ferme intention de quitter Neil pour toi. Il avait préparé à manger, il m'attendait quasi nu dans la cuisine, dis-je alors qu'il lève les yeux au ciel pour effacer cette vision de son esprit. Alors, j'ai inventé un bobard pour ne pas qu'il me touche. Il a fait en sorte de ne pas me laisser le temps de parler, il savait ce que j'allais lui dire. C'est comme ça qu'on s'est retrouvé à dormir ensemble. Je me sentais tellement coupable vis-à-vis de lui que j'ai laissé traîner l'affaire. Le lendemain matin, même cinéma. C'est comme s'il avait voulu retarder l'échéance au maximum, mais un peu avant midi, je lui ai dit que c'était fini. Je n'ai pas donné de raison, je n'ai pas cité ton nom, j'ai juste dit que j'avais besoin de me recentrer sur moi-même, de prendre du recul sur cette relation qui ne mènerait nulle part.

— Si je comprends bien, tu ne l'as pas vraiment quitté pour moi…

28
CAMERON

— Évidement que je l'ai quitté pour toi ! s'offusque-t-elle en me tuant du regard. Mais comprends-moi, il a été là quand toi tu m'as fait du mal. Je ne pouvais pas le faire souffrir alors que sans lui, je n'aurais jamais pu sortir la tête de l'eau…

Ses mots ont l'effet d'une grande claque dans la gueule. Lui était là quand elle souffrait alors que je suis la cause de cette souffrance. Comment rivaliser ?

Ce que je sais par contre, c'est que ce connard n'était déjà plus avec elle quand Zach lui a demandé ce qu'il allait faire de sa soirée. Il a dit qu'il la rejoignait en sachant pertinemment que j'écoutais. Il a fait ça pour me foutre les nerfs et je suis tombé dans le piège les deux pieds devant.

Plongé dans mes pensées, Zia attrape ma main pour croiser mes doigts dans les siens. Hypnotisé par ce geste, je relativise un peu en sentant son cœur pulser dans sa paume. Il a été une bouée de secours pour elle, elle ne pouvait pas le jeter comme un malpropre après tout ce qu'il a fait pour lui venir en aide.

— Il sortira quand nous aurons retravaillé le texte avec l'éditeur. Il faut changer les noms, revoir quelques chapitres et passer l'étape du comité de lecture dans quelques jours…

Confuse, elle me regarde changer de sujet la bouche ouverte. Finalement, elle a raison, c'est difficile d'avoir cette conversation pour le moment. Les blessures sont encore à vif, et même si on va les réparer, ça nous prendra plus qu'un simple rendez-vous sur la plage.

— OK ! Alors j'aimerais bien que mon personnage se prénomme Stella.

— Stella ? Pourquoi pas ! répliqué-je en remarquant l'étoile qu'elle observe filer dans l'obscurité. Après tout, c'est normal que tu choisisses ton prénom dans le roman.

— J'ai aussi un droit de regard sur l'actrice qui jouera mon rôle quand il sera adapté au cinéma !

Plus sérieuse que jamais, Zia me dévisage d'un air grave en attendant ma réponse. Séduit par sa façon de réagir, je presse sa main plus fort en esquissant un sourire. Tout ce qu'elle voudra si elle est avec moi le jour où il nous faudra faire de tels choix.

— Va pour le choix des acteurs ! dis-je pour lui faire plaisir même si ce jour ne viendra jamais.

Lancée dans ces requêtes, elle enchaîne avec un détail qui me fait rire.

— Il va falloir virer cette idée de baiser entre Sofia et moi aussi ! Non, mais, c'est quoi cette histoire de bisous en cachette ? Un de tes fantasmes ?

Retenant le fou rire qui menace, j'écoute ses doléances en gardant tout mon sérieux.

— Une inspiration plutôt ! Pour être franc, l'idée vient de Jess, mais j'ai aimé, car ça donnait plus de poids au roman. Ça démontrait votre profond lien d'amitié mieux que mille mots ! Elle va m'en vouloir, tu crois ?

— Au début, elle l'aura peut-être un peu en travers de la gorge, mais ça lui passera. Par contre, tu es conscient qu'elle n'a jamais vraiment été amoureuse de toi ? Jalouse de ce qui se passait entre nous, possible, mais pas amoureuse !

— Et toi ? Tu m'en veux de raconter notre histoire à tout le monde ?

— L'histoire est sublime, elle va faire rêver les plus romantiques, c'est évident ! Mais mes parents, mon frère, Neil, tout le monde va la lire, tout le monde va se demander si c'est moi qui t'ai dénoncé.

— C'est juste pour le suspense de l'histoire ! Surtout qu'aujourd'hui, j'ai bien eu la preuve que c'est à cause de Ty que j'ai fini en cabane !

— Une preuve ? s'inquiète-t-elle en fronçant les sourcils. Quelle preuve ?

Alors que je raconte cette histoire pour la énième fois, les traits de Zia se détendent. Elle savait que ses parents n'y étaient pour rien qu'au travers de leur version de l'histoire. Maintenant que Ty a joué cartes sur table avec nous, elle semble encore plus soulagée. C'est un nouveau départ pour elle. Elle va pouvoir retrouver sa famille sans garder un doute au fond de son esprit, et j'en suis heureux pour elle.

— En attendant, tu as très bien romancé notre histoire, mais tu étais bien loin de la réalité dans ton récit, Cameron Evans… Que ce soit pour mon implication dans ton arrestation ou dans mes sentiments pour toi.

— Et aujourd'hui ? Ils en sont où tes sentiments pour moi ?

Si elle a esquivé la première fois, inutile de chercher à feinter maintenant. J'ai besoin de l'entendre me dire ce qu'elle ressent vraiment. J'ai besoin de l'entendre pour envisager demain et les autres jours.

— Au fait, il y a un truc qui m'intrigue à la fin ! se dérobe-t-elle en se retenant de rire.

— Tu n'as pas répondu à ma question !

— Réponds-moi d'abord ensuite ce sera mon tour… Promis ! lance-t-elle en posant sa tête sur mon épaule avec douceur, les yeux rivés sur nos mains enlacées. Le « à suivre » de la dernière page m'intrigue. Il y a une suite à cette histoire ? Tu l'as déjà en tête ?

— La suite, commencé-je en espérant qu'elle me poserait cette question à un moment ou à un autre, la suite quelle qu'elle soit, elle existe… J'attendais juste d'avoir cette conversation avec toi pour savoir quoi écrire.

— Je crois qu'on devrait y réfléchir à deux dans ce cas-là…, annonce-t-elle, évasive avant de se mettre à genoux pour se glisser entre mes jambes.

Son nez contre le mien, ses mains sur mes genoux, elle plonge ses yeux dans les miens comme pour sonder les profondeurs de mon cœur.

Le bruit des vagues autour de nous, cette musique qui résonne à la fête foraine, rien ne fait autant de bruit que sa respiration si près de moi. Elle a peur, j'ai peur. Je ne sais pas ce que l'avenir nous réserve, mais si on est ensemble, alors on est plus forts.

— Promets-moi qu'on ne se fera plus jamais de mal, bégaye-t-elle les lèvres tremblantes. Promets-moi que, cette fois, on ne perdra plus de temps.

— Dis-moi que tu m'aimes toujours, et je te promets qu'on va rattraper tout ce qu'on a loupé, plus encore même.

Du bout du doigt, elle dessine un cœur sur ma poitrine. Plus fort que des mots, plus symbolique qu'une parole qui part avec le vent, elle baisse son débardeur pour dévoiler sa peau. Juste à l'emplacement de son cœur, gravé sur sa poitrine, notre geste est venu se figer sur sa peau.

Bouche bée, je regarde le petit dessin en forme de cœur en me remémorant son corps encore vierge de tatouage il y a quelques jours à peine.

— Tu l'as fait quand ? demandé-je, encore sous le coup de l'émotion.

— Hier. Je voulais que tu le découvres ce soir, murmure-t-elle en frôlant mes lèvres des siennes. Du coup, j'imagine que ça va répondre à ta question : *des mots arrangés, des faits romancés, des personnages magnifiés… Je ne suis pas lui, il n'est pas moi, pourtant, j'ai réussi à sonder son cœur, et voilà ce que j'y ai trouvé… Qu'importe ce que le futur nous réserve, il restera à jamais ce dessin sur ma poitrine…* Je t'aime, Cameron. Je n'ai jamais aimé que toi ! C'est comme ça, je t'ai dans la peau.

Mes mots dans sa bouche résonnent comme une mélodie envoûtante. Une mélodie qui me file le tournis, une mélodie qui m'emporte avec elle et me retourne la tête.

— Oh putain ! lâché-je sans m'en rendre compte. Si tu savais ce que c'est bon d'entendre ça ! Je t'aime, Zia. Je t'aime tellement.

Tandis que ma bouche se colle à la sienne dans un baiser passionné, je l'attire à moi pour sentir sa peau se mêler à la mienne. La plage pourrait être remplie de monde que ça ne changerait rien à cet instant, nous sommes seuls au monde.

Seuls au monde, pas tant que ça. Derrière nous, un frappement de mains vient rompre nos retrouvailles. Quelqu'un se tient à quelques mètres de nous et applaudit la scène.

— J'en chialerais presque ! annonce l'importun alors que Zia relève la tête pour découvrir l'invité mystère qui vient de foutre en l'air notre moment.

D'abord joyeux, ses traits n'expriment plus que le doute et la peine. Si elle connaît l'emmerdeur qui vient de tout gâcher, à voir sa tête, je le connais aussi.

— Alors ? demande cette voix que je reconnais avant même de me retourner. C'est pour lui que tu m'as quitté ? L'excuse de tes parents, c'était du bidon ?

— Pourquoi tu es là, Neil ? Tu m'as suivie ? s'inquiète-t-elle alors que je tourne la tête vers son ex.

Dans un mouvement rapide, nous nous levons en même temps pour lui faire face. Décomposée, Zia l'observe avec crainte tandis que lui nous foudroie du regard. Pour la rassurer, je prends sa main dans la mienne afin de nouer nos doigts face à lui. S'en apercevant, Neil, se met à hurler :

— Lâche-là, espèce de voleur de merde ! Tu n'as pas à la toucher, elle est à moi ! Rien qu'en posant tes lèvres sur sa bouche, tu la salis.

Pour joindre les actes aux mots, Neil nous prouve sa colère en dégainant un flingue de sa poche.

En voyant le petit pistolet noir, ça fait tilt dans ma tête. Le *Beretta* de Ruben. Noah n'a pas oublié de le récupérer, c'est Neil qui leur avait piqué !

Pointée sur nous, l'arme nous menace de son canon.

— Neil, repose ça ! Je comprends que cette rupture te fasse du mal, mais pas au point de buter deux personnes. Crois-moi sur parole, tu n'as pas envie de finir tes jours en taule !

— Je ne compte pas buter deux personnes, juste une, Evans ! Nuance ! Et pour répondre à ta question, oui, je t'ai suivie, ma beauté. Plusieurs fois même, notamment vendredi matin après que tu as passé la nuit chez lui. Tu ne pouvais pas me laisser tomber sans que je comprenne vraiment pourquoi, il fallait bien que je trouve des réponses à cet éloignement soudain ! explique-t-il en me visant. Et ce qui me fout encore plus les boules, c'est que tu m'aies menti pour protéger ce connard qui t'a anéantie !

Son visage est tordu par la rage. Il me fusille du regard à défaut de me coller une balle dans le buffet. Ses bras, tendus devant lui pour tenir l'arme, tremblent imperceptiblement. Il est ancré sur ses pieds, prêt à faire feu. Ce n'est pas juste une crise de démence passagère, c'est une envie profonde, il ne plaisante pas.

— Arrête tes conneries, Neil ! Tu savais que ça ne pouvait pas durer entre nous. J'ai toujours aimé Cameron, depuis le premier jour ! lui annonce-t-elle en serrant ma main plus fort. Tu m'as aidée à l'oublier un instant, mais personne ne peut le remplacer dans mon cœur. Je te le dis ce soir, mais tu le sais depuis le début !

Je ne sais pas quelle est sa stratégie, mais sortir ce genre de vérité le jour où le type pointe un flingue sur nous n'est peut-être pas la meilleure des solutions.

— À quoi tu joues, Zia ! Il n'est pas en train de bluffer, murmuré-je en serrant les dents avant de m'adresser à lui. Neil, ce qu'elle veut dire c'est que…

— Ferme ta gueule ! ordonne-t-il en approchant d'une enjambée pour ne laisser qu'une poignée de mètres entre nous. C'était pas ça mon plan ! T'aurais dû moisir en prison alors que Zia et moi, on aurait construit notre vie ensemble. Mais c'est du grand Evans, il a fallu que tu sortes plus tôt et que tu bousilles tout !

Perdu par cet aveu, je tente de comprendre où il veut en venir. Plus rapide que moi, Zia se place devant moi pour l'affronter.

— C'est à cause de toi s'il a fini en prison ? demande-t-elle d'une voix hésitante.

Ignorant sa question, Neil me prend à nouveau à partie. Devant employer la force pour faire reculer Zia et ne plus l'avoir comme gilet pare-balles, j'approche d'un pas à mon tour, gonflé à bloc par une montée d'adrénaline qui me pousse à sortir de ma zone de confort. Je n'ai pas encore toutes les réponses aux questions qui envahissent mon esprit, mais je viens de réaliser que ça se joue entre lui et moi depuis bien plus longtemps que je ne le pensais.

— Tu as reçu mon colis ce matin, Cameron ? Il t'a plu ?

— Comment tu savais pour le contenu du braquage de ce soir-là ?

Sourire sadique aux lèvres, il me regarde avec défiance en grattant sa tempe avec le canon du 9 mm. Son plan, comme il l'a dit, ne date pas d'hier. Il avait tout prévu sauf ma sortie et l'amour toujours intact de Zia.

— L’histoire est complexe, mon pote, et j’ai franchement pas envie de me faire chier avec les détails inutiles. Ce qu’il faut retenir, c’est que c’est moi qui ai passé l’appel qui t’a conduit au trou ! annonce-t-il en pointant à nouveau le *Beretta* sur moi. Un appel amplement mérité au vu de vos activités. Ça faisait un moment que j’essayais de comprendre ce qui se tramait entre les frères Chang, Tyler et lui, annonce-t-il en me désignant du menton. Il m’a fallu du temps pour découvrir comment ils se sont fait autant de thunes pour se payer le bar, mais une fois que tu as réussi à séduire Cameron, il a été moins vigilant, et ça a été plus facile de reconstruire le puzzle. Tyler n’a été que l’élément déclencheur du processus. Une bonne vieille couverture pour me laver de tous soupçons.

— Mais pourquoi tu as fait ça ? geint Zia, les yeux remplis de larmes en comprenant qu’elle s’est fait berner depuis le début. C’était quoi ton intérêt dans l’histoire ? Le fric ?

— Le fric, réfléchit-il à voix haute en levant les yeux au ciel, entre autres… Le bar qu’ils m’ont pris surtout, mais aussi toi, ma beauté. Je te voulais toi ! Je t’ai voulu à l’instant où tu t’es présentée pour ton entretien ! déclare-t-il en me filant la gerbe. Quand ce sombre connard avec ses airs de boss hautain m’a annoncé que je n’avais pas le droit de te toucher, j’ai compris qu’il y avait un truc entre vous deux. Vous n’en aviez pas conscience, mais c’était évident pour tout le monde. Il n’avait jamais été comme ça avec personne avant toi ! Au départ, tu as été comme un challenge. Posséder un truc que Cameron Evans n’aurait pas, mais au fil des jours, je me suis fait prendre à mon propre piège en tombant amoureux de toi. Alors ce soir-là, je les ai suivis pour savoir où ils se rendaient. Je n’avais pas prévu de les balancer, mais j’étais tellement en colère contre eux, contre toi, que j’ai compris qu’il fallait frapper fort pour t’éloigner d’un type aussi nocif. J’ai appelé la police, pas Noah, car il était dans le coup, puis je suis rentré. Bien sûr, je n’avais aucune certitude qu’il se fasse arrêter, alors j’ai attendu de voir l’évolution de l’affaire pour me rapprocher de toi. Je suis désolé pour ces années de prison, Cam... En fait, non ! ironise-t-il en partant d’un rire forcé. Non, je ne suis pas du tout désolé, car c’était le seul moyen pour te faire dégager du paysage. J’ai fait ce qu’il fallait pour lui ouvrir les yeux sur toi.

REWIND
NEIL

Trois ans plus tôt

Samedi 29 août

Encore une réunion interminable dans le bureau. J'en ai marre de ces mecs qui ne se prennent pas pour de la merde. On dirait qu'ils gèrent une holding sur Wall Street ! Réveillez-vous les gars, ce n'est qu'un bar à Brighton. Mon bar en plus !

Une porte qui claque, le décoloré qui sort en vitesse, furieux... Il y a de l'eau dans le gaz chez les boss... En même temps, vu la scène à l'arrivée de Cam, ça ne pouvait pas finir autrement.

Les beaux yeux de Zia regardent passer Tyler avec soulagement. Elle n'est jamais vraiment rassurée quand il est dans les parages, ça se comprend, les mecs comme lui sont souvent les pires. Un QI d'huître dans une cervelle de moineau, le tout glissé dans un gros blaireau baraqué, sacré mélange qui donne froid dans le dos.

Pourtant, il n'est pas le plus dangereux des cinq. Pour moi, la vraie menace, même si j'ai longtemps cherché à devenir son ami, c'est ce connard de Cameron. Il veut Zia. Je veux Zia. Il a déjà eu mon bar avec ses potes, il ne me prendra pas celle que je désire.

Tiens ! Au tour du toutou de Cam de sortir. À la recherche du décoloré, Zach scrute le bar et la terrasse, mais Tyler a déjà décampé. Rassuré de ne plus le voir dans les parages, il souffle un grand coup avant de remarquer ma présence. Pour faire comme si de rien n'était, il me fait un signe rapide de la main, mais je ne suis pas dupe. Il se trame encore quelque chose là-dedans, un secret que je finirai par découvrir.

Au bout d'une dizaine de minutes, le métis, hashtag beau-gosse-de-service, fait son apparition. Les yeux braqués sur ma Zia, il hésite un instant à s'approcher d'elle, mais fais volte-face à la dernière seconde pour se diriger vers moi. Que me veut l'ennemi ?

Posé sur le tabouret qui me fait face, il me tend sa main pour me checker.

À contrecœur, je frappe mon poing contre le sien en souriant comme un faux-cul.

— Alors, ça barde ? demandé-je en feignant l'indifférence.

— Disons qu'on a quelques désaccords en ce moment ! lâche-t-il en évinçant mon regard pour le poser sur la jolie brune qui nous surveille. On a fait beaucoup de bruit ?

— Les clients de la terrasse n'ont rien dû entendre, mais ici, on sait que ça a gueulé. Ça lui passera, dis-je en faisant référence à Ty. Comme toujours...

— C'est plus compliqué cette fois. Il va y avoir du changement, annonce-t-il en se tournant vers moi alors que Zia se rend au bureau où est resté Ruben. Et Tyler n'aime pas les changements.

— Tu m'expliques ou il faut que je décode ?

— Je te laisse voir ça avec ton patron ! déclare Cameron en tapant sur le bar d'un coup sec avant de se lever. Moi, j'ai d'autres projets maintenant. Faire la fête ici ce soir pour commencer ! On boira un coup ensemble !

Surpris par la tournure de cette conversation, je confirme l'invitation alors qu'il quitte déjà le bar sans prendre la peine de prévenir sa copine.

Entre eux aussi, il y a de l'eau dans le gaz. C'est bon pour moi, ça !

Dimanche 30 août

Et merde ! Voilà qu'il recommence ! Le décoloré fait chier en terrasse. Ruben m'a prévenu, il ne veut plus le voir ici, et encore moins auprès de la clientèle féminine.

Moi qui pensais qu'il ne remettrait plus un pied dans ce bar, je me suis planté. Quelle ironie, ça va être à moi de foutre le videur dehors !

Soufflant un gros coup pour maîtriser la tension qui monte dans mes veines, je fais le tour du bar pour le rejoindre dehors. S'il reste là, il va faire fuir tout le monde.

— Hey Ty ! lui dis-je en arrivant près de lui alors qu'il tente d'accrocher une jeune bimbo à la même tignasse couleur pisse que la sienne. Si je t'offrais un verre à l'intérieur ?

À son haleine alcoolisée, le type ne m'a pas attendu pour se jeter sur la bouteille. Pour autant, j'ai retenu toute son attention.

Il se dirige vers le bar en tanguant alors que la blondinette me remercie tout bas.

La vingtaine, jolie, prête à consommer quelques verres ou à être consommée, je lui lance mon clin d'œil habituel pour lui donner l'illusion qu'elle a une chance avec moi. Sans me vanter, avec ça, je suis certain de voir les tournées s'enchaîner pour elle et ses copines...

Pas le temps de squatter à leur table, je rejoins le gros lourd de service pour éviter qu'il ne me plombe ma commission du jour. Avec la nouvelle stratégie de vente des Chang, je suis désormais payé à la 'com' en plus de mon fixe.

Ces gars sont des businessmen, ils savent motiver leur troupe. Alors ce n'est pas cet énergumène qui va me priver de mon petit plus à la fin du mois.

— Qu'est-ce que je te sers ?

— J'ai pas le temps de rester, Tom Cruise ! grogne-t-il en faisant référence au film où l'acteur est barman avant de me tendre un verre sale resté sur le bar. Je devrais même pas être ici, on m'a foutu dehors !

Ces confidences de comptoir arrivent à point nommé. Le mec veut partir, pourtant il est déjà mûr pour tout déballer. Avec le sourire, je récupère le verre pour le remplir d'un fond de bouteille de whisky bon marché avant de m'intéresser de plus près à son cas.

— Foutu dehors, de quoi tu parles ?

Avec cette impression que mon nez s'allonge au milieu de mon visage, je pose les coudes sur le bar pour me donner bonne contenance. N'y voyant que du feu, Tyler commence à me raconter leur engueulade de la veille, la fin de leur collaboration, la faute de Cameron dans la tournure des événements, sa rancœur vis-à-vis de ce faux-frère qui le laisse tomber, ses doutes sur le « après le bar » et ce qu'il va faire de sa vie...

— Tu comprends bien qu'avec un simple salaire de vigile, je ne peux pas faire grand-chose, geint-il en avalant son verre cul sec pour m'en redemander un alors que je commence à désespérer de me mettre du croustillant sous la dent. Sans mes revenus du bar, et surtout sans les cambriolages, moi, je suis cuit !

Alors que je me redresse d'un coup en entendant le terme « cambriolage », certaines pièces du puzzle se mettent en place dans ma tête. Leur complicité, leur messes-basses, cette barrière qu'ils mettent constamment entre eux et le reste du monde, le coffre-fort, l'accident de moto de Cameron au début de l'été, l'achat du bar en un temps record, leurs belles bagnoles et leurs fringues de luxe...

Malgré son taux d'alcool élevé, Tyler sait qu'il a merdé en prononçant ce mot. Pour autant, il me fait signe de m'approcher de lui. Dans le langage du barman, ce geste veut dire : t'as une bonne gueule, je peux tout te dire à toi.

— Je ne devrais pas t'en parler, mon pote, mais je sais que tu es un gars sûr ! Jusqu'à présent, hoquette-t-il en me soufflant le fruit de sa digestion dessus, on était organisés, on était bien. Mais depuis que cette gamine a débarqué au bar, ça a foutu la merde.

— Tu parles de Zia ? demandé-je en serrant les poings, priant pour ne pas avoir à lui en coller une au cas où ses paroles partiraient en vrille.

— Cette merdeuse a retourné le cerveau de Cam. C'est à cause d'elle si on arrête l'activité ! Le mec veut se ranger pour faire bonne figure auprès de sa belle, mais quelle conne ! C'est quand même à cause de lui si elle a dû se trouver un boulot pour payer ses études !

Confus, j'essaie de comprendre où il veut en venir. Sans succès. Alors que je lui demande de quoi il parle, je lui ressers un verre qu'il engloutit d'une traite pour me le tendre encore et encore.

— C'est Cam et moi qui avons visité la baraque de ses darons en décembre ! Elle le sait, mais elle reste avec lui quand même ! Elle doit être un peu maso, la cochonne. Vu la taille de l'engin de son mec, elle doit trouver ça plus important qu'une poignée de biftons ! se gausse-t-il en mimant un semblant de fellation avec sa main et sa bouche avant de claquer un cul imaginaire en riant.

— Comment ça, elle le sait ? questionné-je en faisant abstraction des gestes obscènes qu'il fait pour un public fictif. Zia est au courant, mais elle ne le balance pas ?

— En fait, je ne sais pas vraiment si elle le sait. C'est une déduction personnelle. Le mec fait le canard devant sa grosse, il laisse tomber ses potes pour se faire sucer tous les soirs… C'est toujours comme ça ! Il veut se ranger, être un gars bien, j'en déduis donc qu'elle est au courant ! grimace-t-il en repoussant le verre pour se lever. Ce qu'elle ne sait pas encore par contre, c'est que ce soir, sur les coups des vingt-trois heures, il a promis de faire un dernier coup avec nous. Je suis heureux de finir en beauté avec lui. C'est un bon gars malgré tout. Il va me manquer, mais c'est comme ça ! Tiens, j'ai rendez-vous avec eux chez Rub pour préparer le coup, d'ailleurs ! Il faut que j'y aille, je suis déjà en retard !

Choqué d'en apprendre autant sur l'organisation, mon cerveau surchauffe. Je ne sais pas comment traiter toutes ces infos qui valent de l'or. La sympathie que j'éprouve pour ce groupe, que j'aurais tant voulu intégrer s'ils m'avaient fait une place parmi eux, me pousse à fermer ma gueule, mais d'un autre côté, j'ai l'occasion de faire ouvrir les yeux à Zia sur son mec. Il n'est pas fait pour elle, alors que moi si.

— Je ne sais pas si on se reverra, mon pote, je risque de quitter la ville bientôt ! annonce-t-il en empoignant ma main par-dessus le bar afin de m'attirer à lui pour une accolade amicale. Ce que je viens de te dire reste entre nous, hein ! Je te fais confiance !

Alors qu'il me pointe du doigt en s'éloignant à reculons, il percute deux ou trois chaises qui s'éclatent au sol, sans les ramasser. Par un clin d'œil complice et un signe de la main, je valide cette confiance qu'il place en moi. Il n'a pas conscience de ce qu'il m'a dit tant il est bourré, mais qu'il ne s'inquiète pas, rien n'est tombé dans l'oreille d'un sourd.

— Je serai une tombe, Ty ! dis-je en levant les pouces en l'air avec mon plus beau sourire d'hypocrite. Bonne route à toi !

***

Accoudé au bar en regardant les derniers clients vider leurs verres, je désespère de fermer boutique pour rentrer chez moi. La journée a été longue, et depuis les confidences de Ty, tout à l'heure au bar, je ne fais que cogiter à toute cette histoire. Les activités illégales de mes boss, la connivence de Zia dans cette affaire, l'envie de Cameron de tout envoyer valser pour elle… J'ai du mal à croire que leur amour soit si fort que ça. Ils se connaissent depuis quoi ? Deux mois ? Qui tombe amoureux en deux mois ?

Moi.

Je suis tombé amoureux d'elle en deux mois. Mais si elle l'aime au point de ne pas le balancer aux flics, ça veut dire que je n'aurais jamais aucune chance de conquérir son cœur.

Alors oui, je pense à tout ça depuis tout à l'heure, car je suis en colère. En colère de m'être fait prendre le bar par une bande de voleurs, en colère de voir celle que je veux être accroc au bad boy de service, en colère de n'être que le barman sympa depuis toutes ces années alors que moi aussi je voudrais bien croquer un bout du gâteau. Par-dessus tout, ça me mine le cœur de le penser, mais je suis en colère contre Cam, car il a la vie dont je rêverais. Tant qu'il sera près d'elle, je resterais un simple pote, juste un collègue du bar, rien de plus. Sauf que moi, je veux plus.

Tant qu'il sera près d'elle… Tant qu'il sera près d'elle… Et s'il n'était plus près d'elle ? Et si ce cambriolage tournait au vinaigre ? Et si quelqu'un prévenait les flics ?

Alors que l'idée s'impose dans ma tête comme la solution parfaite pour mettre fin à cette colère, je presse les derniers clients de prendre la tangente pour baisser le rideau.

Au bout de cinq minutes, je tourne enfin la clé pour fermer le bar avant de me diriger vers ma voiture.

Les rues commencent à se vider à cette heure-ci, le calme s'installe dans l'artère qui longe les plages pour remonter jusqu'au quartier de Fishersgate, si bien qu'il me faut peu de temps pour me garer près de la maison de Ruben sans me faire voir. Tyler a dit qu'ils devaient partir vers vingt-trois heures, j'espère que j'arrive à temps, et qu'ils n'ont pas encore levé le camp. Ce serait tellement dommage de ne pas pouvoir connaître leur destination.

Dehors, il n'y a pas un chat. Le quartier est vide, le silence est apaisant, une heure idéale pour aller dévaliser une baraque. Les lumières sont encore allumées chez Ruben, même s'il n'y a aucun mouvement à l'extérieur, ou à l'intérieur. Et merde, j'ai dû les louper !

À moins que… Plissant les sourcils pour mieux distinguer ce qui se trame dans la noirceur de la nuit, j'aperçois la porte du garage s'ouvrir sur une bagnole noire que je n'ai jamais vue. Élancée et sportive, la sublime Porsche qui quitte la propriété du plus riche des Chang passe devant moi avec à son bord Cameron et Tyler. Ils ne se font pas chier, ces bâtards ! Une putain de bagnole pour aller voler des gens… Ça rapporte gros le cambriolage !

Baissé pour ne pas me faire remarquer, j'entrevois les trois Chang suivre la voiture des yeux jusqu'à ce qu'elle soit au bout de la rue. Quand ils rentrent dans la villa, je m'empresse de mettre le contact et d'enclencher une vitesse pour rattraper les deux hors-la-loi qui s'apprêtent encore à frapper.

Au bout de la rue, la voiture n'est plus là. Enfonçant l'accélérateur pour sortir du quartier, je débouche en trombe sur l'artère principale. Par chance, ils sont là, à quelques mètres de moi.

Content de les avoir retrouvés, je les suis à une distance raisonnable pour ne pas me faire repérer. Ils roulent à vive allure avec cette petite bombe, mais j'arrive à tenir l'intervalle pour ne plus les perdre.

Sans surprise, nous sortons de la ville et longeons la côte jusqu'à une forêt un peu perdue près de Eastbourne dont je ne connaissais même pas l'existence. Alors qu'ils tournent sur un petit chemin pour s'enfoncer dans les bois, je remarque l'énorme mur d'enceinte qui longe la route en me demandant ce qui peut bien se trouver derrière ce bloc de pierre. Ce qui est certain, c'est que cette villa est bien leur point de chute, et qu'ils s'apprêtent à voler les pauvres gens qui vivent ici.

Curieux de connaître l'identité des propriétaires du lieu, je tourne sur la route d'après pour continuer à longer le mur. Au bout de cinq cents mètres, la route se termine en cul-de-sac sur un portail magistral qui me sépare de la maison. Pas de lumière le long du chemin, pas de lumière au fond de la propriété, je coupe le contact devant l'arcade en métal blanc, me demandant ce que je fous là. Deux mecs sont en train de cambrioler une baraque, et moi, je suis devant à guetter ce qu'ils font ! Qu'est-ce qui ne tourne pas rond chez moi ?

Alors que je m'approche de la boîte aux lettres pour prendre connaissance du nom des habitants de ce palace, je reste stupéfait. Pierce Price. J'ai déjà entendu parler de lui sur Brighton. Ce mec a une réputation plus longue que son bras. Prostitution, drogue, échangisme… C'est un Américain qui organise des orgies monumentales où tous les excès sont permis. Je n'ai jamais assisté à l'une de ses soirées, car à ce qu'il paraît, il faut faire partie d'un réseau très très privé pour être sur la liste des invités.

Ce qui m'étonne le plus dans le fait de braquer cette baraque, c'est la nature de la cible. Des voleurs qui viennent cambrioler un mac / dealer ! Ils sont quoi ? Des espèces de justiciers de l'argent sale ?

Enfin bref, Pierce Price ou pas, je ne suis pas là pour faire une thèse sur qui mérite d'être volé ou non, c'est le dernier de mes soucis. Par contre, mettre quelques bâtons dans les roues du boys band pour me rapprocher de Zia, ça, c'est mon objectif.

Dégainant mon portable, je compose le numéro de la police de Brighton. Tandis que je croise les doigts pour ne pas tomber sur Noah, je tape du pied en attendant que quelqu'un me réponde.

— Commissariat de police de Brighton, j'écoute ! annonce une voix féminine pour mon plus grand soulagement.

— Bonsoir, je suis actuellement sur la route qui mène à Eastbourne, et en passant devant une maison fermée, j'ai cru apercevoir de la lumière. Je me suis arrêté devant le portail pour voir ce qui se passe, c'est ce qui me permet de vous informer qu'une petite lumière passe de pièce en pièce alors que la maison est totalement dans le noir.

— Voulez-vous dire qu'un cambriolage est en cours dans cette maison, monsieur ?

— Je ne peux pas vous l'affirmer, mais ça m'en a tout l'air.

— Pourriez-vous me donner l'adresse, Monsieur ? Le système est en train de trianguler l'appel, mais si vous la connaissez, nous gagnerons du temps.

— Je n'en ai aucune idée, Madame l'agent. Je suis simplement en vacances dans la région. Mais comme je me suis arrêté devant le portail, je peux vous dire qu'il s'agit de la maison de Pierce Price, l'informé-je en faisant mine d'écorcher son nom pour lui faire croire que je suis en train de le lire sur la boîte aux lettres.

— C'est noté, Monsieur. Nous allons envoyer une patrouille pour vérifier vos dires. Pourriez-vous me décliner votre identité : nom, prénom, adresse et numéro de téléphone, afin que nous puissions vous recontacter après l'intervention.

— Je... euh... Je m'appelle... BROO, RRR, KKKFFFF... fais-je pour brouiller la communication.

— Monsieur ? Monsieur ? Je ne vous entends plus !

— BBBIIII... Vite ! lui crié-je entre deux sons. RRRR... Deux hommes... KKRRRAAA...

Bip... Bip... Bip... J'ai raccroché.

Le coup des bruits dans le combiné, du réseau qui ne fonctionne pas, c'est vieux comme l'invention du téléphone, mais je crois que ça a marché.

Content de moi, je remonte en voiture pour débarrasser les lieux en vitesse. Il ne faudrait pas qu'on me trouve ici, ou pire, que je me fasse embarquer à leur place.

Au moment où je reprends la route pour passer devant le chemin où Cameron et Tyler ont tourné quelques minutes auparavant, la voiture de la copine de Zia s'engouffre dans le chemin. À son bord, Sofia au volant et Zia sur le siège passager. Et merde ! Putain, mais elle l'aime au point de venir ici pour l'empêcher de faire une telle connerie ?

Tandis que je me gare sur la route juste en face pour voir la suite des événements, je suis pris de remords. Pourquoi avoir passé cet appel ? Je voulais leur donner une bonne leçon, car je suis certain qu'ils s'en tireront avec une tape sur les doigts, mais Zia... Elle ne mérite pas d'être dans ce merdier par ma faute.

Au bout de cinq minutes, ou dix, je ne sais même pas, à me ronger les ongles, une sirène de police retentit dans le lointain. Et merde, merde, merde ! Zia, barre-toi de là, putain ! Faites qu'il ne lui arrive rien à cause de moi, putain ! Faites qu'il ne lui arrive rien !

Les sirènes se rapprochent, les gyrophares fendent la nuit de bleu juste avant que trois bagnoles de police ne passent devant moi à vive allure sans me voir.

Ouf ! Vœu exaucé quand, deux minutes plus tard, la voiture de Sofia débarque en marche arrière, suivie de près par celle des deux gros cons. Et merde ! Ils vont s'en sortir indemnes !

Quand la Porsche passe devant moi à son tour, je suis estomaqué. À l'intérieur, il n'y a que Ty au volant. Il est seul. Cam n'est pas là.

« Oh putain ! murmuré-je pour moi en cachant ma bouche de mes mains. Evans s'est fait arrêter ! »

29
ZIA

Portant la main à mon ventre pour retenir mon envie de vomir, je le scrute avec un immense mépris, lui, le plus grand traître que j'aie pu croiser dans ma vie.

Longtemps, j'ai cru que Cameron était le plus con de nous deux. Voler, me laisser tomber pour un dernier coup, gâcher notre histoire. Oui, il a été con, mais pas autant que moi !

— Tu m'as manipulée depuis le début ! lui jeté-je au visage en sentant les larmes monter. Tu m'as utilisée pour faire ta petite vendetta personnelle, sans réellement te soucier du mal que tu allais causer !

— Non, Zia ! lance-t-il en braquant son flingue sur moi cette fois. J'ai fait tout ça pour toi ! Pour nous !

Voyant le risque imminent pour ma vie, Cameron se place devant moi pour me servir de bouclier. Finalement, il est bien le plus con de nous deux. S'il m'aime comme il le prétend, alors Neil ne me fera jamais de mal. Par contre, il pourrait tout aussi bien tirer sur Cam que ça ne le ferait même pas ciller.

Voulant démontrer ma bravoure, je récupère ma place devant Cameron pour affronter celui qui m'a prise pour une marionnette pendant trop longtemps.

— Pour nous ? Tu t'es servi de moi pour foutre les boules à Cameron, c'est tout ! Je n'ai jamais rien représenté pour toi ! Et tu ne représentes rien pour moi !

Son visage passe du rouge au blême. Il est si livide que pendant une seconde, je culpabilise d'avoir offensé l'homme qui me braque un pistolet dessus, juste parce qu'il est à deux doigts de tomber dans les pommes. Pendant une seconde seulement, car à partir de ce moment-là, tout s'enchaîne autour de moi.

Cameron me pousse d'un geste rapide que je ne vois même pas venir, si bien que je m'étale sur le sable. Une détonation retentit dans l'air et le temps se fige.

Neil a visé Cam. Neil a tué Cam. Cam est au sol. Il ne bouge plus.

Je ne respire plus, je ne vois plus. Il n'y a plus que ce corps inerte qui recouvre le sable, et la tache rouge qui grandit sur son tee-shirt immaculé.

— Je l'ai fait pour toi, Zia. Je te jure que je l'ai fait pour toi. Il allait nous séparer encore. Il allait s'emparer de toi, alors que tu es à moi…, hurle-t-il en se jetant sur moi pour me serrer dans ses bras.

Figée d'effroi, je fixe ce Cameron immobile qui repose à côté de moi en voyant ma vie entière défiler dans ma tête. Sans lui, je ne suis plus rien. Sans lui, je ne peux plus vivre.

Un mouvement furtif de ses doigts me fait retrouver tous mes esprits. Il n'est pas mort, il est toujours près de moi.

Comme si on venait de m'extuber après m'avoir mis sous respirateur artificiel, mes poumons se gorgent d'air pour me redonner vie.

Alors que je réalise que Neil n'a pas vu l'homme de ma vie bouger, je le repousse d'un coup de pied en plein entre-jambes avant de me relever pour m'abattre sur lui. Il est tellement choqué par ce qu'il vient de faire à un autre être humain qu'il ne réussit pas à réagir.

Protégeant uniquement son visage des coups que je lui donne, je sens mon corps décupler ses forces pour mettre mon adversaire au tapis. Droite, gauche, j'enchaîne les poings sur un Neil qui n'arrive pas à suivre les coups sans tous les esquiver. Je grogne, je crie, je tape, et tape encore, avec une seule obsession, en finir avec lui pour me rendre auprès de l'homme que j'ai toujours aimé.

Tandis que j'arme mon poing en l'air pour prendre de l'élan, je l'écrase sur sa belle gueule pour le mettre K.-O. Et d'un seul coup, le silence nous recouvre.

À cheval sur le ventre d'un Neil inanimé, le nez en sang, je réalise toute la folie, que dis-je, la rage que je viens de déverser sur lui. N'ayant pas conscience de tout ce que je gardais enfui en moi, je me relève à la hâte, manquant de retomber sur lui, pour m'éloigner de cette Zia que je ne reconnais pas.

Un regard en arrière me rappelle que quelqu'un a besoin de moi à un mètre à peine de là. Toujours étendu, Cameron touche son épaule en grimaçant. Les yeux ouverts, les lèvres pincées, il tâte son corps à la recherche de la blessure.

Quand je m'agenouille près de lui pour lui venir en aide, ses sourcils froncés me font peur. Il souffre, il a mal, et je n'ai aucune idée de ce qu'il a.

De près, la tache de sang qui macule son ventre n'est plus aussi impressionnante, pourtant, son visage est transi de douleur.

— Est-ce que je suis mort, Zia ? me demande-t-il avec un sérieux qui m'effraie.

Sa réaction me laisse interdite. Il a mal au point de penser qu'il est mort. Pétrifiée par les craintes qui m'envahissent, mon esprit ne tourne plus rond. Je ne sais plus ce que je dois faire, je suis paumée. J'ai peur.

— Où est-ce que tu as mal, mon amour ? finis-je par lui dire en prenant sa tête sur mes genoux. Dis-moi où tu as mal ! Je vais prévenir les pompiers, bébé. Ils vont venir te chercher et ils vont te sauver.

Ma voix est défaillante, presque inaudible. Dans ses yeux, je vois l'incompréhension qui s'installe. Je suis en train de le perdre, et je me sens inutile.

À tâtons, je récupère mon portable tombé dans le sable quand Cameron m'a poussée. Prête à appeler les secours, il pose sa main sur mon téléphone pour me retenir.

— J'ai pas mal…, m'annonce-t-il en posant ma main sur son ventre. Je crois que c'est trop tard, Zia. Dis-moi que tu m'aimes. Prends-moi dans tes bras. Je veux que tu sois mon dernier baiser, mon dernier regard.

Obéissant à ses dernières volontés, je me couche sur lui pour le serrer contre moi. Ses bras m'encerclent de toute leur force alors qu'il me répète qu'il n'a pas mal.

Sa blessure doit être si profonde qu'il ne ressent plus rien.

Dans mon esprit, je vois lésions internes, hémorragie, l'estomac touché, ou peut-être même le cœur… Alors je soulève son tee-shirt pour constater les dégâts irréversibles que Neil lui a infligés, et rien… Rien.

Rien si ce n'est une égratignure qui a saigné près de son tatouage suite à l'impact, et un abdomen un peu gonflé par le choc.

Je ne comprends pas. Où est passée la balle ? Pourquoi est-il dans cet état ?

Prise de panique, je regarde partout sur son ventre à la recherche d'une balle perdue. Il faut que je la trouve. Je dois la trouver si je veux lui sauver la vie. Je dois le faire, il le faut.

— Je ne vois rien, Cam. Je ne trouve pas ! crié-je, épouvantée.

Surpris par ma réaction, il passe ses mains sur son ventre, pour chercher ce que je ne parviens pas à trouver. Mais lui aussi fait chou blanc.

Tandis qu'il se rassied sans problème, son visage s'éclaire en me regardant.

— Putain ! Je suis vivant, bébé ! Je suis vivant !

Euphorique, il se relève avant de me tendre la main pour m'aider à le suivre. Riant comme un gamin, il me saisit par les aisselles pour me porter dans les airs et me faire tourner sur lui-même.

Gagnée par son enthousiasme, je ris avec lui en oubliant la présence de celui que j'ai martelé de coups. L'homme de ma vie vient d'échapper à la mort, et cette fois, plus rien ne pourra nous séparer. Plus rien, plus jamais.

— Tu risquais pas de mourir avec une balle à blanc, espèce de crétin ! balance la voix de Neil au milieu de la nuit avant de s'avancer à nouveau vers nous pour qu'on le voie plus nettement.

Un couteau dans une main pour nous montrer la lame qui brille sous l'effet de la lune, il nous fait face avec son visage tuméfié par mes petits poings.

Surpris de le voir ainsi, Cameron me jette un coup d'œil pour s'assurer que je suis la cause de ce carnage. Les yeux grands ouverts, il secoue la tête pour chasser ce cauchemar de son esprit.

S'il réagit ainsi, c'est qu'il ne m'a pas vue frapper Neil. Neil le savait, il voulait juste nous faire peur avec ce flingue chargé de fausses balles, mais cette fois, il ne plaisante plus.

De l'autre côté de la baie, une sirène retentit avant même que des gyrophares ne fendent la nuit de leur couleur bleue. Personne n'a appelé la police, ici, comment ont-ils pu savoir ?

— Tu ferais mieux de lâcher ce couteau, Neil. La police arrive, ils vont t'arrêter !

— M'arrêter moi ? Je ne crois pas, non ! déclare-t-il en retournant l'arme contre lui. Tu sais bien que les appels aux flics, c'est ma spécialité, Evans ! Tu ne cesses de me sous-estimer, c'est dingue !

— Mais qu'est-ce que tu racontes ! s'inquiète Cameron en me serrant plus fort contre lui. T'es un grand malade, putain !

Titillant la lame près de son flanc, Neil nous sourit en enfonçant doucement la pointe dans ses chairs.

— Arrête tes conneries, putain ! Ne fais pas ça !

— Oui, je sais que ça risque de faire un peu mal ! Cliff m'a expliqué ce que ça faisait. Il m'a aussi dit de ne pas tourner le couteau. Je rentre et je sors, tout simplement. Comme ça, il n'y aura pas de dégâts ! Pas comme sur toi…

Estomaqués par ce qu'on entend, je sens la poigne de Cameron se resserrer sur ma hanche. Son attaque après la mort de sa grand-mère, ce n'était pas juste le fruit d'un mec cinglé qui voulait se le taper, c'était prémédité, c'était voulu. Et ça venait de Neil.

— Comment tu as connu Cliff ? crache Cam en se retenant de lui foncer dessus tandis que le bruit des sirènes se rapproche de la jetée.

— Il n'y a pas que Ruben qui a le bras long. File deux ou trois biftons au premier pauvre type que tu croises au parloir pour qu'il se paie des clopes et le tour est joué ! ironise-t-il en embrassant la lame avant de la repositionner sur ses côtes. La suite du plan est plus simple. J'ai préparé ça vite fait, vu que tu es sorti plus tôt, mais tu vas vite comprendre ! Un petit appel préenregistré au commissariat, une jolie mise en scène avec l'ex jaloux qui sort de taule pour récupérer celle qu'il a perdue… Tu crois qu'ils croiront qui dans l'histoire ? Le petit barman tranquille ou le taulard ? Et ouais mon pote… Ça s'appelle un aller direct pour la case prison, Evans !

Les voitures de police résonnent à quelques mètres, mais elles sont encore trop loin pour empêcher ce qui risque de se produire dans les secondes à venir.

Alors que Cameron me lâche pour s'approcher de Neil, je le retiens par le bras.

— Reste avec moi cette fois. Son histoire ne tient pas la route, il n'a rien contre nous. Il n'a rien contre toi ! Ne refais pas une seconde fois l'erreur de ne pas m'écouter, j'ai trop besoin de toi !

Pris entre deux feux, il s'arrête net pour me regarder dans les yeux alors que Neil enrage de le voir reprendre sa place auprès de moi. Se rapprochant d'un pas pour me serrer contre lui, Neil, l'arme au poing, s'avance à son tour, prêt à se jeter sur Cameron.

— Si je ne peux pas l'avoir, alors tu ne l'auras pas non plus !

Au moment où il abat sa main sur nous, une batte de baseball frappe sa tempe pour le faire s'écrouler au sol.

Droite comme un i, paniquée par ce qu'elle vient de faire, Marita nous fixe, les dents serrées. Retenant son souffle devant ce qui vient de se passer, Cam me délaisse pour se jeter au cou de celle qui vient de nous porter secours.

Tremblante, elle se laisse aller dans ses bras, tout en m'attirant à elle pour nous enlacer tous les deux.

Sur la plage, avec Noah en tête de cortège, cinq policiers s'approchent enfin de nous, et du corps assommé de Neil.

— Va falloir nous expliquer ce qui s'est passé ici ! s'inquiète Noah en s'agenouillant vers Neil qui se réveille doucement.

— J'ai entendu un coup de feu, explique Marita en nous serrant plus fort. Je savais que ces deux-là étaient sur la plage, je les ai vu s'y rendre un peu plus tôt dans la soirée. Mais lui, lance-t-elle en le désignant du menton, lui, je ne l'ai pas vu venir !

— Il aurait pu t'arriver quelque chose ! Tu n'aurais pas dû venir là ! la sermonne Cam en la prenant contre lui pour l'embrasser sur la joue.

Les voir enlacés de la sorte me chamboule. Ils n'ont peut-être pas la même couleur de peau, pas le même sang ou les mêmes origines, pourtant, un amour profond unit ces deux êtres. Elle est sa mère de substitution, il est le fils qu'elle n'a jamais pu avoir, et moi, je les aime si fort.

— Pas touche à mon meilleur locataire ! plaisante-t-elle pour masquer ses véritables sentiments.

Comme lui, elle ne sait pas montrer ses sentiments. Peur du rejet, de l'abandon, peur d'exprimer tout haut ce qu'on ressent tout bas. Ils sont pudiques, mais leurs cœurs sont purs. Bien plus purs que celui de ce cinglé qui m'a menée en bateau.

Il cachait bien son jeu celui-là… Mais comme on dit, c'est l'arroseur arrosé… Il a voulu nous nuire, c'est à son tour de payer.

Tandis que Noah repart avec Neil sous le bras, et que Marita se fait interroger par un autre policier, je m'incruste auprès de l'homme qui fait battre mon cœur.

— Et sinon, pour ton livre, on devrait trouver moins glauque comme fin ! Moi, je veux une happy end. C'est la base de toute romance qui se respecte ! dis-je pour dédramatiser la situation.

— On ne connaît pas encore la fin de l'histoire, Mademoiselle Rice ! Mais je suis prêt à faire des concessions sur ce point si tu me laisses le truc des baisers avec Sofia ! plaisante-t-il en déposant ses lèvres sur les miennes avant de me serrer de toutes ses forces contre lui.

— OK, c'est d'accord ! Par contre on est obligé de garder la scène où tu crois que t'es en train de mourir à cause d'une balle à blanc ! Celle-là, elle va cartonner ! le charrié-je.

Tandis que je me moque de lui en lui tournant le dos, il me rattrape pour m'encercler de ses bras.

Et là, face à la grande roue qui illumine la jetée de ses lumières scintillantes, face à la mer où tout a commencé, je suis sereine. Cette fois, je l'ai mon happy end.

ÉPILOGUE
CAMERON

Jeudi 25 juillet

— Mais qu'est-ce qu'ils font, bordel ? s'exclame Jess en tapotant nerveusement ses doigts sur le comptoir du bar. Ils avaient dit « réponse à quinze heures » et il est quinze heures !

Pour appuyer ses dires, elle tend son bras pour nous mettre sa montre sous le nez avec insistance.

— Ne sois pas si stressée, Jess. Si ça ne passe pas, on retravaillera le texte pour l'améliorer.

— Si ça ne passe pas ? Tu te fous de moi ! Cette histoire est parfaite ! Elle fait rêver, elle tient en haleine, comment pourraient-ils passer à côté d'un futur best-seller !

Alors que Zia se cale contre moi pour m'enlacer par la taille, je l'embrasse sur le front en appréciant l'instant. Même si je suis pressé de connaître la réponse du comité de lecture, ma vie ne pourrait pas être plus parfaite qu'à ce moment.

— Je crois que cette demoiselle aurait bien besoin d'un remontant ! clame Sloan qui a pris ses marques derrière le comptoir.

Après l'arrestation de Neil, il a dû commencer son travail au bar plus tôt que prévu. Même si ses débuts ont été un peu laborieux, maintenant, il se débrouille comme un chef.

Chef, c'est peut-être ce qu'il sera un jour d'ailleurs. Après une grande discussion avec leur fils, Joey et Sarah ont enfin compris ce qu'il voulait faire de sa vie. Les grandes études, très peu pour Sloan, ce qu'il veut lui, c'est cuisiner, inventer des plats, mélanger des saveurs et révolutionner le monde de la cuisine. Même s'il a encore tout à apprendre des bases culinaires, il m'a tout de même étonné, la semaine dernière, quand il nous a servi un repas de dingue chez les parents de Zia.

Il faut dire que ce dîner avait une saveur étrange. C'était la première fois que je retournais chez les Rice depuis… Enfin depuis la seule fois où j'y suis allé, trois ans plus tôt. Je ne savais pas vraiment comment ça allait se dérouler, étant donné notre passif, mais on a joué cartes sur table, tout le monde a pu s'exprimer, se repentir, ou s'excuser, pour finir par se donner une seconde chance. Il y a eu des larmes, beaucoup de larmes, mais c'est du passé maintenant. L'avenir est devant nous pour nous tous.

— Un *Apple rose*[33] revisité pour la demoiselle ! lance-t-il en lui tendant son verre.

— Il va me falloir plus qu'une boisson pour gonzesses pour faire passer mon stress ! clame Jess en refusant son verre.

— Vous devriez goûter avant de me le rendre. J'ai un peu corsé la recette ! lui sort-il avec un clin d'œil qui fait rougir ma future boss.

Alors qu'elle remet ses cheveux en place et qu'elle gonfle sa poitrine pour attirer le regard de mon « bien trop jeune pour elle » beau-frère, elle se fige en entendant son téléphone sonner. Vibrant sur le bar pour lui signaler un appel entrant, elle écarquille les yeux en nous faisant signe de nous taire.

J'ai du mal à croire que mon avenir d'écrivain va se jouer sur ce coup de fil. Une part de moi ne réalise pas vraiment, tandis que l'autre part s'en fout royalement. Après tout, ce qui compte le plus à présent se trouve entre mes bras. Maintenant que l'argent n'est plus un problème, je n'ai pas besoin de publier mon roman pour vivre, alors pas de stress. Si c'est bon, je serais heureux de pouvoir crier au monde entier à quel point ma Zia m'inspire. S'ils ne comptent pas me publier, alors la vie continuera, et j'aurai bien assez de projets pour m'occuper.

L'index levé pour nous faire patienter, Sloan et Zia sont sur le qui-vive, et regardent chaque mouvement de la bouche de Jess. Selon eux, les « hum hum » veulent dire oui, les « ah » sont des non. Impossible, par contre, de savoir ce que sont les « hein-hein ».

L'appel s'éternise, Jess secoue la tête à droite, puis à gauche. Elle la penche sur le côté en pinçant ses lèvres, elle esquisse un demi-sourire qui s'éteint aussitôt… Malgré moi, mais surtout à cause d'elle, l'inquiétude me gagne à mesure que les secondes défilent.

Lorsqu'elle raccroche enfin et qu'elle repose son téléphone devant elle, impossible de décrypter son visage. Elle semble plus fermée qu'avant l'appel, pour autant, elle ne laisse rien transparaître. Comme si nous n'attendions pas après elle, elle récupère le *Apple rose* corsé préparé par Sloan pour en boire une gorgée.

Suspendus à ses lèvres en attendant le verdict, je sens une goutte de sueur glisser le long de ma colonne vertébrale. Bien que je n'avais pas la sensation d'être stressé avant ce coup de fil, je suis à présent mort de trouille. L'écriture

---

[33] Cocktail qui a rapproché Cameron et Zia.

est une nouvelle passion pour moi. Retranscrire mes pensées, mes doutes, mes espoirs fait dorénavant partie de mon quotidien, Jess m'a tellement vendu ce rêve comme étant à portée de main que si je devais passer à côté de cette opportunité, je serais vraiment déçu en fait.

La gorgée s'éternise, le suspense me bloque, il m'empêche de formuler le fameux « alors » qui me libérera enfin du poids installé sur ma poitrine.

Les lèvres collées au verre en nous regardant, Jess semble toujours aussi impassible. Les ongles de Zia se plantent dans ma cuisse, et voyant que l'on est au bord de l'explosion, mon éditrice se met à sourire.

— Après tes vacances au Portugal, Evans, on va se mettre sérieusement au boulot ! On a un bouquin à sortir !

Pas besoin de résumé, pas besoin de long discours, avec quelques mots, elle provoque un déferlement de cris de joie autour de moi.

Zach et Sofia se prennent dans les bras, Ruben se rapproche pour me taper sur l'épaule avant de vanter mes mérites auprès de ses frères, et surtout, Zia me saute au cou pour m'embrasser. Un baiser profond, un baiser empli de fierté, un baiser qui me transporte.

Avoir tous mes potes autour de moi pour fêter cette nouvelle n'a pas de prix. Même s'ils apparaissent tous à un moment ou à un autre dans cette histoire, ils célèbrent avec moi un nouveau départ. Après tout ce qu'on a vécu tous ensemble, la suite est encore à écrire. Ce n'est qu'une page qu'on tourne, il en reste des milliers à remplir.

BONUS CAMERON

2 ans et 10 mois plus tard

Mes yeux me piquent, mes doigts sont engourdis à force de taper sur le clavier. Quand j'arrive à cet état de fatigue, c'est qu'une pause devient nécessaire.

Tandis que je m'étire sur ma confortable chaise de bureau, mon regard se fixe tout naturellement sur la mer qui me fait face. Jamais je ne pourrais me lasser de cette vue, encore plus quand le soleil se couche et que la plage se vide enfin.

Le jour où Zia m'a proposé de faire mon bureau dans notre ancien appart, j'ai d'abord pensé que je ne pourrais jamais écrire dans cet endroit rempli de souvenirs. J'avais tort ! Cette pièce m'inspire. Cette alcôve où nous avons vécu tant de moments délicieux me donne envie de me dépasser. Il n'y a qu'ici que je peux coucher les mots sur le papier et faire de mon clavier un prolongement de moi-même.

J'imagine que la déco y fait beaucoup. Après de nombreux mois de travaux, Zia a transformé l'auberge avec beaucoup de goût. La crêperie est toujours là bien sûr, et il reste quelques chambres libres au premier et au deuxième étage comme on l'avait promis à Marita, mais à présent le troisième et le quatrième étage nous servent de maison. Près de trois cents mètres carrés alors qu'avant nous vivions dans une chambre qui en faisait à peine vingt.

Au quatrième, le cabinet d'avocat de Zia a aussi élu domicile. Plus besoin de se déplacer, ce sont les clients qui viennent à elle. Il faut dire qu'avec les quelques affaires qu'elle a gagnées, elle commence à se faire un nom très sérieux dans le milieu. Être l'avocate officielle du grand Ruben Chang l'a aussi beaucoup aidé à se créer une clientèle. Elle gère de grands noms avec une main de maître, et comme elle le dit si bien, elle doit sa poigne de fer à ce fantôme de Neil. Après avoir été autant manipulée, elle a appris à lire en l'être humain avec une facilité déconcertante. Je crois même qu'elle réussit à lire en moi comme dans un livre ouvert. Ironique, non ? Surtout pour deux personnes qui ont mis tant de temps à comprendre qu'ils étaient faits l'un pour l'autre.

Alors que je me lève pour aller retrouver la maîtresse de maison, je jette un dernier regard à mon écran toujours allumé. L'histoire que je suis en train d'écrire est encore une page de ma vie. Après avoir fini le tome deux de Stol'n Love, j'ai écrit sur la prison, j'ai raconté la vie d'une vielle dame atteinte d'un Alzheimer, j'ai déversé ma rage sur les pervers manipulateurs, et j'ai soigné mes blessures en rendant hommage à mes proches perdus. Six bouquins en près de trois ans, six best-sellers sur fond de romance, Jess en est ravie. Comme elle le dit, je suis la coqueluche de ses dames, un vrai fantasme sur papier.

Celui que j'écris actuellement parle de la relation entre une mère de substitution et un pauvre gamin orphelin.

Bien que toutes mes histoires ne soient pas des autobiographies, mais bien des romans inventés, j'y mets un morceau de moi à chaque fois. Une espèce de trace indélébile qui perdurera au fil des années, bien au-delà de moi, bien au-delà de nous. Et même si elle n'est pas encore là, c'est pour elle que j'en ressens le besoin.

Quittant la pièce pour me rendre à l'étage au-dessus, je monte les marches deux par deux pour arriver plus vite sur le palier. Quand je passe la lourde porte vitrée qui donne dans le bureau de ma femme, je la vois et lui souris. Les pieds sur le bureau, ses talons expédiés sur le sol, elle se masse la plante des pieds pour se délasser tout en continuant sa conversation téléphonique.

Expliquant je ne sais quoi à son interlocuteur, son visage s'éclaire quand elle m'aperçoit.

— Et si on reparlait de tout ça demain, maman !... Non, je n'ai pas encore réfléchi au fait de lui mettre un doudou ou non… Rose ou vert menthe ?... Écoute, prends celui qui te plaît le plus. On verra bien quand elle sera née… Je vais raccrocher, maman ! On se voit demain, je t'embrasse.

Soufflant bruyamment en posant le combiné, Zia me regarde en explosant de rire.

— Je devrais être en train de régler des conflits financiers d'ordre national, mais non, ma mère a décidé de me harceler tout l'après-midi pour savoir quel doudou je voulais, quel type de couches on allait utiliser…, lance-t-elle alors que je me place derrière elle pour lui masser les épaules. Elle m'a même appelée pour savoir si je voulais des culottes hygiéniques plutôt que des serviettes pour après l'accouchement, t'y crois, toi ? Des culottes hygiéniques ! Comme si j'avais réfléchi à ça trois mois avant la naissance du bébé !

— Laisse-la faire si ça lui fait plaisir ! Tu sais bien que même après trois ans, elle cherche toujours à rattraper tout ce temps qu'elle a perdu sans toi.

— Je sais bien… Mais il y a prescription maintenant. Elle a largement comblé tout ce temps qu'elle a raté ! Elle ne va pas tarder à m'étouffer !

Alors qu'elle rit en prenant ma main pour la poser sur son ventre rebondi, je fais le tour de la chaise pour m'approcher au plus près de ma fille.

— Tant qu'elle n'étouffe pas Michèle, ça me va ! dis-je en posant ma bouche sur le fin tissu de la robe de Zia. Hein, mon bébé ! Si tu es comme ton arrière-grand-mère, je n'ai aucun doute sur le fait que tu ne laisseras personne t'étouffer, toi !

Pour toute réponse, une bosse se forme sous la peau tendue de Zia.

— Je crois qu'elle est d'accord ! plaisante la future maman en caressant mes cheveux avec douceur. Et si elle est comme son père, elle adorera qu'on la dorlote et qu'on la cajole tout le temps. Si elle est comme toi, Cam, nous aussi on voudra l'étouffer.

— Qu'elle soit comme Nana, comme ta mère ou comme moi, elle aura quand même ce gène qui vient de toi…

— Quel gène ? me demande-t-elle en s'attendant à une connerie. Ne dis pas celui de la casse-couille, tu sais ce que je suis capable de faire avec mes poings !

— Ouh là… Je ne voudrais être confronté à ces poings pour rien au monde ! Et justement, j'allais dire éblouissante, unique, merveilleuse…

— Rattrape-toi, oui ! grogne-t-elle avant de se mettre à rire.

— Ce n'est pas tout, mais moi, j'ai faim ! On se prépare un truc ou on va chez ton frère ? Une bonne crêpe nordique, ça me plairait bien !

Nouveau coup de pied, Michèle approuve. Tandis que je me lève, je repense au départ de Marita pour sa nouvelle vie au Portugal, je repense à la surprise que Zia a faite à Sloan en lui offrant la crêperie. Une pointe de nostalgie me noue la gorge, mais c'est un nœud presque doux et agréable.

Maintenant que le restaurant de Sloan est devenu une institution sur Brighton, nous n'avons plus le monopole sur les crêpes nordiques « façon Marita ». Qu'importe, elles valent bien que l'on fasse un peu de queue pour les savourer.

— On va la manger sur la plage ? me demande Zia avec les yeux qui pétillent.

— C'est une évidence, Madame Evans ! Les crêpes nordiques, ça se mange uniquement sur la plage en regardant la grande roue s'illuminer dès que la nuit sera tombée !

Alors que Zia me rattrape par le bras pour me ramener vers elle, elle pose sa tête sur mon torse pour y dessiner notre code secret tandis que je l'encercle de mes bras. Lovée contre moi, je baisse le nez sur ses cheveux et inspire son odeur avec délice. Jamais je ne pourrais me lasser de cette femme. Elle est ma vie, mon passé, mon futur. Elle est mon histoire.

— Merci d'avoir fait de nous un véritable roman, lui dis-je déposant un baiser sur le sommet de son crâne.

— Non, murmure-t-elle en frottant son nez dans mon cou, merci à toi d'avoir fait de moi la princesse de notre conte de fée.

FIN

Remerciements

Je crois qu'écrire des remerciements est un exercice encore plus difficile que d'écrire un roman. On voudrait remercier toutes les personnes qui ont participé à la réalisation de ce rêve, mais on en oublie toujours.

Alors au cas où je zapperais quelques noms, merci à TOUS !

Merci à toutes les lectrices qui me suivent depuis mes débuts dans les concours d'écriture *Fyctia*. Merci à celles qui m'ont découvert lors de ma première trilogie et qui attendent de nouvelles aventures.

Merci encore à toutes celles qui m'ont connue grâce à *Stol'n love* et qui ont fait vivre Cameron et Zia à travers leurs yeux. J'espère que ces deux-là vous ont touchées autant qu'ils me touchent, et que leur romance restera dans vos esprits des jours après la fermeture du livre, car s'ils y parviennent, c'est que j'aurai atteint mon but : vous faire rêver.

Cette histoire, je l'ai en tête depuis longtemps, et c'est grâce à votre soutien que j'ai pu la poser sur papier. Alors aujourd'hui, c'est à ceux qui m'ont permis de la faire naître que je dois surtout m'adresser.

Tout d'abord, un grand merci aux Éditions Elixyria de m'avoir offert cette chance d'être publiée. L.S Ange, merci d'avoir cru en ma romance, merci pour tes mots qui m'ont beaucoup touché. Didier, merci pour cette couverture magnifique, elle me fait rêver à chaque fois que je pose les yeux dessus !

Ensuite, direction les coulisses avec toutes les personnes qui ont joué un rôle et sans qui je n'en serais pas là. Merci à :

Carla Hay, ma BFF d'écriture, pour tes encouragements, pour ton soutien et ton aide. Tu es une bêta en or ! Longue vie à nous et vivement qu'on se lance dans un quatre mains !

Delphine, ma toute première correctrice, celle qui doit s'arracher les cheveux sur mes textes. Sans tes yeux de lynx, je n'ose même pas imaginer ce que seraient mes romans ! Merci ;

Mes cobayes au jeu des fiches de lecture, vos conseils m'ont éclairé, votre soutien a été précieux : Virg et Flo, mes copines de longue date. Alexandrine, Katty, Élodie, Mag, mes lectrices de la première heure, fan de *The New One* avant de succomber à *Stol'n*. Julie, une amitié née d'une passion commune pour Matthew Murray. Et Justine et Valentine… d'ailleurs, à quand le café, les filles ?

Je compte sur vous toutes pour la prochaine histoire !

Plus personnellement, je tiens à remercier du fond du cœur mon homme qui n'a pas lu une ligne de cette histoire, mais qui croit en moi tous les jours. Merci aussi à mes filles pour leur patience et leur soutien quand j'écris. J'espère que vous êtes fières de votre maman… Vous êtes mon moteur au quotidien, je vous aime tellement…

Merci à ma famille : ma sœur, mon père et ma belle-famille (mes J&J au top), qui me soutiennent, et ma mère qui ne me lira que quand elle aura le broché entre les mains…

Merci à ma Flo, ma meilleure amie depuis si longtemps, pour ton soutien sans faille même avec la distance.

Et puis, merci à mes amies, Alizée et Élo, qui subissent mes idées, mes questions et mes doutes avec patience. Je vous kiffe mes Georgettes.

Pour finir, merci à Zia et Cameron d'avoir souffert sous ma plume. Vous êtes désormais une partie de moi, un dessin sur ma poitrine.

J'espère n'avoir oublié personne. Sinon, je me rattraperais dans le tome 2… car oui, après l'amour vient la vérité… Et elle n'est pas toujours facile à avaler.

Je vous donne rendez-vous sous peu pour découvrir *Stol'n truth*… Vous n'êtes pas au bout de vos surprises !

À bientôt,

Love,

Molly

L'Auteur

Docteur, cuisinière, nounou, femme fatale, maîtresse, aide-ménagère, styliste… Molly est comme toutes les femmes de notre époque : un véritable couteau suisse, à toujours vivre à 200 à l'heure ! Entre boulot, enfants et mari, elle attend le soir venu, quand la maison devient calme, pour prendre sa bouffée d'oxygène. Elle laisse alors ses doigts frôler le clavier et, comme par magie, un monde infini s'offre à elle, un monde où tout devient possible... L'écriture ? Plus qu'un hobby, un besoin vital qu'elle a à cœur de partager avec vous.

Mentions légales
Éditions Élixyria
Clamont
23430 Châtelus-le-Marcheix
ISBN : 978-2-37961-491-0
Collection Elixir of Love
ISSN 2607-575X
Dépôt légal Mars 2022
Imprimé en U.E.